国家社科基金一般项目资助

情感时代

18 世纪西方启蒙思想与现代小说的兴起

金雯 _ 著

华东师范大学出版社
·上海·

图书在版编目（CIP）数据

情感时代：18世纪西方启蒙思想与现代小说的兴起／金雯著．—上海：华东师范大学出版社，2023
ISBN 978-7-5760-4198-9

Ⅰ．①情… Ⅱ．①金… Ⅲ．①现代小说—小说研究—西方国家 Ⅳ．①I500.74

中国国家版本馆CIP数据核字(2023)第188633号

情感时代：18世纪西方启蒙思想与现代小说的兴起

著　　者　金　雯
策划编辑　许　静　陈　斌
责任编辑　乔　健
审读编辑　李玮慧
责任校对　姜　峰　时东明
装帧设计　卢晓红

出版发行　华东师范大学出版社
社　　址　上海市中山北路3663号　邮编200062
网　　址　www.ecnupress.com.cn
电　　话　021-60821666　行政传真021-62572105
客服电话　021-62865537　门市(邮购)电话021-62869887
地　　址　上海市中山北路3663号华东师范大学校内先锋路口
网　　店　http://hdsdcbs.tmall.com

印 刷 者　上海中华商务联合印刷有限公司
开　　本　890毫米×1240毫米　1/32
印　　张　13.875
字　　数　332千字
版　　次　2024年1月第1版
印　　次　2024年6月第4次
书　　号　ISBN 978-7-5760-4198-9
定　　价　95.00元

出 版 人　王　焰

（如发现本版图书有印订质量问题，请寄回本社客服中心调换或电话021-62865537联系）

《项狄传》第五卷第七章插图，创作者托马斯·斯托瑟德（Thomas Stothard），收于1828年出版的礼品书《勿忘我：1828年圣诞节和新年礼品书》（出版商为R. Ackermann）。插图内容为特灵下士感悟生死，详见本书第七章。

目 录

第二编
18 世纪英国小说中的情感

序 言

华东师范大学知名的比较文学和18世纪英国文学研究专家金雯教授的力作《情感时代：18世纪西方启蒙思想与现代小说的兴起》即将出版，得知此消息后，我非常高兴，因为这是一个在我国长期被忽略却难以躲开的研究课题。大家都知道，18世纪上半叶是英国和欧洲的古典主义时代，强调理性的重要，盛行蒲柏拿手的格式机械的英雄双韵体诗歌。但随着资本主义在英国的发展，在图书市场取代了庇护人/提携人之后，现代小说崭露头角，出现了一大批小说家，女性也加入了作家队伍。从现代小说先驱笛福的《鲁滨逊漂流记》、理查逊的书信体小说和菲尔丁的全景社会小说开始，到斯特恩、斯摩莱特、伯尼和19世纪初的奥斯丁，现代小说成为一个羽翼丰满、势头强劲的新文类。然而，在这个过程中，除了笛福，小说家们几乎没有人能避免对情感的表述，而且按照他们自己的世界观展示了对情感的不同理解。特别是斯特恩的《感伤之旅》把“情感”问题赤裸裸地摆在了读者面前，并引向了以世纪末格雷的《墓园挽歌》为代表的直抒感伤情感的诗歌和哥特式小说，为19世纪浪漫主义文学打开了大门。尽管西方文学中“情感”几乎无处不在，但在我国少有人问津这个厚重又复杂的议题，因此金雯教授这部著作开了一个先河，可喜可庆！

金雯从复旦大学毕业后，就读于美国西北大学，获博士学位，并在哥伦比亚大学英文与比较文学系任教数年，回国后先在复旦大学任教，后转入华东师范大学，成为国家社科重大基金项目“18世纪欧亚交流互鉴研究”的首席专家，不仅入选教育部的青年长江学者，也获得密歇根大学中国研究中心的研究基金资助。2015年，通过韩加明教授，我才认识了金雯。当时闭塞的我们居然只知道北京的三个18世纪外国文学研究学者，即黄梅、韩加明和我，并为国内18世纪外国文学研究后继无人而焦急。认识金雯后，我们松了一口气，安排会见了她，并且希望她为国内18世纪外国文学研究担负起责任。我们没有失望。这之后，金雯组织了不少活动，并且在国内外发表了许多18世纪外国文学和文化研究成果以及比较文学研究的著述。即将出版的这部关于情感和现代小说兴起的大作就是她多年来这方面研究的一个高峰。

《情感时代：18世纪西方启蒙思想与现代小说的兴起》定义18世纪为"情感时代"，并从人类科学的角度解释了启蒙与情感的关系。其中对情感术语的辨析、情感的分类以及文学情感的概念解析都十分精到。由于我在自己的《英国18世纪文学史》（增补版）一书里特别加了一章，强调18世纪苏格兰的文艺复兴，其中特别提到了弗朗西斯·哈赤森（Francis Hutcheson，1694—1746）对道德美学的探究，因此在金雯著作的第一编第二章中看到对道德哲学和美学的研讨就特别认同。但是金雯著作中极好看，也最接地气的是第二编对18世纪中后期的几位小说大师和作品的"情感"分析。在对理查逊书信体小说的分析中，金雯非常敏锐地指出书信的私密性与书信实际上在把自己的内心暴露在公众的窥视之下形成了一个悖论，并且讨论了女性书写的遮蔽性修辞，始终围绕"内心"做了详细的解析，对18世纪的"浪荡子"现象及其社会性等具体问题也有所交代。在第六章对菲尔丁小说的评介中，作者提出了"聚合式同情"和"间离式同情"的概念。而第七章对斯特恩的奇书《项狄传》和他的离题叙述既是忧郁症的症候又是忧郁症的解药这一看法也十分精彩。

总而言之，《情感时代：18世纪西方启蒙思想与现代小说的兴起》是首次全面研究启蒙"情感"这一重要议题的专著，是一部熔定义、史料、多种理论、文本细读、宽泛比较、个人见解于一炉的经典之作。

实际上，很久以前我就指出过，长期以来我国英国文学界只感兴趣于乔叟、莎士比亚、弥尔顿、19世纪浪漫主义诗歌和维多利亚小说，然后就跳到了现代和后现代。夹在中间的18世纪，只有蒲柏的诗歌、斯威夫特的《格列佛游记》、古怪的约翰逊和他的词典被零散地一带而过。然而，18世纪是英国走向市场经济形成，资本主义大步发展，各种哲学和社会理论涌现的时代（如亚当·斯密的国富论、洛克的认识论、沙夫茨伯里的性善论、曼德维尔引发众怒的对美德的否定、休谟的政治经济理论等）。因此我一直呼吁国内的外国文学、文化、历史、思想等领域的学者们重视18世纪研究。这也是我为这部著作问世高兴的重要原因。我希望在不久的将来，这部力作能开启一个研究18世纪外国文学的新天地，让我们看到更多的学者跟进18世纪文学研究。

特此作序！

刘意青

2023年8月于北京

弁　言

18 世纪文化史和情感问题的亲密关系是一部被压抑多年的秘史，由于大众读者对“启蒙理性”的推崇而退守书斋，成为部分学者接力传递的小众知识。现代主体和现代社会的诞生是身体机能和身体实践的觉醒，是心灵内在秩序和无序逐渐展现自身的过程。人的理性在此刻经历了一个变化，不再是与身体相分离的精神禀赋，而是源自身体的自然机制，也因此与情感产生了复杂的纠葛。

从 17 世纪晚期到 19 世纪初叶，不论物质性身体还是观念理性，都没有战胜对方的动力和可能，双方达成了一种动态平衡，学者与文人对两者同样重视，构想了双方实现自发和谐的愿景。道德哲学和美学、社会学、政治学，无不围绕着身体与理性的关系这个问题展开，文学作品也核心地参与这场讨论。“情感”在有关身体与理性关联问题的探讨中扮演了一个关键的角色，“情感”正是两者可以协调一致的征兆，也凸显了两者难以完全兼容的难题。随着 19 世纪实证主义和之后的精神分析理论的进程，身体与理性的冲突对抗愈发激烈，至今没有和解的迹象。但与“启蒙”相连的 18 世纪恰恰是两者势均力敌且试图对话与和解的时期。西方步入现代性的时刻，正是万物悬置的时刻。

这篇相对简短的弁言致力于对情感、文学情感研究和 18 世纪的意义做出初步陈述，旨在对本书涉及的关键词汇做出提纲挈领的梳理。如果绪论和正文中的铺陈和细究是一座密林，那么这篇弁言就是敞亮的林前空地。

何谓“情感”

何谓“情感”？这种不可言说之对象正是情感研究的难点所在，我们只能说“情感”是人们对事物的直接而主观的评价，是人们所谓主观性的最重要征兆。感官知觉捕捉到的信息对人体产生某种影响，呈现为一种主观感受，这种感受与判断和评估过程相结合，也经常呈现为某种行动力或行动倾向，这种与判断和行动相连的主观感受就是情感。我们可以说“疼痛”是一种感觉，与此相伴生的恐惧或憎恶就是情感，因为恐惧和憎恶代表人对外界事物的主观反应和态度。这种主观反应可以直观显现为观念，也可以经由更曲折的过程转化为有关情感的观念。比如许多人即使不反思自己所处的心理状态，也知道自己正在经历愤怒或恐惧等情感，但也有些人一时难以定义自己的主观感受，只能陷入沉默或借用通行的语言模式和文化脚本来尝试表达。焦虑和抑郁等词可以被认为是难以名状情感的替代性表达，难以穷尽主观层面的感受，也经常导致后者的屏蔽和异化。未与观念和语言相连的感受很难称之为“情感”，也就是说，即便没有“愤怒”这个表述，与“愤怒”相似的生理变化和应激行为还是可能发生，但没有转化为观念的“愤怒”很难称得上是主观性感受，与日常语言中对“情感”的理解相悖。

无意识的情感与主观性情感类似，也体现了身体对内部或外界环境的评估和反应，但也有重大差别，因此不同的学者以不同方式对其进行命名，将其区别于主观性、观念性情感。情感神经学开创人之一勒杜（Joseph LeDoux）在 1996 年提出情感发生的两条回路：一条从丘脑通向杏仁核，快速简易，直接产生身体反应；另一条从感觉皮质通向杏仁核，进程较慢，与意识相通，形成情感观念。二十年之后，勒杜建议将由下皮质回路引发的人体抵制外界威胁的自动反应称为“防御回路”（defensive circuits），与依赖前额叶回路和顶叶回路生成的主观性“情感”进行区别。[1] 在哲学领域，德勒兹使用“情动”（affect）这个词汇来表示身体强度的变化，这种变化凸显了身体与外界不间断的物质交换过程，不会凝结为观念或成为稳定意识的一部分，也不会被语言和社会规范捕获。Affect 一词源于 17 世纪荷兰哲学家斯宾诺莎，他用 affectus 表示情感，即与身体“努力”（conatus）的强度变化相对应的观念。德勒兹借鉴斯宾诺莎，强调情感与身体强度变化的关联，并对斯宾诺莎将身体与观念相连的早期现代观念做出了后现代的改造。

从身体性到建构性

不论我们使用“情感”这种日常观念（在英语中可以对应 feeling，emotion，affect 等词汇），还是特指无意识的“情动”，都必须将其追溯到物质性身体与环境交互后发生的物质性过程。有时候想象的事物——比如一个虚构人物或意象——也会激发情感，但视觉或听觉想象的机制与视觉和听觉本身非常相似，需要依靠感官和身体性经验才得以成立。没有身体和感官，“缸中之脑”无法产生和体验人类日常语言所定义的情感。

与此同时，情感的建构性——其与社会环境的关联——也不容忽视。研究情感的科学学者和人文社科学者都深刻认识到这一点，虽然他们的观点也有重要差异。认知科学家和心理学家指出，情感不只是身体变化的主观投射，其与认知也有重要交接，这里的认知包括非反

1 Joseph LeDoux, *The Emotional Brain: The Mysterious Underpinnings of Emotional Life*, New York: Simon and Schuster Paperbacks, 1996, pp. 161 - 165. LeDoux and Pine, D. S., “Using Neuroscience to Help Understand Fear and Anxiety: A Two-system Framework,” *American Journal of Psychiatry*, 173. 11 (2016), pp. 1084 - 1086.

思的直观认知，也包括以语言和社会规范为媒介的规训式认知。美国神经心理学家拉塞尔（James Russell）指出，所有观念性情感都与某种被直观认知的感受相连。观念性情感的生成过程有一个出发点，即“核心情感”（core affect），所谓“核心情感”，就是“可以有意识通达的作为最简单原始（非反思性）情感的神经生理状态”，这些情感会沿着“激活程度”（activation）和“愉悦程度”（pleasure）两个轴线变化。“核心情感”没有明确的目标，“不具有反思和认知的性质”，是直接被给予的。不过，“核心情感”与原因和对象绑定之后成为“被归因情感”（attributed affect），语言在这个环节中发挥了“元情感”的作用，使得切身感受与普遍范畴相连。拉塞尔将完整的情感表达称为“情感篇章”（emotional episode），强调其建构性，说明情感不仅依靠神经回路，也是一种文化脚本。[1] 心理学学者舍雷尔（Klaus Scherer）在《何谓情感》一文中同样将情感视为“篇章”，认为情感由“五个或其中大部分有机系统里同时发生的互相关联的状态变化”构成，显示了对外部和内部刺激是否符合生命体需求的评估。[2] 换言之，情感并不是一个单纯的主观感受，而是在特定文化语境中的集体性建构。

与情感科学相比，社会科学中的情感构建理论更强调社会对心理的塑造作用和情感认知的社会性，注重情感生成中情境的作用。这也就是说，社会科学同样认可情感的直观基础，但将其与个体的直接感受拉开距离，凸显了情感经验的形塑和规训作用。民族历史学学者舍尔（Monique Scheer）明确地提出情感是一种实践，包括启动、命名、交流和管理等诸多环节，并勾勒了“社会结构对身体的渗透”以及两

---

1 James A. Russell, “Core Affect and the Psychological Construction of Emotion,” *Psychological Review*, 110. 1 (2003), pp. 145 – 172.

2 Klaus Scherer, “What are Emotions,” *Social Science Information*, 44 (2005), p. 697. 舍雷尔在 1987 年就提出了情感是一个动态过程的观点，参见 Klaus Scherer, “Toward a Dynamic Theory of Emotion: The Component Process Model of Affective States,” *Geneva Studies in Emotion and Communication*, 1 (1987), pp. 1 – 98。

者在情感生产中共同发挥的作用。[1] 这个观点在1970年代人类学家的研究中已经非常显著，如本书正文中的第一章所述，与舍尔同时代的社会学家维瑟雷尔（Margaret Witherell）等学者也提出了类似观点。

无意识情感如何浮现于意识

在情感科学看来，无意识情感与观念性、建构性情感之间虽有交集，但不会互相干扰，也不会互相转换。勒杜就主张将表达主观状态的情感词汇与“位于非由主观控制行为基底的神经回路”相区分。[2] 但精神分析学和人文社会科学对主观情感和无意识情感关系的认识不同，在这些领域看来，无意识与语言和观念相通，两者的互动和转化会使得肉身经历及其情感生涯发生变型。

我们以弗洛伊德的“压抑”（repression）理论为例初步说明人文社科领域如何看待情感在意识与无意识之间的跨越。《压抑》（1915）一文延续了弗洛伊德早年有关歇斯底里和强迫性神经官能症的研究。他表示，某些心理驱力以及与之相伴随的情感会被阻挡在意识之外，但这些驱力和情感的表征会产生与自身相关但距离足够远的衍生物，后者就可以“自由通抵意识”。[3] 比如某些禁忌性欲会转变为一种对特定事物的恐惧而进入意识。这种压抑机制告诉我们，无意识情感（情动）与意识是相通的，但只能以一种类似隐喻和象征的隐微方式出现。

---

1 Monique Scheer, “Are Emotions a Kind of Practice (And is That What Makes Them Have a History)? A Bourdieuian Approach to Understanding Emotion,” *History and Theory*, 51 (2012), pp. 193-220.

2 Joseph LeDoux, “Semantics, Surplus Meaning, and the Science of Fear,” *Trends in Cognitive Science*, 21. 5 (2017), p. 303.

3 Freud, “Repression,” in *The Standard Edition of the Complete Psychological Works of Sigmund Freud*, translated and edited by James Strachey, London: The Hogarth Press, reprinted 1981 (originally published in 1957), p. 149.

情感的悖论性定义

总之，“情感”源于身体与物质和社会环境的交接，会因为神经运作的性质与社会脚本的限制等因素的共同作用而以不同形式浮现于观念。有时候，观念与身体性情感之间有着紧密的契合，赋予人同一性。这种同一性并不是主体性的唯一源泉，却是其重要根基。但在其他情境下，情感却呈现出一种不可知的特性，是意识中的异己之物，使人产生与自身的疏离与隔膜，取消主体性。因此，我们必须在这里对宽泛意义上的“情感”——包括观念性情感和无意识情感——做出一个充满悖论性的定义：一方面，情感是主观世界显现自身的方式，在很大程度上被直观感知而进入意识；另一方面，情感又是不可知的，无意识的情动有时与意识隔绝，有时曲折地通向意识，其间会受到物质环境、社会性语言规范和权力结构的多次中介。身体的讯息与观念建构之间有着许多不完全敞开的通衢，正是这些通道使得被建构的情感成为符号，既不能被遮蔽又无法被揭示。因此，情感也是主观世界边界模糊，受到语言和社会干扰形塑的一个表征。总之，情感是自我得以成立的基础，也是自我瓦解的缘由。

哲学、心理学、认知科学都提出了许多情感理论，它们都认同情感与五个方面的变化有关——评估、自动生理变化、行动趋向、肌肉运动表征、主观感受——但它们之间的相互关系非常错综复杂，并不能用简单因果表述。在直观性和建构性之外，情感还有很多其他面向，可以成为分类标准。比如，可以根据有没有明确目标和对象（比如对谁或什么生气）对情感进行区分，有学者认为无对象情感可以被称为“情绪”（mood）；[1] 倪迢雁在《丑陋情感》（*Ugly Feelings*）中对减少愉悦度的消极情感进行分类，从其中分离出一类“否定性”情感，即没

---

1 Achim Stephan, “Moods in Layers,” *Philosophia*, 45. 4（2017）, pp. 1481 – 1495.

有对象或试图否定对象的情感。[1] “情感”的精确定义和分类方法没有定论，只能根据具体的聚焦点进行调整。

文学情感研究

从文学的角度来说，最关键的可能不是确定最为复杂合理的情感分类系统，而是以情感问题为契机，考察主体构成、社会情境和话语系统之间的错综关联。简而言之，就是考察处于社会情境和话语系统之中的身心互动机制。观念性情感在直观性和建构性之间滑动，始终不会僵化地停留在某处。因此，文学情感研究需要解决两个核心问题：

1. 我们如何判断话语中的情感？18 世纪英语中有许多或古老或新兴的情感范畴，本书的主要研究对象是 18 世纪的三种核心情感，即同情、忧郁和恐惧。情感范畴作为话语构建，与某些直观情感经验对应，因此大部分读者可以从人物行为、表情和叙事者所用的情感范畴来辨别人物所承载情感，并能达成一致。不过，这些情感范畴并不一定对应情感经验，更多与早期现代的身心理论、道德哲学、美学、医学、性别话语、历史学、“社会科学”（政治哲学和社会理论）等话语对接，可以被分析、还原为建构情感经验的过程，展现情感的社会建构性。与此同时，有很多情感经验并不一定用情感范畴表达，我们在 18 世纪小说中发现许多主题和形式上的特征，都暗示——而非表达——情感。比如菲尔丁小说中的全知叙事暗示了同情理论，斯特恩小说中的身体姿态描写与“活力论”中的身心互动机制相关，而感伤小说和哥特小说在直接阐发情感的同时，也通过家庭婚姻叙事暗示有关女性情感机制的革新观点。

1 Sianne Ngai, *Ugly Feelings*, Cambridge: Harvard University Press, 2005, p. 11.

2. 与上述问题相关，我们如何考察文学作品干预社会机制并产生政治效应的方式？从情感研究的视角出发，就是要研究文学语言如何构建身心关系，如何与同时代其他形塑身心关系的社会制度与话语系统交接并就此提出对读者有影响的独特洞见。对文学形式十分敏感的新历史主义阐释框架总是尝试在文学形式和与文学相邻的话语体系之间建立关联，说明文学形式和体裁的演变与话语体系及其所依托的政治经济制度之间的互文关系。文学情感研究也同样遵循这个原则，但回到上面的第一点，“情感”作为研究主题和对象不稳定，有时是直接的心理刻画与情感表征（表情、声调等）书写，有时是暗示性的景物描写，有时是身体姿态描写，要把这些形式特征都与对探讨情感的跨学科话语系统并置在一起，考察它们之间互相渗透和影响的关系，这应该就是文学情感研究的主要内涵和意义，也是其独特的挑战。

为何将 18 世纪欧洲与情感问题相连

有关 18 世纪的论述汗牛充栋。18 世纪经常与资产阶级主体性和“个人主义”的兴起关联，但这个时期的主体性观念其实非常复杂。洛克在《人类理解论》(1689) 中考虑何为“人格”的问题，初步提出主体性问题，思考人何以具有同一性：“所谓人格就是有思想、有智慧的一种东西，它有理性、能反省，并且能在异时异地认自己是自己，是同一的能思维的东西。”[1] 一百年后，康德在《什么是启蒙》中呼吁人们走出“咎由自取的受监护状态”，学会“公开地运用”理性，在《纯粹理性批判》中又将自我意识称为“源始统觉”，即“先于一切思维被

---

1 ［英］洛克：《人类理解论》上册，关文运译，北京：商务印书馆，2017 年，第 334 页。

给予的表象”，巩固了人的主体性。[1] 所谓“主体性”，在当代现象学理论中指的是自我觉知，即自我的“被给予性和可达性”，这种觉知是所有意向性行为的有机组成部分。[2] 自我觉知不依赖反思，但反思有助于形成更清晰连贯的自我观念，加强主体性。[3] 与此同时，因为福柯的标志性贡献，主体性被认为是自我真相的生产，是通行话语系统对个人意识的形塑和规训，是“人在其中与自身连接的一种真相游戏”。[4] 这两种对主体性的理解与subject（主体）这个词的双重意义相通。《牛津英语大辞典》（*Oxford English Dictionary*）显示，18世纪，“主体性”（subjectivity）一词尚未出现，但subject一词使用广泛，一方面表示某种属性的基底和材质，包括作为知识生产源头的“头脑”，一方面也表示臣服于他者的个体。

18世纪对于主体的认识已经显现出我们在现象学和福柯所代表的社会批判理论之间的分歧，虽然认可个人具有自我意识和“同一性”

---

1 ［德］康德：《什么是启蒙》，收于李秋零主编《康德著作全集》第8卷，北京：中国人民大学出版社，2010年，第40、41页。［德］康德：《康德三大批判合集（注释版）》上卷，李秋零译注，北京：中国人民大学出版社，2016年，第116页。

2 Dan Zahavi, *Subjectivity and Selfhood: Investigating the First-Person Perspective*, Cambridge: MIT Press, 2015, p. 12

3 扎哈维（Zahavi）对自我意识的观点源于现象学，萨特将反思分为“纯反思”与“不纯反思”两种形式，在“纯反思”中，反思者与被反思者合二为一，但在“不纯反思”中，反思者与被反思者分离，自为（反思者）考察自在的心理状态与活动（被反思者），这些现象“超出自为又支持自为”，会经由反思再次与自为统一。参见［法］萨特：《存在与虚无》，陈宣良等译，杜小真校，北京：生活·读书·新知三联书店，2014年，第215页。在此基础上，扎哈维鲜明地反对将自我意识视为“高层意识”（higher-order consciousness）的观点，因为“高层意识”预设一种“二元性”（duality），认为自我意识具有反身性，但反思无法产生意识活动为我的这种以“同一性”（identity）为本质的感受。参见Zahavi, p. 28。

4 Maurice Florence, “Foucault,” in James D. Faubion, ed., *Aesthetics, Method, and Epistemology, Essential Words of Foucault, 1954–1984* Volume 2, translated by Robert Hurley and others, New York: The New Press, p. 461.

的特征，但也意识到自我只能在媒介化传播中经由观众和读者的凝视而成型，不完全由个体自身主宰。

18 世纪思想中的主体是经验的主体，也是权力的主体，洛克的政治理论和他之前的现代自然法提出的天赋人权也是 18 世纪主体性思想的重要源头。这种政治权力上的主体也具有其内在含混性，其基础在于个体之间协调权力的机制。1962 年，多伦多大学的政治经济学教授麦克弗森出版了《占有性个人主义的政治理论：从霍布斯到洛克》一书，将洛克的《政府论两篇》（1689/1690）与霍布斯的《利维坦》（1651）相连，视二者为私人财产权和资本主义“彻底战胜”激进平等主张的标志。[1] 这种观点受到剑桥思想史学派政治理论家邓恩和塔利等人的修正。邓恩认为洛克是一个平等主义者，他的社会和政治理论是对“加尔文主义社会价值观的诠释”，塔利则认为洛克实际上是以“公地”为基础想象他的财产权，使之成为一种具有包容性的共有权——个人对共有之物施加劳动并从而构造对象，使之转化为其财产，但这种对象仅限于获得生存和舒适生活的必要手段——并不是资本主义社会个人主义的前奏。[2] 根据剑桥学派的认识，私人财产权必须建筑在财产和商品流动的基础上，人们必须与他人分享财富，使得自我

1 ［加］C. B. 麦克弗森：《占有性个人主义的政治理论：从霍布斯到洛克》，张传玺译，王涛校，杭州：浙江大学出版社，2018 年（原著 1962 年出版），第 164 页。

2 John Dunne, *The Political Thought of John Jocke, An Historical Account of the Argument of the "Two Treatises of Government"*, Cambridge: Cambridge University Press, 1969, p. 259.［英］詹姆斯·塔利：《论财产权：约翰·洛克和他的对手》，王涛译，北京：商务印书馆，2014 年（原著 1980 年出版），第 168 页。1985 年，波考克指出洛克要放在语境中来看，围绕“后封建时代的两种理想”——古典公民社会和现代商业社会的自由观——的冲突。波考克的论点与本弁言并不矛盾，这两种自由观显示了两种个人权力与公共构建之间的关系，也就是说，从复辟时代到 18 世纪，英国的资产阶级主体观从来不是简单的对个体自然欲望的推崇。参见［美］波考克：《德行、商业和历史：18 世纪政治思想与历史论辑》，冯克利译，北京：生活·读书·新知三联书店，2012 年（原著 1985 年出版），第 161 页。

也变成“在与别人的关系中所拥有的东西”。[1]

18 世纪对于身体与理性关系的理解与启蒙时期主体观念的内在悖论之间有着深刻的联系。人要具备自我认知并在自我同一的基础上拥有政治权力，其首要条件在于在自然身体与精神之间建立融通合一的关系。18 世纪并不认为精神的自由是摆脱作为自然一部分的身体，而是主张顺应自然，从自然本性出发构筑可以被自身控制的自由人格。从自然出发，但又不被自然所钳制，这个要求非常高。可以说，18 世纪思想的精髓就是在观念理性和感官知觉之间构筑一种动态平衡，这种平衡建立在对立的基础上，但对立双方不断发生转化。18 世纪有关这种早期辩证思想最为成熟的表达出现在英国浪漫主义诗人布莱克的笔下，他在格言诗《天堂与地狱的婚姻》(1788) 中就已经借魔鬼之口表示：“人并没有与他的灵魂截然分离的肉体……官感是灵魂的主要入口。”[2] 理性成为接收感官经验并从中演绎真理的过程。不过，身体与精神的融通总是有限的，不如浪漫主义诗人想象的那样彻底。理性无法把握自然，必须以自然为媒介实现自身，也因此发现了自身的边界。自然及其最重要的组成——人类肉身——能否与精神和谐联动，能否成为知识的源泉，具有可靠的道德判断？更进一步说，人的基本身体需求与对他人福祉的关心和社会伦理建构的需要是否可以共存？这就是 18 世纪“人类科学”的核心难题，充分体现了 18 世纪主体性的悖论。

在对这些 18 世纪核心问题的思考中，“情感”都有着举足轻重的作用。情感标志着主观世界与物质世界之间有着一道天然的桥梁，可

---

1 ［美］波考克：《德行、商业和历史：18 世纪政治思想与历史论辑》，冯克利译，北京：生活·读书·新知三联书店，2012 年，第 173 页。

2 W. H. Stevenson, ed., *Blake: The Complete Poems*, 3rd edition, London: Routledge, 2007, p. 111. 并参见中文译本：［英］威廉·布莱克：《天堂与地狱的婚姻——布莱克诗选》，张德明译，北京：中国文联出版公司，1989 年，第 13 页。

以经由这架桥梁联合在一起。但这道桥梁也是残缺的，身体会颠覆观念和想象的世界，观念会试图同化和规训身体，两者之间经常会发生不可调和的冲突，引发撕裂主体的情感。当我们将 18 世纪西方现代性的缘起与情感问题相连，这个总体观点就呼之欲出了，但它也是需要细致论证的。本书尝试以具体语境为依托支撑和丰富这个论点，主要聚焦于 18 世纪英语小说的分析，从情感视角出发对现代小说的崛起这段文化史重新加以审视。小说与情感有着天然的联系，可以说是 18 世纪文学种类中与启蒙时期的情感文化有着最直接关联的部分，对情感文化和主体观念中的悖论有着最为深刻的展现。英语文学是我的本行，但这不是重点考察小说的唯一理由，更重要的理由是 18 世纪欧洲情感观念史和 18 世纪英国小说之间的联姻能使得两者彼此照亮，具体地说明情感观念史与启蒙主体性之间的关联。在研究具体的 18 世纪英国小说文本时，本书聚焦两类情感，与 18 世纪主体观的两个侧面呼应。一类是与知性和判断相通，表征个人主体性并为社会伦理奠基的情感，以“同情”为核心，在 18 世纪语境中，“同情”既是一种具体的利他情感，也是与他人在情感上达成协调一致的禀赋。另一类是限制主体，使其异于自身的难以名状的情感，主要包括忧郁和恐惧。

有关 18 世纪启蒙时期有两种分裂的观点：认知心理学家品克（Steven Pinker）在近作《现在需要启蒙！》（2018）中强调启蒙缔造了“理性、科学、人道主义、进步”等宏大理念；[1] 与此同时，许多当代学者秉承概念史家科泽勒克（Reinhart Koselleck）和法兰克福学派的霍克海姆、阿多诺等 20 世纪中叶思想家的立场对启蒙思想提出批评，

1 Steven Pinker, *Enlightenment Now: The Case for Reason, Science, Humanism, and Progress*, New York: Penguin Books, 2018.

认为它缔造了一种带有专制色彩的有关人类理性和道德的神话，也因此一次次走向“自我毁灭”。[1] 但这实际上恰恰是各种思潮涌动、思想多元的时代，与工业资本主义正式确立、自由主义观念正式确立、现代世界格局正式确立之后的19世纪有着很大的区别，这个时期不应该被简单归于这两种倾向。这是一个“情感时代”，情感的双重性和流动性正是这个时期最恰当的标志。消解身体与理性冲突的尝试在18世纪晚期达到高峰，浪漫主义思潮和文学旨在消解身体的危机，即抵御对主体性构成威胁的身体性情感，但浪漫主义的美学方案表现出过度理想化的倾向，难以掩盖现代主体内部的裂痕。

以情感为切入口重新认识18世纪，我们会发现对启蒙或褒或贬的态度都基于一种误解——认为这个时期建构起了稳固的现代主体性。实际上，作为“情感时代”的18世纪呈现出一种两面性，主体性是否可能、个人的主体性与社会建构之间的协调是否能实现，在此刻都是悬而未决的问题。18世纪不是任何时代的前奏，不必然导向“占有性个人主义”的崛起，也不必然导向伦理生活的失落。历史的进程由多重元素交织而成，每一时刻都充满矛盾和悖论，也充满难以预测的潜能。

18世纪牵动一条重要的观念史和文学史脉络，帮我们串联起现代性的前世今生；它照亮了今日西方乃至中国社会共同面对的情感、主体性和社会建构的问题，有助于干预今日世界的走向，拓展其未来发展的可能方向。

---

1 ［德］马克斯·霍克海默、西奥多·阿道尔诺：《启蒙辩证法》，渠敬东、曹卫东译，上海：上海人民出版社，2006年，第1页。Reinhart Koselleck, *Critique and Crisis: Enlightenment and the Pathogenesis of Modern Society*, translated by Anon, Cambridge: MIT Press, 1988 (originally published as *Kritik and Krise*, 1959). 也参见本书第三章对科泽勒克批评的概括。

致谢

这部著作在写作过程中受到国家社科基金一般项目的资助，也受益于我在 2013 年初回国之后得到的新的学术机缘和资源。首先感谢刘意青、韩加明、张西平、殷企平、江宁康等各位 18 世纪外国文学研究前辈的帮助和鞭策，感谢国际 18 世纪研究学会安得里亚斯（Lise Andries）和考菲尔德（Penelope Corfield）两任会长的关心，在前辈学者温暖的凝视中，我不敢有片刻懈怠。本书有幸请到刘意青老师写序，是我多年来领受到的祝福和期许的象征。

非常感谢各位学界同道的启迪和扶助，多年来，我在线上线下结识和未曾谋面的师友不胜枚举，他们慷慨的情谊结成了一张结实又通透的承托网，让我不感觉孤单，但也随时可以透气。人做任何事总会迎面遇到“为何而做”的问题，有了这些不同年龄的故友知交，以及与他们相连的更大的人群，我相信文字和书写是有意义的，我们的呼吸和思绪可以触碰许多灵魂，改变系统里的一个个小点，也改变系统本身。2021 年底，华东师范大学国际汉语文化学院比较文学系成立，自此中文系与国汉院的比较文学将各展所长，同裳偕行，继续开拓古今中外“四窗”的志业。我对 18 世纪英国和欧洲文学的研究一直尝试尽力打通观念史、社会文化史和文学阐释，打通外国文学和比较文学，能做的还相当有限，未来的路还很长，比较文学学科在华东师大的发展给我提供了很好的契机。特别感谢目光如炬的未来设计师朱国华院长。

与学生们的教学相长永远是最重要的，我有幸与郭然、钱晟、张执遥、崔诗韵、赵少阳、任远、吴繁、姜俐娜、李佳桐、陈鑫、陈晓泳、郭珂濛、严语、王雪聪等后起之秀结下师生之缘，他们对我的帮助都很大，都是未来的学术栋梁。

也感谢华东师范大学出版社许静、陈斌和乔健编辑一直以来的信任和助力。

最后，感谢家人、爱人和孩子们。爱是最好的成人教育，他们赠予我的情感经历是一切理性思辨的前提，在下着小雪的天气里人们才能思考小雪。希望他们对我学术工作的干扰永不停息。用泰戈尔和聂鲁达的话来说，希望他们一直住在我无限的孤独中，向上升起，与我一同诞生。

绪 论

启蒙与情感：18世纪思想与文学中的“人类科学”

18世纪晚期是欧洲范围内早期现代与现代时期的分水岭，也是感伤文化爆发的年代。感伤小说在英国、法国和狂飙突进时期的德语地区同时盛行，或善感或悲情的人物引读者掩卷叹惋；英国的废奴主义论争大量使用感性语言，以政论和小说等形式孕育对奴隶境况的普遍哀怜；法国大革命早期，国民议会和制宪议会相继成立，巴黎市民攻占巴士底狱，各议会代表和各阶层人士一时间沉浸在对新法兰西民族的憧憬中，热泪如电流般穿过人群。此时，在文艺复兴基督教文化中被视为“圣洁”的泪水成为世俗道德情感的表达，人们以眼泪宣誓同情和善意，与在场或不在场的他人结成心灵的同盟。[1] 与此同时，眼泪也成了失控情感的象征，感伤文化因为可能助长接受者——尤其是女性——自怜自恋的病态倾向而广受诟病。[2] 18世纪末的情感爆发并非突然而至，它生发于一段很长的观念史和文化史，标志着早期现代西方逐渐积累的情感文化已临近高峰。本书要探讨的就是17世纪晚期至18世纪晚期

---

1 Tom Lutz, *Crying: The Natural and Cultural History of Tears*, New York, London: W. W. Norton, 1999, pp. 48 - 49.

2 G. J. Barker-Benfield, *The Culture of Sensibility: Sex and Society in Eighteenth-Century Britain*, Chicago: University of Chicago Press, 1992, p. 304. 18世纪和19世纪之交出现了对于小说使得女性自心智发展停滞，使其痴迷于痛苦与死亡的批评，这些批评中包括沃尔斯通克拉福特（Mary Wollstonecraft）的声音。

西方情感文化发展的进程和逻辑，并在此语境中重审英国现代小说的兴起。

假如我们固守对18世纪欧洲启蒙文化的通常理解——启蒙代表公共理性的觉醒——那么对这个时期不断积累的情感文化是无法理解的。人们在摆脱神学和传统权威的羁绊，依靠理性重构社会秩序的同时也发现了情感的力量。启蒙时期的欧洲人对“情感”有了系统性认知和重视，更准确地说，情感与理性的关系成为此时最为关键的社会和文化议题。情感源自物质性身体与外界环境接触时的感官知觉，基于身体变化的情感与观念性理性如何互动，是否能被理性把握和掌控，这是自17世纪中叶以来欧洲思想史反复推敲的问题。无独有偶，17世纪下半叶，向来钟情崇高情感的西方虚构叙事和戏剧传统不仅大量描摹不同阶层日常生活中的普遍情感，也自觉地以此为途径倡导行为规范或反思精神症结。对启蒙时期的欧洲来说，情感能否在物质性身体与理性之间进行斡旋并使两者达成某种协调的问题具有重要的社会和政治意义，不论是商业社会的有序发展，还是政治主权从绝对君主向公共领域的迁移，都以特定的“人”为条件。能自发构成和谐共生的私人和公共领域的个体必须有充沛但可知且可塑的情感，这样的人具有内在性，能根据自身感受制定道德规则，同时又向他人敞开，能感知他人情感并以普遍感受为标准调节自身感受。因此，17—18世纪出现了大量情感理论，成为“人类科学”（休谟所谓Science of Man）的关键组成部分。对情感机制、功能及其是否会溢出理性控制的探讨是启蒙时期道德哲学、美学、人类历史书写和社会学的一个核心任务。层出不穷的情感话语旨在论证现代人能否以情感为纽带使身体和心灵实现整合，能否依据情感竖立道德和审美判断的标尺而不至于被强烈的身体性激情所左右，用当代理论术语来说，这就是在论证人是否具备“主体性”（subjectivity）。正是有关情感的探讨决定了启蒙思想中有关“内心”“私人”和“社会”的思考，决定了西方现代文化的走向。

从1990年代开始，考察18世纪（及其前后）英国及其他欧洲文学与文化中情感观念的著述层出不穷。[1] 这些著述重新审视了启蒙时期想象“人性”以及人的社会属性与政治权利的方式，也成为欧美学界“情感转向”（affective turn）热潮的重要组成部分。许多当代情感研究学者热衷于探讨与身体紧密相连的情感能否有助于重塑现代主体，要回答这个问题首先必须梳理17、18世纪如何想象情感在主体性构建中的作用。[2] 加拿大批评家弗莱在1956年提出的18世纪可以称为“感性时代”（age of sensibility）的观点已经在众多具体研究的加持下变得十分稳

1 有关“情感”的论述分布于18世纪几乎所有的话语体系，在认识论、道德哲学和美学以及文学、文化中都频频亮相，2000年代以来在各人文社科领域中都成为研究焦点。研究18世纪文学中的情感观念与研究思想史、文化史中的情感转向有并行的态势。在哲学思想史方面的情感研究著作包括：［英］苏珊·詹姆斯：《激情与行动：十七世纪哲学中的情感》，管可秾译，北京：商务印书馆，2017年；［美］迈克尔·L. 弗雷泽：《同情的启蒙：18世纪与当代的正义和道德情感》，胡靖译，南京：译林出版社，2016年；罗卫东：《情感、秩序、美德——亚当·斯密的伦理学世界》，北京：中国人民大学出版社，2006年；李家莲：《道德的情感之源：弗兰西斯·哈奇森道德情感思想研究》，杭州：浙江大学出版社，2012年。在文化史研究中，可参见 Anne Vincent-Buffault, *The History of Tears: Sensibility and Sentiment in France*, New York：Palgrave Macmillan, 1991。这部著作从文学、书信、回忆录、戏剧评论、教育手册等材料中发现了许多描绘“哭泣”这种情感的身体语言的素材，并挖掘了其社会交往的功能，启迪了更多著作，如艺术史研究：James Elkins, *Pictures and Tears: A History of People Who have Cried in Front of Paintings*, New York：Routledge, 2001。这些作品都不约而同地指出，18世纪在这方面有着非常独特的地位。要理解这个问题，我们要追溯情感“观念”，从思想史和文学史、文化史的对话来解开这个难题。情感成为启蒙时期人性观念的核心问题，成为道德和判断的根基，也在商业社会的形成中成为书籍和戏剧与其接受者之间的重要纽带。

2 自1985年美国历史学界首先提出“情感学”（emotionology）的概念以来，情感问题在西方人文社科学科与认知科学中受到了广泛而深入的关注，对文学阐释方法产生了深刻影响。对情感问题的关注在21世纪初凝聚成一股跨学科思潮，一般称之为“情感转向”，即英语中的 emotional turn, affective turn, turn to affect 等表述。

固，本书进而提出“情感时代”的观点。[1] 弗莱以18世纪诗歌的内省转向为依据提出这个观点，而晚近的研究对小说、叙事和戏剧情有独钟，更系统地梳理启蒙时期的情感观念与世俗、商业社会建构的关联。

对中国读者和学者来说，18世纪启蒙时期更为人熟悉的称号无疑是“理性时代”（age of reason），这个称号出自18世纪末托马斯·佩恩的同名著作，在19世纪英国辉格党派的历史叙事中成为18世纪的代名词。[2] 启蒙与理性的关联主要基于法国“启蒙哲学家”（philosophes）对宗教盲从发起的冲击和对人类内在判断力的倚重、从洛克到休谟的英国经验主义传统以及从莱布尼兹理性主义哲学到康德先验观念论的思辨性哲学传统。卡西勒在《启蒙哲学》（*Die Philosophie der Aufklärung* 1932）中的观点很典型，他认为，启蒙时期之所以是“理性时代”，是因为“没有哪一个世纪像启蒙世纪那样自始至终地奉行理性进步的观点”。在今日看来，这个判断失之粗疏，启蒙时期的确最早提出了建筑于人类理智发展基础之上的进步历史观，然而并非对此毫无疑虑，启蒙思想家和文人对“情感的怪异涌动”也有着深刻的理解，深知理性需要情感的辅助也经常因与其扞格而陷入困境。[3] 卡西勒自己也指出，启蒙心理学理论没有忽略“情感生活的力量和具体性质”。[4]

---

1 Northrop Frye, “Towards Defining an Age of Sensibility,” *ELH*, 23. 2（1956）, pp. 144－152.

2 法语中“理性世纪”（siècle de la raison）的说法在18世纪进程中也可以见到，比如《伏尔泰全集》第一册收录的孔多塞写的伏尔泰生平，其中提到伏尔泰的史诗《亨利亚德》创作于“理性世纪”。参见 Voltaire，*Oeuvres Complètes de Voltaire*, Paris: Chez E. A. Lequien, 1820, p. 125.

3 “情感的怪异涌动”是对以下著作主标题的中译：Adela Pinch, *Strange Fits of Passion: Epistemologies of Emotion, Hume to Austen*, Stanford: Stanford University Press, 1996。

4 ［德］E. 卡西勒：《启蒙哲学》，顾伟铭等译，济南：山东人民出版社，1988年，第102页。

在18世纪西方哲学的不同分支（认识论、道德哲学、美学）中，“情感”一般被认为是身体和感官与环境接触时产生的反应，在英语中经常用passion，affect，emotion，feeling，sentiment等各种词汇表示。我们不必要，也不可能将这些词分别翻译为不同的汉语名词，可以统一用“情感”来对应，并在必要情况下改成“感受”“激情”或“情动”。[1] 这些词的侧重不同，但都运用广泛，说明启蒙时期非常重视情感在个人主体性和社会共同体构筑中的关键作用。不过，不论是经验主义/感觉主义情感理论还是理性主义情感理论，都产生了内在分化，将情感视为一柄双刃剑，虽然认为身体与环境接触后产生的感觉、情感与理性相连，为观念的形成提供基础或辅助，但也同时意识到身体与理性的抵牾及其带来的不可预知的后果。

首先，启蒙时期的情感理论致力于调解笛卡尔设定的身体与心灵的二元对立，解释感官经验如何触发主观反应并为理解力和判断力提供向导，但从18世纪早期的法国美学家杜博神父（Jean-Baptiste Du Bos）到康德，许多基于完全不同立场的思想家都指出情感可能自行其是，导致判断力和理解力的失误。[2] 其次，启蒙时期的情感理论试图解释不同个体之间如何在个体保障自身利益和权利的同时与他人形成和谐互利的关系，“同情”理论盛行于18世纪，成为现代社会依靠私人个体的互动与联合自下而上构成的重要保障。不过这种纽带也被认为是不稳定的，即使在“同情”的拥趸休谟、斯密和狄德罗笔下，情感的偏颇也随时可见，物理距离和阶层差异等偶然状况都可能成为阻碍人际情感认同的因

---

1 对这些术语同异的辨析，请参看本书第一章第一节。

2 杜博在《关于诗歌、绘画与音乐的批判性思索》（*Réflexions critiques sur la poésie et sur la peinture*, 1719）一书中开门见山地将美感定义为一种“可感的愉悦”（sensible pleasure/plasir sensible），但也指出这种愉悦较为浅表；康德对自然情感的拒斥广为人知。详见本书第二章。

素。[1] 情感的双重性在小说家笔下体现得更加鲜明，越是试图以情感促成社会交流的作家，对这种交流的晦暗面和复杂性就了解得越深。

以“情感”为窗口，我们可以清晰地看到启蒙思潮的双重性，看到这个时代对与身体绑定在一起的“人”和人类社会的信念，也看到对失去形而上根基陷入了物质和历史泥沼的人类存在状态的犹疑困惑。情感的双刃剑使得人的整体性和自主性得以建构，也时刻可能被颠覆。自然情感的危险在17—18世纪的文学和艺术中已经清晰地呈现。莎士比亚的戏剧开始展现深邃复杂的莫名情感，作为自然的一部分，人心的执拗难测标志着被造世界在整体上已经从神意和神的律法中滑脱，而其自身规则尚未清晰地显现。[2] 17世纪盛行的英雄主题罗曼司与贯穿整个世纪的巴洛克艺术一样注重描摹身体和情感，制造移情效应，其广泛传播使得女性读者的情况特别引起人们的担忧。[3] 这种倾向在17世纪中叶至

1　休谟和斯密都不认为道德的基础是作为原始本能的人类情感，而是在社会生活中被培育出来的“人道”和“仁爱”之情和不带私心的同情力，休谟认为“效用”具有控制情感的作用，能够激发“仁爱”的道德情感，斯密认为人会在社会生活中学会以中立旁观者的视角考察自身和他人处境，调节“同情”至适当的程度，使之成为德性的基础。参见休谟的《道德原则研究》（1751）和斯密的《道德情操论》（1759）。狄德罗也在1773年的一篇对话录“Entretien d'un père avec ses enfants”（1773）中发出过类似的对于同情的质疑。详见本书第二章、第六章。

2　有关文艺复时期有关“人”的认识，详见本书第四章。

3　巴洛克艺术一般指17世纪欧洲出现的注重身体动作和表情呈现的绘画和戏剧风格，巴洛克风的出现一方面体现了世俗和市民社会的兴起，另一方面也体现了天主教会对新教教会的反击，后者试图杜绝偶像崇拜，而天主教会试图通过强化绘画与雕塑对耶稣和圣徒受难的描写来激发宗教情感（此时的宗教题材艺术也常与世俗情感对接，具有生发情欲的作用）。与此同时，“巴洛克”（baroque）一词被认为源自葡萄牙语中的barroco（意为有瑕疵的珍珠）或拉丁文中的baroco（经院哲学中的三段论程式之一），也指涉艺术和装饰繁复耗时、细节堆叠的风格，这个形式维度与对体态和表情刻画的注重相辅相成，都强化了引发感官和情感效应的功能。在17世纪下半叶的法国，以宫廷为依托的古典主义艺术风格崛起，与巴洛克风相融，使得法国的巴洛克建筑和艺术更为肃穆庄重。有关巴洛克艺术与情感的关系，参见Katie Barclay et al, eds., *A Cultural History of the Emotions in the Baroque and Enlightenment Age*, Vol. 4, New York: Bloomsbury Academic, 2021, Chapter Five, “The Visual Arts”, pp. 85-110. 有关17世纪英雄主题罗曼司的盛行，详见本书第四章。

18世纪初的早期小说中有所改变，然而情感总是处于随时可能倾覆个人的状态。[1] 启蒙时期的情感观念是一种回应，也是一种社会改造工程，18世纪开始为情感正名，也试图驾驭情感，使其成为构筑社会的工具。

因此，我们可以说，18世纪秉承17世纪中叶笛卡尔以降的动向，对情感和理性的融合以及主体的建立寄予厚望，凸显情感的判断功能以及对个体和社会的整合作用。不过对情感的阴郁认识也从来没有平息，时刻扰动着启蒙时期标志性的乐观精神。这种暗流在文学领域尤其明显，18世纪末期的哥特文学打破了感伤小说对善良寄予的希望，任由不可抵抗的罪恶激发恐惧和愤怒。再往后，19世纪黑色浪漫主义文学集中地探索个体情感世界的幽暗深处，19世纪中叶以降的文学作品对奇情、性欲、鬼魅等问题的兴趣更为显著，导向了精神分析学的诞生，至此，启蒙思想在情感与理性之间维持的不稳定的和谐已经分崩离析。“人”和人类社会自我疏离的危机在20世纪初达到高峰，导向后现代种类繁多的虚无主义、解构主义和重构主义。

虽然有关18世纪欧洲思想和文化的研究汗牛充栋，但启蒙时期作为“情感时代”的深意还有待厘清，对18世纪情感观念的理解有助于我们进一步梳理启蒙的文化遗产，揭示出其内部的丰富层次。如何评价这个特殊时代的问题在二战以来全球人文社科研究界造成了巨大撕裂，对18世纪思想和文化形成独立而全面的看法也就尤其困难和重要。启蒙思想并不单纯对人的主体性表示乐观，18世纪的思想家和文人对身体内嵌于物质性环境有着深入的认识，在论证人对身体和环境有掌控力的同时，也意识到人的主体性受环境的影响和限制，情感就是人内嵌于环境和历史的重要表征。重新了解18世纪有助于我们深入阐释西方现代性的起源和内在悖论，也有益于我们考察自身的处境，

1　这里的小说指的是从法国拉法耶特夫人、马里沃到英国三位女作家（贝恩、海伍德和曼利）等创作的以情爱为主题的虚构叙事，这些叙事作品与18世纪中叶兴起的“现代”小说还是有差别的，详见本书第四、第五章。

以“现代性”这个遍布全球但呈现出巨大差异性的文化形态为背景，提出当代人精神世界和共同生活构建的原创方案。

一、作为“情感时代”的18世纪

《鲁滨逊漂流记》（1719）的主人公对自己的孤岛生涯总是追悔莫及，将苦难的源头归咎于“任性”，自己曾“明目张胆地，固执地坚守［那］出海遨游的愚蠢倾向”（foolish inclination），要过与中间阶层舒适平静理想相悖的生活。[1] 他总结说：“人们有一种通病，那就是不满足于上帝和大自然给他们安排的生活。”[2] 然而，他虽然时刻反省自己“异样的不安分”，孜孜不倦地悔过，却从不改正。[3] 不仅在小说的篇幅中不断犯同样的错误，被“愚蠢倾向”牵引，且在文末保证要为读者提供“更多的冒险经历”。[4]

《鲁滨逊漂流记》不仅是现代“经济人”依靠殖民和冒险获得财富积累的成长寓言，也揭示了追求冒险和财富增长所需要的情感基础。[5]

---

1 ［英］丹尼尔·笛福：《鲁滨逊漂流记》，金长蔚译，广州：花城出版社，2014年，第31页。这里的翻译参照小说的英文原版改动过。参见 Daniel Defoe, *Robinson Crusoe*, edited by Thomas Keymer, Oxford：Oxford University Press，2007，p. 34。

2 同上书，第164页。

3 同上书，第127页。

4 同上书，第259页。这样的情感规律在全文中还不断出现，鲁滨逊总是在惊人的冷静睿智和情绪波动之间摇摆。他经常品味如宗教热忱般极端而不可抑制的“狂喜”，仿佛荒岛上发生的一切都出乎意料，也经常陷入不可抑制的恐惧，只能无助地忏悔求救，像斯宾诺莎情感理论中所说的那样用一种激情对抗另一种。但同时，为了宽慰自己，鲁滨逊也书写日记，如同他在初上小岛时将自己的不幸与幸运罗列出来，想要使自己跳脱出个人视角做出一个冷静理智的评估。

5 “经济人”是马克思和韦伯对鲁滨逊的评价。［德］马克思：《资本论》第一册，收于《马克思恩格斯文集》第五卷，中共中央马克思恩格斯列宁斯大林著作编译局编译，北京：人民出版社，2009年，第94页；［德］马克斯·韦伯：《新教伦理与资本主义精神》，李修建、张云江译，北京：中国社会科学出版社，2009年，第144页。

作为在17世纪和18世纪之交逐步崛起的英国中间阶层的一员，鲁滨逊是工具理性的杰出代表，对物的使用系统而精当，对自己作为主人和富有人道精神的立法者地位毫无质疑。[1] 然而，更重要的是，他毫不讳言自己的“愚蠢倾向”，把中间阶层依靠商业手段积累财富的欲望表现为一种值得怀疑的情感冲动。这恐怕就是笛福看似平淡的作品中充满玄机的一面，他将中间阶层自我意识的双面性清晰地展现在我们面前，这个阶层的工具理性与他们不可遏制的激情，即对于财富和自我提高的冒险性渴求，不仅同时存在，更是互相依赖的。鲁滨逊一方面用理性驾驭和实现情感需求，一方面让这种情感为自身利益服务。在小说中的一个关键时刻，鲁滨逊在内心反复争论自己是否为了要得到一个野人奴隶而承受与整个野人部落浴血争战的痛苦，最后“使自己获救的迫切愿望”占了上风，使他咬牙宣誓：“不惜一切代价弄一个野人到手。”[2] 他的自利“倾向”再次出现，似乎如此理性，却又带着不可否认的激情。

德国政治经济学家赫施曼（Albert O. Hirshman）很早就断言，17世纪和18世纪是一个对强烈而被动的激情不断批评遏制，使得利益（interest）考量成为社会秩序基本原则的时代，为资本主义在18世纪晚期的胜利奠定了基础。[3] 但这并非一个情感被驯服的时代，利益考量需要一种类似于“倾向”的东西作为其根基，与之发生合力。这里的“倾向”是18世纪情感理论中的常见词，指催生激情的人类基本

1　有关鲁滨逊人物政治意义的解读，参见李猛：《自然社会：自然法与现代道德世界的形成》，北京：生活・读书・新知三联书店，2015年，第1—40页。李猛指出，首先提出《鲁滨逊漂流记》可以作为“自然状态”的寓言来解读的是卢梭。

2　［英］丹尼尔・笛福：《鲁滨逊漂流记》，金长蔚译，广州：花城出版社，2014年，第168页。

3　Albert O. Hirschman, *Passions and Interests: Political Argument for Capitalism Before Its Triumph*, Princeton: Princeton University Press, 2003 (originally published I 1977).

需求。17 世纪法国教士和哲学家马勒伯朗士就认为人的基本倾向（inclination）包括对“普遍善”的倾向、“自爱”和对“邻人的爱”。[1] 鲁滨逊的“愚蠢倾向”与自身社会地位的提升有关，总体上属于“自爱”的范畴，却也可能威胁到其自身安危，且经常与他的社会性倾向——有一个同伴和尊重人道的需要——发生冲突。因为这种冲动的危险特性，鲁滨逊称之为“愚蠢倾向”和“通病”，但也正是这种倾向成为鲁滨逊的行为原则，推动着他不断通过冒险拓展自己的财富。这种冲动不似疯狂，而是强度较低但四处弥漫的驱动人不断索求利益的情感，它无法被完全克制，容易变成具有毁灭性的过度积累和征服的欲望，但如果调控得当，可以与商业理性兼容，甚至成为商业理性的支柱。

这个例子初步向我们揭示，启蒙时期的情感观念栖身于不为人关注的意识和语言的隐蔽角落，时刻扮演着重要的角色，影响了居于西方现代性核心的文化观念和历史现象。所谓“现代性”（modernity）是现代社会产生的独特经验模式。波德莱尔在《现代生活的画家》（1863）等系列文章中使“现代性”（la modernité）一词进入法语辞典，将其描绘为“过渡、短暂、偶然”的经验，在高明的艺术家笔下，这些经验可以焕发出抽象和永恒。[2] 从马克思、韦伯、涂尔干、席美

---

1 Nicolas Malebranche, *The Search after Truth* and *Elucidations*, translated by Thomas M. Lennon and Paul J. Olscamp, Cambridge: Cambridge University Press, 1997, p. 268. 这里的“倾向”类似康德在论及“适宜者”（agreeable, angenehm）概念的时候谈到的“偏好”，康德将偏好与判断分割开来，将偏好视为某种不需反思而存在的需求。参见［德］康德：《康德三大批判合集（注释版）》下册，李秋零译注，北京：中国人民大学出版社，2016 年，第 712 页。

2 ［法］波德莱尔：《现代生活的画家》，郭宏安译，杭州：浙江文艺出版社，2007 年，并参见郭宏安的译者前言。要注意的是，波德莱尔所说的“现代性”并不特指 19 世纪的文化经验，而是指每一个历史时刻的当下性，这与 modern 一词的本义接近。Modern 来自法语的 moderne，后者源自拉丁文中的 modernus，表示古典时期之后的较为晚近的时期，因此从原义来说，modern 并不以 18 世纪为分界。

尔到帕森斯，都将18世纪晚期工业革命以降的西方资本主义社会称为现代社会，指出其在生产关系、社会结构、文化观念上与传统社会的断裂。不过现代社会和现代性的到来有一个漫长的准备期，意大利地区资本主义的萌芽、“马基雅维利时刻”建立的世俗政治权威、文艺复兴时期市民社会的发轫都对现代性的形成有推动作用，这与恩格斯将“市民人文主义”与启蒙思潮相联系的做法一致。[1] 西方历史学界一般将1500—1800年持续展开的文化观念和制度的转型称为“早期现代”（也可译为“早期近代”），这种观点在文学研究中普遍沿用。

作为早期现代的最后一个时期，启蒙时期现代性形成的重要标志之一是以私人个体为基石的“社会”的萌生。阿伦特在《人的境况》（1958）中指出，“现代世界”中人的根本处境在于成为被孤立，无法真正参与公共生活的私人个体，她将这个变化称为“社会性”（the social）的崛起，标志着“社会已征服公共领域”。[2] 阿伦特笔下的现代社会与源于古希腊并由古罗马西塞罗明确表达的“公民社会”所表达的基本内涵——以公民德性和行动力为根本维系的政治社群（polis, political community）——相区别，其成员是拥有财产权和不受政府侵害的政治权利的“私人”个体。哈贝马斯在《公共领域的结构转型》（1962）中并没有与阿伦特直接交锋，不过他对“私人领域”和“公共领域”的看法与阿伦特有很大差异，在哈贝马斯的理论框架中，由“私人”构成的公共领域可以成为连接私人的渠道，使得私人可以参与议政和公共文化的缔造，包括家庭生活和经济生产等元素在内的私人

1　江宁康援引恩格斯著作，强调将“人文主义到启蒙主义视为一个延续性的资产阶级文化思想发展历程”。参见江宁康：《西方启蒙思潮与文学经典传承》，北京：人民出版社，2015年，第16页。恩格斯对意大利文艺复兴时期文学的评论认为这场运动是“资产阶级启蒙运动的第一种形式”。参见［德］马克思、恩格斯：《马克思、恩格斯论艺术》第2卷，曹葆华等译，北京：中国社会科学出版社，1983年，第108页。

2　［美］汉娜·阿伦特：《人的境况》，王寅丽译，上海：上海人民出版社，2017年，第26页。

领域与“公共性”并不相悖，相反，是培育有批判意识的私人个体的关键场域。从他们各自不同的视角来看，现代社会的形成与“私人”观念的崛起紧密相关。哈贝马斯强调利益和情感各不相同的私人个体可以通过理性交往结成有政治批判功能的公共领域，社会将自身变成了政治行动场域，而阿伦特认为由现代私人个体构成的社会并不具备政治行动力，社会悲剧性地“征服”了公共领域。这里并非要深究两位学者的区别，只是要说明“私人”与由私人个体构成的“社会”在西方现代性构建中的重要地位。[1]

用18世纪的语言来说，“私人”或“私人性”的兴起是重大的政治事件，绝对君权与现代社会的角力在欧洲各国以不同的面貌同时展开，私人个体在政体中的地位及其政治和财产权利是这个时期欧洲国家权力结构变迁中的核心问题。[2] 在英国，经过17世纪中叶的内战和1688年的光荣革命，君主权力的边界成为一个被公开讨论的命题，光荣革命期间支持和反对詹姆斯二世的双方演变为托利党和辉格党两派，英国党派政治诞生，1694年的《三年法案》（*Triennial Act*）使得议会选举常规化，由此在英国形成了君主、贵族和议会相互制约的微妙平衡，从根本上动摇了从中世纪到16世纪逐步奠定的绝对君主制。[3] 17世纪中叶封建土地保有制（即认为国王拥有王国内所有土地）的废除

---

1 哈贝马斯1980年在纽约大学新学院的一次讲座中曾对阿伦特提出批评，参见Margaret Canovan, “Distorted Communication: A Note on Habermas and Arendt, Political Theory,” 11.1 (1983), pp. 105－116.

2 历史学家布朗宁（T. C. W. Blanning）受哈贝马斯启发，对18世纪英国、法国和德语地区君主与公共领域的关系做出过细致描述，提出18世纪公共文化的构建与君主的扶助难以脱离关系。参见T. C. W. Blanning, *The Culture of Power and the Power of Culture: Old Regime Europe 1660—1789*, Oxford: Oxford University Press, 2002.

3 这里也可以借鉴福柯在法兰西学院演讲集《生命政治的诞生》中对18世纪自由主义治理模式的描述，福柯认为在此时的英国和法国，“政府一方面扩展自身功能，管理经济与社会生活的各个层面，一方面又被迫限制这种权力”。参见［法］福柯：《生命政治的诞生》，莫伟民、赵伟译，上海：上海人民出版社，2011年，第24—42页。

为洛克提出的私有财产观念奠定了基础，而私有财产观念又推动了商业社会的形成。17 世纪末起，伦敦等英国大城市中就出现了以商业活动（包括国内和国际贸易）为主业的“中间阶层”（the middle station），1707 年英国与苏格兰签订《联合条约》后，苏格兰的农业、纺织业以及格拉斯哥与爱丁堡等苏格兰城市的贸易活动急剧扩张，启蒙时期的苏格兰也成为商业社会理论的渊薮。与此同时，党派竞争也在商品经济发展的背景下催生了汉诺威王朝蓬勃的印刷文化和早期通俗文化，在议会之外增加了一个新的公共议政场域。乔治三世上台之后，由私人个体构成的“公共领域”与政体机器之间达成一种协调关系，国王与公共文化的名人（如作曲家亨德尔）都被广泛视为现代英国国家的象征。法国的情况与此不同，强盛的绝对君主制使得政体在名义上与国王紧密相连，但也正因为国王与贵族对地方议会的压制和严苛的图书、戏剧审查制度，法国出现了一个更具有对抗性的公共领域，激烈地要求贸易自由、婚姻自由、出版自由。[1] 法国重农主义者及受其影响曾短暂任法国财政总监的杜尔阁在很大程度上认同保持市场自由，减少政府干预的经济理念，虽然就像在表面上与启蒙思想家熟络的普鲁士邦国的腓特烈二世一样，他们无法如英国政府那样奉行政治治理遵从由市场和公共媒体所表达的私人利益和情感的原则，总体上支持开明的绝对君主制。

至此，我们可以更清晰深刻地说明从“情感时代”的视角来重新考察启蒙思潮和文化的意义所在。启蒙时期的核心特征——现代私人观念和现代社会的形成——与鲁滨逊所代表的中间阶层的在 17、18 世纪之交的兴起有着密切关联，与这个阶层对人本质“倾向”及其所驱

---

1 James Van Horn Melton, *The Rise of the Public in Enlightenment Europe*, Cambridge: Cambridge University Press, 2004. 同时参见 T. C. W. Blanning, *The Culture of Power and the Power of Culture*: *Old Regime Europe 1660–1789*, Oxford: Oxford University Press, 2002。

动的情感的理解密切相关。18世纪的各种话语领域协同共进，建构了一整套有关人类本质倾向的话语，并在这个基础上将私人个体变成政治主权的承载者和社会建构的主体。如历史学家彼得·盖伊（Peter Gay）所言，“人类科学”成为18世纪的“战略性科学”（strategic science），不仅与宗教思想抗衡，也“辐射进此时的教育思想、美学思想和政治思想”；而与此同时，18世纪的人类历史著作催生了社会科学，孟德斯鸠《论法的精神》和弗格森《市民社会的起源》等著作使得社会科学“走出了史前阶段”。[1] 作为个体的人的基本需求是什么，由此引发何等情感，有着什么样的历史进程，个人如何与物质世界以及由他人构成的社会互动，这些问题成为启蒙思潮的焦点。人被认为是自然界的一部分，受到基本需求和自然情感的支配，但同时也被认为有超越这种被动性的道德自由和对他人的社会性善意。这个复合的“人性”观念是18世纪欧洲思想的核心，也深深地渗透进启蒙时期有关人类社会何以构成及其历史演变的研究。虽然从古典时期到文艺复兴时期出现了很多情感理论，但17世纪下半叶和18世纪欧洲情感理论的深度和系统性是没有先例的。哲学、美学、医学以及有关人类历史的书写和当时的文学作品一样，都集中构想和描述了主体与社会构成的情感基础和情感阻碍。今天的大多数学者认为，将自身看作“现代时期”（modern age）也一直被后人视为现代性正式形成前夕的18世纪与情感理论的发展息息相关，启蒙时期被冠以“情感时代”的称号有着深厚的根由。[2]

1　［美］彼得·盖伊：《启蒙时代（下）：自由的科学》，王皖强译，上海：上海人民出版社，2016年，第167、297页。第167页上的译文有改动。

2　［意］文森佐·费罗内：《启蒙观念史》，马涛、曾允译，北京：商务印书馆，2018年，第22页。将启蒙运动与现代时期关联的文献还有很多，也可参见［美］詹姆斯·施密特：《启蒙运动与现代性：18世纪与20世纪的对话》，徐向东、卢华萍译，上海：上海人民出版社，2005年；［英］罗伊·波特：《创造现代世界：英国启蒙运动钩沉》，李源、张恒杰、李上译，刘北成校，北京：商务印书馆，2022年。

二、情感作为身心联合的表征

启蒙时期到底如何理解人的情感机制？实则有两个重要侧面，情感一方面是身体将其自身波动传递给心灵（用 18 世纪的术语来说是“灵魂”soul 或“心灵”mind）并使两者协调一致的沟通桥梁，但同时也成为两者发生冲撞和冲突的重要表现。研究启蒙时期的情感观念，也就是考掘这个时期对身心关系以及“人”的构成的不同观点。以“理性时代”为主调的启蒙形象突出 18 世纪思想中构建私人个体主体性和政治、政治权力的侧面，引发了两种常见的对于启蒙的看法：一种认为启蒙时期造就了有关人自身的迷思，为资产阶级的上升服务，私人主体性的膨胀导致了他者的工具化，为 19 世纪逐渐深化的阶级、民族/种族、性别差异以及 20 世纪集中爆发的大规模暴力埋下了病根；[1] 一种认为启蒙时期从思想和制度层面为增进所有人的自由做出

1 对启蒙思想的批判反思蔚为大观。黑格尔在《精神现象学》中以主体间性取代启蒙时期崇尚的个人主体性，描摹个人在与物质世界和他人的互动中否定自我，进而实现自在自为状态的历程，以此构建政体的伦理基础（即“市民社会”被“国家”的过程）；马克思和韦伯的批评针对资本主义造成的阶级压迫和社会理性化的倾向。霍克海姆和阿多诺在《启蒙辩证法》（1947）中认为启蒙思想编织有关人的理性和道德的神话，反而因此走向了自我毁灭，这个立场衍生出两种反驳启蒙现代性的后现代批判：其一是有关现代阶层、性别、民族/种族等级化的批判，最终聚焦至启蒙“人类科学”在普遍人性的大旗下排斥了许多社会群体的问题；其二是对身体和物质媒介的关注，最终通向重塑主体性的可能与路径。这两条后现代理论支流沟通甚密，都基于对启蒙时期思想（主要是指洛克、休谟代表的经验主义和康德的理性主义哲学）的功利性主体和先验主体以及将主客体人为分离的意识形态做出拆解。要注意的是，对启蒙的反思也可能走向虚无主义的一端并与法西斯主义合流。海德格尔就是一例，他于 1929 年在达沃斯与启蒙理性的拥趸卡西勒就康德哲学的得失进行公开辩论，反对康德先验主体观，但面对人被“抛掷”的处境，海德格尔认同纳粹的民族社会主义方案，以一种外在思想结构填充此在的虚无状态，这与 18 世纪末以降的欧洲政治保守主义和德国民族主义一脉相承。

了巨大贡献，对普遍人权等无可争辩的现代价值的形成举足轻重。[1] 这两种观点是人文思想界内部思想论争的集中体现，我们必须时刻在它们之间斡旋，并认识到这两种观点都基于对启蒙较为扁平化的认识。启蒙思潮内含对自身的反思，它不仅缔造了论证人的主体性（即具有独立、内在、自洽的自我意识和不可剥夺的私人法权）的一系列政治、法律和文学话语，也前所未有地强调人与物难以分割，人内嵌于物质世界且自身具有物质性，这也就是为什么人会有怪异的情感涌动，无法完全驾驭物质性身体，缺乏单纯的主体性。这种有关身心关系的认识为 19 世纪及之后对启蒙的进一步反思和批判奠定了基础。

概而言之，我们可以将启蒙时期的“情感”观念分为正反两方面。正面观点的源头可以追溯至笛卡尔有关“激情”（现代法语中的 passion，源自拉丁语中的 passio）的论述和斯宾诺莎有关“情感”（拉丁语中的 affectus）的论述。他们的思想有诸多不同，但都认为情感可以被灵魂感知和把握，与感觉一样成为灵魂感性活动的重要组成部分，也同时赋予情感一种判断功能，使情感成为理性的必要补充。笛卡尔认为“激情”是身体与灵魂进行协调的方式，身体将感官印象传递给灵魂，由此产生某种扰动。激情并非无益，它可以使得灵魂接收到身体的需求，随之对其进行调控。斯宾诺莎用 affectio 这个表示“分殊”或“改变”之义的拉丁词及其近义词 affectus 表示“情感”，所谓“情感”，即身体因为受外界影响而在生命力强度上发生的变化，这些变化

1　激进启蒙思想在西方学术界的思想谱系主要是自由主义政治学思想，代表人物有伯林、格雷（John Gray）、科恩（Joshua Cohen）、罗尔斯等人。参见：Steven Pinker, *Enlightenment Now: The Case for Reason, Science, Humanism, and Progress*, New York: Penguin Books, 2018；［英］安东尼·帕戈登：《启蒙运动：为什么依然重要》，王丽慧等译，上海：交通大学出版社，2017 年。哈贝马斯和福柯的情况都比较复杂，他们对启蒙现代性的批判都基于一种同样深刻的认同。

总是伴随着“喜爱”“怜悯”等观念的发生。[1] 笛卡尔认为身体和灵魂直接相连，斯宾诺莎认为两者不直接相连但灵魂的观念与身体的变化平行对应，他们都认为情感与观念相连，身体与心灵代表两种不同的实体或同一实体的两种属性，两者之间以情感为桥梁彼此相连。笛卡尔认为理性和意志可以控制激情，斯宾诺莎也赞同“人类克制情绪的力量只在于理智”，不过认为理智需要转化为情感才能作用于其他情感，当人通过理性认识达成对上帝的爱并获取幸福，借这种幸福便能克制情欲等身体情感，幸福这种源于理性的情感正是“德性本身”。[2] 可以看到，从17世纪起，所谓“激情”或“情感”，一般指的是身体与环境交互时发生的身体变化或由身体感知引起的精神变化，情感成为身体与灵魂的中介，表征它们之间的互动或平行关系，说明灵魂可以认识、把握甚至调控身体状态。

笛卡尔认为身体感觉会引发灵魂激情的观点与斯宾诺莎认为身体变化本身即为情感的观点有显著区别，但也并不截然相悖，两者都认为灵魂与身体以某种方式相关联，灵魂因此对物质世界敞开，但也能对其加以控制，实现自身的独立性和主体地位。18世纪的情感观念延续这个基本认识，相信个体能在与环境的交互中保持其自主性，同时也能够与他人发生适当的共情。这种情感观念对启蒙思想来说的确具有“战略性”意义，不仅为在君权和教会权力削弱的情况下构建现代“私人”观念奠定了基础，也为有关现代社会建构的理论设想提供了前

---

1 参见赵文：《Affectus概念意涵锥指——浅析斯宾诺莎〈伦理学〉对该词的理解》，《文化研究》第38辑（2020年），第234—247页。这篇文章将affectus译为“受感致动的情状”，时而也用“感情”替代。笔者以为，在中文语境中，“感情”常指具体的情愫，会带来歧义，因此用“情感”来翻译affectus。如果一定要强调“受感致动”之义，或可用中文的“交感”与“交会”来翻译affectus，用“情动”这个生造词也有其可取之处。也参见斯宾诺莎《伦理学》的拉丁文版本：Benedicti de Spinoza, *Ethica*, edited by J. Van Vloten and J. P. N. Land, Hague Comitis: Martinum Nijhoff, 1905.

2 ［荷］斯宾诺莎：《伦理学》，贺麟译，北京：商务印书馆，2014年，第266—267页。

提。笛卡尔之后的英法道德哲学理论和美学理论都着重勾勒身体与灵魂之间以情感为中介的互动过程，尤其是经验主义观照下的“感觉主义”（以孔迪拉克为代表）和“道德感”、“道德情操”理论（英国从沙夫茨伯里伯爵三代到苏格兰启蒙思想家哈奇生、休谟和斯密的脉络）。前者认为人的感官系统和意识功能在与自然的交互中逐渐变得复杂，由最初的情感生发出语言和概念，后者认为人与人的社会性交往能够培育以同情为基础的道德判断能力。因此，个体与他人之间可以保持相互协调乃至彼此构成的关系，不同的人因为具有普遍利他的倾向或以中立视角看待事物的能力而可以和谐共存。莱布尼兹至康德的理性主义哲学传统虽然与英法的经验主义和感觉主义不同，但也深受其影响，康德的观念试图论证居于自然中的人仍然可以获得自由，他在《判断力批判》中表现的情感观念是这项工程中隐含而重要的一环。康德对被自利倾向驱动的情感并不信任，但也和苏格兰启蒙思想家（尤其是斯密）一样认为情感可以被个体控制和调节，人们可以为无利于己的想象之物喜悦，做出非功利、普遍性审美判断，这样一来，人便可以一方面保证自身的主体性和自由，一方面支撑康德在《实践理性批判》中构想的普遍道德原则。

可以这样概括启蒙思想中较为强势的情感观念：情感标志着身体对环境影响的反应，彰显了人与物质世界无法割裂的联系，但因为灵魂可以感知并控制情感，个体得以拥有独立自洽的“内心”和主体性。社会生活会在个体内心中激发温柔利他的“善感性”（sensibility），催生与他人达成一致保持情感和谐的深刻意愿。总体来说，情感被认为有一种内在合理性，可以辅助理性做出正确的道德和审美判断，它虽然有利己的一面，在身体和物质环境的诱发下有背离道德要求的可能，但不利于人际和谐的情感可以被训诫和约束，情感能促进而不是阻碍社会的有序构成和运行。人与人的关系不是霍布斯所假设的在自然状态里无法避免的争斗和奴役，而是一种各方均能获益的均衡态势。可以说，启蒙思想家对于自主的人类社会有一种理想化的想象，不仅构建出哈贝马斯所说的“听众/观众导向的私人性”，一种完美地缝合了“内”与“外”的主体，也为作为整体的人类社会注入一种公共理性，也就是哈贝马斯在《现代性：一个未竟的工程》（*Modernity: An Incomplete Project*，1983）中提出的观点：现代社会“理性地组织日常社会生活”，或者说体现了一种能“传承某种传统、社会整合与社会化”的理性。[1] 这种理性不是工具理性，而是基于同情机制产生和谐秩序的公共理性。

三、情感对启蒙主体性的威胁

毋庸置疑，18世纪情感理论对启蒙时期有关“私人”“内心”和“社会”的理论构想至关重要。不过，很多学者也指出，此时出现了另一种情感观念，导向了与现代主体观念有一定抵触，更为接近后现代思想的内心观。美国学者卡瑟尔（Terry Castle）在1987年的著作《女性气温计：18世纪文化与“暗恐”的发明》（*Female Thermometer: Eighteenth-Century Culture and the Invention of the Uncanny*）中特别提出，18世纪的科学话语经常将人体想象为一架异常敏感的机械装置，人类情感如同气温计，对外界环境的变化十分敏感，激情会像水银飙升那样骤然爆发。在这种观念的影响下，作家和画家也开始将性欲、政治激情与气温计相关联，并经常讽刺或批判过于敏锐的情感。这告诉我们，现代城市生活无法驯化身体，相反，会催生和激化欲望，而当启蒙理性和中间阶层体面文雅的交往准则试图压抑身体性情感，

1 Jürgen Habermas, “Modernity as an Incomplete Project,” in *The Anti-Aesthetic: Essays on Postmodern Culture*, edited by Hal Foster, Seattle: Bay Press, 1983, pp. 3-15. 此处翻译按照原文，也参照台湾版中译本《现代性——未竟之功》，张锦忠、曾丽玲译，《中外文学》1995年第2期，第4—14页。

将部分情感排斥在意识之外，会导致“真实的疏离”和意识的分裂，使得内心并无自洽性可言。[1] 从17世纪晚期到18世纪中叶，英国出现了旨在肯定、培育温柔利他情感的文化潮流，新教各教派的努力与商业社会伦理共同作用，推动了男性行为改革运动与各类人道主义运动。不过与此同时也出现了蓬勃的性欲表达文化，色情文学的出现与假面舞会、欢场名媛等城市流行文化现象莫不印证了“欧洲第一次性革命”的发生。[2] 世纪末盛行的哥特小说和艺术更为普遍地摸索黑暗情感，随处可见的鬼魅和恶魔无一例外地潜藏于人心内部熟悉而又陌生的阴暗情感。弗洛伊德的“暗恐”（das Unheimliche）观念正源于理性和知识试图压倒身体性情感但无法完全做到的启蒙时期。美籍哲学学者卢索（G. S. Rousseau）在差不多同时出版的编著《心理语言：启蒙思想中的心灵与身体》（*The Languages of Psyche: Mind and Body in Enlightenment Thought*）中从一个相似的角度梳理了启蒙时期对身心如何联合问题的探讨。卢索指出，启蒙时期发起了第一次“对身心二元论全面而又持久的质疑”，18世纪思想强调身体内嵌于环境和历史的特性，强调与身体紧密相连的情感和想象。[3] 然而，身体与灵魂的相连会发生什么样的动态与后果很不确定，也很难加以描述或调控，启蒙思想和文学察觉到“人类动物内部阻碍有序进步的隐秘深处”。[4] 这些“隐秘深处”说明身心交接但又无法彼此协调，心灵无法穿透自身的隐秘，与自身疏离、相异。卢索指出，从《老实人》（1759）、《拉塞拉斯》（1759）和狄德罗小说、戏剧对话中对人类命运的暗淡看法到

---

1 Terry Castle, *The Female Thermometer, Eighteenth-Century Culture and the Invention of the Uncanny*, New York: Oxford University Press, 1995, p. 9.

2 ［英］法拉梅兹·达伯霍瓦拉：《性的起源：第一次性革命的历史》，杨朗译，南京：译林出版社，2015年。

3 G. S. Rousseau, *The Languages of Psyche: Mind and Body in Enlightenment Thought*, Berkeley: University of California Press, 1990, p. 23.

4 Ibid., p. 40.

诸多有关忧郁和疯狂的理论，启蒙思想和文学不断在追问："会不会在人的内部有一个秘密的灵魂？一种显微镜永远无法捕捉的形而上的不可名状之物（metaphysical *je ne sais quoi*）？"[1] 以上梳理虽然只是概述，但已经说明18世纪对于身体的重视——既是现代科学进展的标志，也是商业社会的欲望召唤——使得情感秩序变得相当动荡不定，心灵能否与身体融洽，感觉、情感与理性能否彼此交融构成自洽、不为外物所制的"内心"，都成为一个谜题。18世纪的欧洲的医学家、自然科学家、哲学家和文人都充分认识到情感的两重性，情感成为理性的根基，印证了身心互通的关系，也正是情感凸显了身体和精神之间难以解释或弥合的断裂。这也正是福柯在《疯癫与文明》中已经说过的道理，福柯指出，18世纪医学和哲学已经认为灵与肉之间具有了共同性质，激情处于"二者的统一和差别都已明确的区域中"，激情标志着身心的联动，但时刻会成为"摧毁人的无限运动"，滑向疯癫，使灵与肉的统一体崩溃。[2]

"不可名状之物"（当代规范拼写为je ne sais quoi）这个表达提醒我们，18世纪的情感观念指向了"内心"的基础性缺失。这个表述兴起于17世纪的意大利和法国，指艺术品引发的无法用观念表达的情感，经验主义和理性主义哲学家都喜欢使用这个表述指涉内心活动中不可被观念理性把握的黑暗中心。[3] 如果情感无法从根本上认知，是一种性质不明的异质存在，这就意味着心灵无法自知自觉，无法实现

---

1 G. S. Rousseau, *The Languages of Psyche: Mind and Body in Enlightenment Thought*, Berkeley: University of California Press, 1990, p. 40.

2 ［法］米歇尔·福柯：《疯癫与文明》，刘北成、杨远婴译，北京：生活·读书·新知三联书店，2012年，第86—87页。

3 法国17世纪耶稣会教士和批评家博乌尔斯（Dominique Bouhours）曾将"不可名状"的美感追溯至文艺复兴的意大利人，此处参见张颖对"不可名状"概念在18世纪法国美学中的进程论述，张颖：《连续与断裂：在法国古典主义与启蒙美学之间》，《文艺争鸣》2019年第2期，第119—127页。

自洽。休谟对情感的晦暗特性就发出过感叹，他在《人类理解研究》中曾说“心里的感情，欲念的搅扰，爱情的激荡”可以让所有“简单哲学”（即不关注“人类科学”的哲学）无地自容。[1] 类似表述在《人性论》中更多见，休谟在这部最初的著作中有一句名言，指出反思不足以揭示观念产生时刻的心理活动，任何心灵活动或许都不能被参透，因为这种活动是“无法下定义、无法形容、可是每个人都充分了解的‘无可名状’（je ne scai quoi）的活动”。[2] 情感以及心灵的其他活动都是人不可或缺的工具，了解其存在但无法将其参透，由这些机能构成的心灵有着神秘、不可捉摸的特点。斯宾诺莎在 17 世纪中叶已经将情感定义为身体的变化，且因将身体现象和观念视为平行关系而保证了二者的和谐，但在 18 世纪的进程中，身体性情感与理性的联系不再显得那么清晰，心灵是否能与身体整合不断受到质疑。

通过考察启蒙时期欧洲的情感观念，我们可以看到，18 世纪对人及其内心的认识肯定了现代私人确保自身完整性和人为建构的社会的完整性，但同时也有与之相反的思潮。以赛亚·柏林在 1973 年提出“反启蒙”的概念，用来描绘 18 世纪思潮中出现的对启蒙信条——人类理性可以把握人类以及人类社会的普遍规律和目的——发出怀疑声音的逆流，“反启蒙”的代表人物主要是意大利的维科，德意志的哈曼和赫尔德以及受其影响的早期浪漫派成员，他们都对科学理性和普遍人性观提出抨击，主张依靠同情、类比等非科学手段从民族文化的内部洞察其特性。[3] 在柏林之后，史学家笔下启蒙的对立阵营不断扩大，包括在廉价出版物中攻击启蒙思想的保守主义者，也包括卢梭这个启

---

1 ［英］休谟：《人类理解研究》，关文运译，北京：商务印书馆，2011 年，第 11 页。

2 ［英］休谟：《人性论》下册，关文运译，北京：商务印书馆，1982 年，第 122 页。此处翻译有改动。

3 ［英］以赛亚·伯林：《反启蒙运动》，冯克利译，收录于《反潮流：观念史论文集》，南京：译林出版社，2011 年，第 1—28 页。

蒙哲学家中的异类。[1] 其实许多启蒙时期的思想家并不能被简单归于某一阵营，启蒙与“反启蒙”思潮有很多相通之处，启蒙时期的“情感”观念以及与之相关的“内心”观念具有至少两个侧面，这两个侧面以不同形态同时出现在许多启蒙时期思想家的笔下，在文学作品中体现得尤其明显。鉴于此，许多历史学家和思想史家已经强调“启蒙”思想本身的多元性，认为不存在单一的“启蒙思想”——换言之，现代时期至少在智识上是“分裂”的，对“自身的合法性和价值”有彼此相左的看法——主张避免将“启蒙时期”等同于任何一种单一的意识形态。[2]

四、启蒙“内心”观念的正反面：媒介化的自我

对上面两节做出总结，我们可以看到，17 和 18 世纪的情感——不论对应什么术语——通常指涉一架不稳定的桥梁，当我们谈情感的时候，必定是在谈论身心关系的问题。因此，在梳理情感观念史的时候，也有必要考虑一下相关的常见术语，包括“内心”（interiority）和“自我”，以情感和身心关联为棱镜，我们可以重新审视这两个 18 世纪研究中的高频词。很多学者提出启蒙时期是现代“内心”和“自我”观念的形成期，哲学学者泰勒（Charles Tayler）、文学史家伊恩瓦特和卡勒（Erich Khaler）等都提出过类似观点，在学界流布甚

---

1 Darin McMahon, *Enemies of the Enlightenment, the French Counter-Enlightenment and the Making of Modernity*, Oxford: Oxford University Press, 2001; “The Origin of the Counter-Enlightenment: Rousseau and the New Religion of Sincerity,” *American Political Science Review*, 90. 2 (2014) , pp. 344 - 360.

2 James Schmidt, “The Counter-Enlightenment: Historical Notes on a Concept Historians Should Avoid,” *Eighteenth-Century Studies*, 49. 1 (2015) , pp. 83 - 86.

广。[1] 不过，今天看来，这些学者强调的是自洽、独立和被赋予主权的现代自我观念，而这只是启蒙现代性精髓的一个侧面，我们必须对“内心”的内在性和外在性同时加以关注。

所谓“内心”，对应的是英语中的 interiority，这个词被用于表达“内心”始于 19 世纪初，但正如泰勒指出的那样，我们可以认为西方文化的“内向性”转向始于 17—18 世纪。从主张心灵的内在整合性，认为情感与理性兼容这方面来看，启蒙思想的“内心”观念呼应了一个出自基督教和更早的宗教传统的称呼，即灵魂。18 世纪学者沿用柏拉图对灵魂可以分成理性、情感和欲望三部分的认识，认为灵魂分为感性灵魂和理性灵魂两部分，两者整合构成了人独有的异于动物的精神内核。灵魂在启蒙思想家的作品中不断出现，表示人完整而丰富的内心或内在精神，不仅理性主义哲学家喜欢使用这个词，感觉主义和经验主义哲学家（洛克、孔迪拉克等）也沿用这个概念。18 世纪中期，伏尔泰、休谟等启蒙思想家已经开始对超越性灵魂观念发起挑战，指出我们不可能如基督教认为的那样可以将灵魂与物质性身体相互分离，两者的性质都不够明确。[2] 不过，尽管灵魂的内涵被不断地推敲，

---

1 ［加］查尔斯・泰勒：《自我的根源：现代认同的形成》，韩震等译，南京：译林出版社，2008 年，尤其参看第二编“内向性”（inwardness）；［英］伊恩・P. 瓦特：《小说的兴起》，高原、董红钧译，北京：生活・读书・新知三联书店，1992 年；Erich Kahler, *The Inward Turn of Narrative*, translated by Richard Winston and Clara Winston, Princeton: Princeton University Press, 1973。这里要提及英国历史学者麦克法兰比较有争议的论点，即个人主义是 13 世纪以来英国社会的固有特征，参见［英］艾伦・麦克法兰：《英国个人主义的起源》，管可秾译，北京：商务印书馆，2020 年。当然，麦克法兰的观点只是把英国社会的现代转型向更早的时期推进，与我们对现代性形成的过程性认识是一致的。

2 伏尔泰指出，“灵魂”是智慧，但无法了解“我们的智慧到底是物质还是能力”，最终以对上帝的尊重为名否定各种试图对灵魂进行清晰定义的企图，实际上是通过划定理性边界来捍卫理性的尊严。［法］伏尔泰：《哲学辞典》上册，王燕生译，北京：商务印书馆，2017 年，第 82 页。休谟对灵魂的看法异曲同工，也借神不可妄测的理由驳斥有关灵魂与物质分离而不朽的说法。［英］大卫・休谟：《论灵魂的不朽》，收于《论道德与文学・休谟论说集卷二》，马万利、张正萍译，杭州：浙江大学出版社，2011 年，第 167—176 页。

逐渐远离天赋人性的意思，这个词汇仍然被广泛使用来指涉与身体有诸多关联的人类精神世界，与自然科学和哲学的发展并行不悖。

从强调精神无法摆脱身体的羁绊，也无法完全对其进行掌控这个方面来看，"内心"也可以与 mind（姑且可以翻译为"心灵"或"头脑"）这个相对新颖的观念对应。根据《牛津英语大辞典》（OED）该词条的解释，mind 可以表示具体头脑机能，如记忆和思维，但也可以表示头脑与心理机能的总和，即"觉知、思想、意志、感觉和记忆的所在；被认为具有关键影响的认知与情感现象、能力；人类个体的头脑机能（尤其当这种机能与体能相区分时）（偶尔）指构成了个人性格和个性的这整个系统"。这两个义项都出现于中世纪晚期，说明人们早已经意识到每个个体有独特的意识结构。不过，17 世纪和 18 世纪开辟了将自然科学与"人类科学"相关联的思考路径，哲学家和解剖学家开始关注头脑和心理功能与物质性大脑的关系，身体不再只是上帝赐予灵魂的被动躯壳。与之相关的是 18 世纪产生的一个新的语言现象，据《牛津英语大辞典》（OED），正是在这个时期，mind 变成与 matter（物质）相关的一个不可数名词，并开始与 matter 连用，成为词组（即 mind and matter）。启蒙时期对于"心灵"与物质性身体之间关系的思考十分密集而多元，有不少学者不约而同地提出 18 世纪是现代心灵观念发生之时，以凸显这个时期身心关系理论的重要性。[1]

1　可参见一部内容全面但表述较为松散的文献：Roy Porter, *Flesh in the Age of Reason*, London: Penguin Books, 2003。也可参见 Avi Liftshitz, *Language and Enlightenment: The Berlin Debates of the Eighteenth Century*, Oxford: Oxford University Press, 2012，这部专著的主要观点是 18 世纪欧洲各国都出现了在自然论视野下从人类共同物质生活入手来解释语言如何起源的理论，这些理论也意味着一种新的心灵观念的兴起，指出了"语言与心灵的共同进化"（mutual evolution of language and the mind）。同时参见 David Herman, *The Emergence of Mind: Representations of Consciousness in Narrative Discourse in English*, Lincoln: Nebraska University Press, 2011，这部论文集着重说明西方文学史中叙事规范与内心建构的关联，虽然表示精神世界整体的不可数的 mind 在中世纪叙事中已经出现，但到 18 世纪才有完整的主体性出现在虚构叙事中。

正因为与物质世界相连，18 世纪的心灵观无法简单地归纳。一方面，物质主义哲学和泛神论、自然神论等思想兴盛，物质首次被赋予产生或蕴含精神的功能，“此前被归于神意或非物质性实体的精神力量被认为内在于（immanent in）物质，听命于理性实验”，灵魂得以与身体融为一体，由此发生内转而获得独立性；[1] 另一方面，物质与精神无法完全归于一元论，心灵难免因受到物质性媒介的羁绊而丧失自洽性，为外物所役使。本书对 18 世纪文学情感的研究正是在此时关于身心互动关联认识的语境中展开，尝试对这种认识的社会和政治意义做出新的阐释。

学者帕萨纳克（Brad Pasanek）曾用大数据采集和分析方法系统考察过 18 世纪英文文献和部分法语德语哲学文献中“心灵”（mind）一词的表述，尤其追溯了不同用来解释这个概念的隐喻，由此深入考察心灵观念在 17 世纪和 18 世纪的进程。帕萨纳克发现，18 世纪的心灵经常被比作“密室”（closet，即卧房中包含的一个小间，有书桌和可以锁住的抽屉），正如密室是个人在不受他人干扰下书写和表达思绪和情感的地方，“心灵”标志着人的独立性和不受他人侵犯的权利，这个隐喻体现的是心灵的“内在性”（inwardness）。[2] 心灵被比作密室也体现了它的中枢性，它可以对从肢体传达而来的感官信息做出综合处理，对不合宜的欲望和情感加以控制，因此 18 世纪的“心灵”也经常

1　Simon Schaffer, “States of Mind: Enlightenment and Natural Philosophy,” in G. S. Rousseau, ed., *The Languages of Psyche, Mind and Body in Enlightenment Thought, Clark Library Lectures 1985 - 1986*, Berkeley: University of California Press, 1991, p. 242. 这篇文章主要分析 18 世纪末约瑟夫·普里斯特利（Joseph Priestley）和边沁的身心关系理论，指出他们都是灵魂物质观的拥趸，也以这种“人类科学”为依据成为宗教和政治中的“理性异见者”（rational dissenters），反对 18 世纪末的英国保守主义和基督教的灵魂救赎观念。

2　Brad Pasanek, *Metaphors of Mind: An Eighteenth-Century Dictionary*, Baltimore: Johns Hopkins University Press, 2015, pp. 207 - 211.

与“帝国”和政治治理在隐喻层面相关联。不过，“心灵”的内在性并不意味着封闭性，心灵没有固定居所，并不在心脏，也不在大脑，是感官、认识和心理机制的总和，因此心灵产生的观念经常被称为“印象”（impressions，从“印刷”衍生而来的词汇）或“居民”（inhabitants），说明心灵有延展性，而且与人体外部的环境之间有着持续的信息流动。帕萨纳克毫不惊讶地发现，心灵也经常与公共空间联系在一起，“清真寺”“咖啡馆”“小酒馆”这些比喻都是真实出现在 18 世纪书写中描绘“心灵”或“内心”的比喻。[1]

这也就告诉我们，理解 18 世纪的“心灵”必须不断在“内”和“外”、“私人”与“公共”之间回环往复，心灵的内在性与其敞开性总是纠缠在一起。私有财产观念的形成、基督教新教的内省传统（即信徒不断拷问自己是否有违背信仰的思想或行为）、道德哲学和美学中对于灵魂和身体相通相融的论述，合力构建出查尔斯·泰勒所说的现代自我独特的“内在性”，我们也可以使用麦基恩的术语称之为“私人性”，或称之为“自我”。[2] 但与此同时，启蒙时期的思想界和文人也已经意识到这个观念的对立面，意识到个体心灵不可避免地与人的具身性存在捆绑在一起，个体心灵受到个体在“社会”中引发的身体性欲望的形塑，也同时受到国家政体的制约和形塑。哈贝马斯想象的公共领域是私人展现其批判性和行动力的场域，但在其发展历程中出现了对个体的压制和物化：公共生活笼罩在商品经济的阴影下，鲁滨逊式渴求财富的躁动不安和认同世俗成功的偏向性同情随处可见；公共

1 Brad Pasanek, *Metaphors of Mind: An Eighteenth-Century Dictionary*, Baltimore: Johns Hopkins University Press, 2015, p. 225.

2 Michael McKeon, *The Secret History of Domesticity: Public, Private, and the Division of Knowledge*, Baltimore: Johns Hopkins University Press, 2005. 麦基恩讨论的 domesticity（家庭生活）是哈贝马斯“私人领域”中的一个部分，他以这个概念为切入点对 18 世纪初叶到中叶的小说建构“私人”和“公共”观念的方式做出了系统阐释。

领域成为公众窥探私人生活的窗口，出版与发表成为个体装扮和遮蔽自我的表演；公共意见被保王或保守排外的势力入侵，他们与改革力量一样通过18世纪英国发达的期刊文化宣传自身理念。[1] 这些现象在18世纪都已经充分显露，引起了思想家和文人的警惕。在启蒙时期的社会实践中，私人内心始终与物质性媒介纠缠，心灵被异于自身的身体、他人和环境包裹，无法构筑充分的自主性和行动力，与此相关，由私人个体构成的公共空间也远非体现共同意志或普遍道德标准的和谐场域。

私人个体内嵌于物质性环境的特性集中体现于写作这个社会行为。麦基恩指出，私人性的建构需要印刷文化的支持，这个过程可以称之为“在页面上面世的私人性”（typographical publication of the private），私人性的建构需要读者，也同时会孕育和召唤读者，形成庞大的阅读公众。[2] 帕萨纳克也指出内心的形成与写作联系在一起，并进而分析了这种联系的两个维度。首先，思考本身被认为是书写，洛克提出的灵魂如白板的隐喻就是一个经典例证，强调感觉和知觉对于观念形成的重要性，18世纪的人们已经认识到观念形成是由身心交错互动构成的复杂工程，类似书写。帕萨纳克指出，理查逊的小说《克拉丽莎》经常以墨水作为心灵或头脑的隐喻，说明感觉和情感形成观念的过程类似书写过程。其次，心灵需要“被倾倒在纸面”才能成型，也需要以观众的阅读为中介建构。[3] 内心与写作的两种关联充分说明了心灵的外在性：首先，心灵自身就是一种媒介，而且是一种延展的媒介，由物质构成，但也有物质世界不具备的认知和情感功能，能对

---

1 James Van Horn Melton, *The Rise of the Public in Enlightenment Europe*, Cambridge: Cambridge University Press, 2004, p. 40.

2 Michael McKeon, *The Secret History of Domesticity: Public, Private, and the Division of Knowledge*, Baltimore: Johns Hopkins University Press, 2005, p. 110.

3 Brad Pasanek, *Metaphors of Mind: An Eighteenth-Century Dictionary*, Baltimore, Johns Hopkins University Press, 2015, p. 246.

事物进行完整的呈现、记录和判断；再次，心灵的构成也需要与之相连的其他媒介，书写以及书写构成的各种话语系统都对我们心灵的成型有着极为关键的作用。

当代学者已经尝试用媒介理论和系统论来概括18世纪开始呈现的现代性境遇。18世纪媒体文化论述上有开创性的学者沃纳（William Warner）很早便在《为娱乐正名》（*Licensing Entertainment*）专著中提出，现代小说构成了现代第一个"媒体文化"（media culture）的重要组成部分。[1] 2010年，他与希斯金（Clifford Siskin）合编的《这就是启蒙》（*This is Enlightenment*）更为鲜明地将启蒙时期与媒体的发展相连，并且将"媒体"概念扩大到"媒介"，提出"启蒙是媒介史（history of mediation）上的一个事件"，引发了许多学者的应和。[2] 沃纳和希斯金指出，所谓"媒介"，在18世纪及其继承的早期现代语境中至少包含三重含义：1. 人类获取知识形成观念的"工具"，按照培根《新工具》（*Novum Organum*，1620）的说法，工具是辅助感官知觉导向思维的方法，随着历史演进而不断发展。我们的感官和头脑机能都可以被认为是思维和知识的媒介。2. 媒介的第二种含义延续了沃纳在《为娱乐正名》中论述的"媒体文化"的意义，即大众传播的技术、工具和规范，包括邮政系统、纸媒，以及这些媒体运行的章程和规约（如版权法和对个人信件隐私的保护等）。不过，18世纪虽然已经出现了现代意义上的公共媒体，medium一词尚未具有"公共媒体"的义项。3. 更宽泛地说，媒介就是"任何干预、提供条件、做出补充或居于其间"之物，如纸币是18世纪信用经济的媒介，警察的数据采集是

1 同时参见 Christina Lupton, *Knowing Books: The Consciousness of Mediation in Eighteenth-Century Britain*, Philadelphia: University of Pennsylvania Press, 2012。

2 Clifford Siskin and William Warner, eds., *This is Enlightenment*, Chicago: University of Chicago Press, 2010, p. 1.

公共领域管理的媒介。[1] 使用宽泛的媒介概念，我们可以认为，主体或“内心”的构成依赖身体与心灵的互动，以情感为重要媒介之一，但“内心”又是在与社会政治语境的互动中形成的，依赖写作和出版等狭义的媒介。因此，“内心”的中介既是特定的社会结构和制度，也是与之交织的个体性情感模式。

可以这样说，18 世纪发现了由媒介勾连起来的复杂系统，不论是内心还是社会，都是枝蔓交叉的系统。这些系统以维护自身的延续和基本稳定为目的，但实现这个目的的只能是各种各样的“工具”和“媒介”，而不能是某种外在于系统的全知力量。18 世纪对媒介的认识隐含着一种“系统”论，历史学家施恩（Jonathan Sheehan）和沃曼（Dror Warhman）指出，18 世纪的社会理论、经济理论、自然科学和心灵观念都贯穿着一种系统论。这里的系统不同于神学视角下的系统，它是自我生成的，兼具随机性（contingency）和必然性，具有一定不可知性的有序整体。[2] 18 世纪诞生的“有机体”（organism）的概念就是启蒙时期系统论的经典例证，有机体概念挣脱了林奈生物学所延续的基督教“生命巨链”的观念，强调生物没有预先规定的最终形态，是在逐渐发育中成型的，这也就是康德在《判断力批判》中所说的“自我组织”的机体。[3] 20 世纪生物科学、人工智能、社会学等领域中经常出现的“自体系”概念起源于 18 世纪。但自组织系统难免出现失序的危机，18 世纪的系统论并不完全乐观，社会机体和个体意识一样，也受到怀疑和批判的持续冲击。

---

1 Clifford Siskin and William Warner, eds., *This is Enlightenment*, Chicago: University of Chicago Press, 2010, p. 5.

2 Jonathan Sheehan & Dror Warhman, *Invisible Hands, Self-Organization and the Eighteenth Century*, Chicago: University of Chicago Press, 2015.

3 “使自己有机化”的说法取自康德《判断力批判》的李秋零译本。参见李秋零主编：《康德著作全集（注释本）》第 5 卷，北京：中国人民大学出版社，2006 年，第 388 页。

综上所述，18 世纪“公”和“私”之间的纠葛充分展现了私人心灵的悖论，心灵只有在与物质环境和构成公共领域的物质媒介的纠缠中才能呈现自身，也因被其穿透而千疮百孔，出现许多个人无法理解和控制的情感，难以反过来将公共领域改造为促进普遍联合与个体行动力的理想模式。正因为私人个体与公共领域彼此依靠又彼此渗透，两者都没有稳定可靠的基础，也都没有稳定的内在整合性。现代西方社会——乃至其他现代社会——的最根本困境在 18 世纪已经初步显露。

五、 18 世纪小说中的情感

启蒙时期是人类反思意识彰显的时期，但同时也是这种反思为自身划定边界的时期，是心灵意识到自身能动性的时期，也是陷入持续危机的时期，启蒙时期的思想文化表达了西方现代社会的种种悖谬和矛盾，说明现代性的困境即便在其萌生期也已经有充分而丰富的征兆。18 世纪欧洲的文学作品是构筑启蒙时期复杂情感观念的最重要媒介，此时出现了许多以呈现、剖析情感和激发情感交流为主旨的小说，成为启蒙时期“人类科学”和“社会科学”的重要组成部分。兴起中的现代写实小说借用文艺复兴以来散文罗曼司的许多叙事程式建构人物及其社会环境，同时试图找到让虚构折射现实经验的方法。

18 世纪上半叶到中叶英国与欧洲现代小说兴起和发展的轨迹与欧洲早期现代观念史和文化史进程密切相关。从 17 世纪中叶开始，“情感”成为哲学和美学中的显著议题，到了 18 世纪上半叶，“情感”成为与新兴资产阶级公共领域共生的关键性文化议题。英国最早的文化杂志之一《旁观者》（*The Spectator*，1711—1712，1714）的两位主编斯蒂尔和艾迪生以自身或虚构人物的口吻撰写散文或书信评点人情世态，并邀请蒲柏、斯威夫特等人共同执笔，他们的许多文章秉承复辟时期和新古典主义时期诗人对人性的警醒态度，对有危害的激情提出宗教和道德上的对策。[1] 然而，在稍晚些的1720年代，情感的地位便有了变化。作家亚伦·希尔（Aaron Hill）与女作家海伍德（Elizabeth Haywood）、女诗人玛莎·福克斯（Martha Fowkes）结成希拉里尔小组（Hilarean circle），经由密切的私人纠葛，书信往来和创作交流影响彼此的情感观念。希尔还创办了自己的杂志《老实人》（*Plain Dealer*，1724—1725），与合作人分工撰文，集中探讨如何应对"激情"这种时代症结，这份杂志背离新古典主义思想，初步提出了对情感的肯定性观点，认为强烈的情爱等惯常被视为有害的激情可以被合理疏导，人们可以"将其家庭化而成为社会美德"（domesticate them into social virtues）。[2]

这段时期对1740年代理查逊小说《帕梅拉》（1740）和《克拉丽莎》（1748）的出版有着非常重要的铺垫作用，理查逊挪用并改造了复辟时期以来就在英国十分流行的情爱小说（amatory fiction）和书信体小说，借内心书写展现中下层女性的情感困境并为其树立道德楷模，也使得描摹女性人物在环境重压之下的自主道德抉择成为了一种有感染力和传播力的文学表达范式。理查逊创立的叙事模型在18世纪中叶的英国、法国和德语区等欧洲各地区迅速蔓延发展，卢梭的《新爱洛漪丝》（1761）在这个模型之上叠加了对于自然纯真情感的颂扬，而歌德的《少年维特的烦恼》（1774）又为个人情感悲剧注入了反抗腐朽生活的英雄主义色彩。1770年前后，情感题材小说渐趋泛滥，英吉利海

---

1 参见 Henry Morley, ed., *The Spectator*, a new edition, in three volumes, London: George Routledge and Sons, 1891. 尤其是 No. 4, No. 6, No. 19, No. 27, No. 71, No. 79, No. 163, No. 202, No. 256, No. 387, No. 408, No. 438, No. 462, No. 479, No. 516 等期数上的文章。

2 Earla Wilputte, *Passion and Language in Eighteenth-Century Literature: The Aesthetic Sublime in the Work of Eliza Haywood, Aaron Hill, and Martha Fowke*, New York: Palgrave MacMillan, 2014, p. 190.

峡两岸都出现了许多深受理查逊、卢梭、歌德影响的小说，一方面强调自然情感引导人做出道德判断，一方面以纯真人物的悲剧操控读者的哀怜之情。1771年，小说《重情男子》（*Man of Feeling*）风行一时，法国作家——如李克波尼夫人（Marie Jeanne Riccoboni）和柯亭（Sophie Cottin）等——也纷纷仿效理查逊和受理查逊影响的卢梭，专注描写纯真人物受难的历史，以展示和推崇道德坚贞为由赚取读者的情感投入，对英国读者影响甚深。这些小说被同时代的人称为“感伤小说”（sentimental novel），从1770年代到1816年前后主宰着欧洲阅读公众的品味。虽然“感伤小说”在拿破仑战争后受到欧洲文坛主流的奚落，但情感和“内心”主题已经在西方小说正典中扎根，要了解情感在18世纪以来西方文学中的历程，18世纪初期和中叶的发展尤为重要。以往不少研究者把1770年代及之后的感伤小说视为独立的研究对象，但这些小说源于此前已然勃兴的情感书写传统。了解这一点可以打破传统文学史将18世纪上半叶的“新古典主义”时期与下半叶小说盛行的时期分割开来的做法，也有助于更好地理解18世纪晚期感伤小说的滥觞以及19世纪初浪漫主义对情感风潮的反思和延续。

理查逊的书信体小说《帕梅拉》和《克拉丽莎》一般被认为是18世纪情感题材小说的高峰，对法国和德国文化也有深远影响，理查逊在浪荡子和诱奸问题频发的文化背景中对女性读者进行道德规训，象征英国中间阶层试图以新的道德规范取代上流社会道德秩序并与之磋商合流的社会关系。不过，这两部小说的主旨并非宣扬女性贞操，而是将女性问题纳入有关新兴“私人”观念的思考，展现18世纪的女性争取私人空间和婚姻选择自由——用已故英国历史学家劳伦斯·斯通的话来说，就是实践“情感个人主义”[1] ——并因此遭受重创的感人

1 ［英］劳伦斯·斯通：《英国的家庭、性与婚姻（1500—1800）》，刁筱华译，北京：商务印书馆，2017年，第147页。

情景，凸显女性在外力围困中坚守这种自由的道德禀赋。理查逊的书信体小说通过对女性自主权的探讨捍卫新兴的“私人”观念，成为同时代哲学和政治思想的重要补充和深化。同样重要的是，理查逊在《克拉丽莎》中通过女主人公信件的传递和流通具有开创性地探讨18世纪尚未进入法律法语的“隐私”观念，勾勒现代媒体社会中私人生活难以抵御公众窥探的难题。这说明现代“私人”的生成在很大程度上依靠新兴公共媒介为普通个体创造的自我表达空间，但也因为与公共媒介的瓜葛而无法保存自身独立性，很可能成为虚幻的理想。同样，以情感为思路也可以深化我们对菲尔丁作品的理解，菲尔丁的小说经常被认为是批判现实主义的先驱，但其实也与启蒙时期的情感文化唇齿相依。菲尔丁的小说《汤姆·琼斯》（1749）用一种极为纯粹的第三人称全知视角仲裁善恶并揭示人心，这个意义非同寻常的叙事形式创新恰恰以18世纪英国的同情观念为基础。菲尔丁经由与18世纪视觉文化的对话和独特的叙事手法投射了一种观看他人的方式，使得笔下叙事者和人物群像之间能够达成深层的理解和同情，与18世纪苏格兰启蒙思想——在沙夫茨伯里影响下发展起来的从哈奇生到斯密的同情观念——有着深刻的互动关系。菲尔丁后期小说中的全知视角显示出受限的态势，对同情机制提出了与休谟的怀疑论相近的灰暗质疑，这个形式变化暗指英国政治、法律制度的失衡失序，也预示了19世纪第三人称叙事视角普遍更为受限的发展趋向。

比上述两例更富有揭示性的是斯特恩的《项狄传》（1759—1767），这部作品用许多极富创造力的叙事和描写手法凸显身体的任性，以大量的肢体动作和对“忧郁”这种难以名状的情感的描写尽情戏谑和解构18世纪所有以人的主体性和社会的自发秩序为核心的崇高观念，看似是一部带有“后现代”色彩的作品。然而，当我们重新审视18世纪的情感和主体观念，可以发现这部小说不仅全面展示了18世纪多彩纷呈的叙事传统，也深刻地回应了现代性形成之初就已经凸显出来的危机。小说已经意识到18世纪商业社会中人的物化，通过大量借鉴自戏剧舞台和视觉文化的动作描写揭示身体的主动性及其脱离灵魂控制的可能性，又通过对盛行于18世纪的“忧郁”情感的细致刻画和纾解回应18世纪的个体和社会面临的失去自主性的困境。《项狄传》对启蒙思想主流的解构体现的正是这个思想体系的内在反思。启蒙时期不仅是一个构筑了进步史观的时代，也是一个乐观与悲观情感不断交杂的时代，这个时代的悲观情绪笼罩着约翰逊博士、理查逊、休谟等英国文化界名人，也成为18世纪最具有前瞻性的英国小说的重要主题。

18世纪小说的研究有很长的历史，部分文献我们在第四章中会进行综述，从情感角度切入进行的研究也不胜枚举，前文已有所罗列。即便如此，小说发生与这个时期情感和“内心”观念的关联尚未得到充分的论述，我们对小说的生成过程和文化功能的认识仍然有很大的推进空间。在英语语境中，穆伦（John Mullan）最早指出，从18世纪上半叶开始，“有关社会赖以生存的关系的话语”与“彰显社会性（sociability）的生活”成为普遍原则，在这个时代，“社会性依靠的不仅是意见，更多是结构和谐的感受（feeling）”。[1] 这个论断隐含着一个将情感视为贯穿18世纪文学和文化的共同特征的设想。不过，这个设想如何在研究实践中落实仍然不甚明确，学者们习惯于以18世纪晚期的“感伤主义”小说为主轴，围绕感伤—美德—性别这三个维度展开论述。本书尝试整合情感观念史、小说史和文史互证的研究方法，涉及17世纪晚期以情感为主题的女性作家、笛福、理查逊、菲尔丁、斯特恩、哥特小说和感伤小说等案例，构筑一条比较完整的文本链；并在构筑路线图的同时曲径探幽，对每一个文本投注以深切的关注，从情感角度对其与历史语境之间形成的双向对话提出新解。

---

1 John Mullan, *Sentiment and Sociability: Language of Feeling in the Eighteenth Century*, Oxford: Clarendon Press, 1988, pp. 4－7.

第一章从18世纪跳开去，定义情感和文学情感研究的方法，建立本书进行文学解读的思路和框架，首先从身心关系角度对现代时期情感术语和情感观念的内涵做出深度梳理，说明情感和情动的关联，再解释文学情感研究的基本方法和范式。第二章和第三章回到18世纪，详细梳理情感与主体观念建构的关联，分道德哲学、美学和世界史写作等几个领域说明。第四章概述小说的兴起与情感观念史的关系，从书写内心真实的角度，并结合图书市场和阅读公众扩大的状况，重新解释18世纪西方小说的崛起。第五到第九章对主要作家做出解读，最后通往向浪漫主义时期的转折。这里要说明几点。

从情感角度解读18世纪英国小说发展线索意味着两个主要任务。首先，通过深入的形式分析厘清小说中的情感，以及对于情感的认识和态度；其次，分析说明情感书写方式中蕴含的主体观念及其与相邻领域中主体话语的关联。18世纪英国小说中有许多显而易见的情感，学者诺格尔（James Noggle）将其中更为隐秘的情感潜流称为“不可感知的情感（unfelt feelings）”。[1] 理查逊的《克拉丽莎》中深沉的绝望与内心书写的内部张力关联，采用“我手写我心”的模式，但其中也隐藏对内心书写的抵抗。由此可以发现，小说告诉我们，袒露内心是构建个人主权的重要途径，但在媒介社会中也会导致隐私问题的爆发，这种矛盾是克拉丽莎悲情的隐含语境。菲尔丁的小说与沙夫茨伯里的同情观有所对话，而其最重要的形式创新就是第三人称全知叙事，这两者也是有关联的。菲尔丁的小说与同情理论有对话，也将18世纪视觉文化中的观看理论转换为一种深度观看。这两位性格、天赋迥异的作家一方面看到了主体性的建构，一方面又见证了其崩溃。同样的悖论在斯特恩笔下就更为清晰，他的身体写作隐含了对身心关系和同

---

1 James Noggle, *Unfelt, The Language of Affect in the British Enlightenment*, Ithaka: Cornell University Press, 2020, p. 46.

情问题的全新思考；他对于身心病症——忧郁——的思考尤其谱写了一曲批判和修补时弊的双重奏。

总之，从情感角度重审 18 世纪英国与欧洲小说不仅意味着研究此时的感伤小说，而且要说明这个时期的小说如何用自身独特的形式手段思索情感、主体和社会的复杂关联。我们需要考察小说如何展示身体和心灵的关系以及情感在这种关系中的作用，如何再现私人内心的形成过程，如何思考社会公共文化构成的机制。18 世纪小说中的人物获取主体性的场景总是社会性的，主体性的建构同时也是私人社会浮现的过程，情感在身体与心灵—头脑之间沟通，也以其普遍性贯通不同的私人个体，个人主体性的建立与不同身心联合体之间的共振彼此依存。但这些理想模式总是不稳定的，小说中也飘荡着许多与社会无序相伴生的阴郁情感，莫名而挥之不去。

在第九章里，我们发现 18 世纪小说的两个新种类——感伤与哥特小说——更为主动地利用和调动情感的巨大力量，体现了图书市场从 17 世纪中叶初兴经历了一个世纪之后实现的突破。这些体裁是对之前所有情感写作传统的延续，也是对图书市场商业和传播效力的充分利用，情感小说与政治问题的关联也日益明显。不过，随着小说对情感的操纵更为程式化，18 世纪晚期，小说家对情感的执拗以及激化情感失灵的社会秩序有了更深入的思考，这对解释从 18 世纪到 19 世纪小说传统的转折有很重要的作用。本书讨论的所有小说都将自身视为情感书写和自我构筑的媒介，这种认识在 18 世纪末进入了一种充分的自觉。

对启蒙遗产的梳理和反思从 19 世纪开始就未曾间断，这个时期对之后所有时代都具有重要的启示意义。黑格尔和马克思就是在对启蒙遗产时期的反思中建立了人类学和社会史研究的历史主义视野，将私人个体视为历史和社会关系的产物，深刻影响了之后人文和社会科学研究的大部分范式。自启蒙时期以来，身处历史中的个体如何通过反思厘清情感在身心关系中的多元作用，又如何在了解复杂人际情感动态的基础上制定社会构建的方案，一直是非常关键的学术和实践问题。我们每个人都生活在启蒙的余波中，那个时代提出的核心问题延续至今。面对这些问题，没有现成的理论可用，我们必须在文学研究、文化研究、社会科学、心理学、生理学和认知科学的不同视野之间回旋，在回溯历史的基础上建构新的理论，在与中国本土现代化实践的紧密对话中不断接近答案。这也是我们今天重返欧洲启蒙时期的一个重要原因。伏尔泰在哲理小说《查第格》（1747）中借隐士之口说："［激情］好比鼓动巨帆的风；有时大风过处，全舟覆没；但没有风，船又不能行动。"[1] 这就告诉我们，情感好比双刃剑，不断辅助现代主体性的建构，又时刻颠覆这项工程，人如何在情感的狂风中保持顺利航行，是一种艰难的艺术。情感不仅是当代生物学和神经科学的难题，更是人文社会科学的难题，这个难题始于现代性萌生之时，我们思考和重构自身的旅程就从面对这个难题开始。

关于文献使用的说明

1. 17—18 世纪文学原典：在有中文译本的情况下使用中文译本，并参照西文原版，若无中文译本，则参照原文，并自译引文。大部分引用的文学作品原文为英语，若干为法语或德语。这些作品中版本历史最为复杂的是理查逊的小说《帕梅拉》和《克拉丽莎》，这些作品均经多次修改再版。笔者分别查阅了它们的主要版本，了解不同版本之间的差异，并在文本分析中涉及这些差异产生的意义。

2. 17—18 世纪哲学、美学、人类学、社会理论等原典：这些文献

---

1 ［法］伏尔泰：《查第格》，傅雷译，上海：译文出版社，2017 年，第 113 页。中译文将法语中的 passion 译为"情欲"，不过应该是统称所有激情的意思。

的原文大多为英语，小部分为法语和德语。有比较可靠的中文译本时，选择引用中文译本，并对照原文（英语、法语和德语）核实重要引文；假如尚无中文译本，则优先使用英文原文或译文，必要时在关键词句处与德语和法语原典对照，无中文译本的文献引文均为笔者翻译。

若需查看具体引用文献，请参照各章注释和书稿最后的引用文献列表。

第一编

18 世纪
西方情感话语的构成

第一章

何谓“情感”和文学情感研究

如何研究文学中的情感？如何开始建构文学情感研究的方法论？这些问题的答案取决于我们如何理解情感这个概念，厘清“情感”概念的内涵是本章的首要任务。本书“弁言”初步说明和阐发了“情感”概念和文学情感研究的方法，下文具体展开。

文学中的情感有两层含义。首先，情感指的是情感概念或范畴，由语言所命名和构建的单纯或复合情感。在这一层面上，文学情感批评可以归于新历史主义的研究范式，并无特异之处。比如，研究18世纪小说中的“忧郁”，必然要考察“忧郁”这个概念在不同话语体系中被如何理解和定义，它与什么症状联系在一起，特定文学作品中人物所显示出来的忧郁有何普遍或特殊表现；文本如何以其自身的形式技巧回应其历史语境对“忧郁”及其政治、文化内涵的理解，如何重塑这种理解。也就是说，文学情感批评可以首先从文本中分离出一些核心情感概念，随后参照不同话语体系互文分析的方法对其进行考察。

从另一个层面来说，情感不只是概念性范畴，往往不能辨析或归类，无法凝结为清晰的概念。它犹如寄托于文字但又不完全囿于文字的隐晦暗示，时而如启示，时而如谜团，因此分析文学作品的“情感”不能局限于在辨别症状的基础上提取出情感概念（如喜怒哀乐等），而是要对文学作品中所有的情感暗示保持敏感。也就是说，情感研究的特殊性在于它的对象“情感”不只是一组概念，它几乎相当于“文学性”本身，弥漫于构成文学形式的所有元素。情感与文学中的形象和意象有关，与人物心理有关，与对话文体有关，但同时也是文学作品神秘莫测的“语调”（tone），一种寄托于形式元素却又超越其总和的整体性态度、立场和氛围。文学情感可以被认为是法国美学家杜夫海纳所说的一种既存在于客体，也存在于主体的情感特质，即作品“通过符号直接给予的意义”，但也可以被认为是需要多重阐释后才能揭示出来的文本隐含的面貌。[1] 文学阐释的一个核心任务就是对文本总体情感特质进行直观感知和曲折揭示。

因此，要体现文学情感批评的特殊性，必须综合上述两种对情感的认识。首先，情感是现成的词语和表达，同时也是很难直观把握的在文本与读者之间微妙而曲折传递的氛围，需要读者在想象和分析中搭建出来。因此，文学情感研究不只是对新历史主义批评方法的延续。其次，其任务是勾勒某种具体情感或情感理论（即身体与头脑关系的理论）在文学及其相邻话语体系中的呈现，揭示不同话语体系在情感问题上的互文和紧张关系，由此揭示文学作品中情感书写形塑政治想象和社会生活的意义，这是比较典型的新历史主义或语境化文本阐释的分析路径。再次，文学情感研究也需要综合基于生活经验的直觉和基于想象的重构，解析文学文本中的各种形式和文体特征，勾勒弥漫于文本的所有角落，随着阐释者视角不断变化的情感复合体。辨析文本中的情感层次并分析其政治和文化功能是文学研究的要素，不过因为文学文本中的情感动态十分复杂，对文学情感社会功能的阐发必须保持对文本中的情感动态及其所蕴含的复杂政治倾向的敏感。在国际学界，文学情感批评发展至今不超过二十年时间，方法

1 ［法］米·杜夫海纳：《审美经验现象学》，韩树站译，北京：文化艺术出版社，1996年，第495页。

论和路线图尚不完备，还有很大的创新和变异空间。本书想要做的是回答文学情感批评中的首要难题，清理有关“情感”的常见误解，为文学情感批评的进一步发展奠定基础。在讨论如何从文本中解读出情感，或者说如何阐释文本的情感世界之前，我们首先有必要厘清情感这个关键词，我们首先要问“情感是什么”，即情感如何向概念化认知呈现自身，随后才可以开始思考何谓文学文本中的情感。

一、 情感术语辨析

情感到底是什么，并没有定论。概括来说，情感指的是生命体内在的感知与感受，时而清晰时而模糊，代表其身心机制对观察或经历到情境的反应，是行为的动力和导引；可以认为是海德格尔所说的“在世”（being-in-the-world）为环境赋予意义的方式，但也溢出人类意识的范畴；[1] 不同种类的情感都伴随着特定生理现象，与身体对外界和内在变化的感知互为因果，也同时与语言和特定时代的道德文化规范周旋对抗。有很大一部分情感对应较为简单的词汇，且往往具有跨文化普遍性，可以较为直接地翻译成其他语言的词汇，如从笛卡尔以来哲学家、生物学家不断尝试分辨的“基本情感”；[2] 基本情感叠加在一起形成各类复合情感，所谓悲喜交加、喜极而泣。然而，我们同

1　有关溢出人类意识范畴的情感，详见本章第四节论述的“情动”。

2　笛卡尔提出了六种“基本激情”，包括惊奇、爱、恨、渴求、欢乐、悲伤，达尔文扩大了基本情感的概念，将人类与动物共享的感受与表情和行为规律相连。到了 1960 年代，美国当代心理学家汤姆金斯（Silvan Tomkins）明确主张将驱力与情感相区分，辨认了八种“主要情感”（primary affects），即兴趣、欢乐、惊讶、痛苦、恐惧、羞愧、蔑视、愤怒。参见［法］勒内·笛卡尔：《论灵魂的激情》，贾江鸿译，北京：商务印书馆，2013 年，第 55—56 页；Eve Sedgwick and Adam Frank, eds. , *Shame and Its Sisters, A Silvan Tomkins Reader*, Durham and London: Duke University Press, 1995, p. 74。

样也会有难以用言语表达的感受，有时会受语言驱使武断地简化这些感受，有时则陷于沉默，也正是这些莫名的情感会时刻危及我们赖以生活的踏实感，危及我们对“我是谁”的理解。即使我们短暂地埋葬了这段莫名的感受，它仍然会在异日重现。要理解情感是什么，必须将它与包括认知在内的整个精神世界的所有机能联系在一起，以身心关系为主轴，说明什么样的情感可以直观认知，将身体与心灵—头脑捏合在一起，什么样的情感难以认知或转化为语言，随时可能撕裂身心和谐，摧毁人的自我感和主体性。情感概念及相关理论话语可以追溯到人类历史的开端，但 17 和 18 世纪无疑是西方情感理论大规模涌现、情感的重要性迅速提升的时期，我们谈 18 世纪英国小说中的情感，首先要梳理 17 世纪中叶以降西方情感观念史的复杂脉络，再论及小说与现代情感文化的内在关联和对话关系。

与“情感”对应的英文词有很多，包括 affect，emotion，feeling，passion 等。从文论和文学研究的角度来分析，affect 和 emotion 往往形成对立双方，affect 指未经意识整合或意识过滤的主观感受，emotion 已经转化为概念的感受。美国学者特拉达（Rei Terada）曾用“观念化 emotion”和“经验性 affect”这两个表述来指出这个区别。[1] 这并不是说 affect 先于意识，而是说 affect 异于“被拥有和被承认”的 emotion。[2] 对 18 世纪来说，除了 17 世纪哲学和文学中常见的 passion 和 affection，emotion，feeling，sensibility，sentiment 也都

1 Rei Terada, *Feeling in Theory: Emotion after the Death of the Subject*, Cambridge: Harvard University Press, 2001, p. 26.

2 马苏米认为，affect 是一种生理反应所构成的“强度”，而情感（emotion）是“被拥有和被承认的”affect 。参见 Brian Massumi, *Parables for the Virtual*, Durham: Duke University Press, 2002, p. 28. 另外，利斯反对将 affect 看成“独立于”或“先于”意识形态，对于这个论点笔者是赞同的，未经语言整合并不是不参与意识形态的意思。参见 Ruth Leys, “Turn to Affect: A Critique,” *Critical Inquiry* , 37. 3（2011）, p. 437。

很常见，这些术语都广泛流通于17世纪和18世纪。我们在这里插入一小段名词解释，说明启蒙时期的情感理论植根于科学、哲学、美学、社会理论共同塑造的有关身心关系的理解，构成了西方现代性极为重要的一个维度，也奠定了18世纪以来各类情感术语的基本内涵。

1. 17世纪和18世纪，英语中最常用的表示情感的词汇是passion和affection，我们可以参照约翰逊博士《英语词典》（1755）中的词条初步揭示这些词在启蒙时期的意义。[1] Passion指的是“心灵激烈的震荡”（violent commotion of the mind），affection的词条援引passion的词义，与前者一样既可以表示狭义的浪漫爱情，也可以容纳“喜”“悲”“怕”和“怒”等一众激烈情感。根据《牛津英语大辞典》（OED）所示，passion源自意为“受苦”的拉丁文词根pati，在中古英语中已经具备多重含义，一来表示基督受难的经历及其在艺术创作中的呈现，二来表示任何受难经历和强烈情感，两者都与第三种含义——受制于感官的被动性——相关。从中世纪开始，“激情”就表示在感官驱使下灵魂发生的变化和运动，凸显人难以摆脱感官控制的特点。不过，从17世纪开始，灵魂激情被赋予一种积极作用，成为身体行为的必要条件，如笛卡尔所言，激情使灵魂产生意愿，并产生与意志“相应的一种行动效果”。[2] Affection源自拉丁词affectio，也糅合了被动与主动的语义色彩，表示身心被置于某种影响之下（affectio可以追溯至表示“影响”的拉丁文词语afficere）而产生的强烈情感，但较之passion，

---

1 参见《英语词典》的第三版，分上下两卷出版：Samuel Johnson, *A Dictionary of the English Language*, 3rd edition, vol. 1 and 2, London: printed by W. Strahan, 1765。

2 ［法］勒内·笛卡尔：《论灵魂的激情》，贾江鸿译，北京：商务印书馆，2013年，第33页。

affection与感官的关联较为疏远，与精神性偏向关系更为紧密。[1] 当然，这两个词的区别并不明确，从中世纪开始，英语中的affection和passion都可以泛指灵魂的强烈波动。不过，值得注意的是，在17世纪荷兰哲学家斯宾诺莎的《伦理学》（1677）中，affectio和affectus这两个表示“情感”的近义词表示的恰恰是与身体经验相伴生的观念，并不与感官疏离。对斯宾诺莎来说，个体生命力强度的变化总是与灵魂中有关好恶或欲望的观念相伴相生，与生命力变化对应的观念就是情感。需要说明的是，虽然出自affectio的affection是18世纪英语中最常用的表示情感的词之一，但出自affectus的affect一词也较早出现了。晚期中世纪的英国就已经出现了affect一词及其在拼写上的异体字，表示心灵内在的倾向和状态，与外显的表情或行为相对，乔叟创作于14世纪的史诗《特洛勒斯和克丽西德》中就含有“effectes glade”（愉悦感）这个表述。[2] 进入20世纪下半叶后，法国理论家德勒兹对斯宾诺莎的affectus概念加以挪用和改造，用affect一词表示系统性物质和生理变化，这些变化不能称之为主观性情感，相反，会使看似完整自洽的现代主体不断解体。由此，affect成为文学研究中的显性概念，在国内被翻译为“情动”，与普通主观感受相区分，本章第四部分会对德勒兹的“情动”观念做出进一步辨析。

2. Emotion出自中世纪拉丁文中的emovere，可表示物理位移，

---

1 中世纪神学家阿奎那将情感分为passions和affectiō/affectus两种。对前者的定义主要接续亚里士多德对“感官脾胃”（sense appetite）的理解，表征灵魂在某个外在事物作用下发生的运动，其中包括渴求、欢乐、憎恶、悲伤，希望、绝望、大胆、恐惧和愤怒。后者代表意志和知性的倾向（如对全善的爱），前者显示了灵魂的被动性，后者并非灵魂的主动选择，但较之前者显示了对感性的超越。参见Nicolas E. Lombardo, *The Logic of Desire, Aquinas on Emotion*, Washington: Catholic University Press, 2011, pp. 34-40, p. 55, p. 62, pp. 78-79。

2 Larry D. Benson, ed., *The Riverside Chaucer*, 3rd edition, Boston: Houghton Mifflin, 1987, p. 513.

也可以表示头脑中发生的运动。《牛津英语大辞典》(OED)例句显示,这个词出现于17世纪的英语,表示政治动乱、其他类型的剧烈运动或强烈的情感(具体情感或情感总和)。用这个词来表示情感的最早例句出现在1602年蒙田散文的英译本中,译自蒙田用的esmotion一词(即émotion的不规则拼法)。[1] 笛卡尔在《论灵魂的激情》(1649)中也多次用émotion表示与passions同样的意义(虽然远低于passion一词的出现频率)。[2] 约翰逊博士在《英语词典》中列出emotion一词,将其定义为"剧烈激情,或令人愉悦或令人痛苦";他也同时列出了今天英语中已经不再使用的动词emmove,这个词出自法语词emmouvoir,表示因情而动之义,强调情感对行动的触发作用。[3] 根据学者迪克森(Thomas Dixon)对emotion一词语用流变的梳理,19世纪中叶emotion取代passion与affection成为表示情感的"主要术语",语义较之另外两词更为广阔,一般不具有褒贬色彩。[4]

3. Feeling是原生于英语的词汇,与德语中的Gefühl同义,15世纪初开始被用来表示情感。与passion,affection和emotion相比,feeling更强调情感与感官知觉相通,灵魂与身体相通的特性。[5] 约翰逊博士将feeling一词单独列出,予其三义:首先是触觉,其次是柔弱敏感的心肠(sensibility,tenderness),再次是泛指的身体感知和心理

---

1 Michel de Montaigne, *Essayes of Morall, Politike, and Militaire Discourses*, translated by John Florio, London: Edward Blount, 1603, p. 43; Montaigne, *Essais de Michel de Montaigne*, tome 1, nouvelle edition, Paris: H. Bossange, 1928, p. 98.

2 Rene Des Cartes, *Les Passions de l'ame*, Paris: H. Legras, 1649, p. 40.

3 Samuel Johnson, *A Dictionary of the English Language*, 3rd edition, vol. 1 and 2, London: printed by W. Strahan, 1765.

4 Thomas Dixon, *From Passions to Emotions: The Creation of a Secular Psychological Category*, Cambridge: Cambridge University Press, 2003, p. 17.

5 所以李泽厚认为emotion适合翻译成"情感",feeling适合翻译为"感情"。参见李泽厚:《李泽厚对话集:中国哲学登场》,北京:中华书局,2015年,第177页。

感受。[1] 这三个意义从身体感知到心理感受再到二者的融合，直观地将身体和“论灵魂的激情”关联在一起。Feeling 一词的特殊性就在于，它不像 emotion 一词那样仅指涉灵魂的运动，也不像 passion 和 affection 那样关注人是否受制于身体的问题，对人的被动性和主动性持有一种中性立场。

4. 约翰逊博士的《英语词典》在解释 feeling 一词的时候已经调用了 sensibility 这个概念，他也专门在词典中加入了 sensibility 和 sentiment 这两个词条。根据约翰逊博士，sensibility 表示“感知”或“感受”上的敏锐（quickness of perception，or sensation），包括身体感知，也包括身体感知与心灵—大脑交接后发生的主观反应。[2] 可见，sensibility 也是一个弥合了身体与灵魂鸿沟的词汇。与之相近的词 sentiment 同样源自表示“感受”的拉丁文词根 sentire，但情况略有差异。今天这个词经常表示温柔或怅惘之情，但在 18 世纪中叶主要表示“意见”和“想法”，这也是约翰逊博士给出的解释。[3] 不过，在 18 世纪中叶的实际语用中，sentiment 的意义已经扩展至与意见相伴生但并不同质的情感。亚当·斯密的《道德情操论》（1959）对应的英文原文是 *The Theory of Moral Sentiments*，这里的 sentiments 是对“道德感”（moral sense）的改写，包含浓厚的情感因素，甚至与“affection”同义。[4] 斯特恩的小说《穿越法国和意大利的感伤之旅》（1768 年，在中文里也被译为《多情客游记》）在标题中明确使用 sentimental，表示重情易感之义，开启了将小说冠名为“感伤小说”（sentimental novel）的出版风尚，这说明 sentiment 此时已经完全转义，不仅表示意见，也

1 Johnson, *Dictionary*, feeling 词条。

2 Johnson, *Dictionary*, feeling 词条。

3 Johnson, *Dictionary*, sentiment 词条。

4 Adam Smith, *The Theory of Moral Sentiments*, edited by Knud Haakonsson, Cambridge: Cambridge University Press, 2002, p. 22.

与感受相融。在18世纪晚期标志性感伤小说《重情男子》（*Man of Feeling*，1771）中，sentiment一词大多表示注满情感的人生感悟，情志交融。在18世纪晚期至19世纪初的进程中，随着道德观念与情感之间关联的加深和固化，sentimental发生了名词性转化，《牛津英语大辞典》中的sentimentalism一词最早出现于1818年，表示良善而感性的身心模式以及与之相称的语言表达风格，也因为这种表达方式——如“感伤小说”——的泛滥而在19世纪中叶滑向表示感性过剩的贬义。

上述这些表达“情感”的词汇不仅在18世纪哲学和文学中交叉出现，在有关18世纪情感观念的研究中也经常同时出现。我们可以肯定地认为，这些概念的词义有很多交叉重叠，无法彼此分割，不过它们在18世纪以降不同时期受到的青睐程度各不相同。18世纪是西方情感观念史的关键阶段，在此时的哲学和医学等话语场域中出现了系统性情感理论，小说、戏剧等文化体裁集中呈现和思索情感的价值，奠定了更为广泛的情感文化，中间阶层受情感文化的影响最深，但下层民众也同样卷入其中。

在当代英语中，affect，emotion和feeling这些词汇都已经被比较宽泛地使用，它们语义之间的界限非常模糊，常常可以互换。历史和社会科学中emotion用得比较多，而文学和文论经常在emotion，affect，feeling之间切换。专论“情绪”（mood）的文学情感研究很少，不过已经有文学学者从海德格尔所说的stimmung出发，将“情绪”定义为“集体性的情感氛围，由社会力量和制度架构形塑，独特于每一个历史时刻”。[1] 所谓情绪，是人向世界敞开的表征，是“此在”不可摆脱或脱离的在地性。这种理解与社会科学中使用“情绪”

1 Jonathan Fatley, “Reading for Mood,” *Representations*, 140 (2017), p. 144.

来表达集体性情感的"短暂"爆发既有相通之处也存在差异。[1] 表示情感的不同词汇的交叉互换提示我们，身体性、经验性情感和符号性、建构性情感虽然可以加以区分，但它们往往彼此交叉而无法分割，对于不同表示"情感"词汇的辨析不能太过机械和绝对。

既然表示情感的词汇如此丰富，而每个词的含义也一直处于变动之中，那么我们如何对情感进行精确的定义和描绘呢？上述表示情感的词汇虽然多元，但共通之处也显而易见。所谓情感，都由身体感知触发，即便少数被设定的宗教情感（如对全善之物的爱等）可以被认为与具身经验无关，绝大部分情感无法脱离身体产生。不过这些不同词汇之间也存在重要分歧：如果身体感知导致情感，那人的知性和意志能否对其施行控制？不同情感词汇暗示着对这个问题的不同看法。也就是说，不同的情感词汇指向有关身体、情感与知性三者关联的不同认识。这提示我们，我们对情感的理解应该围绕几个相关的核心问题展开，即：作为主观感受的情感如何与认知相连？日常语言在这种连接中有什么作用？反过来说，与身体相连的情感是否具备任何认知功能，甚至塑造我们的认知？这些核心问题都关乎情感与认知能否整合、人的主体性是否成立这个现代社会独有的困惑。以这些问题为进路，我们可以厘清西方早期现代以来众多情感理论的基本思路和内在逻辑。

有关这些问题有两种基本立场，一种认为情感与认知天然具有整合性，一种则对此表示怀疑。在早期现代（大约为 1500—1800 年）情感理论兴起之时，欧洲人就普遍认为情感与感觉（sense）或知觉（perception）不同，具有价值判断功能，是内在对于内部和外部环境和自身态度的反应。在早期现代西方，随着自然人重新成为哲学思考的对象，情感的判断力开始被强调，成为启蒙人性观和社会构成理论

1 王俊秀：《新媒体时代社会情绪和社会情感的治理》，《探索与争鸣》2016 年第 11 期，第 35 页。

的重要基础。如苏珊·詹姆斯所言，自 17 世纪开始，“激情一般被理解为灵魂的各种思想或状态，它们将事物表现为对我们而言的善或恶，借此我们可将事物视为向往或反感的对象”。[1] 这种将情感视为身体感官与灵魂之间桥梁的认识传承久远，应和者众，当代哲学和认知科学的情感理论也经常会强调“情感的智性”或干脆认为“情感本质上是理性的”[2]。它倾向于将情感归结为一种认知、一种身体的判断，消除情感与智性之间的异质性。

然而，对于情感与认知的关联，还有第二种可能的立场。假如我们相信情感包括 affect，即无法被整合进意识的倾向和冲动，那么就会发现认知与情感之间隔着一道鸿沟。情感不服务于智性，也不能被智性所把握，意识无法被完全整合，主体不可避免地处于分裂状态。

下文将话分两头来梳理早期现代以来的西方情感观念，围绕情感能否与认知整合这个问题整理出两种对于情感的认识和定义。我们从早期现代西方情感观念发轫开始讲起。首先考察从笛卡尔、斯宾诺莎到 20 世纪初现象学这条脉络，这条思想支流可以称之为情感“直观论”，总体上认为情感可以被直接认知，情感可以不依靠概念中介而直接进入意识，由此凸显认知与情感的兼容性，凸显主体的自洽和完整性。其次，我们将从 17、18 世纪情感理论中找到与直观论不同的一条线索，这条线索经由 19 世纪末期的精神分析理论一直通向解构主义情感理论，认为情感与情感概念之间有很多层中介，情感难以被清晰认知。这条脉络可以称之为情感的“建构论”或“符号论”，它告诉我们，情感并不为主体所拥有，难以被认识，情感彰显的正是个体难以

---

1 ［英］苏珊·詹姆斯：《激情与行动：十七世纪哲学中的情感》，管可秾译，北京：商务印书馆，2017 年，第 7 页。

2 前者参见 Martha Nussbaum, *Upheavals of Thought: The Intelligence of Emotion*, New York: Cambridge University Press, 2001。后者参见［美］安东尼奥·R. 达马西奥：《笛卡尔的错误：情绪、推理和人脑》，毛彩凤译，北京：教育科学出版社，2007 年，第 95 页。

整合和控制自身的困境，深刻动摇了启蒙时期建立的人的主体性。根据情感“建构论”的思路，我们无法直接把握自身的情感（更遑论他人情感），需要如阐释一个外在之物那样阐释自身情感。情感构成了一种语言，[1] 阐释情感与阐释文学作品一样，都需要跨越从概念性符号到非概念性表现手段的多维度表意空间，阐释文学中的情感需要我们了解文学这个表意体系，但首先要求我们了解情感这个表意体系。文学情感的阐释同时依赖这两种表意体系，需要阐释者不断勾连这两种体系。情感的直观论和建构论都有其合法性，且往往同时适用于牵涉复杂情感的情境，我们对这两种思想脉络的梳理意在指出“情感”概念的复杂性，而不是要厚此薄彼。

二、 直观情感，或情感的“直观论”

情感的直观论认为情感是一种具身感知，身体由于外因或内因发生改变，将这种变化传递至大脑形成感知并引发主观反应，这种反应随后又牵动身体行为，这种主观反应即情感，情感可以分类，并在大多数人类语言中找到相应概念。这种观念亘古有之，但这种常见看法在西方早期现代历史中被固化为一种哲学思想，成为现代主体观念的基石。这个过程要从笛卡尔这位西方意识理论的鼻祖开始说起。笛卡尔并不专注于论述情感，但他的《论灵魂的激情》（*Les Passions de l'ame*，1647）的确是17世纪情感理论中被谈及最多的作品。

笛卡尔是二元论者，将灵魂与肉体看成两种实体，分别以思考和广延为本质。他的情感理论用机械的方法将身体和灵魂连接在一起。他认为，激情是“特别地相关于我们的灵魂”的知觉或感觉，这种激

1 这里笔者化用了拉康“无意识的逻辑正是语言”的说法。参见 Jacques Lacan, *The Seminar. Book III. The Psychoses, 1955 - 56,* translated by Russell Grigg, notes by Russell Grigg, London: Routledge, 1993, p. 167。

情牵动了所有的血液和动物精气，通过动物精气传达到大脑腺体，灵魂感觉到这种激情，就像是“特别在心脏那里感觉到了激情一样”。[1]

正如达马西奥在《笛卡尔的错误》（1994）中所指出的那样，笛卡尔夸大了情感与认知之间的距离。他认为我们的感知是对环境的再现和判断，是“影像”，并不一定符合外界实物，情感是尤其强烈的知觉，不过也因为与身体的连接而有些“混乱和模糊不堪”。[2] 这就使得主观与客观世界之间的鸿沟变成一个难题，开启了后世对意识如何“再现”物理现实问题的探究，也因此成为“现代认知科学的基础”。[3] 然而，吊诡的是，对笛卡尔来说，灵魂是自足的实体，因此具有内在同一性，而为了使激情不至于颠覆灵魂中的理性，笛卡尔也不得不在灵魂和身体之间构建一致性。笛卡尔在《谈谈方法》（1637）中用法语表述的“我思故我在”意味着当我们思考的时候，可以清晰地获得“我在思考”这种认识，从而确认“我”的存在，这说明灵魂具有内在同一性，其知识的基础在于其自身。[4] 来自身体的知觉虽然不是确定的知识，不符合“清楚、明白”的标准，但灵魂可以将这种知觉直接转换成观念。[5] 不仅如此，笛卡尔延续中世纪道德化的情感

---

1 ［法］勒内·笛卡尔：《论灵魂的激情》，贾江鸿译，北京：商务印书馆，2013年，第30页。

2 同上书，第24页。

3 William Seager, *Theories of Consciousness: An Introduction and Assessment*, 2nd edition, London and New York: Routledge, 2016, p. 33.

4 将知识的根基置于人的内部就是哈贝马斯所说的“心灵主义”（mentalism），同样在17世纪发展起来的经验主义、感觉主义哲学对各类显示唯心主义、理性主义倾向的哲学思潮发起了很多冲击，也与之发生了深刻的融合，推动了18世纪西方哲学的演变。参见Jürgen Habermas, “From Kant to Hegel and Back again—The Move Towards Detranscendentalization,” *European Journal of Philosophy*, 7.2（1999）, pp. 129－157。

5 ［法］笛卡尔：《第一哲学沉思集》，庞景仁译，北京：商务印书馆，2017年，第38页。特别参见这一页的第一个注释。

理论，认为灵魂对情感有驾驭力，能控制我们如何回应感官知觉。就这样，情感也被纳入到一元自我的范畴之内，身体与灵魂间又似乎没有了二元的关系。

笛卡尔表面上的身心二元论和他对于主体同一性的主张之间是有矛盾的，斯宾诺莎的形而上学试图克服这个矛盾。斯宾诺莎提出，上帝是唯一实体，思考和广延是它的两种属性，因此灵魂和身体具有了无可置疑的同一性。与此同时，由于所有灵魂和身体都在“神之内”，上帝不再是超越物质世界的“立法者”，人们可以凭借天然理智领会上帝的意旨，而无需将其视为律法。[1] 正是因为对神迹和超越性上帝的质疑，斯宾诺莎在17世纪和18世纪的英国、法国等地被认为是泛神论思想和激进政治思想的渊薮，历史学家伊斯莱尔称之为“激进启蒙”的光源。[2] 不过，这里需要强调的是，从情感观念的谱系来看，斯宾诺莎并没有质疑笛卡尔哲学中的情感直观论，相反，使之更为彻底，认为身体感触无需任何物质中介便可以成为头脑观念的一部分。斯宾诺莎用以表达情感的词是affectus，所谓affectus就是“身体的感触，这些感触使身体活动的力量增进或减退，顺畅或阻碍，而这些情感或感触的观念同时亦随之增进或减退，顺畅或阻碍”。[3] 因为人与自然界万物一样，都会做出保全自身的“努力”（conatus），情感就是“身体活动”力量强度的变化（如欢喜就是生命力的增长），也是对事

---

1 ［荷］斯宾诺莎：《伦理学》，贺麟译，北京：商务印书馆，2014年，第13页；［荷］斯宾诺莎：《神学政治论》，温锡增译，北京：商务印书馆，2014年，第64页。

2 参见 Jonathan Israel, *Radical Enlightenment: Philosophy and the Making of Modernity 1650－1750*, Oxford: Oxford University Press, 2001。在斯宾诺莎的泛神论中，上帝并不超然物外，虽是所有观念与事物的源头，却与其在同一个平面上，它们皆为上帝这个实体的两个重要属性的表现样式，这是他思想的激进之处。不过，本文强调的是斯宾诺莎思想中的另外一面，那就是延展与思考同为上帝属性这种一元论所巩固的身心协调的观点。

3 ［荷］斯宾诺莎：《伦理学》，贺麟译，北京：商务印书馆，2014年，第97页。

物是否能增强自身力量的判断（如爱就是对增长自身力量事物的情感）。

归根结底，对斯宾诺莎来说，上帝是唯一实体，身体和心灵—头脑都在上帝之内，分别体现上帝的两个属性，即思考和广延，而所有事物和观念都是这两种属性在现实中的“样式”或“分殊”。斯宾诺莎用来表示“样式”或“分殊”的拉丁词是 affectio，与 affectus 同源，都与在外力作用下发生变化这个义项相关。[1] 根据第二部分命题七的说法，“观念的次序和联系与事物的次序和联系是相同的”。[2] 上帝构成人脑的本质，即思考，而身体的变化和感触为头脑的对象。换言之，根据第二部分命题十三，“构成人的心灵的观念的对象只是身体或某种现实存在着的广延的样式，而不是别的”。[3] 在第二部分命题二十一中，斯宾诺莎更进一步指出，“心灵的观念和心灵相结合正如心灵自身和身体相结合一样”，证明如下：

> 我们曾经指出，心灵与身体相结合是因为身体是心灵的对象（参看第二部分命题十二和十三）根据同一理由，心灵的观念必与其对象，即心灵自身相结合，正如心灵自身与身体相结合一样。此证。[4]

在同一个命题的“附释”中，斯宾诺莎再次强调，“身体和心灵是同一个体”，只是一时具有思想的属性，一时具有广延的属性。[5]

总体来说，斯宾诺莎认为心灵与其观念是结合在一起的，情

1　这也是为什么在英语中 affection 除了表示情感，也有表示事物“属性”的古义。参见《牛津英语大辞典》（*OED*）中的 affection 词条。

2　［荷］斯宾诺莎：《伦理学》，贺麟译，北京：商务印书馆，2014 年，第 48 页。

3　同上书，第 54 页。

4　同上书，第 66—67 页。

5　同上书，第 67 页。

感——或身体强度的触动——直接通向灵魂，情感即为对身体强度变化的直观感知。他将本来蕴藏在笛卡尔思想中的头脑同一性思想（即调和身体与灵魂的立场）加以推进。这也就是为何斯宾诺莎在《伦理学》最后一部分直接抨击笛卡尔思想，明确主张灵魂与身体的同一。他在《伦理学》第二部分的序言中明确提出身体的“变化”推动观念的形成，虽然这种观念必须在逻辑的指引下克服其谬误。

斯宾诺莎的身心理论和情感理论对后世影响巨大。1960 年代，德勒兹以斯宾诺莎之名，设想了一种全新的身体，这个身体试图摆脱表意符号系统以及被其渗透的心灵—头脑的规约，最终以全新的方式消解了身心鸿沟，构成一种新的自我生产的本体。斯宾诺莎思考的问题与德勒兹完全不同，斯宾诺莎没有触及思考观念与作为经验的情感彼此脱节的问题，他构筑的是能合理解释身心互动的形而上学，而德勒兹借用斯宾诺莎的一元论想象解决前者尚未预见到的问题，那就是如何重新缝合观念与经验的裂痕。

当然，德勒兹和斯宾诺莎之间还有许多距离，德勒兹我们要留待本章第四节讨论，有许多不同的情感理论插在他们之间。从 18 世纪开始主张情感缝合身心隔阂或标志身心同一的理论就受到了很多质疑，经验主义哲学和美学中都出现了认为情感难以被概念化，也就是无法以概念的形式被清晰地认知的观点，这个观点到了 19 世纪精神分析理论中会更为强化，这条脉络会在后一节详述。这一节先论 20 世纪初的现象学，说明情感直观论如何在后世得以延续。

胡塞尔的现象学致力于延展笛卡尔开创的建立人类知识根基的事业，从分析意识构建的现象入手，将现象还原至绝对的先验事实，由此勾勒一个由直观获得的先验事实与推论构成的科学体系。和康德不同，胡塞尔要在意识和“物自体”之间架设通道，他的方法是先剥离意识中不必要存在的元素，悬置所有有关意识之外客观物的预设，然后对意识做出“本质还原”，即返回意识的原点，重构被给予

（gegében）之物逐渐构成范畴和观念的过程。他认为意识的最初形态是具有时间性（有过去、当下、未来之分）的知觉和感受的综合体，此时的知觉和感受是尚未被分辨、尚未成为经验和现象的纯粹“体验”，它“涵盖每一个在现象学的时间性中延展的素材（datum）或者可给予之物（dabile）”。胡塞尔指出，我们可以“将单纯体验的概念构造为原意识概念，在此之中，素材还没不具备对象性，不过存在着，在此之中，它具有前现象的存在，并且必然明见地具有其前现象的存在”。[1] 这种原初意识与意向性意识不同，此时尚未出现主客体分离，意识内容与感受主体间没有隔阂。客体化之前的原意识会导向有意向性的意识，注意力会从流动的经验中构建出具有完整性的个体，将其变为客体，这是意识扩大的过程，也是外在世界不断被揭示的过程。

这个立场回到笛卡尔的传统，对“我思故我在”的精神做了发扬延伸，构成原意识的体验不仅印证了“我”的存在，也构成了现象大厦（不仅仅是主观知识）的根基。胡塞尔对笛卡尔的怀疑论做出回应，用笛卡尔思想中内含的身心联合观消解其身心二分倾向，其方法就是将笛卡尔的“思”泛化，说明直观的身体感知也是思的部分，也是被给予的意识内存在，是人类知识的基础。[2] 现象学的本质还原和自身观视不是“笛卡尔剧场”式的反思，不是跳出物质性身体之外对其观

1　［德］胡塞尔：《逻辑学与认识论导论》，郑辟瑞译，北京：商务印书馆，2016 年，第 285 页，这里的翻译有改动。

2　参见吴增定：《胡塞尔的笛卡尔主义辨析》，《北京大学学报（哲学社会科学版）》2013 年第 5 期，第 21—29 页。笔者虽然赞同本文的主要观点，即胡塞尔对笛卡尔有继承也有反拨，但在对胡塞尔先验主体观的理解上持不同意见。胡塞尔的先验主体不是先验理性，而是原初意识的“绝对的自身被给予性”（selfstgegebenheit），这点可参见张祥龙：《现象学导论七讲》（修订新版），北京：中国人民大学出版社，2011 年，第 38—46 页。

照，而是回到个体意识的原点考察身体感知的原初呈现。[1] 总之，胡塞尔现象学旨在肯定直观感知，弥合现象与客观知识的裂痕。从本章的中心——情感观念史——的角度来说，胡塞尔现象学核心地触及17世纪以降在西方思想文化中具有重要地位的身心关系问题，使包括情感在内的感知成为身心联合的标志。

胡塞尔的同胞舍勒（Max Scheler）进一步凸显了现象学对情感理论的重要意义。舍勒对胡塞尔哲学做了不少不够严谨的发挥，由此批评康德将知识的先验性放置于心灵感性活动的先验性之上，强调了原初意识中情感的地位。可以认为，舍勒现象学将身心一致的观点推向极致，从某些角度来看过于强调直观情感。这个立场与舍勒的情感理论是紧密交织的。在其最重要的现象学专著《伦理学中的形式主义与质料的价值伦理学》（1913—1916）中，舍勒认为"情感"要与"情感状态"相区分。"情感状态"是由具体的起因所导致，有导向具体客体的目的和意象；但"情感"是一种直观经验，它能引发一种"即时运动"，可以直接将物体给予自我，使这些物体成为现象，承载价值。[2] 在此基础上，舍勒提出了"价值伦理学"。舍勒与康德一样，反对在伦理判断中引入经验，伦理判断并不基于经验世界中的"善"或"恶"。但舍勒并不赞同康德实践理性批判中提出的"绝对律令"——自身行为要与普遍法则相符——而是提出了与律令伦理学（或"形式伦理

---

1 "笛卡尔剧场"的说法来自美国认知科学和哲学学者丹尼特（Daniel Dennett），这是他对笛卡尔二元论的形象描绘，灵魂好比坐在物质性大脑里，成为感官信息"必须到达"的站点，以中心和权威的位置构成意识。［美］丹尼尔·丹尼特：《意识的解释》，苏德超、李涤非、陈虎平译，北京：北京理工大学出版社，2008年，第115、117页。

2 ［德］舍勒：《伦理学中的形式主义与质料的价值伦理学》，倪梁康译，北京：商务印书馆，2019年，第382页。该译本的翻译是"逐点"，笔者对这个翻译有所调整。参见英语中的"punctual movement"：Max Scheler, *Formalism in Ethics and Non-Formal Ethics of Values*, translated by Manfred S. Frings and Roger L. Funk, Evanston: Northwestern University Press, 1973, p. 258。

学”）相对立的“价值伦理学”，即对事物绝对价值的判断。舍勒认为，伦理判断依靠的不是康德所说的逻辑上的同一性（即个人行为与普遍法则的同一），而是舍勒在《爱的秩序》一文中勾勒的独立于经验世界的情感秩序。[1] 这种情感秩序体现于先验的、“被给予”的人的直观情感，其中最重要的就是爱与恨，这些情感是具有明见性的绝对价值，是包含在对象中的“价值质料”。[2] 这里的情感指的不是心理状态，而是对事物做出直观伦理判断的过程，正是给定的情感规定了事物的价值，规定了我们的伦理取向。

这也就是说，舍勒意在对17世纪以来的西方早期情感理论做一个系统性反思。他在《伦理学中的形式主义与质料的价值伦理学》中特别提到莱布尼兹的理性主义情感观，批评把情感等同于晦暗不明的观念的做法。他同样抨击斯宾诺莎，我们在前文中指出，斯宾诺莎的《伦理学》认为情感是一种直观感知，但将情感归结于“努力”的倾向，即个体保存自身的倾向，没有将情感放置于伦理判断基础性位置。舍勒认为它们的理论大同小异，只是将情感视为某种模糊的认知，使得“感受活动”（Fühlen）沦为静态化的“感受内容”（Gefühl）。[3] 相反，舍勒主张情感本身的既定性和规定性，他将爱与恨视为最高层次的“精神感受”，这些感受的“意向特征”表明它们不是对感官刺激的被动反应；相反，它们是直观而明见的认知，正是这些感受规定了人最为深层和本质的价值观念，从而影响行为。[4]

舍勒的情感直观理论并不严谨，但仍然非常有震撼力。他从基督教中“圣爱”（agape）的观念出发，认为爱是解开现象世界之谜的钥

1　舍勒指出，不论是个人还是历史群体的“内在本质”，都是其“价值评估、价值选取的系统”，也就是“爱与恨的秩序”。［德］马克思·舍勒：《爱的秩序》，刘小枫编，孙周兴等译，北京：北京师范大学出版社，2014年，第91页。

2　同上书，第262页。

3　同上书，第376页。

4　同上书，第391页。

匙，相当富有诗意。可以说，舍勒的情感理论是情感理论中非常激进的一极，不仅认为情感可以被直观把握，甚至使它成为价值的尺度和经验世界的基础，近似第一推动力的力量。笔者并不想走到这样的立场上去，只是想说舍勒的观点与从笛卡尔、斯宾诺莎到胡塞尔的思想脉络有一个共性，它们都对情感是如何被感知的问题做出一个基本判定，认为情感是给定的，可以被直观把握，可以直接汇入认知中去。

情感的直观论在20世纪心理学的“基本情感”流派中得到了进一步发展。从笛卡尔到达尔文，都喜欢将情感与生理机能相关联，认为人类有一些共同的基本情感，这些情感具备稳定的表征，可以被辨认和分类。这种观点也常见于20世纪心理学。美国心理学家威廉·詹姆斯在《何谓情感》（*What Is Emotion*，1884）一文中提出大胆的假设：情感与运功、感知这些生理机能都依赖相同的大脑皮层和神经机制，情感即为生理现象的心理对应物，因外界事实引起的生理反应而起，所谓情感就是对“这些生理变化发生时我们对其的感受”。[1] 同样，1960年代崛起的汤姆金斯（Sylvan Tomkins）心理学也认为情感伴随着生理指标，如面部变化、心率、皮肤分泌等，通过监测神经放电状况和生理变化可以勾勒出人的基本情感，对同时代心理学家［如埃克曼（Paul Ekman）］有很大影响。汤姆金斯的创见在于强调情感系统的独立性，认为情感与认知和驱力都不一样，其功能在于提供一种放大作用，就像电子模拟器一样模拟我们的理性认识，并使之具有动人的力量。不过情感也决不晦涩，因为情感就是对面部表情和生理变化的感知，个体情感可以被自身和他者同时感知，研究者也可以据此对情感进行分类。总之，从詹姆斯到汤姆金斯，情感成为一种超时空体验，标志着从生理变化到概念性认知的无缝转折，不仅凸显了人类个体内部的整合性，也印证了人与人之间的共性。借用当代神经学家芭

---

1 William James, “What is an Emotion?” *Mind*, 9.34 (1884), pp. 189-190.

雷特（Lisa Feldman Barrett）等人的总结，心理学中的“基本情感”流派认为情感范畴是普遍的生物状态，这些状态有以下特征：1. 被进化过程所保存下来的专职（dedicated）神经线路所激发（也可称之为情感程序）；2. 由清晰的生物和行为信号所表现，这些信号包括脸部肌肉运动（面部表情），生理活动，工具性行为（或者产生行为的倾向）以及独特的现象学体验；3. 可以被内在、固有、普遍而具有内省性的大脑机制所识别，因此任何地方的人们（除了机体有困扰的人之外）生来就拥有五到六种扎根于知觉系统的情感范畴。[1]

三、情感的“建构论”与不可名状的情感

早期现代以来，西方情感观念史的另一条线索我们可能更为熟悉，这个支流将情感视为认知的极限：个体经常不知道自己在经历什么样的情感，想要什么，害怕什么，或者只有模糊的认识，无法看透说透。亨利·詹姆斯的故事《笼子里的野兽》中的主人公马契（John Marcher）就是一个文学案例，他一辈子不知道自己在害怕什么，不知道自己对巴特拉姆（May Bartram）小姐是什么情感。文学作品中出现的许多“柜中人”或莫名焦虑的人物——从《哈姆莱特》到希区柯克的电影《眩晕》——都在说明这个问题。这些模糊混沌的情感并不属于现象学所说的客体化发生之前的原初意识，而是弗洛伊德所说的无意识。

从这个角度来看，情感代表着一种威胁或取消个体完整性的力量，代表意识内在的他者。有些生理—精神的波动无法成为意识的一部分，难以凝结为主体感受，标志着自我的分裂。当然，这并不意味着这些

1　Lisa Feldman Barrett, et al., “Language as Context for the Perception of Emotion,” *Trends in Cognitive Science*, 11.8 (2007), p. 327.

不向意识敞开的潜在感受与意识完全隔离，经过许多层阐释和转译，它们仍然可以在意识中成型。从某种意义上说，所有的情感都始于“潜在感受”，都要经历一个“转译”过程才能显现在意识中，需要依靠先验或经模仿而习得的概念。这就回到本节开头对身体性情感（affect）和概念性情感（emotion）进行的区分，前者一般指徘徊在意识之外的那些个体感受，而后者指经过认知机制和语言、社会规范的中介作用后被清晰勾勒出来的感受。认知机制及其依赖的语言符号体系往往具有规训和遮蔽作用，并不揭示情感，相反，会遮蔽情感，使得身体性情感变成衣冠楚楚而迷雾重重的情感范畴。

在西方文化史中，出现过很多情感威胁意识或主体完整性的论述。古希腊人认为疯狂源于神的操纵，中世纪到早期现代的身心二元论拒斥身体对于灵魂的控制，对灵魂的自我控制寄予厚望。但情感成为一个认识论问题恐怕还要从早期现代开始说起。

早期现代（大致是 1500—1800 年这段时期）是西方“人类科学”迅猛发展的时期，催生了对于许多人类意识的深入考察和理论构建。17 世纪和 18 世纪的情感理论（笛卡尔、马勒伯朗士、斯宾诺莎、霍布斯等）反复提出情感基于人自我保存基本倾向的论点，同时认为这些利己情感被利他的道德情感所平衡。西方早期现代情感观不仅热衷于论证意识的内在整合性，也致力于论证社会进步的情感条件。此时，情感成为普遍人性的表达，喻示某种天然的社会秩序，这种情感观念是启蒙思想的标志，是启蒙时期形成的社会契约论和历史进步论的基石。

然而，启蒙不是一个可以简单概括的思潮，早期现代西方有关意识和头脑的理论中还有一条潜流，以质疑意识的同一性和自明性为主要特征，强调个体无法通过反思探知自身的深处，无法将情感和认知等意识过程统一为具有完整性的“内心”。如绪论所述，在 17 世纪和 18 世纪欧洲文化中经常出现的表达“不可名状之物”（Je ne sais quoi）

就是一个重要例证。这个表达兴起于17世纪的意大利和法国，指事物或艺术品引发的无法清晰定义或描绘的感受，注重身体感知和情感的经验主义哲学家纷纷用这个表达指涉自身理论体系中不可名状的元素。[1] 以情感为审美判断源泉的情感派美学家（如法国的杜博神父）等就将艺术品在人心中激起的情感视为无法被概念化的神秘元素，与莱布尼兹认为审美经验包含清晰但不明确的概念的理论相近似。可见，意识包含自身无法探测的黑洞和盲区，包括情感在内的许多心理机制都动摇了意识的自我同一性，使其无法被自身完全把握。

说明早期现代意识理论复杂性的一个更为重要的例证是16—18世纪在西方不断扩散的“忧郁”现象。早期现代西方见证了许多有关忧郁的医学理论，但始终无法凭借理性的力量解释并控制这个幽灵。忧郁当然伴随着一系列表征，比如“恐惧、哀伤和幻觉”，但人们一直无法对这种现象提出清晰而令人信服的解读。[2] 17世纪解剖学家威利斯（Thomas Willis）和18世纪的切尼医生（George Cheney）等专家都对忧郁的情感机制做出过解释，提出了很多相似或相悖的论点。忧郁成为一个剧场，观众不断对此加以观赏品味，却无法穷尽其奥秘。福柯曾经在《疯癫与文明》中犀利地指出，17世纪和18世纪的疯狂丧失了中世纪和文艺复兴时期这个概念所拥有的戏剧性，从理念和社会空间上将疯狂与“正常”截然分开，这种变迁体现了“这个悲剧性范畴中历史的瘫软”。[3] 他没有提到的是，这时候人们更为关注的忧郁取代了疯狂，忧郁无法被隔离，解释忧郁的时候也无法完全将之归结于部分

1　参见张颖：《杜博的情感主义艺术理论及其启蒙意识》，《美育学刊》2018年第3期，第67—76页。

2　Allan Ingram, et al. , *Melancholy Experience in Literature of the Long Eighteenth Century: Before Depression, 1660 – 1800*, New York：Palgrave MacMillan, 2011, p. 29.

3　［法］米歇尔·福柯：《疯癫与文明》，刘北成、杨远婴译，北京：生活·读书·新知三联书店，2012年，第5页。引用时翻译有改动。

人表现出来的局部生理问题，忧郁变成了社会化问题，成为将历史重新引入情感理论的重要途径。虽然 17—18 世纪的医学和生理学先是沿用体液论随后又采用新的神经论来解释忧郁的形成，似乎有将其生理化、去历史化的倾向，但同时有很多忧郁理论牢牢地将忧郁与性别和阶层联系在一起，比如人们认为上层女性就特别容易有忧郁倾向，这与她们的生活方式和阶层状况特别相关。到了 18 世纪中叶，忧郁已经不再仅仅与上流社会联系在一起，变成了标识启蒙时期诸多社会不公的气压计。

可以说，18 世纪的忧郁理论溢出了启蒙哲学对于掌握“人类科学”的乐观信念，说明外在于人的异己力量（即社会力量）会与内在于人的异己因素（即生理因素）彼此交叉，使人产生无法被认知或控制的情感。忧郁并不是一个孤立的现象。本书绪论中提到的美国学者卡瑟尔（Terry Castle）很早就指出，18 世纪也可以认为是“暗恐”（the uncanny）这种恐怖现象发端的时刻。启蒙思想并没有驱赶走魔法思维（比如认为有魔鬼会取走眼珠，娃娃会突然活起来，人都有一个会保护自己的双生子），但被理性和科学思维压抑到意识的暗处，因而经常会以文化幻觉的形式显露出来，成为哥特小说和幻想小说中既惊悚陌生又非常熟悉的影像。[1] 暗恐现象背后的情感姑且称之为暗恐感，它与忧郁一样，也是一种无法分解厘清溯源也无法被驾驭的情感，同时包含惊惧和疑惑，说明人对非理性观念和情感的压抑没有效果，往往适得其反。虽然 18 世纪尚未出现明确表示“暗恐”的概念，但这种现象已经先于其概念产生。诡异感和忧郁这些在 18 世纪普遍显现却难以认知和控制的情感可以看成时代病症的症候，标志着现代主体对于自身地位的反思。18 世纪是人逐渐被物和机器的力量奴役的时代，此

---

1 Terry Castle, *The Female Thermometer, Eighteenth-Century Culture and the Invention of the Uncanny*, New York, Oxford: Oxford University Press, 1995, pp. 3-20.

时的人虽尚未被物化，但已经发现人与物的内在关联。大众媒体初生，公众人物形象和其文化产出都如商品一般流通，与此时大量出现的以物的流通为核心的“物小说”（it-narrative）彼此呼应。人们发现自己不仅受制于自身机体的物质构成，也被崛起中的商品和媒介社会所困，正在快速沦为一个被动的物，对自身的情感和欲望没有充分的认知和掌控。人的主体性在其建立之初就已经被动摇，忧郁、惊惧和疑惑等不透明的情感隐晦地暗示现代人普遍的无助和压抑，指向了启蒙主体观念的不可持续性。

对这种否定性情感的系统性阐释要等到19世纪末的精神分析理论，弗洛伊德提出了完整的“无意识”理论，与他所激赏的尼采一样直面理性和认知的边界这个问题。如果说18世纪已经意识到理性无法实现专制，这种认识到了19世纪就更为鲜明。弗洛伊德的创见正在于告诉我们，主体性的建立不可能彻底，总有一部分无法被整合的冲动和倾向存留于“无意识”。如前所述，所谓主体性，就是认为身体与灵魂能够形成整合，意识或自我具有同一性，每个有意识的个体都以保全自身为根本驱动力。但保全自身的驱力使得人们不得不压抑某些本能或习得的冲动，导致这些情感只能以曲折的方式表现出来，无法被意识捕捉或认知，由此构成“无意识”这个动态领域。

在1915年的《无意识》一文中，弗洛伊德认为“无意识”中涌动着冲动和尚未与语言结合的“情感”（德语原文用Affekt，Gefühl，Empfindung三个不加区分的词表示），这些冲动和情感虽然已经是一种表象，但不能进入意识和语言而成为人们能够识别的概念，它们会受到意识审查机制的作用。[1] 其中部分被压抑，无法以概念的方式进

---

1 Freud, “The Unconscious,” in *General Psychological Theory: Papers on Metapsychology*, edited by Philip Rieff, New York: Collier Books, 1963, p. 128. 德文版参见 Freud, “Das Unbewusste,” hrsg. Von Anna Freud, *Gesammelte Werke*, Band X, London: Imago Publishing, 1949, pp. 264-303。

入意识，还有部分与一个取代性概念绑定，以伪装的方式进入意识。在有些情况下，无法通过意识审查的无意识情感会将自身替换为“焦虑”（Angst，也译作“畏”），蒙混过关，比如将某种触犯伦理禁忌的情感替换为对某类动物的恐惧，最终这种恐惧又演变成生怕接触到这类动物的焦虑，这就是焦虑性神经症（anxiety-neurosis）的起因。[1] 在这篇文章中，弗洛伊德明确提出了一个看似悖论的观念，即“无意识情感”，他敏锐地指出，进入意识的情感只是所有情感的一部分，人们感知到的情感很有可能是潜藏情感的替代概念，潜藏情感隐蔽而吊诡地表达自身并对个体行为产生巨大影响。有学者指出，早在 1907 年，弗洛伊德就在《强迫行为与宗教习俗》一文中指出罪感是无意识情感的表征，并更多地将这种晦暗的情感称为 Gefühl，而不是表示有意识情感的 Empfindung 一词。[2]

在《哀悼与忧郁》（1918）中，弗洛伊德借助无意识概念解释为何有些个体在丧失所爱对象的时候会陷入忧郁：他们与对象之间有着极其复杂的爱恨关系，但不为自己所知，当所爱对象消失之后，无意识中的情感纠结会转移到自我，使个体出现自我惩罚的心理和行为。[3] 在《超越唯乐原则》（1920）中，弗洛伊德进一步丰富无意识理论，提出人在唯乐本能、自我保存的现实需求和爱欲之外还有隐藏至深的死亡本能，所谓死亡本能与唯乐本能、自我保存本能并不冲突，就是自

---

1 Freud, “The Unconscious,” in *General Psychological Theory: Papers on Metapsychology*, edited by Philip Rieff, New York: Collier Books, 1963, pp. 130 - 133.

2 参见 Adrian Johnston, “*Affekt, Gefühl, Empfindung*: Rereading Freud on the Question of Unconscious Affects,” *Qui Parle: Critical Humanities and Social Sciences*, 18.2 (2010), pp. 249 - 289。Affekt 这个词在弗洛伊德著作中比较复杂，一方面表示某种非观念化情感，一方面可以与后缀搭配偏向观念化情感，如 Affektbildungen（情感状态）。

3 Freud, “Mourning and Melancholy,” in *The Standard Edition of the Complete Psychological Works of Sigmund Freud*, translated and edited by James Strachey, vol. 14, London: The Hogarth Press, 1914 - 1916, pp. 243 - 258.

我试图驾驭不能彼此协调整合的本能冲动与情感的过程，人在追求爱欲和性结合之外，也总是趋向试图消解内在冲突以获得终极平静（虽然这个过程不一定顺利），正好比有机体要回到原初的无机状态。[1] 至此，在欧洲早期现代文化中不断萌动的无意识观念缔结为一个完整的理论系统。虽然弗洛伊德并未涉足大脑解剖学和神经科学，但他的“无意识”理论在当代神经科学中激发了很多回应。美国神经科学家坎戴尔（Eric Kandel）引用同行勒杜（Joseph LeDoux）的开创性研究，指出感官信息从脑岛向杏仁核传输之时会经过两条线路：一条快速简易，直接导向身体反应；一条进程稍慢，形成有意识的情感经验，即观念性情感。这项研究使我们可以开始从实证角度解释“无意识”这个弗洛伊德精神分析理论中的“圣杯”问题。[2] 神经科学家弗里伯格（David Freedberg）也对此观点进行呼应：“随着如达马西奥和阿多尔夫斯（Ralph Adolphs）等神经科学家有关情感在决定与评判中作用的研究，还有勒杜有关恐惧反应的研究，情感被归还给身体。这当然意味着情感不完全是智性的。”[3] 弗里伯格和勒杜都将情感与判断联系在一起（这一点与达马西奥一致），但否认情感可以完全与知性联合。

但弗洛伊德的无意识理论与神经科学的无意识有着很大区别，前者并非单纯的生理或神经现象，也无法适用于人以外的生物，它是与认知和语言纠缠在一起的复杂身心过程。弗洛伊德将无意识情感机制视为书写过程，无意识中的情感无法直接表达自身，只能通过反复回旋的梦境、幻觉和前面提到的替代性情感（如焦虑和强迫需求）发出

---

1 Freud, *Beyond the Pleasure Principle*, translated and edited by James Strachey, London: Norton, 1961.

2 Eric Kandel, *The Age of Insight*, New York: Random House, 2012, p. 357.

3 David Freedberg, “From Absorption to Judgment: Empathy in Aesthetic Response,” in *Empathy: Epistemic Problems and Cultural-Historical Perspectives of a Cross-Disciplinary Concept*, edited by Vanessa Lux and Sigrid Weigel, London: Palgrave McMillan, 2017, p. 154.

暗示，与书写相对的即为阐释，切近无意识的方式是对这些幻想场景的解读和阐释。阐释没有标准答案，因此人们的幻想、梦境和病态情感到底指向什么样的潜在情感，不可能有定论。分析师只能将这些症状视为修辞，依靠其做出合理的揣测。弗洛伊德早就预见到拉康试图将无意识理论与语言文化联系在一起的理论创见（或者说拉康将弗洛伊德的隐含义凸显出来），明确指出无意识和意识之间的关系是动态的，无意识并不等于本我："无意识也同样被来自于外部感知的经验所影响。一般来说，所有从感知到无意识的通道都是敞开的；只有那些从无意识向外的通道被压抑机制堵塞。"[1] 这也就是为什么弗洛伊德有关创伤体验如何形成的理论虽然有诸多模糊之处，但总体还是为后人研究社会现实和语言结构对无意识的影响打开了一扇窗。当代创伤理论一般认为创伤记忆（一种无意识中的记忆痕迹）源自外部冲击，某事件因其冲击力太强而被压抑，无法成为有意识的记忆。法国精神分析理论家拉普朗什（Jean Laplanche）和庞特利斯（Jean Bertrand Pontalis）更强调幼年经历对创伤形成的作用，但也认为主体内部的裂痕与象征符号或强力侵犯的冲击有关，这种外部冲击所导致的情感后果总是被遮盖，只能通过各种外在症状展现，需要迂回地阐释。[2]

---

1 Freud, "The Unconscious," in *General Psychological Theory: Papers on Metapsychology*, edited by Philip Rieff, New York: Collier Books, 1963, p. 140.

2 参见 Felman Laub, ed. , *Crises of Witnessing in Literature, Psychoanalysis, and History*, New York: Routledge, 1992; Ruth Leys, *Trauma: A Genealogy*, Chicago: University of Chicago Press, 2000。前面几部著作所代表的立场与法国精神分析理论家拉普朗什和庞特利斯的不一样。参见 J. Laplanche and J. B. Pontalis, *The Language of Psychoanalysis*, translated by Donald Nicholson-Smith, London: Hogarth Press, 1993。他们解释弗洛伊德伤痕概念的时候，也同样指出伤痕是未被整合进意识的事件，以记忆的方式展现。不过他们强调，伤痕记忆及其情感表征虽然与具体的外部事件有关，但更与幼年性经历或出生时与母体分离和幼年时期性经历的影响有关。伤痕更多指涉意识内部情感、欲望和幻觉的冲突和关联，凸显了主体内部的裂痕。本章下一节"情动"理论的阐释还会论及更多当代创伤理论。

因为弗洛伊德精神分析学将情感认知视为阐释，它与德里达解构思想中的情感观念便很有相通性，两者都将情感的认知视为与阐释书写类似的行为。德里达在《论文字学》（1967）和《声音与现象》（1967）中批评胡塞尔的情感观念，由此彰显解构主义思想的精髓。胡塞尔总体上将判断性感受（Gefühl，feeling），即我们说的“情感”，分为两类，即“感受感觉”（Gefühlsempfindung，如对疼痛和欢喜的感受）和主动的“感受活动”（如主动的爱与恨），后者具有意向性，而前者不具有意向性，可以认为是感知行为的“展示性（darstellend，presentative）内容”，直接被给予意识，随后成为意向性行为的基础。[1] 这就好比人可以直接“体验”自己的“心理行为”而不需要与自己对话一样。[2] 相反，德里达认为个体能够把握自身情感是一种错觉，是人不断征服外部感觉后对自身的“理想化”呈现，情感也是一种符号，而这种外在于我们的符号经由不断重复，被我们误认为是自己的内在原生经验。[3] 特拉达指出，胡塞尔为了说明自我的同一性，必须将情感认知的戏剧性排除出去，所以他认为情感可以通向意念，而不受到任何损害（不被再现所扭曲），实际上仍然像笛卡尔和康德一样将情感视为认知受到身体牵绊而滑向死亡的观点。而德里达认为，情感经验的意义并不是胡塞尔所认为的直接性，而恰恰是其间接性，所谓“经验”或“现象生活”必然以内在差异为标志。[4]

将德里达的解构思想与弗洛伊德的精神分析理论加以整合，我们可以看到我们称之为不可名状的情感的核心。这些情感可以被认为是

---

1 ［德］胡塞尔：《逻辑研究》第二卷第一部分，倪梁康译，北京：商务印书馆，2017年，第824页。

2 同上书，第385页。

3 Jacques Derrida, *Of Grammatology*, translated by Gayatri Chakravorty Spivak, Baltimore: Johns Hopkins University Press, 1997, p. 166.

4 Rei Terada, *Feeling in Theory: Emotion after the Death of the Subject*, Cambridge: Harvard University Press, 2001, pp. 29-30.

难以直接用语言描绘的感受，即便强烈也仍然是模糊的。不过，这里说的不可名状的情感并不是神经学意义上的无意识情感（虽然也可以包括后者），也不是胡塞尔所说的“感受活动”或舍勒所说的“情感”，莫名情感与概念性情感（或清晰的情感概念）之间有着复杂的互动关联。莫名情感总是依托既定的语言和文化系统才能显现或隐晦地暗示自身，并不具备可以被直接感受到的“本来面貌”，而与语言和认知的交接难免产生使这些情感被规训或被简化的负面作用；与此同时，隐晦的情感始终无法被认知和语言完全降服，情感与“认知困难”之间可以说有一种本质关联。[1]

如果情感无法透明地向认知敞开，那么主体无法实现自身的整合，人便不再成其为人，而很可能与人们想象中的动物相近。虽然我们并不一定在观念层面上体会到我们的失落和挫败感，但人的失败仍然是有情感表征的，只是这些情感如弗洛伊德在《无意识》一文中所言，溢出语词的内涵，即便被转化为符号，也无法被完全认知，更无法被去除。这就是为何 18 世纪启蒙文化中已经回荡着忧郁和恐惧这样折射人的异化的情感，这也是德里达将动物的生存状态与一种难以名状的忧郁联系在一起的原因。德里达在名为《我所是的动物》（2008）的长文中将忧郁赋予动物，实则是在描述人类与动物相似的普遍经验。德里达借用本雅明在《论原初语言与人类语言》（1916）一文中的说法，即被亚当命名的自然和动物被抹上了一层“深深的悲哀”（Traurigkeit），这种悲哀源自被他者命名，被命名被切割出作为整体的世界，自然与动物因此陷入了沉默。[2] 这种悲哀为人类共享，正如德里达所言，人在被命名的时候，也会感到“被哀伤侵袭，被哀伤本

1 Rei Terada, *Feeling in Theory: Emotion after the Death of the Subject*, Cambridge: Harvard University Press, 2001, p. 31.

2 Jacques Derrida, *The Animal that Therefore I Am*, edited by Marie-Luise Mallet, New York: Fordham University Press, 2008, p. 19.

身侵袭……至少被一种哀伤的晦暗前兆”，好比人能从被命名这件事上看到自己的无助、平凡与速朽。[1] 人与自身名字的疏离催生了深刻的忧郁，也催生了表达、言说和阐释情感的各种象征行为，但这种言语无法胜过沉默，更无法驱赶忧郁，人总是不知道自己是谁。大多数时候，我们只是徒劳地将人类自身的无助感转嫁至动物。海德格尔在《存在与时间》（1927）中将“昏沉”（Die Benommenheit）和“喑哑”（Stummheit）视为动物的本质（das Wesen der Tierheit），德里达对此提出质疑。[2]《我所是的动物》告诉我们，与动物做出本质区分正是人成为人的关键，从笛卡尔到海德格尔的西方哲学史以思考和直观情感作为人的基本特征，尝试由此缓解人类摆脱自身被命名的悲哀，但这些努力无法掩盖人类意识中的空洞和隙豁，人们必须掀翻人类话语框架，让持久的悲哀推动我们重新想象存在的要义。[3]

上述两种对“情感”的理解说明自 17 世纪和 18 世纪以来西方情感理论的两种倾向：一种倾向认为情感是一种直观感知，保障并体现了身心联合或身心一致；另一种倾向认为情感是无法完全被认知并转换为语言的身心活动，情感代表生理与文化的摩擦。这两类情感理论侧重不同情感范畴，各有其适用范围，彼此之间有张力，但也并不互相矛盾。这两种情感观念对应西方现代主体观的正面和反面（参见本书绪论），我们接下来会看到，我们在情感研究中也必须能够融通这两种情感观念。

---

1 Jacques Derrida, *The Animal that Therefore I Am*, edited by Marie-Luise Mallet, New York: Fordham University Press, 2008, p. 20.

2 Ibid., p. 19.

3 这里，德里达应该是在回头指涉自己在《文字学》（*De la Grammatologie*, 1967）中提到的对于卢梭的批评。卢梭在《论语言的起源》（1781）中认为，只有人类有想象力，能产生语言。

四、专论“情动”

上述第二种情感观念以德勒兹为终点，德勒兹的“情动”理论面对的正是不可名状的情感这个难题，“情动”是非主观化的情感，无需被认知，无需进入语言或意识，彻底打破了身心互动构成的主体性。不过，德勒兹对主体性的解构也伴随着重构，二者的融通为当代情感研究提供了重要启示。因为德勒兹的情动理论比较复杂，我们在这里要用一节专论。

德勒兹的“情动”观念可以被认为是对弗洛伊德无意识的改写。弗洛伊德的无意识理论认为身体的内在驱力及其引发的情感可能会因为内化的社会规训而被压抑，由此导致各种精神症候。但从德勒兹的“情动”观念出发，试图治愈意识分裂，试图揭示被压抑的私密欲望本身就是对身体的规训，正是精神分析理论强化了压抑机制。德勒兹完全改写了情感的意义，将其定义为身体与其他身体互相沟通的过程，不是以构成主体为目的和条件，情感不再是主观性感受。这也是为什么德勒兹理论中由 affectus 转化而来的 affect 在中文语境中被译为“情动”。德勒兹不是要找到私密的欲望，解开焦虑、罪恶感、羞耻等消极情感之谜，恰恰是重写欲望，将包括欲望在内的主观感受重写为身体装置内生的动能。从情感转向情动意味着人不复为有机体——德勒兹认为这是基督上帝创世观念的遗留——就是身心瓦解主体迸裂的过程。不过，德勒兹并没有完全抛弃自洽的现代主体，这一点人们一般会忽视。这也提醒我们，情感的两个维度——乃至主体的两个面向——并不互相排斥，情感是一个生理机制和语言不断协商博弈渗透的过程，主体在构建自身的过程中不断自我解构，但“自我”的内核又恰恰是这种解构不可或缺的条件。

加拿大哲学家马苏米——德勒兹的英语译者——完整阐释了德勒兹的“情动”观念，但也对其有所简化。在《虚拟的语言》（*Parables for the Virtual*, 2002）中，作者以德勒兹对斯宾诺莎情感（affectus）观念的阐释为思想源泉，将 affect 定义为具有一定“强度”（intensity）、无法观念化的动能，与“被辨识的” emotion 一词相区分。[1] 如本章第一节所述，特拉达将“概念化情感”和“经验性情动”对立，并把德勒兹的情动观与后者关联。[2] 同样，地理学家斯利夫特（Nigel Thrift）也曾在 emotion 一词之前冠以“个人化”（individualized）一词，认为 affect 代表“影响广泛的倾向与力量，”是在不同身体和物体间传输的运动。[3] 不过，马苏米在后来的论文和访谈集《表象与事件：行动派哲学与发生性艺术》（*Semblance and Event: Activist Philosophy and Occurrence Art*, 2012）中补充修正了之前对于情动的理解，不再认为情动源于身体的反射机制，而是借鉴威廉·詹姆斯的“激进实用主义”（radical pragmatism）理论，指出身体与身体的连接构成“真实”，所谓“经验”就是被不断滚动的“真实”浪潮裹挟，观念后于经验发生，是对这个过程的后视性总结；语言的确是抽象的运动，但并不会让世界因此消失，因为“在语言中被提起的正是客观世界质性关系的秩序”（qualitative-relational orderings）。[4] 对于詹姆斯的倚重告诉我们，马苏米的情动观实际来自美国实用主义，对强调“主观”经验的现象学传统尤其不友好。这并不是说马苏米误读了德勒兹的情动理论，他当然明白詹姆斯实用主义与德勒兹理论并不同质；更准确的说法是马苏米的情动理论以注重物质性身体的勾连和变动为核心，他的著作并不

---

1 ［加］布来恩·马苏米：《虚拟的寓言》，严蓓雯译，郑州：河南大学出版社，2012 年，第 79 页。

2 Rei Terada, *Feeling in Theory: Emotion after the Death of the Subject*, Cambridge: Harvard University Press, 2001, p. 26.

3 Nigel Thrift, “Intensities of Feeling: Towards a Spatial Politics of Affect,” in *Geografiska Annaler. Series B, Human Geography*, 86. 1 (2004), p. 60.

4 Brian Massumi, *Semblance and Event, Activist Philosophy and the Occurrent Arts*, Cambridge: MIT Press, 2011, p. 118.

旨在为德勒兹思想加注，而是以德勒兹的部分思想来注解自身。这种对“情动”的理解有其片面性，这就是为何利斯（Ruth Leys）特别撰文加以批评，驳斥认为“情动”是独立于“意向、意义、理由和信念”的自动机制的观点。[1]

与上述情动观念相比，德勒兹的情动观念更为复杂，内部张力更大。一方面，德勒兹的理论的确走向了反观念的极端，他在《反俄狄浦斯》（*Anti-Oedipus*，1972）中从阿尔托的戏剧演绎出“无器官身体”（body without organs，*corps-sans-organes*）观念，无器官身体不再受特定欲望支配，它是一架装置，与其他作为装置的身体彼此勾连，没有主观感受，也没有主体性。在《千高原》（*A Thousand Plateaus*，1980）中将无器官身体联合而成的领域称为“容贯平面”（plane of consistency），这个平面没有内外之分，也不是有形的空间或层面。对德勒兹来说，所谓“层面”（stratum），是人为构成的区分机制，阻断“无器官身体”持续不断的情动，阻断身体之间的容贯性，强行将其塞入“有机体、意义构建和主体化”的洞穴。[2] 德勒兹的身体背离了必然带有主观性的日常“经验”和“实践”，这也就是为什么特拉达将德勒兹思想称为“非主观性超验主义”（nonsubjective transcendentalism）。[3] 然而，从另一方面来说，德勒兹又通过“无器官身体”重建了主体性，构想身体消除文化和符号留下的印记转化为纯粹动能的可能。这种转变既需要意识推动又以意识的自我弱化为目的，是有机身体受其内在动能指引，不断自我瓦解的过程，这个过程

1 Ruth Leys, “The Turn to Affect: A Critique,” *Critical Inquiry*, 37.3 (2001), pp. 434-472.

2 Gills Deleuze and Felix Guattari, *A Thousand Plateaus: Capitalism and Schizophrenia*, translated by Brian Massumi, Minneapolis and London: University of Minnesota Press, 1987, p. 159.

3 Rei Terada, *Feeling in Theory: Emotion after the Death of the Subject*, Cambridge: Harvard University Press, 2001, p. 124.

的终点不是虚无和混沌，而是一种新的本体的生成。

德勒兹并不像实用主义者那样以物质的流动和转换作为存在的根基，而是重新定义了本体，存在并非和谐的身心集合体（即“有机体”），也不是由天地人神构成的“在世”，而是由身体、语言、经济、国家、技术等“装置”（assemblage）构成的复杂系统。这些装置都有“结域”（territorialization）功能，形成层级（stratum），阻止身体的动能和身体之间的自由联合，使得欲望为他者服务，成为缺失或者追求超越性理想的过程，给个体带来不可遣散的而不是一种自我生发的动能。不过，也正是在身体的勾连和互动中这些装置发生转变，发挥“解域”（deterritorialization）功能，消弭地域和层次，导向没有边界和结构的“容贯平面”。这种系统性转变就是“情动”（affect），情动不是对转变的主观感受，而是系统性转变的动能和过程。转变中的各种“装置”构成总体、绝对的“抽象机器”（abstract machine），这架机器既超越也内在于各具体“装置”的组合，始终与之共在，它具有虚拟性和未完成性，“构成多次生成过程”（constitute becomings），因而是抽象的。[1]

正因为“抽象机器”始终与现实的“装置”共在，层级和地域不可能完全消除，主体性不可能完全消除，作为系统转变过程的情动和主观、观念层面的情感也总是交叉并置。《千高原》的“你如何成为一个没有器官的身体”部分特意给出有实践意义的方案：

> 你用的不是榔头，而是纤细的锉刀。你要发明与死亡驱力无关的自我毁灭。瓦解有机体从来就不意味着杀死自己，而是要让身体向着所有构成一架完整装置的联结开放，包括环线，汇聚点，

---

1 Gills Deleuze and Felix Guattari, *A Thousand Plateaus: Capitalism and Schizophrenia*, translated by Brian Massumi, Minneapolis and London: University of Minnesota Press, 1987, p. 510.

> 不同层级与门槛，通道与强度的分配，地域（territory）和用地形勘测员的技能测量出来的解域（deterritorialization）……你必须保留足够的有机体以使之能每日清晨发生变革；你必须保留一小部分能指化（significance）与主体化（subjectification），这只是为了使它们能在外界要求下对抗自身系统，也就是说当事物、人或情境迫使它们这样做的时候；你也必须保留小份额主体性，数量要足够使你对占据统治地位的现实做出回应。[1]

这里的“回应”就是主观性情感，它与系统性、非主观性情动是互为条件、互相转化的。可见，德勒兹并不像早期马苏米认为的那样，试图以情动来简单地消解主体。他主张的是在主体性和去主体性之间不断游移和斡旋，这也就是为什么有学者将其理论与自由主义政治哲学挂钩。[2] 但德勒兹的“情动”理论是一种特殊的激进思想，很难归入某一种政治阵营，他反对资本主义及其意识形态，但没有提出清晰特定的社会变革纲领。“情动”打破各种“层面”，标志着语言和身体的关联及其与社会斗争等装置的复杂连接，推动“抽象机器”不断从虚拟性朝向实在性运动。这也就告诉我们，作为过程的情动与作为状态/观念的情感同时发生，主体的建构和颠覆也必然同时发生，互相转换，个体和系统一样都拥有自我组织性，一种无需外界媒介的纯粹的“内在性”

---

1 Gills Deleuze and Felix Guattari, *A Thousand Plateaus: Capitalism and Schizophrenia*, translated by Brian Massumi, Minneapolis and London: University of Minnesota Press, 1987, p. 160.

2 有关德勒兹政治立场的自由主义解读，参见 Paul Patton, *Deleuze and the Political*, London and New York: Routledge, 2000; Nicholas Tampio, *Deleuze's Political Vision*, New York: Rowman and Littlefield, 2015; Manuel DeLanda, *Intensive Science and Virtual Philosophy*, revised edition, London and New York: Bloomsbury Academic, 2013。德兰达（Manuel Delanda）认为德勒兹提出了一种动态系统理论，与自由主义政治哲学契合。

(immanence)。这也就是作为“抽象机器”的存在的终极自由。[1]

综上所述，情动观念提出了一种对于主体非常复杂的认识。情动理论显然认同情感的符号建构性，并且更彻底地反对直观情感或自然情感的观念，因而以“情动”作为替代。不过“情动”理论并不一味强调解构主体，相反，德勒兹认为主体内部蕴含着颠覆自身的动能，而且释放这种动能也需要我们适当地使用反思和自我重构这些需要主体性的身心机能。这也就是说，作为现代性大厦的根基，17 世纪和 18 世纪建构起来的现代主体观不可能被简单地从现代人脚下抽去，我们的机遇在于发现其内在的悖论，以此为契机修补我们的社会生活。鉴于此，本书的旨归在于通过情感揭示现代主体的困境，并用创造性方法重新构想主体，作为人类社会重塑的过渡阶梯。18 世纪的观念史和文学史都是这种悖论的最佳载体，对生理（感官）、情感和认知的互动有集中的思考。这种思考有着非常具体的历史语境，与英国乃至欧洲现代性的崛起有着非常紧密的关联，但其基本问题意识与当代情感研究也有许多对话。下面对当代人文社科领域中的情感研究做一个简单综述。

五、 何谓文学情感研究

德勒兹在主体性和非主体性之间的滑动暗示了一种融通的情感论，催生了许多标志性著作，这些著作都将情感视为身体实践和语言系统以不同方式发生交接的产物，是这种交接产生的特殊动能。这种立场可以被认为是对后结构转向的一种拨正，后结构主义将“语言”，可以

---

1 关于德勒兹思想中的“内在性”观念与形而上学中一元存在的关联，参见 Christian Kerslake, *Immanence and the Vertigo of Philosophy from Kant to Deleuze*, Edinburgh: Edinburgh University Press, 2009, p. 210。

认为是将语言——或拉康所说的“象征体系”——抬高至意识形态决定性力量的地位，将意识变成了话语的产物，而人文社科研究中的“情感转向”就是从话语分析转向对“身体”的物质性境遇和运动的关注，转向身体实践和话语实践的交接方式的关注。从整体上说，德勒兹情动理论是在承认主体外在规定性的基础上重新构建“主体性”，通过重新建构存在的本体而赋予其内在性和能动性，让个体失去的主体性以一种新的方式重现。人文社科“情感转向”从分析不同历史阶段日常生活经验及其文学表达入手，其政治旨趣在于改造当代人意识的底层逻辑和机制。

独立批评人、社会学家艾赫迈德（Sara Ahmed）专注研究强烈的情感——包括愤怒、恐惧、仇恨、爱——这些激情非常普遍，但并非先天存在，体现的是精神性的社会生产。与费舍（Philip Fisher）的著作《剧烈的激情》（*The Vehement Passions*, 2002）不一样，艾赫迈德不仅从哲学史和文学史入手，也牵涉更为广义的话语史，说明激烈情感的形成机制及其与具身经验的关联。以“憎恶”（disgust）为例，作者认为“憎恶”是一种“身体直觉”（gut feeling），也是身体表面发生的变化（脸部表情和肢体动作），但它也同样是话语生产的过程，使得某些观念（比如“巴基斯坦人”）与其他观念（如“恐怖主义”）粘着在一起，正是这种“述行”（performance）塑造了身体在社会场域中的空间分布与行为模式。[1]

艾赫迈德说明情感既是具身表达，也是言语行为，与作为装置的社会语境有着紧密关联；情感不仅是对社会政治实践的动力和导引，它本身就是社会政治实践。这种看法呼应维瑟雷尔（Margaret Witherell）提出的“情感实践”观念，说明情感的生产是一种实践，在社会关系和

1　Sara Ahmed, *The Cultural Politics of Emotion*, 2nd edition, Edinburgh: Edinburgh University Press, 2014, p. 83.

交往中生成，也使其发生变化。所谓“情感实践”（affective practice），就是情感发生的过程，情感并不内在于人，而是“有活力的，在情境中发生的交际行为”（lively，situated communicative act）。[1] 维瑟雷尔使用社会学研究中常用手法，以日常谈话为主要文本，通过分析参与谈话各方话语和与之伴随的身体语言，说明情感是在具体文化氛围与社会生活的样式中逐渐产生的，因而是一种述行（表演），依据某种固定的脚本；反过来，情感也会通过身体倾向这种特殊的惯习行使价值和社会权力、空间分配的功能，由此“沉淀”为社会结构。[2] 维瑟雷尔的“情感实践”观念将德勒兹把情动视为“抽象机器”自我创生和转变动能的立场与波迪厄的社会学嫁接在一起，将德勒兹的情动观念转换为更为具象的说法，考察语言规范、社会关系和情感惯习将生成之流沉积为生活经验的过程。

不过，维瑟雷尔和艾赫迈德的社会学方法使维瑟雷尔将如何辨别感受视为一个不需要思考的问题，认为社会学家可以在观察谈话进程的时候直接辨认出不同情感范畴，将特定身体表征和话语表达的集合归于某一个情感范畴之下。然而，如前文所言，在大部分情况下，某一情境触发的身体反应包含很多层次，有些层次流于表面，可以对应于现成的情感范畴，有些隐藏很深，语言与观念很难触及。情感史和情感社会学研究通常预设了情感的直观性，不像德勒兹那样将语言符号与具身感受的交接视为不稳定装置，而是预设具身感受可以直接用概念性语言描述，在对情感的理解上更接近威廉·詹姆斯的情感理论和“基本情感”理论的各种变体，认为情感虽然源自身体状态变化，但这种变化与认知相通，可以转变为观念，为主体性奠基，赋予主体

1　Margaret Witherell, *Affect and Emotion: A New Social Science Understanding*, London, LA: Sage, 2012, p. 102.

2　Ibid., p. 103.

行动力，情感无外乎肉身变化在意识中的复制。[1]

在修正情感的直观论上，文学情感研究功不可没。文学研究携带着解构主义以来对于语言符号任意性的认识，了解具身感知和感受与符号之间并没有天然的贴合，又汲取了情感理论对于情感直观性的洞见，在情感与符号的关系问题上提出了非常柔韧而细腻的看法。从文学研究的视角来看，"情感实践"更准确地说是"情感书写实践"或"情感言说实践"，书写和言说都是重现，而不是机械复制，情感并非单纯地源自身体，而是出自身体与语言/观念的交接和装配，情感的"呈现"即为其产生的过程，是在具体社会政治情境中的"实践"，在建构和打破主体性之间反复流转的特殊实践。情感史学者威廉·雷迪在《感情研究指南：情感史的框架》中明确汲取文学情感研究的视野，将情感理解为翻译实践，即一种特殊的言语行为："情感是一系列松散连接的思想素材，构成不同的编码，具有与目标相关性和一定强度（……）可能会构成一个'图示'……不过，一旦激活，会溢出注意力在短时间内将其转换为行动或言语的能力。"[2] 这个定义略显晦涩，但很好地概括了情感在发生之际一方面依靠编码系统一方面又超过其控制的复杂性，情感编码系统——雷迪称之为"情感体制"（emotional regime）——就这样不断发生着转变。[3]

北美人文社科学界理论构建能力最强的中青年学者倪迢雁（Sianne Ngai）早年著有《丑陋情感》（*Ugly Feelings*，2005）一书，在其中勾勒了晚期现代社会的情感世界。倪迢雁着重刻画负面情感，即

---

1 有关"基本情感"观念，参见本章第一节。

2 William Reddy, *The Navigation of Feeling: A Framework for the History of Emotions*, Cambridge: Cambridge University Press, 2001, p. 94. 这部书已经被译成中文，参见［美］威廉·雷迪：《感情研究指南：情感史的框架》，周娜译，上海：华东师范大学出版社，2020 年。

3 Ibid., p. 55.

“文学、电影与理论中的情感隙豁与不可读情感、烦躁情感，以及其他类型的情感负面性”。[1] 这些负面情感——或称之为“否定性情感”——没有清晰的目的和意向性，无法宣泄也无法消除，鲜明地凸显了晚期资本主义时期人无法成为真正主体的境遇。不过，倪迢雁也在分析解读这些似乎无法解读的情感中重新构建了当代西方主体。她着重考掘在晚期现代资本主义社会政治氛围中的具身性经历与文本审美性元素（即广义的“形式”特征）的关系。在倪迢雁看来，麦尔维尔最后一部小说《骗术师》（*Confidence Man*）将“信心”（confidence，也表示能够以伪装赢得他人信任的骗术）这种情感描摹为一种否定性情感。小说暗示“信心”是一种公共表演，它就像流通的货币，与真实的价值脱节，与其说是人的主观感受，不如称之为一种群体性情感实践，“信心”经由一系列骗术师的中介在社会中广泛流通并因此强化支撑资本主义经济和金融制度的意识形态。因此，“有信心”这种情感状态并不彰显主体性，反而凸显了情感对主体的解构，它本身就是一种否定性情感，一旦其虚拟性被揭示，又会“短路为恐慌、不安”与其他否定性情感。[2] 这种解读对读者提出警示，引导他们重新学会倾听和阅读。倪迢雁的分析范式十分具有开创性，隐含着深远的理论内涵：文学文本和相关视觉文化文本的细节和形式特征中弥漫着情感，我们不仅需要直觉把握（辨别小说叙事声音是否流露基本而清晰的情感），也要通过深入细致的形式分析挖掘文本蕴藏的晦暗不明的否定性情感。研究者对文本中的否定性情感加以描绘和阐发，这并非重蹈建构自我规训的现代主体的覆辙，而是对现代主体进行德勒兹式重塑的过程，文学情感研究应该是在打破主体性和建构主体性之间回环往复的长期博弈。类似的思路也体现在同时代许多其他文学/文化情感的研究实践中。波

---

1 Sianne Ngai, *Ugly Feelings*, Cambridge: Harvard University Press, 2005, p. 1.

2 Ibid., p. 71.

兰特（Laurent Berlant）长期研究“亲密公共领域”（即公民间深刻的身心连接）与文化产品中的群体性“幻梦”（fantasy）；格罗斯伯格（Lawrence Grossberg）剖析金融资本主义价值危机与“情感自动性”（affective autonomy）——即对事物的感受与其价值的分离——的关联。[1] 他们都从文化文本的形式入手，考察社会系统性变迁和结构性失灵的情感征兆，想象新的存在方式从废墟中崛起的可能。

可以看到，倪迢雁尤其强调“否定性情感”，这些情感虽然可以直接用观念来命名或指称（如艳羡、躁怒或焦虑等），但仍然是无法被观念和知性穿透的谜团，其“本质”、起因和影响没有定论，又因为在文学文本中被反复书写而具有极其难以概括的复杂性。这种情况更鲜明地体现于应激综合征的情感经验，在创伤书写的研究中对这个问题已经有了很深入的探讨。文学近三十年来的创伤研究极为典型地显示了这种复杂而多面的情感理论。在前面一节中我们粗略地提及了这一研究领域，这里稍加展开。卡鲁斯在具有开创性的著作《未被领取的经验：伤痕与历史的可能性》（*Unclaimed Experience: Trauma and the Possibility of History*, 1991）中认为，创伤经历会变成无法被意识整合的隐藏记忆不断袭击人的情感世界，使人产生无法解释的压迫性情感。基于弗洛伊德和拉康的精神分析理论，卡鲁斯提出，这些隐藏的记忆通过梦境——一种重要的虚构——重复自身，不断延迟创伤经历者的觉醒，但最终又促使其觉醒，梦境或幻觉叙事召唤伤痕经历者面对“现实”，肩负起作为幸存者的伦理责任，讲述逝者、其他受害者以及自身的痛苦经历。不过，卡鲁斯的创伤理论与同时代美国心理学家范德科尔克（Bessel A. van der Kolk）的立场相近，有将创伤简化为外界对自我的冲击之嫌，从德勒兹系统论视野来审视，卡鲁斯并没有将身

1 Laurent Berlant, *Cruel Optimism*, Durham: Duke University Press, 2011, pp. 3–6; Lawrence Grossberg, *Under the Cover of Chaos: Trump and the Battle for the American Right*, London: Pluto Press, 2018, p. 94.

体与心理视为一种有整合性也有裂痕的不稳定装置，也没有将心灵—身体与话语和社会行为勾连起来形成更大的考察域。

因此，利斯在专著《创伤：一个谱系》中系统地反驳对于创伤的物质主义理解。她认为，创伤不能简单地理解为来自外部的冲击，也不仅是某些低强度事物的反复刺激，它也与受害人的复杂的生理—心理机制有关，创伤现场会导致受害者丧失认知功能，如身处催眠一般地认同加害者，因为意识的内部分裂而与自身疏离。利斯指出，19 世纪晚期以来的创伤理论一直在两种假设——认为创伤源于外部冲击和创伤源于个体与环境的复杂互动——之间摇摆。[1] 对第二种认识略加引申，我们可以说创伤是一个系统性事件或过程，人所处的语言和文化环境会让人的自我完全被控制，在这种情况下，人无法面对或重构创伤经历，无法直接面对失去自我带来的极度痛苦，不论是幸存者罪感，还是羞耻，还是强烈的抑郁，都可能长时间无法命名、表达或缓解。晚近的创伤理论都普遍强调创伤经历无法完全在观念中显现，强调创伤记忆的建构性。如布桑（J. Brooks Bouson）、罗斯伯格（Michael Rothberg）、科维克威治（Ann Cvetkovich）等学者指出的那样，创伤没有简单的源头，牵涉到身体、心理、语言、文化、惯习等诸多因素，讲述创伤经历和与之伴生的负面情感是一个复杂的系统性工程，或者说是“情感实践”。[2] 再一次借用德勒兹的思路，我们可以说，这种情感实践并不试图建构一个坚固而以内在性为标志的自我，

1 Ruth Leys, *Trauma: A Genealogy*, Chicago and London: University of Chicago Press, 2000, pp. 9 - 10.

2 参见 Michael Rothberg, *Traumatic Realism: The Demands of Holocaust Representation*, Minneapolis and London: University of Minnesota Press, 2000; J. Brooks Bouson, *Quiet As It's Kept: Shame, Trauma, and Race in the Novels of Toni Morrison*, Albany: State University of New York Press, 2000; Ann Cvetkovich, *An Archive of Feelings: Trauma, Sexuality, and Lesbian Public Cultures*, Durham: Duke University Press, 2003。

而是旨在让“自我”在保有微弱稳定性的前提下改变自身和所处社会的结构，不可名状的情感并不是现实事件的“征兆”，而是启迪人进行符号构建的动因，是改变自身并创造新的社会环境的条件。

这种情感实践具有一种建构性，与纯解构主义的思路旨趣不同。这也就是为什么，情感研究的另一位大家、已故学者塞奇威克（Eve Sedgwick）要强调文学作品的“修补性”，认为对负面情感的书写有重塑自我的重要作用。亨利·詹姆斯在纽约版作品全集前言中流露出对少作的“羞耻”之情，但通过对羞耻感的书写与少作达成了一种类似同性情谊的亲密关系，对自己的自我缺失感做出了“修补”，使自己转变为一种新的关系性主体。作为最有天赋的文学批评家之一，塞奇威克——与之前提到的倪迢雁一样——向我们展示了文学研究对于情感研究的重要作用。文学作品提供了极为丰富的语用实例，重新配置观念、具身感受以及社会语境，参与总体“抽象机器”的再造。情感观念化的过程就是文化生产的过程，是主体性逐渐涌现的过程，但也是主体性接受自身边界和残缺的过程，是将这种残缺转变为创造动力的过程。文学情感研究的对象就是文学作品中的情感实践，它也与所有情感研究一样，成为一种更深刻意义上的“情感实践”。

在德勒兹“情动”思想观照下的情感研究在我国的发展比较慢，但还是有可观的成果。宋红娟的情感人类学研究、袁光锋在传播学领域的情感研究、王斯秧对司汤达小说情感的研究、谭光辉的情感符号现象学研究，以及本书对启蒙时期文学的情感研究都已经证明情感议题催生科研创新和跨学科交流的潜力。[1] 与此同时，国内也已经出现

1 参见宋红娟：《“心上”的日子：关于西和乞巧的情感人类学研究》，北京：北京大学出版社，2016 年；袁光锋：《迈向“实践”的理论路径：理解公共舆论中的情感表达》，《国际新闻界》2021 年 6 月刊，第 55—72 页；王斯秧：《司汤达的情感哲学与小说诗学》，北京：北京大学出版社，2021 年；谭光辉：《情感的符号现象学》，北京：人民出版社，2021 年。

了相当数量的对创伤理论的梳理和创伤文学案例的研究。国内学者与国际学者一样，都对情感研究充满兴趣，但也与国际同仁一样，面临许多高度跨学科的难题。要勾勒情感与符号构成的装置的动态并捕捉其在不同节点的短暂静态，研究者不能囿于话语分析的老方法，需要有精神分析的敏感度和敏锐度，考掘文本的“无意识”和潜文本(subtext)，也需要具备强大的情感直观能力，即一种贯彻了高度想象力的共情。批评人要能够想象或强烈或微妙的情感，解读文本曲折的情感实践，分析情感的发生与复合社会政治语境的具体关联，尽力推动读者和写作者以及不同读者之间的社会性融合。文学情感研究综合分析与共情这两种方法，最大限度地揭示情感实践的机制和重要性。

总结来说，文学情感研究最终要考察的是语言、认知、情感这三个端口之间的复杂联系，也同时会涉及感知、记忆和想象这些问题，与理论和历史都会紧密相关。这项任务非常庞大，需要许多学者坚持不懈地推进，本书以 18 世纪西方情感观念和小说进程的研究为进路，初步建构文学情感研究的方法论。本着对西方思想史上对于情感的双重理解，笔者一方面勾勒 18 世纪中叶的英国小说如何赋予叙事者和虚构人物言说、剖析激烈情感的能力，由此构筑一个囊括身体与精神的“内心”(心灵)，一方面也凸显此时的小说质疑“内心”的自洽性和主体性，质疑语言传达情感功能的侧面。以小说中的情感问题为镜，我们可以发现西方现代主体观念在其萌生之初就已经陷入悖论，了解这个悖论将极大地提升我们对 18 世纪以及之后西方现代文学和文化演变轨迹的阐释力。

接下来，我们首先要跨越 18 世纪的不同话语体系，在目前这章框架的基础上更加细致地考察启蒙时期奠定的情感直观论，这种理解认为情感可以将身体的感知和感觉直接传递给头脑，对身体与环境的关系做出有价值的判断，保证身体与头脑能彼此连通、协调合作，从而赋予个体完整性和主动性，成为主权的恰当归属。在本书的第二编中，我们将通过对西方虚构叙事形式创新和变迁的分析勾勒文学符号体系呈现情感的方式，并钩沉文学写作对启蒙时期情感理论的回应和挑战。

第二章

18 世纪西方的情感话语 I：道德哲学与美学

在 18 世纪道德哲学和美学的语境中，“情感”（passion 或 affectus）源自身体，是身体和感官因外部或内部原因发生变化，这种变化经由物质渠道（如动物精气）传达给灵魂后形成的感受。身体、感官和情感从古希腊以来就一直在威胁着灵魂的整体性，柏拉图就著名地将灵魂分为理性、激情和欲念三部分，并且认为三部分的和谐的整合决定了个人能否信守正义。[1] 灵魂的内在分裂这个问题在 18 世纪重新浮现，成为启蒙思想家无一不需要面对的难题，身心二元的形而上命题可以帮助维持灵魂的同一性，但无法回避的常识经验告诉我们身体和灵魂彼此关联，构成一个不太自洽的复合体。对启蒙时期来说，灵魂是否具有完整性绝不仅仅是一个哲学问题，而是一个举足轻重的政治问题。18 世纪的“私人”和个人主权的观念都建筑在人的自洽性和内在性的基础上，人作为个体具有天然的生命、财产和政治权利（即享有之前与君主关联的主权），这些观念扎根于 18 世纪内心观——个体灵魂有清晰的边界并能主宰自身这个观念，无法

1　参见［古希腊］柏拉图：《理想国》第四卷，郭斌和、张竹明译，北京：商务印书馆，2017 年，第 134—178 页。在《斐多篇》中苏格拉底也提到灵魂应该摆脱肉体干扰，“不受痛苦或快乐影响”的观点。［古希腊］柏拉图：《柏拉图对话集》，王太庆译，北京：商务印书馆，2004 年，第 218 页。

与其分割。[1] 18 世纪的道德哲学和美学就是在与这个难题周旋的过程中形成的新话语体系，反复思索如何在肯定情感强大力量的同时保证情感与理性的统一性，保证人类灵魂或“内心”的连续性。

审美判断和道德判断的理论在 17 世纪和 18 世纪有着复杂而悠长的谱系，总体上趋向将情感与理性相互整合，由此消解理性独立地位受到质疑所产生的焦虑。经验主义哲学将情感（passion 或 affect）变成了道德和审美判断的共同根基，由此来保证灵魂的完整性，但无法否认情感有过度和不当的可能。而理性主义哲学从另外一条路径来强调灵魂的完整性，往往将情感视为一种观念，一种虽然不明确但不失清晰的观念，这种观念表征的是头脑或“灵魂”内部各机能的完美协调性。下文先梳理法国和英国道德哲学中调和情感与道德的方式，然后转向理性主义情感观，后者最鲜明地体现于 18 世纪德语中美学的发展。

勾勒这段情感观念史可以帮助我们改写 17—19 世纪的西方文化史和思想史。20 世纪中叶以来出现了许多对启蒙思想的批评，早期启蒙批评者科泽勒克（Reinhart Koselleck）的《批评与危机》（*Kritik und Krise*，1954）和阿多诺、霍克海姆的《启蒙的辩证》（1972）都指出启蒙思想不恰当地抬高了人的主体地位，制造了有很多负面影响的现代迷思。但是，我们要注意，18 世纪理解的头脑机能并不单指理性，更不单指机械的计算理性，如果这样认为，就是对启蒙思想的总体面貌产生了误解。本章的主旨在于对启蒙时期的主体观进行重新叙述。启

1 从近代自然法理论到霍布斯和洛克的契约论，都是从对人性和自然（两者都是 nature）的论述入手的。卢梭的《社会契约论》明确指出，政府的作用是“充当国家和主权者（即民众）之间的联系”，这使得政府对于社群的作用类似“灵魂与身体联合起来”后对人发生的作用。参见［法］卢梭：《社会契约论》，李平沤译，北京：商务印书馆，2017 年，第 64 页。私人性的条件和意义也是 18 世纪中期开始的新型小说中不断探讨的问题。

蒙思想远大于“机械论”，非常关注身体和感性对理性的作用。启蒙时期是一个“情感时代”，是西方现代性长期发展中的重要一环，是紧跟其后的浪漫主义情感和意识理论的源泉。

一、道德情感的诞生及其早期现代历程

这一部分从英法两条线索梳理18世纪情感理论与道德哲学的关系。17世纪，法国笛卡尔的理性主义哲学虽然在身体和灵魂之间做出二分，但无法回避感官所触发的灵魂的扰动——激情（passion）——的强大作用，试图证明灵魂可以通过自律驾驭内在产生的激情。法国奥拉托利会士马勒伯朗士（Nicolas Malebranche）同样试图在维护基督教信仰的前提下以及身心二元的框架中解释激情。与笛卡尔一样，他认为灵魂与身体虽然本质不同，却紧密关联在一起，不过他并不认为理性可以驾驭情感，比笛卡尔更为强调情感对个体产生的巨大驱动力。整个18世纪，我们可以发现一条思想脉络延续了这种对情感重要性的理解，明确地将情感变成维护和支持道德观念的力量。这条脉络显现于孔迪拉克的“感觉论”道德哲学，也同样显现于源自沙夫茨伯里伯爵三世的苏格兰启蒙运动道德哲学。这两条支流都受到洛克经验主义哲学的影响，但拒绝像洛克那样将“欢乐”和“痛苦”看成自发而缺乏目的的力量。[1] 18世纪道德哲学用自己的方式赋予情感道德功能，也就是说重新将情感纳入目的论，由此使之与理性相协调。

在上一章我们已经论述，在《论灵魂的激情》中，笛卡尔很清晰地认为大部分“激情”起源于身体的感官知觉，这些知觉被神经和动

1　洛克认为，“事物之所以有善、恶之分，只是由于我们有苦、乐之感”，也就是说道德观念源于情感经验。18世纪道德哲学总体上延续了这个观念，但更深入地论证了情感的天然合理性。[英] 洛克：《人类理解论》上册，关文运译，北京：商务印书馆，2017年，第214页。

物精气传导到居于大脑的灵魂后便会产生“灵魂的激情”。不过他并不认为情感的发生是一种机械过程。笛卡尔在《论灵魂的激情》中明确指出，意识是一种再现，一种非机械过程：我们的感觉是“影像”，并不一定符合外界实物，而情感是尤其强烈的知觉，也因为与身体的连接而有些“混乱和模糊不堪”[1]。他随后又补充说明，“所有人的大脑被安置的方式”不尽相同，因此同样的“印象”对每个人的影响也不一样，有的人会害怕，但另一些人会出现“勇气和胆量”。[2] 意识哲学家们认为笛卡尔的开创意义就在于这个“再现论”，他将身体和灵魂看成两种并行的媒介，激情经由灵魂这个媒介产生，对身体所传导的信息发做出回应。那么，假如我们把情感看成一种身体和灵魂对于外界事物的再现，那么这种再现有什么功能和意义？身体和灵魂可以彼此协调吗？对这些问题，笛卡尔似乎持有两种互相抵触的观念。一方面，他认为情感是一种沟通两者的桥梁，使得灵魂能够去“欲求那些它们为之在身体上有所准备的东西”，亦即意愿那些在自然看来对我们有用的东西，并且去坚持自己的这个意志。[3] 另一方面，激情会与理性判断发生冲突，因此又可以认为是一种警示，说明身体难以保持自身稳定，需要灵魂的驾驭。笛卡尔在《论灵魂的激情》中明确表示，人们会在激情的影响下做出判断，但基于“对真理的知识”的判断才是正确的判断，能用正确判断来遏制激情主导的判断是灵魂强度的唯一指征。[4]

马勒伯朗士的激情理论对笛卡尔做出了重要回应，他对激情也采取理性主义立场，认为激情不足以成为可靠知识或判断的基础，但是

---

1 ［法］勒内・笛卡尔：《灵魂的激情》，贾江鸿译，北京：商务印书馆，2013 年，第 24 页。

2 同上书，第 32 页。

3 同上注。

4 同上书，第 41 页。

他对激情的产生和作用做出了更为详细的解释，强调激情对头脑的控制力。在《追寻真理》(1674—1675) 第四卷“激情”中，马勒伯朗士和笛卡尔一样认为激情源自感官产生并由精气传导的感觉(sensation)，总体上更为“混乱”(confused)，[1]但激情包含对事物与身体联系的判断，对人的行为有不可替代的驱动作用。与笛卡尔不同的是，马勒伯朗士强调灵魂与物质世界（包括人的身体和身体以外的物）不可分割，所谓“激情”就是身体因内部或外部原因发生变化而引发的感觉，即便是灵魂自身产生的倾向——如对上帝的爱——也一定体现于“动物精气的运动”，引发各种激情。[2] 作为天主教牧师的马勒伯朗士当然不可能宣扬身心一元论，他只是试图用自己的方式修补笛卡尔二元论在解释激情上的矛盾和局限，强调身体对灵魂具有巨大的作用，两者不可分割。一旦激情产生，它们的“作用如此巨大而宽广，我们完全无法想象可以说所有人都能摆脱它们的统治”。[3] 马勒伯朗士认为控制激情的方式是“让头脑更加精确、更开明(enlightened)、更有穿透力，更适合发现所有我们想要了解的真理”，总体来说在激情与理性的关系上与笛卡尔的观点并无二致。[4]

在《追寻真理》第四卷第三章中，马勒伯朗士详细论述了激情产生的七个步骤，指出激情（爱、憎、乐、悲等）不仅是精神现象，激情有着强烈的身体效应，并在身体机能的进一步催化下激化，因而对任何理性判断的强度产生极大的增强作用，但激情本身并无判断功能，无法保证自身所加强的判断的正确性。激情的七个步骤如下：1. 思维首先认知事物与自我的关联，产生或明确或混乱的判断。2. 意志被这

1 Nicolas Malebranche, *The Search after Truth: With Elucidations of The Search after Truth*, edited by Thomas M. Lennon and Paul J. Olscamp, Cambridge: Cambridge University Press, 1997, p. 345.

2 Ibid.

3 Ibid., p. 346.

4 Ibid., p. 529.

种判断导向某一个物体，这种牵引意志的冲动就是“激情”，激情在本质上就是一种强大的对朝向“善”的驱力，同时也伴随着许多其他“感觉”（sensations）。3. 每种激情都伴随着许多其它“感觉”，也就是相对次要的精神感受，比如“爱”“厌恶”“欲望”“愉悦”和“悲伤”。可见，对马勒伯朗士所说的“激情”类似欲望，和“感觉”一样都可以包括在笛卡尔所说的“激情”之下。至此，前三个步骤都是精神现象，似乎与身体无关，但接下去马勒伯朗士就告诉我们身体同时会发生各种与精神内部波动相似的变化，是激情的后果，也对激情的维持至关重要。4. 在激情发生的同时，精气和血液会流向肢体各部分和内部器官，牵动人的表情和动作。5. 精气的运动反馈给灵魂，在其中触发另一波扰动，因为“灵魂与身体连接”。[1] 6. 物质性的“大脑”（brain）中出现许多新的感觉（sensations），这些感觉与之前纯粹认知引发的感觉相似，但更加“鲜活”（lively）。[2] 7. 在我们的灵魂受激情控制之后，一种内在“愉悦”（delight）出现，这种愉悦发生在激情已经很活跃的感觉之外，来自身体的满足，但并不一定与灵魂的理性判断相一致。[3] 在解释完这七个步骤之后，马勒伯朗士强调，身体的满足所带来的愉悦往往比理性判断所激发的愉悦要强烈，也因此会过度，这也就是原罪的根本原因，因此感性愉悦只有在基督的恩典庇护下才是正当合理的。

对马勒伯朗士来说，身体的变化必然会带来灵魂的激情，这对生命延续是必需的，身体与灵魂之间的一致性是由伟大造物主所决定的，他在《追寻真理》中说：“我们的灵魂甚至不是我们意志所推动行为的

---

1 Nicolas Malebranche, *The Search after Truth: With Elucidations of The Search after Truth*, edited by Thomas M. Lennon and Paul J. Olscamp, Cambridge: Cambridge University Press, 1997, p. 355.

2 Ibid.

3 Ibid., pp. 347 - 352.

真正原因。”[1] 这种立场时常被称为“偶因论”（occassionism），即认为灵魂和肉身的连接最终取决于上帝，灵魂和身体之间只能互相关联而无法成为彼此的动力因。因此，马勒伯朗士一般被认为是一个保守的基督教哲学家，伏尔泰也曾表示对他所坚持的上帝决定论的不屑。不过，从另一方面来说，有学者认为，马勒伯朗士的情感观念具有前瞻性。[2] 他认为身体感觉及其引发的欲念对个体具有巨大的驱动力，而且这种驱动力要大于理性思维所产生的驱动力，这个观念使得人们无法寄希望于简单地控制情感。这样一来，情感的难题只能用一种方式来解决和应对，那就是论证情感具有可靠的判断功能。从这个意义上说，18 世纪以情感为中心的道德哲学的确可以在马勒伯朗士这里找到一个源头。

笛卡尔和马勒伯朗士一样，都在基督教的框架里为灵魂与身体的连接找到一种解释，也悖论地因此让身体获得了一定能动性，相较于这两位 17 世纪哲学家，斯宾诺莎突破了基督教将物质和精神世界一分为二的做法，将思考和广延视为上帝的两个并列的属性，明确赋予身体建构观念的能动性。不过，斯宾诺莎仍然属于笛卡尔主义者开创的西方现代哲学传统，旨在以自己的方法在身体和理性思辨之间建立契合性，解决身心二元论与自然经验中身心相连的矛盾，也旨在指出身体可能产生的谬误。如我们在第一章中所见，斯宾诺莎认为情感（affectus）乃是与身体力量的起伏相关联的观念，即“心灵借以肯定

---

1 Nicolas Malebranche, *The Search after Truth: With Elucidations of The Search after Truth*, edited by Thomas M. Lennon and Paul J. Olscamp, Cambridge: Cambridge University Press, 1997, p. 353.

2 参见 Jordan Taylor, “Emotional Sensations and the Moral Imagination in Malebranche,” in *The Discourse of Sensibility: The Knowing Body in the Enlightenment*, edited by Henry Martyn Lloyd, Dordrecht: Springer International Publishing, 2013, pp. 63 - 84。

它的身体具有比前此较大或较小的存在力量的一个观念”。[1] 这里需要补充的是，因为这种观念与物质性身体的情状及其与外物的力量对比相关，而任何一个心灵只是上帝思考属性的众多样式之一，不可能拥有在上帝之中的所有有关这具身体情状的观念，因此任何情感都只是不正确而混淆的观念。也正是因为情感建立于不正确的观念之上，它便呈现出被动的特点，使人受制于身体情状。举例来说，身体的活力上升会产生快乐及其变体，而身体活力的下降会产生痛苦及其变体，快乐与痛苦的分野也就是善与恶的分野，但即便是善的情感也可能会因为身体的贪求趋于过度，转变为恶。无论其善恶，情感最终都是被动的，经常会扰乱人与人之间的协调，扰乱人们共同的社会生活。被动的情感无法用意志进行控制，但有两种应对方法：一是用“相反的，较强”的情感来对抗被动情感，比如“恨可以被与它相反的爱征服”；[2] 一是树立正确的观念，即依循心灵本质，从心灵内部导出知识和观念，也就是说，以遵循自身理性的方式对神保持宗教“虔敬”。[3] 斯宾诺莎是充分属于其时代的，一方面，他将对神的信仰重新阐释为对人自身理性的尊重，并以此为基础提出了比较激进的政治观念；另一方面，他也对情感的重要作用予以肯定，对其寄寓了伦理期望。

18 世纪中叶法国兴起的“感觉论”哲学（sensationism）受到洛克经验主义哲学的影响，将 17 世纪笛卡尔理性主义哲学中的“我思故我在”原则改写为“我感故我在”。[4] 所谓“感觉论”，就是认为人类知识来自感官知觉，并且可以进一步认为人类灵魂的机能本身也是由以

---

1 ［荷］斯宾诺莎：《伦理学》，贺麟译，北京：商务印书馆，2014 年，第 180 页。

2 同上书，第 175、227 页。

3 同上书，第 198 页。

4 John C. O’Neal, *The Authority of Experience: Sensationalist Theory in the French Enlightenment*, College Park: Pennsylvania State University Press, 1996, p. 3.

感官经验为基石的人类经验构成，而并非由造物主所规定，造物主为人类灵魂机能奠定了基础，但其最终形成依靠的是个体性和群体性人类经验。孔迪拉克是法国“感觉论”哲学的代表人物，其同道包括爱尔维修（Claude Adrien Helvetius）和伯内特（Charles Bonnet）等人。孔迪拉克（Étienne Bonnot de Condillac）在《系统论》（*Traité des systems*，1749）中对马勒伯朗士和斯宾诺莎的形而上学都做出了批评，然而不能不说他的感觉论哲学也可以被认为是他们有关身体与情感理论的一种延续。

孔迪拉克在 1746 年的《论人类知识的起源》（*An Essay on the Origin of Human Knowledge*，*Essai sur l'origine des connaissances humaines*）和十年之后的《论感觉》（*Traité des sensations*，1754）里都对感官知觉如何上升为意识功能做了一番揣测。《论人类知识的起源》（1746）这本著作旨在遵循洛克的经验主义路径重新考察洛克在《人类理解论》（1689）中并没有充分考察的问题。孔迪拉克在这里提出了一个基本立场，那就是在堕落的状态中，人们的知识只能来源于身体感觉。这个推断来自一种经验式思考，我们可以意识到自己在思考，可以意识到灵魂的活动，这也就是我们分析灵魂功能的唯一途径。孔迪拉克遵循当时法国启蒙思想家的惯例，并没有因此宣称思考是“上帝赋予物质”的能力，仍然坚持灵魂与身体是不同质的实体。[1] 那么，身体感知如何形成理性知识呢？孔迪拉克提出，感觉会与关于某物的抽象概念联系在一起，但如果我们回溯感觉的发生过程，就可以将概念还原为更为简单的念头。比如回想最初的触觉，我们发现“延展”这个简单概念的起源：触觉带来的感知显示身体的各部分都是

1 Condillac, *Essay on the Origin of Human Knowledge*, translated and edited by Hans Aarsleff，Cambridge：Cambridge University Press, 2001, p. 13。洛克很早就曾提出过物质是否能思考的问题，并认为不能断然否认这个可能。[英] 洛克：《人类理解论》下册，关文运译，北京：商务印书馆，2017 年，第 572—573 页。

“有距离并且有边界的，其中包含着某种延展的概念”。[1] 孔迪拉克又从对惯常经验的反思出发，指出人的灵魂都拥有一种“专注力”(attention)，这种功能使我们可以将不同的念头联系起来，这样就构成较为高级的思维功能，如记忆、想象和反思等。这种转化的标志和条件即为抽象的语言，孔迪拉克对这种语言符号的称呼是与观念只有任意关系的“规定符号”(instituted signs，预见到了索绪尔语言学对“能指”的描述)，“规定符号”是唯一能够重现“感觉”的手段。[2] 动物具备不依赖语言的反思，通过对以往知觉的保存也可以形成习惯，但它们没有成型的记忆或更高级的头脑机能。从某种程度上说，孔迪拉克比洛克更为激进，不认为有先于感觉的意识功能。在《论感觉》中，孔迪拉克延续了自己为“感觉”(sentiment 或 sensation) 正名的工作，假想了一个尚没有心智的雕像，勾勒其灵魂的发展轨迹。孔迪拉克逐步剖析嗅觉、味觉、听觉、视觉、触觉触发的单一知觉，同时说明这些知觉如何彼此交融而形成更为复杂的知觉。他认为，触觉使人知觉物体表面的各种不同状况，与视觉结合后能使人知觉物体的位置和物体间的距离。[3]

这种认识上的感觉论衍生出一种道德哲学。孔迪拉克指出，人的感觉能力不仅决定了思维，也决定了人做出道德判断的方式。在《论感觉》中，他解释人类行为动力的方式很接近洛克和霍布斯从人的自然本性中推出的自然法和道德原则的做法 。他指出“快乐与需求的脆弱度成正比”，随后推论人会选择增加快乐的事物：“我们比较的是快

1 Condillac, *Essay on the Origin of Human Knowledge*, translated and edited by Hans Aarsleff，Cambridge：Cambridge University Press, 2001，p. 28.

2 Ibid. , p. 36.

3 Condillac, *Traité des sensations*, Tome I, Londres：Chez de Bure l'aîné, 1754, Chapitres VIII, XI.

乐与痛苦，这就是说，我们的需求牵动我们自身的机能（facultés）。”[1] 与笛卡尔和马勒伯朗士所代表的理性主义情感论很不一样，孔迪拉克并不主张控制感觉或舍弃对自身不利的事物。不过，他的观点与霍布斯的自然法哲学也有显著不同，他并不认为人只是拥有趋利避害的特性，也并不因此而必然与他人陷入战争。他建构了一种历史模型来解释人对快乐的追寻如何变成道德观念的基础。

在差不多同时完成的《论动物》（*Traité des animaux*，1755）中，孔迪拉克首先对现代自然法理论做出了一个经典阐释，将自然法定义为“以上帝意志为根基，而我们可以仅仅通过使用我们自身机制（toutes les facultés）就能发现”的法规，从这里可以很自然地推出人只要遵从人的天性就能建立道德观念，天性会“训练我们适应社会”，足以让我们“发现作为公民的责任”。[2] 与现代自然法理论不同的是，孔迪拉克所说的人自身的“机能”指的不只是理性判断和思考，也包括在与他人的互动中产生的情感。孔迪拉克在《论动物》第二部分第八章“人类激情何以与动物不同”中这样描绘人类情感形成的历史性过程：

> （与动物）相反，人终其一生都在观察彼此，因为他们不仅交流感受（sentiments），那只需要几个动作和几声喊叫作为符号。他们会告诉彼此他们闻到和闻不到的东西，他们从彼此那里了解自己的力量是如何增长、削弱和消逝的。最终，那些最先死去的人告诉别人他们已经不在，无法再开口表达自己的存在，不久所

1　Condillac, *Traité des sensations*, Tome 2, Chapitre IV, p. 153; Tome 2, Chapitre XI, p. 262.

2　Condillac, *Traité des animaux*, Paris: Librairie Philosophique J. Vrin, 2004, Partie II, Chapitre VII, p. 180.

有人都会重复：有一天我们都会不在。[1]

也就是说，人们在与他人的交流中可以由彼及此地推论，因而会有死亡的预期，而死亡的预期使得我们超越了动物，虽然我们与动物一样具有自我保存的需求，但人类会在与他人彼此镜鉴和与他人结成紧密关系的过程中发现自然法，发现自我保全也意味着对他人的保全。孔迪拉克指出，人类的激情在不断的人际互动中变得复杂，快乐不完全来源于满足一时兴趣的事物。因此，人都有一种与自然法相合的情感，“善的倾向带来合宜（agréables）的情感，恶的倾向带来不合宜（désagréables）的情感”，[2] 这使得人们愿意为道德考量而延迟某些激情。总体而言，“智能上的优越使得人们在情感上也更为优越”，人类对自然法的洞察必然体现在他们的感性维度上。[3] 在《论动物》的第九章中，孔迪拉克进一步说明情感与道德的契合之处。激情会出现过度或不当的情况，灵魂会沾染恶行，但过度的激情若对他人造成侵犯，便会激发出自我憎恶，帮助人们遏制不当激情。用孔迪拉克的话说，我们会“思考犯罪之后的憎恶，由此产生的不断折磨我们的忏悔之心，也会想到伴随着我们诚实行为的平和而丰腴的感情”。[4] 这就是说，人类情感有一个纠错机制，这种纠错机制与理性判断可以结合在一起，维护自然法在人类社会生活中的地位。孔迪拉克有关人的自我修正在很大程度上依据对人类理性的信心，但这种理性是建筑在人际互动的基础上的，要求人们考虑他人利益，也同时依赖人们在社会互动中形成的利他情感。孔迪拉克的情感观念部分预见了卢梭对于自然情感是

1 Condillac, *Traite des animaux*, Paris: Librairie Philosophique J. Vrin, 2004, Partie II, Chapitre VIII, p. 184.

2 Ibid., Partie II, Chapitre VIII, pp. 184 - 185.

3 Ibid., Partie II, Chapitre VIII, p. 187.

4 Ibid., Partie II, Chapitre IX, p. 194.

美德源泉的观点，也与经验主义影响下苏格兰启蒙思想家的道德哲学有诸多相似之处，都赋予情感一种道德判断功能。[1]

如果说法国感觉论道德哲学从英国经验主义中获益良多，并用理性主义的框架对其进行改造，那么苏格兰启蒙思想家对于情感和道德关系的理解也经历了一个类似的轨迹，提出了一个更加鲜明的从情感内部入手解决情感难题的方案。沙夫茨伯里伯爵三代（Third Earl of Shaftesbury）的情感观对苏格兰启蒙思想有着深远的影响，赋予情感明确的目的性，奠定了将情感与"善"联系在一起的做法。沙夫茨伯里曾是洛克的学生，对洛克的经验论做出了修正，与孔迪拉克一样不认为人仅仅被快乐和痛苦所驱使，反过来从人的社会性情感中发现道德选择的力量。在早年著作《论美德》（*An Inquiry Concerning Virtue*，1699）中，沙夫茨伯里提出了对"善"（Good）的理解，然后又解释了人类情感与"善"的关联。生命体都有自身的目的（End），将该生命体的"欲念"（Appetites）、"激情"（Passion）和"情感"（Affections）向这个目的引导的就是"善"，即符合"美德"（Virtue）。随后，作者说明自己论述的重点在于"对于社会的美德"，也就是说对于整个社会系统实现自身目的有益的事物。[2] 之所以关注社会体系，是因为所有事物都难免与其他事物关联并存在一种共性，因此"一定有一个包含所有事物的体系（System Of All Things），一种普遍本性，

1　休谟对于孔迪拉克的人类知识理论有一个强烈的反对意见，在《人性论》所表达的怀疑主义思想中反对孔迪拉克持有的灵魂的非物质性的观点。参见［英］休谟：《人性论》上册，关文运译，北京：商务印书馆，2014 年，第一卷第四章，第 256—265 页。不过，必须指出，启蒙思想家中的绝大部分认为灵魂具有物质之外的特性，但与身体相通，可以说是不完全的二元主义者。当然，他们在解释灵魂如何与身体和感性连接的问题上立场各不相同，这也是本文论述的主要内容。

2　Anthony Ashley Cooper, Third Earl of Shaftesbury, *An Inquiry Concerning Virtue in Two Discourses*, London: printed for A. Bell, E. Castle, and S. Buckley, 1699, pp. 12 - 13.

适用于所有事物的本性；任何特殊的事物或体系都必须在宇宙的总体体系（*general System of the Universe*）中才能谈得上好与坏”。[1] 到这里，沙夫茨伯里似乎在说“情感”需要向善引导，本身并不构成善，但他很快就话锋一转，开始告诉我们引导情感的正是情感本身，因此事物的善恶就是其“自然本性”（natural Temper），即构成这种本性的“激情和情感”（Passions or Affections），真正的美德不能出于对赏罚的预期，只能出于情感动力。[2] 不过，要注意的是，沙夫茨伯里并没有将美德完全寄托于人类情感，他特别指出美德的维持需要“恰当的是非感”（*a due sense of Right and Wrong*），它由“判断和情感的合理性”共同铸就。[3] 在这个论点的基础上，沙夫茨伯里认为最能为上述美德提供保障的信仰体系必须“命令人们不仅要有善的行为，也要有善的情感，如慈善和爱（Charity and Love）”。[4] 这个宗教观点有点类似于伏尔泰的“即使没有上帝，也有必要创造一个”的立场。[5] 到这

1　Anthony Ashley Cooper, Third Earl of Shaftesbury, *An Inquiry Concerning Virtue in Two Discourses*, London: printed for A. Bell, E. Castle, and S. Buckley, 1699, p. 16. 这里字母的大写和斜体依照英文原文。

2　Ibid., p. 25.

3　Ibid., p. 40.

4　Ibid., p. 57.

5　这是伏尔泰在给《给〈三位冒名者〉的一封信》（1770）中的名言。沙夫茨伯里是洛克的学生，又与英国18世纪自然神论者（deists）托兰德、马修·廷得尔等交往很多，有时候也被认为是自然神论者。自然神论者一般指教会之外用理性来反对教会或圣经教（如三位一体）但仍然相信上帝的人士，从18世纪初开始成为一个有自我意识的思潮，取代了“无神论”这个贬抑色彩更浓厚的字眼，自然神论者总体认为人们可以通过理性的观察和思考验证和揭示神意，不过其主张有很多差异。从沙夫茨伯里的思想来看，他在受到洛克的经验主义影响之外，也受到古希腊斯多亚派影响，是一个目的论者，相信自然情感有道德旨归。有关18世纪英国自然神论，参见王爱菊：《理性与启示：英国自然神论研究》，北京：人民出版社，2012年；时霄：《英格兰“古今之争”的宗教维度与斯威夫特的〈木桶的故事〉》，《外国文学评论》2017年第1期，第136—153页。

里为止，沙夫茨伯里只是提出了自己对于美德的看法，并没有论证人类具有实现美德的条件，这个论证要等到《特征》（*Characteristics*，1711）。

在《特征》中，沙夫茨伯里进一步为情感与道德的榫合提供论据，也就是论证人天然有可以导向"善"的情感。在《共通感》一文中，他在一个新的意义上使用"共通感"这个概念，他表明自己并非延续古典时期对于"共通感"的理解，不是在描绘人类共有的感觉、常识和判断，而是指人共有的有利于社群维系的情感。沙夫茨伯里延续同胞塞尔马修斯（Claude Salmasius）等人的看法，这样来定义"共通感"："对公共福祉和共同利益的感觉，对社群或社会的爱，自然的温情，人性化（humanity），服务精神，以及生发于对人类共同权利和同一物种个体间自然平等的正当看法的礼节。"[1] 沙夫茨伯里认为从历史经验观察中可以总结出人类情感共性，不论是偏见和腐化都无法完全抹杀这种共性，它面临的主要问题是人类在自然状态中与他人联合的倾向可能会因为社会的扩大而变得缺乏方向。随后，作者又进一步反对将社会看成机械构造，反对认为人性以自利为本的机械论。沙夫茨伯里虽然也按照17世纪以来的常用修辞将世界比成一架机器，但强调这架机器并不仅仅为利益所推动，他说："［世界］这架机器的主要动力可能就是这些自然情感或者它们糅合起来的复合物，在这个情况下，很难想象，在这个类似钟表一般的规划设计中，轮子和平衡的中心不是放在这些美好而宽阔的情感之中，很难想象我们找不到人们出去单纯友善和慷慨行事，很难想象没有纯粹出于善心、友情或社会、自然

1　Anthony Ashley Cooper, Third Earl of Shaftesbury, *Characteristics of Men, Manners, Opinions, Times*, edited by Lawrence E. Klein, Cambridge: Cambridge University Press, 1999, p. 48. 同时参见中译本：［英］沙夫茨伯里：《人、风俗、意见与时代之特征——沙夫茨伯里选集》，李斯译，武汉：武汉大学出版社，2010年，第57页。

情感而行事的现象。”[1] 这里的表述将“共通感”视为维持复杂的社会机器运作的根本动力，并不认为造物主为世界事先设定了和谐，这一点与沙夫茨伯里在《论美德》中有关宗教的立场是一致的。如果说孔迪拉克对人类情感和道德观念的理解仍然有一种形而上基础，认为上帝赋予人类优于动物的头脑机能，沙夫茨伯里则秉承英国经验主义的传统，将善的情感内化于人类个体和社会。[2]

深受沙夫茨伯里影响的爱尔兰哲学家哈奇生（Francis Hutcheson）进一步将善变成人性的内在倾向，哈奇生出生于爱尔兰，但父辈祖上来自苏格兰，是苏格兰启蒙运动的奠基人之一。他将沙夫茨伯里所说的情感和其他身体感觉统称为“感知”，认为在沙夫茨伯里所说的天然友善和慷慨的精神之外，还有一重感觉来维持善的感觉，那就是“道德感”（moral sense）。在《有关美和美德观念起源的研究》（*An Inquiry into the Original Ideas of Beauty and Virtue*，1725）和《论激情和情感的性质和行为，兼论道德感》（*An Essay on the Nature and Conduct of the Passions and Affections with Illustrations on the Moral Sense*，1728）中，哈奇生认为，人的行为不仅仅依靠利益驱动，可以证明人有一种“道德感”，它与外在感觉和美感一样，都会对他人行为及行为的情感动机做出评判，感到或可亲或可憎。“道德感”不需要预设知识或观念，它只是规定了头脑

---

1 Anthony Ashley Cooper, Third Earl of Shaftesbury, *Characteristics of Men, Manners, Opinions, Times*, edited by Lawrence E. Klein, Cambridge: Cambridge University Press, 1999, p. 54.

2 沙夫茨伯里的道德哲学中隐含着一个模糊点。沙夫茨伯里一方面认为道德观念源于个体的主观感受，一方面又似乎将美德视为一种个体对体系的义务，类似道德律令，学者尚无法给沙夫茨伯里定性，不过我们或许可以同意伦理学学者达沃尔（Stephen Darwall）的观点，认为沙夫茨伯里的道德哲学虽然从情感出发，但他将社群的存续和完善作为根本的“善”，可以认为是导向了对道德的规范性或应然性理解。参见 Stephen Darwall, *The British Moralists and the Internal 'Ought'*, Cambridge: Cambridge University Press. 1995。

会如何感受某种行为。正是道德感让我们对自身或他人“对公众有用的行为和善良情感”抱激赏之心，说得更透彻些，触发这种赞赏欣喜之情是“对自身仁善情感的感知，或在他人心中发现了相似情感”[1]。哈奇生和沙夫茨伯里一样认为“善”的意义是对整个社会有利，而且对此进行了更细致的阐释，其观点接近19世纪成型的功利主义思想，或者说一种结果主义伦理。在《有关美和美德观念起源的研究》中，哈奇生说：“当我们比较行为质量的时候…… 我们在有关美德的道德感的影响下做出如下判断；等一个行为所能产生的幸福的程度相同的时候，美德就是这个幸福所能达到的人群的数量…… 同理，道德上的恶，或恶德，如痛苦程度一定的话，取决于受苦者的数量。”[2] 不过从根本上说，哈奇生认为对善恶的感知是由人内在的感官所决定的，正是我们的“有关美德的道德感”引导我们为善而欣喜，为恶而不快，善恶之分并不取决于行为的结果，没有人会认为“一个不经意间杀死抢劫者的人”是善的。[3] 正是因为人有利他情感并且认同利他情感的“道德感”，所以才将利他情感等同于善。沙夫茨伯里与哈奇生都在情感内部引入了明显的判断功能，使得道德判断与感觉和情感联系在一起，将身体与灵魂捏合在一起。哈奇生的“道德感”更是将道德判断固化为一种感觉功能，将道德判断归结于人天然拥有的感性和身体功能。

苏格兰启蒙运动的后起之秀休谟和斯密对“道德感”这种说法有

---

1 Francis Hutcheson, *An Essay on the Nature and Conduct of the Passions and Affections with Illustrations on the Moral Sense*, 3rd edition, Glasgow: Foulis, 1769, Treatise II, Section I, pp. 211, 222.

2 Francis Hutcheson, *An Inquiry Into the Original of Our Ideas of Beauty and Virtue: in Two Treatises*, 3rd edition, London: J. and J. Knapton, 1729, Treatise II, Sections III, VIII, pp. 179 - 180.

3 Francis Hutcheson, *An Essay on the Nature and Conduct of the Passions and Affections with Illustrations on the Moral Sense*, 3rd edition, Glasgow: Foulis, 1769, Treatise II, Section V, p. 263.

所继承，但都有所改造。在后面论菲尔丁小说的第一部分中会有比较详细的阐释，这里可以做一个简要说明。休谟和斯密都强调“同情”的道德功能，但两人区别很大，休谟将同情视为一种情感传染或依靠想象力重构他人情感的过程，而斯密的“同情”虽然也指人天然地受他人感染的倾向（尤其是认同快乐成功人士的倾向），但“同情”会在社会生活中变得更具有规范性，成为道德的基础。我们已经在孔迪拉克的《论动物》中看到将人类情感的发育与社会生活关联的做法，但在英法启蒙思想家中，是斯密最为鲜明地提出了社会生活铸就具有道德判断功能的情感（即斯密所说的“道德情操”），也给出了最为完善的论证。我们在社会生活中时刻在操练用他人的眼光审视自己，且逐渐学会用假想“中立旁观者”的视角来审视自己的行为，由此调整自身情感，使其达到合宜——也就是与中立旁观者近似——的目标，从而成为道德判断的基础。可以说，斯密代表了沙夫茨伯里以来英国和苏格兰启蒙时期道德哲学中将情感变成道德基础这条思路的顶峰，摒弃了“道德感”概念所无法摆脱的对于人性的预设，从社会生活实践出发论证道德与情操的关系。与此对比，休谟对于道德和情感关系的理解走上了另一条路径，休谟的怀疑主义精神使他无法信任人类经验，不能如斯密信奉在社会生活中找到使得自然情感变为“道德情操”的路径，休谟没有选择从情感内部来克服情感所呈现出来的不稳定性和不合理性，而是在《道德原则研究》（*An Enquiry Concerning the Principles of Morals*，1751）中提出了用“效用”和“公共利益”的考量来限定情感的论点。[1] 人不仅有天然的利他情感以及赞赏利他行为的情感能力，同时也必须用效用观念不断补充这种情感能力。

在启蒙的光环已经基本褪去的今天，休谟的怀疑精神可能更有生命力，这种精神与沙夫茨伯里在未刊手稿中表现出来的对于激情的犹

1 ［英］休谟：《道德原则研究》，曾晓平译，北京：商务印书馆，2012年，第63—83页。

疑很相似。[1] 启蒙时期对于情感的道德功能的建构是18世纪现代主体观念的重要支柱之一，但在这条思想脉络下方也涌动着不协调的暗流，这些暗流以非常微妙的方式体现在这个时期的各类写作中，包括哲学、历史、经济学著述和文学作品。在梳理情感的理性化这条18世纪欧洲观念史主线的时候，我们能同时发掘启蒙时期身体感官与情感引发的怀疑与忧虑。下面这节梳理18世纪美学理论中的情感观，我们也可以从中看到试图证明身体性情感与理性兼容与对前者进行遏制的两个面向。

二、从杜博的情感主义美学到18世纪德国美学中的情感观念

我们看到，18世纪英国和法国的道德哲学都试图以自己的方式解决情感与理性之间的冲突。笛卡尔和马勒伯朗士的意识理论（还有之前提到的斯宾诺莎理论）都让我们发现这样一种形而上的基础。情感若脱离了这种基础，就会无处安放。然而，英国经验主义哲学以及受其影响的法国感觉主义哲学试图论证情感具有自我规范和自我纠错机制，在一定程度上将情感理性化，并说明人普遍具有“共通感”或在社会中可以培育出“共通感”“道德感”或“道德情操”。这一章要重

1　从1698年造访荷兰期间开始，沙夫茨伯里仿照奥勒留《沉思录》的形式记哲学日记，并命名其为*Askemata*（希腊语中的“操练”之义），在他身后以《哲学训练日程》（*Philosophical Regimen*）为标题出版。在他的日记写作中，沙夫茨伯里讨论的主题与他在《特征》中讨论的很类似，但语调要更充满怀疑精神。在“Passion”这部分里，即便是与沙夫茨伯里肯定的公共类似的情感——如同情（compassion, sympathy）——也被认为并不可靠，情感是因人而异的，与理性所规定的普遍道德原则不兼容，他甚至说：“绝对不要同情，或与他人感同身受。”Anthony Ashley Cooper, Third Earl of Shaftesbury, *The Life, Unpublished Letters, and Philosophical Regimen*, edited by Benjamin Rand, London and New York: MacMillan Co., 1900, p. 159.

点勾勒德国启蒙思想，尤其是德国美学对于情感的回应。美学和道德哲学有许多彼此间的交叉渗透，英国和法国的许多道德哲学家也同时发表有关美感的观点，但德语哲学家率先提出“美学”是感性科学的论点。[1] 德语区 18 世纪美学也围绕感官和情感问题展开，说明情感在 18 世纪启蒙思想中的核心地位。不过，与英法的经验主义的思路不同，德语区美学在一定程度上为身体性情感正名之后，又在理性主义哲学传统的牵引下折返，对其加以贬低与遏制，康德的审美判断理论就建立在将美感与激情脱钩的基础上。

我们之前已经看到，在笛卡尔这样的理性主义哲学家看来，情感是混乱的观念，坚信上帝所赋予人类的理性可以战胜情感的威胁；经验主义者从情感内部找到修正性力量；怀疑主义者，如休谟，则试图用对行为结果的考量来平衡情感的力量。在 18 世纪早期的美学理论中也出现了一种情感主义立场，与以感觉为根基的道德哲学理论相仿，说明人的美感完全来源于情感。德语区的美学与这个观点有相通也有相悖之处，可以认为是对这种审美感性主义的吸纳，也是对这个传统的反拨。

审美情感主义的代表是法国美学家让-巴蒂斯特·杜博神父（Jean-Baptiste Du Bos）。杜博和孔迪拉克一样比较熟悉洛克和爱迪生代表的英国思想，他的理论还要早于孔迪拉克。杜博将对于自然的关注转移到艺术作品上，在启蒙时期开了重要的先河，他对于艺术和情感的关系的论述似乎成为一种危险的预言。在《关于诗歌、绘画与音乐的批判性思索》（*Réflexions critiques sur la poésie et sur la peinture*, 1719）一书中，他开门见山地将美感定义为一种“可感的愉悦”

1 李家莲梳理过情感在 18 世纪英国和苏格兰启蒙思想家美学中的地位，勾勒了“美的感官”与“道德感”并行发展的历程。参见李家莲：《情感的自然化：英国古典政治经济学的哲学基础》，北京：社会科学文献出版社，2022 年。

(sensible pleasure/plasir sensible)，由此开创了从情感入手谈论美的先例。[1] 对于杜博来说，情感是具有判断功能的，因此他在第二卷中沿用哈奇生“道德感”的思路，认为人内在拥有一种感觉机制对美做出评判，并将这种感觉称为“第六感”。[2] 杜博的审美理论实际上还是将情感归于某种理念和判断，不过毕竟使得情感需要成为一种独立的需要。他认为艺术品之所以会带来动人的愉悦，是因为灵魂需要不间断地被使用，知性活动或“感性印象”(sensible impression/sentir)都可以起到这个效果，即便是会给人带来不快情感的物，也会因为驱散了灵魂的空虚而引发愉悦。[3] 杜博的情感主义美学与17世纪弗雷阿特(Roland Fréart de Chambray)、18世纪初安德烈神父等代表的法国古典主义美学形成强烈反差，有重要开创性。然而，正是因为杜博把“愉悦”与美感等同，使得审美判断显得过分主观。杜博的“愉悦”视角很难解释诗歌中悲剧这个文类，杜博为了解决这个难题，对悲剧所能产生的复杂情感做了一个简化处理，认为虽然悲剧唤起悲哀与恐惧，但理性告诉我们艺术中的悲剧只是摹本，因此悲哀的感受就仅仅停留在心灵浅层，最后留下的只是玩味自身情绪而留下的愉悦。[4] 这个解释引发了一个严重的问题，悲剧引发的悲情只是浅表的情感，深刻的同情无法产生，艺术欣赏变成了人们满足自身情感要求的游戏，这也意味着任何观看他人的行为都可能陷入只关注内心愉悦，漠视对象苦

1　Jean-Baptiste Du Bos, *Réflexions critiques sur la poésie et sur la peinture*, Partie 1, Paris：J. Mariette, 1719, p. 1. 同时参考了最早的英文译本：Jean-Baptiste Du Bos, *Critical Reflections on Poetry, Painting and Music*, vol. 1 and 2, translated by Thomas Nugent, London：John Nourse, 1748。

2　Du Bos, *Réflexions*, Partie 2, p. 308.

3　Du Bos, *Réflexions*, Partie 1, Paris：J. Mariette, 1719, p. 6.

4　DuBos, *Réflexions*, Partie 1, Section 3. 同时参见张颖对杜博美学的深入阐释，张颖：《杜博的情感主义艺术理论及其启蒙意识》，《美育学刊》2018年第3期，第67—76页。

难的境地。学者马歇尔（David Marshal）曾指出，杜博的美学理论似乎告诉人们，在审美中揭示出来的人的情感机制似乎存在着一种天然缺陷，与维持社会交往的道德观念也并不符合，这个问题引发了许多同时代法国作家的思考，马里沃（Pierre de Marivaux）的小说《同情的奇怪效应》（*Les Effets surprenants de la sympathie*）就集中反思了情感的自恋特征。[1]

杜博的理论对18世纪英国（如休谟）和德语区的启蒙思想家都产生了影响，对在德国出现的现代美学影响深远。[2] 18世纪德国美学思想接受了杜博认为审美判断基于主观情感的基本观念，但又试图摆脱这种主观主义以一己为中心的特征，论证感性活动能够与认识相结合，产生非个人化、具有普遍意义的准确、全面的判断。可以认为，德语区美学和英国的道德哲学一样，都在一定程度上接受经验主义和情感主义对于情感的认识，强调情感与身体感官与外界事物的接触相关，有着理性灵魂所无法胜任的重要作用。但它们都试图论证情感具有可以被完善的特性，并不是笛卡尔和马勒伯朗士所认为的那样"混乱而不清晰"。我们可以回顾，英国经验主义催生的道德哲学强调情感与外在事物秩序的关联，在沙夫茨伯里和哈奇生看来，所谓"公共情感"和"道德感"都是推动社会和谐整合的感性力量，美感也与此相通，是人类感性对和谐事物的偏好。因此，沙夫茨伯里在《自白》（*Soliliquay*）一文中说过："和谐就是自然规定的和谐……对称与比例的根基在于自然……与生活和礼仪相关的事务也是一样。美德也有固定的标准。同样的数字、和谐和比例也在道德中占有一席之

1　David Marshall, *The Surprising Effects of Sympathy: Marivaux, Diderot, Rousseau, and Mary Shelley*, Chicago and London: University of Chicago Press, 1988, pp. 9-49.

2　参见 A. Lombard, *L'Abbé Du Bos: Un initiateur de la pensée modern (1670-1742)*, Paris: Librairie Hachette, 1913。这是至今为止仍然最可依赖的杜博生平，作者指出他在法国、英国和德语地区的影响都很大，德语区尤甚。

位；这些标准可以从人的性格与情感中挖掘出来，这里也是艺术与科学的正当基础所在，比人类实践或认识中的任何其它基础都要优越。"[1] 可见，情感是美与道德判断的感性基础，与认识并不冲突，相反，成为认识的关键补充。德国17世纪的理性主义哲学也要论证情感与理性相圆融，但路径与沙夫茨伯里及其影响下的苏格兰启蒙思想并不相同。德国18世纪哲学家并不是要证明情感帮助我们判断外在秩序的完美，他们说的是情感能揭示艺术观赏者头脑自身的完善。

这个应对情感难题的脉络始于莱布尼茲对人头脑中形成的观念的重新理解。前文指出，笛卡尔在《论灵魂的激情》中认为身体传给灵魂的激情是一种知觉，但并不坚实，而是"混乱和模糊不堪"的。莱布尼兹也认为人的许多观念是含糊混乱的，但这些观念也有可能构成正确知识。笛卡尔在《第一哲学沉思集》中将知识回溯到"清楚而明白的知觉"，[2] 但这样就使得许多身体感受和情感成为对知识的威胁，莱布尼兹通过反驳这个观点扩大了理性的根基，使得理性有可能与模糊的观念兼容。莱布尼兹有关"混乱"观念的论述为德国美学传统为美感这种模糊观念的正名开辟了重要通道。在1669—1671年间出版的《有关争议裁决的简短评论》（*Commentatiuncula de Judice Controversiarum*）中，莱布尼兹认为任何关于信仰的问题——有关救赎的条件的问题——都可以直接通过引用《圣经》文本来回答，不需要在《圣经》之上附加阐释。他指出，人们对《圣经》语言的理解当然会有所不同，也必然只能有模糊的认识，但这并不妨碍从这些词句中获取应该信仰什么的知识。比如在最后的晚餐中，耶稣说"这是我的身体"，基督徒

1　Anthony Ashley Cooper, Third Earl of Shaftesbury, *Characteristics of Men, Manners, Opinions, Times*, edited by Lawrence E. Klein, Cambridge: Cambridge University Press, 1999, p. 129.

2　[法] 笛卡尔：《第一哲学沉思集》，庞景仁译，北京：商务印书馆，2017年，第34页。

对这句话只能有模糊的理解，但他们仍然能形成共识，理解圣体与信徒同在，并用圣餐礼来表达这种认识，这种模糊的认识仍然不失为理论知识。[1] 在《对知识、真理、观念的默思》（*Meditationes de Cognitione, Veritate et Ideis*, 1684）这篇短文中，莱布尼兹重申自己的观念论。他将“明白”的知识分成两类，要么是清楚的，要么是混乱的，正是在这里，他使用审美感觉中形成的判断——比如“画家或其他艺术家”对作品好不好做出的判断——来解释明白但混乱的观念，因为这种判断虽然明白，但难以条分缕析地解释清楚。[2] 那么，假如美是一种“清晰但不明确”的知觉或观念，它有什么意义呢？是对事物内在和谐的一种感知吗？莱布尼兹身后的德国美学家都要来回答这个问题。当然，莱布尼兹有关美的思想在18世纪30年代之后才经由鲍姆伽通（Alexander Gottlieb Baumgarten）的介绍产生了比较大的影响，之前是英法的情感主义或感觉主义审美理论有着比较大的影响。

18世纪中叶，同时受到英法美学理论和莱布尼兹观点影响的鲍姆伽通对两者都进行了重要的延伸和改写。他率先将美感这种“清晰但不明确”的观念视为一种独立的认知，与理性认知有着类似的功能，提出“美学”就是研究“感性认识”的科学。[3] 他在《形而上学》（*Metaphysica*, 1739）中的“经验心理学”这一部分中指出理性不是唯一能认知普遍真理体系的灵魂机能，感性逊色于理性，但也有辨认、判断、记忆等能力，可以视为“理性的相似物”（英语中的 analogue of

---

1 G. W. Leibniz, “Short commentary on the judge of controversies,” in *The Art of Controversies*, translated and edited by Marcelo Dascal et al., Dordrecht: Springer, 2006, pp. 8 - 24.

2 ［德］莱布尼兹：《对知识、真理和观念的默思》，收于《莱布尼兹认识论文集》，段德智编译，北京：商务印书馆，2019年，第270页。

3 ［德］鲍姆伽通：《美学》绪论，李醒尘译，朱立人校，收于刘小枫选编《德语美学文选》上卷，上海：华东师范大学出版社，2006年，第1页。

reason，拉丁文中的 analogon rationis）。[1] 鲍姆伽通的美学还有另一种非常重要的创新，那就是对美感中包含的愉悦做出了新的解释，认为它不仅源于艺术品本身的和谐或完美，而且也源于感性认知与理性认知之间的和谐，也就是人的头脑本身的完善。这点虽然在鲍姆伽通这里并未表现得特别充分，但已经出现了重要的征兆。他在《美学》（*Aesthetica*，1750）绪论部分中列出了作为感性认识的美的三个元素：1.“不同思想的一致”（当然这不是指认识本身，也不是指事物本身，而是认识与事物交汇之后形成的现象）；2. 秩序的一致，即感性认识“内在的一致”以及“与事物的一致”；3. 艺术符号与“事物”和“认识”的一致，即“涵义”的美。这三种“一致”就是“感性认识”内部的一致，这些认识与事物的一致（秩序和布局的美），以及表达这些现象的符号与现象和事物的一致（涵义美）。[2] 审美愉悦被定义为对事物本身和头脑再现两者的反应，不仅源自事物本身的秩序，这一创新使得鲍姆伽通的美学思想与莱布尼兹和他之后的沃尔夫（Christian Wolff）之间有了深刻的区别，也为后来康德美学的诞生提供了根基。[3]

鲍姆伽通正式开创的 18 世纪德语美学与英国和苏格兰的道德哲学、美学一样，都需要对情感及与其关联的感性活动进行解释，说明它们如何与理性认知联系在一起，它们采用的路径有诸多相似的地方。从莱布尼兹到鲍姆伽通，我们看到将感官知觉和情感一并转变为“感性认识”，变成理性认知的类似物，能够以产生愉悦这种感性方式表达

---

1 Alexander Baumgarten, *Metaphysik*, translated and edited by Courtney D. Fugate and John Hymers, London and New York: Boomsbury, 2013, §640, pp. 232-233.

2 ［德］鲍姆伽通：《美学》绪论，李醒尘译，朱立人校，收于刘小枫选编《德语美学文选》上卷，上海：华东师范大学出版社，2006 年，第 5 页。

3 沃尔夫在《经验心理学》（*Psychologia empirica*, 1732）中提出美感是对事物完美性的直觉感知，对鲍姆伽通的审美理论有一定启迪。

对事物及自身完善性的认知。这条脉络在犹太裔德语哲学家门德尔松（Moses Mendelssohn）那里得到了很大程度的推进。门德尔松将鲍姆伽通的“理性类似物”理论进一步复杂化，对理性认识和感性活动的关系做出更为细节化的描述。他同样认为感性活动具备认识功能，但在他看来，感性活动一方面与身体联系更加紧密，更加具有自主性，一方面又服从于灵魂的自我协调能力并可以与理性认识结合在一起，所以审美过程是身心联动的过程。这种将经验主义和理性主义协调起来的做法赓续并糅合了18世纪经验主义和理性主义哲学中对于情感的处理方式，预示了后来康德做出的进一步改造。

延续鲍姆伽通的创见，门德尔松也将不清晰的知觉与美感联系在一起，认为美感是对“完美”的感知，这里的“完美”不仅表示身体感知的外界事物的完善，也表示灵魂自身机能的完善。门德尔松借鉴沙夫茨伯里以书信形式写的对话体哲学论辩《道德家》（*The Moralists*，1709），写出了《情感书简》（*Die Briefe über die Empfindungen*，1755），以阐明自己的审美理论。门德尔松首先借对话者之一——年轻的德意志贵族尤弗雷诺（Euphranor）将美感描写为一种模糊的认识，这种认识总是与愉悦的身体感觉同时发生：

> 每个哲学家都认为，*美源自一种对完美的模糊再现*。满足与快乐，即安静的满足，会伴随着体内血液中一股甜蜜的流动和四肢中愉悦的运动，没有这些身体变化我们就会无动于衷。这种可爱的身体运动是情感的女儿，而情感必然与未充分发展的再现联系在一起。[1]

---

1 Moses Mendelssohn, *Philosophical Writings*, translated and edited by Daniel O. Dahlstrom, New York: Cambridge University Press, 1997, p. 12. 对门德尔松的理解参照其哲学著述的英文译文，斜体出自英文译文。

这种与美感相伴随的身体感受对人至关重要，因为“理性不能独自使任何人幸福”。[1] 门德尔松特意强调美感既是精神活动，也是身体反应，可以称之为“感性满足”（sensuous gratifications）。[2] 也就是说，身体感官和感性灵魂之间有着紧密关联，美感与其他情感一样标志着身体的能动性。

然而，同样是探讨情感对于理性的挑战，门德尔松与18世纪英国和苏格兰哲学家的回应有细微但重要的不同，他不仅要证明情感内在的理性，也要强调理性在美感形成过程中的重要地位，说明理性灵魂与感性灵魂相互融合的道理，也就是“心灵与理性之间永恒的一致性”。[3]《情感书简》的另一位对话者提奥克勒斯（Theocles）指出，身心一致性深刻地体现在美感——审美愉悦——的形成过程中，灵魂对完美的认识首先是一种感受或情感，即“*对事物的直觉性知识*”，这种认识会转化为“*通过符号掌握的知识*”，也就是说任何情感都会在理性的影响下导向超越其自身的理性认识。[4] 提奥克勒斯是一位英国哲学家，这个设定致敬沙夫茨伯里，也同时指向了对英国经验主义审美观的超越。

综合两位对话者的立场，门德尔松向我们提示，审美愉悦包含身体和精神上的双重愉悦。一方面，身体任意一个部分在与外界事物交互后受益，随即产生一种“和谐的张力”，它会随着神经、血管和所有器官的运动传导至身体各处；与此同时，理性对身体中贯穿的张力会有所认识，但这种认识又不太确切，可以称之为“*对其身体的完美性的模糊但鲜活的再现*”（*indistinct but lively representation of the*

---

1 Moses Mendelssohn, *Philosophical Writings*, translated and edited by Daniel O. Dahlstrom, New York: Cambridge University Press, 1997, p. 13.

2 Ibid., p. 34.

3 Ibid., p. 28.

4 Ibid., p. 29.

perfection of its body)。[1] 也就是说，身体的快感与理性认识并驾齐驱，都是美感的组成部分。这也就可以解释为什么门德尔松会借提奥克勒斯之口批评杜博的情感主义美学思想，认为杜博把美感简化为情感的触发，没有将感性满足与灵魂的愉悦相连，也没有触及门德尔松所提出的对"完美"的认识，甚至将感性满足缩减为"欲念"(willing)。[2]

《情感书简》一文还有一个补充，叫作《狂喜：对〈情感书简〉的补充》(*Rhapsodie, oder Zusätze zu den Briefen über die Empfindungen*)，这篇补充着重说明美感并不只是与外界物体有关，也同样与头脑对这些物的知觉有关，因此不完美或丑恶的事物会在灵魂中激起"混合情感"，包括对外界物体的不和谐的憎恶，也包括对思想主体显示的正面特征的赞美（这也就是鲍姆伽通说的"感性认识"内部的一致）。审美主体最终的感受取决于这两种不同感受之间的力量对比。假如丑恶事物对审美主体有切身影响，那么不快情感会占上风，反之亦然，所以习惯了观看悲剧的观众会在情节变得不愉快时让理性介入，强化悲剧只是人为模仿的认识，淡化不快感，从而使得源自头脑再现的愉悦加强。[3] 门德尔松在《情感书简》中就已经认为审美情感是"混合情感"，在《狂喜》中，这层意思得到进一步阐发。有学者认为，《狂喜》中对于"混合情感"的说明受到了伯克《关于崇高与美的观念根源的哲学研究》(1757)的影响，门德尔松在文中特别声明自己是在阅读伯克之后对"混合情感"有了更深的认识。[4] 不过，门德尔松的观点与伯克和杜博以经验为起点的审美理论很不一样，他更重要的启迪仍然是德国哲学中将审美愉悦与灵魂自身的完美相关联的思考路径。在门

---

1 Moses Mendelssohn, *Philosophical Writings*, translated and edited by Daniel O. Dahlstrom, New York: Cambridge University Press, 1997, pp. 45, 46. 斜体出自英文译文。

2 Ibid., p. 71.

3 Ibid., pp. 138 - 130.

4 Ibid., p. 146.

德尔松看来，“混合情感”之所以会转化为审美愉悦，就是因为灵魂各机能的协调互动，而反过来，审美愉悦也可以使得灵魂的根基得以加强：审美愉悦不会局限在身体或灵魂的某个部位，而是会打通感官和神经结构的所有关节，换言之，在这种愉悦感发生的时候，“由情感和晦暗感受构成的整个系统必须被打动并发生作用，构成和谐的游戏”。[1] 这种“游戏”也同样吸纳了理性的参与，正如感性愉悦可以转化为理性模糊的认识，情感系统内部的和谐带来的是灵魂所有机能之间的协调，即“灵魂的完美”。[2] 这也就是为什么审美愉悦比纯粹的感官愉悦更为持久深刻，也有利于构成现代主体。

门德尔松的美学思想对康德有很重要的影响，虽然康德在《纯粹理性批判》中批评门德尔松的理性主义形而上学，但康德美学延续了门德尔松在《狂喜》中的思想，将美感理解为灵魂各机能之间自由游戏所产生的平静的愉悦，所谓审美判断，就是判断自然物中是否具备促进这种自由游戏的非功利性目的。[3] 当然，康德的先验理性与门德尔松的理性观有根本区别，他们的美学理论也有深刻的不同。对康德来说，强烈的愉悦过于主观，以此为美的基本功能难免让人屈服于身体感官，即便将愉悦与灵魂的完美相关联也无济于事，因为论证灵魂的完美——感官和神经结构的一致性——需要理性逾越自身边界，对身体做出许多无法证明的假设。康德美学的关键在于彻底地从审美中剔除主观因素。审美判断必须先将激情剔除，让认识与想象这两种

1　Moses Mendelssohn, *Philosophical Writings*, translated and edited by Daniel O. Dahlstrom, New York: Cambridge University Press, 1997, p. 140.

2　Ibid.

3　门德尔松在晚期著作中对自己之前有关审美愉悦的观点进一步加以修正，在强调生理层面所带来的快感之外，也强调头脑的肯定或赞许并不引发欲念，可以认为是一种“形式”层面上对完美的认识。参见 Mendelssohn, *Morning Hours*（*Morgenstunden*）, in *Last Works*, translated by Bruce Rosenstock, Chicago: University of Illinois Press, 2012, p. 54。

“表象力”（意识功能）自由游戏、相互激活，这种互动会产生一种愉悦的情感，但绝不同于源自感官之情。[1] 因此，审美判断虽然是主观做出的，但不局限于某一灵魂，体现出一种非主观的主观性。康德所说的“想象”是对于物体的综合感知，指的是一种基于概念又不囿于它们的对于直观的综合，想象力无需借助概念，因而是自由的，并在这个前提下与理性的“合法则性”协调一致。[2] 康德用自己的方法回应了 18 世纪德国美学中的情感问题，也因此回应了一个贯穿英法德哲学的基本问题，他的方法是将身体性感受剔除，仅保留灵魂内部由自身的协调一致所引发的情感，让这种情感帮助人做出对自然物形式的合目的性（即是否能促使想象力与知性自由游戏）的普遍有效的判断。康德的审美判断是其批判哲学的关键一环，通过探讨审美判断如何超越其主观性为实践理性（即普遍道德律令的存在）提出有力的佐证，证明人能超越自然，拥有与他人协调一致但又不相互奴役束缚的自由。

当我们把康德的审美判断理论放在 18 世纪英法德语中出现的情感理论的脉络中来看的时候，会发现康德对 17 世纪以来的德国理性主义美学做出了重要改造，为理性提供了先验基础，也为理性划定了边界。他在此过程中延续并批判了鲍姆伽通和门德尔松受经验主义影响将美与身体感官的愉悦相连的立场，也同时回应了经验主义认为情感可以为审美判断提供标准从而辅助理性的立场。[3] 康德的审美判断理论是 17 世纪中叶以降欧洲思想界“理性”与“情感”长期交锋博弈的一个阶段性终点。在康德之后，德国和英法浪漫主义发起了新一轮对于感

---

1 ［德］康德：《判断力批判》，收于《康德三大批判合集（注释版）》下卷，李秋零译注，北京：中国人民大学出版社，2016 年，第 721 页。

2 同上书，第 780 页。

3 康德在休谟怀疑主义哲学的影响下反思理性的边界是流传很广的哲学史佳话，也有学者指出他的道德哲学提出的道德律令的观念受到了斯密《道德情操论》有关“中立旁观者”论述的影响。参见 Samuel Fleishacker, “Philosophy in Moral Practice: Kant and Adam Smith,” *Kant Studien*, 82. 3（1991）, pp. 249 - 269。

官和情感的关注，让感官和情感在理性中占据更重要的分量，也赋予其更多颠覆和重塑的力量。康德思想标志着启蒙时期将要让位于浪漫主义之时，情感很快就要卷土重来，再次成为理性的根基和限制，迫使 19 世纪思想对于“自由”做出新的阐释。情感、理性之争会在后世不断以新的面貌出现。

要理解启蒙时期的情感观念，就要看到康德之前漫长的思想脉络。情感是启蒙时期的核心问题，从笛卡尔及其同时代哲学家开始，情感就与感觉和生理活动——神经、血液的运动——联系在一起，身体和灵魂变得不可分割，虽然大多数启蒙思想家认为灵魂具有超越物质的特性，但也无法回避两者之间的互动关联。18 世纪的道德哲学和美学理论集中思考了情感难题，应对身体对灵魂发出的挑战。在这两条话语脉络中，情感及其表征的身心连接都被赋予有利于主体性建构的阐释，法国感觉论哲学和沙夫茨伯里影响下的苏格兰启蒙时期道德哲学将源于身体的感受和情感变成道德判断的基础，提出了“道德感”和“道德情操”等观念。由鲍姆伽通创立但渊源更长的德国美学致力于证明灵魂的感性和理性侧面彼此融洽协调，美感不仅是对外物和谐的评价，也是头脑对自身和谐的赞许。作为道德原则基础的情感和作为审美判断条件的情感是紧密联系在一起的，都体现了启蒙思想建构人的主体性——人的自洽性和独立性——的诉求。

我们可以看到，18 世纪英法的道德哲学和德语美学之间有着有机联系，英法思想从 18 世纪初就开始影响德语界哲学家，这种影响与莱布尼兹对于“明白但混乱的观念”的重新阐释融合在一起，催生了倚重感性的德国美学传统。鲍姆伽通和门德尔松的美学观与英国道德哲学在对情感的认识上有明显的亲缘性，试图在理论上论证感性认知的重要地位，论证感性对理性做出的补充。门德尔松不满哈奇生提出的“道德感”理论，认为这无异于说人们有关道德和美的认识直接源于上帝造人的匠心，不论是对道德还是对美的判断都源于灵魂和身体之间的复杂动态，不能被简单归于某种天赋的灵魂机能。[1] 但从今天看来，18 世纪的道德哲学和美学都体现了启蒙时期的思想精髓，尽力在身体知觉、情感和依靠概念的知性之间进行斡旋和整合。启蒙思想体现了一种不稳定的平衡，一方面释放了感觉与情感的力量，一方面对其与知性的协调表达乐观的期望。

在《浪漫的律令：早期德国浪漫主义观念》中，拜泽尔认为浪漫派的教化理想以“整体论”为特征，他们认为“感性——感受、情绪和欲望的能力——并不比理性本身更缺乏人性”。[2] 实际上，情感从 17 世纪中叶开始就成为重要的哲学和文化问题，所谓启蒙，始于对情感的正视，在康德这里终于对情感的收编，却无法真正地解决情感难题。这个难题将成为从浪漫主义到后现代主义的西方文化无不需要不断拆解和回应的谜团。正是对情感观念的梳理，让我们加深了对现代西方社会及其中个体所经历旅程的理解。

1　有关门德尔松对哈奇生“道德感”理论的批评，可以参见 Moses Mendelssohn, “On the Main Principles of the Fine Arts and Sciences,” in *Philosophical Writings*, translated and edited by Daniel O. Dahlstrom, New York: Cambridge University Press, 1997, p. 171。

2　[美] 弗雷德里克・拜泽尔：《浪漫的律令：早期德国浪漫主义观念》，黄江译，韩潮校，北京：华夏出版社，2019 年，第 46 页。

第三章

18 世纪西方的情感话语 II：历史、社会理论、经济学

启蒙思想渗透着一种乐观主义，可以认为是对文艺复兴时期物质性身体地位的上升和复辟时期奢靡宫廷风尚的回应。也就是说，17 世纪和 18 世纪的欧洲文化精英接受人体的自然和物质属性，关注感官与情感的作用，但试图进行一种话语规训，在身体与判断、想象力、语言能力、思维能力等头脑机能之间构建自然的连接，论证身体与精神之间的融洽关系。包括哲学、美学在内的启蒙思想都告诉我们人类情感具备内在理性，可以在身体与灵魂之间架设桥梁，使二者的边界消融，使人具有完整的"内心"，实现自我保存的需求。与此同时，18 世纪英国和苏格兰的道德哲学也普遍认为人类情感机制以同情为基本特征，人与人之间有善意，也能产生情感共振。私人内心既独立又对外敞开，与社会的构成相辅相成，这个认识可以说是启蒙思想的重大创见。不过人的内在性和主体性的建构尚不能直接解释社会的生成。个人保全自身，不受政体侵害的需要如何与普遍同情相互作用，构成人与人之间的和谐互动与合作分工的关系？这个问题需要从历史经验和理论两个层面来回答。18 世纪情感话语的一个核心任务就是要阐明以下问题：假如上帝或天意这样全知全善的立法者不完全控制人类的发展轨迹，假如个体的人像自然物一样，以一颗种子的状态在与环境的互动中逐渐发育，那么它是如何与其他人类个体形成联结并不断扩

大和保持这种联结的？也就是说，社会如何形成？根本动因又在哪里？如果说人类拥有普遍的情感模式，而这就是构成社会的基础，那么社会的构成及其历史演进为什么会呈现出多元的面貌？不同类型的社会与自然环境和政治制度有什么关联？启蒙思想家对这些问题做出了非常集中的探讨，他们的思考凝结在历史和人类学写作中，也出现在经济学领域对于市场和社会秩序基础的谈论中。启蒙时期的历史和人类学书写——尤其是“推测历史”——以及社会和经济学理论都对人性和人类社会共同发展的进程做出推演，表达了有关社会秩序自发构成的信念，也同时流露出与这种信念相伴生的思想逆流。

本章以情感理论为一个新的切入点，重新考察启蒙思想的核心悖论，试图揭示它对人类情感世界和人类社会规律的理想化构建以及其中蕴含的文明等级化偏见，说明两者之间的内在联系。也就是说，人类情感的普遍特征与特殊的“民族性格”这两个观念同时在 18 世纪兴起，我们需要仔细拷问它们之间的关联，揭示启蒙时期情感话语的政治和社会意义及其孕育的危机。下文首先聚焦启蒙时期基于“人性”假设而提出的对于“社会”的想象，主要涵盖推测历史的写作和 18 世纪有关社会秩序何以形成的论述。随后，本文将探讨这些社会秩序的理想化设想如何在应对文化多样迅速增长的过程中流露出自身的偏执倾向，也因此催生新的社会等级与隔阂。

一、18 世纪“推测史”与社会理论中的乐观精神

启蒙思想家对社会如何起源和构成进行了许多推测和言说。在 18 世纪语境中，“社会”（society，société，Gesellschaft）可以表示在地区性政体基础上形成的一个生活网络，其成员通过一定的契约关系对成员间的权力关系进行规定和协调；也可以表示泛化的人与人的联合，从最早的家庭到之后的不同规模的政治集合体。启蒙思想家对社会构

成的推测与18世纪的意识和情感理论互为条件，紧密缠绕在一起，他们热衷于探讨人类情感和社会形态如何相互影响，也因此将它们视为一个历史进程，回溯它们的变化发展，这就是苏格兰人杜格尔德·斯图亚特（Dugald Stewart）在1793年称之为“理论或推测史”（theoretical or conjectural history）的写作体裁。在斯图亚特的定义中，所谓“推测史”不是实证性历史，虽然包括许多经验性和实证性素材，但主要任务是根据“人性原则”和“人群的外部环境”对人类社会演进的源头和历史进行推演，由此勾勒18世纪通过殖民探险发现的“未开化部落”（rude tribes）和西方文明之间的联系。[1] “推测史”在18世纪的欧洲有非常深远的影响，与学院派历史研究、通俗叙述史等历史书写体裁各领风骚。启蒙时期产生了许多注重经验材料的经典叙述史，如休谟的《英国史》、罗伯森（William Robertson）的《苏格兰史》、吉本的《古罗马衰亡史》。此外，也有很多哲学性更强的推测史，使用但不局限于历史依据。

在18世纪推测史中，假设某种自然状态并在此基础上想象人类意识和社会的演化过程是最为常见的叙事模式。这种自然主义立场可以追溯至17世纪格老秀斯、霍布斯、普芬多夫和洛克这些现代自然法理论家，继承也更改了可以追溯自“亚里士多德传统”的人性学说。[2] 他们背离中世纪阿奎那在《神学大全》第二集上部中将自然法视为神意的观念，转而将上帝赋予人类的自然激情和能力作为道德法则与公共法权的根基，这样就必须对人在受到社会影响之前的“自然状态”

---

1 Jennifer S. Marušic, “Dugald Stewart on Conjectural History and Human Nature,” *The Journal of Scottish Philosophy*, 15. 3 (2017), pp. 261 - 274. 同时参见张正萍：《“推测史”与亚当·斯密的史学贡献》，《浙江大学学报（人文社会科学版）》2018年第4期，第262页。

2 李猛：《自然社会：自然法与现代道德世界的形成》，北京：生活·读书·新知三联书店，2015年，第60页。

及其所显现的人的“本性”做出假设。霍布斯认为在自然条件下人类个体处于平等的状态，他们追求的不是与他人的友善联合，而是保持自我相对于他人的地位，即“荣誉或优势”（honor or advantage），也因此被“互相疑惧”所支配，处于普遍战争的状态。基于这个假设，霍布斯提出自爱与和平为人性基本需求，并构建了主张公民将法权让渡给使人畏服的君主以期保证上述需求的社会契约论。[1] 不过，大部分自然法理论家对人类本性持乐观立场，肯定天赋平等以及自爱与利他相协调的基本原则，18 世纪的瓦泰尔（Emer de Vattel）、伯拉马克（Jean-Jacques Burlamaqui）等人也秉承这个精神。[2] 受“自然状态”学说影响的 18 世纪启蒙思想家对人类社会演变进行探讨，他们秉承自然法理论家的思想传统，以人的“本性”作为社会构成的基础，但同时也更注重探讨人性与环境（自然环境和政治、文化环境）之间的历史性关联。虽然这个历史书写传统与现代自然法理论具有同源性，往往始于由上帝意旨所规定的人性及“自然状态”，但并不主张人性与自然法永恒不变，而是相反，将人性放置于人类社会的历史演变中来考察，使其参与到早期人类学话语的构筑中去。这些历史写作旨在尝试提炼人类历史进程的普遍性理论，树立一种样板或模式。启蒙思想家大多不认为自己在写“推测史”，但用斯图亚特的“推测史”概念可以

1 霍布斯在《论公民》（*De Cive*, 1642）中驳斥亚里士多德认为人天然为“政治的动物”的观点，提出激情所引发的冲突，在《利维坦》（*Leviathan*, 1651）中明确提出自然状态是战争状态的观点和社会契约论。Hobbes, *On the Citizen*, edited by Richard Tuck and Michael Silverthorne, Cambridge: Cambridge University Press, 1998, p. 22;［英］霍布斯：《利维坦》，黎思复、黎廷弼译，北京：商务印书馆，1985 年，第 93 页。

2 即便是白板主义者，如洛克和法国哲学家爱尔维修（Claude Adrien *Helvétius*），都很难摆脱人具有内在“潜力”的看法，宗教思维的烙印是挥之不去的。洛克认为人在“感官”和“知觉”上有天然倾向，因此有“希求快乐，和憎恶患苦的心理”。［英］洛克：《人类理解论》上册，关文运译，北京：商务印书馆，2017 年，第 30 页。爱尔维修也认为人的灵魂虽然没有天赋观念，但“生来具备相同的潜能”。［美］彼得·盖伊：《启蒙时代（下）：自由的科学》，王皖强译，上海人民出版社，2016 年，第 169 页。

有效地概括很大一部分历史写作。这些作品也在18世纪的进程中被称为“历史的哲学”，为世纪末历史哲学的崛起奠定了基础。[1]

卢梭的《论人类不平等的起源和基础》（1755）和孟德斯鸠的《论法的精神》（1748）可以说是18世纪最早的推测史，标志着对人类情感与人类社会构成规律的探讨从自然法领域转移到推测史领域。[2] 卢梭与大多数自然法理论家一样，认为人的秉性和在自然中的状态承接神意，自然有其精妙之处，是社会给人套上枷锁。然而，自然状态中的人与他人并没有形成紧密的联系，并不具备社会性，卢梭将自然情感与社会性情感相分离，由此开启了从自然法向推测史的转变。为了解释人如何离开自然状态，卢梭勾勒了一段关于政府的推测历史，指出私有财产的诞生导致了人类的堕落，产生了人与人之间的不平等以及维护这种不平等的法律和政治制度。不过卢梭并不是一个悲观主义者，他也建构了自己的政治论点作为纠正不平等的对策，明确提出社会契约论，主张以建立在平等契约之上的政府代替君主专制。在社会契约的框架中，民众与其首领都必须遵守一系列根本法，而立法的依据是人们汇集个别意志而构成的“单一意志”。[3] 值得注意的是，卢梭

---

1 伏尔泰《风俗论》的导论部分原为一篇独立的文章，题为“历史的哲学”。参见［法］伏尔泰：《风俗论》上册，梁守锵译，北京：商务印书馆，2017年，第236页。

2 卢梭和伏尔泰关于“乐观”的争论很著名。1755年，里斯本发生了惨烈的大地震，伏尔泰写了《有关1755年里斯本悲剧的诗，或对“凡事皆善”信条的重审》（“Poème sur le disastre de Lisbonne en 1755, ou examen de cet axiom: Tout est bien”）一诗质疑人世秩序的合理性。次年，卢梭致信伏尔泰，对他表示劝慰，并表达了不同的看法。卢梭认为地震摧毁的只是城市，即人类自身的创造物，并不足以撼动我们对人类社会的信心。参见 Edgar S. Brightman, “The Lisbon Earthquake: A Study in Religious Valuation,” *The American Journal of Theology*, 23.4（1919）, pp. 500－518。卢梭的乐观与莱布尼兹基于神义论的乐观信条（即认为我们生活在所有可能世界中最好的那个的信念）有很大区别。

3 ［法］让-雅克·卢梭：《论人类不平等的起源和基础》，高修娟译，南京：译林出版社，2015年，第70页。

的政治理论建筑在他对于人类情感机制的乐观想象之上。他在《社会契约论》（1762）中指出，在进入共和国政体（de l'état civil）后的状态中，人们普遍能够用“理性”来驾驭“天性”（penchants，或译为“偏好”）。卢梭虽然相信人的自然情感中蕴含善与同情，但也有其阴暗面。[1] 可以说，在卢梭看来，社会契约论在早期西方的共和政体中得以实现正是因为人在一定条件下具备约束过度自利情感的能力，这种能力也将为共和制社会契约取代君主专制提供条件。这个解读在《社会契约论》中还可以找到更多支撑。政府的作用是将国家政体与主权者联系起来，这里的主权者指的是民众，政府具有执法权，为具有立法权的民众服务。民众与政府的结合类似“灵魂与身体”的“联合”，使得包括政府和民众在内的所有人成为一个共同体。[2] 18 世纪哲学理论中认为灵魂和肉体通过情感中介发生整合的观点正是卢梭契约论——即有关政府与民众可以形成共同体，受“单一意志”（volonté générale）支配的理想——不可或缺的基础。卢梭的乐观精神很有代表性，体现了 18 世纪启蒙思想家认为情感与理性相融合，由此调节身体与精神（“内”与“外”）、个体需求与社会需求、私人领域与公共领域关系的信念。

孟德斯鸠的《论法的精神》（1748）比《论人类不平等的起源和基础》早出版七年，虽然这主要是一部在比较视野下研究人为法的论著，但其第一章的前两节对自然状态及孤立个人进入社会的路径进行了勾勒。在前两节的论述中，孟德斯鸠也将人类的自然状态与社会状态分离，这对卢梭的思考有很大影响。与卢梭不同的是，孟德斯鸠想象的自然人并不淡然自处，而是因为保存自身的本能而充满对所有事物的

1 ［法］卢梭：《社会契约论》，李平沤译，北京：商务印书馆，2017 年，第 23 页。此处引文对照了法语原文：J. J. Rousseau, *Du Contrat social*, Paris: Ancienne Librairie Germer Baillière, 1896, p. 39。

2 ［法］卢梭：《社会契约论》，李平沤译，北京：商务印书馆，2017 年，第 64 页。

恐惧，不过，恐惧带来的不是霍布斯所描绘的混战状态，人们发现了彼此的虚弱后结成友善关系，从而生发出对于“社会生活”的愿望。[1] 与卢梭相比，孟德斯鸠的人类情感观念的基调略显阴郁，人类个体保存自身的本能给人带来恐惧等负面情绪，并不有利于社会构成，这一点在《波斯人信札》中特洛格洛迪特人的寓言中也可见一斑。[2] 不过，总体来说，人的社会性还是在孟德斯鸠这里得到了肯定。

卢梭和孟德斯鸠还有一个更大的分歧。虽然两人都从某种假定的自然状态出发勾勒人类社会构成演变的历史，但《论法的精神》大部分内容在于把世界文明根据三种主要政治形态（共和制、君主制、专制政体）进行划分，探讨适用于不同国家的立法原则与具体法律。这也就是为什么卢梭在《爱弥儿》中对孟德斯鸠提出批判，认为他对现行的不同体系的人为法律做了许多解说，却避而不谈“政治学的原理”。[3] 卢梭的批评当然言过其实，因为孟德斯鸠对他所分析的政治制度和社会形态明显带有价值判断，虽然他的确与卢梭存在方法上的分歧。他复兴了古希腊就出现的自然环境决定论，认为自然环境（气候、土壤等因素）对于不同政治制度和民族“性格”——长期的风俗礼仪——会产生重大影响，从而限定在特定社会应该加以实行的理想的法律制度，这一点使得《论法的精神》开始显露出启蒙思想的一个核心悖论：一边构建抽象而普遍的“自然人”和由其演变而来的社会人，一边却对现存人类社会进行分类，评判它们的高下，探讨它们何以不同。这两种话语之间构成的矛盾最早可以在孟德斯鸠这里看到端倪。

卢梭和孟德斯鸠对人类社会的情感基础的论述对苏格兰启蒙思想家有很大影响，催生了类似的推测历史，认为人类社会发展具有一种

---

1 ［法］孟德斯鸠：《论法的精神》，张雁深译，北京：商务印书馆，1995 年，第 5 页。

2 ［法］孟德斯鸠：《波斯人信札》，梁守锵译，北京：商务印书馆，2016 年，第 18—26 页。

3 ［法］卢梭：《爱弥儿》下卷，李平沤译，北京：商务印书馆，2017 年，第 772 页。

普遍规律，从自然状态生发，且历经几个阶段从“野蛮”发展到“文明”，由此构成一种历史阶段论。斯密的《论语言最初的形成》（1767年首次作为《道德情操论》的附录出版，这也是斯图亚特提出“推测史”概念的主要依据之一）和孔迪拉克的《论人类知识的起源》（1746）中有关语言起源的第一部分一样，假设语言从人类自然状态中起源，由此认为不同语言呈现类似的语法规律，体现类似的综合与分析的思维方式。在此基础上，斯密又明确提出历史阶段论，在《法学讲义》（*Lectures of Jurisprudence*，1760年代）中勾勒出了人类社会发展的四个阶段，包括狩猎、游牧、农业和商业，为之后的《国富论》（1776）打下了重要根基。米勒（John Millar）的《等级差异的起源》（*Origin of the Distinction of Ranks*，1778），罗伯森（William Robertson）的《美洲史》（*The History of America*，1777）和弗格森（Adam Ferguson）的《市民社会史》（*An Essay on the History of Civil Society*，1767）等著作都体现出历史阶段的思维模式。弗格森对人类的道德进步深信不疑，且认为这种进步一定遵循着相当普遍的道德原则，任何民族（即便目前处于狩猎和游牧阶段）也和其他文化一样可以企望获得符合普遍规律的进步。[1] 不过弗格森在启蒙思想家中属于少数派别，大多数人对“野蛮”民族的态度更为负面，显示了历史进步论的流弊，这一点会在本章的第三节中详述。休谟在《宗教的自然历史》（*The Natural History of Religion*，1757）中认为宗教根植于人性倾向及其内部矛盾，隐含对于进步的质疑，但这个时期占主导地位的论调仍

1　弗格森认为他那个时代的美洲人、德国人和英国人的童年阶段相仿，并没有本质差别；全书最后一段尤其立场鲜明：“拥有真正恒心、道德操守和能力的人们在每一幅社会图景中都恰到好处；他们在任何情况下都会收割其天性的甜美果实；他们是天意为了全人类的福祉而使用的幸运的工具；假如我们要换一种语言的话，那么他们表明，只要他们命运没有终止，他们所构成的社会形态就不会终止，不会黯然失色。” Adam Ferguson, *An Essay on the History of Civil Society*, edited by Fania Oz-Salzberger, Cambridge：Cambridge University Press, 1995, pp. 80, 264.

然是历史进步论，并且将英国率先发展的商业文明放在最高阶段。

二、18世纪经济学理论与不可见的“同情”

启蒙时期对于人类社会，尤其是对其商业阶段的乐观，不仅基于对人类情感本身的信念，也同时基于人群互动所形成的情感动态。18世纪的“同情”观念不仅指个人的内在情感，也表示人与人之间保持一致或和谐的自然动态，赋予社会整体一种内在秩序。亚当·斯密“看不见的手”理论表达的就是这样一个道理，经济和社会的良性运作并不依赖个体的良好意愿和美德，而取决于个体之间形成的情感动态。这个经济学理论有着丰厚的语境，在英国和法国都有诸多源头。

首先可以追溯至18世纪早期出生于荷兰的英国经济学家曼德维尔著名的《蜜蜂的寓言》(*Fable of the Bees*, 1714)。《蜜蜂寓言》将人类社会比作蜂巢，认为个体被基于自爱的纯粹“激情”与“需求”所驱动，但整个社会仍然能够有序运作，“娴熟地管理每一个人的恶德，将有助于造就全体的伟大及世间的幸福”。[1] 这种思想可以说是启蒙时期开始酝酿的功利主义道德观（以结果来衡量行为是否具备德性）的一种极端表现形式，也让我们认识到启蒙时期人性观强调人际情感动态的一面。斯密并不像曼德维尔那样反对怜悯之情，相反，他认为这是一种最为重要的社会性情感，但他对同情这个观点做了重要的改写。斯密笔下的“同情”不是具体的情感，准确来说就是人在社会生活中与他人协调的本能般的倾向，他在《道德情操论》中认为，所有人都有类似的情感倾向，比如他们有“对秩序的相同热爱”，也都会在社会生活中“努力用别人的眼光来看待自己品质和行为”，做自己的

---

1 ［荷］B. 曼德维尔：《蜜蜂的寓言》第一卷，肖聿译，北京：商务印书馆，2016年，第3页。

“公正的旁观者”，以此树立自己的道德准则，正是这种如本能般的倾向造就了市场和社会秩序，这也就是斯密所说的“看不见的手”的深层意义。[1] 他在《道德情操论》（1759）和《国富论》（1776）中两次提到“看不见的手”，都用来点明其经济思想的主旨：人们并不需要极度的利他精神，他们的自利行为往往有利于社会财富的增加与它的合理分配。[2]“看不见的手”并非玄学，它说明“自我利益”与公共秩序可以在未经干涉的情况下互相协调，其情感基础就是《道德情操论》中的同情理论。斯密之后，英国另一个持有类似的经济调控理论的人物是医生、教士汤森德（Joseph Townsend），他 1786 年的论辩文《论贫穷法》（*A Dissertation on the Poor Laws*）与曼德维尔形成呼应关系，反对政府以法律条文固定对穷人进行接济的经济政策。援引塔西佗，汤森德强调“希望”和“恐惧”是劳动的动力，接济穷人的立法只能助长懒惰，认为人口膨胀导致国家经济失衡。[3] 他以西班牙探险家费尔南德斯（Juan Fernandes）发现了一个南海岛屿（后来该岛屿以费尔南德斯的名字命名）并在岛上留下两头山羊的传说开始，设想山羊群落会自然控制其本身的数量，淘汰最弱的山羊，以此提出“局部的恶是普遍的善”这个道理。[4] 这个逻辑与曼德维尔如出一辙，也并不违背斯密的经济学思想。

---

1 ［英］亚当·斯密：《道德情操论》，蒋自强等译，商务印书馆，2014 年，第 143 页，232 页。

2 ［英］亚当·斯密：《国富论》，郭大力、王亚楠译，北京：商务印书馆，2017 年，第 528 页；以及《道德情操论》，第 232 页。斯密也在 1750 年前后写成但到他身后才发表的天文学论文《哲学探究的原则：以天文学历史为例》（*The Principles Which Lead and Direct Philosophical Enquiries: Illustrated by the History of Astronomy*, 1795）中曾指出哲学的要务在于“再现将所有这些分散的事物联合在一起的不可见锁链”。参见 K. C. Cleaver, “Adam Smith on Astronomy,” *History of Science*, 27. 2（1989）, p. 213。

3 Joseph Townsend, *A Dissertation on the Poor Laws*（1786）, London: Ridgways, 1817, p. 14.

4 Ibid., p. 44.

在法国，魁奈（François Quesnay）和米拉波侯爵（Marquis de Mirabeau）等人自称“经济学家”，创立重农主义学派，支持商业领域的“完全自由”，可以视之为一种平行的声音。[1] 重农主义者并不反对政府干预，相反，他们主张使用君主的权力来逆转 17 世纪重商主义经济政策的后果，主张政府采取行政和经济手段鼓励对于农产品的需求和提升农产品价格，取消逼迫部分地区农产品大量出口的做法，防止财富被消耗于官员和宫廷的奢侈品消费。[2] 尽管如此，重农主义学派有关农业发展的设想仍然是以限制政府干预农产品的商业流通和地方保护政策为主，主张在经济治理中尊重自然秩序和自然法原则。斯密早年在爱丁堡就已经表达了魁奈在为狄德罗《百科全书》撰写的“谷物”词条中宣扬的自由贸易思想。1763 年，斯密作为布雪鲁克公爵的家庭教师和陪同赴法国游历，先在南部的图卢兹待了二十个月，随后去巴黎，对法国此时正在兴起的重农主义经济思想有较深的了解，为此后十年修改《国富论》，提出自己同样支持自由贸易者但更为强调商业贸易领域所创造财富的古典经济学思想做了准备。[3]

同样在法国与斯密交往且对他的经济思想有影响的法国名人还有后来成为海军和财政大臣的杜尔阁（A. R. J. Turgot，Baron de l'Aulne）。杜尔阁的主张与重农主义思想有很多相似处，虽然他反对重农主义的教条立场，但同样支持商品流通的自由。1776 年被新继位的

---

1 魁奈的《农业国经济统治的一般准则》一文的第 25 条就是“必须维持商业的完全自由”。参见［法］魁奈：《魁奈经济著作选集》，吴斐丹、张草纫译，北京：商务印书馆，2017 年，第 370 页。

2 参见 Warren J. Samuels, “The Physiocratic Theory of Economic Policy,” *The Quarterly Journal of Economics*, 76. 1（1962），pp. 145 – 162; David McNally, *Political Economy and the Rise of Capitalism: A Reinterpretation*, Oakland: University of California Press, 1990, Chapter Three “The Paradox of the Physiocrats”, pp. 85 – 151。这两份文献都指出了重农学派的双重性。

3 Ian Ross, “Physiocrats and Adam Smith,” *Journal for Eighteenth-Century Studies*, 7. 2（1984），pp. 177 – 189.

路易十六任命为大臣之后，杜尔阁试图使用君权重建法国经济，颁布了六条改革法令，其中最具争议的内容是主张用税收来替代徭役制，即政府强征农民修建公共设施的做法。改革没有成功，但杜尔阁证明绝对君主制下的法国启蒙思想家与有限君主制下的英国启蒙思想家都以自己的方式主张限制主权。杜尔阁在其未完成著作（也是启蒙时期的推测史之一）《普遍历史写作计划》（约作于 1751 年前）中以一种类似曼德维尔的人际情感动态理论来配合其经济和社会管理理论，他将自身的历史叙述扎根于人“贯穿亘古的激情”，包括“仇恨、报复心”这些野蛮情感，但指出这些激情符合人类早期历史的需要，保护原始人不受伤害，且它们最终也会被更“温和”的情感代替。[1] 情感不仅有其发展历史，而且即使某一时间节点被凶恶的情感所控制，也有推动人类进步的功用，就好像“猛烈发酵对制造好酒来说必不可少”。[2] 杜尔阁与曼德维尔一样，称不上对人抱有信心，但对人群充满了信任。

从 18 世纪推测史与经济学理论中，我们发现一种基于情感理论之上的乐观精神。启蒙思想家对依靠人际关联构成的社会抱有信心，赋予其对抗不公和专制的功能，走向了与霍布斯相反的立场。我们可以窥见启蒙思想肌理中或明或暗地纠结在一起的神学思想和异教思想，自然——包括人性及其自然环境——成为一个动态的历时性体系，不受教义或神意的规范，但同时又很轻易地固化为某种世俗规范，取代神意，成为衡量不同民族和地域历史进程的标尺。当莱布尼兹认为“我们生活在最好的可能世界”的时候，他仍然秉承着基督教传统的神正论，而当 1756 年卢梭给伏尔泰写信回应后者写的有关里斯本地震的诗歌，反对他对人类社会表示质疑悲观的态度，18 世纪已经进入了一

1 A. R. L. Turgot, “On Universal History,” in *The Turgot Collection: Writings, Speeches, and Letters of Anne Robert Jacques Turgot, Baron de Laune*, edited by David Gordon, Auburn: Mises Institute, 2011, p. 398.

2 Ibid., p. 357.

个新的乐观时代，这个时代初步学会了在理念的层面为渐趋与神相分离的人类社会正名，以人在社会进程中培育和构筑出来的人性作为立论基础。然而，在许多启蒙思想家的笔下，对人性的阐释演变为一种为人性立法的行为，其隐患并不亚于传统神正论的单一规范思维。

三、 失败的崇高：启蒙时期情感观念的政治代价

从孟德斯鸠和弗格森等人的例子可以看到，18 世纪推测史所构筑的早期人类学话语旨在推测人类社会和人类情感共同进化的自然路径。启蒙思想家视野中的“人类”包括欧洲通过贸易、殖民和传教等活动接触到域外文化，这些不同文化一遍遍出现在推测历史中，为构筑人类社会普遍发展规律这个宏图伟业提供了许多原始数据，也制造了许多难题。启蒙思想家对异域文化的冲击采取了不同的应对策略，许多人将欧洲文明的轨迹视为自然规律的体现，而将欧洲文明之外的文明视为处于较低发展阶段或较不可取的例外。也就是说，他们预示了黑格尔《法哲学原理》中对“实在”（本质上被概念所规定的存在）与“实存”（无关概念的实在性）做出的区分，来解释何以在普遍和自然人性之底色上会出现不同类型的情感和性格特征，并将后者视为民族或种族性格。

18 世纪是“种族”（race）概念和话语生成之时。在康德首先对“种族”概念进行定义之前，“种族”与“民族”（nation）概念交替使用，然而，在“民族”差异的话语与《圣经》人种起源叙事（如非洲人起源于诺亚受惩罚的儿子）和 18 世纪生物学提出的物种概念（species）发生交叉之后，一种具有科学地位的现代种族话语浮现出来，最终演变为 19 世纪成熟的“种族科学”。“种族科学”指的是凭借生理差别尤其是肤色差别来构筑本质文化差异，从而规定权力关系的话语体系，是现代种族主义（指一种政治实践）的理论基石。“种族”

的概念和现代种族科学的核心元素在 18 世纪已经出现，与启蒙思想中乐观的普遍人性观相悖又相连，在其乐观的人类本性观上投下了浓重的暗影。启蒙思想家预设的人类社会原则有很多例外，但这些例外都被纳入到以西方为中心的历史发展叙述中去，要么成为活着的化石，要么成为社会被自然环境扭曲的不幸案例，预示了人类学在 19 世纪正式出现后所呈现出来的矛盾面貌。

启蒙时期以科学性为意图的人类历史叙述是催生“种族”概念的重要话语渊源。我们在孟德斯鸠《论法的精神》中已经看到，启蒙思想认为不同的环境和政体会形成各种差异巨大的民族性格。用自然环境、政治制度、道德风尚等缘由来解释文化差异的话语始于古希腊，如对启蒙思想家产生了较大影响的希波克拉底的《空气、水源与地方》（大约成书于公元前 4 世纪或前 5 世纪）将自然环境与不同体液、性情的分布联系在一起。这条思路在早期现代有所延续，布莱克摩尔（Richard Blackmore）爵士的诗作《人的天性》（*The Nature of Man*，1711）将人类在智识和情感上的多样性归结于“特定气候”。[1] 18 世纪的生物学为古老的气候—体液论注入了新的元素，将人类与自然界生物同样看待，根据自然环境和生理差异对人进行分类，开始着重探讨不同地区人群之间的生理特征，将文化差异与生理差异相连。

法国生物学家布封将自然科学扩展至对人类差异的解释，试图用自然环境来解释人的不同外表和文化特征，挑战林奈认为自然界是由上帝创立的系统的观念。布封坚持一种不为天主教所容的对生物和人进行分类的新原则，追溯自然繁衍而生成的谱系。他将可以互相交合并繁殖后代的生物视为一个物种，认为全人类构成一个物种，又在物种的共性和个体差异之间找到一个中间概念，即“种族”（race）。虽

1 Sir Richard Blackmore, *The Nature of Man, in Three Books*, London: John Clark, 1720, p. 3.

然布封没有明确定义何为“种族”，但他在巨著《自然史》（1749—1788）中根据遗传性生理特征将地球上的人群划分为不同种族，并且认为生理特征的差异可以追溯至气候和食物的原因。[1] 布封对“种族”概念的使用起到了承上启下的作用。自古罗马之后，“种族”这个词主要与遗传谱系有关，可以指家族、民族或者血统（主要是马的血统），标志政治地位和特权的高低。“种族”的现代性意义——即人类不同组成部分的生理差异——萌生于16世纪的欧洲语言，在驱逐摩尔人和黑奴贸易的背景下成为民族的标记。布封延续这种用法，更明确地将种族运用于由地域和身体特征构成的人类差异中去。[2] 当然，布封的种族观念与19世纪种族科学中的种族观念还是有着明显区别的。后者将人类划分为几个固定种族，并认为种族差异是生理性差异，包括但不限于肤色，依靠遗传机制复制，但布封并不认为种族特征固定不变或具有本质性，指出了不少反例：个体或群体的肤色是可以改变的（比如非洲的霍屯督人有时候像白人），黑人解剖实验似乎说明肤色可能并不具有绝对的遗传性，另外，同样的环境可能造就不同的民族性情，而民族性情的差异又可以通过传教和文明传播来克服。[3] 孟德斯鸠也是如此，虽然自己难免对不同文化表示出偏见，但对于黑奴制度及其

---

1 Georges Buffon, “Of the Varieties in the Human Species,” in *Buffon's Natural History Containing A Theory Of The Earth, A General History Of Man, Of The Brute Creation, And Of Vegetables, Minerals, Etc.*, vol. 4, transcribed by Miriam C. Meijer and translated by Barr, London: T. Gillet, 1807, pp. 190 - 352.

2 福柯在《必须保卫社会》中认为，16世纪和17世纪初欧洲使用“种族战争”的术语描述君主国之间的战争，这里的“种族”指的是由历史性权力冲突所构成的社会集团，而并非建立在生理基础之上的族群。[法] 米歇尔·福柯：《必须保卫社会》，钱翰译，上海人民出版社，2010年，第43—45页。有关早期现代“血统”（breeding）观念与现代种族观念形成的关系，可以参见 Jenny Davidson, *Breeding: A Partial History of the Eighteenth Century*, New York: Columbia University Press, 2008。

3 Georges Buffon, *Buffon's Natural History*, vol. 4, transcribed by Miriam C. Meijer and translated by Barr, London: T. Gillet, 1807, pp. 295, 345, 328 - 329.

背后的“种族”观念予以坚定的驳斥。他戏仿正在萌生中的现代种族主义者的口吻贬低黑人，“这些人全身黝黑，鼻子扁平，不值得怜悯”，随后立即对这个立场加以否定。[1]

虽然启蒙时期的种族观念并不等于 19 世纪的种族科学，但 18 世纪仍然催生了后者的发轫。启蒙思想家在他们的人类历史书写中制造了与种族主义有亲缘关系的“民族性格”的概念，一方面强调自然环境和遗传在文化差异形成中的作用，一方面强调文化差异的不可变更性。孟德斯鸠《论法的精神》对于文化差异的探讨在苏格兰引起了广泛的讨论，受到许多批评但影响也非常深远。[2] 休谟的《论民族性格》（1748）一文面世比《论法的精神》晚了七个月，针对孟德斯鸠著作中的核心问题，提出了一个截然相反的观点。休谟强调，文化差异应该归结于“道德”原因，也就是被宽泛地理解为所有制造“习惯性风俗”的情境，而非气候。休谟不仅明确反对将差异机械化，比如夸大南北方民族的性情差异，也同样强调人类普遍拥有的习性，如“结伴和结社的倾向”。[3] 但是我们要看到，休谟其实并不认为重视性格形成的“道德”原因会使得民族性格更为灵活易变，而是正相反，在这篇文章第二版的一个注释中，他特别指出黑人“天然逊色于白人”，且这种区别是“一成不变的”（uniform and constant），是自然形成的“原初性

---

1 ［法］孟德斯鸠：《论法的精神》，张雁深译，北京：商务印书馆，1995 年，第 320 页。

2 当然，孟德斯鸠并非机械地拥护环境决定论，甚至认为道德因素对于环境影响的显现和巩固有着不可或缺的作用，这在《论法的精神》和早年完成的论述文《有关影响精神和性格的因素》（*Essai sur les causes qui peuvent affecter les esprits et les caracteres*, 最初撰写于 1734—1739 年，直到 1892 年才首次出版）中都有所体现。参见 John G. Hayman, “Notions on National Characters in the Eighteenth Century,” *Huntington Library Quarterly*, 35. 1（1971）, pp. 1 - 17。

3 ［英］休谟：《论民族性格》，收于《休谟政治论文选》，张若衡译，北京：商务印书馆，2010 年，第 89 页。

区别”（original distinction）。[1] 这个注释在当代学者中间引起了很大争议，不少人认为这个注释暗示黑人与其他人种的区别先于自然和人文环境的影响，指向了人类并非同源的可能，预示了随后声势渐长的人类“多起源论”（polygenesis），在某种程度上已经滑向文化本质主义。当然，这里也需要补充，休谟的本质主义，正如布封对种族的理解，与 19 世纪典型的种族主义话语还是有所区别的。[2] 多起源论对文化和种族等级论有催化作用，但并没有与之必然而固定的关联。[3]

多起源论在苏格兰哲学家凯姆斯勋爵的《人类历史纲要》（*Sketches of the History of Man*，1774）中更加旗帜鲜明。凯姆斯勋爵也同样反对将人群之间的差别归于气候差异，并明确提出一种在当时看来还有些“奇怪”但到了 19 世纪成为主流的理论，即人类的“多起源论”（polygenesis）。[4] 正如休谟在《论民族性格》第二版的注释中所暗示的那样，凯姆斯认为既然不同文化显示出诸多不同，而“不论是

---

1 ［英］休谟：《论民族性格》，收于《休谟政治论文选》，张若衡译，北京：商务印书馆，2010 年，第 94 页注释 1。商务印书馆版对这篇文章注释的翻译不完整，不过这个注释是全文翻译的。

2 学者安德鲁·瓦尔斯（Adrew Valls）指出，休谟也曾在《论古代民族的人口稠密》“Of the Populousness of Ancient Nations”，1742）一文中对黑奴制提出异议。参见 Andrew Valls, “A Lousy Empirical Scientist: Reconsidering Hume's Racism,” in *Race and Racism in Modern Philosophy*, edited by Andrew Valls, Ithaca: Cornell University Press, 2005, pp. 127–149.

3 多起源论源于法国神学家拉·佩雷尔（Isaac La Peyrère）的《亚当的前人》（*Prae-Adamitae*, 1655），该著作质疑《圣经》叙事，认为亚当只是犹太人先祖，亚当之前应该有其他人类存在。在 17 世纪和 18 世纪进程中，多起源论与形成中的文化和种族等级论有不少交集，但没有固定关联。伏尔泰也是多起源论者，但并没有明显的等级论思想。

4 多起源论“奇怪”是同时代苏格兰诗人和哲学家比提（James Beattie）的评价。Silvia Sebastiani, *The Scottish Enlightenment: Race, Gender, and the Limits of Progress*, translated by Jeremy Carden, New York: Palgrave McMillan, 2013, p. 78.

性情还是才能都无关气候”，那这些文化就无法追溯至单一的根源。[1]这种论调与摩西的创世论不同，不过与巴别塔的故事相映衬。《人类历史纲要》虽然吸纳了历史研究的实证精神，但仍然属于推测史的范畴，意图描摹理想人类社会的形态及其情感基础，即构建人类社会的普遍性、应然性历史，这样便与不可回避的文化多样性发生了直接的冲撞，使得“民族性格”话语很容易滑向强调本质性差异的“种族”观念。在上一节中我们已经看到，在1770年代和1780年代，历史阶段论盛行于苏格兰启蒙运动，凯姆斯勋爵也与他同时代的苏格兰思想家一样，认为人类社会经历了四个阶段——狩猎采集、畜牧、农业和商业——人们逐渐出于对他人的天然需求而结成以语言和文化为基础的民族性社会。在这些不同类型的社会中，凯姆斯勋爵肯定了英国的有限君主制（或共和制）并勾勒出其情感基础。他强化了苏格兰启蒙运动代表人物哈奇生所提出的“道德感”理论，将这种感觉称为“人类有关对与错的共通感”，推崇怜悯（pity）和仁慈（benevolence）这些道德情感，同时部分肯定自私的作用。[2] 以此为参照系，凯姆斯勋爵认为有些种族发展迟缓，尤其是“无知而野蛮”的北美居民。[3] 这些说法预示了19世纪人类学将某些文化视为西方的过去时，在时间上滞后的做法。人类多样性对宏大的人类历史叙述提出了挑战，大多数启蒙思想家的应对策略是将纷繁的文化差异用单一历史进步范式加以统领，用落后与先进的标尺衡量特定民族文化，这样便在不同民族之间制造了不可跨越的鸿沟。即便有弗格森的《市民社会

1 Henry Home, Lord Kames, “Sketches of the History of Man,” edited by James A. Harris, *Liberty Fund*, http: //oll. libertyfund. org/title/2032, generated 2011, vol. 1, p. 48.

2 Ibid., vol. 3, p. 99.

3 Ibid., vol. 2, p. 139. 凯姆斯勋爵具体评价的是《赵氏孤儿》，认为这是“缺乏活力”（languid）的一出剧，因为伏尔泰的改写才变得伟大。

史》这样的反例坚持一种更加彻底的普遍主义，认为所有文化都会发生相近的道德进化，启蒙思想仍然与现代种族观念有一定的合谋关系。

凯姆斯勋爵著作的出版时间正是英国历史上的一个重要时刻，英国在1770年代进入了帝国的第二阶段，此时民族性论调逐渐转变为强调遗传的现代生理性种族观念，制造出许多支持殖民和黑奴制的粗暴话语，在殖民地记事和自然历史中都有很多对欧洲以外的种族进行生理性和本质主义描绘的著作。经常被人提起的例子包括哥尔斯密（Oliver Goldsmith）的《地球与自然动物的历史》（*History of the Earth and Animated Nature*，1774）、史密斯（Samuel Stanhope Smith）的《论人类肤色和身形多样性的缘由》（*Essay on the Causes of the Variety of Complexion and Figure in the Human Species*，1787）、斯迈利（William Smellie）的《自然历史哲学》（*Philosophy of Natural History*，1790），以及德国生物学家布鲁门巴赫的《论人类的自然多样性》（英译名为 *On the Natural Variety of Mankind*，1775，1781，1795）等。在这些著作中，具有古典遗风的“野蛮人”称号逐渐被肤色、身量等生理性差异取代。[1] 18世纪中期曾有许多跨种族通婚的小说（印第安人尤其多），使得皈依基督教成为解决肤色差异的方式，显示“种族”概念在此刻尚未被生理化，具有一定融通性。然而，1772年的扫默塞特诉斯图亚特（Somerset v Stewart）案例建立了一个具有震撼效应的先例，王座法院判黑奴扫默塞特胜诉，其英国主人无权要求他离开英国，而应该将他释放。此宣判之后，出现了一阵保守力量的反弹，许多人表现出对白人与黑人通婚的恐慌，强调种族差异反对

1　参见 Roxanne Wheeler, *The Complexion of Race: Narratives of Polite Societies and Colored Faces in Eighteenth-Century Britain*, Philadelphia: University of Pennsylvania Press, 2000, Chapter 5, pp. 234 - 286。

种族融合成为18世纪晚期的英国文化趋势。[1]

可以断言，18世纪的启蒙哲学家、游记作家、小说家、自然科学家都对18世纪中叶到后期种族思想的现代转折起了作用。他们的想法虽然与早期种族主义者不可混为一谈，但在逻辑上有很多相近之处，将许多民族和文化置于人类普遍规律之外，预示了在19世纪的欧洲开始出现的种族主义话语和情感。无可否认，启蒙思想家对于废奴事业和在殖民地推行人道主义方面是有贡献的，孟德斯鸠、凯姆斯勋爵、斯密等人都反对殖民者过分贪婪和残酷的行为，反对黑奴制，对不同文化也保持一定的尊重。[2] 然而，我们也必须看到，人类多起源论和自然环境塑造种族的理论都不能与同时在18世纪出现的彻底否认族群间相通性的种族主义理论割裂开来。不论是苏格兰古史学家平克顿（John Pinkerton）在1780年代发表的贬低苏格兰高地人的种族主义色彩言论，还是麦克菲尔森（James McPherson）借伪作莪相史诗对凯尔特文化的推崇，都将高地盖尔人视为一个独立的种族，有自己的发展起点和轨迹，预示了19世纪成熟的种族主义话语。

比起孟德斯鸠、伏尔泰、休谟、凯姆斯勋爵等人，康德思想与现代种族观念的关系更为紧密。康德在《论人的不同种族》（1775）中延伸布封对“种族”的理解，率先提出了一个对于“种族”的标准定义，所谓“种族”，就是“在属于一个惟一祖源的各种变异中，即在动物遗传的差异中，那些不仅无论如何迁徙（转移到其他地带）都在长期的

---

1 Roxanne Wheeler, *The Complexion of Race: Narratives of Polite Societies and Colored Faces in Eighteenth-Century Britain*, Philadelphia: University of Pennsylvania Press, 2000, Chapter 5, pp. 137–174.

2 有关孟德斯鸠的立场参照本章前文的讨论，凯姆斯对苏格兰废除奴隶制有重要作用，斯密从经济学角度反对殖民地与黑奴制度，参见 John Salter, “Adam Smith on Slavery,” *History of Economic Ideas*, 4. 1/2 (1996), pp. 225–251。

繁育中不断地保持下来、而且与该祖源的其他变异的杂交中也任何时候都繁育出混血后代的变异”。[1] 康德主张所有人类种族都来自同一个祖源，即“褐肤色的白种人”，由于人类迁移和散播，这个祖源分化为四个种族，其中蓝眼金发人最接近人类的原初形象。[2] 后来康德在《人的种族的概念规定》（1785）这篇文章中延续了之前关于种族的定义，提出“就肤色而言”，人类可以分为四种族群，即“白人、黄色的印第安人、黑人和红铜色的美洲人”，也就是说，最初由环境和气候造成的体态和体质差别通过遗传固定下来，成为区分人的重要标志。[3] 康德在汲取布封生物学的基础上坚持人类的同源性，认为所有人都源自“惟一一对动物”，不同种族之间可以杂交而生育，拒绝了凯姆斯勋爵等人凭推测提出的多起源论。[4] 不过，他对于种族的科学态度强化了种族特征的生理遗传性，因此强化了种族区分的本质化倾向，推动了西方种族观念的现代转化。

更为重要的是，《论人的不同种族》用目的论来解释种族的生成。康德认为人类原初发生生理特征分化的直接原因是人的“自然禀赋”，这是种族形成的“创造因”，而外在环境——如空气和阳光——只是“偶因”。[5] 人的胚芽中蕴含的自然禀赋会在其自然发展进程中帮助人适应各自所处的环境，因为“人注定要适应一切气候，适应土地的任何特质”。[6] 这个目的论主张在后来的《自然地理学》中被强化，正是

---

1 ［德］康德：《论人的不同种族》，收于李秋零主编《康德著作全集（注释本）》第2卷，北京：中国人民大学出版社，2019年，第496页。

2 同上书，第508页。

3 ［德］康德：《人的种族的概念规定》，收于李秋零主编《康德著作全集（注释本）》第8卷，北京：中国人民大学出版社，2010年，第96页。

4 同上书，第105页。

5 ［德］康德：《论人的不同种族》，收于李秋零主编《康德著作全集（注释本）》第2卷，北京：中国人民大学出版社，2019年，第501页。

6 同上书，第502页。

在这份讲义中，康德提出："人类就其最大的完善性而言在于白人种族。黄皮肤的印第安人的才能已经较小。黑人就低得多，而最低的是一部分美洲部落。"[1]《自然地理学》中多次出现类似的表达，暗示不同人种不仅有不同"自然禀赋"，也有方向和速度不一致的发展路径，彼此之间的区别触目惊心。在三大批判时期及之后，康德对"目的"的认识不再等于上前定论，而是强调人的自由。在《关于一种世界公民观点的普遍历史的理念》(1784) 一文中，康德设想人类历史具有某种共通的目的，朝向公民的道德化以及人类行为的"系统"化推进，然而，即使在自由的观照下，不同种族的隔阂仍然顽强地凸显出来。[2]康德明确表示，在这个普遍的历史进程中，西方是主线，而其他民族历史只是"插曲"，因此，欧洲大陆"很可能有朝一日为所有其他大陆立法"。[3] 因此，哲学学者伯纳斯科尼（Robert Bernasconi）认为，康德的种族思想是所有重要启蒙思想家中最明晰的，最与其哲学"相整合"。[4] 不可否认，康德对殖民地的弊端有不少反思，最鲜明之处就是在《论永久和平》(1795) 和《道德形而上学》(1797) 中指出许多殖民活动无视当地土著，违背自然法权，但他并未直接就是否应该反对黑奴发声，而且他在《道德形而上学》中体现出思想上的摇摆，在"一般道德形而上学的划分"这部分中提出农奴和奴隶"没有人格性"的说法。[5] 虽然 18 世纪的时候已经有许多反对黑奴制度的声音，但康

---

1 ［德］康德：《自然地理学》，收于李秋零主编《康德著作全集（注释本）》第 9 卷，北京：中国人民大学出版社，2010 年，第 314—315 页。

2 ［德］康德：《关于一种世界公民观点的普遍历史的理念》，收于李秋零主编《康德著作全集（注释本）》第 8 卷，北京：中国人民大学出版社，2010 年，第 36 页。

3 同上书，第 37 页。

4 Robert Bernasconi, "Kant as an Unfamiliar Source of Racism," in *Philosophers on Race: Critical Essays*, edited by Julie K. Ward and Tommy L. Lot, Oxford: Blackwell, 2002, p. 147.

5 ［德］康德：《道德形而上学》，收于李秋零主编《康德著作全集（注释本）》第 6 卷，北京：中国人民大学出版社，2019 年，第 280 页。

德并没有像废奴主义者和部分启蒙思想家那样直接反对黑奴制。有学者指出，1790 年代的康德在种族等级思想方面有所转变，但无论如何，我们必须十分小心地避免完全遮蔽等级思想严重（不仅包括种族，也包括性别等级）的那个康德。[1]

如前文所述，启蒙时期思想和文化的一个重要标志是人类情感模式和情感话语的创新，即相信人的情感有社会性的倾向，人与人之间可以达成情感上的一致，由此可以调和自我保全（被视为人的根本倾向）和社会总体和谐（启蒙乐观精神的基本内涵）之间的张力。然而，我们已经看到，这项事业危机重重，也时刻在颠覆自身。构建人性根基和人性历史的宏大事业时而滑向重新为人类社会划分等级的理论工程。启蒙思想对于总体人性和人类意识模式的推测和归纳在面对整个人群的参差不齐时，试图做出超越性的整合，但无法回避多样性的问题，最终往往诉诸“民族性格”或“种族”的解释模式，用预设的历史动因和目的论对世界文化进行价值评判和优劣等级划分，为欧洲对其他文化的同化、侵略或奴役等各种行为提供了理论铺垫。可以这么说，以批判的眼光来看，前述启蒙思想家持有与《鲁滨逊漂流记》相似的立场，都说明 18 世纪的理性被“自我保全”需求及其催生的掠夺性所偷袭，启蒙思想试图构想和推动人类社会进步历史的崇高期许自诞生之初就在不断地自我摧毁。

启蒙时期的社会科学是“人类科学”的有机组成部分，如果说道德哲学与美学充分关注“身体”并试图在身体性情感中发现道德和审美判断的正当源头，那么此时的推测历史、社会学和经济学同样试图正视人内嵌于自然的特性，对人类社会在自然环境影响下的历史性演变加以勾勒和解释，并开始将人类社会与自然生态体系相关联。但正

---

1 Pauline Kleingeld, “Kant’s Second Thoughts on Race,” *The Philosophical Quarterly*, 57. 229 (2007), pp. 573 - 592.

如启蒙时期的道德哲学和美学无法解决情感难题，这个时期的社会科学同样被这个难题所困。人类社会在历史进程中不能完全依赖同情和仁慈这些社会性情感，也无法完全指望“看不见的手”将丑陋情感转变为公共德性，启蒙思想不满足于描绘情感的诸多面向，还要为情感立法，将阴暗负面情感归于人类发展的某个低级阶段，或者将这些情感与某些人群的“禀赋”相关联。这样一来，早期现代欧洲通过贸易、远游和殖民获得的有关人类文化多样性的丰富信息被转变为建构人类文明等级的早期素材，启蒙思想也因为试图压抑情感和人性的多重面向而滑向一种制定人类社会发展路径及人类情感和道德规范的绝对主义思想。[1]

启蒙时期社会科学中隐含的这个政治危机可以用“失败的崇高”这个术语来概括。“崇高”是 18 世纪思想中的核心概念之一，它指的是一种普遍的审美情感。这种情感其实可以用来描绘启蒙思想对自身的期许：超越文化多样性给个体理解力和想象力所带来的巨大挑战，用理性思索超越恐惧，重建对于人类自由的信心。崇高感在伯克和康德的思想中都与种族间相遇的震惊有着紧密联系，说明这个概念并非凭空出现，也不仅仅与哲学思想传统有关，而是有着很具体的人类学意义上的语境，崇高自其诞生之日起便向往着超验理性相对于文化多

1　德国概念史家柯泽勒克曾对启蒙思想的悖谬进行过犀利的解构，为反思启蒙时期提供了一个重要的批评视角。科泽勒克在 1950 年代完成并修改出版于 1959 年的博士论文《批判与危机》(*Kritik und Krise*) 中指出，处于绝对君主制语境中的启蒙思想家被排斥在政治行动的场域之外，因而构想了一个乌托邦化的公共生活的理想，与去道德化的绝对君主制形成对立，也由此创立了有普遍规范性的进步史观。正是这种启蒙绝对主义不断提出道德和情感革新的设想，因此“制造了危机”(如法国大革命)，但也同时“遮蔽了危机的政治意义”，将政治事件简化为国家权力与市民道德之间的对抗。参见 Reinhart Koselleck, *Critique and Crisis: Enlightenment and the Pathogenesis of Modern Society*, Cambridge: MIT Press, 1988, p. 9。此处有关科泽勒克的理解也得益于与北京外国语大学文学研究院博士后孙纯在“外国文学理论及其‘历史化’学术研讨会”上的发言《历史哲学与现代政治秩序的危机：科泽勒克论启蒙》(2023 年 4 月 23 日)。

样性的胜利。但这种胜利并未真正在启蒙思想中发生，充其量是想象的胜利，也可称之为“失败的崇高”。

伯克（Edmund Burke）在《关于我们崇高与美观念之根源的哲学探讨》（1757）中把崇高归类于与人保存自身需求有关的情感，某些威胁人生存的事物会激发痛苦和惊惧之情，但当人们意识到危险并不迫切，这两种情感就会“得到某种缓和而不至于那么有害”，痛苦由此转化为欣喜，这种恐惧和欣喜交织的情感即为崇高感。[1] 在解释崇高的不同起因时，伯克列举了巨大、无限、震动等物理特征，也援引洛克指出黑暗或黑色这个起因，并举例证明。他指出，曾有一个十三四岁的男孩突然恢复了出生时便失去的视力，某天偶然看到一个黑人妇女后惊恐万分。[2] 伯克对崇高的理解将抽象的黑色与具体的黑人身体联系在一起，说明黑人给白人男孩带来恐惧，但同时又无法形成真正的威胁，这种理解给崇高注入了一种政治意义，崇高感成为白人自我对种族他者既抵触又漠然的社会态度的情感征兆。[3] 伯克之后，康德的崇高论述也同样呈现出这个政治倾向，且更具有折射启蒙精神总体面貌的标志性。对康德来说，崇高也是一种复合情感，首先包括人类感官尺度和想象力不足以再现自然整体或应对自然伟力时所产生的不快感，但此时超验理性会提供对于无限事物的总体性认识，超越感性和想象力的限制，使得这种不快转化为愉悦。因此，崇高感并非由客体触发，而是意识发现自身有一个“超感性的基底”时产生的情感。[4] 这个崇高概念恰恰可以用来描绘康德自身定义崇高感的主观过程。康

1 ［英］埃德蒙·伯克：《关于我们崇高与美观念之根源的哲学探讨》，郭飞译，郑州：大象出版社，2010 年，第 115 页。

2 同上书，第 121 页。

3 有关伯克崇高论的政治内涵，同时参见陈榕：《恐怖及其观众：伯克崇高论中的情感、政治与伦理》，《外国文学》2020 年第 6 期，130—143 页。

4 ［德］康德：《康德三大批判合集（注释版）》下卷，李秋零译注，北京：中国人民大学出版社，2016 年，第 753 页。

德在早期的美学著述《关于美感和崇高感的考察》（1764）中将不同的美学特质和审美取向投射在不同的民族和种族上，认为“黑人天生没有超出愚蠢可笑的东西的情感”。[1] 然而，在《判断力批判》的阶段，康德完全放弃对人的分类，将人作为一个整体构建哲学体系。康德美学主张前后的变化不啻一种理性对于人类感官和想象力局限的胜利，是超验理性对于自然和经验的胜利。但康德后期的审美理论也正说明这种乐观所深陷的危机。在“反思性的审美判断力之说明的总附释”这节中，康德特别驳斥伯克的美和崇高理论，提出审美判断必须以人共有的先验理性为基础，将情感归于没有共通性的私人领域，但如果我们仔细读康德对于崇高感的分析，会发现先验理性的胜利是有限的，它无法战胜人在面对不可知他者时的惊惧和惶恐，康德自己也不例外。在对于崇高感的论述中，他明确表示，崇高感只属于部分人群，“未开化的人”只能在巨大的数字和力量面前感受惊惧，无法通过理性将惊惧转换为愉悦，这个意见无法说明“未开化”人群的特质，恰恰显示了康德本人面对包括黑人在内的部分人群时的阴郁情感，其实他与伯克的距离并不遥远。[2] 正如批评家 M. 阿姆斯特朗（Meg Armstrong）所说，《判断力批判》隐藏着一个“失败”，在这里，“作为整体的美浮现出来以修补越来越碎片化的全球网络中的裂痕，但却无力揭示这种修补实为意识形态的本质”。[3] 人类想象力试图超越气势磅礴的自然却无法做到，只能让位于不需要形象支撑的超验理性，因此使我们得以窥见理性不可言喻的力量。超验理性使得人类在面对自然时产生的惊

---

1 ［德］康德：《关于美感和崇高感的考察》，收于《康德著作全集（注释本）》第 6 卷，李秋零主编，北京：中国人民大学出版社，2019 年，第 281 页。

2 ［德］康德：《康德三大批判合集（注释版）》下卷，李秋零译注，北京：中国人民大学出版社，2016 年，第 761 页。

3 Meg Armstrong, "'The Effects of Blackness': Gender, Race, and the Sublime in Aesthetic Theories of Burke and Kant," *The Journal of Aesthetics and Art Criticism*, 54. 3 (1996), p. 227.

惧和寂寥等暗黑情感转变为自足的愉悦，确认意识“超越于自然之上的使命”，因而获得崇高感。[1] 然而，阴暗情感及其在社会历史中的真实对应物只是被遮蔽了，被回避了，却并未被消除，时刻会浮现出来打破“崇高”的神话。将启蒙思想的悖论称为“失败的崇高”，就是认可其伟大，也同时指出它距离自己设定的目标仍然非常遥远。围绕着启蒙思想家群落的是一个加速分化，难以协调但又必须协调的社会，正如柯泽勒克所言，启蒙的批判高扬批判的旗帜回应这个危机，也悖谬地深化了这个危机。[2]

四、 乐观精神的悲观阴影

承上所言，作为情感时代的 18 世纪是乐观的，相信自然化的人可以在身体与心灵之间构筑连接，情感就是这种身心联合系统的转轴。启蒙思想家试图为情感建构理论模型，一方面提出自我保存需求是人类最基本的驱力，一方面构想人的自私情感可以在人际交往的动态中得到平衡。18 世纪丰富的推测史、社会理论和古典经济学理论借助这些情感理论阐发资产阶级社会和市场秩序自发构成的原理。从自然状态出发，18 世纪推测史设想自利与利他情感彼此牵制，推动人类社会经过不同阶段走向商业社会的“进步”历程。正是对于人类情感机制的乐观想象和推演构成了启蒙的乐观，但这种乐观背后是对不兼容多元文化的贬低和压抑。必须指出，对启蒙思想主流的批判并不只是近世学人的后视之明，18 世纪的思想者就已经显示出高度的反身性，集中关注和探讨自身时代的困境，他们当中的许多人深知启蒙要解决的自然情感的难题无法被乐观降服。因此，18 世纪也弥漫着对现代商业

1 ［德］康德：《康德三大批判合集（注释版）》下卷，李秋零译注，北京：中国人民大学出版社，2016 年，第 759 页。

2 参见第 158 页注释 1。

社会形态走向的悲观预测和批判意识。

启蒙的悲观也是18世纪思想史的一条重要线索。在一部开创性著作《法国启蒙运动的历史悲观主义》(*Historical Pessimism of French Enlightenment*, 1958)中,作者伏维伯格(Henry Vyverberg)指出,"进步的教条在18世纪并不是没有阻力的","孟德斯鸠和稍早的沃夫纳尔格(Marquis de Vauvenargues),不论是伏尔泰还是狄德罗,爱尔维修还是霍尔巴赫,都不能相信人在本质上有着完整的善(integral goodness)"。[1] 从人类经验的角度出发,对人性近乎超验的乐观很容易受到冲击。18世纪思想家回归古罗马帝国衰败的经验,以此托付警世情怀。孟德斯鸠以匿名形式出版的《论罗马人的光荣与衰朽》(*Considérations sur les causes de la grandeur des Romains, et de leur decadence*,现存最早版本出现于1734年)提到帝国扩张与财富积累会削弱公民德性,影响了后来吉本的《罗马帝国衰亡史》(1776—1788)。法国大革命的历程进一步激发了有关文明衰朽的忧虑。英国的伯克在对法国大革命的批判中指出,人的"自然权利"观念——一个核心启蒙观念——被极度放大并不代表历史进步,其"抽象完美性"恰是其缺陷,公民社会若要成立,每个个体都应该受到制约,"社会不仅仅要求个人的情感应该受到控制,而且即使是在群众和团体中以及在个人中间,人们的意愿也应该经常受到抵制,他们的意志应该受到控制,他们的情感应该加以驯服";这也就是说,社会中的人必须放弃完全的自主性以求得自身利益的保障。[2] 与此相仿,荷兰联省共和国的激进"爱国者"团体和1795年独立的巴达维亚共和国革命者也对共和理想能否实现和维持表示怀疑。因为高举新的理想需要公民德性,但商业

1 Henry Vyverberg, *Historical Pessimism in the French Enlightenment*, Cambridge: Harvard University Press, 1958, p. 75.

2 [英]柏克:《法国革命论》,何兆武等译,北京:商务印书馆,2017年,第78、79页。

社会和奢侈文化的发展与德性的培育背道而驰。[1] 18世纪晚期出现的保守主义政治思想不是反启蒙思潮的体现，而恰恰是启蒙思想内部基于不同人性、美德观念和社会历史认识而出现的分歧。这些悲观的表述是启蒙思想构建“人类科学”的产物，旨在考量自然权利与政治自由等现代观念与商业社会发生抵触的可能性，与站在传统基督教教义角度反对启蒙的立场有很大区别。

在保守主义之外，启蒙思想也延伸出另一种自我反思。英国历史学者伊斯莱尔（Jonathan Israel）提出“激进启蒙”观念，以此描绘17世纪和18世纪出现的将政治权利观念推及所有人，反对殖民策略和黑奴制度的批判立场。在《启蒙的争议》（*Enlightenment Contested*）一书中，伊斯莱尔将常见的启蒙思想家——尤其是洛克、伏尔泰、孟德斯鸠、休谟——描述为某种中间派和调和派，他们所提倡的权利和平等观念都受到欧洲国家主义和等级思想的沾染，并指出与他们同时出现的许多不为人知但将启蒙思想提纯的人物。伊斯莱尔从斯宾诺莎出发，串联起荷兰、意大利和法国等地思想家和作家对欧洲帝国扩张和绝对君主制的批评，说明这些批评往往有意识矫正欧洲与世界其他地区之间的等级关系：法国人德·帕托特（Tyssot de Patot）的乌托邦思想［他在1714年出版的小说《雅克·马西的航行和历险》（*Voyages and Adventures of Jacques Massé*）以一位中国人物为普遍平等的代言人］，法国人德·拉洪特恩子爵（Baron de Lahontan）对美洲易洛魁人和休伦人平等自由精神的赞颂，以及为他们思想奠基的热那亚人多利亚（Paolo-Mattia Doria）对西班牙帝国的诟病、荷兰人凡·登·恩登（Franciscus van den Enden）反对黑奴制的写作，这些18世纪研究尚

1　参见 Jan Rotmans, “Vulnerable Virtue: The Enlightened Pessimism of Dutch Revolutionaries at the End of the Eighteenth Century,” in *Discourses of Decline, Essays on Republicanism in Honor of Wyger R. E. Velema*, edited by Joris Oddens et al, Leiden: Brill, 2021, pp. 102 - 116。

未完全重视的文本揭示了启蒙思想的另一个侧面。伊斯莱尔认为，他们激进的政治立场与斯宾诺莎开创的与物质主义相通的一元论（即认为思考与广延均为上帝这种唯一实体的属性，彼此关联互动）紧密相连，正是这种“一元论哲学前提和普遍主义律令”使得形形色色的民族等级观念和多起源论没有了容身之地。[1]

当然，“激进启蒙”的观点也值得推敲，17 世纪和 18 世纪的欧洲的确出现了许多有关欧洲殖民政策和黑奴制的批评，但这些批评的动机往往不能被简单地归结于普遍平等观念，伊斯莱尔在书中提到的雷纳尔神父（abbé de Raynal）的《东西印度史》就充分说明了这一点。这部著作于 1770 年首次出版，于 1774 年修改再版，于 1780 年再次修订，近二十年来引发了许多学术争议。1950 年代，犹太裔学者沃尔皮（Hans Wolpe）认为雷纳尔神父在写完书稿后请狄德罗增补修改，后者使得这部书稿对殖民主义的批评具有了革命性的锋芒。[2] 然而，晚近有不同学者指出，雷纳尔神父并没有从总体上否定欧洲殖民，只是有限度地加以批评，站在法国国家主义的立场上对西班牙殖民暴力（有关西班牙殖民地的黑暗历史素来被早期现代欧洲人称为“黑色传说”）和英国在东印度殖民后出现的道德腐化现象加以抨击，对黑奴的悲惨遭遇表示同情，但仍然葆有所谓“高贵野蛮人”的神话，赞同用柔性殖民使其开化。此书在撰写过程中受到法国外交大臣的舒瓦瑟尔（Étienne-François de Choiseul）和财务大臣奈克（Jacques Necker）的赞助扶持，一定程度上呼应了这两位政治人物建立“开明”殖民地（在 1757 年英国经普拉西一役击溃法国在东印度的势力后），重振法国

1 Jonathan I. Israel, *Enlightenment Contested : Philosophy, Modernity, and the Emancipation of Man 1670－1752*, Oxford, New York : Oxford University Press, 2006, p. 596.

2 参见 Hans Wolpe, *Raynal et sa machine de guerre. L'Histoire des deux Indes et ses perfectionnements*, Stanford: Stanford University Press, 1957; 也可参见 Sankar Muthu, *Enlightenment against Empire*, Princeton: Princeton Uniersity Press, 2013。

国家实力的政治抱负。[1]

尽管如此，伊斯莱尔的“激进启蒙”观念仍然相当重要，与绪论中提及的柏林的“反启蒙”观念交相映照。这两种批评范式都对主流启蒙思想——在18世纪和后世都占据思想界重地的人物和观点——提出质询，也同时指出与“主流”共存的逆流和潜流。柏林活跃于1970年之前的观念史界，代表冷战期间重估和巩固启蒙遗产的尝试；伊斯莱尔从1970年代开始出版专著，重启捍卫“启蒙”的艰巨工程，利用新颖和多元的材料揭示启蒙思想对后世批判的先见之明。[2] 无论是“反启蒙”还是“激进启蒙”，都是继承了启蒙核心观念的启蒙批判，说明它们所观照的历史对象——18世纪思想领域——是一个不断铰接、吸纳对立意见的思想旋涡。与雷纳尔神父相似，“反启蒙”的核心人物赫尔德也是启蒙思想复杂性的典型例证，他一方面继承了启蒙的核心精神，对人类能够通向“完美”深信不疑，一方面对这种以自身理想作为普遍规律的思维方式进行了深刻的反思和讽刺，明确地提出以古希腊以来的西方文化作为标尺衡量其他文化的做法是“明显的

---

1 有关反对意见的整合与延伸，参见 Damien Tricoire, “Raynal’s and Diderot’s Patriotic History of the Two Indies, or the Problem of Anti-Colonialism in the Eighteenth Century,” *The Eighteenth Century*, 59.4（2018）, pp. 429-448。马丽对《东西印度史》中的中国形象也做过分析，认为其体现出趋向严苛的走向：Li Ma, “Deux conceptions opposes de l’empire chinois dans l’*Histoire des deux Indes*”, *Histoire des deux Indes, Raynal et ses doubles*, présenté par Pierino Gallo, Leiden, Boston: Brill, 2022, pp. 53-66。

2 Laurence Brockliss and Ritchie Robertson, eds., *Isaiah Berlin and the Enlightenment*, Oxford: Oxford University Press, 2016. 编者在该书前言中梳理了从20世纪上半叶开始西方史家对启蒙的评价，正面评价的脉络从卡西勒到盖伊，反思性评价的脉络以阿多诺和霍克海姆为标志，编者认为柏林在这个脉络中处于中间位置，一方面认为启蒙思想奠定了现代西方社会思想，一方面拒斥理性主义政治制度。该书第三章中，作者利夫希茨（Avi Lifschitz）提出柏林受到19世纪德国史学家梅内克（Friedrich Meinecke）影响的论点，因此特别强调18世纪德语思想跳出抽象理性主义的特殊性。

不公”。[1] 在《另一种人类历史哲学》（*Auch eine Philosophie der Geschichte zur Bildung der Menschheit*，1774）的一个早期序言中，赫尔德明确提出，我们不可能为不同时期、经历不同变革的人群找到共通的“线索”和“成长蓝图”，也就是说，人类没有一致的“美德”与“幸福”。[2] 由此，赫尔德开启了18、19世纪之交欧洲浪漫主义对启蒙思想的反思和深化，指出了在具体情境影响下产生的个体与群体情感结构的独特性，也预示了后现代时期对于文化等级论的诘问。

启蒙思想与其内在对立面——不论是悲观主义阵营，还是被冠以“反启蒙”和“激进启蒙”之名的阵营——预演了20世纪中叶以降全球思想界在评价启蒙中的对垒之势。1960年代，哈贝马斯在自黑格尔、马克思以降直至法兰克福学派的现代性批评脉络中异军突起，提出资产阶级“公共领域”产生于18世纪的命题，试图从18世纪历史中发掘商业发展过程中个人主体性蕴含的巨大潜能，延续启蒙的乐观精神。然而，个人主体性的潜能是否能摆脱商业化发展和国家管理职能的钳制？与此同时，当我们树立抽象而普遍的“人”的理想时，如何避免催生等级论和排他性，如前文提到的种族和文化高下的观念？[3] 这些问题并不是20世纪独有的，启蒙时期欧洲的思想和文化已经深刻地认识到这些内嵌于西方现代性的难题。今天的我们没有理由居高临下地看待这个历史时期，我们仍然无法回答启蒙时期提出的难题。社会建构中个人际同情与各种破坏性情感之间有着深刻的矛盾，科技条

1 Johann Gottfried von Herder, “This Too a Philosophy of History for the Formation of Humanity,” in *Philosophical Writings*, translated and edited by Michael N. Forster, Cambridge: Cambridge University Press, 2004, p. 283.

2 Ibid., p. 269.

3 对哈贝马斯的公共领域结构性转型理论最重要的批评就是他关于资产阶级公共领域崛起的理想模型忽略了18世纪公共空间的精英性和排斥性。Craig Calhoun, ed., *Habermas and the Public Sphere*, Cambridge: MIT Press, 1993, p. 3.

件、物质生产条件、媒介环境的变化推动社会演变，我们在不断翻新的层面上为什么是“人”的问题而困惑。当我们带着对启蒙的批判性后视返回启蒙内部重新考察其肌理，会发现它早已等待着与后世思想者的对话，双方隔着时间的鸿沟，使用不同的语言和范式，但又心意相通。

启蒙是“乐观”的，也是“悲观”和充满警醒的，对启蒙的多元化认识源源不断。从情感角度出发，我们与柏林和伊斯莱尔等二战之后的理论家一样，可以勾勒一个多元的启蒙，发现现代性在其早期形成过程中的内在悖论，发现西方乃至整个世界之后所面临的各种陷阱和难题的起源。启蒙思想不仅反复探讨理性和经验的关系，也尤其关注经验中的情感维度，由此又分化出两种倾向：一种是试图将情感与认知和判断进行整合，建立身心协调关系的启蒙；一种是对情感危机有深刻体悟的启蒙，对物质和人文环境规训的情感后果十分敏感的启蒙。被身体和物质环境牵制的人群经常陷于忧郁和悲观，时而伴随着强烈的惊惧和愤怒，这些情感是所谓“反启蒙”和“激进启蒙”的根本动因，是对人类社会自发秩序信念的伴生物。18 世纪的复杂性不仅体现于哲学家思想家和历史作者的笔下，这个时期对个人主体性与和谐有序社会机体的怀疑也深深地刻写在 18 世纪新兴的小说中，个人层面上身体性情感与理性的脱节和资产阶公共领域在初兴之时就已经出现的裂痕频频成为小说的核心问题。这正是我们接下来几章的讨论重心。

第二编

18 世纪
英国小说中的情感

第四章

书写“真实内心”的悖论：18 世纪情感文化与现代小说的兴起

18 世纪中叶西方现代小说（novel）的兴起与情感理论的兴盛是同时发生的事件，两者的关联绝非偶然。作为现代小说的前身，早期现代的“罗曼司”（romance）对情感问题受到的文化关注有重要推动作用。文艺复兴时期产生了许多以情感为主题的长篇和短篇的虚构叙事，从 1650 年前后开始被笼统地称为“罗曼司”，这个概念不再狭义地与具备史诗风格的历险和征伐联系在一起，而可以表示所有“有关爱的虚构叙事”。[1] 现代小说对私人情感的关注直接得益于罗曼司的发展。因此，虽然“小说”这个名称预设了与想象色彩浓厚的罗曼司的距离，但我们必须全面考察小说与罗曼司的区别和关联，不能简单地将 18 世纪出现的新型虚构叙事视为对罗曼司传统的背弃。本章旨在探讨这些新型虚构叙事如何将“真实性”与对“内心”和情感的关注拧合在一起，如何与罗曼司保持既近又远的关系，并进一步厘清 18 世纪观念史与文学史之间共生且互渗的关系。

虽然早期现代西方的罗曼司都注重描摹情感，但其内部包含多种风格，有很大的张力。堂吉诃德阅读的那些长篇罗曼司，有些被他的

1 Christine S. Lee, “The Meaning of Romance: Rethinking Early Modern Fiction,” *Modern Philology*, 112. 2 (2014) , p. 305.

朋友们烧毁，有些则被保留。被烧毁的包括典型的骑士传奇，如众多模仿阿马迪斯风格的充斥魔法与离奇故事的拙劣之作；而田园或史诗风格的长篇叙事作品，如塞万提斯自己的《伽拉苔亚》（*La Galatea*，1585）和埃尔西利亚的史诗传奇《阿劳加纳》（*La Araucana*，1569—1689）则受到称赞。它们与骑士传奇不同，承接的是西方罗曼司的另一支流，即由古希腊史诗和长篇散文叙事开创的英雄罗曼司传统。在这些作品中，主要人物品性高洁、情感真挚，虽然经常被瞎眼的命运女神（古希腊神话中的 Tyche 和古罗马神话中的 Fortuna）玩弄，但还是能在几乎不可能的挫折和考验中坚守本真。因此，18 世纪兴起的现代小说与罗曼司到底有什么样的关联，小说何以成为小说，并不是一个简单的问题。

从罗曼司到小说的转折不仅是文学史内部的变迁，也与早期现代欧洲文化观念转型互为因果。17 世纪晚期和 18 世纪崛起的现代西方小说见证了早期现代欧洲和全球范围内叙事体裁的嬗变、周转与融合，也是启蒙思想和文化发生、发展的场域。已经有众多批评家从各自角度出发分析有关现代小说形成的历史动力和条件，这些不同叙述之间的关系错综复杂，亟须仔细整合、梳理，以此为基础重新阐释小说兴起的文化史和观念史。

在贝克（Ernest Baker）的《英国小说史》（*History of the English Novel*，1924—1939）、伊恩·瓦特的《小说的兴起》（1957）、斯科尔斯（Robert Scholes）的《叙事的本质》（1966）、斯泰维克（Phillip Stevick）的《小说理论》（*The Theory of the Novel*，1967）、肖尔沃特（English Showalter）的《法国小说的进程》（*The Evolution of the French Novel*，1972）等专著之后，又有戴维斯（Lennard Davis）的《事实性虚构》（*Factual Fictions*，1983）、麦基恩（Michael McKeon）的《英国小说的起源（1600—1740）》（*The Origins of the English Novel*，*1600—1740*，1987）、亨特（J. Paul Hunter）的《在小说之前》

（*Before Novels*，1990）等第二波有关现代小说起源的论述，随之，还有很多专题研究在不同维度上深化讨论。黄梅的《推敲自我：小说在18世纪的英国》（2003）是国内梳理西方现代小说起源的经典之作，将小说与主体的诞生相连，为今天进一步探讨小说兴起的复合语境奠定了基础。

本章从纷繁的既有研究中整理出两条主要线索，旨在重新阐释西方现代小说崛起的历史。一条线索强调现代小说呼应现代科学精神，建构了实证性"真实"，素材取自同时代生活，手法具有反思或反讽的功能，这条线索经过几代学者的深入研究，已经导向了一个共识：现代小说的"真实"性不仅仅指涉现世生活，与罗曼司相比，小说在"真实"与"虚构"之间划出一道更为鲜明的边界，随后又将两者糅合，形成了一种以"虚构真实"为主要内涵的叙事文体。另一条线索基于早期现代意识理论和话语的勃兴，将小说放在西方现代性主体观观念以及与之相伴生的"内心"观念的形成过程中来考察，这条线索还有许多可待发掘之处。这两条线索彼此交织："内心"观念的形成依赖"真实"观念的形成，只有在人们相信可以将自身的意识和情感作为反思对象，并对其真相加以把握时，才会认为人具有一种自洽而有别于外界、需要受到保护的私人"内心"世界。反过来，18世纪小说的"真实"诉求也有赖于"内心"观念的形成，它们最关注的问题是"内心"的真实，即具体情境中人应该如何在情感和判断的层面应对道德戒律的制约，怎样形成新的社会交往规范。

一、作为文化史关键词的"虚构真实"

我们首先要厘清经常与现代小说联系在一起的"真实"概念。在很长时间里，"真实"概念对叙事作品而言并不重要，叙事作品要么基于代代相传、经常保留真实事件影子的神话或传说，要么是对历史事件的演绎，两者之间没有清晰的区别，也都可能与更为纯粹的虚构夹杂在一起。早期现代（约 15—18 世纪）欧洲出现了大量直接标注自身真实性的散文、书信、日记、历史、新闻以及纪实等叙事体裁，与实验科学和早期资本主义经济中被清晰化的“真实”概念相呼应，催生了在中世纪和早期现代时期还比较模糊的“事实”与“非事实”的分野，也在罗曼司之外孕育出具有“真实”性的虚构叙事作品[1]。

有趣的是，有明确真实性诉求的虚构叙事最早是以谎言的面貌登场的，这类作品往往假托实录或真实手稿之名，以掩盖自身的虚构性。15 世纪和 16 世纪法国、西班牙兴起的短篇小说、书信体小说通常宣称自己为真实故事，这种做法一直延续至 18 世纪中叶。古老的虚构叙事体裁先是借用纪实的外壳证明自身的真实性，发展出一系列新的描摹人物及其环境的手法，随后在 18 世纪逐渐抛弃了纪实这根拐杖，建立起一种与真实似远实近的关系。美国批评家盖勒格（Catherine Gallagher）据此提出了一个影响广泛的观点：18 世纪出现了一系列“可信而又不刻意使读者相信的故事”（believable stories that did not solicit belief），构筑了一种新的“虚构性”（fictionality），我们也可以称之为“虚构真实”[2]。虚构的写实小说与史诗、历史、幻想、寓言都不一样，标志着一个新

1　亨特（J. Paul Hunter）认为小说的起源应该在“一个广阔的文化史语境中”考察，这包括“新闻、流露各种宗教与意识形态方向的说教出版物，私人写作与私人历史等”。J. Paul Hunter, *Before Novel: The Cultural Contexts of Eighteenth Century English Fiction*, New York: Norton, 1990, p. 5.

2　Catherine Gallagher, “The Rise of Fictionality,” in *The Novel* (2 vols) , Vol. 1, edited by Franco Moretti, Princeton: Princeton University Press, 2006, pp. 336 - 363. 弗鲁德尼克（Monika Fludernik）在 2018 年的一篇修正性文章《小说兴起论本身就是一种虚构》中提出另外几种“虚构性”理论，指出这些理论将人们对虚构性的认识往前推至古希腊时期，但弗鲁德尼克仍然基本认同盖勒格的论点。参见 Monika Fludernik, “The Fiction of the Rise of Fiction,” *Poetics Today*, 39: 1 (2018) , pp. 67 - 90。

的叙事文类和“思维类别”（conceptual category）[1]。法语文学研究者佩齐（Nicholas Paige）通过大数据算法对1681—1830年的法语小说进行分析，延续并在细节层面上补充了盖勒格的论点。他发现，在18世纪初，小说已经具备了一定真实性诉求，试图再现同时代生活的虚构叙事开始在长篇叙事作品中占据主要地位，其中一部分声称其是纪实，另一部分明确标注或至少不回避自身的虚构性，这两种虚构叙事在18世纪中叶有大约七十年左右在数量上基本势均力敌[2]。到了18世纪八九十年代，不标注自身真实性的虚构叙事数量激增，成为取材同时代生活叙事作品的主要形式，这意味着虚构性渐入人心，作者和读者都已经认为虚构作品不必再依附纪实体裁，具有独立表现真实生活的价值。

“虚构性”或“虚构真实”观念的发生至少依靠两个语境。首先，它与作者、读者之间逐渐达成的默契密切相关。现代小说不仅是具有再现“真实”功能的虚构叙事体裁，更是一种崭新的、强调“相关性”（relevance）的交流模式。这种交流模式注重的是文本与读者主观经验是否高度相关，而并非文本是否符合机械定义的实证性真实[3]。也就是

1　盖勒格的这种看法也可以追溯至德国批评家卡勒（Erich Kahler）在20世纪80年代提出的一个理论，即18世纪的小说秉承《堂吉诃德》就已经发展出来的一种“象征性”（symbolic）思维，将具体的人物变成普遍人性的象征。这种象征性思维与寓言写作不同，以普遍人性这个新兴的概念为前提。这种新的“虚构真实”观念也可以说是后现代以“虚拟”为核心的可能世界叙事理论的一种先兆。Erich Kahler, *The Inward Turn of Narrative*, translated by Richard Winston and Clara Winston, Princeton：Princeton University Press, 1973, p. 49.

2　Nicholas Paige,“Examples, Samples, Signs：An Artifactual View of Fictionality in the French Novel, 1681 - 1830,” *New Literary History*, 48. 3（2017）, p. 518.

3　用“相关性”交流理论来解释“虚构性”的做法借鉴于沃尔什（Richard Walsh），沃尔什借用威尔逊（Wilson）和斯珀巴尔（Sperber）的“相关性”理论，说明交流中“命题性的真实标准”常让位于是否与说话人具有“相关性”的语用标准，因此虚构和非虚构文类的区分并不只是形式上的区分，而是语用层面基于“相关性”的区别。Richard Walsh, *The Rhetoric of Fictionality*, Columbus：Ohio State University Press, 2007, p. 27.

说，现代小说并不仅仅是伊恩·瓦特所说的小说中一系列描摹、再现现实生活的“叙事方法”[1]，更是一种让真实和虚拟想象得以并存的交流模式，基于认为读者想要将虚构叙事与自身经验相关联的意愿。法国阅读史研究名家夏蒂埃（Roger Chartier）指出，理查逊的小说在18世纪中叶英法读者群中引发了强烈的情感效应，读者纷纷将自己代入小说中的人物。狄德罗肯定这种阅读倾向，特别撰写了《理查逊礼赞》（*Éloge de Richardson*，1761）一文，认为理查逊赋予了小说一种新的道德意义[2]。18世纪文学和认知研究学者尊施恩（Lisa Zunshine）也曾对这种以相关性为中心的小说阅读习惯加以概括，即读者虽然明知小说中的人只是“（虚构）人物”，是“站不住脚的构建”，却又赋予他们与自己相通的情感和思想[3]。可以说，18世纪的读者一方面在再现和实证性真实之间做出区分，另一方面又在它们之间构建了相互融通的关系，标志着认知和阅读模式的转折。浪漫主义诗人柯尔律治在19世纪初提出“悬置怀疑”（suspension of disbelief）理论[4]，认为即便是不合寻常经验的文学元素，仍然可以让读者感觉是真实的相似物。这种浪漫主义诗学观念自然可以一直追溯至亚里士多德认为“可信”比（通常意义上的）“可然”更重要的美学原则，但与18世纪形成的新的阅读习惯也有着莫大关联。

“虚构真实”观念同样依靠现代小说的形式创新。奥尔巴赫提出过一个富有洞见的论点。他认为18世纪的戏剧和小说，如莫里哀的戏剧和普雷沃（Abbé Prévost）的《曼侬·雷斯戈》（*Manon Lescaut*），可以被视为一种“中间”体裁，既有很多指涉当代现实的细节，情节的人为

1 ［英］伊恩·P. 瓦特：《小说的兴起》，高原、董红钧译，北京：生活·读书·新知三联书店，1992年，第27页。

2 Roger Chartier, *Inscription and Erasure,* translated by Arthur Goldhammer, Philadelphia: University of Pennsylvania Press, 2005, pp. 105-125.

3 Lisa Zunshine, *Why We Read Fiction*, Columbus: Ohio State University Press, 2006, p. 10.

4 S. T. Coleridge, *Literaria Biographia*, Vol. 2, Oxford: Clarendon Press, 1909, p. 1.

性又很强，套用了喜剧或悲剧的形式，因此与经济、政治肌理交接不多[1]。我们可以换一种说法深化奥尔巴赫的这个观点。17—18 世纪的长篇小说的确具有开创性体裁的特征，也可以称之为“中间性”体裁，它们摒弃古希腊直至 17 世纪各类罗曼司将小故事松散连缀在一起的叙事套路，开始系统探索构造连贯性长篇叙事的方法。通常做法是要么使用书信体的多声部叙事来显示不同性别、阶层迥异的认知和情感模式，要么构筑人物网络来表现人性或社会构成的某种规律。然而，虽然现代长篇小说避免程式化结构，试图贴近读者的生活经验，但又不得不大量依靠误解与巧合产生叙事秩序，与传统戏剧中的“机械降神”手法很难区分。这种将随物赋形的新叙事手法夹杂在传统叙事套路中的形式杂糅，也是“虚构真实”观的根基。英国学者卢普顿（Christina Lupton）指出，18 世纪作家经常对长篇叙事内含的人为设置进行有意识的反思，倾向于认为巧合和突转代表“随机性”（contingency），它使得叙事引人入胜，但又不与可能性发生明显的冲突。[2] 以菲尔丁为例，他在《汤姆·琼斯》第八卷第一章中阐明自己的创作原则，即在“可能性的范围”里勇于展现“令人惊奇”之处。[3] 许多其他 18 世纪作家都认同菲尔丁拓展“可能性”让其具有随机特点的做法，认为读者不应该因为情节具有令人惊讶的元素而轻易苛责其不合理。[4] 坎伯兰德（Richard Cumberland）说过，作者要尽力做到“一方面避免搁浅在乏味的海岸，一方面绕开不可能的岩礁”。[5]

---

1 Mimesis Auerbach, *The Representation of Reality in Western Literature*, translated by Willard R. Trask, Princeton: Princeton University Press, 2003, p. 401.

2 Christina Lupton, “Contingency, Codex, the Eighteenth-Century Novel,” *ELH*, 81. 4 (2014), p. 1173.

3 ［英］亨利·菲尔丁：《汤姆·琼斯》，刘苏周译，广州：花城出版社，2014 年，第 292—297 页。

4 比如海斯（Mary Hays）为小说《爱玛·考特尼回忆录》（*Memoirs of Emma Courtney*, 1796）写的前言。

5 Richard Cumberland, *Henry*, Vol. 3, London: printed for C. Dilly, 1795, p. 202.

必须指出，“虚构真实”观念的形式内涵，即对随机性与可能性的协调，不是现代小说独自做出的发明。现代小说的形式创新是启蒙时期文化观念转变的一个环节，体现了18世纪独有的对人类个体和社会的理解。18世纪的哲学和生物学经常勾连起生物物种、人类个体和社会机体，将自然界和人类意识都想象为自我构成的系统，没有更高法则可循，充满随机性，但又具有进步和自我完善的态势。17世纪莱布尼兹的单子论试图调和随机性和系统性，可以认为是这种思想的序曲，单子是精神性实体的最小单位，任何生命体都可以分解为无数的单子和与其相连的躯体，因此生命体可以被视为“具有神性的机器”，从“先成的种子”变化而来[1]。比莱布尼兹更进一步，18世纪的科学领域出现了反对“先成论”的观点，英国和德国的医学界和生物学界都倾向于“渐成论”（epigenesis），提出生物体（包括人体）的结构并非预先形成，而是在个体发育过程中逐渐形成的观点。18世纪晚期，康德从生物学中汲取养料，将这条思想脉络加以集成，明确提出所谓自然有机体是“自我组织”的机体，具有目的性，但他既不像经验主义那样将“自我组织”（sich selbst organisierendes，也译为“使自己有机化”）的特性归于自然界生物自身，也不像莱布尼兹那样将自然机体的发育视为神所预先设定的和谐，而是将其变成人类自我形成和自我组织能力在自然界的投射，彰显人的自由[2]。“自我组织”的概念向我

---

1 ［德］莱布尼茨：《神义论》，朱雁冰译，北京：生活·读书·新知三联书店，2007年，第494—496页。

2 “使自己有机化”的说法取自康德《判断力批判》的李秋零译本（参见李秋零主编：《康德著作全集（注释本）》第5卷，北京：中国人民大学出版社，2006年，第388页）。对19世纪生物学与哲学的关联已经多有研究，参见Daniela Heibig and Dalia Nassar, “The Metaphor of Epigenesis：Kant, Blumenbach and Herder,” *Studies in History and Philosophy of Science*, 58（2016）, pp. 98－107。刘小枫也曾根据特洛尔奇的观点，指出启蒙思想，尤其是18世纪德国唯心主义哲学，重新给自然设置“精神目的”，但特洛尔奇过分强调了英法启蒙文化与德国启蒙文化的边界。刘小枫：《现代性社会理论绪论》，上海：华东师范大学出版社，2018年，第176页。

们显示，18 世纪西方哲学的一条关键脉络是将基督教思想和经验科学这两种相异的理性加以整合，肯定经验具有开放性，不完全由神意决定，但同时坚持人类个体与社会具有某种由自身所确定的发展态势。既然如此，那么人类个体和社会的真相既属于经验范畴，又具有超验性，可以通过人的实证理性和超验理性的协同运作来认识和把握[1]。

启蒙时期的科学理性与神学理性不断互相吸纳和转化，孕育出人类个体和社会既开放又可以被人自身所把握的观点，与崛起中的现代小说的叙事结构不谋而合又互相影响。所谓“虚构真实”，指的就是用虚构方法描摹人性和人类社会的真实，协调随机与秩序，再现与真实之间的紧张关系。在逐步走向现代“虚构性”和现代写实观的同时，18 世纪小说主要致力于呈现个人和社会的“真相”，将个人置于由人、物和环境构成的框架中进行考察，揭示个体的本来面貌及其与社会状态的关系。这样一来，现代小说中的“虚构真实”观念就与另一个显著特征——专注于呈现人物“内心”和情感——联系在了一起。这两个特征经常被研究者割裂开来，但它们之间有着复杂紧密的关联。18 世纪的研究者对“虚构真实”的信念与认为人的内心可以被人自身所把握的观点互为因果，也彼此渗透。

以下两部分集中探讨现代小说与启蒙时期“内心”观念的互动：首先梳理早期现代小说“内心”观的演变，揭示其文化语境和基础；其次说明现代小说“内心观”的直接来源，分析它如何承继并改造短篇小说与罗曼司这两大叙事传统。

1　参见 Jonathan Sheehan and Dror Wahrman, *Invisible Hands: Self-Organization and the Eighteenth Century*, Chicago: University of Chicago Press, 2015。此书对 18 世纪的自我组织观念做了重要论述，认为上帝“意旨”（Providence）的概念在 18 世纪被重写，将随机性和秩序观调和在了一起。

二、“内心”的早期现代文化史

前文指出，虚构叙事文体早已有之，但在17世纪和18世纪经历了现代转型，先通过假扮成纪实作品在“虚构”和“真实”之间划出界线，后经由“虚构真实”的概念使两者重新整合。同理，探索“内心”也不是18世纪的专利，而是有着悠久的历史，可以上溯至早期现代乃至中世纪。如麦基恩指出，“私人”与“公共”这对概念在17—18世纪历经了一个“显性化”过程，彼此之间的界限日益分明，但同时又彼此依赖和渗透[1]。与此紧密相关的是“内心”概念的显性化，“内心”与外部环境在概念层面上形成对立而又互相协调的关系。

启蒙时期的“内心”观一般可以这样概括：自笛卡尔哲学开始，人成为知识主体，知识即人头脑中的观念，人可以，也只有通过自省和反思来辨认观念是否可靠。这种反思能力基于人与自身观念的直观联系，也依赖理性分析和道德考量。这样，头脑被赋予一种自主和自为的特性，内在于自身，独立于外部环境，可以认识自身，也可以驾驭外物，这种特性就是我们今天说的“内心”[2]。当然，在启蒙思想的语境中，“内心”虽然独立于外物，但并不因此成为孤立的原子，其缔造也被认为是人的社会性交往和资产阶级公共领域的基础。“内心”与外部环境之间虽然有一道清晰的鸿沟，但可以彼此协调，人与人之间

---

1 Michael McKeon, *The Secret History of Domesticity: Public, Private, and the Division of knowledge*, Baltimore: Johns Hopkins University Press, 2005, p. xix. 这个观点与麦基恩在《英国小说的起源》中有关真实和虚构在18世纪分野的观点是同构的。

2 哈贝马斯在《从康德到黑格尔再回来：迈向去超验化》一文中的概述相当有用，参见Jürgen Habermas, “From Kant to Hegel and Back Again—The Move Towards Detranscendentalization,” *European Journal of Philosophy*, 7.2 (1999), pp. 129-157。泰勒对18世纪“内心”观有相似的阐述，参见［加］查尔斯·泰勒：《自我的根源：现代认同的形成》，韩震等译，南京：译林出版社，2001年。

可以达成和谐一致，在没有超自然力捏塑的条件下凝聚成有序的人类社会。这个复杂的“内心”观贯穿18世纪哲学、美学和社会及历史理论。如查尔斯·泰勒所说，启蒙时期认为可以建立一种社会秩序，“在其中每个人在为他人的幸福和谐劳作的过程中获得自身最大的幸福”[1]。这也是哈贝马斯在《公共领域的结构转型》中的基本观点。哈贝马斯认为，资本主义改变了国家权力的功能和性质，使之将管理经济和税收作为最重要职责，限制了国家机器的功能。18世纪见证了由个人权利支撑的“私人领域”的崛起，同时也造就了一个新型公共领域，让拥有财产的私人聚集在一起讨论公共事务、参与国家权力。私人领域和公共领域的共同发生和相互作用，锻造出一种可以深刻剖析自身又能与公众沟通的现代主体，同时拥有自主性和公共导向，即“观众导向的私人性”[2]。需要强调的是，“观众导向的私人性”描绘的是18世纪的“内心”观，是理论层面的推测和愿景，不完全等同于人们的实际体验。这种“内心”观折射出18世纪文学、哲学、美学、政治社会理论等不同话语领域对如何在资本主义条件下构建良性社会秩序的设想，构成了西方现代意识形态的重要基石。

但启蒙时期不是一个孤立的世纪，哈贝马斯勾勒的启蒙时期的“内心”观并非18世纪突然发生的现象，而是有着很长的历史渊源。中世纪和早期现代研究学者已经就18世纪之前是否存在类似的“内心”观念进行了深入探讨。18世纪之前，人们已经开始描写个体与宗

---

1 Charles Taylor, “Comment on Jürgen Habermas’ ‘From Kant to Hegel and Back Again’,” *European Journal of Philosophy*, 7.2 (1999), p. 160. 这是泰勒对哈贝马斯《从康德到黑格尔再回来：迈向去超验化》一文的回应，其中他基本同意哈贝马斯的论述，认为启蒙思想代表一种对于美好生活的规划，但着重指出不能将其绝对化。

2 Jürgen Habermas, *The Structural Transformation of the Public Sphere*, translated by Thomas Burger, Cambridge: MIT Press, 1991, p. 43. 中译本《公共领域的结构转型》（曹卫东、王晓珏、刘北城、宋伟杰译，上海：学林出版社，1999年）并未将这个术语完整翻译。

教、政治、法律以及习俗等外在约束之间的冲突，表达个体具有内在于自身的思想和情感的观念。今天看来，18 世纪的“内心”观回应了延续至少几个世纪的思潮，让“内”与“外”的冲突得以凸显并将之调和，提出了兼具独立性和社会性的主体观。启蒙时期的主体观在前现代和早期现代不清晰的主体与现代、后现代时期逐渐被瓦解的主体之间构筑起一道乐观的长堤。

关于“内心”或内在自我的观念在 18 世纪之前是否存在或以何种形式存在的问题，一般总要提到格林布拉特（Stephen Greenblatt）。格林布拉特 1986 年的文章《精神分析与文艺复兴文化》富有开创性地提出了一个问题：精神分析学说是否适用于文艺复兴时期的文学？他认为答案应该是否定的，精神分析理论揭示了现代主体在构建、维护自身连续性和完整性的过程中所遇到的障碍，但这种主体意识直到 18 世纪才得以建构，文艺复兴时期的个体不过是“一种位置标志符，标志由所有权、亲属链条、契约关系、习惯法权利和伦理义务构成的复杂网络中的位置”，并不具有主体地位[1]。也就是说，文艺复兴时期的个体只是一个位置，由人际网络和权力关系所决定，不仅不独立，而且缺乏独立的观念。

这个论断问世后引发了许多共鸣，也受到了诸多指责和修正。格林布拉特在某种程度上是正确的，自主而自为的“内心”是一个在特殊历史时刻产生的观念，并不适用于 18 世纪之前的西方文化史，但他的论断过于强调 18 世纪与之前世纪的差别，割裂了历史联系。早期现代与精神分析理论并没有根本冲突，以弗洛伊德、拉康等为代表的精神分析学派是阐释主体外在于自身（即由外在影响和规训构成）的理论体系，而个体与意识形态的“询唤”（interpellation）或“象征体系”之间的拉锯，贯穿中世纪以来的整个西方文化史。格林布拉特抹

1　Stephen Greenblatt, “Psychoanalysis and Renaissance Culture,” in *Learning to Curse: Essays in Early Modern Culture*, New York: Routledge, 2007, p. 216.

杀了早期现代时期就已经萌生的与外界对抗、富有独立性的主体观念。

欧美中世纪学者普遍认为，中世纪时期是否存在启蒙意义上独立和自发的“内心”是一个复杂的问题。中世纪文化相信情感需要操练，情感并不彰显个体独特的精神世界，而是由宗教或政治群体内部的权力结构和日常仪式所决定[1]。个人被宗教和社会习俗力量裹挟，没有清晰的边界。即便如此，作为与环境有一定疏离，具备一定独立性的“内心”观在中世纪文学中还是有所体现的。12 世纪，奥西坦语抒情诗和之后的骑士罗曼司很早就开启了西方文学的“内心”传统。传奇中的骑士不断展现愁容和哭泣，执着于所爱之人和个人荣誉，因此产生一种富有歧义的寓言，一方面将爱变成宗教信仰和道德操守的比喻，另一方面以“内心”来对抗宗教桎梏，另立宗教[2]。

同样，我们也可以对莎士比亚作品进行“内心”层面的解读。莎剧中的人物经常在独白中模糊地表达一种深刻的自省，分析个体与环境的关系，对个体被孤立却并不独立的困境发出喟叹。这可以举出哈姆莱特对“表象”与“真相”的考辨、麦克白夫人对自身性别限制的反抗、李尔王在多佛悬崖上对自己国王身份的质疑等经典段落。一个更为清晰的例子是卡利班对自身梦境与被莫名“噪音”唤醒的反思（《暴风雨》第三幕），它让人很容易联想到阿尔都塞和拉康有关主体受

1　麦克奈马（Sarah McNamer）、萨莫塞特（Fiona Somerset）、罗森怀恩（Barbara Rosenwein）等学者都已经就此做出研究。对晚近中世纪文学情感研究的综述，参见 Glenn D. Burger and Holly Crocker, eds., *Medieval Affect Feeling and Emotion*, New York: Cambridge University Press, 2019。

2　参见 William Reddy, *Making of Romantic Love: Longing and Sexuality in Europe, South Asia, and Japan, 900 - 1200CE*, Chicago: University of Chicago Press, 2012。雷迪认为浪漫爱情与“内心”的萌生与中世纪诗歌传统紧密相连。C. S. 刘易斯早在《爱的寓言》(1936) 中就提出过类似论点，认为宫廷爱情成为一种信仰，与中世纪基督教信仰产生隐形的对抗，说明“两个世界之间的断裂已经不可弥合”。C. S. Lewis, *The Allegory of Love: A Study in Medieval Tradition*, Cambridge: Cambridge University Press, 2013, p. 50.

意识形态力量“询唤”才得以形成的理论[1]。莎士比亚学者汉森（Elizabeth Hanson）就曾指出，文艺复兴已经孕育了一种念头，那就是“内心可以让主体拥有抵抗外界的杠杆力”[2]，体现出“内心”受到围困试图挣扎的状态。与之类似的反思的声音也层出不穷[3]。

承上所述，我们无法否认从中世纪到文艺复兴时期的“内心”观与18世纪的“内心”观具有连续性。不过，在看到这种连续性的同时，我们还是要返回格林布拉特的论点，考察18世纪小说“内心”观与众不同的语境和特征。经过16世纪的马基雅维利时刻，产生于古罗马的“公民社会”概念以新的面貌在欧洲重生。原来表示政治群体的“公民社会”逐渐分化为两种类型：一种是代表世俗政治权威的国家政体，即马基雅维利的“国家理性”；一种是由家庭和物质生产、贸易、印刷业等流通体系构成的社会，与国家政体在权力上相抗衡。经过英国内战的洗礼，国家和社会共生并存又相互制约的趋势迅速发展，在18世纪催生了以商业繁荣和独特的公共文化、政治文化和宗教文化为基础，并由国家权力背书的现代国家主义[4]。这个倾向在英国的表现

---

1 Christopher Pye, *The Vanishing: Shakespeare, the Subject, and Early Modern Culture*, Durham: Duke University Press, 2000, p. 9.

2 Elizabeth Hanson, *Discovering the Subject in Renaissance England*, Cambridge: Cambridge University Press, 1998, p. 16.

3 Carolyn Brown, *Shakespeare and Psychoanalytic Theory*, New York: Bloomsbury, 2015; Carla Mazzio and Douglas Trevor eds., *Historicism, Psychoanalysis, and Early Modern Culture*, New York: Routledge, 2000; Elizabeth Jane Bellamy, “Psychoanalysis and Early Modern Culture: Is it Time to Move Beyond Charges of Anachronism,” *Literature Compass*, Vol. 7, No. 5 (2010). pp. 318-331.

4 英国历史学家T. C. 布朗宁对18世纪欧洲国家主义兴起有过专门论述，将这个过程与公共领域和公共文化的兴起联系在一起，赋予其现代性，但他也同样强调国家主义与民族间的纷争脱不了干系，具有复古特性。他认为英国国家主义是在由亨德尔等代表的公共文化与“新教、商业繁荣、权力”等因素的共同作用下形成的。T. C. Blanning, *The Cultural of Power and the Power of Culture: Old Regime Europe 1660-1789*, Oxford: Oxford University Press, 2002, p. 306.

最为明显，也以不同方式影响了仍处于绝对君主制下的法、德等国。在这一历史语境中，个体的自主性和内在性逐渐树立，越来越多的人能够用文字、戏剧等表达方式在公众视野下表现和塑造自我，同时，这种自主性越来越受到公共文化和国家机器的共同钳制。也就是说，从晚期中世纪到18世纪，西方现代主体逐渐浮现，而其核心悖论——即自主“内心”与外部制约的冲突——也越发明显。启蒙之所以成为启蒙，是因为试图跨越中世纪和早期现代已经浮现的“内心”与国家—社会之间的疏离和矛盾，提出在主体与外部环境间加以协调、消解主体日益鲜明的悖论、保证其完整性的设想。

启蒙的主体方案有很多悲剧性的缺陷，但仍有其历史价值。18世纪见证了对“内心”的首次系统阐释，见证了自主而能与他者协调的主体观念的生成。与18世纪哲学、美学思想和社会思想一样，18世纪中叶的欧洲小说也反复构想现代性主体，在人物内心和人际关系的描写方面开创了一种动态平衡，使用许多新的叙事手段，让人物内心丰富而具有独立性，又不断被放置于他人的注视和判断下。一方面，文本内部设置了不少对话机制，让人物之间进行私密交流，也让叙事者不断教导读者，或对他们袒露心曲，延续蒙田开创的晓畅而私人化的散文传统；另一方面，这类作品又明显地制造各类“表演”场景，凸显内心面对公众并受到他们制约和阐释的维度。小说用新的叙事手段将叙事传统与戏剧表演传统相融合，体现并推动了哈贝马斯所说的“观众导向的私人性”这个观念的兴起。

三、现代小说的叙事史渊源

西方现代小说与启蒙时期“真实”观和“内心”观有着密切的互文关系，不过两者的关联需要叙事文学史作为中介，西方现代小说是对整个西方叙事文学传统的延续和改造。因此，要了解西方现代小说如何生成，还需要对叙事文学史进行梳理，回顾现代小说如何整合西方叙事传统的许多元素和倾向，并创造出一系列新的形式手段来寄寓对“内心”和人类社会的观察和揣测。

从叙事史角度来考察，现代小说从不同源头接收到“内心”书写的基因，罗曼司、短篇小说、来自东方的传奇故事、自传体写作（生命写作）、书信、散文等都以不同的方式被囊括在现代小说中。[1] 概括来说，现代小说延续了罗曼司的理想主义精神，但又吸纳了短篇小说等早期现代发展起来的新体裁中许多试图折射社会现实和“内心”真相的元素。

先梳理现代（长篇）小说与短篇小说的关联。短篇小说（即意大利语中的novella，即“新故事”）最早出现于15—16世纪的意大利和法国，这些叙事作品集中于情欲和婚姻的主题，尤其关注女性的品德和脾性，成为1500年左右在法国发生的“女性问题”探讨和早期现代女性主义思潮的重要组成部分[2]。这些故事有很多取材自当时的现实生活，即便如薄伽丘《十日谈》改编自流传已久的欧洲或东方故事，也往往是对作者身处的现实的回应。法国女作家克里斯蒂娜·德·皮桑（Christine de Pizan）的《女性国度之书》（*Livre de la cité des*

1 “来自东方的传奇故事”可以追溯至中世纪。12世纪，西班牙犹太裔作家阿尔方斯（Petrus Alfonsi）用拉丁文写做了道德示范故事集《教士训练》（*Disciplina Clericalis*），包含30多个故事（具体数目取决于现存63个拉丁文手稿），这部故事集“大量依靠阿拉伯寓言和故事”，在情节上接近当时已经译入阿拉伯语的印度古代动物寓言集《五卷书》（*Panchatantra*）中的部分故事和《一千零一夜》中的辛巴达故事序列。参见Robert Irwin, *The Arabian Nights: A Companion*, London: Tauris Parke Paperbacks, 2003, p. 93。

2 法国首次发表女性主义言论的女作家玛丽·德·古尔内（Marie de Gournay）深受女性短篇故事的影响，在散文罗曼司《与蒙田先生散步》（*Le Proumenoir*, 1594）中特意插入一段对于厌女故事的评论，后来又在自己著名的政论文《男女平等》（*Egalité des hommes et des femmes*, 1622）中将这个思想加以扩展。参见J. D. Donovan, *Women and the Rise of the Novel, 1405 - 1726*, New York: St. Martin's Press, 1999, p. 34。

dames，1405）截取西方历史上著名女性的生平片段，来反驳中世纪以来流行的红颜祸水之说，有鲜明的批判精神。《女性国度之书》名为纪实，但可以说是后来反思女性生存现实的虚构短篇小说的先兆。16世纪晚期，玛格丽特·德·纳瓦勒（Marguerite de Navarre）对这个传统加以发展，借鉴《十日谈》的形式，在1549年左右创作了短篇故事集《七日谈》（*Heptaméron*），她原本计划写延续十日的故事序列，最后完成了差不多七日。玛格丽特不仅仿效薄伽丘的方式，用一个框架统率所有的小故事，还使框架中的人物就内嵌的女性故事展开辩论，让男性和女性人物围绕女性的美德和本性问题进行争论，揭示女性的情感需求和社会禁忌的冲突，显示不同视角之间的差异。薄伽丘的故事经常赋予女性角色口才、智慧和强大的欲望，轻易地让男女之争缩减为个人智慧之争，相比之下，玛格丽特笔下展现男女情感纠葛的故事更为贴近日常生活，女性也更明显地被赋予做出独立道德判断的能力。玛格丽特去世后，这些故事在1558年得以首次出版，第一版有严重残缺，第二版才恢复手稿中的大部分元素。

多纳文（J. D. Donovan）和麦卡锡（Bridget McCarthy）等英美学者对这段现代小说的前史有过全面论述，从中可以看到，女性叙事写作在17世纪之前一般不以出版为目的，最初大多以手抄本的形式作为礼物传播，但随后通过翻译等方式对公开出版的虚构叙事产生了重要影响[1]。《七日谈》传播到西班牙，女作家玛利亚·德·萨亚斯-索托马约尔（María de Zayas y Sotomayor）在它的影响下创作了《爱情示范小说集》（*Novelas amorosas y ejemplares*，1637）及其续书《爱的失落》（*Desengaños amorosos*，1647）。1654年，英国出版了由科德灵顿（Robert Codrington）翻译的一个新的《七日谈》英文译本，使其

1 J. D. Donovan, *Women and the Rise of the Novel, 1405－1726*, New York: St. Martin's Press, 1999; Bridge McCarthy, *The Female Pen: Women Writers and Novelists 1621－1818*, New York: New York University Press, 1994.

影响扩大。英国女作家玛格丽特·卡文迪许伯爵夫人（Margaret Lucas Cavendish，Duchess of Newcastle-upon-Tyne）的合集《自然写照》（*Natures Pictures*，1656）用一系列虚构故事来呈现现实生活的不同侧面，延续了《七日谈》代表的以情感世界为中心的短篇小说脉络。

早期现代欧洲的短篇小说将女性德性情境化，不仅回应了薄伽丘以降由男性书写女性情感欲望的传统，也对基督教中的"决疑法"（casuistry）这种叙事和修辞程式用故事的方式加以回应，对传统的女性观念和针对女性的道德束缚都发起挑战，也由此开启了现代欧洲长篇小说具有写实性的"内心"探求之旅。[1] 法国拉法耶特夫人（Madame de La Fayette）的名作《克莱芙王妃》（*La Princesse de Clèves*，1678）和英国女作家曼莉（Delarivier Manley）的《新亚特兰蒂斯》（*New Atlantis*，1709）是现代长篇小说的先声，两部作品都受到短篇小说合集形式的影响，并各自做出了创新。前者加强了内嵌故事与框架叙事间人物的互动，使之具有了长篇小说的雏形；后者糅进了宫廷丑闻这种同样来自法国、在17世纪尤为盛行的叙事体裁。对"内心"真相的探求不断延续，成为贯穿17世纪末女性作家的"情爱小说"（amatory fiction）、18世纪中叶以理查逊为代表注重道德品味的情感小说（也有人称为感伤小说），乃至18世纪晚期泛滥的感伤主义小说的核心线索。

当然，催生了现代小说"内心"写实的叙事传统还有很多，书信体小说［17世纪法国《葡萄牙修女的来信》和英国詹姆斯·豪威尔

1　所谓"决疑法"，是一种法律与宗教判定法或定罪法，1215年第四次拉特兰宗教会议上制定了年度忏悔的教条，由牧师将普遍教义运用于具体情境，裁定具体罪行。参见 Edmund Leites, ed., *Conscience and Casuistry in Early Modern Europe*, Cambridge: Cambridge University Press, 2002。莱特斯对决疑法在16世纪中叶到17世纪中叶的发展进行了论述。多纳文著作的第五章也对此做出了详细论述。

(James Howell) 的《家常信札》以降的传统]、中世纪以来的自传体叙事传统（自传和日记等），以及由《旁观者》等期刊所推广的散文传统，都对现代小说的产生功不可没，催生了许多直接描摹人物“内心”的手法，如笛福的自述体、理查逊的内心剖白体、斯特恩的谈话体、从菲尔丁到伯尼再到奥斯丁的自由间接引语等。人物时而与“内心”交流，时而互相诉说或争辩，也时刻邀请读者参与和品评。

不过，现代小说的“内心”描摹在写实之外，也受到罗曼司的影响。整个 18 世纪，罗曼司和新崛起的小说之间的界限一直不太分明，虽然 novel 一词在英语中已经很常用，但许多作家与批评家——如克拉拉·里弗（Clara Reeve）和威廉·葛德温（William Godwin）——都随意将 novel 和 romance 这两个词混用，而法语、德语仍然以 roman 来表示长篇小说。[1] 由此可见，现代小说与 17 世纪在法国、西班牙等地复兴的罗曼司传统有很大关系。此时，虽然中世纪骑士传奇被普遍摈弃，但古希腊开创的英雄罗曼司却开始盛行，与译介至西方的东方传奇故事的影响相交织，造就了许多用散文写就的、具有理想化倾向的英雄和史诗传奇，以曲折多变的叙事手法（包括倒叙、插叙等）称颂主人公的坚韧和信念。散文罗曼司与短篇故事的分野可以在叙事空间层面上考察，分别体现了欧洲航海探险与殖民扩张背景下全球文化的重构和私人领域的变迁；也可以从“内心”书写的角度来进行区分，罗曼司凸显对于道德和情感的浪漫想象，而短篇小说则注重在现实语境中考察“内心”的写实精神。

以出生于罗马尼亚的帕维尔（Thomas Pavel）为代表的一些当代学者曾论述过罗曼司与现代小说兴起的关系，在某种意义上回归了克拉拉·里弗、邓勒普（Johan Dunlop）等 18 世纪和 19 世纪批评家最

---

1 Clara Reeve, *Progress of Romance*, London: W. Keymer, 1785; William Godwin, “Of History and Romance,” (1796) in Maurice Hindle, ed., *Caleb Williams*, Harmondsworth: Penguin, 1988, pp. 358 - 373.

早提出的小说来源于也有别于罗曼司的观点。具有标志性的早期现代罗曼司包括塞万提斯的《波西利斯和西吉斯蒙达》（*Persiles and Sigismunda*，1617）、贡布维尔（Gomberville）的《玻利山大》（*Polexander*，1632—1637）、玛德琳·德斯库德里（Madeline de Scudéry）的十卷巨作《阿尔塔曼尼，或伟大的塞勒斯》（*Artamene ou le Grand Cyrus*，1649—1653）在内的许多里程碑式作品，遍布意大利、西班牙、法国、英国和德语区。这些作品基本放弃了中世纪骑士传奇中骑士追求功勋、名声的设定，但保留了骑士对未曾谋面或偶然遇见的女士的强烈情愫和比武竞技等元素，也延续了史诗和英雄传奇中主要人物栉风沐雨获得成功的情节模式。它们往往凸显人物（被遮掩的）高贵出身与美好品质，主人公即使深陷困境，仍然因为勇力与美好品质获得新生：贡布维尔描写加那利群岛国王玻利山大为了追求画中见过的另一个岛国女王而历经考验，一度在非洲成为奴隶，而德斯库德里笔下以波斯王塞勒斯为原型的男主人公被逐出家园，化名阿尔塔曼尼，以兵士身份为自己的叔父效劳，随后又为了营救自己一见倾心的女子四处漂泊；但两人最后都重回高位，并与美人终成眷属。可见，早期现代虚构叙事不仅有对人的“内心”加以审视和剖析，以写实手法考察情感与道德规约张力的倾向，同时也具有将叙事情境极限化、对人物进行理想化呈现的倾向，后一种倾向对18世纪的新兴小说也产生了深远的影响。18世纪小说中不断出现约伯受难般的场景，让主人公历经艰险磨难，最后凭借坚韧的美德获得现实或精神上的胜利。这个特点不仅出现在理查逊的《克拉丽莎》（1748）和菲尔丁的《阿米莉亚》（1751）中，也常见于18世纪后期泛滥的感伤小说，如英国作家索菲亚·李（Sophia Lee）、海伦·玛利亚·威廉斯（Helen Maria Williams）、夏洛特·特纳·史密斯（Charlotte Turner Smith）的小说与法国作家李柯波尼夫人（Marie Jeanne Riccoboni）和让-弗朗索瓦·马蒙特（Jean-Francois Marmontel）的小说。

从写实性短篇小说和罗曼司发展而来的两个传统——私人内心的“真实”写照与英雄游历叙事——在18世纪的欧洲小说中紧密缠绕在一起，因而有很多作品难以简单归入某一类型，而是兼有书写内心“真实”的新颖形式与比较传统的理想化叙事套路，凸显我们之前提到的18世纪“真实”观的两个侧面，一方面尊重和关照开放、复杂的现实，另一方面乐观地赋予其体现某种时代需求的秩序。以情感或历险远行为主题的18世纪小说都同时具有这两个侧面。情感小说通过对私人领域和个体“内心”的描摹构建国家政体的隐喻，因而具备社会与政治批评的功能。用麦基恩的分析来说，18世纪小说中有很多“作为政体的家庭”[1]。但与此同时，它们又总是充满程式化的浪漫想象，将女性变成天然德性的化身和社会道德秩序的基石，将早期现代以来欧洲女性对性别束缚的批判和质询转化为对中产社会秩序的支撑[2]。以个人游历为主线，在空间上跨地域或跨国的18世纪小说也呈现出类似的双重性。它们经常沾染幻想色彩，把人物推向极限设定，背负沉重的困苦，但其实并不脱离现实，都以自己的方式切近资本主义信用经济、现代国家政体、欧洲殖民扩张等同时代政治议题。感伤小说、异域小说、弥漫惊悚和忧郁情绪的哥特小说等18世纪中后期非常普遍的叙事种类都有影射、批判现实的一面。

罗曼司与早期现代短篇小说这两个叙事传统的交叉融合也与18世纪“内心”观的内在张力相关。18世纪小说普遍注重刻画人物的“内心”，情感小说自不待言，即便是仿照罗曼司的结构原则，以人物纪行

---

1 Michael McKeon, *The Secret History of Domesticity: Public, Private, and the Division of Knowledge*, Baltimore: Johns Hopkins University Press, 2005, p. 120.

2 18—19世纪小说在赋予女性道德权威的同时，又将她们逐渐封闭于私人领域的观点，最初由批评家阿姆斯特朗提出。参见Nancy Armstrong, *Desire and Domestic Fiction: A Political History of the Novel*, New York: Oxford University Press, 1987。当代研究18世纪小说中女性地位的学者基本认同阿姆斯特朗的观点，虽然一般会强调女性对资产阶级公共领域的诞生也有重要影响。

串连起各色见闻和小故事的长篇小说也同样注重人物描摹。在这些作品中，人物不只是串连故事的线索，他们在记录见闻的同时也如货币一样流通，被周遭人解读，曲折地获得自己的价值，同时以第一人称叙事的方式与读者直接交流，邀请读者的阐释和情感共鸣。法国勒萨日的流浪汉小说《吉尔·布拉斯》（1715—1735）和英国斯摩莱特（Tobias Smollett）的《亨弗利·克林可》（*The Expedition of Humphry Clinker*，1771）等作品都有这样的特征[1]。这说明18世纪小说试图协调个人主权与外在限制之间的冲突，与我们之前总结的启蒙时期的"内心"观具有互文关系。这些作品一方面强调私人内心和情感可以被描摹、概括，是由私人占有的财产，另一方面强调私人内心总是向公共流通和交往的领域敞开，不断表演的姿态和没有确定的真相，也无法被任何个体完全占有。西方现代小说在延续之前叙事文学的基础上做出了重要创新，发展出了凸显人物多维度内心、体现人物与环境之间复杂关系的多种叙事和描写手法[2]。

四、18世纪英语小说的读者和市场

现代小说的兴起不仅源于一个由不同话语编织而成的复杂语境，也以18世纪出版业和图书市场为物质性依托。长期以来，对现代小说的兴起与出版业关系的研究苦于数据不足，不过自1960年以来，出现了一系列18世纪英国虚构叙事目录，这些目录包含的信息非常丰富，据此可以计算不同年份出版的原创和翻译作品的数量、种类，

---

1 参见 Deidre Lynch, *The Economy of Character: Novels, Market Culture, and the Business of Inner Meaning*, Chicago：University of Chicago Press, 1998。

2 国内学者中，黄梅最早将18世纪英国小说与"现代主体"相关联，影响很大。黄梅：《推敲自我：小说在18世纪的英国》，北京：生活·读书·新知三联书店，2003年，第9页。本文试图将"现代主体"的问题精确到"内心"概念的生产，并与"虚构真实"概念相关联，对现代欧洲小说的兴起做出新的阐释。

及其再版的频次，也可以推测这些作品预期的读者群体和可能产生的传播效应。这些目录包括：《英语散文虚构叙事清单 1700—1739》（*A Checklist of English Prose Fiction 1700—1739*，1960）、《英国出版散文虚构叙事作品清单 1740—1749》（*A Checklist of Prose Fiction Published in England 1740—1749*，1972）、《不列颠虚构叙事 1750—1770》（*British Fiction 1750—1770*，1987）、《1770—1829 年间的英国小说：不列颠诸岛出版散文叙事目录》（*The English Novel 1770—1829: A Bibliographical Survey of Prose Fiction Published in the British Isles*，2000）。这些目录统计了新出版的原创或翻译作品，也同时追溯这些作品的再版历史，对"英文短标题目录"（English Short Title Catalogue）中记载的 18 世纪出版书目信息做出了关键性补充。我们了解小说出版与印刷业的关系，必须从 18 世纪小说出版目录入手，同时参照有关出借图书馆的研究，勾勒小说出版的商业背景以及小说的流通状况和社会影响。18 世纪英国印刷商的账簿基本没有流传，因此研究很难深入考察印刷业的商业模式，也无法在目录中对各类小说的缩节本、改写本做统计，这些因素都对目前考察 18 世纪小说发生发展的历史构成了一定限制。

这些目录显示，18 世纪见证了大众媒体第一阶段的发展，这个阶段以纸媒为中心。印刷业在 18 世纪英国的发展与科技进展的关系并不大，更重要的推力是版权法和判例的演变、出版业商业模型的建立，以及阅读习惯和群体的养成。小说的发展受益于纸媒的发展，也对后者做出了贡献。从 1695 年《出版审查法》失效到 1810 年蒸汽印刷机获得专利，英国印刷业加速发展，催生了全新的书写和阅读生态。现代"作者"的概念在版权法和相关诉讼案的加持下崛起，印刷品的数量和种类都大大增加，新闻报刊的传播都为小说传播奠定了基础。[1]

1　参见金雯：《作者的诞生》，《读书》2015 年 2 月，第 94—103 页。

小说与诗歌、戏剧一样，是18世纪丰富多元的媒介文化中的重要元素，也是这些体裁中与印刷媒体联系最紧密的体裁。上述目录中收集的数据印证了一代代批评家构筑的共识，即虚构叙事的社会影响随着18世纪印刷文化的发展而发生了决定性的改变，现代小说快速崛起。

整个18世纪，小说出版的数量的确明显增加，不过，严格地说，我们无法精确地统计小说的数量，只能笼统计算虚构叙事作品的数量。一部作品是否"虚构"可以通过与事实的对应关系做出判定，但"写实性"这个标准是无法落实的，如本章第一节所述，"虚构真实"以不同程度和方式出现在18世纪各类叙事作品中，我们无法在写实性小说和罗曼司之间划出清晰的界线，因此上述目录都以笼统的"虚构叙事"为遴选标准，我们也可以用比较广义的"小说"（即写实和幻想交织的杂糅性虚构叙事）一词来表示这个范畴。1700—1739年，一共有四百多部虚构叙事作品出版，包括三分之一左右的翻译作品，这个时期，只有一部新创作的虚构叙事作品（即除了重印的作品之外）自称为"罗曼司"。[1] 1740年代是"虚构真实"观初步确立的时期，也是小说真正崛起的时代，此时虚构叙事的出版数量达到了338种。1750—1770年，虚构叙事数量进一步增加，至约1400种书目，随后，经历了1775—1785年的低谷（此时由于不明原因虚构叙事出版较为萎靡）之后数据再次上扬，1770—1799年共有1 421部新的虚构叙事作品出版。在所有这些作品中，翻译作品占据了较大的比例，法语翻译著作从17世纪就开始流行，在18世纪中叶数量明显上浮，而到了1770年代，英国人也开始对德语虚构叙事文学显示出更多的兴趣，从德语译入的作品几乎与法语作品的数量持平（都在9%左右）。从其他语言（中

1 William Harlin McBurney, *A Checklist of English Prose Fiction 1700 - 1739*, Cambridge: Harvard University Press, 1960, p. vii.

文、波斯语、梵语等）译入英语的虚构叙事相对较少，但也构成了一个重要而亟待进一步考察的领域。[1] 同样值得注意的是，虚构叙事的发展与女性介入出版的程度有着相辅相成的关系：署名女性作家的作品比例从1780年开始攀升，超过了署名男性作家的作品；由于1790年之前的虚构叙事大多匿名出版（1790年代署名出版比例加大），因此目录编撰者不得不根据出版商宣传材料和小说评论文中提供的信息等研究手段确定匿名出版物作者的性别，从这个数据上也可以看出18世纪末女性作者比例的增加。[2]

进一步细化考量，从这些目录的确可以看出18世纪英国“小说”和“罗曼司”的不解之缘。“罗曼司”在18世纪初的英国蒙上了一层负面色彩，1740年代，与同时代英国生活对话的写实性作品成为虚构叙事市场上的强势类型，不过此时“小说”一词使用得很少。1770年之后，“小说”这个术语的地位奠定了，但写实性小说却受到来自以感伤和哥特小说为代表的一系列想象色彩浓厚的叙事的冲击。可见，前面论述的“虚构真实”观念的确立并非一蹴而就的简单过程，在整个18世纪的进程中，写实性叙事的确有长足发展，“小说”这个术语的使用也得以确立，然而写实性叙事并没有压倒具有幻想色彩的叙事，而且整个世纪中的大部分叙事体裁或作品很难被明确归入写实或幻想的范畴，体裁和叙事模式的杂糅性可以说是18世纪虚构叙事发展的总体特征。目录的数据为前文的论述提供了支撑。

对这一观点稍加展开说明。目录指出，18世纪第一个10年，英国出版的虚构叙事喜欢以“回忆录”（memoirs）自称，第二个十年风潮转变为“生活”（life）、“历险”（adventures）和“小说”（novel），而

---

1 James Raven, *The English Novel 1770 - 1829: A Bibliographical Survey of Prose Fiction Published in the British Isles*, Volume I：1770 - 1799, Oxford：Oxford University Press, 2000, pp. 56 - 65.

2 Ibid., pp. 45 - 49.

“历史”（history）和“秘史”（secret history）在30年代流行（这说明麦基恩在《家庭秘史》中勾勒的“秘史”被“小说”取代的历史并非线性前进的过程）。[1] 1740—1749年，大部分虚构叙事仍然借用“历史”“历险”“旅行”等非虚构体裁的命名，借非虚构叙事体裁对读者的吸引力，给自身冠以“小说”一词的作品在所有虚构叙事出版物中不过二十种左右，其中还包括多个沿用意大利语中的novella和西班牙语中的novela表示短篇故事的例子。[2] 不过，虽然“小说”这个名称此时尚未被大规模使用，写实的旨趣正是在这个时期成型的。理查逊、亨利·和萨拉·菲尔丁、海伍德和斯摩莱特等人在1740年代出版的作品深受读者欢迎，展示了以当代生活为题材的小说具有的魅力。1750—1770年这个时期的小说以重印居多，出版商在永久版权的保护下以重印旧作吸引新的读者，扩大图书市场，对新作者支持不多，在1774年永久版权基本被推翻后，这种情况得以改变。[3]

到了1770—1800年，“小说”这个术语开始真正被广泛使用，原创小说作品增加。[4] 1780年代后期开始，随着专注小说的出版商出现、出借图书馆培育扩大了小说读者群体，新型小说又强势崛起，1880年达到最高峰，一年出版了100部小说。从具体体裁上来说，17世纪下半叶在法国出现并通过翻译流入英国——主要被翻译的法语作者包括格拉菲尼（Francois Grafigny）、德·博蒙夫人（Madame Le Prince de

1 William Harlin McBurney, *A Checklist of English Prose Fiction 1700 - 1739*, Cambridge: Harvard University Press, 1960, p. viii.

2 Jerry C. Beaseley, *A Check List of Prose Fiction Published in England 1740 - 1749*, Charlottesville: University of Virginia Press, 1972.

3 James Raven, *British Fiction 1750 - 1770: A Chronological Check-List of Prose Fiction Printed in Britain and Ireland*, Newark: University of Delaware Press, 1987, p. 10.

4 James Raven, *The English Novel 1770 - 1829: A Bibliographical Survey of Prose Fiction Published in the British Isles*, volume I: 1770 - 1799, Oxford: Oxford University Press, 2000, p. 16.

Beaumont），以及前文提到的李柯波尼夫人——的书信体小说在1770—1790年依然十分兴盛，平均来说，这两个十年40%的新出版小说都是书信体。[1] 与此同时，在18世纪的最后三十年里，感伤小说和哥特小说相继流行而引领虚构叙事的风潮，不过，在这两个我们相对熟悉的种类之外，历险故事也非常强势，说明流浪汉小说、海外或国内历险小说、间谍小说、物小说（以钱币和物件为"主人公"串联起不同见闻的作品）的影响绵延不绝。[2] 不论是书信体小说、历险小说，还是更具有标志性的感伤和哥特小说，都与罗曼司一样，在情节设定上有着与事实相悖之处，也经常被同代批评人称为"罗曼司"，但作者也在其中渗透进了富有时代特色的观察和思考，再一次说明小说与罗曼司的纠葛。吊诡的是，虽然"罗曼司"一词已经在18世纪上半叶被英国作家摒弃，但罗曼司的内核借着18世纪晚期树立起来的"小说"外壳复苏。18世纪晚期的哥特小说经常仿照《奥特朗托城堡》（1764）的模式，以一份失而复得的手稿作为小说的由头，凸显了一种文学自觉。哥特小说深刻地意识到自身与现实世界背离的特性，用假托手稿的方式征用历史悠久的另一种写实主义，即"验证性写实主义"（authenticating realism）——在乔叟笔下已经出现的依靠实录或转述确立叙事可信度的做法——由此规避被读者轻视的风险。因此，正如前文指出的，小说在18世纪中叶与社会现实关联之后，又很快成为一个边界不明的概念。18世纪末，里弗斯和葛德温仍然不认可"小说"与"罗曼司"的分野，将所有虚构叙事称为"罗曼司"，而1808年，一位英国牧师建议使"小说"（novel）一词成为囊括所有虚构叙事的

---

1 James Raven, *The English Novel 1770 - 1829: A Bibliographical Survey of Prose Fiction Published in the British Isles*, volume I: 1770 - 1799, Oxford: Oxford University Press, 2000, p. 31.

2 Ibid., pp. 32 - 35.

文类，罗曼司也包含在内。[1] 历史证明，19 世纪的英语的确采用“小说”作为虚构叙事的总称，法语、德语则沿用“罗曼司”一词，但不论哪个词语胜出，“小说”与“罗曼司”都有着水乳之契，无法人为将其分离。总之，西方虚构叙事的确在 18 世纪发生了“写实”转向，但这种转向不能被绝对化看待，这也是为什么有学者已经倡议重估 18 世纪“小说”兴起的命题。[2]

梳理了虚构叙事体裁在 18 世纪的出版状况后，我们要考察目录数据中流露的更重要的信息，即广义的“小说”在 18 世纪如何流通，取得了什么样的文化地位和影响力。理解这个问题对我们理解这个时期小说作家的叙事选择至关重要。对 18 世纪小说阅读情况的估算是一个经典难题，瓦特在《小说的兴起》中曾认为，小说的发展符合“中产”读者的需求，与女性读者的增加也息息相关，但主要依据文人言论，且言之泛泛。雷文（James Raven）在其编纂的 1750—1770 年目录的前言中提供了重要的技术化论证，根据出借图书馆借阅记录、图书征订用户名册、印刷规范变迁等推测小说阅读趋势的变化，我们可以在此转述。从发行量来说，一般虚构叙事作品印数为 500—1000，著名作家都可以达到 4000 左右，不过这些书的流通和去处仍然不够清晰。[3]

---

1 Edward Mangin, *An Essay on Light Reading, as It may be Supposed to Influence Moral Conduct on Literary Taste*, London: J. Carpenter, 1808, p. 5. 转引于 James Raven, *The English Novel 1770 - 1829: A Bibliographical Survey of Prose Fiction Published in the British Isles*, volume I: 1770 - 1799, Oxford: Oxford University Press, 2000, p. 16。

2 最著名的是阿拉瓦穆登（Srinivas Avaramudan）借 18 世纪盛行的东方题材幻想故事做出的论证，参见 Srinivas Avaramudan, *Enlightenment Orientalism: Resisting the Rise of the Novel*, Chicago: University of Chicago Press, 2012.

3 James Raven, *British Fiction 1750 - 1770: A Chronological Check-List of Prose Fiction Printed in Britain and Ireland*, Newark: University of Delaware Press, 1987, p. 25.

雷文指出，我们首先可以从经济角度估量潜在或目标读者阅读小说的途径，宽泛定义的中间阶层（middle station，贵族以下农民以上的阶层）内部的收入差别很大，家庭仆役和教师可能一年收入为5—12镑，但店主和商人的年收入可能以千镑计，后者可能会购买新出版物，前者更可能从出借图书馆获取当下流行的书籍。同样，家境比较优渥的女性会读8开本印刷较为精美的小说，女仆和地位较低的男性可能会购买有关同阶层人物经历、篇幅较短、装帧粗糙的故事。其次，小说的主题和风格也与潜在读者相关，很多夺人眼球、在虚构和纪实边缘徘徊的小说不能简单地与女性读者群对应，社会丑闻小说、政治讽刺小说、旅行小说、色情小说、地方风味小说等体裁很难有性别单一的读者。不过，小说的发展仍然可以与女性读者群体的培育挂钩，1725年出现的出借图书馆制度以扩大女性读者群为商业策略，著名出版商诺贝兄弟（John and Francis Noble）创办的出借图书馆——时间估计在1745年或之前不久——吸引的主要顾客群体就是年轻女性，这些图书馆经常使用时兴的小说作为吸引用户的要素。也正是在1750—1770年这段时期，英国的文学评论刊物——尤其是斯摩莱特创办的《批评》（*The Critical Review*）——也增加了刊登小说评论的频率。[1] 这种种信息都可以说明从18世纪上半叶开始，小说的传播力度和社会地位有所提升。

在雷文的论证之外，我们也可以援引其他相关材料做出补充。可以发现，小说地位从18世纪中叶到晚期进一步提升。直至18世纪晚期，出身显赫的出版商不愿意出版小说，忌讳其中有伤风败俗之嫌的元素，小说出版由几个主要的出版商推动——世纪中叶是诺贝、朗得

---

1 James Raven, *British Fiction 1750 - 1770: A Chronological Check-List of Prose Fiction Printed in Britain and Ireland*, Newark: University of Delaware Press, 1987, pp. 25 - 32. 有关诺贝出借图书馆的历史，参见 James Raven, "The Noble Brothers and Popular Publishing," *The library*, s6 - 12.4 (1990), pp. 293 - 345。

斯（Thomas Lowndes），晚期是莱恩（William Lane）和胡克姆（Thomas Hookham）——而他们也都兼营出借图书馆。在18世纪中叶，出借图书馆不得不在表面上与小说保持距离，我们可以从现存22个出借图书馆的目录中窥见这个状况。18世纪中叶创立的朗得斯出借图书馆现存四份目录，小说大约占不到30%，1755年目录的封面特别指出藏书包括“迄今所有已经出版的小说以及其他娱乐性书籍”，1760年代的三份目录都在封面上去掉了“小说”与“娱乐”的字眼，虽无法坐实其缘由，但说明强调小说不完全有利于扩大图书馆的商业收益。[1] 不过，18世纪晚期最重要的小说出版人莱恩依托自己创立的出借图书馆，再一次强势推动小说（尤其是哥特小说）的出版和阅读。此外，18世纪晚期出现了小说经典化的征兆，可以说明小说社会地位的提升。1780年代运行的《小说家杂志》（*The Novelist's Magazine*）从17世纪晚期以来英国出版的原创和翻译小说中遴选出部分刊载，尝试对小说的品质加以评判。19世纪初，苏格兰人邓勒普（John Colin Dunlop）步17世纪法国人休伊特（Pierre Daniel Huet）的后尘，编纂了一部西方虚构文学史，英格兰女诗人巴伯德（Anna Laetitia Barbauld）编纂了50卷的英国小说作品选集。[2]

但小说地位的提升始终面临着巨大阻力。小说的流通推动了阅读公众的扩大，使女性与中下层男性都成为其重要的组成部分，对传统社会的阶层和性别结构都提出了挑战。在18世纪的英国，小说对社会稳定的威胁经常被提及，而且一般聚焦于女性读者，尤其是帕梅拉那

---

1 Norbert Schürer, “Four Catalogues of the Lowndes Circulating Library, 1755－66,” *The Papers of the Bibliographical Society of America* 101.3（2007）, p. 343.

2 Richard C. Taylor, “James Harrison, ‘*The Novelist's Magazine*’, and the Early Canonizing of the English Novel,” *Studies in English Literature, 1500－1900*, 33.3（1993）, pp. 629－643. John Colin Dunlop, *The History of Fiction*, London: Reeves and Turner, 1816; Anna Laetitia Barbauld, *The British Novelists: with an Essay, and Prefaces, Biographical and Critical*, 50 vols., London: Rivington, 1810.

样的女仆阶层读者。17 世纪晚期和 18 世纪上半叶浮现了许多对罗曼司阅读的批评，主要强调罗曼司与经验性现实的脱节。18 世纪中叶，面对快速崛起的小说，宗教和文化保守人士指出，小说虽有宣扬社会性情感之实，但若取代宗教教诲则大不可取，其中描写的充沛情欲和污秽的凡俗生活更不可接受。[1] 1770 年代之后感伤小说的发酵更使小说体裁陷入了舆论危机，国教牧师、散文家诺克斯（Vicesimus Knox）认为小说家中只有菲尔丁是有学识的天才，而斯特恩风格的小说会削弱头脑，使之无法抵御情欲冲动。[2] 18 世纪末的女作家也清晰地意识到过度感性给女性带来的问题，英其巴尔德（Elizabeth Inchbald）、埃奇沃思（Maria Edgeworth）、史密斯（Charlotte Turner Smith）等人都以自己的小说写作实践矫正过度煽情的弊端，破除女性情感脆弱的刻板印象，她们的立场与沃尔斯通克拉福特（Mary Wollstonecraft）《为女权辩护》（*A Vindication of the Rights of Women*，1792）中为女性接受理性和智识教育的疾呼交相映照。不过，17 世纪和 18 世纪也不乏对小说效应的肯定，17 世纪末，英国女诗人菲利普斯（Katherine Philips）就化名德莱克（Judith Drake）提出“罗曼司、小说、戏剧和诗歌”使年轻女读者拥有“对词语和理智（words and sense）的把握”，与法国外交家兰列特-杜福莱斯诺伊（Nicolas Lenglet-Dufresnoy）在其著作《论小说（罗曼司）之用》（*De L'usage des Romans*，1734）中

---

1 James Relly, from “The Life of Christ”（1762），转引自 Cheryl Nixon, ed.，*Novel Definitions, An Anthology of Commentary on the Novel, 1688 - 1815*, Ontario: Broadview Press, 2008, pp. 278 - 279; James Fordyce, “On Female Virtue”，转引自 Cheryl Nixon, ed., *Novel Definitions*, pp. 263 - 266。福迪斯（Fordyce）对理查逊是加以肯定的。

2 Vicesimus Knox, “On Novel Reading,” in *Essays, Moral and Literary*（1778），转引自 Paul Keen, ed., *The Age of Authors, An Anthology of Eighteenth-Century Print Culture*, Ontario: Broadview Press, 2014, pp. 329 - 332。

的观点相通。[1] 在以女性为主要读者的媒体平台上，对小说的看法尤其多元，《女士杂志》（*The Lady's Magazine*，1770—1818）刊载了一系列评论小说阅读的文章，观点各异，总体来说一方面强调普通小说对女性心灵的侵蚀，一方面赞扬文质俱佳的个体作品，包括伯尼（Frances Burney）、麦肯锡（Henry Mackenzie）、理查逊等作者的作品。[2]

小说所引发的文化焦虑和争议从侧面证明了小说社会影响力的积聚。本书稿分析的 18 世纪小说都隐含着一种对话结构，理查逊小说中的书信、菲尔丁笔下不断与读者直接对话的全知叙事者，斯特恩在小说中安插的内部读者，感伤小说和哥特小说对读者反应的预期，都体现了 18 世纪小说的读者导向，是小说积极参与英国社会道德构建、缔造现代性观念的明证，成为媒体文化中的重头力量。与此同时，这些小说也充满了冷静的“出世”精神，无一例外地对媒体文化的潜力和危机提出了自己的反思，对身体和心灵的关系做出了最为深刻的剖析。这些小说是不可忽视的文化案例，拥有所谓引领潮流和日程设置的力量，也同样拥有敏锐的天才目光，凝聚了深厚的复杂性和内在悖论。它们吸引和打动着无数 18 世纪读者，但也对情感在身心关系、主体性建构和社会整合性这些时代性难题中的位置提出了卓越的洞见。

总而言之，西方现代小说的兴起是一个多源头事件，是诸多文化

1 Judith Drake, from “An Essay in Defence of the Female Sex” (1696)，转引自 Cheryl Nixon, ed., *Novel Definitions, An Anthology of Commentary on the Novel, 1688 - 1815*, Ontario: Broadview Press, 2008, pp. 259 - 260。

2 转引自 Jacqueline Pearson, *Women's Reading in Britain 1750 - 1835*, Cambridge: Cambridge University Press, 1999, p. 197。同样题材，参见 Berlinda Black, *The Woman Reader*, New Haven and London: Yale University Press, 2012.

现象的合力所致，也是启蒙时期观念史和出版史的重要组成部分。现代小说与17、18世纪的欧洲哲学、美学以及抒情诗传统共同缔造了一个急切探索、书写“内心”和情感“真相”的文化，使现代主体所依赖的“内心”观得以绽放。这个时期，哲学、伦理学、美学、历史和社会理论纷纷聚焦“内心”与社会的关系，聚焦向环境敞开的身体感官和灵魂、头脑或主观意识之间的关联，寻找各种途径调和“内心”与他者的冲突。现代小说秉承悠久的西方叙事文学传统，在18世纪全球化语境中对这个传统的不同支流加以糅合和改造，成为一个新兴的文学体裁。到了世纪中叶，小说数量众多，形式较为成熟，虽然它的地位和作用不断受到质疑，但在现代出版业的支撑下具备了对个体意识与社会关系做出深入思考并产生影响的功能，也成为推动印刷文化发展的重要力量。

不过，现代小说的历史功能和意义很难一言以蔽之。它折射的是一个宏大的启蒙梦想，具有深刻的政治内涵。不论是现代小说，还是其对应的“虚构真实”观与“内心”观，都试图斡旋早期现代欧洲逐渐显现出来的个体与法律、政治和社会群体间的冲突。然而，这个随着现代性萌生不断激化的冲突并没有一劳永逸地得到解决。启蒙的方案即使在18世纪也已经暴露出很多盲点和弊端，主体在理论层面的完美无瑕遮蔽了现实中不同社会群体被物化、原子化、无（污）名化等问题，这些问题到19世纪及之后更是展露无遗，引发了很多对于启蒙的批评。如何使不同人群都能有权定义何为主体，探索以他们自己的方式成为主体的路径，进而在不同社会形态和政治制度的对话中为人类找到更好的和谐共处的路径，是启蒙思想和18世纪小说无法解决的问题。18世纪的欧洲小说和欧洲文化已经开始意识到自身的局限，从内部发出了许多质疑的声音。正如18世纪德国犹太裔哲学家摩西·门德尔松（Moses Mendelssohn）在他不太著名的杂志文章《回答问题：什么是启蒙?》（1784）中发出的警示：“一件事物在完美状态下越是杰出，那么当它堕落腐化之时就越为偏颇狭隘。”[1] 19 世纪，马克思在黑格尔将启蒙所构想的自主自为的个体历史化的基础上，提出了对启蒙“内心”观和主体观的根本性批评，说明它们源于资本主义和现代国家所创造的“物质的生活关系”，也无法脱离其束缚。[2] 这个批评为包括哈贝马斯和法兰克福学派在内的许多有关启蒙思想的研究和批评开拓了一条关键道路。

对现代小说及其“真实”观和“内心”观的批判自 19 世纪以来不绝如缕，而延续拓展这个批评的前提是充分了解其复杂的生发和形成机制。现代小说与之前之后的叙事传统都有很强的连续性，但仍然拥有许多独特的形式特征和价值取向，标志着未来将蔓延至全世界的现代主体性信念及其危机的首次呈现。

---

1 Moses Mendelssohn, “Ueber die Frage: was heißt aufklären? (1784)”, https: //www.deutschestextarchiv. de/book/view/mendelssohn_ aufklaeren_ 1784/?p= 1, access March 1, 2021. 这是门德尔松应《柏林月刊》杂志征文启事撰写的文章，康德为同一个征文撰写的文章更广为人知。

2 [德] 马克思：《〈政治经济学批判〉序言》，《马克思恩格斯文集》第 2 卷，北京：人民出版社，2009 年，第 591 页。关于马克思对启蒙思想的批判，参见刘同舫：《启蒙理性及现代性：马克思的批判性重构》，《中国社会科学》2015 年第 2 期，第 4—24 页。

第五章

克拉丽莎的忧郁：理查逊小说中的“私人”和“隐私”观念

理查逊是18世纪中叶对整个欧洲小说界产生巨大影响的作家，他出身并不显赫，父亲原本在伦敦有自己的家具和木材出口公司，受蒙马特公爵叛变的连累，举家搬迁到德比郡贫穷度日。理查逊的教育很可能仅限于语法学校，没有古典学修辞学的训练。不过他自幼便有写信的才华和爱好，这也就构成了他的文学启蒙。青年理查逊成为一位印刷商人，主要印刷品是新闻期刊，印刷铺经营有方。

理查逊并没有刻意想成为作家。1739年，他受朋友鼓励编撰一本日常书信集，受此经历启发，他开始创作第一部小说。1740年，《帕梅拉》出版，告诫年轻女子用美德来赢得尊重和爱情，不要被幻想平民变成公主的罗曼司程式迷惑而降低自己的道德操守。此后理查逊名声大噪，在法国和德语地区也受到众多作家的仿效和追捧。《帕梅拉》也引发了一场著名的争论。菲尔丁认为这部小说的主人公帕梅拉言行周全，显然深明世故，不可能如理查逊设计的那样天真，她坚持不为主人的引诱所动只能是为了与之合法成婚，实现社会地位跃升，因此创作了故事《莎梅拉》（1741）反讽帕梅拉这个人物内藏的心机。1748—1749年，理查逊出版了悲剧色彩浓郁的第二部小说《克拉丽莎》，刻意避免了《帕梅拉》让部分读者不满的浪漫化结局，1749年推出《克拉丽莎》的第二版，1751年又推出了扩充后的第三版。[1] 这是理查逊成就最高的小说，也是 20 世纪批评家最喜欢讨论的一部杰作。他们对克拉丽莎因为情伤和悲痛而产生的身体症状及其对读者的影响做了深入研究，理查逊也因此被 20 世纪中叶之后的文学研究者奉为 18 世纪“感伤小说”（sentimental novel）或“情感小说”（novel of sentiment/sensibility）的开端。[2] 本书稿将“感伤小说”视为“情感小说”的一个阶段，后者的脉络很长，可以包括 18 世纪中叶的小说，也可以包括 17 世纪和 18 世纪之交的“情爱小说”（amatory fiction），其源头在于文艺复兴时期产生的世俗性短篇故事和散文罗曼司的杂糅和交融。[3]

理查逊本人也是情感丰富之人，而且显示出 18 世纪常见的“忧郁”（melancholy）的症状，他的朋友英国医生切尼（George Cheyne），即《英国病症》（*The English Malady*，1733）的作者，将理查逊描绘为一个“疑病性忧郁症”患者（hyppo）。[4] 小说与 18 世纪忧郁理论的具体关联留待有关斯特恩的第八章处理，斯特恩是将理查逊

---

1 1759 年理查逊还出版了《克拉丽莎》的第四版，但这一版没有做什么有意味的改动，与之前版本的区别都源于印刷错误。参见 Shirley van Marter, “Richardson’s Revisions of ‘Clarissa’ in the Third and Fourth Editions,” *Studies in Bibliography*, 28（1975）, pp. 119 – 152。

2 当代 18 世纪文学研究者一般认为理查逊的《克拉丽莎》开启了书写强烈情感并且有意识激发读者强烈情感的虚构叙事传统，这个叙事支流在 1770 年代滥觞，引起了 18 世纪末一些作家的不满和反拨，研究者将这个传统称为“感伤小说”或“情感小说”，这两个词汇彼此意义相近，也经常互换。参见开创性的研究：R. F. Brissenden, *Virtue in Distress: Studies in the Novel of Sentiment from Richardson to Sade*, London and Basingstoke：Macmillan, 1974。

3 如第四章所述，17 世纪晚期萌生的现代小说也主要以情感为主题，延续了短篇小说注重探讨世俗情感的主旨，也同时汲取了罗曼司在广阔的空间背景中投射想象和理想的特征。这也使得 18 世纪具有写实精神的小说与 18 世纪的写实小说有很大的不同。

4 John Mullan, *Sentiment and Sociability: Language of Feeling in the Eighteenth Century*, Oxford：Clarendon Press, 1988, p. 215. 切尼医生是在给理查逊的信件中这样描写收信人的。

开创的“感伤小说”事业向深处延展的作家。这一章，我们重点探讨理查逊小说中忧郁症结的社会和政治源头。克拉丽莎的忧郁体现了18世纪性别、爱情和婚姻观念的情感效应，也说明女性的声音为这些观念发生现代转型提供了重要的动能；[1] 但本章指出，这种负面情感在最深层面上与“内心”观念的根本悖论相关。我们首先要经由克拉丽莎的经历探讨18世纪小说情感研究中的一个基础性问题，即小说中的情感呈现与现代主体观形成的内在关联。理查逊擅长的书信体小说以一种全新的手法模拟人物“内心”，这种写作参与奠定了现代主体观念，也显示了其内在的死结。作为18世纪中叶写实小说兴起之潮的化身，理查逊凸显了弥漫于18世纪思想史和文学史的自省和悲观意识。

《克拉丽莎》的女主人公将自己写信的方式称为“即时写作”（writing to the moment），这也是理查逊对自己第一人称叙事技巧的描绘。“即时写作”是把书信变成人物袒露内心情感的途径，让人物能够对自己身体和精神波动进行即时追踪，即便是描写过去的事件，也会呈现其历历在目的情感效应。这种书写隐含着一种新颖的个体观，说明人们都能够准确地体察自己的内心，即便内心中发生了很多彼此冲突的情感，这些情感仍然属于同一个个体，可以被个体感知并进而加以书写，并在书写的过程中被反思，经由反思更为紧密地融合在一起，使得个人具有完整性和自洽性。理查逊就这样发明了一种支撑现代“私人”（private）观念的叙事手段。

然而，吊诡的是，书信写作不仅构建了现代“私人”观念，也同样是现代媒介社会诞生的重要标志。德国学者西格特（Bernhard Siegert）指出，歌德的感伤小说创作归功于17世纪以来欧洲邮政体系

1　参见金雯：《理查逊的〈克拉丽莎〉与18世纪英国的性别与婚姻》，《外国文学评论》2016年第1期，第22—38页。

的建立，歌德在写作时不断与女读者通信交流，并将这种交流复制在其小说中。[1] 理查逊的创作过程也具有同样的特征，他与女性读者的书信集已经编撰成册，引发了许多对读者反馈作用的研究。[2] 由这种书信往来所表征的早期媒体文化有着双重效应，一方面使每个人都能向读者自由地展现“内心”情感，一方面也使“内心”屈从于读者的判断。构筑了“私人”观念的内心书写也使得“私人”无处遁形，无时无刻不被社交网络所裹挟。正是出于这个原因，“私人”概念不仅引申出“私人性”概念，也同时引申出更具有防卫性的“隐私”这层含义，说明私人经验需要守护，有些必须被明确地命名为不可侵犯的“隐私”。根据《牛津英语大辞典》（OED）的 privacy 词条，“私人性”（表示个体不被公众侵犯的权利）和“隐私”（表示个人隐秘）这两个意思都出现于 17 世纪初，“私人性”的意义要更早些。虽然法律意义上的“隐私权”观念要到 19 世纪才出现，但我们在 18 世纪小说中已经能看到维护“隐私”意识的形成以及对于“私人性”是否能捍卫自身边界的深刻拷问。

理查逊的重要之处就在于对书信体叙事的悖论有所察觉。书信是个人投射和构建内心的媒介，但也时刻使内心暴露在公众的窥伺之下，内心的建构既需要公众又被公众制约的纠结关系是 18 世纪崛起的现代主体性内含悖论的重要根源。理查逊通过拷问“隐私”问题告诉我们，现代“私人”的构建内含难以缓解的矛盾冲突，“隐私”观念体现的是人们对无法坚守内心边界，找不到真正私密空间的恐惧。他对这个悖论给乡绅阶层女性带来的情感负担进行了深刻的摹写，他以女性为中

---

1 Bernhard Siegert, *Relays: Literature as an Epoch of the Postal System*, translated by Kevin Repp, Stanford: Stanford University Press, 1999.

2 Tom Keymer, *Richardson's Clarissa and the Eighteenth-Century Reader*, Cambridge: Cambridge University Press, 1992; Michael Warner, *Licensing Entertainment*, Berkeley: University of California Press, 1998, Chapter 5, “The *Pamela* Media Event”, pp. 176–230.

心的小说一方面是现代主体形成的寓言，一方面又毅然地走向对主体性的反思，在《克拉丽莎》中构造了一出个体心灵被不可控公共舆论淹没，因而被忧郁笼罩的悲剧。

一、书信体小说的改造与现代“私人”观念的形成

理查逊对书信体小说这个体裁做出的巨大贡献就是将这个体裁彻底地内转，使之被用于呈现和考察私人经验的特性，变成“私人性”的符号性载体，也成为“隐私”观念诞生的文化场域。我们首先要考察“私人性”观念的构筑，然后再转向“隐私”。

书信体小说的发展与早期现代欧洲“私人性”观念的出现有着紧密关联，但两者并非天然地契合。书信与小说形式的融合至少可以推至 16 世纪的欧洲。从 15 世纪末起，奥维德的书信体诗集《女性集》（*Heroides*）被翻译成法语等欧洲民族语言，引发了许多模仿者，法语中开始出现虚构书信集和书信模板集，后者包括著名的德·拉·塞拉（Jean Puget de la Serre）的《宫廷书案》（*Le secretaire de la cour*，1690）。随后在欧洲各地出现了私人信件集，这些信件大多以真实信件的面目出现，但具有一定虚构性，比如英国的《家常书信》。与此同时也出现了更为情节化的虚构书信集，如 16 世纪西班牙塞古拉（Juan de Segura）的《情书往来》（*Proceso de cartas de amores*，1548）和意大利帕斯卡利戈（Alvise Pasqualigo）的《情书》（*Delle lettere amorose*，1563）。17 世纪法语中的例子就更为知名，《葡萄牙修女的来信》（*Les lettres Portugaises*，1669）和《土耳其间谍的书信》（*L'Espion turc*，1684—1694）是其中最重要的两例。早期的书信体小说并不强调私人与公共的张力。作者往往藏匿自身的创作行为，将自己定位为发现并编辑书信手稿的编辑，最大限度地增强书信体小说的“纪实性”。这些书信不仅不区分“虚构”与“纪实”，也没有将“私人”和“公共”相

区分的观念，并未表现出任何将私人信件公之于众的不安和犹疑。因此，读者完全意识不到自己身处通信人世界之外，不假思索地成为这些通信的旁观者。有书信体小说研究认为，书信体小说的读者“占有了一些并不是直接寄给他的信件”，因此是一位“窥探爱好者”，[1] 不过早期的书信体小说并没有让读者有强烈的偷窥感，也并没有自觉地充当构筑私人观念的媒介。

正如我们在本书绪论和前几章中看到的，18 世纪的“私人性”观念是由哲学、政治和文学话语等话语体系共同构成的，它一方面意味着划定个人权利和财产的边界，抵御公共权力对私人生活的入侵，一方面也意味着对人的“内心”提出新的阐释，证明人的认知、情感和感官知觉之间可以沟通整合，灵魂与身体彼此协调而兼容，赋予人一种不受外界操控的主体性。理查逊对这种新的私人性观念的形成做出了重要贡献。他虽然沿用了早期书信体小说的手段，声称自己是《帕梅拉》和《克拉丽莎》中所包含书信的编辑，但他开创了“即时写作”这种刻画人物内心的方法，使他“编辑”的书信具有了现代性。理查逊的主要人物能够直面自身复杂的思绪，对它们加以反思整理，做出自主道德抉择，即便是不断被人蒙蔽而走上歧路，也能恪守美德。理查逊的叙事手法显示了对于“内心”完整性和自主性的肯定，深度介入缔造现代“私人性”观念——现代个人主体性——的历史过程。《帕梅拉》和《克拉丽莎》中的女主人公的圣洁形象取决于她们的书信所证实的灵魂的自主与恒久一致。理查逊在给友人亚伦·希尔（Aaron Hill）的信中称自己的作品是一种“新型写作”（new species of writing），[2]

---

1 ［法］弗雷德里克·卡拉：《书信体小说》，李俊仙译，天津：天津人民出版社，2013 年，第 52 页。

2 Christine Gerrard, ed., *The Cambridge Edition of the Correspondence of Samuel Richardson with Aaron Hill and the Hill Family*, Cambridge: Cambridge University Press, 2013, “Letter from Richardson to Aaron Hill,” 1 February 1741, p. 90.

可以引导年轻读者远离罗曼司，虽然理查逊小说得益于之前一个漫长的虚构叙事传统，但他的确极大地推进了西方虚构叙事的现代性进程。

如果我们将理查逊小说与英国17世纪末女作家贝恩（Aphra Behn）分三卷出版的书信体小说《一位贵族与他妹妹之间的情书》（*Love-Letters Between a Nobleman and His Sister*，1684—1687）进行比较，就可以明确看到理查逊小说如何构造了具有复杂完整内心的现代主体。贝恩小说中人物的内心经由三卷逐渐走向空虚和不确定，他们的书信透露的只是令人震惊的秘闻，并不显现出具有明显边界和确定形态的情感世界。第一卷中的书信经常仿照《葡萄牙修女的来信》中已经使用的直接抒怀的手法，人物看似真诚，但已经显露出对情感不加反思的特征；第二卷中主要人物西尔维娅（Sylvia）和费兰德（Philander）都发生了难以解释的情感转向，让人对他们是否有稳定人格产生怀疑，而同时贝恩也通过在人物书信之间安插叙事者说明的方式揭示不同人物的虚假面貌；而到了第三卷，情节再次突然发生转向，西尔维娅成为完全被欲望控制的躯体，沦落为娼妓，个人自主性几近无存。[1] 可以看到，在贝恩的书信体小说里，女性与男性人物一样，都被没有明确逻辑可言的强烈情感所裹挟，缺乏反思自身情感并对它们进行整合与控制的心理过程，内心并不自主独立，也并不自洽。

贝恩的内心书写不仅是对贵族生活的某种影射，同时也指涉自己作为早期现代作者的身份，她作品中人物的异变投射的正是贝恩作为作者无法构建出坚实自我的窘境。学者盖勒格（Catherine Gallagher）很早就提出，贝恩作为复辟时期的女性作家，与同时代的男性作家一样深受无法控制自己身份的困扰，她知道在公众面前作者无权定义自

1　有关《一位贵族与他妹妹之间的情书》的阐释，也可参见 Ross Ballaster, "'The story of the heart': Love-Letters between a Noble-Man and his Sister," in *The Cambridge Companion to Aphra Behn*, edited by Eric Hughes and Janet Todd, Cambridge: Cambridge University Press, 2004, pp. 135-150。

身，会很快失去自我的独立性和完整性。贝恩在戏剧作品和小说中用两种不同的隐喻表明作者，一方面将作者比作“娼妓”（正如西尔维娅最终的命运），一方面将他们比作无能为力的君主，娼妓必须随时改变自己，使得其内在自我变得不那么重要或确定，而君主身处革命时代也很容易沦为奴隶，失去定义自身的能力。贝恩的小说《欧努诺克》（*Oroonoko*，1688）就以落入奴隶贸易魔爪的非洲王子喻指君权，他对于自己的身体和身份完全没有控制力，主动放弃身体——也就是自杀行为——成为自我疏离的巨大隐喻。盖勒格指出，小说中黑色王子的悲剧揭示了奴隶制与资本主义市场所共同遵循的交换逻辑，作家与君主这样的公共人物并没有拥有自我身份和内心的权力。[1] 贝恩的例子告诉我们，在早期现代语境中，虽然宗教桎梏和政治权威的松动已经催生了能与之抗衡的内心观念，但内心处在时刻与外界艰难对峙的境地，很难保全自身。

反观《帕梅拉》，可以看到对于私人内心在与旁观者互动过程中被认可从而被巩固的强大信心，与18世纪兴起的“听众/观众导向的私人性”（哈贝马斯的术语）有很强的互文性。[2] 帕梅拉在第一封写给父母的信中就提到B先生从她手中把信拿走，通读她书信的内容并考察其字迹（hand），试图由此了解她的内心世界。[3] 而帕梅拉的内心剖白也证明B先生的想法并不荒唐，她写的信正是她内心的真实写照。帕

---

1 Catherine Gallagher, *Nobody's Story: The Vanishing Acts of Women Writers in the Marketplace*, Berkeley: University of California Press, 2004, pp. 1-48.

2 Jürgen Habermas, *The Structural Transformation of the Public Sphere*, translated by Thomas Burger, Cambridge: MIT Press, 1991, p. 43. 中译本并未将这个术语完整翻译，参见［德］哈贝马斯：《公共领域的结构转型》，曹卫东、王晓珏、刘北城、宋伟杰译，上海：学林出版社，1999年。

3 Samuel Richardson, *Pamela, or Virtue Rewarded*, riverside edition, edited by T. C. Duncan Eaves and Ben D. Kimpel, Boston: Houghton Mifflin, 1971, vol. 1, Letter one, p. 26.

梅拉在与B先生闹翻后坚持回家，一路上对自己是否应该相信B先生的爱意反复争论，这场与自己的对话使她认识到，自己的内心是分裂，也是统一的，且拥有自由和主权，可以无愧地拥有一个名字。她说："我就这样傻傻地与我自己的内心对话；然而，一刻也没有改变的事实是，这颗心就是帕梅拉。"[1] 理查逊后来对《帕梅拉》做过多次修改，对这部分内容也有所补充，在1801年他去世后出版的最终版本中，帕梅拉在这段之后继续与自己对话，决定暂时相信B先生的好意，她对自己说她的心是"自由"的，可以自主选择是否对B先生表示感激。[2] 这是几句石破天惊的宣言，完美地体现了18世纪中期形成的内心观。帕梅拉认为，个人能反思自身并在意识的不同层面间斡旋协调，这就是个人自主性的最佳证明，也正因为她是自由的，她可以选择相信B先生的良知而不丧失自己的尊严。与此同时，B先生认为帕梅拉的书信体现了一个自由个体真诚的自我剖析，值得信赖，进一步巩固了帕梅拉对自己"内心"的信念，这意味着现代内心观成为一种文化共识，为帕梅拉坚持婚姻自主权提供了保障。《帕梅拉》标志着英国乃至欧洲叙事文学史上一个重要的转折点，是现代内心观念和受其支撑的个人法权意识的响亮号角。

创作《克拉丽莎》的时候，理查逊对书写内心这件事情更是加以有意识的思索，克拉丽莎是一个写作能力更强的帕梅拉，是对自己内

---

1 Samuel Richardson, *Pamela, or Virtue Rewarded*, riverside edition, edited by T. C. Duncan Eaves and Ben D. Kimpel, Boston: Houghton Mifflin, 1971, vol. 2, "Monday Morning Eleven o'clock", p. 217.

2 《帕梅拉》的版本非常复杂，1740年分上下两册出版了小说的第一版，1741—1754年出版了多个修订版本，1761年理查逊去世后出版了一个四册新版，被认为是最终版本。不过，1801年又出现了一个更新的版本，包含了1750年代作者做的修改，这些修改在1761年的版本中并未体现。企鹅经典出的《帕梅拉》依据的底本为1801年版本，这段引语就出自企鹅经典版。参见Samuel Richardson, *Pamela: or Virtue Rewarded*, edited by Peter Sabor, London: Penguin Books, 1985。

心分析极为详尽，极力争取有关自身经历阐释权的书信作者。她在不清醒的情况下遭受勒夫利斯侵犯，随后在几近疯狂的状态写下了许多给不同人的信件，在给勒夫利斯的语无伦次的信中，她表示对勒夫利斯的怜悯，因为“当我所有的心门闭锁，只有钥匙眼除外，而近来也有钥匙插进去，但你在你的位置，居然没能打开其中任何一扇”。[1] 这里，克拉丽莎将自己的内心比作一间密室，她可以在其中安全地栖身，但这间密室对他人并不封闭，上面插着一把钥匙，只要在适当时候轻轻转动钥匙，就可以打开她的心门，钥匙的意象喻示了克拉丽莎对他人理解和认同的期待。《帕梅拉》和《克拉丽莎》中的空间结构向来是批评家的焦点。麦基恩分析过小说《帕梅拉》中“密室”（closet）这个意象，B先生位于贝德福德郡的宅邸中的每间屋子都有一个密室，即私人空间，在里面可以祈祷和书写，成为现代内心观念的外在体现。[2] 但克拉丽莎没有实体化的私人空间，只有内心这座城池可以庇护自己。瓦特很早就指出，伦敦这座城市及其污秽的公寓、监狱、妓院的克拉丽莎无处可逃，她的悲剧是“都市化的典型产物”。[3] 不过，毕竟克拉丽莎还可以借用书写来达成与他人的交流，她渴望被他人理

---

1 Samuel Richardson, *Clarissa: or the History of a Young Lady*, New York: Penguin Books, 1985, Letter 261, p. 894. 这个版本基于1747—1748年出版的第一个版本。第二、第三和第四版分别于1749年、1751年和1759年出版。第二版增加了不少作者注释，旨在使勒夫利斯的形象更为阴暗，第三版添加了一些理查逊声称是从第一版中删除的段落，起到了类似的效果。

2 Michael McKeon, *The Secret History of Domesticity: Public, Private, and the Division of Knowledge*, Baltimore: Johns Hopkins University Press, 2005, pp. 656-659. 自从历史学家斯通（Lawrence Stone）将现代“个人主义”与家庭内部空间分布相关联，出现了许多对私人空间的研究。参见［英］劳伦斯·斯通:《英国的家庭、性与婚姻（1500—1800）》，刁筱华译，北京：商务印书馆，2011年。在麦基恩的分析之外，参见 Julie Park, *The Self and It: Novel Objects in Eighteenth-Century England*, Stanford: Stanford University Press, 2010。

3 ［英］伊恩·P. 瓦特:《小说的兴起》，高原、董红钧译，北京：生活·读书·新知三联书店，1992年，第182页。

解，也从来没有放弃沟通的努力。当她绝望地发现无法与勒夫利斯达成一致，便将倾诉的欲望转向了未来的读者。

根据小说中勒夫利斯的友人贝尔福德（John Belford）在第451封信中的描绘，克拉丽莎临死前曾定制棺木，亲自设计了棺木上的图案和文字，包括表示永恒的环形蛇和凋落的百合，还有一句《约伯记》引文和《雅歌》片段。[1] 这相当于为自己写下了墓志铭，做好了人生总结，给读者留下了一把开启自己内心的钥匙。这是她除了书信之外唯一控制自己形象的手法，身体的毁灭被内心的恒久所弥补。这种做法与作者理查逊树立叙事权威的方式有些相似，虽然他隐身于虚构的书信作者身后，不对叙事加以干预，但始终在暗中操纵。在《克拉丽莎》的第三版和第四版中，作者对印刷字体进行控制，将书信签名变成类似手写的字体，在克拉丽莎受侵犯之后写的信件中用不规则排版模拟难以线性书写的谵妄状态。[2] 身为印刷商的理查逊深知如何缩短印刷与手写信稿的距离，如何让读者产生手握亲笔书信的错觉，他与克拉丽莎一样，希望读者相信能透过书面表达看到人物的内心。理查逊让印刷文化为凸显人物内心服务，强调个体内心具有自主性和完整性，且可以在向公众展示内心的过程中得到认可，进而强化主体性。可以说，理查逊通过自己的创作和出版实践对现代西方内心观做出了一个经典诠释。

理查逊小说中的主体性书写有着明显的政治内涵。首先，《帕梅拉》和《克拉丽莎》都赋予女性人物主体性，使她们得以摆脱17世纪晚期以来小说和戏剧中常见的诱奸受害者形象，由此反拨英国复辟时

---

1 Samuel Richardson, *Clarissa: or the History of a Young Lady*, New York: Penguin Books, 1985, Letter 451, pp. 1305-1306.

2 Ian Gadd, "The Printer's Eye," *Ambient Literature*, https://research.ambientlit.com/index.php/2018/01/04/the-printers-eye/, access 2019.1.18. 也可参见 Paul C. Gutjah and Megan L. Benton, eds., *Illuminating Letters: Typography and Literary Interpretation*, Amherst: University of Massachusetts Press, 2001, pp. 117-135。

期以来的浪荡子文化。“浪荡子”（英语中的 rake，法语中的 libertine）概念出现于 17 世纪的英国和法国，不过在两个语境中意义有一定差别。英国查尔斯二世的宫廷是一个浪荡子文化繁盛之地，国王与其廷臣从欧陆流亡生涯回归英国，对“曾剥夺他们继承权”的故国充满疏离感，更热衷于邀请音乐家、艺术家，才子和漂亮女性来宫中营造玩乐氛围。[1] 复辟时代的戏剧和小说都对这个现象进行回应，1670 年代之前的戏剧作品大多充满喜剧精神，体现对传统婚姻的戏谑和对男性精神自由的追逐，此后，戏剧和小说经常以更为严肃的喜剧风格批判浪荡子对女性的负面影响，或以悲剧方式展现女性经受情爱和色欲诱惑并堕落的过程，也有的勾勒女性在危机四伏的情境中经历的情感成长。18 世纪前后出现的以情爱为主题的小说通常被称为“情爱小说”（amatory fiction），这个文类的作者大多为女性，其中不仅有我们比较熟悉的贝恩和海伍德（Elizabeth Haywood），也包括戴维斯（Mary Davys）和巴克（Jane Barker）等人。法语中的“浪荡子”表示思想自由、不受宗教教条限制、行为放荡的人士，1715 年路易十四去世后，这种叛逆行为在宫廷与教会开始发生分离的背景下愈发显著。18 世纪 30 年代开始，法国出现了“浪荡子小说”（roman libertine）传统，一直延续到法国大革命之前。浪荡子小说在对空间氛围和身体感觉的描写中探索有关身体快感的哲学，探索“个人欲望不可预测的瞬时性与其社会后果的延续性”，也经常以情欲故事寄托乌托邦政治寓言或传播政治秘辛。[2] 小克雷比庸的《沙发》（*Le Sopha*，1742）和亚尔尚侯爵

---

1 Barbara L. Rubin, “‘Anti-Husbandry’ and Self-Creation: A Comparison of Restoration Rake and Baudelaire’s Dandy,” *Texas Studies in Literature and Language*, 14.4 (1973), p. 586.

2 Thomas M. Kavanagh, “The Libertine Moment,” *Yale French Studies*, No. 94, Libertinage and Modernity (1998), p. 87. 有关法语“浪荡子小说”的政治维度，参见 Robert Darnton, *The Forbidden Best-Sellers of Pre-Revolutionary France*, New York and London: W. W. Norton & Company, 1995。

的《哲学家特蕾莎》（*Thérèse Philosophe*，1748）是两个鲜明例证。在18世纪中叶的英国，“情爱小说”被深入检省内心、情感与人际关系的感伤小说所代替。理查逊在英法情爱小说的转型中起到了无可比拟的作用，开启了用情感书写传播道德与社会理念的启蒙传统，并进而对整个欧洲产生了深刻影响，标志着西方虚构叙事传统的一个新阶段。

其次，从更广阔的文学史语境来看，浪荡子文化所引发的以描写爱欲为主题的小说也是西方早期现代虚构叙事的一部分。理查逊对话的对象不仅是情爱小说，不仅是前面分析过的书信体小说，也包括从16世纪以来持续勃兴的散文罗曼司传统。他对罗曼司传统的改写也体现了缔造新兴商业社会道德秩序的意识形态功能。这个传统的源流众多，包括古希腊、古罗马有传奇色彩的散文叙事，也包括中世纪的骑士罗曼司，在文艺复兴时期又催生了许多将田园爱情、骑士追寻和征战攻伐等叙事程式杂糅在一起的传奇。从16世纪到17世纪中叶这段时期，随着印刷文化的崛起，出现了大量以与个体情感经历为主题的新型虚构叙事，这些叙事并没有马上被命名为“罗曼司”。然而，到了1650年左右，“罗曼司”的词义发生了重要扩展，溢出了骑士和征战题材，开始泛指所有与史诗有别，重在描绘个人生活和内心情感并有一定传奇色彩的韵文或散文故事。[1] 早期现代广义上的罗曼司与之前狭义的罗曼司不同，为女性作者和读者参与印刷文化提供了重要通道，也在很大程度上成为由女性所推动的文类。理查逊正是在与这样一个漫长的罗曼司传统进行对话，踏入并干预了一个与女性密切相关的叙事文化。

有批评家指出，理查逊在《克拉丽莎》中特意安排了一个场景，

---

1 Christine S. Lee, “The Meanings of Romance: Rethinking Early Modern Fiction,” *Modern Philology*, 112. 2 (2014), p. 299.

隐晦地表达了对广义上的罗曼司——或非史诗的虚构叙事——的态度。[1] 在小说中，勒夫利斯在给贝尔福德的一封信中讲述了自己诱拐克拉丽莎离开家前往伦敦后在租住公寓中发生的一场火情。半夜里，他突然被叫嚷声吵醒，原来因为女仆彻夜阅读"多拉斯托斯和福尼娅（Dorastus and Faunia）这个简单的故事"，不小心点燃了窗帘，引发了一场虚惊。[2] 多拉斯托斯和福尼娅的故事指的是从16世纪以来就在英国十分流行的一部通俗罗曼司。罗曼司作者是与莎士比亚同时代的罗伯特·格林（Robert Greene），1588年出版时的原名为《潘多斯托》（Pandosto），主要情节是波西米亚国王误会王后不忠，将他们的女儿福尼娅放逐，福尼娅流落到西西里一个牧羊人家庭，成年后与西西里王子多拉斯托斯相爱。《克拉丽莎》中的这个场景表明，通俗罗曼司是仆人阶层最喜欢的读物，对他们的道德风貌有深刻影响，而理查逊自己的小说意欲取代罗曼司的流行地位，潜移默化地进行罗曼司无法胜任的道德教育。理查逊的《帕梅拉》在情节上与《多拉斯托斯和福尼娅》有相似的程式，讲述的都是地位较低的女性跨越阶层的爱情，但《帕梅拉》不满足于书写阶层流动的幻想，而是要建立阶层流动的道德秩序，拥有自控力和自主判断的现代内心就是这种道德秩序的最佳保障。

然而，理查逊在构建现代"私人"和"内心"观念的同时，也深刻意识到内心很难真正具有可以超越其外在社会地位的独立性和完整性。《帕梅拉》中就已经说明人物的内心与其教育和家庭背景难以分割（帕梅拉的美德源于她在B先生家汲取的文化教养），到了《克拉丽莎》阶段，理查逊对"内心"的犹疑态度表现得更为明显，与他对"内心"的构建并行不悖。理查逊在《帕梅拉》的第二个版本中为了应对《帕

---

1 Lori Humphrey Newcomb, *Reading Popular Romance in Early Modern Europe*, New York: Columbia University Press, 2002, pp. 230 - 231.

2 Samuel Richardson, *Clarissa: or the History of a Young Lady*, New York: Penguin Books, 1985, Letter 225, p. 723.

梅拉》引起的争议，加上了一个序言，其中包括两封友人希尔撰写的“致编辑信”和一首同样是希尔写的称颂《帕梅拉》的诗歌，“致编辑信”中摘引了许多实际存在或虚构的读者来信，借读者之口提出质疑并做出回应，说明小说之所以以地位“卑微”（low）的女仆为主角，是为了使帕梅拉的美德具有可以被大多数年轻女性效仿的“广泛”意义。[1] 而且理查逊还修改了正文，让帕梅拉的父母不显得非常贫穷，在地位上更接近乡绅，进一步说明帕梅拉的美德与出生环境无法完全脱离关系。[2] 这段文本修改历史表明，理查逊小说不仅塑造了罗曼司中并不存在的“内心”世界，也同时对“内心”观念提出了质疑，在他的作品中，个体与其读者的互动经常能增进彼此理解，但读者也经常会粗暴地偷窥和入侵，打破私人生活的边界。理查逊的这种双重立场在《克拉丽莎》中变得更为明显。

二、理查逊小说中“隐私”观念的萌芽

在《克拉丽莎》中，个人“内心”一方面显示出内在稳定性和自我连贯性，一方面也时刻受到他人的监视和评判。克拉丽莎不仅需要不断抵御勒夫利斯的侵犯，最后只能以死来解脱，更重要的是，她通过书写进行的“内心”建构注定无法导向自由，这部小说的悲剧从一开始就无法摆脱。作为一个书信作者，克拉丽莎不断被读信人解读，深深地被这种解读困扰。什么能说，说了之后会引起什么反响，都是她反复考量的问题，她被迫在说与不说之间做出艰难的抉择。可以断

---

1 Samuel Richardson, *Pamela, or Virtue Rewarded*, riverside edition, edited by T. C. Duncan Eaves and Ben D. Kimpel, Boston: Houghton Mifflin, 1971, pp. 9 - 23.

2 比较 Riverside 版本与企鹅经典版本，可以发现 1740 年第一版和后面修订版的差异，帕梅拉父母的信中对于贫穷的指涉被删除，如第八封信中“贫穷”一词。参见 T. C. Duncan Eaves and Ben D. Kimpel, “Richardson’s Revisions of *Pamela*,” *Studies in Bibliography*, 20 (1967), pp. 61 - 88。

言，《克拉丽莎》借由主人公的忧患有意识地思考“隐私”问题。虽然“隐私”与“私人性”在英语中是同一个词（privacy），但并不是同一个义项，“隐私”不能被简单地认为是现代“私人性”和“内心”观念必然会催生的一种个人权利，因为个人“内心”只有在与读者的交流互动中才能被牢固地建构起来，而“隐私”标志着个体拒绝与公众分享部分个人信息。正是因为自我不断被外界侵犯，才需要“隐私”的保护，“隐私”观念的产生说明个体与公众的交流经常会崩溃，个人“内心”往往无法真正建构起来。18 世纪并没有成文的隐私权立法，理查逊在思考隐私问题上是领先其时代的。

如前所述，书信体小说是早期现代欧洲媒体文化的重要组成部分，私人性必须通过公众阅读的中介来建构，而书信体小说也是对阅读问题进行有意识反思的文类。书信体小说参与缔造了一种“阅读契约”，“永远都在模仿阅读的处境”，从假托为编辑的作者到小说中内含的各类读者，都具有引导读者接受特定阅读规范的功能。[1] 在《克拉丽莎》中，我们看到勒夫利斯的友人贝尔福德越来越同情克拉丽莎的遭遇，对她的内心做出体察，与《帕梅拉》中的 B 先生因为偷窥女仆帕梅拉的信件而对她加深同情信任的经历如出一辙。这告诉我们，现代私人内心的建构依赖于一种阅读习俗，读者必须认可书信有传达人物真实内心的功能，认可人们在写信的时候可以反躬自省并表达层次繁多而又自洽一致的内心。但《克拉丽莎》毕竟是悲剧，书中的读者很多是漫不经心或心怀恶意的，使克拉丽莎没有办法真正具有主体性。主要人物勒夫利斯对克拉丽莎心门上插着的“钥匙”置若罔闻，与此同时，克拉丽莎还要面对几乎所有人对她的动机和道德的质疑，这使她四面受敌，泥足深陷。她的悲剧就在于发出的书信总是无法通抵正确的读者，读者

---

1 ［法］弗雷德里克·卡拉：《书信体小说》，李俊仙译，天津：天津人民出版社，2013 年，第 51 页。

对于她来说是侵犯内心的暴徒，而不是支撑内心构建的倾听者。

克拉丽莎的书信往来，她与勒夫利斯的通信只能在违反家人禁令的条件下进行，后来与女性密友安娜的通信又遭到勒夫利斯的拦截和其母亲的阻挠。克拉丽莎第一次发现勒夫利斯试图捡起自己掉落的信件私藏偷窥，就立刻对他的性格做出了负面评价，这也是勒夫利斯为自己的多疑和控制欲而失去克拉丽莎的滑坡之始。[1] 克拉丽莎对于灵魂高贵的定义，包含不对依靠自己的人实行“突袭”和“冒犯”，[2] 这显示了克拉丽莎对于男女相处的契约性认识，其中包含对于弱者“隐私”权的无条件尊重。安娜与克拉丽莎的通信是不被她们的家庭所允许的，安娜对此也抱着十分叛逆的态度。在一封意味深长的信中，安娜向同伴诉说她正在写信而被母亲豪夫人发现，母亲为了夺走她手中的信便拍打她的手臂，安娜立刻将信撕碎烧掉以示反抗，事后仍然十分震惊委屈，并发表了一通对母亲权利和孩子的义务的宣言，讥笑过于喜欢管束的母亲为“男人—女人”（man-woman，132）。[3] 这个称号与后来她自己从勒夫利斯那里得到的外号“悍妇”（virago）相互呼应，都表示个人隐私权的协商与性别问题紧密相关。反过来说，理查逊对女性经历和内心的描写是一个隐喻，谈论的其实是内心和私人边界这个巨大的政治问题。

不过，克拉丽莎与安娜小姐对隐私问题的反应不尽相同。安娜找到了一种方法与母亲和解，最终得以对母亲开诚布公。在第 310 封信里，母亲向安娜展示了她拦截的克拉丽莎来信，最后两人妥协，安娜被允许继续写信，但要向母亲告知书信内容。小说通过这一幕说明私

1　勒夫利斯和克拉丽莎分别对这个事件做出了阐释，参见 Samuel Richardson, *Clarissa: or the History of a Young Lady*, New York: Penguin Books, 1985, Letter 174, p. 176。

2　Ibid., Letter 185, p. 595.

3　Ibid., Letter 132, p. 476.

人权利与人际网络约束的矛盾可以在有爱的家庭环境（健全的私人领域）中得到缓解。但克拉丽莎的遭遇要复杂得多，她的家庭是她陷入悲剧的主要根源之一，克拉丽莎没有受到任何保护，被他人的评判和残忍利己的行为反复伤害。理查逊深刻意识到家庭内部的财产纠纷和对于婚姻决策权的争夺很难使其真正成为个体的保护伞，私人领域无法保护私人个体不受公共领域内权力关系的侵袭。克拉丽莎走投无路，尤其珍视女性友人的理解，虽然她劝说安娜小姐反抗她母亲的态度，但实则无法漠视安娜母亲的态度。她深刻地介怀过去对她赞誉有加的朋友母亲竟然会如此厌恶自己，她自己的名誉居然会受此损伤。为此，克拉丽莎做出了两种彼此矛盾的行为：一方面急于让安娜母亲阅读自己的信件以澄清名誉，一方面又做好了不被人理解，用写信来鞭策自己的打算。

一方面，克拉丽莎希望能够在向自己家人保密的情况下向豪夫人敞开自己的书信，这样豪夫人或许会发现克拉丽莎的罪行并非这么深重，克拉丽莎在信中幻想，“如果豪夫人不受他人意见先入为主的影响”(left unprepossessedly to herself)，就会做出有利于自己的判断。[1] 克拉丽莎不断寻求女性读者的认可，安娜小姐是她唯一可靠的密友，她也希望安娜的母亲能给予她同情理解。女性之间通过信件互诉衷肠是17晚期至18世纪的常见现象。玛格丽特·卡文迪许夫人曾给想象的女性朋友写信并编撰成《社交书简》（*Sociable Letters*，1664）出版，还在《新世界》（*Blazing World*，1666）里安排女诗人与缪斯对话，展现女性之间紧密的情感连接。[2] 理查逊以男性视角深入描摹这个传统，

1 Samuel Richardson, *Clarissa: or the History of a Young Lady*, New York: Penguin Books, 1985, Letter 135, p. 483.

2 D. M. Robinson, "Pleasant Conversation in the Seraglio: Lesbianism, Platonic Love, and Cavendish's Blazing World," *The Eighteenth Century*, 44. 2/3 (2003), pp. 133 - 136.

使之进一步定型，在《克拉丽莎》之后，女性之间书信出版就更为常见，出版的有行为规范手册作者沙彭（Hester Chapone）给侄女写的信（1773）以及女作家卡特（Elizabeth Carter）与塔尔伯特（Catherine Talbot）之间的通信（1809）。

另一方面，克拉丽莎对自己说，即使没有人会读她的信，她还是会继续写："可以这么说，我已经与自己立下契约；已经将写作这件事置于自己手中掌控之下，为的是在我有生之年取得*进步*而不至于*退步*。"[1] 也就是说，如果不能给豪小姐写信，如果她唯一的通信对象被剥夺，那么她还是会继续记录每日点滴，以警示自身。写信就好像记日记，不是为了让别人认识自己，而是促进内省，鞭策自己遵循更高的道德标准，内心只需要上帝的见证，无需其他读者。这个态度很符合新教对个人内省的重视。[2] 后来，克拉丽莎在遭受屈辱和多次重压后心神日渐憔悴，更加绝望于取得同时代人的理解。在垂死之际，她更坚信她的书信只对自己有意义，再次申明"无论我多么祈求高洁的名誉，我始终觉得世人的评价最多只能被给予第二的位置"。[3]

克拉丽莎在祈愿他人理解和依靠自身信念这两个端点之间徘徊，始终没有完全放弃与他人写信沟通，但也始终想确立对自己的绝对主权，让自己拥有一个完全不受旁人入侵的私密空间，对自己和所有与自己相关的事件做出自主和独立的判断。虽然她至死没有停止给安娜和家人亲朋写信，但也会保留部分个人信息，以此来避免公众置喙，彰显个人主权。小说中最明显的一处隐匿就是她遭受屈辱的细节，评

---

1 Samuel Richardson, *Clarissa: or the History of a Young Lady*, New York: Penguin Books, 1985, Letter 135, p. 483.

2 记日记作为自我鞭策的做法在新教传统中很常见，美国国父之一富兰克林在其《自传》（1791）中就强调日记助人反躬自省的作用。

3 Richardson, *Clarissa*, Letter 368, p. 1139.

论家们很早就发现克拉丽莎一直没有在信中直接描写对小说情节发展至关重要的强暴事件，整本小说中对于强暴的描写是完全缺失的。伊格尔顿在专著《克拉丽莎的强暴》（*The Rape of Clarissa*，1982）中这样说：女主人公被强暴的经历是“小说中心的一个黑洞”，所有其他卷帙浩繁的描写都“似乎要被吸进这个洞，但又旋而离开”。[1] 伊格尔顿从拉康的精神分析理论出发，认为小说告诉我们语词不足以展现真实界造成的巨大伤痕。不过我们不必采用伊格尔顿的方式来解释文本中的这个缺失，完全可以认为这是克拉丽莎对自身体隐私的保护，也是作者理查逊维护自己小说道德体面的标志。克拉丽莎在逃到摩尔太太的出租屋之后，与安娜重新建立书信联系，她此时悲伤至极，但并未详细陈述自己受到的委屈，只是说自己并未完全脱离勒夫利斯的控制，并表示有关她痛苦经历的完整陈述恐怕要等到“她的最后一幕终结”才能面世。[2] 在不久之后的信中，她对安娜表示自己无法如好友期望的那样走出“震惊”的阴影，但她仍然没有直接说明“震惊”的意义，只是用很隐晦的方式暗示实情。[3] 由此看来，克拉丽莎并不时刻坚持“即时写作”，她是自己书信最谨慎的编辑和审查人，她所掩盖的细节就构成了“隐私”，是私人经验中无法与公众分享的那部分。“隐私”的浮现说明现代个体在构筑自身主体性时与公众形成了非常复杂和纠结的关系，私人内心的建构必然依靠作为读者和旁观者的公众，但内心与公众之间也有着无法缓解的矛盾。

克拉丽莎在书信中掩盖个人经历的做法与早期现代不少写作者的态度相似，但她的故事发生在印刷文化高度发达的时代，个人信件与

---

1 Terry Eagleton, *The Rape of Clarissa: Writing, Sexuality, and Class Struggle in Samuel Richardson* , Minneapolis: University of Minnesota Press, 1982, p. 61.

2 Samuel Richardson, *Clarissa: or the History of a Young Lady*, New York: Penguin Books, 1985, Letter 318, p. 1018.

3 Ibid. , Letter 379, p. 1161.

公共读物之间的界线不明，因而具有时代特殊性。拿17世纪詹姆斯一世的表妹阿尔贝拉·斯图亚特（Arbella Stuart）为例来说明18世纪中叶的时代特性：阿尔贝拉身世不幸，曾写下大量信件自述生平，她深知自己的信件很可能被拦截，落入不当的人手中，特意构建了一种“遮蔽性修辞”（rhetoric of concealment），在书信中穿插不同的字迹，建构不同的人格，起到迷惑读者掩盖自我的作用。[1] 阿尔贝拉担忧窥伺是因为自己高贵敏感的身份，到了理查逊写作的时代，即使是普通人也可能遭遇私人信件被拦截的可能，突然发现自己写给亲人朋友的书信面临成为公开印刷物的前景。出生在伦敦中产家庭的萨拉·韦斯特克姆（Sarah Westcomb）通过自己好友的母亲结识理查逊，被出版商视为养女，在后者的敦促下与他保持通信，理查逊像父亲一样向萨拉传授女性应该遵循的道德和行为规范，深得萨拉的信任。不过在1758年4月的一封信中，她得知理查逊正在准备出版自己的书信集，这一消息带来非常大的震动，萨拉立即在回信中坚决请求理查逊不要出版自己的书信。[2] 书信写作大家理查逊有许多像萨拉这样保持通信的女性友人，深谙印刷文化对私人领域的威胁，他在《克拉丽莎》这部小说中明确将私人信件标记为跨越公共和私人领域边界的充满悖论的书写体裁，说明私人书信是孕育了现代“隐私”观念的重要文化场域。

“隐私”的出现揭示了现代“私人性”和“公共性”观念之间无法弥合的裂痕，理查逊书信体小说的深远意义就在于揭示了书信这种交流方式的悖论，也同样揭示了“私人性”内在无法解开的矛盾。可以

---

1 Barbara Lewalski, *Writing Women in Jacobean England*, Cambridge: Harvard University Press, 1993, p. 67; Michell M. Dowd and Julie A. Eckerle, *Genre and Women's Life Writing in Early Modern England*, Aldershot and Burlington: Ashgate, 2007, p. 19.

2 John A. Dussinger, ed., *The Cambridge Edition of The Correspondence of Samuel Richardson*, Cambridge: Cambridge University Press, 2015, p. xlvii.

看到，在小说前半部，克拉丽莎经常提到对于成为“公共交谈”对象的忌讳，这里的“公共”仅指她与家庭成员的日常社交网络。[1] 到了小说结尾处，克拉丽莎面对的是一个更大的公众。克拉丽莎的家庭牧师勒温博士得知了她的悲惨处境之后，从病榻上写信劝慰她。勒温博士首先申明自己坚信克拉丽莎的美德，认为她清白无辜，不需要对自己被诱骗和强暴负有任何责任，随后指出，为了挽回她的个人名誉，让家族雪耻，让其他年轻女性引以为戒，她有必要将勒夫利斯的放荡和狡诈“公之于众”，也就是说在“公开法庭”上控诉勒夫利斯的罪行。[2] 在他看来，公开讲述自己耸动的经历固然让敏感的心灵倍感羞耻，但是“假如她对如此致命的伤害不表示憎恶就是更深重的罪责”。[3] 公开自己的羞耻经历俨然成了年轻女性的职责和她们洗刷耻辱的方式。但克拉丽莎并不同意，她的反对意见告诉我们，“公众”的范围越大，对个人的威胁也更深切。她认为公众会认为是她自愿与勒夫利斯私奔并共居一处，即便她做出申辩，也只能徒增笑料：“这些有利于我的申辩*在法庭上*并无优势（可能会成为谈资，被人放肆耻笑），虽然*在法庭之外*，面对一个*私密*且*严肃*的听众，这些申辩会让勒夫利斯罪无可赦。”[4] 这里的“私密”听众是克拉丽莎社交圈中最可靠的友人，但她故事的传播不可能止于一两个知交，她从不断被误解的经历中已经预想到了更大的公众对她故事的反应，决意要避免曝光。虽然她曾经安慰自己并不在乎公众了解她的羞耻，甚至说“既然我自己知道，那么也就不在乎别人是否知道了”（while *I* know it，I care not *who* knows it），[5] 但她其实无法做到这一点，公众的不解必然会加深“私人的负罪感”（private

1 Samuel Richardson, *Clarissa: or the History of a Young Lady*, New York: Penguin Books, 1985, Letter 4, p. 53.

2 Ibid., Letter 427, p. 1252.

3 Ibid.

4 Ibid., Letter 428, p. 1253. 斜体字为原文中的标注。

5 Ibid., Letter 311, p. 996.

guilt)，让她觉得一切都是自己的错。[1]

这也提示我们应该如何理解克拉丽莎在小说中憔悴而亡的结局。有学者曾认为，克拉丽莎的死是理查逊不惜以冒犯读者承受经济损失而坚持践行的一种悲剧观，在《克拉丽莎》1748年初版的后记中，他对许多人认为上帝全善因此叙事作品也要有美好结局的正义观不满，嗤之为“反天意”，认为他这个前所未见的故事才可以传达“基督教……的伟大训导”，告诫读者在任何情况下都要坚守美德，即便因此心力交瘁，郁郁而终。[2] 克拉丽莎无疑是基督教美德的化身，但她的死亡不只是为了增加女主人公身上殉道者的色彩，从小说细心勾勒的语境来看，克拉丽莎的死是小说所揭示的核心社会问题的一个症状，凸显了“私人”观念的建构倾向自我颠覆的特点：“私人”的建构需要公众，但作为媒介的公众又会时刻打破“私人”的边界。面对这个难题，“隐私”观念应运而生，其作用是标注私人性中不可侵犯、不可被议论的那一部分，在“私人”内部再划分出“公”与“私”的两个层面。但这并不能解决矛盾，不论在哪个层面，“公”与“私”的界限总是随时可能崩溃。虽然克拉丽莎拒绝书写她遭遇中最令人羞耻的一部分，却无法阻止公众风闻她的经历，继而对她不加解释的细节进行臆测，随意捏造她的形象。克拉丽莎的这个难题只有通过死亡解决。在她极度虚弱而濒死之际，克拉丽莎向安娜表示，自己终于找到了一个不用亲自曝光就能让真相大白的办法，那就是让贝尔福德担任自己的遗产处理人，说服他把自己手中所持有的勒夫利斯的信件贡献出来，与克拉丽莎的信件合并在一起，在她死后公布出来，让读者拥有充分

---

1 Samuel Richardson, *Clarissa: or the History of a Young Lady*, New York: Penguin Books, 1985, Letter 428, p. 1253.

2 Adam Budd, "Why Clarissa Must Die: Richardson's Tragedy and Editorial Heroism," *Eighteenth-Century Life*, 31. 3 (2007), p. 2.

的素材——包括最为隐秘的细节——来判断他们的为人。[1] 这也就是说，她只有放弃隐私，把阐释权交给公众，才有被理解的可能。她只有弃守内心的边界才有可能真正拥有内心，但这也意味着她本人无法继续存在。在她死后，她终于可以不再承受误读扭曲个人形象的痛苦，而任由读者从各种可能的符号阐释中反复筛选而缓慢过滤出那个真实的她。理查逊知道，克拉丽莎的悲剧就是书信私人和公共性质发生冲突无法缓解的症状，最终的出路只能是主体的消亡，她唯一的希望就是死而复生。

《克拉丽莎》中所流露的“隐私”观念并不是与“私人性”平行的一个观念，而是“私人性”语义中的一部分，表示的是私人领域中不愿与公众分享的那部分经验，说明私人有从公共领域中退缩回一个封闭空间的权利。“私人性”观念试图将个体从公共领域中分离出来，并重新塑造保护个人权利的新型公众，使得公共与私人的关系如身体与灵魂的关系那样协调契合，这不啻一个乌托邦设想，与人们的现实经验相悖。“隐私”凸显的就是现代“私人性”观念的内在危机。书信体小说与早期现代“生命叙事”的其他类型——包括日记和自传等——一样，都将私人生活变成合法的公共书写的题材。它们都是在演绎在公共视野下构建内心的悖论，说明这是一个不可能的任务。理查逊的书信体小说毫无疑问缔造了一种与读者和公众良性互动的内在性主体，但同时他又很明确地指出这种主体的不稳定性，书信作为在第一个媒体时代之前就已经出现的传播媒体，在小说中成为现代印刷媒体的一种象征，说明私人依赖媒体而又轻易被其摧毁的困境。克拉丽莎的忧郁是一个现代性悲剧，将现代性中的悲剧元素推向了极致。

---

1 Samuel Richardson, *Clarissa: or the History of a Young Lady*, New York: Penguin Books, 1985, Letter 379, p. 1161.

也正是出于这个原因，理查逊对书信体小说结构和形式的贡献具有划时代的重要性。他将书信体小说从揭露贵族人物“隐秘”（secret）的体裁变成了现代“私人性”构建的场域。麦基恩曾经非常到位地论证，18世纪中叶出现的英国小说通常被认为是“第二波”现代小说，这波小说和以曼利（Delarivier Manley）、贝恩、海伍德为代表的第一波现代小说有一个显著的区别，那就是把叙事对象从公众人物的隐秘转向私人生活。[1]“隐秘”指的是统治阶层秘闻，即皇族贵族显赫人物的行止，这些秘闻与国家政体的命运紧密相连，并不是真正的私人事件。在曼利的小说中，公众人物改换头脸，隐晦地现身，她的作品（如《新亚特兰蒂斯》，*New Atlantis*，1709）也因此成为“影射小说”（roman à clef，即隐匿真名的纪实性小说）。揭露隐秘会涉嫌公开诽谤，尤其是当所揭示的现象与事实有出入之时，但揭露隐秘本身并不构成对个人权利的侵犯。“私人性”和“隐秘”不同，它与“公共性”观念之间泾渭分明，两者的矛盾无法从根本上化解，理查逊通过对“私人性”和“隐私”观念的书写回应现代性萌芽的文化史，揭示了笼罩着现代性进程的悲情暗影。

不过，虽然理查逊在西方小说史上的地位不容置疑，我们可以从克拉丽莎的个人悲剧中发现时代的困局，但我们仍然应该追问他的小说对于女性这个社会群体的影响。理查逊深刻地体察到了女性用第一人称写作的困境，但他并没有为女性作者提供任何死亡以外的出路。身处18世纪中叶的女性能否在保全自己的前提下呈现“内心”，能否在写作中拥有一定程度的主体性？具有历史性思考和洞见的18世纪写实小说能否在致命的忧郁之外为女性的内心书写找到一条生路？

---

1 Michael McKeon, *The Secret History of Domesticity: Public, Private, and the Division of Knowledge*, Baltimore: Johns Hopkins University Press, 2005, p. 642.

三、17世纪和18世纪女性作家的“遮蔽性修辞”

学者斯帕克斯（Patricia Meyer Spacks）在《隐私：遮蔽自我》（*Privacy: Concealing the Eighteenth-Century Self*）一书中追溯了“隐私”观念诞生的文化脉络，也将其与理查逊关联。她指出，在理查逊的小说之后，有关心理隐私的写作开始增多，进一步凸显了理查逊已经指出的文化悖论。大量产生的第一人称写作和助其流通的公共媒体使得“公开性”（openness）成为18世纪性文化的一个特征，但这种“公开性”文化很容易发生反转，因为人们意识到自己的行为是否符合礼仪、是否正当时刻处于公众审视之中，许多以公开为名的叙事同时也具有遮掩和伪饰的功能。斯派克斯举了《约翰逊博士传》（1791）作者包斯威尔（James Boswell）的例子，指出后者在自己的《伦敦日记》（1762）中将自己与演员路易莎的风流韵事包装成一段充满温柔的感性之旅。包斯威尔用大量的情感描写和感性细节将自己打造成一个虚构人物，即“一个在我们眼前用语言构建起来的人物，部分特征类似重情男子（a man of sensibility）”，利用18世纪盛行的情感文化来装点性欲，使得其日记写作具有浓厚的公共表演性。[1]

与此形成鲜明对比的是克拉丽莎的书写观，理查逊特意强调克拉丽莎不懂得如何巧言令辞地赢得读者的认可，她唯一的工具是“即时写作”，将所有内心活动展示出来，相信当读者拥有了所有细节，就能做出有利于她的判断。在她被诱骗离家之前写给安娜的一封信中，克拉丽莎说，她通过书写发现自己的“自大”和“虚荣”，教导自己从容面对命运颠簸，随后她郑重声明自己的原则是决不为了自己的利益而

---

1 Patricia Meyer Spacks, *Privacy: Concealing the Eighteenth-Century Self*, Chicago and London: University of Chicago Press, 2003.

放弃真诚，使用“刻意的欺骗”（studied deceit）。[1] 理查逊对克拉丽莎的刻画和他早先对帕梅拉的设定一样，都过分充满德性而让人怀疑。18 世纪文学专家沃纳（William Warner）就认为克拉丽莎并不像表面上看上去那样无助单纯，她时刻在试图控制读者对于她个人经历的阐释，熟稔地构建着叙事权威。[2] 这个理解有一定道理，不过即便克拉丽莎懂得如何构建叙事权威，她的成功仍然以生命为代价，这足以使她成为动人的道德模型，难以企及。

我们可以认为，理查逊特意将克拉丽莎塑造为现实中可以被仿效的女性作家的对立面，以表示对女性作家道德水准和写作规范的期许。从理查逊的书信中，我们可以看到，他对 18 世纪中叶出版回忆录讲述各类情爱经历的“蓝袜子”女作家深感不满，在 1749 年一封给沙彭夫人（Sarah Chapone）的信中，他认为皮尔金顿夫人（Laetitia Pilkington）等三位女作者的回忆录堪称“女人的毒药”，与早先的贝恩、曼利和海伍德相比有过之而无不及。[3] 他还曾列出一个包括 36 人的当代“值得尊敬女性”的名单，遴选标准主要是道德典范作用。[4] 理查逊想象的克拉丽莎也是一个秉承基督徒精神的现代女性，与现实中许多女作家的生存和写作策略分道扬镳。

但 18 世纪现实中的女性作家比克拉丽莎要灵动得多。她们在自述写作和虚构创造中都并不拘泥于在公众构成的道德法庭上剖白内心，

---

1 Samuel Richardson, *Clarissa: or the History of a Young Lady*, New York: Penguin Books, 1985, Letter 82, pp. 333, 336.

2 William Warner, *Reading "Clarissa", the Struggles of Interpretation*, Baltimore: Johns Hopkins University Press, 1980, pp. 85 - 89.

3 Samuel Richardson, et al., *The Cambridge Edition of the Correspondence of Samuel Richardson, edited by John A. Dussinger*, Cambridge: Cambridge University Press, 2015, "General Introduction," pp. lxiv-lxv.

4 有关这个名单的介绍和详细内容，参见 Samuel Richardson et al., *Correspondence*, pp. 387 - 392.

她们了解自己在公众面前的弱势地位，不急于证明自身的独立性，往往有更迂回的方法来发表有独特的需求和洞见，构建内心又充分体现内心与环境之间的互动。她们的写作不失强大的个人色彩，却也可以被称为体现环境的牵制和捏塑作用的身份表演。从文艺复兴开始有一个很长的女性参与公共写作的传统，女性作家用各种策略将身份表演——“欺骗”——与内心建构创造性地糅合在一起。她们告诉我们，死亡不是应对公共和私人之间紧张关系的唯一方法，被启蒙思想神化的“公共导向的私人性”观念内部有着无法修补的裂痕，但作者可以在它的阴影下争取到生存空间和建构自我的可能。

就拿与理查逊通信的皮尔金顿夫人来说，她离婚后从爱尔兰来到伦敦，在伦敦以低端印刷业著称的格拉布街上做雇佣写手（hack writer），以写诗歌、戏剧、闹剧为生。她一生中最重要的著作是她的三卷本回忆录。1743 年，皮尔金顿夫人在伦敦斯特兰德街上租下一个小门面做印制和买卖小册子的营生，她在回忆录中记录了她与光顾印刷铺的许多金主的往来和情感纠葛，也记载了她在通俗娱乐场所的见闻，格调琐细低俗，大部分牵涉钱币、商品交易以及她为顾客提供的代写服务。她在自传第三卷中提到有顾客以为她在写的回忆录是一本账簿，虽然是一个误解，但也点出了她的回忆录与账簿之间的关系。正如学者席尔维（Sean Silver）所说，她的自传“无关文学名声，只是与商品和思想的不断流通有关，作者在其中的形象不是一个凭借自我创造力进行文学生产的主体，而只是市场作用的标志”。[1] 皮尔金顿夫人并不试图构建完整的自我形象和独立内心，她的自我是她笔下商品的一个镜像，在一个错综的生产和流通网络中实现自身价值。她的例子告诉我们，18 世纪理想化的“私人性”观念以现实财产和社会权力

---

1 Sean Silver, *The Mind is a Collection: Case Studies in Eighteenth-Century Thought*, Philadelphia: University of Pennsylvania Press, 2015, p. 240.

的占有为条件，并不对所有人开放。被现代“私人”观念排斥的女性作者与自己的前辈一样，经常在第一人称写作中构建“社会性自我”（social self），展现并反思社会环境对个人的形塑作用，也正是这种自我观和写作策略使她们艰难地生存下来。[1] 欧洲女性的第一人称写作传统至少始于17世纪，她们通过诗歌、书信、日记、遗嘱、自辩书、回忆录等文类呈现自身经历，强调自己与环境的连接而非对环境的控制。这些写作与其他边缘小人物的自我书写一样，对正统的“自传”——从中世纪奥古斯丁的《忏悔录》（397—400）开始，经由但丁的《新生》（1294）、彼特拉克的《论独处》（1346—1356）等有自传色彩的作品到早期现代精英男性的自传和日记书写的传统——做了大量补充。[2]

女性作家在进行虚构创造的时候也同样面临着无法拥有独立内心的处境，公众苛刻的评判和粗暴的窥探极大地阻碍了女性作家表达和建立自己的内心世界。我们在前文中提到过贝恩的例子，贝恩在戏剧与小说创作中用一系列手段展现女性作家和女性难以定义自己内心的处境。在她之后的海伍德则开始探索在这种不利的处境中，女性作家能否找到维护内心独立和自由的策略。在海伍德较为早期的喜剧《用来出租的妻子》（*A Wife to be Lett*，1723）中，两个主要女性角色都被赋予了剧作家的才能，她们共同安排了一个戏剧性场景，由此她们得以公开指责男性角色的劣迹并适当掩饰自己作为控诉者的锋芒。海伍德借用这个场景，说明女性在失语的状态下还是可以通过巧计找到表达自身诉求和情感的方法。海伍德写的更多的是小说，她利用小说只

1 Michell M. Dowd and Julie A. Eckerle, *Genre and Women's Life Writing in Early Modern England*, Aldershot and Burlington: Ashgate, 2007, p. 24.

2 对这个传统的简要概述，参见 Ronald Bedford, Lloyd Davis, and Philippa Kelly, eds., *Early Modern Autobiography: Theories, Genres, and Practices*, Grand Rapids: University of Michigan Press, 2006, Chapter One。

需要少数读者就可以长期存留于公共领域的优势，进一步扩大这种自由。在小说《范特米娜》（*Fantomina*，1725）中，女主角通过换装易容的方法得以袒露自己对贵族青年波普拉西尔的爱欲，而在他爱欲消退之际，又再次换装易容重新得到他的欢心，由此《范特米娜》颠覆了浪荡子文学中常见的被诱拐的女性形象，让女性利用身份表演实现情感满足。学者安德森（Emily Anderson）指出，海伍德笔下的人物使用狡计周旋于虚构和真实之间，这种手段映射了作者将表演和内心表达糅合在一起的写作手法，海伍德笔下的人物“复制了她使用于自己文学事业的策略”。[1] 这也为18世纪的女性作家——如艾奇沃斯（Maria Edgeworth）和伯尼（Frances Burney）——开辟了在戏剧和小说中表达女性内心情感的路径，她们都在自己的作品中嵌入戏剧表演场景，继续探索借用虚构的面具展示个人内心真实情感的可能。虽然海伍德在《范特米娜》中安排了一个道德化的结尾，让不慎怀孕生子的范特米娜被母亲送进修道院，这种道德化结尾不啻作者为自己编织的一副面具，遮盖她作品中对女性性欲的颠覆性表达。在17世纪末和18世纪初以“浪荡子”行径为主题的戏剧和小说被18世纪中期的写实小说取代后，海伍德更经常地佩戴这副面具，仿效理查逊建立的模板创作了不少宣扬女性道德的作品，包括道德化小说和女性行为规范手册（conduct books）。海伍德在相当长的创作生涯中不断变换风格，但我们仍然可以发现她作品中连贯的立场，她始终钟情于狡计这个主题，让人物可以依托虚构形象吐露真心，说明女性及女性作家可以灵活地与公众周旋，在不断受其束缚的情况下曲折地表达和成就内在自我。

从17世纪到18世纪，很多女性因为在财产和社会地位上受到的

---

1 Emily Hodgson Anderson, *Eighteenth-Century Authorship and the Play of Fiction: Novels and the Theatre, Haywood to Anderson*, New York: Routledge, 2007, p. 23.

限制，并不执着于通过第一人称写作建构独立完整的私人内心，她们在很大程度上被有关现代性的宏大叙事拒之门外，也因此拥有了逃离现代性观念内含的陷阱和危机的有限可能。理查逊在《帕梅拉》和《克拉丽莎》等小说中使用的“内心”建构的策略虽然被视为现代性的一个标志，但以公共为导向的内心是一个高度理想化的观念，理查逊已经意识到了这个观念的悲剧性，他同时代的许多女性作家也以各种不同的方式想象和践行一种更具有流动性的内心观念。这告诉我们，现代性不仅在跨时空层面显示出多元结构，而且在任何时空内都不可能只有单一的形态。所谓现代和后现代的区分其实是将空间上的多元固化为时代的更迭，而我们更应该做的是聚焦一个特定历史阶段，尽量尊重其内在复杂性，勾勒其各支流间的互动。

本章虽然以女性为例，说明现代私人内心观念的多重面向，但并不想固化“女性”作家这个身份标签，身份固化与增进我们对18世纪文化多元化理解的主旨是相悖的。18世纪的复杂性不是根据身份来划分的，身份本来就是内与外、公与私彼此博弈的场域，是现代性复杂程度的体现，不能作为其出发点。从更广泛的范围来看，女性作家采取的文化策略并不独特，17世纪和18世纪的男性作家也很善于用文字编织面具来争取内心自由，协调外界与内在的冲突。学者诺瓦克（Maximillian E. Novak）曾将18世纪称为“假面年代”（the age of disguise），对后世的研究者启迪很大。[1] 后面这章要重点分析的菲尔丁也对假装的问题有深入思考。菲尔丁和理查逊有着迥然相异的经历和气质，但两人都坚决反对伪饰和假装，成为18世纪理想化内心观的代言人，不过两位作家也都流露出理想难以坚守的悲怆感。

---

1 Maximillian E. Novak, *Eighteenth-Century English Literature*, London: Palgrave, 1993, pp. 16 - 36.

第六章

18世纪“同情”的两种面貌：菲尔丁小说中的“内心”

英国现代小说在其起源期创造了之前虚构叙事中未曾有过的内心描摹手法，这不仅归功于总是与“心理写实主义”相连的理查逊，也同样归功于菲尔丁。在18世纪英国小说家中，没有人比菲尔丁更为强调真相与虚饰或幻象的区别。菲尔丁出身名门，父辈仍然处于社会中上层，但父亲性情顽劣、挥霍无度，致使菲尔丁早年生活拮据，“与中下层社会有诸多联系”。[1] 1728年，他的第一部戏剧《戴着假面的爱情》（*Love in Several Masques*）在德鲁里巷剧院上演，1737年因受到戏剧审查法的限制，转而从事小说创作，最后以六年担任威斯敏斯特地区治安法官的生涯结束了自己的一生。与理查逊相比，菲尔丁的性别观念比较传统，不过对18世纪中叶法律、政治制度以及阶层关系的呈现更为全面。

更值得强调的是，他在小说形式创新上的贡献完全不亚于理查逊。菲尔丁在叙事视角和叙事口吻上非常讲究，以丰富的小说形式细节暗示对内心和情的看法的变迁。菲尔丁在戏剧创作中以讽刺剧闻名，投身虚构叙事创作后对讽刺喜剧小说也情有独钟，大量采取“仿史诗”和反讽等修辞手段。喜剧的特点在于夸张荒诞，在于揭示表面与内里

1　韩加明：《菲尔丁研究》，北京：北京大学出版社，2010年，第6页。

的差别，在《约瑟夫·安德鲁斯的经历》（1742）和《汤姆·琼斯》（1749）两部小说中，具有巨大创新性的第三人称全知叙事者洞悉世态人心（即体察他人真实的内心状态，与之产生“同情”），自信地建构一个在现代转型中不失规矩，被坚实的道德原则支配的，以家庭为核心元素的乡村和城市社会。与此同时，菲尔丁也从理查逊和同时代的其他小说家那里学到了与喜剧反讽相悖的写作手法，在《阿米莉亚》（1751）中向第一人称叙事靠近，凸显在现代社会城市化转型的背景中个体无法认识自身也无法认识他人的彷徨失落之情。菲尔丁与理查逊一样，缔造了以人物刻画为核心，构想现代社会的道德和情感基础的“新型写作”。这也正是他得以将虚构叙事改造为一种“前所未有”（hitherto unattempted）的写作类型的深层原因之一。[1] 这种新型写作不仅是对史诗、喜剧等体裁的整合与重塑，更精确地说，是对这些体裁呈现隐藏内心手法的一种反思和再造。不过后期菲尔丁对于“新型写作”及其现代立场也充满了怀疑，开始走向悲剧性叙事。如果说理查逊对主体能否藏身于“隐私”背后保证其独立性发出了质疑，那么菲尔丁从喜剧叙事走向感伤叙事的轨迹流露的是对个体之间能否正确辨认彼此从而构成有序社会的犹疑。

因其对内心描摹的专注，菲尔丁的小说与17世纪和18世纪道德哲学中的同情观念进行了直接的对话。“同情”一词在18世纪发展出来的宽泛含义，包括怜悯，也包括个体能体验、认同他人情感的能力。从这个含义来说，18世纪发展出两种同情观，分别对主体间性——主体之间的情感动态——做出了两个相悖的假设。第一种假设：个体之间虽然边界鲜明，但互相之间情感模式相似，个人可以通过想象来认

1　这个说法出自菲尔丁自己，参见［英］亨利·菲尔丁：《约瑟夫·安德鲁斯的经历》，王仲年译，上海：新文艺出版社，1957年，序言，第8页。我们在上一章中看到，理查逊称自己的小说是一种“新型写作”。他们的确都对虚构叙事做出了重大创新，虽然在具体方法上泾渭分明。

知并体会他人的情感。第二种假设：人必然受他人情感的影响，个体之间边界模糊，但人与人之间并没有普遍的情感，只有互相受影响的倾向，所以并不能保证情感的有效沟通。在第二种假设中，个体可以对他人内心做出主观揣测，但揣测并不一定有效。如果我们将第一种对同情的理解称为“聚合式同情”，第二种就是“间离式同情”。这两种同情观和主体观并行交织，构成了启蒙主义文化中的一个核心悖论。第一种立场是启蒙思想的显象和主流，但第二种立场也决不隐微，在18世纪怀疑主义哲学思想和文学作品中留下了深刻的印记。从考察菲尔丁小说中的同情观念出发，我们可以发现启蒙时期对“人”和人际关系的看法始终处于内在矛盾的状态。启蒙时期无疑是现代内心观念兴起的时代，资产阶级主体性在“人格同一性”和自主道德判断等观念的基础上得以确立，而商品流通和公共媒介又催生了有关自发构成的资产阶级社会的想象。然而，如我们在绪论中看到的那样，资产阶级主体性和市民社会理论自其诞生之日起便步履蹒跚，个体能否在保有自身利益、财产和法权的同时与他人协调一致，在看不见的手的庇佑下构成有序的市民社会，引发了许多逆向而行的思考。“聚合式同情”与“间离式同情”的交织和紧张与菲尔丁小说叙事视角和叙事语言形式的演变有着微妙而清晰的关联。

一、 17世纪和18世纪哲学中的“同情”观念

法国18世纪小说家、戏剧家马里沃在18世纪开幕的时候创作了小说《同情的奇怪效应》（1713—1714），描写了许多决斗、沉船、凶杀导致的凄惨场景，其中的虚构人物不断表示被这些场景所“打动”。[1] 呈

1 Marshall Brown, *The Surprising Effects of Sympathy: Marivaux, Diderot, and Mary Shelley*, Chicago：University of Chicago Press, 1988, p. 29.

现、引发同情并考察其机制和效果是 18 世纪欧洲作家的共同特征。卢梭在《忏悔录》中曾回忆根据一名“药理学家”的配方调制“同情之墨”（encre de sympathie）的经历。[1] 几十年后，歌德在《少年维特的烦恼》中用 sympathie 一词表示与他人情绪有切身连接的感觉。[2] 同时期的英国，同情（sympathy）也成为一个热词，经常表示分担他人痛苦的意思，正如菲尔丁在他最后一部小说《阿米莉亚》中所描述的，女主人公对朋友贝内特夫人“一触即发的痛苦”表示充分的“同情”。[3]

古希腊文中的 συμπάθεια 是现代欧洲语言中同情概念的缘起，其字面意思是参与他人的痛苦。不过到了 18 世纪，这个词拥有了更为辽远宽泛的意思，那就是设身处地地认同、体验他人各类情感的意思。Sympathy 的本义与亚里士多德首先提出的 κοινὴ αἴσθησις（拉丁文中的 sensus communis）——“共通感”——的意义相结合，不仅扩大了自身内涵，也在 18 世纪催生了“道德感”“道德情感”等重要概念，在苏格兰启蒙运动哲学家的著作中表现得尤其充分。英语中的 empathy 是 19 世纪末期才从德语借来的词，医学和心理学色彩浓厚，专门表示对所欣赏对象或他人内心的认同，而 sympathy 自 19 世纪之后也退而表达怜悯的狭窄含义，与 empathy 表示的“共情”相

---

1 Rousseau, *Les confessions*; édition intégrale par Ad. Van Bever et suivie des *Rêveries du promeneur solitaire*, Paris: G. Crès, 1913, p. 353. Encre de sympathie 的字面意义是“同情之墨”，一般指隐形墨水，这也是卢梭用这个词的表面意义。但显然他也在暗指、玩味同情一词，而小说通篇也有很多对同情的指涉。

2 参见 Johann Wolfgang von Goethe, *Die Leiden des jungen Werther*, Hrsg. von Max Hecker, Leipzig: J. J. Weber, 1922。

3 ［英］亨利 · 菲尔丁：《阿米莉亚》，吴辉译，南京：译林出版社，2004 年，第 325 页。

区分。[1]

早期现代欧洲的道德哲学，哲学、美学话语都对同情做出了阐释，与菲尔丁小说中的同情观念发生有趣的回响。文艺复兴时期用sympathia一词表示物体之间的引力、影响力或基于同质而发生的联系，属于自然科学范畴。马丁·路德新教改革期间在威登堡就涌现了许多关于sympathia的论著，指天体与地面物体之间的和谐关系、知觉与事物的对应关系，或宇宙万物之间的影响力，路德的新教改革战友墨兰顿（Philipp Melanchthon）就用这个观点来论证上帝的存在。[2]与作为自然科学概念的sympathia一脉相承，人与人之间情感的互相影响也被认为是基于生理机制，由外界印象造成的生理反应。笛卡尔在《论灵魂的激情》（1649）中奠定了激情由身体（神经与动物精气等物质）与外界刺激交互而产生的观点。他特别提到怜悯，称其为“混合着爱”的悲伤，并将其与人与人之间的互相代入和认同联系在一起，即在认为他人的不幸“有可能发生在自己身上”的时候便容易产生怜悯之情。[3]

1　将sympathie这个词中分担他人情感这层含义用另一个词表达的现象在18世纪的时候就出现过。歌德在小说《亲和力》中经常用Teilnahme这个词表示分享或分担他人的情感，与他在《少年维特的烦恼》中笼统使用的sympathie就有明显区别。参见Johann Wolfgang von Goethe, *Die Wahlverwandtschaften: Ein Roman*, Stuttgart：Reclam，1999, p. 6。

2　Philipp Melanchthon, “Oratio de consideranda Sympathia et Antipathia in rerum natura, recitata a Jacobo Milichio, cum decerneretur gradus Doctori（Medic.）Vito Ortel Winshemio,” *Corpus reformatorum*, 11（1550）, pp. 924 - 931; 转引自Tomáš Nejeschleba, “The Theory of Sympathy and Antipathy in Wittenberg in the 16th Century,” *Acta Universitatis Palackianae Olomucensis*, Philosophica Ⅶ（2006）, pp. 81 - 91。另外参见Jonathan Lamb, *The Evolution of Sympathy in the Eighteenth Century*, New York：Routledge, 2009, p. 21。

3　［法］勒内·笛卡尔：《论灵魂的激情》，贾江鸿译，北京：商务印书馆，2013年，第143—144页。

如果说笛卡尔相信理性可以部分抵消或控制激情，17、18世纪还出现了许多赋予激情更大作用的情感理论。我们都熟知霍布斯将自发激情（尤其是恐惧）作为其政治契约论的基础，他在《利维坦》（1651）中就将激情解释为身体的“动物性运动”（animal motion），怜悯即为对他人灾难所感到的痛苦，而起因实则是认为“这种灾难可能降临在自己身上的想法”。[1] 怜悯与对荣耀和权力的欲望一样，以自我的需要和感受为依据，缺乏普遍标准，也容易形成冲突，只有在更大的激情——比如对强制力的恐惧——的影响之下，经由最高权力的控制，才能被收编整饬为有益公共生活的情感。斯宾诺莎也延续了对于情感的自然主义见解。与笛卡尔不一样，斯宾诺莎在《伦理学》（1677）中认为灵魂或理性与产生激情的身体不能分离，对于激情的看法也与笛卡尔的观念有别。虽然他肯定温和的情感，但将激情等同于枷锁，指出怜悯意味着生命保全自身力量的减弱，所以说：“一个遵从理性指令的人会尽力不让怜悯近身。”[2]被他人的悲伤打动只是无谓的痛苦，基于不真实的情境（想象中可能会降临于己的痛苦）。至18世纪，强调人的“动物性”的观点继续盛行，其标志首推遗传学家伯纳德·曼德维尔（Bernard Mandeville）撰写的《蜜蜂的寓言》（1714）。这本书将人类社会比作蜂巢，对于激情的理解与霍布斯相类，认为最强烈的激情在于贪婪和骄傲等自利性情感。基于此，他认为“怜悯”

---

1 Thomas Hobbes & J. C. A. Gaskin, eds., *Leviathan*, Oxford World's Classics, Oxford: Oxford University Press, 1998, Part I, Chapter VI, pp. 33, 39. ［英］霍布斯：《利维坦》，黎思复、黎廷弼译，北京：商务印书馆，1985年，第42页；中文版将这里的“同情”称为“共感”。

2 Barush Spinoza, *A Spinoza Reader*: The *Ethics and Other Writings,* translated and edited by Edwin Curley, New Jersey: Princeton University Press, 1994. 参见引文“A man who lives according to the dictates of reason, strives, as far as he can, not to be touched by pity”(IV p50c, 226)。［荷］斯宾诺莎：《伦理学》，贺麟译，北京：商务印书馆，2014年，第209页。

只不过是伪善，不能掩盖人唯我独尊的本性，肯定怜悯只能体现社会将人的天性称为恶德，并对其压制的恶劣行径。曼德维尔认为“最软弱的头脑拥有最多怜悯”，正是怜悯使得“处女失身，裁判失去公正”。[1]

然而，18 世纪主流同情观与曼德维尔的见解恰恰相反，主要倾向在于系统探索同情与道德的关联，赋予道德超越本性和动物性激情的意义。如果说文艺复兴和 17 世纪的观点基本上将激情（包括怜悯之情）与道德相对立的话，18 世纪则对情感做出了重新估价。既然对他人的怜悯与人之间的认同有关，对同情的评价必然会依托对于这种认同的理解和价值判断，英国政治家、哲学家沙夫茨伯里和苏格兰启蒙运动中的道德哲学家就对同情与道德的关系做了全面阐述。这种转变其实在更早的查尔顿（Walter Charleton）的《激情的自然史》（1674）中就可以看到。查尔顿认为激情可以分为“生理”“形而上”和“道德”三类，所谓道德的激情（passions moral）就是在躯体受到好恶力量的影响时“感性灵魂”（激情的来源，受“理性灵魂”统御）所做出的反应。[2] 查尔顿所说的“道德的激情”预示了后来沙夫茨里伯爵三代所说的“道德感”（moral sense）这个观念。“道德感”首先是一种固有的感官功能，并非理性抉择的结果，但又具有道德判断的功能，与生理性的同情不同。在其著名的《共通感》（*Sensus Communis*，1709）一文中，沙夫茨伯里以讽刺的正当性入手，力证人们以客观态度对待各种事物并时而做出辛辣嘲讽正是社会去芜存菁的必经途径，他推崇“公共精神”（publick Spirit）与“中立”（disinterest）为美德，提出公共精神的基础是普遍存在于人心的“与人类结盟”的情感。“仁爱之心”的共通性是道德的基

1　Bernard Mandeville, *The Fable of the Bees, or Private Vices, Publick Benefits*, edited by Irwin Primer, New York：Capricorn Books, 1962, p. 49.［荷］B. 曼德维尔：《蜜蜂的寓言》第一卷，肖聿译，北京：商务印书馆，2016 年，第 41 页。

2　Walter Charleton, *Natural History of the Passions,* Savoy：printed by T. N. for James Magnes, 1674, p. 75.

础，也是良好治理（good government）的基础。[1] 认为人普遍拥有与他人结盟的美好情感，具备道德判断需要的感性基础，就是沙夫茨伯里“道德感”理论的精髓。很早就有学者指出，沙夫茨伯里对17世纪和18世纪重要思潮——宗教宽广主义（Latitudinarianism）——加以改造，得出了十分重要的道德感理论。[2]

苏格兰启蒙运动创始人之一哈奇生在《论激情的本质与品性》（1728）中沿袭并修正了“道德感”的概念。他首先追随沙夫茨伯里，提出人的几种感觉不限于通常认为的几种，感觉可以宽泛地定义为“头脑在不依靠意志的前提下接受意念，并形成对快乐与痛苦的认识的机能”，[3] 其中就包括“道德感”。但哈奇生对“道德感”做出了进一步定义：这不仅是与他人天然结盟的倾向，更是一种增加他人福祉，减少他人罪恶的天然欲求；并且这种欲求根植于人类天性，不需要依附于其他动机——尤其不依附于“自私的利益”——也不是个人有意识的“选择”，[4] 具有沙夫茨伯里所称道的中立性；更为重要的是，哈奇生还间接将“道德感”与源自古希腊的“共通感”加以区分，后者只是指共通的天然情感，但前者也包括我们感知这种情感的能力。对他人体恤怜悯的情感——也就是“同情”——本身就给我们带来快感，

1　沙夫茨伯里特别指出，与“中立”美德不相符合的德行都不被基督教所认可，即便是有英雄色彩的德行；他又指出，“公共精神”来自对平等与群体法规的遵从，因此个人道德（是否有平等意识）与良好的公共管理是相辅相成的。Anthony Ashley Cooper，Third Earl of Shaftesbury，“Sensus Communis，An Essay on the Freedom of Wit and Humour in a Letter to a Friend，” in *Characteristics of Men, Manners, Opinions, Times*, edited by Lawrence E. Klein，Cambridge：Cambridge University Press，1999，pp. 101，107－108.

2　17世纪，英国国教内部出现了“宽广派”（Latitudinarians），有关宽广派对于上帝使人性向善的观点与沙夫茨伯里“道德感”理论的关联，参见 Ernest Tuveson，“The Importance of Shaftesbury，” *ELH*，20.4（1953），pp. 267－299。

3　Francis Hutcheson，*An Essay on the Nature and Conduct of the Passions and Affections with Illustrations on the Moral Sense, 3rd edition*, Glasgow：Foulis，1769. p. 5.

4　Ibid.，p. 25.

而且是最“直接和鲜明”的快感，[1] 使我们可以清晰地确定“共通感”的存在。也就是说，“道德感”代表了感性自我的内部分化，哈奇生的这个观点充分发展了感性自我可以反观自身的观点，使得情感有了体悟、巩固自身的能力，远离被动的动物性反应。[2]

哈奇生的学生亚当·斯密的《道德情操论》（1759）对“道德感”进行了明确的改造，不过也延续了哈奇生学说中对于构建普遍情感的诉求。斯密将同情置放于道德评判的根基，将“道德感”以同情来置换，也就是将一种内在恒定的普遍情感调换为人际的互动和协调，把哈奇生所认为的根由理解为结果：人们之所以会形成普遍的道德评判，是因为他们时刻拿自己的情感与别人的进行比较，形成“赞同”和“不赞同”的判断。所谓道德或美德，无疑就是顺应或者强化这种同情天性的情感习惯。斯密的“道德情感”可以认为是个人情感对于同情的妥协。比如说，我们对自己的病痛加以隐忍克制是一种美德，这是因为我们知道别人不会和我们一样感受病痛，所以便刻意让自己的情

---

1 Francis Hutcheson, *An Essay on the Nature and Conduct of the Passions and Affections with Illustrations on the Moral Sense, 3rd edition*, Glasgow：Foulis, 1769. p. 205. 这里要指出的是，哈奇生回避了同情本身产生愉悦感这种现象的阴暗面。本书开头提到的马里沃的小说以及 20 年后出现的评论家杜博的小说评论都认为观看戏剧中和小说里呈现的苦难会让人潸然泪下，但其中的核心情感却是“对自己感性的愉悦欣赏”。参见 David Marshall, *The Surprising Effects of Sympathy: Marivaus, Diderot, Rousseau, and Mary Shelley*. Chicago, London：University of Chicago Press, 1988, p. 21。马歇尔指出，马里沃的第一部小说比法国 18 世纪具有开创性地位的文论——杜博所著的《关于诗歌、绘画与音乐的批判性思索》（*Reflexions critiques sur la poesie et sur la peinture*）早了六年，但提出了相同的问题，所以具有“预言般”的地位。参见 Marshall, *The Surprising Effects of Sympathy*, p. 11。换句话说，同情表现的不一定是人与人之间的普遍连接，也是个体的自恋。

2 笛卡尔的理性主义哲学提出过理性灵魂具有反身性的论点，而查尔顿在哈奇生之前提出过“感知灵魂”（sensitive soul）的“反身行为”（reflex act）的观点。Walter Charleton, *Natural History of the Passions,* Savoy：printed by T. N. for James Magnes, 1674, p. 32.

感与他人相符。所以，美德的根本机制是人际的互动，是个人对于群体的让步。这也就引出了斯密对于自私和无私的辩证关系的理解，他说，既然"我们消极的感情总是这样卑劣和自私，积极的道义怎么会高尚和崇高呢"？原因正是居住于我们内心的代表群体的声音："它是理性、道义、良心、心中的那个居民，内心的那个人、判断我们行为的伟大的法官和仲裁人"，即内在的"公正的旁观者"。[1] 总体来说，同情，即时刻将自己和他人的情感进行互为参照的反思，而我们的美德就是这种天性得到强化的结果。斯密的思想是18世纪启蒙主义同情观中一个重要的转折，他的思想也影响了康德。[2] 康德在其审美判断理论中运用了古老的"共感（或共通感）"概念，实则与斯密所说的同情非常相似，指人普遍具有的从他人角度出发修正自身判断的能力，而不是一种简单的人们所共有的感觉。[3] 虽然康德在其《纯粹理性批判》中提出作为"好意"的"同情"不足以成为道德准则，但他在《判断力批判》中肯定"共感"，迂回地与情感主义立场重新对接。[4] 对康德来说，审美判断基于主观情感，基于想象力与知性的自由游戏所带来的快感，但这里的快感必须要以作为"理想基准"的"共感"为准则，转化为客观的愉悦。[5] 因此，审美判断依靠的不是自然情感，而是对自身情感进行考量和调节的"反思判断"，康德有关主观情感向

1 ［英］亚当·斯密：《道德情操论》，蒋自强等译，北京：商务印书馆，2014年，第167—168页。

2 康德在《道德形而上原理》中直接引用过斯密的《国富论》。19世纪以降，也有学者指出，康德的道德理论与斯密在《道德情操论》中的"公正的旁观者"理论有诸多平行之处，提除了"有理性而无偏见的旁观者"观念，因此很有可能读过1770年译成德语的《道德情操论》。参见 Fleischacker S.，"Philosophy in Moral Practice：Kant and Adam Smith，" *Kant-Studien*, volume 82, number 3, 1991, pp. 249 - 269。

3 ［德］康德：《康德三大批判合集（注释版）》下册，李秋零译注，北京：中国人民大学出版社，2016年，第738页。

4 同上书，第598页。

5 同上书，第740页。

客观情感转化的论点与斯密对“同情”的理解兼容。当代西方学人将具有反思性的“情感论”视为18世纪道德与正义观的一个重要特征，也是从18世纪这段跨越英国和欧陆哲学家的思想史衍生而来。[1]

“道德感”与“道德情感”论都对18世纪文学和文化产生了深远的影响，文学作品也对这些思想进行了深刻的回应。新兴的小说用各种形式元素曲折地构建道德和情感的关系，对于同情的各种机制做出了细致探讨，在深度上甚至超过了同时代的道德哲学。菲尔丁与18世纪道德哲学的关联非常紧密，他对沙夫茨伯里经常有所提及，显然受其思想影响。[2] 他的作品也经常被认为是图解了沙夫茨伯里哲学的文本。[3] 但我们更应该说，他正是通过小说特有的形式手段——尤其是新的人物塑造手法——与沙夫茨伯里以降的道德哲学和情感理论产生紧密的关联，并对这些理论的普遍性倾向进行了隐性反驳。从某种程度上说，菲尔丁的作品与休谟的道德哲学有共鸣之处。休谟对同情的理解也十分复杂微妙，与文学作品的契合度很高。在《道德原则研究》（1751）中，休谟明确指出道德的基础在于“大自然所普遍赋予整个人类的某种内在的感官或感受”。[4] 他早年撰写的《人性论》（1739—1740）也非常注重同情，将同情描绘为类似天性的情感机制。然而，值得注意的是，对休谟来说，这种机制并不以增进人与人之间的连接为其根本，也不一定代表向

---

1 迈克尔・L. 弗雷泽就提出“反思现代性”的观念。[美] 迈克尔・L. 弗雷泽：《同情的启蒙：18世纪与当代的正义和道德情感》，胡靖译，南京：译林出版社，2016年，第2页。

2 白特斯廷（Martin C. Battestin）指出，一方面菲尔丁对沙夫茨伯里非常尊崇，一方面又认为他对普遍情感的信心过分乐观了，且会削弱人们的基督教信仰。Martin C. Battestin, *A Henry Fielding Companion*, Westport: Greenwood Press, 2000, “Shaftesbury”, pp. 131 - 132. 在这点上，作者鸣谢韩加明教授的指点。

3 Ralph W. Rader, “*Tom Jones*, the Form in History,” in *Ideology and Form: Ideology and Form in Eighteenth-Century Literature*, edited by David H. Richter, Lubbock: Texas Tech University Press, 1999, p. 57. 雷达在此文中也提及自己认为菲尔丁图解沙夫茨伯里观点的阐释。

4 [英] 休谟：《道德原则研究》，曾晓平译，北京：商务印书馆，2014年，第24页。

善利他的伦理取向，相反，很可能使人受到损害。在分析骄傲与同情的关系时，休谟认为骄傲感来自他人对我们的称赞以及我们对这种言语的认同，或称之为同情。这种与他人情感不自觉的认同实际上是对自我的束缚，因此我们常常可以看到“出身名门而家境贫乏的人们”宁愿背井离乡，躲避熟人的评判。[1] 可见，同情并不单纯给我们带来愉悦，相反，可能是一种自我放逐，使个人受他人裹挟，与自身疏离。休谟的论证中最为精妙的部分就是将情感与个体身份的问题明确联系在一起。休谟《人性论》上册论证的是个人身份的不可确定性，下册开始讲情感的流动，隐含的是对个人身份的进一步解构：我们并没有固有天然的德性，“道德感”的提出只是因为人类“善于发明”，而这种发明“绝对必要”，也已与“自然”无异。[2] 也就是说，我们的情感并不源自稳固的人格特征，相反，人格与身份的构建恰恰基于我们对某种人造情感的接受，个体并不独立，也不稳固。也就是说，同情并不能证明或加强人群普遍拥有的相互聚合的倾向，显示的其实是人天然的残缺。在休谟这里，我们看到的是对同情的另一种理解，也可以说是同情的另一种模式：这是一种间离的同情，人与人之间看似有种趋同的倾向，但这深刻地标志着个体的不稳定性，个人感受的不是真正的与他人的认同，而是被他人情感挟持后所造成的疏离感和异化感。

菲尔丁的小说也以自己的方式深刻诠释了聚合式同情和间离式同情的不同表现，与沙夫茨伯里和休谟都有所对话。在菲尔丁的作品里，我们看到各种同情的机制和后果。从他塑造人物的手法、讽刺的叙事口吻以及叙事风格的改变都可以看到两种相互冲突的同情观之间的张力，个体之间的融合与冲突不断交织，在菲尔丁的小说里呈现出奇谲的景象。他的人物和叙事者之间充满着复杂的关系：有认同和理解，

---

1 [英] 休谟：《人性论》下册，关文运译，北京：商务印书馆，2014 年，第 354 页。

2 同上书，第 520 页。

也有疏离和隔膜。即使是休谟，对同情的各种变幻的认识也不比菲尔丁的认识更为深入。当然，菲尔丁始终是“道德感”的拥趸，对同情与美德的热忱不容置疑，对所有人达成共识的基础上建构社会的理想也寄予厚望，但他也不免有诸多彷徨和犹疑。

二、 菲尔丁作品中现代主体的悖论

隐含在上述这些同情理论中的也是一系列现代主体的理论。休谟所质疑的不仅仅是同情的效用和机制，也同样使我们对启蒙时期的主体观有了更深刻的认识。“共通感”与“道德情感”概念中所隐含的个体对他人充满善意，有自利性，但可以与利他性相协调。这个个体既具有独立性，也具有普遍的认知和情感模式。聚合式同情正是这种主体观的基础。但与此同时，我们也在休谟的哲学中发现了另一种受间离式同情所主宰的主体观的端倪：个人与他人之间不可避免地互相影响，但这种影响表现为对个体主权的入侵，使我们无法独立判断或选择，在认知和情感上都丧失了个体性。这也就是吉登斯所说的“自我的反身性”（reflexivity of the self）的含义，所谓反身性，就是说个人身份没有外在于自我的先验根基，只能以人建立的时空装置和社会制度为依托，反身性自我是现代社会自我构成性和自我指涉性的必然产物。[1] 吉登斯探讨的主

---

1 Anthony Giddens, *Modernity and Self-Identity, Self and Society in the Late Modern Age*, Stanford: Stanford University Press, 1991, p. 3.“反身现代性”是由社会学家吉登斯、贝克（Ulrich Beck）等人共同提出的概括现代社会特征的观念，传统社会制度的瓦解为新兴制度的形成提供可能，从而使得人为行为干预社会的力量增大，也使得现代社会风险增加，稳定的价值形态骤减。吉登斯用“反身性”来描绘现代社会个人身份的形成，个人身份不再有传统家庭、教会等制度的支撑，不再具有（相对的）独立性，而是要以不断变动的社会关系和新兴机构为自我构建的媒介。需要解释的是，吉登斯的著作中译将 reflexivity of the self 译为“自我的反思性”，“反思”在这里容易引发误解，可以用“反身”代替。参见［英］安东尼·吉登斯：《现代性与自我认同》，赵旭东、方文、王铭铭译，北京：生活·读书·新知三联书店，1998 年，第 2 页。

要是晚期现代社会，定位在20世纪后半叶，但这个理论同样适用于18世纪现代性刚刚崛起的时期。由聚合式同情和间离式同情所构筑的主体观与18世纪小说塑造人物的手法都有着深刻关联，这些关联在之前的小说研究中并未得到充分关注，但却能加深我们对于现代小说崛起历史的理解。

人物在菲尔丁的文学创作和评论中都是一个重要的问题。菲尔丁继承了以德莱顿和蒲柏为代表的新古典主义讽刺喜剧的传统，同时也沿袭了法国剧作家马里沃和缪赛在喜剧中融入罗曼蒂克元素的现代手法。菲尔丁戏剧和小说中最鲜活生动的人物形象既有猥琐奇葩的小丑，也有诚挚善良又情感柔软丰富的圣洁灵魂——沃尔华西先生、亚当斯，更不要说所有小说的主人公了。这两类人物有个共同点，那就是与叙事者和读者保持着一定的距离，叙事者时而对他们的性格做出总结，但总体上游离于人物的内心之外，而读者也容易猜到不同人物的结局，因而不会屏气凝神地陷入情感漩涡。对18世纪“重情男子”（man of feeling）形象的兴起做出过开创性研究的美国学者克莱恩（R. S. Crane）曾分析《汤姆·琼斯》的情感效应，认为菲尔丁用典型的喜剧手法来描摹人物，实际上妨碍了读者认同与情感投入，将他们始终阻隔在一定距离之外，他们随正面人物身陷困顿而忧虑的心情因此“被大大减轻”。[1] 这种说法延续了伯格森对于喜剧的著名论断——喜剧之所以引人发笑就是因为它“阻止移情”——暗指菲尔丁的小说不会引起读者的强烈感伤，与理查逊的小说大相径庭。[2] 同理，菲尔丁笔下的恶棍也具有程式化的嫌疑，正如一位批评家所说，喜剧中描

---

1 参见 Ralph W. Rader 对 R. S. Crane 观点的概述。Ralph W. Rader, “*Tom Jones*, the Form in History,” in *Ideology and Form: Ideology and Form in Eighteenth-Century Literature*, edited by David H. Richter, Lubbock: Texas Tech University Press, 1999, p. 72.

2 Henri Bergson, *Laughter: An Essay on the Meaning of the Comic*, translated by Cloudesley Brereton and Fred Rothwell, New York: Macmillan, 1914, p. 139.

摹的恶棍是“舞台上的道德陈词”，能够引起观众的“自动反应，而不是道德判断”。[1]

那么，菲尔丁对喜剧的钟爱与同情真的是相悖的吗？喜剧与同情之间到底是什么关系？如果我们回到18世纪的语境中去，会发现英国新古典主义喜剧和浪漫喜剧的形式结构与同情是密不可分的，更确切地说，是以前面论述的聚合式同情为前提的。这也就是为什么沙夫茨伯里恰恰是以讽刺文作为论证“共通感”的主要体裁，认为讽刺不仅没有公害，反而具有体现普遍、客观认知的良性功能。如前所述，聚合式同情并不意味着被打动或吸引，作为生理本能的同情已经被早期现代欧洲的知识人所广泛质疑。聚合式同情首先假设了个体的独立性，继而构建他们之间的共通性，认为我们可以通过调动感知力和想象力来模拟另一个个体的意识活动。因此，有效讽刺是聚合式同情非常有力的佐证和表现。喜剧中对讽刺的大量使用是显而易见的，菲尔丁的喜剧小说也不例外。菲尔丁自己也在《约瑟夫·安德鲁斯》（1742）的序言中指出，他要叙述的主题是“荒唐可笑”（ridiculous），即表里不一的行为，因此他笔下的恶棍经常道貌岸然，而好人却无辜受难。[2] 喜剧传统中一向有“假冒者”（the imposter）这个人物类型，但菲尔丁将伪装作为他的主题和塑造人物的主要手法之一。[3] 菲尔丁在自己的作品中通过叙事者和其他人物的视角来逐渐揭开假面人物的真相，并借此邀请其读者一起进行思维训练，反复实践和操练聚合式同情。读

---

1 Samuel S. B. Taylor, "'Vis Comica' and Comic Vices: Catharsis and Morality in Comedy," *Forum for modern Language Studies*, 24.4 (1988), p. 326.

2 ［英］亨利·菲尔丁：《约瑟夫·安德鲁斯的经历》，王仲年译，上海：新文艺出版社，1957年，第5页。

3 弗莱改动传统剧论中的说法，将喜剧中常见的笑柄形象分为四类，包括假冒者、自轻者、小丑、村夫（the imposter, the self-deprecator, the buffon, and the rustic）。Northrop Frye, *Anatomy of Criticism: Four Essays*, New Jersey: Princeton University Press, 1957, p. 172.

者并不需要与虚构人物相似，只需要调动记忆和想象来理解这些人物的某些心理动因和情感，读者可能会因此反观自身而羞愧，也可能得到某种情感的净化，但无论如何，他们都会发现，关于人物的“真相”总是会被叙事者、其他虚构人物与读者一同感知，读者不仅可以通过重构虚构人物的情感世界——达成18世纪意义上的“同情”——也可以与所有人达成共识和同情。聚合式同情不啻菲尔丁“散文的喜剧史诗”的结构原则，也是其喜剧性的深层内涵。[1]

菲尔丁在戏剧和小说中对于辨认人物本性能力的关注，不仅受益于喜剧或史诗传统，更与另一个书写传统有关，那就是西方文学史上人物速写的脉络。自从在古希腊哲学家提奥弗莱斯托斯（Theophrastus）的《人物》一书中发轫以来，西方传统中的人物书写就一直着眼于对人的内在品质性格加以分类概述，体现了将性格与行为模式进行匹配的兴趣：比如“虚张声势”（pretentious）的人会向旁人吹嘘自己在饥荒时期豪掷“一千两百镑”赈灾 。[2] 1592年，提奥弗莱斯托斯的《人物》被译成英文，催生了众多模仿性文本，其中最著名的包括霍尔（Joseph Hall）的《高洁人物与恶劣人物》（1608）和奥维伯里男爵（Thomas Overbury）的《人物》（1615），两者都提出了许多新的性格类型。人物性格书写的传统与同样在17世纪兴起的传记写作——如奥伯里（John Aubrey）的《短传记》和沃尔顿（Izaak Walton）的《传记系列》——合流，对英国小说的兴起起到了催生作用。很早就有学者指出菲尔丁在语法学校期间就熟读当时非常流行的《古希腊文选》

1 ［英］亨利·菲尔丁：《约瑟夫·安德鲁斯的经历》，王仲年译，上海：新文艺出版社，1957年，第2页。

2 Theophrastus, *Characters of Theophrastus*, newly edited and translated by J. M. Edmonds, London: William Heinemann, Ltd.; New York: G. P. Putnam's Sons, 1929, p. 99.

（*The Greek Anthology*），对其中的人物描写方法非常熟稔。[1] 从更广泛的意义上说，学者也探讨过 17 世纪兴起的“人物写作”和 18 世纪产生的期刊文化之间的关联。鲍德温（Edward C. Baldwin）曾仔细分析了人物书写的兴盛与小说兴起的关联，指出如《旁观者》（*Spectator*）这样的期刊所刊载的散文充当了中介。鲍德温以匿名发表的《考弗利的罗杰男爵档案》（*Sir Roger de Coverley Papers*，1711）为例，说明这部分 26 期连载的作品对这个虚构人物的行为、言谈和冒险的描写既有十分具体的细节，又沿袭了类型人物速写对于性格的关注，因此“非常接近小说”，起到了为现代小说铺路的功能。[2] 人物速写传统和传记写作是现代西方小说兴起的条件之一，与书信一样为小说提供了范本，对虚构人物与叙事者（及读者）之间的关系起到了重要的调节作用。

菲尔丁沿袭了西方人物速写的强大传统，他的笔下经常出现有意伪装，但其内心又具有可识别性的人物。叙事者一般在远处对人物品质和内心活动加以概括，同时借助人物之间的互相辨认来勾勒揭穿人物伪装的过程。他还特意在自己著名的小说评论《论如何获取关于人性格的知识》（1743）中对看清他人本质的方法做了深刻的阐述，强调从观察外貌表情和言行举止方面来判断人的本性，“自然对头脑的疾患给予充足的症候，就像身体的毛病一样”。[3] 同理，他在小说中也不断展现伪装的普遍性，描摹揭开伪装的方法。菲尔丁在剧作中就热衷运

1　舍斯格林（Sean Shesgreen）曾指出，《古希腊文选》中有很多详细描写所爱之人的“解剖学列表”（anatomical catalogue）式写作。参见 Sean Shesgreen, *Literary Portraits in the Novels of Henry Fielding*, Dekalb: Northern Illinois University Press, 1972, p. 24。

2　Edward Chauncey Baldwin, “The Relation of the Seventeenth Century Character to the Periodical Essay,” *PMLA*, 19. 1 (1904), p. 101.

3　Henry Fielding, “An Essay on the Knowledge of the Characters of Men,” in Joseph Andrews *with* Shamela *and Related Writings*: A Norton Critical Edition, edited by Homer Goldberg, New York: W. W. Norton, 1987, p. 327.

用面具或易装的设置，在小说里也同样喜欢将面具作为隐喻或实物来运用，强调表象和本质的区别。[1] 菲尔丁的人物描写手法充分体现了18世纪同情观念——尤其是“聚合式同情”——的文化负荷，当斯密论及同情的时候，体现的是对社会系统自发构成的信念。菲尔丁也是如此。他认为人们都有着基于共通情感的情感重构能力，可以由表及里地品读他人内心，小说中的人物速写不仅依赖于这种同情机制，也训练了这种机制，不断强化凝结现代阅读公众的共通感。[2]

不过，必须指出的是，菲尔丁人物的可识别性并不妨碍他们的复杂程度。他们中间也不乏性格吊诡的人物，会使身边其他人物频频产生误解。《约瑟夫·安德鲁斯的经历》中的乡村牧师亚当斯就是明显的一例，他的绅士风度与不谙世事的自大混合在一起，同时又有武夫的粗犷鲁莽，这些性格特征似乎很难兼容，而叙事者虽然对亚当斯的各性格侧面了如指掌，但也同时通过旁观者对他身份的误解而凸显他的内在矛盾。《大伟人江奈生·魏尔德传》（1743）的叙事者也发表了人性复杂的观点：“大多数人是善恶兼而有之的：他们既不是样样都好，也不是样样都坏。他们最大的德行有时也会被他们的罪恶遮蔽起来或

1　吉尔·坎贝尔（Jill Campbell）曾在其著作中仔细分析菲尔丁对于面具的使用，主要从性别角度出发。她指出菲尔丁在其喜剧中对男女身份的错位深感不安，不过面具也是他对于品性刻画的重要手段，本文主要侧重品性这方面。参见 Jill Campbell, *Natural Masques: Gender and Identity in Fielding's Plays and Novels*, Stanford: Stanford University Press, 1995。

2　菲尔丁由表及里的人物描写手法与由法国画家勒布伦（Charles Le Brun）和英国画家霍加斯（William Hogarth）开创的人物画艺术有许多相通之处，可以说将观看习惯和模式变成小说的主题，不仅用第三人称全知叙事指出透过表象看到内心真相的途径，也特意在叙事中融入非叙事（即描写）段落，用视觉形象向读者暗示现代人应该如何观看人物外表及人物所处的环境，如何融汇对现实景观的临摹与理想化想象。菲尔丁对史诗和戏剧中呈现视觉形象的方法做出回应，有时加以沿用开拓，有时加以戏仿颠覆，有时则有意识规避，对小说和视觉艺术的关系做出了全面深刻的探讨。参见金雯：《人物与景物：菲尔丁小说的视觉性 》，《欧美文学论丛》2018 年第十二辑，第 61—85 页。

者减损分量，而他们的罪恶有时也会被德行冲淡掩饰，改变了面貌。”[1] 可见，菲尔丁对于聚合式同情的兴趣并没有完全消解其人物的深度和不可确定性，在人物塑造上与理查逊的繁密并非毫无相似之处。

三、聚合式同情：穿透人心

在聚合式同情的逻辑下创造的人物在菲尔丁作品中比比皆是。在他首部戏剧作品《戴着几重面具的爱》（1728）里，菲尔丁就采用了面具的设置与隐喻。男主角是从乡村回到伦敦的乡绅智墨先生（Wisemore），他对贵族女性无双夫人（Lady Matchless）倾心已久，而她青年守寡，对婚姻和男性有许多戏谑评价。无双夫人一直对智墨先生故作嘲弄，但从她的旁白中，观众可以看到她实际上对这位先生暗自倾心。整部戏剧围绕着智墨的淳朴无华与无双夫人其他贵族追求者的虚伪势利的对比，初步展现了菲尔丁日后创作的一个基调：无论他作品的讽刺力有多深，他总是暗示美德之人最终会领受命运的诚挚温情，总会有对“好心”（good nature）的肯定，总会有对面具被揭开的信心。戏中次要情节线索中也有许多人物，其中的反面人物要么以实在的假装来骗取其他人物的感情（如捕猎夫人假扮成侄女，骗取与青年男子的约会），要么在比喻层面上披上人际交往的伪装（如无双夫人的追求者都在得知她可能丧失继承已故丈夫财产权的时候离她而去）。但这些“面具”最终都被揭开，让位于裸露的真相，天然无饰的人物最终拔得爱情的头筹。

菲尔丁小说中，面具多以隐喻方式存在，往往以人物之间的“误认”作为其表现方式。但这些误认往往被叙事者的洞烛幽微所平衡，

1 ［英］亨利·菲尔丁：《大伟人江奈生·魏尔德传》，萧乾译，南京：译林出版社，1997年，第1卷第1章，第2页。

最终也随着情节的推进而扭转。或者可以说，虚构人物互相做出的判断被叙事者的诸多明示、暗示所牵引，走向正途。在《约瑟夫·安德鲁斯的经历》（1742）中，一开篇，我们就看到一个奇诡的全景式肖像。叙事者显然在模仿传记的体例，但同时又对之加以戏仿：

> 约瑟夫·安德鲁斯先生，我们即将叙说的故事的主角，据说是格发和格玛·安德鲁斯的独子，也是大名鼎鼎的巴玫拉的弟弟，他的德行现在已近远近驰名了。至于他的祖先，我们孜孜不倦地考据了一番，可是没有什么结果；只能追溯到他的曾祖为止；教区里一个老汉记得他的父亲说过，这位曾祖是个出色的棍术家……[1]

叙事者在装模作样做了一番家世考据之后，又以不知内情的口吻描述小约瑟夫的才能和轶事，包括他作为骑马师的高明之处以及拒绝作弊的凛然“鄙夷”。[2] 但菲尔丁只是以这段迂回的外部记叙戏谑传统传记的写法，并非认真借用，所以马上就转向自己最为擅长，从古典人物写作中借鉴而来的人物概述手法。描写牧师亚伯拉罕·亚当姆斯的时候，叙事者改弦易辙，从天真的不知内情变为老到有洞见的口吻，在概述亚当姆斯的学养之后，立刻切换至性格剖析：

> 他又是一个相当明达，很有才能，性情和蔼的人，同时却跟刚生到世界上的婴孩一样，对于世故人情一窍不通。因为他从不存心欺骗人际，所以永远不疑心人家有这种企图。他是出奇地慷慨、友善和勇敢；但是淳朴是他的特质。[3]

1 ［英］亨利·菲尔丁：《约瑟夫·安德鲁斯的经历》，王仲年译，上海：新文艺出版社，1957年，第8页。

2 同上书，第10页。

3 同上书，第11页。

在之后的《汤姆·琼斯》（1749）中，菲尔丁写人的策略有所变化，开门见山的性格概述有所减少，叙事者对人物逐步进行揭示，不过对人物的把握力并没有减弱。在第二卷第二章中叙事者就对年幼琼斯的好心不惮明说，用主人公保护猎场看守的经历挑明他仗义无私的个性。此时叙事者诉诸直接的概述："当前他担心的倒不是第二天将受的惩罚，他顶怕的是自己坚持不下来，把猎场看守招了出去。"[1] 叙事者就是这样模仿认知他人过程中难以避免的直觉性跳跃，也就是说，以此来暗示同情的可能性、人与人之间互相穿透彼此的可能性。对布利非少爷，叙事者的处理略有不同。先模仿无辜无知的口吻，加以热情赞颂，但在此之后急速拐弯，顺着女主角苏菲亚的感受，用知情老到观察者的口吻对布利非加以批判。叙事者揭示人物内心品格的具体做法有所变化，但不变的是对识别品性的充分自信。

同时，我们也应该注意到，叙事者不断暗示识人过程的基础是情感的普遍性，因此叙事者与读者的视角一致，无须赘言。描写琼斯和苏菲亚相爱过程的段落就很能说明这一点。琼斯去请求苏菲亚劝其父亲不要惩罚猎场看守，却在苏菲亚心里荡起无数涟漪，使她隐形的情感浮出地表。此处，一方面，叙事者表示对苏菲亚十分理解；另一方面，又指出一般读者都应该能够识别苏菲亚的情感："她感到的究竟是怎样一种滋味，读者心里（倘若他或她有一颗心的话），一定会有更深刻的体会。"[2] 而叙事者即使有很多张嘴也难以表达。这里戏仿荷马、维吉尔都使用过的夸张自谦手法，但同时也表示爱情的萌动虽难以用文字表述，但大家都能凭经验和共通的直觉理解。而琼斯不久也心窍顿开，在偶然一次救起落水的女主角之后领悟到自己和苏菲亚之间存在双向的爱恋，当然这个领悟也是由自信的叙事者作为中介来概述的：

1　［英］亨利·菲尔丁：《汤姆·琼斯》，刘苏周译，广州：花城出版社，2014 年，第 104 页。

2　同上书，第 155 页。

“我确实相信，与此同时，美丽的苏菲亚在琼斯的心上也留下了同样深刻的印象。”[1] 这几部分引文大概是我们首次在小说中读到对于爱情萌发旅程的剖析，在这之前的爱情正像我们在贝恩的《一位贵族与他妹妹之间的通信》（1684—1687）中看到的那样，突如其来，排山倒海，没有解释，或者如理查逊笔下那般云山雾罩，神秘晦涩。唯有在菲尔丁这里，爱情的发展脉络十分清晰，又能轻易被众人察觉，读来让人欣慰，无愧浪漫喜剧的本色。

菲尔丁作品中对人物的描写也不全脱胎于西方人物速写的传统，他观照的是一个人物谱系，由此展示人性中反复出现的规律。他运用塞万提斯首创的让人物互为映照的创作手法，给自己小说中的不同人物都设置了二重身（double）。人物之间要么形成对立面，比如大盗魏尔德与好心的珠宝商哈特弗利、毕利福少爷与琼斯；要么形成替代和陪衬的关系，比如贝内特夫人与阿米莉亚、苏菲亚和菲茨帕特里克夫人；再者就是同类人物之间不断重复，比如《汤姆·琼斯》中许多相类似的势利虚伪的小人，开始是布利非先生，后来是家庭教师斯怀肯和斯奎尔，还有琼斯一路遇到的客栈男女主人，以及《阿米莉亚》（1751）中色欲熏心的詹姆斯上校和阴险的勋爵。这些规律赋予菲尔丁小说一种秩序，但同时也是菲尔丁人物观的一种体现，作者暗示自己所讲述的是人性的普遍道理（可以做“共感”的旁证），也基本相信有不可见规律的存在，会调节善与恶的分布。

与这种人物创作手法对应的社会心理机制就是聚合式同情。叙事者与人物保持一定距离，但能轻松穿透他们的内心，叙事者最常见的口吻就是居高临下的心理概述，而不是进入人物内心进行心理刻画。这种处理人物的方式基于对个体独立性和情感普遍性的认识，又使之

---

1 ［英］亨利·菲尔丁：《汤姆·琼斯》，刘苏周译，广州：花城出版社，2014年，第191页，此处翻译有改动。英文版参照 Henry Fielding，*Tom Jones*，London and New York：Penguin Classics，1985。

强化。不过，要指出的是，在《阿米莉亚》中，我们发现叙事者知情老到的口吻发生了微妙的变化，叙事者的视角时常与特定人物的视角相融合，又难以对人物做出全面精准的认识，因此呼应了之前提到的间离式同情。[1] 人与人之间的界线模糊，互相渗入，但隔阂也同时增大，对内心的理解和穿透变得更为困难。菲尔丁的小说容纳了对于同情两种相悖的理解，与同时代道德哲学思想进行充分的对话，显示了小说语言的柔韧和丰赡。

需要指出的是，即使在《约瑟夫·安德鲁斯》中，菲尔丁也已经初步使用了变换视角的手法，让第三人称叙事者偶尔进入虚构人物的思绪：对约瑟夫的描写折射出鲍培夫人的欲望，而范妮·普莱斯的美貌通过则通过约瑟夫的目光来展现。

四、 间离式同情：情感的蔓延和人心的隔膜

如前文所述，启蒙时期兴起的不仅有聚合式同情，还有另一种类型的同情。这种同情不假设情感的普遍性，恰恰相反，前提是不由人控制的情感传递。这是一种自知有缺陷的同情，可以称之为间离式同情。

在晚期创作的《阿米莉亚》中，菲尔丁的情感书写更加细腻深邃。整个小说的叙事走向流露出比较浓厚的悲剧色彩，上尉布思娶到乡绅家庭的阿米莉亚小姐，随后被派遣至直布罗陀海峡，在作战中受伤后离开战场，与妻子移居伦敦。由于暂时无法重新入伍，两人生活拮据，而布思在军中的友人和伦敦城里的显贵都觊觎阿米莉亚的美色，布局设计，他们的朋友又不幸对他们产生误解，布思因此被控欠债入狱。

1 Sean Shesgreen, *Literary Portraits in the Novels of Henry Fielding*, Dekalb, IL: Northern Illinois University Press, 1972, p. 164.

两人奋力挣扎仍无法脱身，最后依靠阿米莉亚意外得到的遗产才回归宁静。虽然菲尔丁的其他小说也以人物之间的误解作为推动情节的引擎，但所有人物性格单纯，叙事者大局在握以超脱的姿态点评众生，为读者扫除了理解障碍。而《阿米莉亚》中的人物悖论重重，叙事者的掌控力也相应削弱，经常与人物视角重合而发生认知失误，小说对人物心理的刻画接近理查逊“即时写作”的复杂度。菲尔丁曾在自己创立的《詹姆斯党人杂志》（*Jacobite's Journal*）中对理查逊“深入穿透人性”（deep Penetration into Nature）的能力致敬；[1] 批评人也经常指出阿米莉亚与克拉丽莎和格兰迪森爵士等人物形象的相似性，推测“对《克拉丽莎》的敬佩”推动了菲尔丁创作《阿米莉亚》[2]。不过，其实我们应该说菲尔丁不仅延续了理查逊对情感与美德关系的建构，也延续了他对媒介化主体能否得以建构的质疑。《阿米莉亚》的感伤叙事和《克拉丽莎》有相似之处，对作为美德根基的普遍天然情感和人们做出理性道德判断的能力仍然怀抱信念，但并不坚定，小说在很大程度上展示了负面情感在人与人之间传导的过程，说明情感外在于心灵，会使人不知所措，无法对他人做出正确的判断，也无法做出正确的道德抉择，陷入失去主体性的境地。在很大程度上，《阿米莉亚》指向“聚合式同情”的失效，暗示了同情的另外一面。

《阿米莉亚》的情感和内心书写非常复杂，说明菲尔丁对人们能否就他人的情感达成共识不再抱有确信。他不仅将以往作品中一直十分关注的表象与真相断裂的问题推到了一个高点，强调人性的复杂，也颠覆了在自己讽刺喜剧中渗透的同情观念。《汤姆·琼斯》已经显露出对外貌的不信任，经常描绘外观与内心不相符合的情况，坏蛋恶棍也经常会有比较英俊的外貌，足以蛊惑他人。在酒桌上诽谤苏菲亚名声

---

1 Henry Fielding, *The Jacobite's Journal*, No. 5, January 2, 1747, p. 2.

2 Alison Conway, "Fielding's *Amelia* and the Aesthetics of Virtue," *Eighteenth-Century Fiction*, 8.1 (1995), pp. 360 - 350, p. 37.

并打伤琼斯的旗手诺塞顿就有着诱人的外貌："尽管这位年轻绅士在道德上欠缺正直，他的身子却生得直挺挺的；他体格匀称壮实，脸蛋在大多数妇女眼中也称得起漂亮。"[1] 这里的外貌描写倒很是细腻，只可惜不是为了说明外貌的重要性，恰恰是要质疑外貌能否作为判断性情的基础，以便警示人们不要轻易相信悦目的外貌等同于高超的道德品质。在《阿米莉亚》的第一卷中，布思上尉在新门监狱中看到一位长相"天真无邪"的姑娘，却发现她是一个欢场女子。[2] 同样，马修斯小姐虽然有着"极为迷人的温柔态度"，却曾经亲手刺死、抛弃了她的情人，时而迸发出"狠毒"的情感。[3] 与此同时，阿米莉亚的鼻子因为受到撞击而粉碎，但这不仅没有影响其品性，恰恰使她得以展现坚韧豁达，证明了"她的心灵是多么高尚"。[4]

菲尔丁对女性偏离驯顺和贞洁等文化要求的现象向来十分关注，对性别关系变化这个与"政府、艺术、医学、教育、金钱"都密切相关的时代性主题有着深刻的感知，并在戏剧、诗作和小说中反复探讨性别角色及其变迁。[5] 同样，在《阿米莉亚》中，女性外貌和内在的张力并不只关乎性别议题，而是开启了整部小说对于以貌取人的抨击。正如小说中马修斯小姐在谈到欺骗了她的男人时所言："大自然确实把她可憎的作品用一个极为美丽的外表给包裹起来了。"[6] 菲尔丁在小说中的质疑与18世纪对于道德与外貌的关联的争论有一定的共振。青年学者凯勒赫的研究表明，18世纪人相学繁盛，且渗入了道德哲学家的

---

1 ［英］亨利·菲尔丁：《汤姆·琼斯》，刘苏周译，广州：花城出版社，2014年，第404页。

2 ［英］亨利·菲尔丁：《阿米莉亚》，吴辉译，南京：译林出版社，2004年，第16页。

3 同上书，第27页。

4 同上书，第58页。

5 Jill Campbell, *Natural Masques, Gender and Identity in Fielding's Plays and Novels*, Stanford: Stanford University Press, 1995, p. 10.

6 ［英］亨利·菲尔丁：《阿米莉亚》，吴辉译，南京：译林出版社，2004年，第35页。

话语。沙夫茨伯里曾经把“生理畸形”作为道德缺陷的外在表征，斯密也认为外在的缺陷呼应道德缺陷。[1] 菲尔丁在自己的作品中也非常敏锐地对简单的美丑观念提出质询，一以贯之地体现了他不忌世俗、不畏权势的磊落胸襟。然而，虽然耻笑面貌身形的丑陋是18世纪文化界的风潮，但并非没有异议。威廉·海伊（William Hay）写于1753年的《缺陷》一文兼有回忆录和文化批判性质，记叙了自己从小身躯矮小弯曲，备受冷眼的遭遇。萨拉·司各特的小说《宜人之丑》则创造了一个面貌有缺陷的女子，以小说形式想象她如何因丑陋而摆脱父权统治，又凭才智获得爱情与社会资源。[2] 菲尔丁的小说也揭示了18世纪中期文化氛围的多元性，十分典型地暗藏对于肤浅观人法的批评，用对视觉印象的拆解来抵制人相学的谬误。进一步说，《阿米莉亚》中的“外貌”批评也是一种社会隐喻，指的是被人的阶层身份决定的礼仪举止，小说中所有作恶多端的人物都来自上流社会和职业阶层，菲尔丁毫不留情地揭穿社会身份与道德水准的落差：“……甚至就才智来说，我们通常看到，进行这种所谓上流社会教育的结果，人们判断是非的能力是改进得多么微小啊！我想，我在地位低下的人们当中看到过心地十分善良的事例，也看到过辨别事理能力很强的事例，就像在地位较高的人们当中所看到的一样。”[3]

如果说《阿米莉亚》中的反面人物善于伪装，那么所有正面人物

---

1 Paul Kelleher, “Defections from Nature: The Rhetoric of Deformity in Shaftesbury's *Characteristics*,” in *The Idea of Disability in the Eighteenth-Century*, edited by Chris Mounsey, Lewisburg: Bucknell University Press, pp. 71 - 90; “The Man within the Breast: Sympathy and Deformity in Adam Smith's *The Theory of Moral Sentiments*,” *Studies in Eighteenth-Century Culture*, 44 (2015), pp. 41 - 60.

2 Jason Farr, “Attractive Deformity: Enabling the Shocking Monster from Sarah Scott's *Agreeable Ugliness*,” in *The Idea of Disability in the Eighteenth-Century*, edited by Chris Mounsey, Lewisburg: Bucknell University Press, 2014, pp. 182 - 184.

3 ［英］亨利·菲尔丁：《阿米莉亚》，吴辉译，南京：译林出版社，2004年，第353页。

也都让读者吃惊，呈现出在人意料之外的心理侧面。《阿米莉亚》不仅将识别伪装的难度作为自身主题，也致力于刻画人物的复杂、微妙、难以预料的心理变化。虽然布思提出“主导情感”，但其人物并不单一，小说清晰地认识到善与恶往往纠缠在一起，无法被彻底拆分。我们在菲尔丁之前创造的亚当斯、维斯顿先生、琼斯等人物身上已经领略到正邪交织的复杂性，《汤姆·琼斯》的叙事者也说：“有些著名历史人物他们一生中无数次扮演丑角，还极其认真，以致使人怀疑，在他们身上占上风的究竟是愚蠢还是明智。”[1] 《阿米莉亚》对此表现得更为充分。即使是纯洁的阿米莉亚也展现出“写实”的一面，面对阿特金斯在病重期间的表白，她瞬间有些动心：“然而这位可怜的、地位低下的乡下年轻人对她怀着一片朴素、诚实、细致、不知不觉中产生的和进阶崇高的感情，它却确实使她的心稍稍软化下来了她片刻间对他情不自禁地怀有一种亲切、满足的情感。”叙事者对此不做自己的评判，只是接着说布思也许会“不高兴”。[2] 很显然，叙事者已经没有讲述琼斯和苏菲亚爱情这时候的坦荡自信了，对人与人之间能否互相理解有所保留。

承上所述，总体来说，《阿米莉亚》中的人物经常陷入孤立，由于刻意伪装和内在深度而无法洞悉他人内心。他们在情感上互相纠缠，但这种情感交流表征的是心灵受外界侵袭和操纵的可捕性，并不导向人与人之间的“同情”和理解。詹姆斯上校受到马修斯小姐的唆使，沾染了她对上校的愤怒，因此“断绝了对布思的一切友谊”。[3] 小说中尤其善感的人物——如阿米莉亚和贝内特太太——经常在面对特定情境时遭受怜悯或惊恐等巨大情感的冲击而陷入晕厥状态，这种状态也

---

1 ［英］亨利·菲尔丁：《汤姆·琼斯》，刘苏周译，广州：花城出版社，2014年，第333页。此处翻译有改动。

2 ［英］亨利·菲尔丁：《阿米莉亚》，吴辉译，南京：译林出版社，2004年，第569页。

3 同上书，第204页。

会很快传染给周遭的其他人。这个过程无益于构成有关世事人心的共识，但显示了情感的巨大感染力。阿米莉亚听说布思再次入狱的消息时心生悲怆：

> “天哪！”她大声说道，“这些可怜的小家伙将会有个什么样的结局呀！我生下这些小家伙为什么只是让他们挨穷受苦过悲惨不幸的生活呀！”她一边说着这些话，一边满怀深情地把他们抱在怀里，眼泪簌簌地直流在他们两人身上，把他们的衣服都流湿了。
>
> 孩子们虽然不明白她痛苦的原因，但他们的眼睛也与母亲的眼睛同样快地流着泪水。那个男孩子年龄较大，在两人当中也机灵得多，他根据那人当面捎给他父亲的消息，以为母亲的痛苦是由于生病。
>
> ……
>
> 随即发生的情景是我没有能力加以描述的，时间有几分钟。我必须请求读者自己在心里去想象。孩子们紧紧抓住母亲不放，他们徒劳地设法安慰她；阿特金森太太则徒劳地试图让他们平静下来，告诉他们，一切都将会好的，他们不久又将会见到他们的爸爸。[1]

正是这样的段落使得《阿米莉亚》成为理查逊感伤小说的伴生物，悲伤等情感的流动构筑了虚构人物的内心，这些人物的情感源于外部，没有天然、坚实的主体性。与此同时，在上述最后一段中，菲尔丁用静止的“画面”构造表示肢体动作对于情感表达和传递的重要作用，预示了随后斯特恩感伤小说中广泛使用的群像描写手法。[2]

1　[英] 亨利·菲尔丁：《阿米莉亚》，吴辉译，南京：译林出版社，2004 年，第 365 页。

2　菲尔丁曾在《阿米莉亚》中称这样的画面为“沉默画”（silent picture），参见译林出版社 2004 年版第 526 页。中文版中译成“沉默的景象”。有关斯特恩小说中的画面构造，参看本书第七章。

更有趣的是，叙事者时而受虚构人物的感染，放弃了在前面几部作品中一贯使用的冷静全知的叙事口吻，不时与人物视角接近。在这部小说中，菲尔丁第一次大量使用第一人称叙事，且情绪充沛夸张。男主人公布思在狱中的自述飘摇起伏，他与纤弱的妻子阿米莉亚一样善感，时而激动欢笑时而慨叹落泪；在小说中嫁给布思忠实下属阿特金森中士的贝内特夫人也一边大段陈述自己的悲惨经历，一边“簌簌地流下眼泪”。[1] 与此同时，叙事者也会出其不意地犯错，显示与布思和阿米莉亚一样的善良轻信：对于狡诈的勋爵，叙事者一开始错误地将其概括为有“良好的教养”，对于拉皮条的埃利森太太，又称其“极为善良”。[2] 有时，叙事者对人物的描写非常接近主人公的视角，可以说已经类似“自由间接引语”，虽然没有直接转述人物内心思绪，但视角与其高度吻合。当布思和阿米莉亚在伦敦偶遇阿特金森，阿米莉亚因为当天发生的一次冲突受到惊吓，担心自己会在路上倒下。叙事者指出：

> 阿米莉亚的担心对中士的影响很大（因为除了他本人对这位女士十分尊敬外，他还知道，他的朋友是多么深情地爱着她），他连话都说不出来；如果不是他的神经坚强得任何事物都无法动摇，那么他自己的担心也足以使他跟那位女士同样地哆嗦起来。[3]

这段引文中，括号中的部分并不是中士自己真实的想法，我们在前文中已经看到，中士对阿米莉亚心存爱意，但括号中对中士心理的描写强调的是对阿米莉亚的尊敬和对布思爱意的了解，这显然是从阿米莉亚视角出发所做的观察。叙事者在没有明显引用的情况下突然切入阿

---

1 ［英］亨利·菲尔丁：《阿米莉亚》，吴辉译，南京：译林出版社，2004 年，第 325 页。

2 同上书，第 241、244 页。

3 同上书，第 200—201 页。

米莉亚视角，可以说已经在使用直到奥斯丁时期才逐渐普遍的“自由间接引语”。

叙事者不仅进入人物内心对其心理活动进行描摹，且叙事语言也常常偏离平衡对称的新古典主义文体，大量使用主句后面添加一长串从句的松散句式。在第十一卷结尾处，叙事者这样描写阿米莉亚的内心，面对布思再次入狱的困境，“她度过了悲惨的、不眠的一夜，她那温柔的心由于各种各样和相互冲突的感情而受到折磨和烦扰，还由于各种疑虑而感到痛苦”，这里的松散句式暗示叙事者与人物之间难免会产生的互相渗透。[1] 叙事者与人物在话语风格上共振，这也是一种同情，但叙事者与人物一样陷入了彷徨疑惑，并不能对其进行精准的把握。克劳德·罗森（Claude Rawson）指出，菲尔丁叙事文体从从容均衡向彷徨的转变是带有阶级色彩的，新古典主义讽刺文风代表的是精英人士的自信和鄙夷，而《阿米莉亚》显示的是与新古典主义相对的“感伤散文化”（sentimental prosiness）的手法。[2] 在《阿米莉亚》中，叙事者相对于人物的认知优势悄悄地消失，体现出一种身陷日常生活和情感的彷徨，不被人察觉地向自己经常竞争而又痴迷的对手理查逊靠近，与中产阶级的日常挣扎更为吻合。菲尔丁在《约瑟夫·安德鲁斯》和《汤姆·琼斯》中大量使用戏仿史诗的手法对当代生活进行反讽式书写，《艾米莉亚》也是对史诗的改写，“在结构、情节、人物和背景”上都与《埃涅阿斯纪》有相似之处，但菲尔丁已经从戏仿史诗的高度下降，从日常生活的内部描绘令人无助的矛盾、复杂情感。[3] 在聚合式同情失败的地方，另一种同情产生了，人与人之间在情感上

---

1 ［英］亨利·菲尔丁：《阿米莉亚》，吴辉译，南京：译林出版社，2004年，第583页。

2 Claude Rawson, “Fielding’s Style,” in *The Cambridge Companion to Henry Fielding*, edited by Rawson, Cambridge: Cambridge University Press, 2007, p. 167.

3 John E. Loftis, “Imitation in the Novel: Fielding’s *Amelia*,” *Rocky Mountain Review of Language and Literature*, 31.4 (1977) , pp. 214 - 229.

的渗透与交流的失败和隔膜携手共生。

小说中聚合式同情的失败有其社会性根由，对这一点，菲尔丁也认识得很清楚。在《阿米莉亚》中，布思就有过这样一句感慨："如果仔细考察，我相信同情心只是社会等级处境相似的人之间的同胞情谊，因为他们身受类似的恶的威胁。我们的感觉对距离我们遥远的人恐怕是很冷漠的，他们的灾难永远不会波及我们"。[1] 菲尔丁对于普遍同情的信念不可避免地因为对社会阶层分化的认识而动摇和削弱。人与人之间只有负面情绪的蔓延，而鲜少有真正的人际沟通和对他人情感的体察。《阿米莉亚》对贵族的荒淫好色、治安法官和律师的假公济私以及军界政界的腐败多有呈现，体现了作者自1748年开始担任威斯敏斯特地区治安法官与米德尔塞克斯郡治安法官积累的政治经验。如果说菲尔丁在《约瑟夫·安德鲁斯的经历》和《汤姆·琼斯》中将乡村教区治理视为英国社会的基石，强调乡绅阶层对教区内的穷人的包容与接济，那么在《阿米莉亚》中，他不仅将关注重心转向城市，也对普遍同情与道德感表示了怀疑。批评人本德（John Bender）在《想象监狱：18世纪的小说与心灵结构》（1987）中提出过一个知名的论点，将菲尔丁的全知叙事与有关"权威性道德控制"的理想关联在一起；[2] 后续批评观点对此加以修正，认为菲尔丁并不寄望于建立一个集权化的司法系统，而是专注于培育以普遍同情为基础的"有效而精确的读者判断力"。[3] 如果我们进一步将《阿米莉亚》文体的情感化和散文化与这种社会愿景的溃散关联，对18世纪英国的小说兴起和同情的历程都可以提供新的思考角度。

---

1 ［英］亨利·菲尔丁：《阿米莉亚》，吴辉译，南京：译林出版社，2004年，第531页。此处翻译有改动。

2 John Bender, *Imagining the Penitentiary: Fiction and the Architecture of Mind in Eighteenth-Century England*, Chicago: University of Chicago Press, 1987, p. 145.

3 Scott Mackenzie, "Stock the Parish with Beauties: Henry Fielding's Parochial Vision," *PMLA*, 125. 3 (2010), pp. 606-621.

以上分析也使我们可以理解为何菲尔丁在《阿米莉亚》中表达了对讽刺的怀疑，也对讽刺的情感基础——聚合式同情——间接表明了否定的态度。布思的朋友——正直的哈里森牧师对久经磨难而心中对道德和宗教充满怀疑的布思说："以戏谑与嘲弄来亵渎神圣的事物，确实是思想低劣和邪恶的征兆"。[1] 讽刺不一定体现客观、普遍的共识，实际上往往只是流露了部分人的主观感受，并不具备正当性。这个观点与作者本人的观点相符，在去世前夕，菲尔丁撰文反对沙夫茨伯里认为讽刺的效果基于也折射大部分人共识的观点，提出讽刺会纵容无节制怀疑主义的担忧。[2] 菲尔丁对讽刺的批判就是对天然"道德感"的否定、对本文称为"聚合式同情"的情感交流模式的怀疑，他在创作生涯的大部分时间里对讽刺喜剧情有独钟，但在人生晚期却对人们能否达成共情表示怀疑，对讽刺手法能否产生确定的意义表示怀疑。这种摇摆在他早于《阿米莉亚》的创作中也有所显现。在紧接着《约瑟夫·安德鲁斯的经历》出版的《大伟人江奈生·魏尔德传》中，菲尔丁反复强调江洋大盗江奈生的"伟大"，以后无来者的气势让反讽的叙事风格一泄到底，显示自己对读者依靠情感常识明辨是非的信心，但他同时也有反思讽刺效果的时刻。他在自己创办的期刊《斗士》（*The Champion*）上连载《约伯·醋先生的旅行》（1740）一文，戏仿《格列佛游记》，采用他很少使用的第一人称叙事者，放弃叙事者对叙事效果的控制，使得读者难以判断叙事者是刻意讽刺，还是在无知觉的情况下描绘出了可笑的景象。[3] 这部不完整的作品预示了菲尔丁后来对于叙事者、人物、和读者之间无法达成完全理解和同情的认识。

---

1 ［英］亨利·菲尔丁：《阿米莉亚》，吴辉译，南京：译林出版社，2004 年，第 498 页。

2 Martin C. Battestin, *A Henry Fielding Companion*, Westport: Greenwood Press, 2000, p. 133.

3 Henry Fielding, *The Voyages of Mr. Job Vinegar, from the Champion* (1940), edited by S. L. Sackett, Augustan Reprint Society, No. 67, LA: William Andrews Clark Memorial Library, University of California, 1958.

菲尔丁不仅开创了对英国社会总体面貌进行讽刺批判的写实小说，也以其出人意料的现代性和丰富性，发起了与18世纪同情观念的悖论生动而复杂的对话。

本章首先考察的是一个情感史范畴的问题，即同情的不同形态及其与18世纪启蒙主义主体观的联系，然后引向一个小说史问题：18世纪的英语小说在何种意义上具有现代性？其形式创新和主题思想革新之间具有何种关联？我们发现，菲尔丁的小说与主体和同情的问题都发生了深刻的关联。小说对同情和主体状态的呈现对同时代的道德哲学做出了深刻回应，可以加深我们对18世纪同情和主体观所蕴含的悖论的思索，而聚焦同情和主体也能使我们对小说崛起的动因和机制获得更为深刻的认识。终其写作生涯，菲尔丁通过小说实践所思索的最深层问题不外乎讽刺的可能性和虚构人物如何兼顾清晰度和复杂性的难题，这两点都鲜明地折射出同时代的同情话语，也受其影响。柯尔律治以降的评论人一直强调的菲尔丁编织情节的天赋也可以与他的同情观挂钩，他情节中的巧合与重复当然是讲故事的技巧，但也源自作者对虚构人物如何体现人际互动规律的见解。本章与其他作品阐释章节一样，都是以一个具体作家作品为进路，探索将18世纪情感观念史与小说主题和形式发展史相关联的研究路径和方法。

第七章

具身性同情：斯特恩《项狄传》与现代公众建构

斯特恩的杰作《项狄传》（1759—1767）和未完成的游记小说《穿越法国和意大利的感伤之旅》（1768，也译作《多情客游记》）将理查逊和菲尔丁小说中的情感之旅带到了一个新的起点。《项狄传》中仁慈善感的托庇叔叔和《穿越法国和意大利的感伤之旅》中不断坠入爱河的约里克都发扬了18世纪感伤小说中的标志性人物类型"重情男子"的风尚，而《项狄传》中插入的催人泪下的小故事更是为之后各类小说中常见的感伤场景提供了原型。斯特恩推动了感伤小说和感伤叙事模式在18世纪晚期的滥觞，也使之具有了更广泛更深刻的文化功能。一方面，斯特恩积极参与通俗图书市场，与笑话集和小人物自传等通俗体裁对话，将感伤小说中流淌的道德情感与身体姿态和动作相连，描写并构建了一种具身性同情，由此推进了18世纪思想和文学中有关身体与心灵关系和社会构建问题的思考。另一方面，他也延续了理查逊和菲尔丁对现代主体性的悲观质疑，借助一种以离题话为主要特征的忧郁叙事体对忧郁这种否定性情感做出了极为深入的诊断，将其追溯至现代人追求系统性知识以克服情感脆弱的谬误。以"情感"为关键词，以身体与心灵的关系为主轴，我们可以更充分地理解斯特恩小说中惊人创造力的由来及其在西方文学和文化史中的超凡价值。这一章主要分析《项狄传》中的身体写作，下一章聚焦于小说中的"忧郁"。

《项狄传》是18世纪英国小说史上一道著名的谜题，看似拔地而起的险峰，却又与其所处历史时刻唇齿相依。批评家基墨（Thomas Keymer）曾指出，对斯特恩的批评有两个总体的流向，一个认为他是文艺复兴博学机智写作风格的“延迟性表征”，一个认为他对18世纪兴起的现代小说的常见表现手段进行了“戏仿”或“解构”。[1] 基墨认为这两种立场均失之偏颇，都将斯特恩想象为与他自身时代和语境格格不入的作家。实际上，自18世纪晚期以来，读者经常发现《项狄传》不为人注意地穿插同时代文本或文化元素，这部小说形式上的诸多“奇特”之处可以在时代语境中找到源头。本文与基墨的基本思路相通，着力论证《项狄传》与18世纪文化的关联。《项狄传》在主人公的第一人称生平自述中插入无数不见首尾的百科知识、轶事、评论和笑谈，无疑是向自文艺复兴至18世纪上半叶新古典主义时期常见的博学写作回归，从而颠覆了1740年代崛起的深入描摹内心或呈现社会全景的写实小说。但小说使用大量肢体动作描写来激发读者强烈的生理和情感反应，又可以说十分忠实于18世纪启蒙文化的核心旨趣，尝试以身体写作为手段锻造个体之间的普遍连接，并以此为基础构建现代公共领域。正是因为《项狄传》与同时代文化既亲近又疏离，给18世纪读者带来层次丰富的阅读感受，才一方面有约翰逊认为它太过“怪诞”的评语，一方面使得小说家本人成为被追捧热议的文化名人。[2]

更具体地说，本章聚焦于《项狄传》中的身体动作和姿态描写，勾

---

1 Thomas Keymer, “Sterne and the ‘New Species of Writing’,” in *Laurence Sterne’s Tristram Shandy: A Casebook*, edited by Thomas Keymer, Oxford: Oxford University Press, 2006, p. 50. 魏艳辉的研究也表明，最早的斯特恩研究者特鲁戈特（John Traugott）和梅尔文·纽（Melvyn New）之间的争论就体现了这个矛盾。参见魏艳辉：《〈项狄传〉形式研究趋向及展望》，《国外文学》2013年第2期，第42—50页。

2 James Boswell, *The Life of Samuel Johnson* (revised), vol. 2, London: printed by H. Baldwin and son, 1799 (originally published in 1791), p. 462. 斯特恩是1750—1770年作品版次最多的英国作家，超过了菲尔丁、海伍德、理查逊等人。James Raven, *British Fiction 1750 - 1770: A Chronological Check-List of Prose Fiction Printed in Britain and Ireland*, Newark: University of Delaware Press, 1987, p. 14.

勒这部小说如何借用18世纪通俗文化——包括戏剧、视觉艺术和消费文化——的各种元素，用诱人的笔法引发读者的情感认同并同时启迪有关通俗文化力量的反思。18世纪现代小说崛起之时正是“高雅”（polite）和“通俗”（popular）文化的区隔形成之际，新兴的小说对这个历史转折做出了深刻的回应。部分作品试图与“高雅”文化持平——理查逊小说改写罗曼司赋予其道德教育功能的做法就十分典型——然而，与此同时，也有许多18世纪小说认真审视自身与通俗文化的亲缘关系，思考文化消费群体扩大的潜能和陷阱，在迅速传播的同时反观和批判通俗文化的影响。斯特恩的《项狄传》是后面这个种类中一个尤其复杂的案例，它在“高”“低”文化之间回环斡旋，凸显了两者之间的粘连和张力。

一、18世纪英国的通俗文化与小说的位置

首先对18世纪欧洲的“通俗文化”（popular culture）做一个语境化阐释。它并不像后世的通俗文化那样以城市大众文化为主，至少包括三个不同领域。其一，乡村和城市平民的群体性节庆、仪式与口头文化：乡村地区的农民、牧羊人、工匠、土匪、矿工都产生了自己的民谣、舞蹈、戏剧和传说；城市中的工匠和店主也拥有行会和共同文化，其中同样包含劳作歌、民谣、宗教性剧目和舞蹈这些元素。乡村通俗文化在19世纪中晚期开始被称为“民间文化”（folk culture）。其二，城市中下层居民趋之若鹜的通俗娱乐方式，如闹剧和种类繁多的演艺秀等。如历史学家普勒姆（J. H. Plumb）所言，18世纪见证了“娱乐的职业化和商业化”。[1] 其三，17世纪以来出版业青睐且不断发

1 John Harold Plumb, “The Commercialization of Leisure in Eighteenth-century England,” in Neil McKendrick, John Brewer and J. H. Plumb, eds., *The Birth of a Consumer Society: The Commercialization of Eighteenth-Century England*, Bloomington: Indiana University Press, 1982, pp. 265-285.

行的日历、笑话集、布道词、政论文、民谣、罗曼司等各类简易读物，其主要读者为城市中产、仆役阶层和少数乡村平民。18世纪“通俗”文化的意义是对晚期中世纪以降乡村民俗的进一步延伸，也与19世纪及之后的城市大众文化有诸多交叠之处，是后者的前传。根据文化史家伯克（Peter Burke）的经典表述，17世纪和18世纪的欧洲出现了“大传统”（great tradition）和“小传统”（little tradition）的分野：大传统包括在学院传播的古典传统、经院哲学和神学，以及从文艺复兴到启蒙时期乡绅和贵族阶层的思想和艺术探索；“小传统”支流众多，囊括以上提到的三类通俗文化，在英国的典型标志有伦敦沃克斯霍尔游乐园（Vauxhall Gardens）里的美景和奇观，从意大利传入的具有古典闹剧特质的“潘托哑剧”（pantomime）、假面舞会（masquerade）和狂欢节，以及乡村里的歌舞、奇迹剧和集市、节庆等活动。[1]

文化史观念史学者波特（Roy Porter）指出，乡绅等精英人士引领着汉诺威王朝时期英国城镇文化生活的风尚，“少数人的消费观”决定了伦敦和周边市镇的文化地理，咖啡馆、会议厅和书店成为上流聚居区的标志，彰显精英群体的文化品味与资本。[2] 18世纪的英国文人进行了许多有关“趣味”的讨论，对城市和乡村中下层群体的阅读、审美和娱乐偏好加以裁判，制定判断和鉴赏力的标准。不过，18世纪出现的所谓“高雅”（polite）与“通俗”（popular）的区隔是一种理想化构建，两者的界线实际上相当模糊。伯克勾勒了两者之间发生作用的两条路径：一方面，文化趣味从上层人士传导至中间阶层，再沉降至底层民众；另一方面，如18、19世纪之交的赫尔德和格林兄弟所

---

1 Peter Burke, *Popular Culture in Early Modern Europe*, New York: Harper Torchbooks, 1978, pp. 23-24. 伯克“大传统”“小传统”的说法沿用了人类学家拉德菲尔德（Robert Redfield）的术语。

2 Pat Rogers, *Literature and Popular Culture in Eighteenth Century England*, Sussex: The Harvester Press, 1985, p. 6.

言，文化创造力“来自底层，源于人民”。[1] 这两条影响路径彼此交织，说明精英阶层并没有将自身封闭在“高雅”文化内部，而是积极参与通俗文化的挖掘与传播，并借通俗文化扩散“大传统”的影响。

理解大、小传统之间的互渗对阐释斯特恩作品至关重要，《项狄传》汲取诸多通俗文类和通俗文化元素并使其与启蒙思想对话，印证了早期现代印刷文化中的雅俗合流。至少从 17 世纪中叶开始，英国印刷文化蓬勃发展，成为不同政治和文化观念触及更多读者、壮大声势的渠道。在英国内战和战后王政缺位时期，国王与议会都利用印刷媒介宣传自己的主张，大量撰写政论文（political tracts）、政论和宗教论辩手册（pamphlets）以及单页报（broadsides），因为星室法院于 1641 年被废除，审查机制缺位，这个时代出版的政论文献“在数量和尺度上都前所未有”，普通市民可以轻松购得这些出版物。[2] 启蒙思想的发生、传播与出版和印刷业同样密不可分。洛克一生都在与出版业角力，他明确声称自己的理想读者是乡绅阶层，对书籍刊印的质量提出十分严苛的要求，然而他匿名出版的《政府论》在他生前印刷了三版，都错误频出。1694 年第二版总体质量太差，出版社难辞其咎，最终想出一个补救办法，决定廉价（6 便士）出售这个版本，以便使洛克思想“在普通人中流通”，谨慎如洛克也无法控制自己的读者群。[3] 18 世纪中叶的启蒙思想家比洛克更主动地与普通读者交流，大量苏格兰文人和思想家开始寻求在伦敦等地出版著作，休谟首当其冲。他出师不利，三卷本《人性论》因为商业价值不足而夭折在出版社，但他很快汲取

---

1 Peter Burke, *Popular Culture in Early Modern Europe* , New York: Harper Torchbooks, 1978, p. 58.

2 Stephen J. Greenberg, “Dating Civil War Pamphlets, 1641 - 1644,” *Albion: A Quarterly Journal Concerned with British Studies*, 20. 3 (1988) , p. 387.

3 John Locke, *Two Treatises of Government*, edited by Peter Laslett, Cambridge: Cambridge University Press, 1999, p. 9.

经验，随后采用简短哲学文章合集的形式，以便向普通读者推广自己的哲学思想。[1]

由于对印刷文化机制不够熟悉，我们已经习惯于在18世纪上半叶和中叶的英国文学中辨认“高雅”“通俗”分化的思维定式。一般认为，17世纪末《印刷许可法》失效之后，伦敦出版商趁机牟利，雇用不知名写手盗用知名作家的名号快速炮制有耸动效应的诗歌和其他作品，或推出名作的“删节本或盗版版本”。[2] 这些写手中有很多人迫于生计，栖身于伦敦格拉布街上的简陋客栈，因此格拉布街就成为“低劣文化生产”的代名词。[3] 斯威夫特、蒲柏等“涂鸦社”（Scriblerus Club）成员都深受其害，对18世纪初臭名昭著的出版商科尔（Edmund Curll）尤其憎恨。在《呆厮国志》（*The Dunciad*）中，蒲柏将拼贴经典和混合高低体裁的通俗写作以及闹剧、潘托哑剧和杂耍等通俗文艺置于呆厮女神麾下，对科尔更是极尽嘲讽。[4] 这段历史虽然生动，但也是片面和粗糙的。高度发达的图书市场是所有作家谋生的基础，蒲柏本人就是很好的例子。他于1713年动手重新将《伊利亚特》译成英语，为筹措资金，决定使用德莱顿首创的征订法（subscription system），让有兴趣和闲钱的读者在译作出版前就出钱订购，订购者与出版商支付的报酬超过了5 000英镑，给蒲柏带来了令人

1 ［美］理查德·B. 谢尔：《启蒙与出版：苏格兰作家和18世纪英国、爱尔兰、美国的出版商》上册，启蒙编译所译，上海：复旦大学出版社，2012年，第49页。谢尔引用休谟给霍姆（后来的凯姆斯勋爵）的信，说明他出版随笔的目的是“在粪肥里撒上草木灰”，巩固其哲学思想的影响。

2 Paul Baines and Pat Rogers, *Edmund Curll, Bookseller*, Oxford: Clarendon Press, 2007, p. 15.

3 Ibid., p. 1.

4 ［英］亚历山大·蒲柏：《呆厮国志》，李家真译注，北京：商务印书馆，2022年，第13、29—30、92—101页。这个中文译本基于原著的1743年第四版定本。

艳羡的稳定的经济状况。[1] 蒲柏晚年非常希望能出版自己与重要友人的通信集，但考虑到暴露私人信件有损自身形象，便于1735年诱使科尔先行出版自己早年写给友人的书信，随后顺理成章地推出了一套“授权”书信集。[2] 蒲柏还在1741年发起对科尔侵权的诉讼，法官哈德维克伯爵一代（1st Earl of Hardwicke）判蒲柏胜，并在裁决中奠定了书信版权归书信作者的原则。蒲柏无疑是18世纪这个“作者世纪”（age of authors）中最早驾驭出版市场的文人，也为所有作者在版权争夺战中争取到了较为有利的位置。[3]

18世纪的小说是“高”“低”文化交融最重要的见证之一。在道德旨趣和文体上都刻意与粗劣故事相区分的小说同样拥有分布于不同社会阶层的读者，以不同面貌适应识字程度不同群体的需要。16世纪的英国就出现了印着民谣或新闻的“单页报”（broadsides），1620年代又开始流通针对工匠、仆役、幼童和农夫农妇等读者群的简易书，这些大批量生产的读物在19世纪上半叶被称为“廉价书”（chapbooks），在17世纪和18世纪一般被称为“小书”（small books）、“便士书”（penny books）和“小贩书”（chapman's books）。这些“小书”一般为八开本或十二开本，页数从四页到二十四页不等，由流动商贩装在书箱里运送到不列颠的每个角落。[4] “小书”的内容包罗万象，有日历、宗教读物、历史、童话、犯罪叙述、笑话集等，1660年代及之后也包括缩写

---

1 James McLaverty, “The Contract for Pope's Translation of Homer's *Iliad*: An Introduction and Transcription,” in *The Library*, s6-15.3 (1993), pp. 206.

2 Mark Rose, “The Author in Court: Pope v. Curll (1741),” *Cultural Critique*, 21 (1992), pp. 197-217.

3 “作者世纪”语出约翰逊1753年12月11日发表在《冒险者》（*Adventurer*）杂志115号上的文章。Samuel Johnson, *The Works of Samuel Johnson*, vol. 4, edited by Arthur Murphy, et al., Oxford: Talboys and Wheeler, 1825, p. 114.

4 Joad Raymond, ed., *The Oxford History of Popular Print Culture: Cheap Print in Britain and Ireland to 1660*, New York: Oxford University Press, 2011, pp. 472-491.

的罗曼司和小说（如《鲁滨逊漂流记》和《摩尔·弗兰德斯》）。[1] 理查逊的《帕梅拉》和菲尔丁的《约瑟夫·安德鲁的经历》《汤姆·琼斯》等名著也都在出版后被改写为“小书”。[2] “小书”通过集市和流动小贩在乡野和城市的仆役阶层流通，也可以在1725年诞生于爱丁堡、随后出现在伦敦等地的“出借图书馆”（circulating library）中找到，这说明“高雅”的小说可以通过语言风格的改变转化为“通俗”读物，即使乡野村姑只是在厨房里听人念诵“小书”，也可以接收到时尚小说中蕴含的一部分信息、道理和情感模式。

斯特恩深谙与普通读者对话，借鉴他们喜爱的通俗叙事文体的重要性，《项狄传》的身体写作在雅和俗之间柔韧地周旋。《项狄传》的“俗”是毋庸置疑的，行文中有不少接近色情笑话的段落，也有对身体部位富有暗示性的描写（如鼻子、胡子、腹股沟）。小说常常利用双关和隐喻等语言制造色情暗示，在第七卷中登场的法国修女为了驱赶止步不前的骡子不断呼喊“bouger”和“fouter”，前者意为“移动”，但字形类似于“bougre”（法语中“性爱”的俚俗表达），后者本身就是法语中的诅咒语。同样，叙事者特里斯舛·项狄将男性身体比作可以两头点燃的蜡烛，说明情感不仅发生在头脑中，也发生在隐秘的身体部位。[3] 这种做法类似于17世纪晚期开始出现的“谐谑杂语集”（jest books）中的笑谈，这些笑谈集锦非常受读者欢迎，将宫廷中的放荡言行传递给普通读者，或仿造宫廷浪荡风格炮制有关身体部位的谐语。18世纪，格拉布街写手继续批量制造品味低劣的笑话，将它们归于王

---

1 Lori Humphery Newcomb, *Reading Popular Romance in Early Modern Europe*, New York：Columbia University Press，2002，p. 210.

2 Jan Fergus，*Provincial Readers in Eighteenth-Century England*，Oxford：Oxford University Press，2006，p. 175.

3 ［英］劳伦斯·斯特恩：《项狄传》，蒲隆译，上海：上海译文出版社，2018年，第473—474，518—519页。

公贵族和作家演员等知名人士的名下，迫使名人成为免费的商业噱头。斯特恩在《项狄传》中安插的笑话也有很多指涉身体部位，有很强的色情暗示，模仿各类笑话集迎合普通读者的心理。

不过，斯特恩的笑话片段将最为文雅的智商与色情杂糅在一起，对读者要求很高，并不是简单的狎邪之作。读者必须对罗伯特·伯顿的《忧郁的剖析》（1621 年初版）有一定认识，才知道第六卷第三十七章提到的“樟脑处理过的打蜡布”与抑制性行为有关，也必须了解拉丁文才知道第四卷第二十七章提到的二十年前出版的淫秽论著“de Concubinis retinendis”（《谈纳妾》）是什么意思。斯特恩与其前辈拉伯雷一样，高明地将最粗俗的事物与学究性话语并置，在第四卷谈鼻子的漫长段落中，他不仅模仿《巨人传》对鼻子的狂欢式书写，也效法拉伯雷对学究式论证的戏仿。[1]《项狄传》一方面沿用常见的“突降法”修辞制造笑料，一方面也在自己的笑料中注入让精英读者侧目的学识。《项狄传》中的趣谈接近讽刺文学这个总体类型，是由渊博的修辞术与娴熟的商业传播技巧混合而成的杂交物，是 18 世纪“高”“低”文类的中介。同时代的评论人无疑看到了这一点，在一众褒奖之词中，有一封写给《知识与乐趣百科杂志》(*Universal Magazine of Knowledge and Pleasure*）的匿名读者来信指出，《项狄传》中包含许多污秽不雅的表述，然而或许有些作家可以“将放荡的暗示和双关语和自己作品中有关道德和功用的那部分糅合在一起，吸引那些原本不会读这本书的读者”。[2]

与此同时，小说中大量的体态描写有相当一部分并没有色情成分，

1 ［法］弗朗索瓦·拉伯雷：《巨人传》，陈筱卿译，南京：译林出版社，2015 年，第一部第 40 章，第 100—101 页。以庞大固埃为主要人物的第二到第四部有很多戏仿学究式谈论的段落。

2 Anon, “Letter to the Universal Magazine of Knowledge and Pleasure,” in Howard Anderson, ed. , *Tristram Shandy: An Authoritative Text*, London and New York: Norton, 1980, p. 474.

只是对寻常乡绅和其家仆的生活片段做了图像化描写，《项狄传》的另一部分预期读者是热爱理查逊小说内心刻画的群体。斯特恩笔下的人物没有激动人心的隐私或秘闻，只有时而做作，时而无意的身体姿态以及常见的生理和情感经验。斯特恩不是第一个以自传体书写命运多舛的小人物生平的作家，曾有一位匹奥兹太太（Mrs. Piozzi）与约翰逊博士一起在威尔士游历，在德比的书店里找到一本名为《伊弗莱姆·特里斯坦·贝茨的生平与回忆》（*The Life and Memoirs of Ephraim Tristram Bates*，1756）的书，其中的主人公以第一人称讲述自己卑微苦涩的一生，便认为发现了《项狄传》的前身，并把这个经历记录在一部约翰逊书信集的边注里。[1] 后世的批评家并不那么肯定，但也认为斯特恩受到了类似作品的影响，基墨为此列举了1750年代流通的若干充满诙趣的自传体小说。[2] 不过，正如《项狄传》沿用笑话集的手法却免于低俗庸常，它呼应了同时代许多戏谑小人物经历细节的小说但决不流于普通。《项狄传》在项狄的经历自述中插入了许多离题论述，回应洛克等哲学家有关物质性身体与灵魂关系的理论，又借用医学话语论述、探讨身体部位（如鼻子和盲肠等）与内心和情感的关联。《项狄传》的身体描写在惹人发笑、予人消遣的同时也蕴含着对身体写作文化功能的深刻思考，强调了身体与头脑——或“灵魂”——之间的紧密关联。斯特恩对这个问题的观点与18世纪经验主义和物质主义哲学思想相通，且更为微妙复杂。他向我们暗示，人的物质性身体并非机械，它内含超越机械原则的动能，在与环境的相互

1　Helen Sard Hughes, “A Precursor of ‘Tristram Shandy’,” *The Journal of English and Germanic Philology*, 17（1918）, pp. 227－228.

2　包括John Kidgell的*The Card*, Thomas Amory的*The Life of John Bungle*, William Toldervy的*The History of Two Orphans*, Edward Kimber的*The Juvenile Adventures of David Ranger*。参见Thomas Keymer, “Sterne and the ‘New Species of Writing’,” Thomas Keymered, ed., *Laurence Sterne's Tristram Shandy: A Casebook*, Oxford: Oxford University Press, 2006, p. 52。

作用中不断发生变化，因此催生主观情感；因此，物质性身体是人与人交流的中介，身体姿态是传递情感的重要方式，较之绵密的内心描写，日常身体经历和身体姿态的描写能对读者产生更不可抵御的移情作用。沙夫茨伯里伯爵三代曾指出文雅的幽默是社会的黏合剂，因为这种幽默体现了谈话双方愿意接受反驳的中立态度，有助于增进人们的“共通感”（sensus communis），即人们爱护“公共福祉”（public weal）和“共同利益”（common interests）的自然情感。[1] 对斯特恩来说，“共通感”的培育不仅得益于雅致的调侃，人与人之间的情感联合是一个具身过程，往往依赖身体姿态和动作的触发，小说的身体描写开启的是一个复杂的情感构建的旅程，对现代公众的缔造有奠基之用。

二、《项狄传》中的动作、体态与情感交流

我们可以先来看《项狄传》中几个颇为经典的身体写作片段。在小项狄出生之前，男性助产士斯娄泼先生应声而至，掀起了小说第一卷中的喜剧高潮。斯娄泼先生首先必须打开装着器械的袋子，但此前项狄家仆人奥巴代亚已在袋口系了许多死结：他“把包和器械抓紧：一只手把它们紧紧捏在一起，另一只手的拇指和食指把帽带头送到嘴里用牙咬住，然后把手滑到帽带中间”，“用整条帽带把包和器械横七竖八地紧紧扎在一起（就像捆皮箱一般），缠来缠去，在带子的每一个交叉处都打成死结”。[2] 斯娄泼医生最终划破了拇指也未能顺利打开

---

1 Shaftesbury, “Sensus Communis,” in Lawrence E. Klein, ed. , *Characteristics of Men, Manners, Opinions, Times*, Cambridge: Cambridge University Press, 1999, p. 49.

2 ［英］劳伦斯・斯特恩：《项狄传》，蒲隆译，上海：上海译文出版社，2018 年，第 153 页。

袋子。

小项狄的父亲在与弟弟托庇交谈的时候经常陷入一种沟通不畅的无奈，作者也将这种无奈用肢体动作夸张而喜剧化地呈现出来。母亲分娩的时候，两兄弟在楼下交谈，托庇叔叔再一次岔开谈话，父亲绝望地“倒下去把鼻子杵到被子上”，随后非常艰难地爬起身来：“我父亲脚趾点地把同一种吉格舞又跳了一遍—把从短帷幔下面露出的夜壶往里推了推—哼了一声—用胳膊肘儿把身子撑起来”。[1] 而当父亲终于抓住托庇叔叔的注意力时，他兴奋地整装待发，此时的他“左手的食指被右手的食指和拇指捏住，看上去好像他正在教化的那些放荡不羁的人”。[2]

还有最为经典的一段，同样是在母亲分娩之时，托庇叔叔的仆人下士特灵为大家朗诵刚刚在家里藏书中发现的一篇布道词，叙事者项狄着力描写特灵的身体姿态：

> —然而在下士开始念之前，我先得给您描绘一下他的姿态；—否则他会被您的想象表现为站在那里姿势很不自然，—硬撅撅的，—直挺挺的，—把体重平均分配给两条腿支撑；—他目光专注，仿佛在站岗似的；—他表情坚定，—左手捏着布道文，就像他的明火枪一样：—总而言之，您容易把特灵描绘成他站在队伍里准备战斗的模样：—其实他的姿态和你想象的完全不同。[3]

似乎没有哪一个作家这么热衷描写特殊的身体动作或姿态，斯

1 ［英］劳伦斯·斯特恩：《项狄传》，蒲隆译，上海：上海译文出版社，2018 年，第 253 页。

2 同上书，第 254 页。

3 同上书，第 111 页。

特恩显然在实验如何使用身体描写引发读者的阅读兴味。作为一个熟悉并深度介入早期通俗文化的作家，他对体态的关注也有其出处。

斯特恩自己在书信中说过，他的身体姿态书写借用了“塞万提斯式幽默”，对微不足道冒傻气的动作进行戏剧性描写，赋予其“大人物才有的排场和气派”。[1] 这句话不仅致敬塞万提斯，也隐含对菲尔丁的的指涉，菲尔丁在小说《约瑟夫·安德鲁斯的经历》中就声称自己模仿了塞万提斯，他对身体的处理与斯特恩也有一定相似性。菲尔丁的讽刺艺术源自英国复辟时期针砭上流生活的“风俗喜剧”（comedy of manners）以及展现底层民众经历以戏仿高雅社会习俗的“民谣歌剧”（ballad opera）。约翰·盖（John Gay）1728年创作的《乞丐歌剧》（*Beggar's Opera*）是民谣歌剧的扛鼎之作，剧中的乞丐人物争相模仿上流人士行为，成为菲尔丁的一个模板。菲尔丁在自己的戏剧中经常使用戏仿史诗元素，如《作者的闹剧》（*Author's Farce*，1730）用一场木偶戏戏仿神祇间恢宏的求爱场景，嘲讽戏剧界审美体制的伪饰风格。菲尔丁的小说也常用戏仿史诗的方法描写小人物的争斗和群殴，揶揄其崇高的自我设定。斯特恩对于小人物琐细身体动作的描写的确具有菲尔丁戏剧和小说所具有的讽刺锋芒，他笔下乡间野叟做作的日常举止在一定程度上是对“名公巨头”故作威严之相的讥诮。[2]

不过，斯特恩与菲尔丁的作品对身体的呈现也有显著的不同，斯特恩漫画式的肢体动作和姿态描写本身就极具感染力，可以不经由戏仿而独立地制造喜剧效应。从这个特点来看，斯特恩的肢体描写也可以追溯

---

1 Lewis Perry Curtis, ed., *Letters of Laurence Sterne*, Oxford: Clarendon Press, 1935, p. 77.

2 ［英］劳伦斯·斯特恩：《项狄传》，蒲隆译，上海：上海译文出版社，2018年，第13页。

至18世纪一种更为通俗的戏剧形式，即“潘托哑剧”（pantomime）。斯特恩的许多身体描写使得笔下的部分人物如闹剧中的丑角一般担当以肢体动作和姿态取笑于人的任务。潘托哑剧从意大利“职业喜剧”（commedia dell'arte）衍生而来，是通俗文化的重要组成部分。“职业喜剧”这个名称出现于18世纪，指的是在16世纪意大利出现的与不戴面具并使用完整剧本的喜剧相区分的一种即兴感很强的喜剧。职业喜剧中的人物只有简单的上下场时间的设定，在场上的表演由演员临时决定，所有人物都代表某一社会阶层和类型，佩戴面具，依靠夸张的表情和肢体动作吸引观众。这些喜剧的传统人物类型包括专门承担舞蹈和肢体动作的仆人，其中最著名的两位分别叫作“扎尼”（zanni）和“哈乐昆”（Harlequin，也称为Arlecchio），前者成为职业喜剧中所有搞怪人物的总称，后者成为英语中表示“丑角”的常用词汇之一，扮演哈乐昆尤其需要高超的舞蹈和杂技能力。意大利职业喜剧在17世纪初进入法国和英国，很快与本土戏剧传统融合，风靡一时。英国戏剧界从1677年开始模仿职业喜剧，创作了诸多包含名叫“哈乐昆”角色的喜剧，哈乐昆著名的格子紧身服也被移植到英国的舞台上。[1] 名为“哈乐昆剧”（Harlequinade）或潘托哑剧的剧种应运而生，如《处女先知，或特洛伊的命运》（*The Virgin Prophetess*, *or the Fate of Troy*, 1701）和《哈乐昆浮士德博士》（*Harlequin Dr Faustus*, 1723）。在《哈乐昆浮士德博士》一剧中扮演浮士德的是剧院经理和戏剧监制约翰·里奇（John Rich），以身段柔软著称，著名演员盖里克曾认为他“给四肢赋予言语之力”。[2] 斯特恩对笔下人物肢体动作的描绘也会夸大其怪异性和柔韧性，将人物变成丑角，与潘托哑剧异曲同工。斯特恩本人对18世纪中叶风靡一时的“哈乐昆剧”无疑相当熟悉，他在

---

1 Judith Chaffee and Oliver Crick, *The Routledge Companion to Commedia dell'Arte*, London and New York: Routledge, 2015, p. 357.

2 Ibid., p. 359.

《项狄传》第一、第二卷出版后与盖里克交好，必然了解德鲁里巷皇家剧院在圣诞节期间上演的“哈乐昆剧”。[1] 一些对斯特恩不满的书评人也将《项狄传》称为“文学中的潘托哑剧”，将作者本人比作“哈乐昆”，坐实了这部小说与通俗戏剧的关联。[2]

不过，仅仅将斯特恩或其笔下人物比作“哈乐昆”肯定是有失公允的。斯特恩对通俗文化有着敏锐的感觉，善于挪用通俗文化元素，但他对肢体动作的呈现却有着独特的内涵。他的身体写作在试图引发欢笑之外，也有传递鲜活情感——尤其是悲情——的功能。前文提到的对下士特灵身体姿态的描写以喜剧开始，却通向感伤，特灵在朗诵布道词的时候插入有关兄弟受宗教裁判所迫害的叙述，一边流下热泪，“一边抽出他的手帕”，这一幕使听众也为之静止，他们陷入“死一般寂静”，如叙事者项狄所言，这“无疑是同情的证据”。[3] 这个场景显示了人体的强大表现力，说明表演者的动作与表情会牵动观众的情感。作为一名长于布道的英国国教牧师，斯特恩深知身体的情感效应，也必然熟悉 18 世纪强调恰当姿态的各类表演和演说理论。

斯特恩注重展示小说人物的动作和姿态对其他人物及读者的强大移情效应，也是在借鉴一个起源于中世纪但在 18 世纪焕发新生的视觉文化元素，即“画面”（tableau）。18 世纪英国标志性画家霍加斯（William Hogarth）创作的暗示动态的人物群像就是“画面”的典型代表，继承了中世纪以降绘画、雕塑和戏剧演出中常见的群像造型。此

---

1 有关斯特恩与盖里克关系的叙述比较多，包括 Peter Briggs，“Laurence Sterne and Literary Celebrity in 1760，” in *Laurence Sterne's Tristram Shandy: A Case book*, edited by Thomas Keymer, Oxford: Oxford University Press, 2006, pp. 79 - 107。

2 Alan B. Howes, ed., *Laurence Sterne, The Critical Heritage*, London and New York: Routledge, 1971, pp. 6, 10.

3 ［英］劳伦斯·斯特恩：《项狄传》，蒲隆译，上海：上海译文出版社，2018 年，第 115 页。

时的自然历史和生物学研究也广泛使用人造“画面”的手段摆设动植物标本，使得姿态各异的标本呈现为一个完整的图像，以此说明静止的遗骸可以帮助我们洞察自然中的动态体系，视觉具有组合不同被感知的元素，从而重现自然景象的功能。[1] 这里表示“画面”的法语词汇 tableau 的原意是一块光滑坚硬、可以刻字或刻图的表面，自 17 世纪晚期开始表示对某自然体系进行空间化展示的“图表”或“画面”。福柯曾指出“图表”是 18 世纪知识体系建构的重要手段：图表“使得思想去作用于存在物，使它们秩序井然，对它们分门别类，依据那些规定了它们的相似性和差异性的名字把它们组集在一起”，图表是自古以来“语言从时间的深处与空间交织在一起”的方式。[2] 虽然“画面”不如“图表”那样明确显示自身各部分的关系，但也同样具有内在整体性。根据沙夫茨伯里伯爵三代的定义，可以称之为“画面”的构图与一般肖像画不同，其中各部分之间必然有互动关联，就好像“一个自然身体各组成部分”之间的关系。[3]

斯特恩呼应 18 世纪动植物标本摆设的常用手法，在自己的叙事中插入对不同人物的肢体描写，相信群像“画面”可以让读者瞬间踏入一个虚构场景，对其中包含的人际动态做出整体性认识并与画面中的人物共情。读者看到特灵，也看到观察他、为他动情的听众们，由此可以身临其境地加入这个情感群体中去。除了上述例子之外，《项狄

---

1 Valérie Kobi, “Staging Life: Natural History Tableaux in Eighteenth-Century Europe,” in *Journal 18: a Journal of Eighteenth-Century Art and Culture*, issue # 3 (2017), http: //www. journal18. org/issue3/staging-life-natural-history-tableaux-in-eighteenth-century-europe/, access January 12, 2020.

2 [法] 米歇尔·福柯：《词与物：人文科学的考古学》，莫伟民译，上海：上海三联书店，2016 年，“前言”，第 3 页。

3 Anthony Ashley Cooper, Third Earl of Shaftesbury, *A Notion of the Historical Draught or Tablature of the Judgment of Hercule, According to Prodicus*, London: Baldwin, 1713, p. 4.

传》中的群像式身体描写不胜枚举。勒菲弗临终时将儿子拥抱在怀里并与众人目光交接，在沉默凝滞中流露无限悲情。[1] 同样，在第一卷约里克要去世的时候，叙事几乎停顿，作者转而描写朋友们与他构成的群像。尤金纽斯与约里克握手时，“［约里克］一边尽力用左手摘下睡帽—因为右手还紧紧握在尤金纽斯的手里”，对约里克即将离世的悲悼与男性友人之间深挚的情感相互交融。[2] 无法用语言轻易表达，或深沉或复杂的情感从这些群像式画面中喷薄而出。

18 世纪作家在小说中安排人体“画面”的做法说明是对西方视觉文化传统的延续，也体现出一种新知。他们认识到静止的图像可以指向身体具有的生机和活力，暗示人体持续的动态以及人与人之间不停息的情感交流。《项狄传》的“画面”描写奠定了 18 世纪晚期英国感伤小说中不约而同遵循的形式规范。有学者指出，1770 年代以及之后的感伤小说——包括麦肯齐 1771 年的《重情男子》（*Man of Feeling*）和伯尼 1761 年的《茜德尼·比杜尔夫小姐回忆录》（*Memoirs of Miss Sidney Bidulph*）——中有大量类似的画面描写，说明 18 世纪晚期的感伤文化与视觉关系紧密，依靠图像或文本中的图像描写表达情感，暗示情感无法用抽象语言表达的特征。[3]

斯特恩对自己小说中身体描写的情感效应有着高度自觉。《项狄传》第一、第二卷首次出版后，斯特恩便在信中流露出想要请霍加斯为第二版创作插画的愿望。[4] 不久他如愿以偿，霍加斯为 1760 年第一、第二卷的再版卷首页创作了一幅插画，后来又为第四卷贡献了卷

---

1 ［英］劳伦斯·斯特恩：《项狄传》，蒲隆译，上海：上海译文出版社，2018 年，第 392—393 页。

2 同上书，第 28 页。

3 Anne Patricia Williams, “Description and Tableau in the Eighteenth-Century British Sentimental Novel,” *Eighteenth-Century Fiction*, 8（1996）, pp. 465 - 484.

4 Ian Campbell Ross, *Laurence Sterne: A Life*, Oxford: Oxford University Press, 2001, p. 5.

首页插画。第一幅插画的主题即为下士特灵为父亲、托庇叔叔朗诵布道词的场景，此前斯特恩也在信中表达了为这个场景配图的意愿。[1]

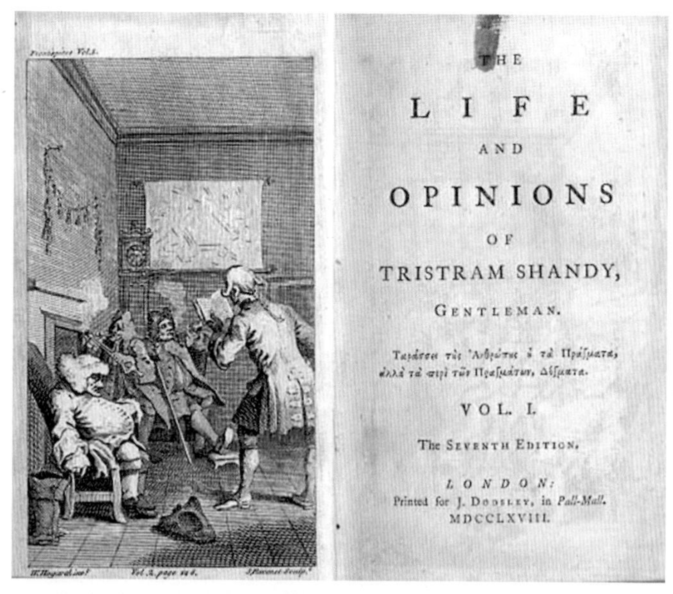
THE

LIFE

AND

OPINIONS

OF

TRISTRAM SHANDY,

GENTLEMAN.

Ταράσσει τοὺς Ἀνθρώπους οὐ τὰ Πράγματα,
ἀλλὰ τὰ περὶ τῶν Πραγμάτων, Δόγματα.

VOL. I.

The SEVENTH EDITION.

LONDON:
Printed for J. DODSLEY, in *Pall-Mall.*
MDCCLXVIII.

《项狄传》第二版（1760 年）第一卷首页与标题页，首页插图即为特灵下士朗诵布道词的场景。图像来源于网络。

《项狄传》通过对同时代通俗艺术形式的借鉴转化，对人体在 18 世纪的境遇做了全面审视。小说的体态描写固然惹人发笑，但也是发掘身体潜能的哲学尝试，旨在探讨身体在现代主体构建和主体间情感互动中发挥的作用。要更充分地说明这一点，我们必须进一步考察小说有关身心关系的阐释，这些阐释与同时代哲学和科学话语中的身体理论也有很深的瓜葛。

1 Peter de Voogd, "*Sterne and Visual Culture,*" in Thomas Keymer, ed., *The Cambridge Companion to Laurence Sterne*, Cambridge: Cambridge University Press, 2009, p. 142. 画中展现的场景出自小说的第二卷第十七章。

三、重塑身体和灵魂的关系：斯特恩的“活力论”生理学

《项狄传》第三卷中助产士斯娄泼因为不满仆人奥巴代亚处理他工具的办法，念了整整几页的诅咒，奥巴代亚每个身体部分都受到诅咒，从“鬓角”到“腹股沟”无一处幸免。[1] 斯娄泼诅咒时对奥巴代亚做的“解剖”是小说中最为鲜明的生理学指涉，说明在17世纪和18世纪欧洲解剖学和生理学发端的时候，人体的每一个细小的部分都被赋予了重要性。对身体器官及其机能的研究催生了许多试图解释身体与头脑关系的理论，身心二元论和机械论是两种常见的对立立场。笛卡尔的身心二元论认为，身体和灵魂分属不同实体，灵魂通过大脑的松果腺与身体相连，身体的感知会通过血液和精气传递到灵魂，使之产生激情，但灵魂并不因此受制于身体。法国奥拉托利会士马勒伯朗士延续强化了笛卡尔的身心二元说，提出“偶因论”，认为身体和灵魂之间不直接发生作用，身体变化并不触发灵魂激情，灵魂的意志也无法影响身体，但上帝这种超越性力量确保身体与灵魂互相应和。与身心二元论相对立，18世纪初的法国物理学家和哲学家拉·梅特里（Julien Offray de La Mettrie）提出了一种比较彻底的物质主义，他在《人类，一架机器》（*L'homme Machine*，1747）中提出，作为精神实体的“灵魂”并不存在，人们归于灵魂的感觉和思考机能都源于也不外乎头脑与身体其他部分的组织和联动，人与机器和动物同构。

斯特恩既不赞同取消灵魂，也不赞同将灵魂与身体分离，而是提出了自己的身心互动理论。《项狄传》中有这样一句表示身体与心灵（或头脑）相互作用和影响的论断：“一个人的身体和头脑……就像一

---

1 ［英］劳伦斯·斯特恩：《项狄传》，蒲隆译，上海：上海译文出版社，2018年，第163页。

件紧身短袄和紧身短袄的衬里；—弄皱了一面—您就弄皱了另一面”。[1] 叙事者特里斯舛接下去说，或许有些伟大哲学家可以在任何情况下保持自己“衬里”的光鲜，自己却做不到，因此任何对他的劳动成果（为物质形式的《项狄传》）的批评就是对他灵魂的冲击。以此为据，他对无情的批评家提出控诉：“—你们怎么能把我的短袄那样又剪又撕？—你们怎么知道你们也会剪我的衬里？”[2] 斯特恩明白灵魂并不先于经验或外在于经验，它随时会受到物的影响，这里的“物”指的是身体，同时也指向灵魂得以表现自身的物质形式，譬如书籍，灵魂总是暴露在经验之中，和“短袄”的表面一样被敲打损耗。

要说明的是，虽然斯特恩认为灵魂或头脑具有物质性，但并不认为它们可以被还原成物质运动。斯特恩绝不是一个机械论者。《项狄传》通篇对洛克《人类理解论》中接近机械论立场的部分进行戏仿，表达对机械论的不满。第三卷第十八章中，父亲试图向托庇弟弟解释“绵延”（duration）这个概念，告诉他头脑中的观念“就像灯笼里为蜡烛热量所驱动的旋转的影像”。[3] 这段对于“绵延”的描绘取自《人类理解论》第二卷第十四章，但加强了洛克描绘中与机械论类似的倾向，把念头的产生和流逝完全描写成一个物质过程：观念成了外在事物的投影，而观念之间的连缀变成了由热力驱使的运动。洛克与机械论始终保持着一定的距离，对物质本身能否思考这个问题不置可否，但斯特恩夸大了洛克对于“绵延”的解释中的机械论元素，用一种归谬法来进行嘲讽。正如有学者指出的，这一段鲜明地体现了斯特恩对于洛克头脑理论的“不安”（uneasiness）或迟疑，而这种迟疑在洛克自己的行文中也时有流露，因此可以说斯特恩用小说的方法延续了洛克有

---

1 ［英］劳伦斯·斯特恩：《项狄传》，蒲隆译，上海：上海译文出版社，2018 年，第 148 页。

2 同上书，第 148 页。

3 同上书，第 175 页。

关观念和思维的探讨。[1] 紧接着这一段，我们发现托庇叔叔对兄长的高谈阔论毫不在意，某种来自“比较深处”的东西“打动了他的想象”，使他陷入与外界无关的沉思冥想，中断了正常的交谈。[2] 这里的“想象”无法用机械模型解释，说明托庇叔叔的头脑中发生着难以量化和归于机械原则的运动。

斯特恩对机械论的讥讽与驳斥与18世纪出现的活力论生理学有诸多相似之处，两者都认为身体与头脑相对独立又相互融通，共同冲击了18世纪中叶不列颠和苏格兰的机械论。“活力论”（vitalism）这个概念一般指18世纪自然史和科学思想中出现的认为自然物的生长是自发构成过程的理论倾向，经常与巴伐利亚化学家斯塔尔（George Ernst Stahl）关联，对生理学也有深刻的影响。[3] 18世纪中叶，瑞士生理学家哈勒（Albrecht von Haller）、苏格兰生理学家怀特（Robert Whytt）和法国医生伯都（Théophile de Bordeu）等科学人士都对身体的能动性做出详细阐述，共同掀起了一场生理学革命。活力论生理学秉承18世纪上半叶发展起来的神经理论——其代表作为哈特利（David Hartley）的《有关人的观察》（*Observations on Man* 1749）——但也与其中包含的机械论思想有所区别。[4] 活力论生理学认为，动物和人体

---

1 See also Paul Davies, “Uneasiness: the Line Between Sterne’s Novel and Locke’s Essay,” *Textual Practice*, 31.2（2017）, pp. 247 - 264.

2 ［英］劳伦斯·斯特恩：《项狄传》，蒲隆译，上海：上海译文出版社，2018年，第176页。

3 Peter Hans Reill, *Vitalizing Nature in the Enlightenment*, Berkeley: University of California Press, 2005, pp. 9 - 10.

4 哈特利提出“振动”（vibration）和“联想”（association）是人体产生感觉、运动、观念的一般原则，事物会引发神经的振动，并通过脊髓和脑髓质等物质传递，形成观念和观念的连接。不过，哈特利拒绝承认自己的观点等同于认为“物质可以被赋予感觉能力”的机械论观点，且花费大量篇幅论证基督教上帝的存在与作用，调和生理学与自然宗教。因此他的生理学既有机械论色彩，又保留了身心二元论所预设的超越性灵魂及创造灵魂的上帝。David Hartley, *Observations on Man, His Frame, His Duty, and His Expectations*, in two parts, 6th edition, London: Thomas Tegg and Son, 1834, p. 20.

各器官的运动不能用机械模型来解释，这些运动依靠血液、神经纤维和黏膜等物质条件，但表现出超越其物质基础的性能（如心脏恒久的跳动就很难用力学原理解释）。动物和人体机械运动与非机械运动的结合，遵循机械原理，也被一种内在的力量激活，身体各部分彼此关联，又与头脑联动，使得生命体呈现出自我维持和自我调控的状态。斯特恩在描写自己写作过程的时候，常常将书写等同为身体器官的运动，强调这种运动并不源于意志，也难以被其控制：写作的时候，是他快速跳动的脉搏和“一种无所顾忌的轻快”推动着他“说出并写下一千件［他］本不该谈及的事情”，作者的主体性并不在场。[1] 同样，斯特恩将书写比作骑马：他不断奋笔疾书，“既不瞻前顾后，也不左顾右盼，看看是否踩着了谁”，就好像不受“想象缰绳”控制的野马。[2] 这里的野马与托庇叔叔的“爱巴马儿”——他研习军事术语的癖好——有异曲同工之处，都代表人无法驾驭但从深处左右人行动的身体活力。[3]

18 世纪中叶兴起的活力论生理学非常契合斯特恩在这里表达的意思，对机械论和身心二元论都做出了反驳，强调身体的运动不受普通力学主宰，也不受灵魂的调遣。被誉为现代生理学之父的瑞士人哈勒（Albrecht von Haller）在其著作《论动物的感性与躁动器官》（*De partibus corporis humani sensibilibus et irritabilibus*，1752）中将动物器官的动能分为两种：一种是肌肉遇到刺激时的收缩，即“躁动”（irritation）；一种是受到触碰后会借助神经向头脑传递感受

1 ［英］劳伦斯·斯特恩：《项狄传》，蒲隆译，上海：上海译文出版社，2018 年，第 196—197 页。此处译文笔者做了改动，依据的英文版本如下：Laurence Sterne, *The Life and Opinions of Tristram Shandy*, vol. 1, edited by Melvyn New and Joan New, Gainesville：University Press of Florida, 1978, p. 254。

2 同上书，第 273 页。

3 “爱巴马儿”是对《项狄传》原文中 hobbyhorse 一词的翻译，参见《项狄传》，第 86 页。

（sensibility）。这两种动能都无法完全用机械原理解释。[1] 以心脏为例，心肌的间歇性收缩看似是机械性运动，但因其持续不断而无法用物理原则解释。苏格兰生理学家怀特在1751年的著作《论动物的生命体征与其他非自觉运动》（*An Essay on the Vital and Other Involuntary Motions of Animals*），阐释了生命机体内在动能的成因，他认为，身体肌肉的运动可以分为自觉、非自觉和混合型三类，无意识或半无意识的肌肉运动——如心肌和呼吸肌——并不是简单的应激反应，维持其动能的是一种物质内部蕴含的活力。怀特将这种活力称为“感觉原则”（sentient principle），源自“头脑”并通过血液和神经贯穿人体。[2] 怀特所说的“头脑”指的是身体活力的源泉，并不等同于意志，受“感觉原则”驱动的身体器官和肌肉不受意志的调配，它们的运动并不是头脑自觉选择的结果。斯特恩对于“脉搏”的描写和将写作与“骑马”等同的比喻都与哈勒和怀特的活力论一致，说明身体具有非机械性动能，对在意志引导下实施的行动做出重要补充。

斯特恩与活力论生理学理论的交集不止于对身体非自觉运动的描写，两者都在生理运动与主观感受之间架设了桥梁。与哈勒和怀特一样，斯特恩认为身体器官会在外界刺激下发生运动并引起“感受”或“感觉”，进而将这种认识转化为一种阅读理论，试图借助对小说中对人物身体部位和体态的描写触发读者的生理反应，由此产生情感。斯特恩对活力论生理学的创造性使用与18世纪中叶“同情”理论的转向有重合之处。18世纪初，欧洲生理学被牛顿机械论所统治，经常用物

1 本文参考的是该拉丁文著作的英文译本，有关“躁动”和“感受”的解释，参见 Albrecht von Haller, *A Dissertation on the Sensible and Irritable Parts of Animals*, trans. M. Tissot, London: printed for J. Nourse, 1755, p. 4。

2 参见 Robert Whytt, *An Essay on the Vital and Other Involuntary Motions of Animals*, Edinburgh: printed by Hamilton, Balfour, and Neill, 1751. Section XI，专门将“感觉原则”追溯至头脑。

之间的吸引力——即18世纪“同情”观的最初意义——说明人体器官之间发生的协同作用或解释人体器官对药物的反应机制。不过，牛顿机械论本身就是对笛卡尔“微机械论”（micromechanism）的反拨，所以使用“同情”这个概念来解释人的生理机制有一种从内部颠覆机械论的作用。[1] 1740年代，受牛顿力学影响的一代生理学家退出历史舞台，法国、苏格兰、德语区以及欧洲其他地区的生理学都逐渐出现了活力论倾向，对“同情”的理解也进入一个新阶段。有学者指出，苏格兰启蒙思想家亚当·斯密的同情理论与活力论生理学共用一种叙事，都强调“自动、无意识的物理反应和独立的身体组织”与情感的关联。[2] 斯密的《道德情操论》（1757）修正哈奇生（Francis Hutcheson）的“道德感”理论，重新定义同情。对斯密来说，同情——即他人情感在自身的复现——不是一种直接感知，而是身心关联协调的过程。当我们看到他人遭受痛苦的景象，这种身体感官经验会在头脑中触发身临其境的感受。与此同时，斯密的同情理论在身心协调的基础上指出了社会整合的途径：人们在观看他人身体经历的时候，不断按照“中立而公正的旁观者”的视角调整自己的感受，靠近其他社会成员面

1　笛卡尔的“微机械论”（micromechanism）认为神经和血液的传导可以用来解释所有的生理活动，也可以用来解释灵魂受到的触动，即“激情”。笛卡尔的理论后来被修改为以“液压系统”模型为基础的“动物经济”理论，其主要代表人物有苏格兰医学家匹卡内（Archibald Pitcairne）和英国医生米德（Richard Mead），而米德是《项狄传》中借用库纳斯托洛鸠斯这个虚构人物刻意嘲讽的医生。参见 Theodore M. Brown, “From Mechanism to Vitalism in Eighteenth-Century English Physiology,” *Journal of the History of Biology*, 7. 2（1974）, p. 179。

2　Catherine Packham, *Eighteenth-Century Vitalism: Bodies, Culture, Politics*, New York：Palgrave MacMillan, 2012, p. 54. 克里斯托弗·劳伦斯（Christopher Lawrence）也指出，18世纪中叶苏格兰的活力论和同情论脱胎于“共同的社会语境”，两者之间有时代性关联。Christopher Lawrence, “The Nervous System and Society in Scottish Enlightenment,” in *Natural Order: Historical Studies of Scientific Culture*, edited by Barry Barnes and Steven Shapin, Beverly Hills, London：Sage Publications, p. 33.

对同样场景时产生的感受。[1] 同情不仅激活了单个生命体，用生理学的术语来说也是整个社会的“感觉原则”，使其每一部分都串联起来。斯特恩对身心互动机制的理解应和了18世纪中叶生理学的转型和同时代同情理论的变化，他在《项狄传》中插入了大量表现人物借用身体姿态表达和触发情感的场景，将情感的生产与生理变化相连。

《项狄传》的身体写作不仅与活力论生理学呈现出同构性，体现了有关身心关联话语范式在世纪中叶的转向，也在一定程度上受到了后者的影响。首先，从文化语境来说，怀特是18世纪中叶爱丁堡生理学家中很重要的一位，与科伦（William Cullen）等人一样都对形塑“背离笛卡尔身心二元论”的生理学范式起到了重要作用。[2] 哈勒与怀特之间的争论进一步扩大了二人观点在当时欧洲的影响，他们对彼此的作品做出批评，哈勒认为“感觉原则”理论沾染了“泛灵论色彩”，怀特认为哈勒过分倚重实验手段。[3] 这场争论往来多个回合，回响甚广，从《项狄传》第一卷开始就广泛涉猎医学问题的斯特恩应该对此有所耳闻，至少了解两人观点的基本线条。其次，从斯特恩的写作习惯来看，他对《项狄传》中大部分百科知识都是大致转引而不标出处，有些文献（如伯顿的《忧郁的剖析》）在《项狄传》中出现频率高，引用部分较为完整，被坐实为源文本，但许多被引文献无法精确指认。正如学者豪利（Judith Hawley）所言，《项狄传》中的医学知识包括

---

1 ［英］亚当·斯密：《道德情操论》，蒋自强等译，北京：商务印书馆，2014年，第189页。

2 Ildoko Csengei, *Sympathy, Sensibility and Literature of Feeling in the Eighteenth Century*, New York: Palgrave MacMillan, 2012, p. 7. 巴克-班菲尔德（G. J. Barker-Benfield）等较早的学者一般将18世纪兴起的神经理论与感伤小说相关联，但森凯（Ildoko Csengei）强调，相较于神经论，怀特等人的生理学理论对感受和情感的形成机制提出了更接近“一元论系统”（即身心交融系统）的观点。

3 Elizabeth Haigh, *Xavier Bichat and the Medical Theory of the Eighteenth Century* (Medical History, Supplement No. 4), London: Wellcome Institute for the History of Medicine, 1984, p. 54.

"18世纪最初几个世纪的物理医学（iatro-mechanical medicine）到最新的哈勒和怀特的活力论"，但他"鲜少透露自己的二手文献"。[1] 因此，虽然小说没有直接提及怀特和哈勒等生理学家，但其行文中包含着重要线索。小说不仅持续强调"心脏"和"脉搏"的自发运动及其情感效应，也直接使用"不自觉呼吸"（involuntary respiration）这个表述来调侃脏话，这些细节都可以认为是对哈勒和怀特探讨的身体器官动能问题的较明显的回应。[2] 综上，我们可以比较合理地揣测，斯特恩有意识地与18世纪中期生理学认为身体与灵魂彼此连通互动的观点对话，并尝试通过身体写作使小说具有干预和重塑读者身心机制的文化功能，可以说自创了一种"小说生理学"。[3]

斯特恩坦言希望读者能够因他的作品发笑，认为自己的身体写作会引发强烈的生理和情感反应："为的是在大笑时更加频繁而猛烈地扬抑膈膜、摇动肋间及腹部肌肉，将胆汁等体内苦水连同属于国王陛下臣民的各种有害情绪从他们的胆囊、肝脏、胰脏驱入他们的十二指肠。"[4] 18世纪出版的笑话集经常声称以引起读者欢笑为目的，而斯特恩则语带机锋，暗示英国人普遍感觉痛苦——深陷"债务、忧愁、灾

---

1 Judith Hawley, "The Anatomy of Tristram Shandy," in *Literature and Medicine During the Eighteenth Century*, edited by Marie Mulvey Roberts and Roy Porter, London: Routledge, 1993, pp. 85, 87.

2 ［英］劳伦斯·斯特恩：《项狄传》，蒲隆译，上海：上海译文出版社，2018年，第293页。原译文为"不由自主的呼吸"（involuntary respiration），involuntary是活力论中的核心概念，怀特对呼吸的自觉性和非自觉性也做过专门论述。参见Robert Whytt, *An Essay on the Vital and Other Involuntary Motions of Animals*, Edinburgh: printed by Hamilton, Balfour, and Neill, 1751, pp. 199-200。

3 "小说生理学"一词源自美国学者尼古拉斯·戴姆斯（Nicholas Dames）的研究，原来指19世纪小说中与同时代生理学对话，但这个术语也非常适合部分18世纪小说，参见Nicholas Dames, *Physiology of the Novel: Reading, Neural Science, and the Form of Victorian Fiction*, Oxford: Oxford University Press, 2007.

4 ［英］劳伦斯·斯特恩：《项狄传》，蒲隆译，上海：上海译文出版社，2018年，第276—277页。

难”——他要做的就是通过引发欢笑驱散“苦水”和阴郁情感。[1] 同样，斯特恩暗示，有关勒菲弗、约里克死亡场景的书写也有类似的效应，读者会因为这些场景潸然泪下，从而促进消极情感的释放。在第五章里，斯特恩在讲述了项狄的哥哥鲍比去世的事后，插入有关如何驱赶悲伤的评论，他援引一众古希腊古罗马名人的话，说明“为失去友人或孩子抽泣是不可抑制的自然激情”，而且正如“塞内加告诉我们”，“这是驱散这些悲伤的最好途径”[2]。斯特恩用自己的身体描写导向一种活力论意义上的同情，让人们能够在身体共振的基础上得到情感的净化和疗愈，同时更好地与他人达成情感上的协调一致。

四、斯特恩对通俗文化身体技术的反思和批判

斯特恩对经由“小说生理学”建构现代公众的设想并非全然乐观。斯特恩创作于现代文化商品和公共媒体诞生之初，深谙书籍的商品属性，并主动借鉴不同通俗文化门类，使身体描写成为笑柄和移情手段。但也正因为如此，作者明白“小说生理学”很容易被通俗文类和文化利用，沦为操纵读者情感的身体技术。《项狄传》中的生理学思想一方面与18世纪哲学与科学范式互文，参与身心关系理论的重构，一方面也肩负着更重要的文化职责，试图在捏合精英和通俗文化的尝试中找到对抗现代身体控制技术的途径。因此，小说通过大量的离题讨论阻断读者的共感和共情，在吸引读者的同时也诱使他们抽离文本，对身体和情感的关联做出反思。

斯特恩刻意使自己的身体写作与通俗的色情写作相区分。他强调

---

1 [英] 劳伦斯・斯特恩:《项狄传》，蒲隆译，上海：上海译文出版社，2018年，第399页。

2 同上书，第322页，此处译文经过修改。斯特恩对塞内加和其他名人的指涉化用了伯顿《忧郁的剖析》中的表达，参见 Melvyn New, *The Life and Opinions of Tristram Shandy*, Vol. 3: The Notes, Gainesville: University Presses of Florida, 1984, p. 346。

人体的动能——感受力——源于复杂的身心互动，具有超越机械结构的不可知特性，警示读者不要被动地接受物质性身体的牵引。[1] 在《项狄传》第四卷第八章中，项狄的父亲提出一种观念，认为“尽管人是交通工具，但内在有一个秘密弹簧”，使得这个机器不至于剧烈震动。[2] 这个观点浓缩了整部小说的身体观，与1740年代兴起的活力论生理学的精髓相通，强调身体的自发动能具有一种近乎神秘的属性，无法用机械原理解释。与活力论生理学一样，《项狄传》从内部颠覆机械论，将人的生命力比作一个“秘密弹簧”，说明这种活力的起源与性质并不明朗。不过，斯特恩笔下的“秘密弹簧”比活力论的“感觉原则”更进一步，不仅具有促进身心协调的物质能动性，也包含一种主动干预身心关联的反思机制。

斯特恩将这个“秘密弹簧”与想象力相连。《项狄传》反复探讨自己笔下的视觉形象如何引发读者的生理反应，进而产生情感，强调阅读中发生的移情并非读者对人体画面描写的机械反应，而必须以想象为中介。在斯特恩看来，想象就是人内部的“秘密弹簧”，勾连人们的身体和灵魂，使二者联合但又不至于混同，想象既可以在意识中构建视觉形象并触发身体感受，也可以使人反思视觉形象的构建过程，并由此抑制身体向头脑传递的感受。换言之，想象力使得读者能够在感受到小说情感效应的同时有一定的反思和抵御力。

在第三卷第十二章中，斯特恩打断叙事以回应自己的批评者，随后转向了一长段有关阅读生理学——有关小说中的身体描写如何转换

---

1 18世纪著名禁书《范妮·希尔》（*Fanny Hill: Memoirs of a Woman of Pleasure*, 1750）的作者克里兰德（John Cleland）曾经当面嘲笑斯特恩，说他隐去了太多“感觉”（sensations），许多词被省略，许多接近色情描写的段落突然转向哲学思辨。Alan B. Howes, ed., *Laurence Sterne, The Critical Heritage*, London and New York: Routledge, 1971, p. 228.

2 ［英］劳伦斯·斯特恩：《项狄传》，蒲隆译，上海：上海译文出版社，2018年，第255页。

为具有移情作用的视觉形象——的离题论述。斯特恩从对盖里克表演的描绘入手，论述戏剧演出如何通过舞台上呈现视觉形象对观众发生作用。他指出，盖里克念台词的时候经常会制造停顿，这种停顿富有深意："但是在他停顿声音时—意思也同样停顿了吗？难道没有姿态或面部表情来填补这些空隙吗？—眼睛不说话吗？你仔细看了吗？……"[1] 姿态和表情具有填充语言空档的功能，视觉交流可以传达语言难以企及的意义，引发观众的身体反应，进而触发情感。随后，斯特恩进一步说明，图像——不论是舞台上还是文字中的图像——需要经由想象的中介转换成脑海中的视觉形象："眼睛能够同心灵进行最快的交流，—提供一种更巧妙的触摸，并且把一些文字难以表达—或者有时干脆表达不了的东西留给想象。"[2] 这就是说，图像或图像性描写能影响读者的灵魂，这种看似直接的交流并不直接，难以表达的弦外之音经由"想象"曲折地触碰灵魂，却比一般触摸更为"巧妙"。作者在第六卷对沃德曼寡妇外貌的描写中更强化了想象对构筑视觉形象的重要性，他在第三十八章特意空出一整页，鼓励读者"把您自己的想象画进去"。[3] 学者席尔维（Sean Silver）在研究18世纪"孕育"（conception）这个观念的时候特别提到了《项狄传》中的这个空白页，指出斯特恩在此处说明视觉想象的难度，视觉想象是一种"俄耳甫斯般的"经历，神秘而通灵，不能比附为机械过程。[4]

1　［英］劳伦斯·斯特恩：《项狄传》，蒲隆译，上海：上海译文出版社，2018年，第166页。

2　同上书，第332页。

3　同上书，第434页。

4　Sean Silver, *The Mind is a Collection: Case Studies in Eighteenth-Century Thought*, Philadelphia: University of Pennsylvania Press, 2015, p. 195. 18世纪的"想象"观念十分复杂，总体来说，1700年左右，"想象"在审美和道德判断中的地位明显提升，从艾迪生到约翰·丹尼斯再到埃德蒙·伯克，想象都被认为与情感（包括崇高感、惊惧感、美感、同情、疯狂和忧郁）的发生有着紧密关联。

斯特恩对“视觉”和“触觉”的指涉内含深意，表明视觉可以“触摸”灵魂，牵动情感，但这种触摸并不直接，人与被视物之间始终存在着距离。斯特恩对视觉的看法遥遥地预见了本雅明在《机械复制时代的艺术作品》（1936）一文中有关大众媒体将视觉变成触觉的批评，本雅明主张给视觉注入距离感，使之不至于沦为对环境刺激的机械反应。[1] 在第三卷第十二章中，斯特恩用一个具体的场景阐述视觉与想象的关联，与本雅明一样强调与被视物保持距离的重要性。此时，有关项狄的兄长鲍比突然身亡的消息在家庭成员和仆人之间传递，最先明显表示出强烈情感和触动的是厨房里的仆人。正是这些仆人让叙事者意识到“我们不是木头和石头”，而是可以被视觉打动的动物。[2] 但被打动并不说明头脑被身体俘获或受其操控，情感的传递不是一种不可抵御的“传染”，而是需要经由想象的中介。[3] 斯特恩接下来仔细描写了下士特灵在与其他仆人交流悲伤情感时做的肢体动作，说明特定的肢体动作可以通过想象的中介引发观众的情感变化。下士一边慨叹生命的无常和短促，一边使用手中的道具摆出了一个姿势：

> —“现在我们不是在这里吗，”下士继续说道，“而且我们不是”—（随手将帽子垂直扔在地上—停顿了一下，才说出下面这三个字眼）—“走了吗！就一会儿工夫？帽子落下时就好像一大块沉甸甸的泥团捏进帽顶里一样。—什么也表达不了无常的情感，

1 ［德］W. 本雅明：《机械复制时代的艺术作品》，王才勇译，杭州：浙江摄影出版社，1993 年，第 75—80 页。

2 ［英］劳伦斯 • 斯特恩：《项狄传》，蒲隆译，上海：上海译文出版社，2018 年，第 332 页。

3 18 世纪苏格兰启蒙思想普遍认为情感会在人与人之间如生理感觉一般传染，从福迪斯（David Fordyce）的《道德哲学的要素》（*Elements of Moral Philosophy*, 1754）到休谟的《人性论》（*Treatise of Human Nature*, 1739—1740）都有这个思想。不过后期的休谟和斯密对这种同情观都进行了修正。

> 帽子只是无常的代表和征兆，—他的手也好像从帽子下面消失了，—它掉下去死了，—下士的眼睛盯着它，就好像盯着一具尸体，—苏珊娜突然泪如雨下。[1]

特灵手中的帽子原本只是一个表意符号——即文中所说的“代表和征兆”——是生命坠落至尘埃的隐喻，但表意符号无法直接表达“无常的情感”，是特灵用一连串动作激活了这顶帽子。特灵让帽子垂直掉下去，又垂下手，随后直直地凝视这地上的帽子，苏珊娜看到这一切，似乎想到了什么，“突然泪如雨下”，这一幕印证了小说反复强调的道理，即肢体动作能对观众的身体和心理产生显著的影响。我们很难说清这个动作的奥秘在哪里，为什么在“千千万万”个扔帽子的动作里，偏偏是这一个能产生明显的效果，苏珊娜的哭泣和悲伤就像读者对外貌模糊的沃德曼太太的欲望一样，依靠难以言说的想象，充满了俄耳甫斯一般的灵性。[2] 特灵与苏珊娜的互动是斯特恩展示人性的一个微缩场域，前文中提到的人这架机器中的“秘密弹簧”的深意也在这里被充分地揭示出来。项狄在第六卷开头就表示项狄家宅客厅之外的仆人活动空间是家庭这部“机器”内部一个“可动的装置”。[3] 这个描绘与之前的“弹簧”一词呼应，说明仆人所处的社会空间比“客厅”文化更典型地揭示出人与机器的不尽相同之处。在这个空间里，人们并不避讳或克制身体，有意无意的肢体动作牵动着人们的想象，催生强烈的生理和情感变化。厨房里的人们是充满动能的不稳定机器，他们构成的整体凸显了社会内生的难以把握的动能。

正因为手掉落帽子的这个动作对人心的影响有种难以参透的神秘

---

1 ［英］劳伦斯·斯特恩：《项狄传》，蒲隆译，上海：上海译文出版社，2018年，第333页。

2 同上注。

3 同上书，第329页。

作用，斯特恩借项狄之口敦促受通俗媒体文化影响的所有读者对这个现象进行思考，试图让读者主动思考肢体动作对他们情感的影响，采用刻意与对象拉开距离的观看模式，将相对被动的观看转变为可以反观自身、有批判潜能的视觉想象。项狄提醒读者，假如我们不假思索，一定会被人利用：有些“摇唇鼓舌”别有用心的人士会变着法儿地玩弄这顶帽子，利用可以影响读者的肢体行为。[1] 而通过保持距离地观看，我们就能与动物相区别：“你们这些驱赶着—同时也像被赶往市场的火鸡一样用一根棍子和一块红布被驱赶着的人啊，为什么不—思索—思索，我求你们了，思索思索特灵的帽子。”[2] 假如我们在被特灵的帽子莫名打动的同时也能“思索思索”它的神秘之处，那么帽子就不再是一只帽子，人也不再是被动的身体，双方因为距离保全了自身。帽子有了灵晕，人有了主体性。

斯特恩的身体写作与18世纪的情感观念紧密相关。他一边通过身体描写强烈地煽情，一边讽刺操纵身体以获得情感效应的通常做法，甚至明确规劝读者反思感官对头脑的牵引力。《项狄传》积极参与构建18世纪雅俗并存的公共文化，告诉我们现代公众的建构基于身体表演，作品与读者的连接有赖于作者的身体写作和读者的生理机制。与此同时，他也富有洞见地批评利用了生理学的通俗文化，正是这种文化将人变成机械，创造了许多情感操控的手法。人们唯有警惕感官经验的情感效应并充分调动贯穿着想象力的反思精神，才能挣脱这种控制。《项狄传》与情感小说的关系正如其前辈《堂吉诃德》与罗曼司的关系一样，它承接了西方情感小说的长期发展历史并使之极致地绽放，又对其中蕴含的隐忧做出了最为深刻的批评。

---

1 ［英］劳伦斯·斯特恩：《项狄传》，蒲隆译，上海：上海译文出版社，2018年，第333页。

2 同上注。

哈贝马斯很早就提出，18世纪的欧洲出现了以私人个体的自由交往为基础构成的“新型公共领域”，这个过程与卢卡奇提出的“物化”现象——“人的活动同人本身相对立地被客体化，变成一种商品”——有着非常紧密的关系。[1] 商品在流通过程中获得在交换价值和使用价值之外的一种附加价值，每个人从商品中看到自己类似于动物的生理性欲望，构建出“普遍人性”，商品在人与人之间构成了一种连接性的中介。但商品的中介作用有着明显的负面效应，很容易使人认为商品的召唤不可抵抗，将自身对商品的渴望本质化，衰变为缺乏反思力的机械性身体。18世纪的资产阶级公共领域依赖这个以身体欲望为基础的商品流通网络，批判性的公共领域和被商品经济裹挟的公众并不是两个彼此分离的公众，只是同一个公众的两个侧面。这也就是为什么许多启蒙时期的哲学家通过写通俗小说来提高自身观念的流通度，而《项狄传》用看似通俗的手法进行深刻的哲理阐发，一边参与通俗文化，一边对其进行反思。

虽然18世纪中叶活力论生理学和以同情为核心的启蒙时期道德哲学试图从人的普遍生理规律中发现道德观念和利他行为的基础，但这种思想对身体的倚重也可能助长物化逻辑。在世纪中叶的英国小说家中，斯特恩率先对这个难题进行了深入思索，对理查逊成名之后在英吉利海峡两岸崛起的感伤小说这个体裁做出了反思和革新。他的身体写作预示了世纪末诗人布莱克以身心辩证观为基础的政治批判，也预示了沃尔斯通克拉福特和葛德温等人对感伤小说更为明显的批判和再造。在《项狄传》中，斯特恩明确嘲讽机械物质主义，提出人不可能也不应该被视为纯粹的机器，但与此同时他大量借用戏剧舞台和绘画中使用的身体呈现技巧，用文字重构细微的肢体动作和器官运动，充

1 ［德］哈贝马斯：《公共领域的结构转型》，曹卫东、王晓珏、刘北城、宋伟杰译，上海：学林出版社，1999年，第6页。［匈］卢卡奇：《历史与阶级意识》，杜章智、任立、燕宏远译，北京：商务印书馆，1996年，第147页。

分利用身体作为情感传播媒介的功能，向人的物质性致意。很多批评人已经关注《项狄传》对于书籍物质性的重视以及作者在书中插入图像、图示、空白页、全黑页面和彩页的做法，但对小说中的物质性身体尚未有深入系统的阐释，本章就是试图弥补这样一个缺憾。斯特恩书写细微的生理过程，又以庸常琐碎的身体喜剧引发欢笑，但并未因此将笔下的小人物缩减为玩物或笑柄，相反，他揭示了平凡身体中蕴含的激活人群、形塑现代公众的活力和想象力。《项狄传》相信，读者在被其他身体触动的同时能反思这种触动，他们——至少其中部分人——可以在小说的感召下学会激活物质世界的潜能而不被其所奴役。

第八章

忧郁与执念：斯特恩《项狄传》中的“英国病症”

《项狄传》通过身体写作揭示了18世纪人的异化危机，而当个体沦为商品，主体性难以为继，必然会出现相应的情感征兆。这一章着重分析《项狄传》对“忧郁”这种情感症结的书写，揭示同情和感伤无法消解的启蒙暗面。斯特恩在《项狄传》中的忧郁书写延伸了前辈理查逊的事业。他用自己特殊的“离题”叙事手法深化了《克拉丽莎》已经深刻揭示的主体性难题，他向读者展示，忧郁体现的是主体的崩溃，个人无法认知和把控自身情感，无法实现个体的整合，因而被情感所控制；忧郁和与同情相连的感伤不一样，无法通向教化和“内心”的构成，也没有良好的解药。与理查逊不同的是，斯特恩在剖析忧郁之外也尝试提出一种对抗忧郁、重构主体的可能路径，叙事者经常打破自身权威，邀请读者参与建构作品的意义，以新的阅读实践抵御主体性面临的危机。

在《项狄传》中，忧郁书写主要与托庇叔叔这个人物相连。托庇叔叔是一个典型的“重情男子”，与18世纪小说中大量出现的男性形象相仿，体现了对于体恤关怀他人的道德情感的普遍崇尚。与理查逊、菲尔丁笔下的重情男子一样，斯特恩想象的托庇叔叔也具有仁慈善感的特点，叙事者反复提及托庇叔叔心地善良，愿意为他人牺牲，曾为了帮助一位陌生军官勒菲弗尔和他的儿子倾家荡产。他也曾拒绝杀死一只苍蝇，并说出了全小说最为经典的一句引言："世界如此之大，你和我都容得下。"[1]不过，托庇叔叔也有非常独特之处，他不能及时准确地认知自身微妙深邃的情感世界，对心理创伤留下的情感印记就更为迟钝。在小说最后，他后知后觉地发现自己爱上了寡妇沃德曼太太，等他意识到的时候爱情已经蔓延全身，就好像他受了伤，而这道伤口"不是表皮的伤——而是伤到心上去了"，他对这道伤口已完全无力抵抗。[2] 托庇叔叔对爱情的迟缓认知是他总体情感模式的缩影，他与自身情感之间的隔膜较深，长期处于一种异化状态。这个特点在他应对战争创伤的方式中体现得尤其明显，他试图克服忧郁，却陷入了更深的忧郁。

托庇叔叔参与了"九年战争"（对垒双方是法国与包括英国在内的反法同盟）中的"那慕尔围攻"战役，在这场1695年的战役中，反法联军从法国军队那里夺回了比利时那慕尔要塞。托庇叔叔在那慕尔战役中腹股沟负伤，后卧床休养四年。不过这四年并没有使他痊愈，他只是成功掩盖了自己的情感，欺骗了包括自己在内的所有人。由于没办法与前来看望的朋友解释自己具体在何处受伤，托庇叔叔决心钻研那慕尔地图，掌握军事术语。他搜集了大量军事书籍进行研习，由此陷入了一个难以自拔的爱好，不久索性与自己的随从特灵下士一起搬到乡下的项狄家老宅，在院子里摆设防御工事和围攻武器的模型。他从来没有清晰地反思过这个奇怪爱好的成因，只是不自觉地以研究军事知识的方式来获得掌控感，由此控制自己的情感。叙事者项狄告诉我们这项任务只是对他强烈情感的掩盖："而他的康复，您已经看到，取决于他的思想感情，所以他有必要小心翼翼，使自己完全左右研究

1 ［英］劳伦斯·斯特恩：《项狄传》，蒲隆译，上海：上海译文出版社，2018年，第104页。

2 同上书，第542页。

的对象。”[1] 托庇叔叔由此发展出一种癖好。小说将托庇叔叔发展出的这种爱好称为“癖好”（hobby-horse），这是一个含义模糊的词语，癖好似乎无足轻重，却是人物隐藏情感最重要的窗口。叙事者特别说明，自己“意欲通过癖好来绘制托庇叔叔的画像”。[2] 因为这种癖好，托庇叔叔在与人交谈之时稍有机会就会立刻联想到军事话题，成为一个不断在谈话中跑题和离题的人。

托庇叔叔就这样用一个癖好将自己的战争创伤掩盖了起来，我们也可以认为整部小说都在以谈论托庇叔叔癖好的方法曲折地暗示看不见的战争创伤。熟悉当代文论的人们可能很容易将叔叔的情况与当代创伤理论和弗洛伊德的“忧郁”（melancholy）理论联系。从精神分析理论的视角来看，忧郁的成因是个体回避自己经受的打击和失落，无法修补自身或转移自己的力比多投入。个体出于自我保存的需要压抑在强大外力面前无法自主和自保的记忆，忘却自身所受伤害，反而使得这种伤害变成慢性病症，使得个体永远找不回拥有完整自我的感觉。[3] 无法用语言进行表述的失落变成了洞穿我们的真实界，变成了我们最为无法承受的隐痛。从这种理论视角来看，托庇叔叔反复进行军事演习的行为是创伤的症状，不断以隐晦的方式揭示否定性情感的存在。

不过，虽然托庇叔叔的例子与精神分析理论和创伤理论有契合之处，但不能完全屈从于后世的理论。18 世纪的人们对忧郁的理解与今天非常不同。早期现代忧郁盛行，引发了许多医学和文化争鸣，不过，此时人们对忧郁并没有清晰的临床定义，也没有解释其机制和演进的

---

1 ［英］劳伦斯·斯特恩：《项狄传》，蒲隆译，上海：上海译文出版社，2018 年，第 81 页。

2 同上书，第 69 页。

3 这里的论述糅合了弗洛伊德在《哀悼与忧郁》（1917）和《超越唯乐原则》（1920）中的论述，也对当代创伤理论做了借鉴。可参见第一章中对这些理论的论述。

严谨理论。17世纪和18世纪的医学和神经科学认为，忧郁与过度敏感或恐病症（hypochondria）相关，是一种较为温和的疯狂，由于在体液或神经系统方面的缺陷，忧郁患者反复执迷于某些小事，或因为神经过度衰弱而对事物过度反应，被一种失控的想象或联想——“幻想”（fancy）——控制。也就是说，忧郁源于人们对于某些事物的过度关注，导致部分观念之间产生了错误的连接，思绪无法有序推进。托庇叔叔的忧郁也有着明显的认知表征，体现在他不断在谈话中离题、执着地回归军事“癖好”的语言模式。《项狄传》凭借独特的对话语言模拟18世纪忧郁的认知维度，并对18世纪英国式忧郁的社会和心理成因做了非常深刻的剖析。

《项狄传》对忧郁问题还不止于剖析，也在探索某种针对忧郁的“解药”和对策。叙事者和托庇叔叔一样也有离题的习惯，并暗自对离题这种语言模式加以改造，使之不仅与执念相关，也成为一种四处跑马、自由联想、不对外物投以连贯的注意力的叙事方式。小说拒绝服从讲究整体性情节的惯例，在项狄的个人生涯中穿插进布道词、故事、时事评论等各类内容，上承17世纪以来在德莱顿和斯威夫特等人作品中已经出现的离题和拼贴的写作手法，往下也预见到了20世纪作家小说家帕索斯和许多现代主义视觉艺术家所用到的拼贴叙事法。[1]《项狄传》使用了所有18世纪小说中最富有实验性的叙事手法，直接跳跃了一个世纪，与20世纪的现代主义和后现代主义小说有了许多重合之处。斯特恩新颖的离题叙事暗示，不断转移注意力的叙事方式不一定意味着回避创伤和痛苦，也可以成为对脱离话语秩序和系统性知识执念的尝试，这种叙事形式召唤着一种不断转移注意力、自主选择和拼

1　早期现代视觉艺术中的拼贴风格出现在17世纪末的法国，表示“拼贴”一词的pastiche借自意大利语的pasticcio，指将不同古典或文艺复兴时期艺术家作品的风格元素拼凑在一起，有时带有贬义色彩。音乐领域也出现了拼贴技法，亨德尔和J. C. 巴赫等作曲家都谱写过融汇其他作曲家作品片段的歌剧，这种歌剧称为opera pasticcio。

贴阅读对象的阅读策略，有助于引导读者建构一种松动而柔韧的新型主体。18 世纪的英国小说对主体的孱弱有很多阴郁的体认，但对人如何在此前提下构筑一种新的主动性也有着许多充满憧憬的设想，斯特恩的杰作就是这个时代特征的集中体现。

一、 启蒙时期忧郁观与幻想理论的关联

《项狄传》描写了诸多忧郁的症状，“忧郁”（melancholy）这个词在小说中出现的频率也很高。“特里斯坦”这个名字被父亲称为“忧郁的双音节”；托庇叔叔一开始受伤治疗的时候十分烦躁，将自己四年来“忧郁的囚禁”生涯中的委屈辛酸尽情地向兄长倾诉。[1] 战役是“忧郁的”，糟糕的绘画也引发“忧郁”，“连一个金字塔结构”都找不到，谈论神职人员更是让人“忧郁”。[2] 作者将最为琐碎的日常小事与忧郁挂钩，戏谑又认真地告诉读者忧郁不是罕见病症，而是弥漫于 18 世纪英国日常生活的精神状态。项狄的父亲沃尔特因为无法修补门栓便显得非常忧郁，正如他对一连串不幸降临到孩子身上感到无可弥补的忧郁。[3] 如前一章所示，叙事者项狄在第六卷中说了这样一段话：

> 要不是那些纠缠不清的债务、忧愁、灾难、困苦、悲哀、不满、忧伤，大笔寡妇授予产、课税和谎言，诸位高贤，这将是一个多么快乐的世界啊！[4]

---

1 ［英］劳伦斯·斯特恩：《项狄传》，蒲隆译，上海：上海译文出版社，2018 年，第 49、84 页。

2 同上书，第 126、167（此处译文有改动）、183 页。

3 同上书，第 186、272 页。

4 同上书，第 399 页。

斯特恩并没有夸张，忧郁是一股涌动至18世纪英国社会每个角落的暗流，虽然我们无法非常精确地了解其蔓延程度，但许多我们今天熟知的启蒙时期英国文坛名人——从约翰逊、休谟、理查逊到诗人库珀——都有忧郁的症状。

从古希腊开始，哲人喜欢将忧郁与才华联系在一起。亚里士多德认为忧郁（与疯狂等同）是“一切在哲学、政治学、创制与技艺方面杰出的人”的通病。[1] 这个观念一直延续到启蒙时期，英国医生威廉·斯蒂克利（William Stukeley）的《论脾脏》（*Of the Spleen*，1723）提出忧郁（在文中以郁气产生的器官“脾脏”命名）被公认更容易侵袭“以才思和良好理智著称的学者和女性（softer sex）成员”。[2] 不过在17世纪和18世纪进程中，忧郁也在许多时候被认为是不合时宜的，是生活空虚导致追求不平衡的刺激和兴奋所导致的病症，是席卷上流社会的时尚。英国医生切尼（George Cheyne）将忧郁称为“英国病”，因为其他欧洲人经常这样耻笑英国；据他估计，“生活优越”的英国人中有“三分之一”强染有忧郁病症，他明确将神经疾病与富足生活关联，将忧郁归罪于“持续的奢侈与懒散”，过于注重思考和发明、身体懈怠、饮食过于丰赡、城市聚居生活导致的腐臭，这些都会导致神经病症增加。[3] 切尼的解释从社会文化角度解释忧郁缘起，摆脱了中世纪忧郁与魔鬼附体捆绑在一起的恶名，不过也充分认识到富足社会的

1 ［古希腊］亚里士多德：《问题集》，收于《亚里士多德全集》第六卷，苗力田主编，北京：中国人民大学出版社，2016年，第501页。

2 William Stukeley, *Of the Spleen, Its Description and History*, London: printed for the author, 1723, p. 25.

3 George Cheyne, *The English Malady, or A Treatise of Nervous Diseases of all Kinds*, in three parts, London: printed for G. Strahan in Cornbill, and J. Leake at Bath, 1783, p. ii; chapter 6, p. 48.

问题，毫不讳言其危害。[1] 瑞士医生提索特（Samuel Auguste Tissot）在《论上流人士的疾病》（*On the Disorders of the People of Fashion*，1766）一书中也有类似表述："我们最精英的公民中出现了很多对于简单生活的反感，而他们的健康也由此下降。他们表现出很多乡野间从未见过的病症，这些病症在上流生活中横行无阻。"[2] 总体来说，17 世纪和 18 世纪对于忧郁在总体上持较为温和的警惕态度，既没有将忧郁与道德罪恶相连，也没有回归将忧郁天才化的精英精神，像浪漫主义时期那样推崇心中藏着愤懑与隐秘罪恶感的拜伦式忧郁英雄。[3]

从科学角度来说，17 世纪和 18 世纪欧洲医学界对忧郁的理解跳出了中世纪经院哲学的范式，转而回归亚里士多德和盖伦的人文医学，在身体与灵魂间建立双向关联，重新解释忧郁的生理性缘起。[4] 文艺复兴时期的新盖伦主义体液说将忧郁归结于黑胆汁，黑胆汁（black bile）在古希腊文中是*μ'ελαωα χολ'η*，即 melaina chole，就是 melancholy 这个词的前身。[5] 与之相关的词是 spleen 和 vapours，因为脾脏功能不佳，无法

---

1 Roy Porter, ed., *George Cheyne: The English Malady (1733)*, London: Tavistock/Routledge, 1991, p. xxvii.

2 Tissot, D. M., *An Essay on the Disorders of People of Fashion*, translated from French by Francis Bacon Lee, London: printed for Richardson and Urquhart, 1771, p. 10.

3 参见张珊：《18 世纪英国医生乔治·切恩对忧郁症文化内涵的重塑》，《中国社科院研究生院学报》2021 年第 4 期，第 130—141 页。

4 高兰德（Angus Gowland）指出，早期现代的新盖伦主义医学基于那时就已经很通行的认为灵魂与肉体有双向反馈关系的认识。医生与哲学家有两种不同的见解，一方面延续盖伦认为灵魂受到身体秉性的控制，一方面也有 16 世纪西班牙人文主义者维弗莱斯（Juan Luis Vivres）在其著作《灵魂与生命》（*De anima et vita*）第三卷中提出的观点："情感不只是重现身体系统（Affectus enim rationem corporis non recipiunt modo）。"转引自 Angus Gowland, *The Worlds of Renaissance Melancholy: Robert Burton in Context*, New York: Cambridge University Press, 2006, p. 40。

5 Allan Ingram, et al., *Melancholy Experience in Literature of the Long Eighteenth Century, Before Depression, 1660—1800*, New York: Palgrave McMillan, 2011, p. 31.

从血液中清除黑胆汁，受热之后黑胆汁变成 vapours，通过“动物精气”到达大脑，引起忧郁。[1]《项狄传》中多次出现 spleen 和 vapours 两词，可以分别译为“脾脏（类忧郁症）”和“郁气（类忧郁症）”。斯特恩声称自己写作的目的就是抵抗“脾脏”，也只有烟草能驱赶可怕的“郁气”。[2] 此时与“脾脏”和“郁气”相近且更具有时代气息的是“疑病”（hypochondria）和“癔病”（hysteria）。“疑病”源自古希腊语，原意为季肋区（肋骨下方到肚脐的区域），17 世纪中叶开始表示与肝脏和脾脏功能相关的忧郁病症，包括焦虑、多疑等神经症状。“癔病”是一个历史更悠久也更连贯的词，在古埃及和古希腊时期就表示女性因为子宫在体内移动或位置异常而引发的生育障碍（hystera 是表示子宫的古希腊词语），17 世纪晚期开始与女性的精神问题相连，不再特别与子宫相连，而是与所有忧郁类病症一样，与上腹部脏器和体液的瘀滞相连。[3]

17 世纪英国解剖学家威利斯（Thomas Willis）对体液说加以改造，借助脑解剖手段建立了脑血管与神经系统的理论，由此重新建构人类生理系统。在威利斯对忧郁成因的解释中，我们可以看到，他按照 17 世纪惯习，沿袭了盖伦的动物精气（animal spirits）理论，并将它们与物质性大脑和神经系统整合在一起。他改造了伯顿在《忧郁的剖析》中仍然使用的源于古希腊的体液论，认为血液循环系统中流淌着血液、血清、神经液、营养液（chyme，即今天我们说的从胃部流向肠道的食糜）等，而形成忧郁的源头在于包裹动物精气的液体变质，

---

1 Allan Ingram, et al. *Melancholy Experience in Literature of the Long Eighteenth Century, Before Depression, 1660－1800*, New York：Palgrave McMillan, 2011, p. 28.

2 ［英］劳伦斯·斯特恩：《项狄传》，蒲隆译，上海：上海译文出版社，2018 年，第 276、370 页。

3 作为一个例证，参见 Richard Blackmore, *A Treatise of the Spleen and Vapours: Hypocondriacal and Hysterical Affections*, London：J. Pemberton, 1725。布莱克摩尔医生的标题中的后两词与前两词同义。

流动至大脑和神经后使其产生不良的改变。威利斯这样来解释忧郁的缘由："假如我们要给出忧郁的形式上的成因，我们可以这样设想，从血液中灌注入大脑的液体（这些液体会充斥大脑中所有的缝隙和通道，也会灌溉依附于大脑的神经，正是这些液体为动物精气提供了载体，将它们凝聚）变质，原本是温和、有利、微妙的液体，变成有酸性和腐蚀性，好像从醋、黄杨、硫磺酸和中提炼出的精华液；动物精气从大脑中部弥漫到整个球状实体，也同样弥漫神经系统，由此产生感官功能与运动机能，外在与内在都是如此，就像是从酸性化学液体中放出的臭气。"[1] 也正是因为体液与动物精气都已经变质，所以忧郁患者思绪过多，而且总是纠缠于狭窄视域中的小事，引发焦虑和低度的疯狂。切尼医生同样反对将忧郁直接归于体液，也同时对动物精气理论提出质疑。他集成 18 世纪生理学的基本观点，明确指出忧郁是"神经不调"（nervous distemper）之症，究其原委是体液和气体瘀滞在，导致神经及其纤维"松弛或断裂"，"胃、肠、肝、脾、隔膜"这些器官或下腹部腺体的淤堵和扭结最为有害。[2] 沿袭 17 世纪和 18 世纪的医学，切尼认为神经由固态纤维组成，是肌肉和器官的原料，功能为传导"印象"和"运动"，为人体的"动物经济"（animal economy）服务。[3] 总体来说，切尼对身体的认识类似前一章所说的活力论生理学的观点，认为身体是被"知性或感性原则"（intelligent or sentient principle）贯穿的机器，强调神经问题源于身体器官和体液的健康，并不源于大脑本身。[4] 这与后世出现的精神分析学很不一样。

---

1 Thomas Willis, *Two Discourses Concerning the Soul of Brutes*, edited by Samuel Pordage, London: Dring, Harper, and Leight, 1683, p. 189.

2 George Cheyne, *The English Malady, or A Treatise of Nervous Diseases of all Kinds*, in three parts, London: printed for G. Strahan in Cornbill, and J. Leake at Bath, 1783, pp. 14, 183.

3 Ibid., p. 65.

4 Ibid., p. 71.

在《项狄传》中，“神经”（nerve）这个字眼也反复出现。当作为商人的父亲在为是否要投资牛沼地踌躇时，叙事者说此时两个念头同时撕扯着他，这会“对所有更为纤细的神经系统等”都造成不可避免的伤害，让父亲陷入不幸。[1] 同时也出现许多同义词，除了上面提到的“脾脏”（spleen）之外，还有18世纪同样常见的“疑病症”（hypochondriac）。第二卷特灵宣读的布道词中提到，当一个人身怀罪责才会感到良心有亏，但患有“忧郁或疑病”的人除外。[2]

斯特恩对忧郁的理解与同时代医学中的忧郁话语有很多相通之处，但也独具洞见，主要特点在于将忧郁与认知障碍联系在一起，也因此与语言的形式联系在一起。在《项狄传》里，忧郁不仅与伤心、低落有关，也与思维的偏执有关。托庇叔叔不仅为自己的腹股沟伤口烦恼，同时也发展出一个钻研防御工事知识和术语的癖好，他随时会联想到他的军事术语，硬生生将自己的执念插入到不相关的谈话中去，惹怒兄长沃尔特。然而，军事痴迷没有治愈其忧郁，反而使其加重：“对知识的需求，如同对财富的渴望一样，总是得寸进尺，欲壑难填”。[3] 有学者指出，小说第一卷第八章中提到的库纳斯托洛鸠斯医生（Kunastrokius）的原型布莱克摩尔医生（Richard Mead）曾将疯狂与“思绪长时间固定在一个主题上”相关联，而托庇叔叔就是执念（idée fixe）的受害人。[4]

忧郁为什么与随意联想这种认知缺陷联系在一起呢？斯特恩的这种做法有何深意和新意？这要从忧郁的观念史中去探索。18世纪的忧郁理论中有很大一部分将忧郁追溯至情感泛滥或过于敏感。切尼认为英国病症更容易袭击那些显示“太多感性”（too great a degree of sensibility）之

1 ［英］劳伦斯·斯特恩：《项狄传》，蒲隆译，上海：上海译文出版社，2018年，第308页。

2 同上书，第117页。

3 同上书，第81页。

4 Richard Mead, *Medical Precepts and Cautions*, second edition, London: printed for J. Brindley, 1751, p. 75.

人；[1] 曼德维尔虽然坚守动物精气导致忧郁论，但也同样强调感性对忧郁病症的触发作用，并将这种特质与性别关联。在1711年出版、1730年再版的一部医学论著中，曼德维尔将男性的神经紊乱称为"疑病症"（或季肋区忧郁症 hypochondriakck diseases），与之对应的是女性的"癔病症"（hysterick diseases），两者都源于动物精气的匮乏；区别在于，男性的精气被过度思虑消耗，而女性的动物精气在"质地（tone）和弹性"上弱于男性，她们比男性更为敏感，受到轻微扰动就会出现癔病症状，或是消化不良使动物精气的循环受到阻碍，或是情感强烈使动物精气受损。[2] 1732年的一篇论忧郁的杂志文章（这里用的是 spleen 与 hypp 这两个词）也认为忧郁从"宫廷贵妇"传到"时髦绅士"。[3] 不过，斯特恩对忧郁的理解提醒我们，18世纪的忧郁观并不是只有感性的一面，也与一种思维方式关联。整个早期现代，忧郁与症状更强烈的疯狂只有程度上的差别，不恰当的想象——幻想或幻觉——是忧郁的核心症状。威利斯就将忧郁称为"不发烧的胡话（raving without a fever），与恐惧或悲伤相连"，并从神经生理学角度出发认为忧郁者说无聊胡话的症状源于"被扰动的幻想（disburbed phantasies）"。[4]《项狄传》的忧

---

1 George Cheyne, *The English Malady, or A Treatise of Nervous Diseases of all Kinds*, in three parts, London: printed for G. Strahan in Cornbill, and J. Leake at Bath, 1783, p. 104.

2 Bernard Mandeville, *A Treatise of the Hypochondriack and Hysterick Diseases*, the second edition, London: J. Tonson, 1730, p. 247.

3 Nicholas Robinson, "Of the Hypp," *Gentleman's Magazine*, 2 (November 1732), p. 1062, https://babel.hathitrust.org/cgi/pt?id=chi.19211453&view=1up&seq=2, access May 15, 2019.

4 Thomas Willis, *Two Discourses Concerning the Soul of Brutes*, edited by Samuel Pordage, London: Dring, Harper, and Leight, 1683, pp. 188, 191. 高兰德（Angus Gowland）曾指出，16世纪和17世纪的医学著作将疯狂分成三类，一类是有伴随发烧的 frenzy，一类是伴随兴奋状态的 mania，另一类就是忧郁。Angus Gowland, "The Problem of Early Modern Melancholy," *Past and Present*, No. 191 (2006), pp. 86－87.

郁观综合了对忧郁的感性和理性理解，十分具有新意。正是这两种对忧郁理解的综合体现在托庇叔叔的症状中，他一方面是极为感性之人，一方面呈现出一种认知固化的倾向，两种因素叠加，使其成为《项狄传》中忧郁的代言人。以往的批评人在解读托庇叔叔的时候大多强调其繁盛的同情心，可能会忽略其认知上的特征。斯特恩将忧郁与认知相关联，不仅强调了精神对身体的反作用，弥补了生理学把精神症状归结于生理缘由这个解释路径的不足，也最终引出有关如何抵抗忧郁的独特理解。

实际上，忧郁的认知维度在17世纪的哲学中就已经表现得相当明显，忧郁往往不被认为是创造力或才思的表现，而是与"幻想"（fancy）和与此相伴生的语言紊乱相关联。洛克和霍布斯都对"疯狂"——一种高强度的忧郁——做出过诊断。霍布斯在《利维坦》中将疯狂与幻想相连，他指出："……如果不能保持对某种目标的恒定方向，长于幻想就是一种狂态了；有些人不论在任何讨论中，思想上每出现一种事物就老是使他们脱离目标、一再岔入旁文、喋喋不休、说话芜杂断续，以至完全莫知所云……"[1]洛克也对疯狂的认知基础加以分析，认为不恰当的幻想将概念不恰当地连接在一起。在《人类理解论》中，洛克认为许多人都被一种与理智相悖的疯狂控制，一个主要原因就是在没有自然对应关系的意念之间建立关联，即完全根据习俗将理念勾连在一起。这种疯狂并非由强大激情所致，人们在"平静生活中过日子"的时候就容易沾染这种疯狂，它与被威利斯称为"不发烧的胡话"的忧郁有相近之处，虽然没有夺走人的全部理性，但不断模拟并颠覆着理性。[2] 与我们在霍布斯这里看到的相通，错误的联想也被洛克称为"幻想"。洛克还特别对何谓"幻想性"（fantastical）念

1 ［英］霍布斯：《利维坦》，黎思复、黎廷弼译，北京：商务印书馆，1985年，第51页。

2 ［英］洛克：《人类理解论》上册，关文运译，北京：商务印书馆，2017年，第405页。

头加以定义——“简单观念的集合体，如果并没有实在的联合、如果并不存在于任何实体中”，就是幻想。[1] “幻想”这种联想方式在17世纪受到的贬抑一直延续到18世纪。学者很早就指出，18世纪对于“幻想”（fancy）这个词进行了负面定义，把它与“想象”（imagination）指向的创造力相区分，颠倒了古典和中世纪哲学中对于这两者的评价。[2] 此时，“幻想”主要表示将相似但又不相邻的事物相关联的思维方式，与作为天才“创构”（conception）的想象不同，具有轻浮、不节制、无序等特点，这种认识最终导向浪漫主义时期柯尔律治的观点，即认为幻想是“将相距遥远的两个事物任意连接起来”。[3] 托庇叔叔无法摆脱的对军事知识的执迷使他不断打断与他人的对话，将话头岔开到军事话题，这就属于“幻想”的范畴，用17世纪和18世纪的话语来说，可以认为是日常的疯狂——忧郁——的核心症状。17世纪和18世纪的“忧郁”与“疯狂”紧密相关，从莎士比亚的哈姆莱特到伯顿的自我剖析莫不如是，斯特恩笔下的忧郁也是一种低强度的认知和语言紊乱。《项狄传》显然是在对疯狂/忧郁及其倾向于联想的认知特点予以回应，指出18世纪的忧郁与认知模式和叙事形式之间的根本关联。这一点在现有的《项狄传》研究中都尚未引发细致思考。不过，斯特恩并不刻意区分“幻想”与“想象”这两个词，对他来说，“想象”与“幻想”相近，如果忧郁是一种普遍的心理状态，那么也就没有什么人能够做出符合现实的“想象”，所有人都与托庇叔叔一样，或多或少体现出忧郁和幻想的症状，往往与他们的自以为理性的看法相背离。[4]

---

1 ［英］洛克：《人类理解论》上册，关文运译，北京：商务印书馆，2017年，第379页。

2 John Bullitt and W. Jackson Bate, “Distinctions between Fancy and Imagination in Eighteenth-Century English Criticism,” *Modern Language Notes*, 60.1（1945）, p. 8.

3 Ibid., p. 11.

4 《项狄传》中经常出现“幻想”和“想象”这两个词，都带有疯狂、非理性的意思，“幻想”的使用频率更高。

在18世纪有关疯狂与幻想关联的哲学和医学语境中来看，托庇叔叔的离题话语与《项狄传》自身特殊的叙事形式之间有种内在的关联。下面我们来具体看一下小说自身叙事逻辑的跳跃性，叙事者与托庇叔叔一样，深受忧郁的压力，他们的言说方式也有共通之处，常常前言不搭后语。不过，如果说托庇叔叔的“离题”可以视为忧郁的症状，叙事者的“离题”则具有一种离心力，体现思维的发散而并非执念，可以看成对忧郁的对策或解药。下面两节将首先考察《项狄传》叙事风格与文学传统的关联，然后再说明小说的离题叙事投射了一种看似疯狂却更具有创造潜能的观念关联方式，通过抵御对知识的系统性占有而提示重塑主体、从根本上缓解忧郁的可能性。斯特恩深入18世纪英国忧郁症肆虐的社会文化语境，提出了独树一帜的忧郁论和反忧郁对策。

二、 作为忧郁症候的离题叙事

要解释这个问题，我们首先必须来凝神思考《项狄传》的离题叙事形式。离题叙事并非斯特恩独创，但在他笔下具有了鲜明的时代和个人特征。罗曼司的叙事结构类似史诗，从中间开始，来回倒腾，包含很多插入的故事，所以离题叙事并不稀奇，这也是为什么什克洛夫斯基将这部小说描述为“世界文学中最为典型的小说”。[1] 然而，斯特恩是在一个以叙事完整性为美的时代有意识地写作一本以反复离题为特征的自传，有意识地对自传所需要的元素（包括准确的时间等）加以戏仿，更重要的是，他在模仿一种新的吸纳信息和思考问题的方式，这种方式与“执念”正好相反，折射的是对掌控知识这种执念的扬弃。

---

1 Victor Shklovsky, *Theory of Prose*, translated by Benjamin Sher, Elmwood Park, IL: Dalkey Archive Press, 1990, p. 170.

《项狄传》离题书写的直接前辈可以推至斯威夫特以及德莱顿和托马斯·布朗在17世纪创作的散文。斯威夫特《木桶的故事》（1704）的正文分十一部分，在“前言”章之后，第二章开始讲述三兄弟接受父亲遗产后在世间游历的故事，讽喻天主教作为上帝长子，经过红尘涤荡，腐化堕落为飞扬跋扈的恶霸，与两位胞弟新教和英国国教分家，而后弟弟新教又开始追随风神教（信奉宗教热忱）。叙事过程中穿插名为“离题话”的章节，这些章节从以现代人自居的叙事者视角出发，用浮夸的语气对现代文明表示赞赏，表示现代科技可以让人很快掌握知识，现代阅读方法可以帮人提取作品精华，现代作者远胜过古代作者，现代医学可以解释疯狂。熟悉斯威夫特思想的读者知道这是对英国17世纪下半叶古今之争中“现代派”（the Moderns）信念的嘲讽。不过，虽然好几章“离题话”的叙事声音都体现出狂妄现代人的特征，但并没有菲尔丁所说的稳定“个人特征”，无法整合为一个现代主体，只能认为是“现代人”这种刻板类型的几个幻象。这部作品中的叙事者缺乏任何内省倾向，特意说自己从不懂“反讽”，不能与自身所思所写拉开距离，因此不能认为有完整的自我意识，与理查逊笔下开始出现的通过书写呈现“内心”的现代主体有着很大的距离。也就是说，其实我们无法确定《木桶的故事》是否有一个连贯的叙事者。晚近批评的确倾向于认为这部作品中并没有统一的叙事者，作者无意塑造内部自洽的主体，创作出了一部几乎无法阐释的文本。有批评人认为斯威夫特的写作是为了呈现疯狂，叙事者的跳跃体现了“一个无序头脑的痉挛”，也有人认为斯威夫特一边赞同恩师坦普尔对情感和感官的重视，一边又使用对立的声音，重在展现“对立意见的冲突”。[1]

---

1 Michael V. Deporte, “Digressions and Madness in ‘A Tale of a Tub’ and ‘Tristram Shandy’,” *Huntington Library Quarterly*, 34. 1（1970）, p. 47; David P. French, “Swift, Temple, and a Digression on Madness,” *Texas Studies in Literature and Language*, 5. 1（1963）, p. 57.

与斯威夫特不一样，斯特恩写的是一部现代小说，叙事者具有明显的连续性，指向一个相对确定的现代性主体，而并非这种主体的不同幻象。我们清楚地知道叙事者是一个出身于乡绅家庭而命运多舛的年轻人。这个叙事者明白自己在书写自身的历史，而自身是可以通过反思重构的，自我和自我的叙事都被赋予一种基本的连续性。当然，这种连续性可以被不断打破，思绪会突然进入令人奇怪的转折、断裂或分岔，就好比故事可以曲线行进。叙事者经常会很快对自己的叙事怪癖加以解释和阐释，充分展现反思意识。可以说，《项狄传》是对18世纪“内心”书写的一种推进，而并非向小说之前斯威夫特散文风格的回归。学者罗森（Claude Rawson）曾经分析斯特恩对斯威夫特讽刺风格和标点使用上的影响，[1]但两人在写作的总体取向上有着天壤之别。文学理论家伊瑟（Wolfgang Iser）在分析《项狄传》的时候，就围绕着小说中主体的构成，也指出了《项狄传》中离题写作所构成的“主观时间”，其特征是“过去与现在的持续渗透”。[2] 这种解读体现了大多数批评家的看法，把《项狄传》放置在现代小说的谱系中，说明它深化了18世纪小说书写主体的实验，遥遥预示了未来现代主义小说对于边界不明主体的探索。

《项狄传》和《木桶的故事》的差别也体现于对疯狂或忧郁（这两者意义相近，程度不同）的书写。两部作品都告诉我们，现代人因其现代属性，无法摆脱疯狂或忧郁，但斯威夫特将对知识的狂热归咎于现代人的狂妄，而斯特恩则敏锐地看到了知识执念与情感潜流的关联，正是人们的无助和忧郁固化了知识执念，却无法被其治愈。《项狄传》

1　斯威夫特本人的标点和排版风格来自莱斯特朗奇爵士（Sir Roger L'Estrange）的小册子 *A Brief History of the Times*（1687—1688）。参见 Claude Rawson, *Swift and Others*, Cambridge：Cambridge University Press, 2015, p. 24。

2　Wolfgang Iser, *Laurence Sterne: Tristram Shandy*, translated by David Henry Wilson, Cambridge：Cambridge University Press, 1988, p. 77.

中的叙事者项狄与深受忧郁之苦的叔叔有着深刻的共情，叔叔一句仁慈的话“让他整个身躯都以最为快意的感觉开始振动”，[1] 叔叔的知识执念也渗透入他的写作，他的离题叙事是对叔叔忧郁征兆的一种延续，也说明与忧郁相连的“幻想”可以走向自身的反面，成为忧郁的一味解药。因此《项狄传》无意讽刺现代人，意在揭示现代人面临的普遍困境。正如叙事者所说，个人的精神崩溃已经是一种常态，“债务、忧愁、灾难、困苦、悲哀、不满、忧伤，大笔寡妇授予产、课税和谎言”带来无尽的悲伤。[2] 这个列表没有直接提到战争，但托庇叔叔的战争创伤提醒我们18世纪是英国不断被卷入战争的时期（包括与法国的七年战争）。战争书写历史悠久，到了斯特恩这里具有前瞻性地与忧郁挂钩。[3] 叙事者也多次暗示他自身的困境，比如饥馑和病痛，将自己也放置于18世纪“英国病症”的版图中。[4] 如果说斯威夫特代表了被称为“涂鸦社”（Scriblerians）的新古典主义讽刺诗人的练达高傲，那么与普通人的认同使斯特恩的文体完全不同于斯威夫特，他并没有居高临下地表示对现代人的轻蔑，而是在展示自身无法摆脱的现代气质。如果说斯威夫特是在戏仿兴盛于文艺复兴至18世纪的博学体，那么《项狄传》中的自嘲式讽刺借用日常交流的口吻，使博学体蜕变为全新的现代性文体。[5]

1　［英］劳伦斯·斯特恩：《项狄传》，蒲隆译，上海：上海译文出版社，2018年，第104页。

2　同上书，第399页。

3　胡克（Holger Hoock）列举了18世纪许多战争主题的绘画、纪念碑、雕塑、展览等文化现象，如诗人潘洛斯（Thomas Penrose，1742—1779）数量不算太多的战争诗。参见Holger Hoock, *Empires of the Imagination*, London: Profile Books, 2010。

4　［英］劳伦斯·斯特恩：《项狄传》，蒲隆译，上海：上海译文出版社，2018年，第402页。

5　罗森认为斯特恩的小说“使戏仿失去了戏仿的意义（unparody the parody）”，或者说“增添了新的一层戏仿”。Claude Rawson, *Swift and Others*, Cambridge: Cambridge University Press, 2015, p. 24.

三、作为忧郁解药的离题叙事

《项狄传》中展现出的离题始终与托庇叔叔和叙事者的精神活动联系在一起，因此具有展现主体思维情感特征的作用。之前提到了托庇叔叔巨大的执念会拉扯其他思绪向自身靠拢，因此总是让他在与他人的谈话中插入军事主题，但他的离题式语言风格还具有一种离心力，让他从自己的执念中脱身。托庇叔叔想要克服身心创伤而陷入巨大的执念，但眼看着这个执念要把他推入更大的忧郁，他却突然抽身而出。1713 年至 1715 年间，英法争夺西班牙王位继承主导权的战争走向终结，交战双方在荷兰乌得勒支签订一系列停战协议，其中包括让法国拆除敦刻尔克防御工事的条款。托庇虽因为自己对战争的追随和研究将要停滞而倍感苦涩，但也很快开始与下士特灵商量拆除园子里工事模型，并在精神上投入世俗生活，重启与瓦德曼寡妇尚未展开的恋情。他的执念并不那么坚固，或者说，在执念之外他也有一种强大的释怀能力。其实托庇叔叔从小说开头就显示出这样缓解压力的能力：与父亲争吵的时候他就哼唱一首军歌或猛吸几口烟。托庇叔叔虽然总是难免心中受伤，但他也似乎有一种免疫力，一种忘却和转移注意力的能力。这种分心的能力与小说总体的叙事策略有着鲜明的关联，叙事者暗示自己的叙事策略也有同样的功效。

叙事者讲述自己故事的过程也与托庇叔叔的话语一样，具有强大的离心力，戏仿百科全书的结构。叙事者由胡子联想到另一个有关胡子的轶事，由鼻子想到另一个鼻子的故事，他还十分任意地决定，希望自己能就“睡眠”写上一章，必须有一个关于“希望”的章节。[1] 这种章节布局体现出钱伯斯（Ephraim Chambers）编纂的《百科全书：艺术与

---

1 ［英］劳伦斯・斯特恩：《项狄传》，蒲隆译，上海：上海译文出版社，2018 年，第 264、145 页。

科学通用词典》（*Cyclopædia: or, An Universal Dictionary of Arts and Sciences*，1728）的影响。有学者已经指出，斯特恩在第二、第三卷中有关灵魂、鼻子和剖腹产的论述形似《百科全书》中的词条。[1] 我们可以认为他是在戏仿这种获得系统性知识的愿望，到了小说后面，这种倾向更为明显，以致叙事者想要为所有稀奇古怪的主题都写一章。正是“幻想”使得他从一话题跳跃到另一个话题，似乎在告诉我们系统性知识本身就是一个充满跳跃性的体系，很难与或疯狂或忧郁的“幻想”区分开来。

这种对于系统知识的戏仿当然可以看成对《木桶的故事》中以现代精神自居的叙事声音的延续，但也呈现出巨大的独特性。我们可以发现，在《木桶的故事》中自诩现代的叙事者（们）不断对通过掌握碎片化知识来构建知识的全貌表达信心，在题为“一篇离开本题赞扬离开本题的文章”的第七节中，叙事声音暗示自己不着边际的漫谈包含着一种对于系统性的追求：

> 眼下，最精湛的使用书籍的方法是双重的，或者首先为它们效劳，像有些人为爵爷效劳那样，精确地打听到他们的头衔，然后夸口说自己认识他们。或者第二——这实在是比较可取、比较深入、比较文雅的方法——对索引取得一个透彻的见识，因为全书是由索引支配和操纵的，像鱼靠尾巴那样。[2]

同样，在“一篇按照现代样式离开本题的文章”中，叙事者再次体现出一种近乎诞妄疯狂的自信：“我深信，我已经把人类的想象力可以泛

1 Bernard Greenberg, “Laurence Sterne and Chambers’ Cyclopaedia,” *Modern Language Notes*, 69. 8 (1954) , pp. 560 – 562.

2 ［英］斯威夫特：《木桶的故事》，主万、张健译，北京：人民文学出版社，2000 年，第 107 页。

起和沉下的所有情况都包括在内，并且消耗尽了。”[1]

《项狄传》也有这样一个经常看似极端理性但很容易沦为笑柄的人物，那就是托庇叔叔的兄长沃尔特。沃尔特是一个商人，他不仅对钱财和经济计算清晰，也喜好各类古今书籍和知识，在优生学、语言学、教育学等各方面都不断探索，科学理性地养育幼儿和管理家政。即使灾难压顶的时候，也能理性应对。在第五卷鲍比死去之后，父亲脑海中浮现出有关死亡的各种说法，以至于对儿子的死突然感到理所当然，“如果我儿子不会死，那就成了奇迹啦”。[2] 但叙事者总是有办法让父亲在生活面前败下阵来，他正在仔细思考费用的时候得到长子的死讯，让儿子光耀门楣的执念不断在小说中被挫败。他高谈阔论父亲对于孩子权利的法学正当性，此时约里克却冷冷地说“这理由对母亲同样适用”。[3] 他试图克服次子命运多舛的悲痛，但终究无法开解自己，只能爆发出一通哀怨：“再斗也是徒然……”[4] 沃尔特和弟弟托庇一样，都要克服一种主体不够健全的忧郁。小说对沃尔特对于强健主体性的向往抱有一定的同情，并不狠命打击，但否定戏谑的态度十分清晰。

建构系统性知识的努力意在对抗生活经验的多变和不确定性，消除面对动荡的焦虑感，抵御“幻想”所带来的思维和情绪紊乱。但系统性知识要么是无力的，要么会加剧这种忧郁，就像托庇叔叔那样因为学习军事知识而陷入了更大的忧郁。如果说托庇叔叔依靠注意力的转移稀释了自己的忧郁，也同时松动了自己的主体性，那么小说叙事

---

1 ［英］斯威夫特：《木桶的故事》，主万、张健译，北京：人民文学出版社，2000 年，第 96 页。

2 ［英］劳伦斯·斯特恩：《项狄传》，蒲隆译，上海：上海译文出版社，2018 年，第 324 页。

3 同上书，第 360 页。

4 同上书，第 271 页。

者是以戏仿系统性知识的方式来减轻叙事者自身及其设想的读者所感受到的忧郁，也即普遍存在于18世纪文化中的忧郁气质。《项狄传》不断指向一种百科全书的野心，但又对这种野心加以嘲讽，试图在系统化知识之外找到冲淡忧郁这种文化病症的途径。

学者普莱斯（Leah Price）指出，18世纪对信息过剩的焦虑大量投射到文学之上，此时出现了大量的文集，以诺克斯（Vicesimus Knox）编纂的《文坛集粹》（*Elegant Extracts*，1783）为标志。在出版物膨胀的背景下，文艺复兴以来就流行的文集传统有了一种时代紧迫性。小说与文集所需要的美文或警世恒言相差很远，所需要的是不断跟随情节的注意力，小说家深知自身题材的魅力，但也同时勉力适应18世纪对于浓缩信息的渴求。理查逊从他自己的小说中抽取出道德箴言，编为一部摘引录，将小说与摘引文化相结合，让小说具备某种持久的价值。[1] 也就是说，小说一方面迎合并鼓励让注意力受情节牵引，在读者的情感推动下消化大量信息，与此同时，又浓缩出美文或者道德真理，迎合另一部分读者，想强调小说也具备让人反复咀嚼的审美和道德价值以及百科全书的功能。小说与摘引文化合作，有意识地塑造和控制读者吸收信息方式的手段。

但是，我们要看到，《项狄传》的离题叙事并没有将自身变成一本文集或类书。文集或类书的流行体现和加固了一种二分思维，认为读者要么会不健康地沉浸在某种执念中，要么从中跳脱出来获得某种系统性知识。而《项狄传》对百科全书写法的戏仿试图摆脱这种二分观点。小说无意将自身包装为一系列精华思想，也无意吸引读者全部

1 1755年理查逊编纂出版了《〈帕梅拉〉、〈克拉丽莎〉和〈查尔斯·格兰迪森爵士〉中的道德情感、箴言、规劝和反思合集》。Samuel Richardson, *A Collection of the Moral and Instructive Sentiments, Maxims, Cautions, and Reflexions, Contained in the Histories of Pamela, Clarissa, and Sir Charles Grandison*, London: printed for S. Richardson, 1755.

的情感，既不鼓励居高临下式的系统性阅读，也不鼓励痴迷的沉浸式阅读，而是鼓励读者调动自己的“幻想”，能在小说看似紊乱的叙述中发现关联和意义。这可以说是预见了现代主义小说中常见的拼贴式写法，读者可以短暂从这种痴迷中被拽出来而发生反思。斯特恩以“幻想”为基点，将自己与一个不自信的读者（托庇叔叔）联系起来，也鼓励读者运用他们的不恰当想象，从而提升自身的权威和主动性。《项狄传》对于读者的期望是超越其时代也因此具有经典价值的。学者林奇（Deidre Lynch）指出，在 18 世纪和 19 世纪之交，很多女性剪贴她们的读物自制剪贴簿，似乎在有意对“书籍封面所包裹的纯封闭性内容”发起挑战。[1] 这种行为可以认为是对“文集”的戏仿，把系统知识收集变成自主拼贴和改写。斯特恩就是在有意识地召唤这样一种新的读者，他通过自己的拼贴叙事——我们可以称之为文集化写作——启迪读者的自主联想和拼贴式解读。当代阅读文化研究十分关注阅读习惯对塑造情感和认知模式的作用，而斯特恩的小说及其借鉴的一些同时代小说正是有关这个问题理论性探讨的源头。

《项狄传》不仅鼓励读者采用更为主动的阅读策略，也重新定义了作者的幻想与创造力之间的关联。用认识理论研究 18 世纪叙事中的“走神”现象，学者菲利普斯（Natalie M. Philips）认为，斯特恩用离心式叙事暗示某种头脑节奏，模拟一种“涣散的头脑”，他处处展示记忆的有限性，反而将这种有限性变成了创造性。[2] 小说中的叙事者经常神思涣散，一个话头被另一话头打断，无法长时间推进有关任何事物的讨论。这正应和了从 18 世纪一直到当代认知科学中

1 Deidre Lynch, “Paper Slips: Album, Archiving, Accident,” *Studies in Romanticism*, 57. 1 (2018), p. 107.

2 Natalie M. Philips, *Distraction: Problems of Attention in Eighteenth-Century Literature*, New York: Cambridge University Press, 2016, p. 99.

许多将注意力和走神联想关联在一起的理论。18 世纪心理学家哈特利（David Hartley）的《关于人的观察》（*Observations on Man*，1747）和伊·达尔文（Erasmus Darwin，查尔斯·达尔文的曾祖父）更为通俗化的《动物学》（*Zoonomia: On the Laws of Organic Life*，1794—1796）都较早地系统阐述了具身头脑理论，描写头脑中神经纤维的“感官运动”（sensory motions）。达尔文认为，“我们的念头最初是以群落化方式被激发的”（excited in tribes），因此观念不可能像洛克和霍布斯想象的那样依次循序递进，从一出生开始就与其他观念无序地粘连在一起。[1] 斯特恩曾在剑桥求学，应当比较熟悉哈特利及其之前心理学家的论点，他的《项狄传》也很有可能反过来影响了达尔文的见解。[2] 他们对于注意力和联想之间悖论关系的解释也可以与当代认知理论互文。菲利普斯认为，所谓注意力，表示的是“大脑管理功能的整合运作”，[3] 因此注意力本来就包含和依靠联想。而当大脑需要整合的信息过多，“注意力”（attention）就转变为“走神”（distraction），整合所有信息必然意味着注意力的不断转移。斯特恩的叙事者就是在模拟注意力的崩溃，但也正是在这种崩溃中做到了不被局部信息牵制，保持对所有事物的关注，发现各种主题之间出人意表的关联，这种叙事方式也是在鼓励读者意识到注意力与走神彼此交织也互相依赖的特点，揭示其中蕴含的创造性潜能。

1　Erasmus Darwin, *Zoonomia, or the Laws of Organic Life (1794 - 1796)*, vol. 1, Boston: printed for Thomas and Andrews, 1803, p. 34.

2　有关斯特恩与哈特利联想心理学的双向关联，也可参见 Jonathan Lamb, “Language and Hartleian Associationism in A Sentimental Journe,” *Eighteenth-Century Studies* (1980), pp. 285 - 312.

3　Natalie M. Philips, *Distraction: Problems of Attention in Eighteenth-Century Literature*, New York: Cambridge University Press, 2016, p. 128. 这里菲利普斯引用的是当代认知科学家布朗（Thomas Brown）的著作《注意力缺陷障碍》（*Attention Deficit Disorder*, 2006）中的说法。

《项狄传》这部18世纪最为经典的小说对18世纪注意力的政治做出了充分的回应。它讥讽了试图系统掌握知识、重构知识体系的谵妄主体，用戏仿文集和百科全书的方式来制造一种不断重塑和拓展自身的主体，逃避有选择排列信息的魔咒。这实际上不是放弃了主体，而是改变了主体的样貌，并非放弃了整体性知识，而是重新定义了整体性。托庇叔叔和叙事者在思维上比较接近，放弃了对于整体性知识的追求，转而寻找创造性连接，这与被自己的思维习惯所困，用虚妄的知识积累抵抗忧郁的父亲形成反差。在18世纪，注意力缺陷都与被污名化的社会群体相连，女性对于罗曼司和小说的专注引起了不少文化焦虑，小说所激发的过分专注的注意力被污名化，与女性联系在一起，成为一种危险或是益处有限的过程，不恰当地占用了读者的注意力。[1]斯特恩用他自己的方式对启蒙主体进行解构，说明注意力模式的缺陷并不是女性或特定社会群体的弊病，而是现代主体观念衍生的负面后果，会在不同的个体中以不同的方式显现，小说可以通过叙事形式实验为改造注意力过分狭窄或过分追求系统知识的弊端提供启示。斯特恩就这样将离题叙事与日常忧郁的纾解和对主体性的重新想象联系在一起。

小说中有两个意味深长的段落可以帮我们总结这一章的主要论点。《项狄传》的第七卷描写了项狄在法国的游历，叙事者在一处对旅行者

1　菲利普斯指出，英国作家伦耐克斯（Charlotte Lennox）的小说《女吉诃德》（*The Female Quixote*）和法国画家弗莱格纳（Jean-Honoré Fragonard）的油画作品《女读者》（*la Liseuse*）都证明“沉浸于小说被认为对女性会产生尤其危险的后果”。Natalie M. Philips, *Distraction: Problems of Attention in Eighteenth-Century Literature*, New York：Cambridge University Press, 2016, pp. 144 - 145. 杰克（Belinda Jack）将这种认识回溯至17世纪，她指出小说被认为分散了聚焦在“适当的宗教阅读”上的注意力，因此容易颠覆基于婚姻、家庭和阶层结构的社会秩序。Belinda Jack, *The Woman Reader*, New Haven and London：Yale University Press, 2012, p. 204.

的行进速度与心情的关系做出评析。他说："忧郁……我声明这是世界上快速旅行所依据的最佳原则"，为了化解沉重的心情，旅行者必须走马观花。[1] 这一段可以与第三卷中的一段进行比较，这里，忧郁又与行动的迟缓联系在一起。叙事者坦陈自己也会处于忧郁的控制之下，描写父亲的悲伤会让他的神经"松软"下来，让他改变平时"莽撞冒失、轻率浮躁"的脾性。[2] 把这两段连缀起来看，小说似乎在委婉地告诉我们，忧郁与注意力凝滞在一件事上有关，导致写作和观看的速度降低，而逃离这种忧郁的方法就是迅速走过一个地方，让注意力随时变换，轻易掠过许多事物。总之，注意力停滞是忧郁的表征，而迅速转移注意力可以被认为是忧郁的"解药"。

"解药"这个意象明确出现在《项狄传》中，而且是以极为有趣的方式出现的。如果说文艺复兴时期的忧郁已经成为普遍病症的话，到了 18 世纪就已经是陈词滥调了。斯特恩感叹 18 世纪对于忧郁的见解和对抗忧郁的方法并无新意。他在第五卷开头这样说：

> 难道我们要永远像药剂师从一个容器倒入另一个容器炮制新的混合剂那样炮制新书？[3]

在这里，斯特恩的叙事者感叹现代人无法摆脱之前所有时代的知识和文字的藩篱，也无法提供新的"解药"。有关药剂的这段话是在回应 17 世纪英国学者罗伯特·伯顿（Robert Burton）的《忧郁的剖析》（*The Anatomy of Melancholy*，1621），伯顿想为世人提供忧郁的解药，斯特恩也是如此。伯顿在《忧郁的剖析》的讽刺性前言

---

1 ［英］劳伦斯·斯特恩：《项狄传》，蒲隆译，上海：上海译文出版社，2018 年，第 466 页。

2 同上书，第 196—197 页。

3 同上书，第 314 页。

中这样说道：

> 作为药剂师我们每天都在制造新的混合剂，从一个容器倒进另一个容器；就像那些古老的罗马人掠夺全世界的城市来装点他们位置不佳的罗马城，我们刮走其他人智慧的精华，从他们精心耕耘的花园里采摘鲜花来装点我们自己贫瘠的土地……[1]

伯顿将《忧郁的剖析》视为药铺，全书的最后一个小节题名就是“绝望的解药”。伯顿提出忧郁的解药本身就是一种宗教话语的创新，有学者指出，伯顿虽然自嘲思想贫瘠，实则在进行创新，为忧郁的宗教疗法提供了新的补充。他在书中鼓励人们阅读让人分散注意力的读物，继承了古典思想家［如塞内加的《论心绪的宁静》（*De Tranquilitate Animi*）］和早期现代医生都多有倡导的“散心疗法”（therapy of diversion）。[2] 斯特恩特别引用伯顿关于解药的这段话，也像前辈一样嘲讽自己缺乏创造力，但他显示了完全不亚于前辈的创造力。伯顿已然将解药与阅读行为联系在一起，但斯特恩对应该如何阅读做了细致而微妙得多的界定，也为他所处的新时代提供了一种新的阅读理论，回答了小说何以成为忧郁的解药这个问题。众所周知，斯特恩在小说中并没有提到伯顿。虽然《项狄传》中提到了许多前辈，从莎士比亚到塞万提斯、拉伯雷，却唯独没有伯顿，19 世纪初的批评人费里亚（John Ferrier）曾毅然控诉斯特恩的“抄袭”行为，但晚近大部分学者都认可斯特恩对其源材料的创造性使用。

1　Robert Burton, *The Anatomy of Melancholy*, Oxford: printed by John Lichfield and James Short, for Henry Cripps, Anno Dom., 1621, p. 8.

2　伦德（Mary Ann Lund）指出，伯顿原作第二版以“绝望的疗法”这节结束，对第一版的结尾做了调整。Mary Ann Lund, *Melancholy, Medicine, and Religion in Early Modern Europe: Reading The Anatomy of Melancholy*, New York: Cambridge University Press, 2010, p. 131.

斯特恩书写于一个忧郁被普遍化和琐碎化的时代，深受内心低落折磨的人们已经不能再将自己的情绪障碍视为杰出能力的标志。人们对自己的不幸毫无还手之力，难以找到宗教慰藉，也难以轻易将忧郁变成文化资本。斯特恩告诉我们，忧郁不仅是主体崩溃的情感标志，也是对现代主体性构建的无声抗议；现代人太想驾驭知识和信息以克服被战争、现代社会制度和各种世事纷扰包裹的无助感，但又如托庇叔叔那样发现被知识吞没的处境反而加深了挥之不去的忧郁，进一步动摇了人的主体性。而对抗这种忧郁的路径之一是重新定义主体性，通过重塑自己的阅读和认知模式将自己塑造为一个不断变化的流动性主体，具有能动性和自控力，但不至于成为过度追求同一性和自我驾驭的僵化主体。

斯特恩也同时告诉我们，日常不幸与军事创伤有着深刻的同构性和相关性，托庇叔叔的苦难和叙事者所感受到的普遍苦难并不彼此隔绝。在斯威夫特《木桶的故事》中“有关疯狂的用途及其疗愈方法的离题话”一章中，叙事者援引 17—18 世纪对于疯狂的理解，提出疯狂起因于激情失去控制，因而提议将精神疾患病人送去战场，让其激情得以发泄。作为真正的现代作家，斯特恩不再满足于立场闪烁的讽刺调侃，而是直接提出了批判性见解：普遍忧郁与军事创伤相连，参与帝国扩张的主体也同样是被日常现代生活规训的主体，这种追求知识和权力的主体具有一种自我毁灭倾向，使得忧郁激化和扩散。

作为作家，斯特恩最深的洞见在于认为小说阅读在很大程度上与现代忧郁病症有关，小说阅读可以制造现代主体的幻象并诱使读者同情、内化这个幻象，也可以对它进行抵制和改造。小说是一种可以不断自我更新的叙事艺术，改变读者的注意力模式是小说介入文化政治的最直接、最重要的方式之一。忧郁问题与注意力政治紧密相关，要改变常见的注意力模式并抵御忧郁，就必须深入考察阅读机制，通过改变小说阅读模式来重新分配人们的感觉，重塑情感与认知惯习。[1] 斯特恩可以说是这种认识的最早的言说者之一。

1　讨论文学文本如何影响读者注意力的著作大多与神经科学中的注意力理论有所对话。第七章引用了戴姆斯（Nicholas Dames）的*Physiology of the Novel*，本章引用了菲利普斯（Natalie M. Philips）的著作*Distraction*，两者都借用神经科学说明小说如何探讨注意力与意识形态构建的关系，同时重塑读者的注意力模式。类似的著作参见 Alice Bennett，*Contemporary Fictions of Attention：Reading and Distraction in the Twenty-First Century*，London：Bloomsbury Press，2018。

第九章

同情与恐惧：18世纪晚期英国小说中的情感实践

18世纪“写实小说”的兴起不仅有认识论基础，还与启蒙时期的情感观念相连，是孕育和体现早期“人类科学”的重要话语场域。所谓“写实”叙事，其情感基础是在理查逊一章中分析的现代“私人性”，也是菲尔丁一章中提到的“聚合式”同情，即人对自身内心与他人内心进行深刻洞察并再现情感流变的过程，因此写实性小说对应有关人类情感作用的较为正面的认知，对身体感受与知性的整合以及情感在其中担任的桥梁作用充满信心。不过，如我们在前几章中看到的，即便是在写实小说的代表作中也时不时出现对于情感的犹疑，人们能否在媒介化社会交流中构建起完整的内心，经历黑格尔在19世纪提出的从“自在存在”向“自为存在”的迈进，能否如20世纪卢卡奇所言在内心与社会结构之间保持一种“浮动的平衡”，有着很强的不确定性。[1] 18世纪中叶“写实”小说对莫名情感的书写暗示人际隔阂以及人内在的分裂和异化，集中地诉说了这种不确定性，对私人主体性和社会建构的启蒙信念投下了许多阴影。

18世纪晚期的英国小说脱离了世纪中叶“写实”性小说的教化功

1 Georg Lukács, *The Historical Novel*, translated from German by Hannah and Stanley Mitchell, London: Merlin Press, 1937, p. 140.

用，也呈现出更为多元的态势。除了描写苦难以展现人性深处的美德之外，18 世纪晚期的小说中也出现了完全不同的情感书写模式。感伤小说渐趋泛滥，哥特小说盛极一时，忧郁和恐惧成为小说向读者传达的主要情感。哥特小说与感伤小说的关系比较复杂，一方面，在对情感与道德关系的理解上，这两类小说截然对立，哥特小说倾向于表示人并没有天然向善的倾向，人性之恶会在历史环境的催化下以极端的方式显现，这与感伤小说相悖。哥特小说中的人物始终处于恐惧或是无望的忧郁中，缺乏对他人苦难的同情和共振。不过，哥特小说与感伤小说也出现了合流的趋向，书写奴隶、女性和社会边缘人境遇的小说经常会在展现惊恐、哀伤之余增添修补人心与社会裂痕的温暖情感，使这两种体裁没有了清晰的边界。

总体来说，18 世纪晚期的英国小说偏离“写实”的轨道，将与现实对话的功能内嵌于从未退场的罗曼司体裁，以书写“否定性情感”为己任。所谓“否定性情感”指的不是在快乐程度上较低的情感，而是对现代主体性构成深刻威胁的情感，个人无法控制，也无法印证现代人的内在性和完整性的情感。1770 年之后，感伤小说和哥特小说促进了 18 世纪末小说市场的加速扩张，也有意识地同时代历史问题对话，由此推动“否定性情感”的社会转化，对废奴运动与女性地位提升等文化变革都产生了重要影响。

一、 感伤小说的分化

18 世纪盛行的“不可名状”（je ne sais quoi）观念告诉我们，此时已经出现了对“否定性情感”（即冲击主体性的莫名情感）的认识，不过 18 世纪中叶的主要小说作家——理查逊尤为突出——对于情感的态度基本是正面的。理查逊小说影响巨大，且跨越英吉利海峡，直接推动了 18 世纪晚期感伤小说的热潮。有不少受理查逊影响的法国作家创造了类似的小说，随后又被译成英语，并在英国流行。这些作品盛产类似克拉丽莎的人物，情感真挚但在恶行的环伺中坚持怀抱美德，显示出震人心魄的自主性，也流露出令人动容的脆弱感。与此同时，斯特恩的崛起标志着世纪中叶有写实倾向的小说向自身的解构进发，到了斯特恩这里，感伤小说已经体现出对于情感较为阴暗和负面的认知，这种认识在18世纪晚期的英国小说中进一步发展。18世纪晚期的英国小说呈现出两种不同的情感倾向，首先在感伤小说内部引发了重要分歧，随后出现的哥特小说进一步扩大了这个分歧。

18世纪晚期的部分感伤小说弱化了理查逊小说中的悲情元素，将深挚的情感与美德相连，使美德得以战胜道德污秽。18世纪下半叶，法国女作家李克波尼夫人的书信体小说《朱列特·卡茨比夫人信札》（*Lettres de Milady Juliette Catesby*，1759）在出版的次年由英国女作家布鲁克（Frances Brooke）译成英语，名为 *Letters from Juliet Lady Catesby*，小说中的主人公不仅有一个英文名字朱列特，性格上与理查逊笔下的女性人物也很相似。她在小说最初的几封信件中讲述了自己几年前被贵族男士奥萨里老爷（Lord Ossory）突然抛弃的经历，随后小说转向奥萨里在书信中的自述，说明他是由于不慎与其他女性发生关系而不得不与之成婚。在他的恳求下，朱列特原谅了奥萨里，最终在友人的撮合下终于嫁给了这位"英国最可亲的贵族男士"[1]。与此相对应的是"重情男子"被命运解救的情节。"重情男子"是17世纪晚期以来英国虚构叙事文学中反复出现的典型人物形象，是克拉丽莎式女性人物的男性对应，体现了此时布道词和道德哲学中普遍称颂的

---

1 Marie Jeanne de Heurles Laboras de Mezières Riboccomi, *Letters from Juliet Lady Catesby*, 2nd edition, translated by Frances Brooke, London: printed for R. and J. Dodsley, 1740, p. 251.

"人性""善良天性"和"普遍仁慈"。[1] 从萨拉·菲尔丁的戴维·辛普(David Simple)、理查逊的格兰迪森爵士、菲尔丁的沃尔华西先生，到斯特恩的托庇叔叔，18 世纪中叶的英国小说承担起想象和规范人性的重要职责，深受读者喜爱。哥尔斯密的《威克菲尔德的牧师》(*Vicar of Wakefield*, 1766)也延续了这一传统，小说以一名清贫而充满家庭责任感的乡间牧师为叙事者，讲述了他因为受金融风波牵连而生活困顿，几个儿女接连遭受磨难的故事。小说以 18 世纪独有的善恶得报的喜剧性情节结尾，牧师的钱财物归原主，而设计劫持牧师女儿索菲亚的顽劣乡绅被一位乔装成穷人的桑恩黑尔爵士挫败。善恶之人各得其所的结尾削弱了感伤的力量，但与更典型的感伤小说同出一脉，都与 18 世纪对人性的信念相连。

不过，感伤小说也总是包含阴暗的一面，美德不一定得到报偿，痛苦的情感无法得到舒缓。上文提到的布鲁克不仅翻译了李克波尼夫人的作品，也有自己原创的书信体小说。她的《茱莉亚·曼德维尔夫人的历史》(*History of Lady Julia Mandeville*, 1763)就已经显示出感伤小说暗黑转向的征兆，小说人物和李克波尼夫人作品中的人物一样，反复强调自己的善感特质，但在小说结尾，两位相爱的主人公相继死去，茱莉亚和爱人哈利的共同朋友安妮沉浸在痛苦中，在灰暗的天色中步入一片树林，感到莫名的恐惧，在幻想中"看到一千个缥缈的魅影环绕着我"。[2] 爱尔兰女作家弗兰西斯·谢丽丹(Frances Sheridan)的《西德尼·比杜尔夫回忆录》(*Memoirs of Sidney Bidulph*, 1761)也是基调黑暗的感伤小说，作者化身为西德尼小姐日记的男性"编者"，用她自己的语言勾勒她爱上福克兰先生但无法与之顺利结合的悲情经

---

1 R. S. Crane, "Suggestions toward a Genealogy of the 'Man of Feeling'," *ELH*, 1. 3 (1934), p. 211.

2 有关这部小说中哥特元素的讨论，参见 Lorraine McMullen, "Frances Brooke's Early Fiction," *Canadian Literature*, 86 (1980), pp. 33 - 40。

历。这部作品题献给理查逊，也像前辈一样挑战“诗性正义”原则，拒绝善恶得报的圆满结局。[1] 在小说最后，女主人公又一次痛失爱侣，失去了所有对生的眷念，但西德尼没有像克拉丽莎那样获得所有人的赞许与同情，她经历的巨大痛苦只能引发读者的唏嘘，并不具有彰显和激发坚强道德观念的作用。十年后，身为律师的作者麦肯齐（Henry Mackenzie）在读了《项狄传》后深受启发，创作了小说《重情男子》（*Man of Feeling*，1771）。小说中的哈利是一个孤儿，父母留下的财产寥寥无几，要发迹只能依靠亲戚赠予遗产或租赁皇室拥有的土地，但他心地淳朴耿直，安贫乐道，从不趋炎附势。他面对乞丐、妓女、罪犯等不幸人士泪水涟涟，最后在失去心头所爱的悲戚中逝去。小说结尾弥漫的忧郁与《项狄传》中情感的负面性相通，成为同时代“重情男子”小说的阴暗对照。

可见，18 世纪晚期，英国感伤小说已经出现了内部分歧，对情感的社会功能展现出不同看法：一方面，真诚醇厚的情感赋予人物善良的底色，使其能克服自身道德缺憾，通向幸福的私人生活，并能抵御和修补权力与利益对公共生活的腐化。另一方面，人物的善感性固然可以体现美德，但已经无法对私人和公共生活产生正面影响。“诗性正义”的幻灭体现了启蒙时期情感观念的阴面，揭示出弥漫于 18 世纪这个乐观时代的悲观阴影。这种阴影也同样了催生了哥特小说。哥特小说初现于 1761 年，到 18 世纪晚期成为小说市场上的主力军，缔造了一个“时不时地被骇人的激情和暴力照亮”的黑暗幻境，将贯穿于 18 世纪的否定性情感推向高潮。[2] 哥特小说中的人物时常陷于惊恐、忧

---

1 John C. Traver, “Inconclusive Memoirs of Miss Sidney Bidulph: Problems of Poetic Justice, Closure and Gender,” *Eighteenth-century Fiction*, 20.1 (2007), pp. 35 - 60.

2 Coral Ann Howells, *Love, Mystery and Misery: Feeling in Gothic Fiction*, London: Bloomsbury, 2014, p. 5. 国内学者陈榕早年就曾经将哥特小说与现代欲望言说模式相连，参见陈榕：《哥特小说》，《外国文学》2012 年第 4 期，第 97—107 页。

郁和愤怒，时而成为恶的帮凶，时而面对恶意无计可施。这个体裁不仅体现了英国社会危机的情感后果与18世纪晚期通俗小说市场的发展，更是对18世纪这个“情感时代”的反讽。

不过，即便哥特小说明显地侵蚀启蒙乐观主义，它也体现了18世纪小说与整体文化思想中标志性的悬置状态。大多数哥特小说依托幻想世界釜底抽薪地解构启蒙主体，但这种幻想总是对现实的曲折映照，隐含着对否定性情感历史化起因的分析，也试图探索修复主体性的话语范式。

二、 哥特小说中的否定性情感：恐惧和哀伤的建构

作为一种情感实践，哥特小说不仅展现了惊恐，也参与制造了这种惊恐之情，使之成为弥漫于18世纪晚期英国文化的一种普遍情感。虽然“惊恐”是一个意义相对稳定的情感范畴，从19世纪的达尔文到汤姆金斯—埃克曼时代都被认为是一种“基本情感”，但仍然让人不解，仍然具有挑战认知、阻碍主体性构成的否定性，可以被称为“否定性情感”。18世纪晚期的美学深刻意识到崇高感与“畏惧”联系在一起，是对畏惧的克服，畏惧也因此成为启蒙主体观念的对立面和衬托。畏惧伴随着巨大的感官和想象的失败，但对置身事外的读者来说，令人畏惧之物却能印证理性的力量。[1] 哥特小说的旨趣恰好相反，小

1　康德和伯克都提出恐惧转变为愉快情感的基础在于置身事外。康德认为，“只要我们处身于安全之中，则它们的景象越是可畏惧，就将越是吸引人”。［德］康德：《康德三大批判合集（注释版）》下卷，李秋零译注，北京：中国人民大学出版社，2016年，第758页。伯克认为崇高是某种从属于自我保存的观念，因此“如果危险或者痛苦太过迫近我们，那它就不能给我们任何愉悦，而只是恐惧；但是如果保持一定的距离，再加上一些变化，它们或许就会令人愉悦，这正是我们日常生活所经历过的”。［英］埃德蒙·伯克：《关于我们崇高与美观念之根源的哲学探讨》，郭飞译，郑州：大象出版社，2010年，第36页。

说中的人物在面对切实存在的畏惧时无法脱身，小说的叙事声音也并不试图超越这种恐惧，且往往在结尾处转向悲怆与愤怒，使得读者无法简单地从对恶的征服中获得快感和对人类社会的信念。更有甚者，哥特小说中惊恐的缘由也是晦暗不明的，往往源于难以窥见的超自然力量，凝结了许多不同情感的投射，有时是自身罪恶的外化，有时是某种社会性制约力量的投射。正是因其与“恐惧”这种非常普遍的否定性情感的渊源，哥特小说生命力强盛，在19世纪初失宠之后以新的方式存活下来，化为写实小说中挥之不去的暗黑元素。维多利亚时期的大部分经典小说都包括哥特式场景的描写和情绪渲染，包括《简·爱》《呼啸山庄》《荒凉山庄》、乔治·艾略特几乎所有的作品、奴隶自传写作，以及罗曼司色彩非常浓厚的奇情小说和海外探险小说等，不胜枚举。

严格来说，“哥特小说”这个词是20世纪初固定下来的术语。[1]虽然沃波尔在《奥特朗托城堡》的书名之后就称自己的小说为“哥特小说（gothic novel）”，这个称呼在18世纪末期并不常见。我们今天称之为“哥特小说”的虚构作品具有鲜明的英国本土性，是18世纪晚期哥特风兴盛的表征之一。在18世纪英国，作为形容词的“哥特”（Gothic）起初并不指涉建筑或艺术风格，而是与英国政治制度起源的“强大神话”相连[2]。英国内战期间，培根在《统一英国政府的历史研究》（*An Historical Discourse on the Uniformity of Government in England*，1647—51）中提出，英国人的远祖撒克逊人的政治制度承袭

1　Markman Ellis, *The History of Gothic Fiction*, Edinburgh: Edinburgh University Press, 2005 (originally printed in 2000), p. 12.

2　Sean Silver, “The Politics of Gothic Historiography, 1660 - 1800,” in *The Gothic World*, edited by Glennis Byron and Dale Townshend, New York: Routledge, 2014, p. 3. 同时参见黄禄善：《境遇·范式·演进——英国哥特式小说研究》，上海：上海外语教育出版社，2012年，第37—52页；苏耕欣：《哥特小说：社会转型时期的矛盾文学》，北京：北京大学出版社，2010年，第4—5页。

自与他们一同入侵罗马帝国的哥特人，哥特民族的共和制度由此成为英国混合政体的先声。哥特人承担了为英国这个想象的共同体提供源头的功能，哥特起源神话是“现代不列颠民族国家”崛起的重要标志。[1] 至18世纪，哥特人的文化习俗成为英国古物研究的焦点问题，“哥特”一词进而与骑士制度和罗曼司传统联系在一起，具有了文学内涵。英国新教教士赫德（Richard Hurd）的《有关骑士文化与罗曼司的信札》（*Letters on Chivalry and Romance*，1762）一书指出，哥特人的政治制度使得自由领主之间纷争不断，从而催生了骑士制度及其精神和情感特质——正义、勇气和信仰等——在罗曼司中的呈现，赫德梳理了意大利、西班牙和英国等地的罗曼司传统，并说明它为何在18世纪“不可挽回地逝去”。[2]

哥特小说的出现晚于赫德对哥特文化和罗曼司传统的诠释，它重写了罗曼司的基本主题，也由此参与建构英国民族身份的文化工程。第一部哥特小说《奥特朗托城堡》（1763）讲述了中世纪领主曼弗雷德因祖上的不义行为受到诅咒的故事，作者沃波尔多次在小说中指涉骑士主持正义的传统。虽然小说叙事手法非常复杂，说明这种传统无以为继，但仍然包含与赫德复兴骑士传统努力的对话，小说情节的基本设定也强调了支撑这个传统的正义观。作者沃波尔的英国立场显而易见，明确提出反对法国文化霸权的立场。在1765年《奥特朗托城堡》第二版的序言中，沃波尔特意回复了小说出版以来受到的批评，他深知部分读者认为小说中的人物——尤其是仆人随从——往往显得过度惊恐，产生一种破坏小说恐怖氛围的喜剧感，作为回应，他援引莎士

---

1 Sean Silver, “The Politics of Gothic Historiography, 1660 - 1800,” in *The Gothic World*, edited by Glennis Byron and Dale Townshend, New York: Routledge, 2014, p. 6.

2 Richard Hurd, *Letters on Chivalry and Romance*, London: printed for Millar, 1762, p. 111.

比亚的戏剧中融合喜剧和悲剧元素的做法，并同时抨击伏尔泰对莎士比亚的指摘，认为伏尔泰的判断力“正在减弱”[1]。沃波尔的序言为自己创作的“新型罗曼司”做了一个辩护性定位，认为自己做的就是把莎士比亚戏剧中写实风格明显的人性刻画嫁接到被追溯至哥特人政治制度的中世纪罗曼司。这种评价应和了蒲柏将莎士比亚戏剧比作“古老尊贵的哥特建筑”的做法。[2] 由此观之，这种“新型罗曼司”，即哥特小说，是典型的英国文化产物。不过，它很快产生了泛欧洲的影响，1790年代，在德语中叶出现了“战栗小说”（*Shauer-roman*），以宗教恐怖为主要特色，这类作品反过来传播到英国，因此18世纪末英语中的哥特小说也常被冠以“德意志”（German）小说之名。[3]

不过，重返中世纪哥特人历史、重返罗曼司传统的努力与英国现代国家建构的旨趣之间也存在着张力，如果说构建英国现代性以重访其封建时期文化传统为基础，那么现代英国社会的身份也是不清晰的，能否在新的物质条件下展现出新的面貌并不确定。早期现代欧洲对哥特人与中世纪日耳曼人文化的认识与“野蛮”这个标签紧密相连。哥特小说并不回避这个标签，相反，它着力渲染这个特征。哥特小说不仅挪用了罗曼司的超自然元素和神秘惊悚的氛围，也刻意削弱和打破中世纪和早期现代罗曼司中常见的对于英雄主义情感的理想化书写。哥特小说与其所依托的哥特政治传统拉开距离，隐含批判视角，曲折

---

1 Horace Walpole, *The Castle of Otranto, A Gothic Story*, second edition, Strand: printed for William Bathoe, 1765, p. xi. 这篇序言在此章后面引用的中文版中没有译出。

2 转引自 Nicole Reynolds, “Gothic and the Architectural Imagination,” in *The Gothic World 1740 - 1840*, edited by Glennis Byron and Dale Townshend, New York: Routledge, 2014, p. 85。

3 詹姆斯·瓦特（James Watt）指出，德语罗曼司从1794年开始大量涌入英国，汇入从歌德译入英语以来掀起的德国文学热。James Watt, *Contesting the Gothic: Fiction, Genre and Cultural Conflict, 1764 - 1832*, Cambridge: Cambridge University Press, 1999, pp. 71 - 72.

地映照出财产继承制度、性别区隔与集体性狂热等制度性恶在英国和其他欧洲社会以新的方式出现，对“正义”“勇气”这些骑士精神在解决现代发展问题中的作用表示质疑，浓墨重彩地勾画出启蒙情感文化难以克服的阴面。也就是说，虽然“哥特小说”与18世纪英国的哥特情结息息相关，但也同时展现了英国现代国家建构中最为矛盾纠结的内核。

恐惧是哥特小说情感基调，是其叙事的总体风格，也是其中虚构人物情感经历的主要元素。一直到18世纪上半叶，哥特建筑风格都代表一种蒙昧的趣味，尖顶、滴水兽、飞扶壁等哥特建筑的关键元素都与古希腊古罗马建筑流畅的线条形成了对比。而在哥特风兴起的时候，哥特建筑也经常与“阴郁”（gloomth）这个审美特质关联，沃波尔就曾在《绘画史点滴》（*Anecdotes of Painting*，*1762*）里说过，哥特建筑的“阴郁和透视（gloom and perspective）充满了浪漫情怀的感觉（sensations of romantic devotion）”[1]。哥特建筑的阴郁与哥特小说对死亡和衰败的思考有诸多共振之处，这并不只是因为哥特建筑成为哥特小说的主要布景。哥特建筑的阴郁与哥特小说中的恐怖都具有两个面向，都说明神圣恐惧与世俗恐惧之间的共振和连接。

寄托于哥特建筑的阴郁与宗教恐惧——对超自然物的恐惧——有着内在关联，哥特小说中经常出现鬼魂、魔鬼或不显现自身的超自然力。18世纪小说中以超自然物来制造恐惧说明此时的英国民众并不完全觉得这是无稽之谈。有学者专门指出，18世纪晚期的英国民众仍然十分相信超自然物，并说明正是这种始终留存于民间的信仰推动了卫理会教派（Methodism）的兴起。18世纪的英国在宗教上处于相对开放的局面，国教获得了胜利，不过对天主教的迫害不多，新教和自然

---

1 Horace Walpole, *Anecdotes of Painting in England*, vol. 1, Strawberry-Hill: printed by Thomas Farmer, 1762, p. 107.

神论等异议人士虽然经常受到抵制和限制，但也具有合法地位。与此同时，民间对“神意”在日常生活中的作用仍然抱有信仰，对死亡的忧虑不仅催生了“墓园派诗歌”，也同样催生了对超自然力量的想象。1740—1770 年，约翰・卫斯理（John Wesley）掀起了一场类似宗教觉醒的运动，他打破新教拒绝神迹的倾向，宣扬神意可以作用于日常生活，展现出类似奇迹的现象，这种观点深受欢迎，说明 18 世纪中叶的英国信教教徒渴求基督和圣灵对现实生活的指引。新教徒拒绝天主教的圣母崇拜，但也以自己的方式表达了对在此岸获取救赎的渴望。[1] 到了 18 世纪下半叶，超自然的恶与超自然力量再次变得重要，与哥特式建筑结构相依附，对不可见力量的敬畏再次成为一种显性情感。

与此同时，哥特小说的暗黑品质还有一个更为世俗的面向。18 世纪的另一种惊异乃至恐怖的来源就是物质世界本身，这个时期大量涌现的古物、技术加持之物、异域之物，都折射在哥特小说的阴暗空间和恐怖之物中。18 世纪和 19 世纪初著名的女学者和女作家巴保尔德（Anna Laetitia Barbauld）将恐惧与新奇之物相连，她的《论源于恐怖之物的愉悦》（“On the Pleasure Derived from Objects of Terror”，1773）一文意在解释哥特小说制造的恐惧为何能吸引读者，作者一方面强调超自然现象的震慑力，一方面也将其与新奇之物并置，说明物本身就具有令人惊异的效果。她指出，这些物引发巨大的惊异，让人恐惧，但也因此天然会引发快感：

> 这就是新奇奇妙的物（new and wonderful objects）引发的惊

1　卫理公会在 1770 年之后变得更为保守，尽量向英国国教的宗教和政治立场靠拢，融入英国国教。18 世纪末，对超自然现象的信仰逐渐退潮，总体来说经历了一个心理主义转向，不过也并没有被完全消除，一直延续到 19 世纪，甚至可以说延续至今。参见 John Kent, Wesley and Wesleyans, *Religion in Eighteenth-Century Britain*, Cambridge: Cambridge University Press, 2004。

> 奇与激动能产生的愉悦。一种奇特而未被预期的事件唤醒头脑，让它保持紧绷的状态。当不可见之存在——“比我们强大，但看不见的形象”——这些力量出现，我们的想象力向前冲，狂喜地探索在我们面前展开的新世界，欣然于其力量的扩张。激情与幻想（fancy）互相合作，将灵魂提升到其最高音符；恐怖（terror）的痛苦便失落于惊诧（amazement）之中。[1]

作为例证，她举出斯摩莱特的《法瑟姆子爵费迪南历险记》（*The Adventures of Ferdinand，Count Fathom*，1753）中的一个场景，主人公在森林中孤立的房子里发现了一具尸体，这个场景与弥尔顿长诗《沉思者》中午夜森林中的暗影相似，都是超自然力得以呈现自身的媒介。这里的解释有两点值得关注。首先，对作者来说，哥特小说制造的恐惧体验不带有宗教和超自然色彩，可以说是对现实之物作用的放大和浓缩。其次，这篇文章对恐惧与愉悦辩证的论述与伯克、康德都不同，他们有关崇高审美的论述都强调当危险和痛苦发生在“一定的距离”之外便可能会产生愉悦的道理，[2] 但这篇文章认为神奇之物内含一种快感，鬼魅之物给人带来的不是感官失败或不安，更是探索未知的快感，这种快感会克服恐惧和自我的失焦，因此人们不需要置身事外，就能战胜恐惧的不快。巴保尔德和两位哲学家一样，都从神奇之物入手解释世俗生活中的崇高体验，但也提出了一种新的情感模式来解释恐惧向快乐转移的过程，取消了与恐怖源头保持一定距离的必要性。这篇文章对哥特小说恐怖机制的解释与康德、伯克一样，都是

1 John Aikin, M. D. and Anna Laetitia Barbauld, *Miscellaneous Pieces in Prose*, 3rd edition, London: Printed for J. Johnson in St. Paul's Church-Yard, 1792, p. 125.

2 ［英］埃德蒙·伯克：《关于我们崇高与美观念之根源的哲学探讨》，郭飞译，郑州：大象出版社，2010 年，第 36 页。参见陈榕：《恐怖及其观众：伯克崇高论中的情感、政治与伦理》，《外国文学》2020 年第 6 期，第 130—143 页。

18世纪物质文化发展的结果。从18世纪初开始，宗教经验就开始让位于世俗生活中物质环境所产生的情感刺激。早在伯克与康德之前，休谟就在《人类理解研究》中将世俗生活中的"经验"变成了类似的谜团，指出物的"可感"属性和其"秘密能力"之间的关联并没有理性而确凿的根基，自然遮蔽其"秘密"，因此人只能依靠经验和心理过程来重构这种关联。[1] 虽然休谟在《人类理解研究》和著名的《论迷信与狂热》一文中特别质疑对超自然"神迹"的迷信，认为迷信出于恐惧，诱使人依赖神职人员的精神操控，但它也同时使日常生活中的物具有了鲜明的不确定性和神秘性。[2] 这也就是为什么有批评人认为《鲁滨逊漂流记》中主人公面对荒岛上自然物和人为物油然而生的惊异之感与休谟的怀疑论哲学之间有着内在关联，这种惊异很轻易地滑向恐惧（比如鲁滨逊在看到野人的脚印时候的感受）。[3] 在18世纪，物质世界彼此作用的规律及其对人产生影响的机制变成了一种难以参透的"秘密"。繁复神秘的哥特建筑——以及在这些空间中出现的异物——都是这种思想在通俗文化中的延续，在与物质环境的互动中，感觉与想象共同作用，激发出了强大的惊恐，也从这种惊恐中获得了愉悦。

英国思想史中对令人恐惧之物的理解在宗教思想和世俗化理解之间穿梭跨越，这也就解释了哥特小说对超自然事物的双重态度。沃波

---

1 ［英］休谟：《人类理解研究》，关文运译，北京：商务印书馆，2011年，第36、37页。

2 同上书，第110—131页。休谟也曾说："迷信有利于僧侣权势的增长，而狂热（就是本文说的'宗教热忱'）甚至与真正的理性与哲学一样，不利于僧侣权势的增长。"［英］大卫·休谟：《论迷信与狂热》，收于《论道德与文学·休谟论说集卷二》，马万利、张正萍译，杭州：浙江大学出版社，2011年，第7页。

3 Sarah Tindal Kareen, "Rethinking the Real with Robinson Crusoe and David Hume," *Novel: A Forum on Fiction*, 47.3 (2014), pp. 339–362. 作者认为笛福与休谟都在与英国清教徒的天命观对话，不断试图在寻常事物中寻找"天命"是清教徒的做法，也是鲁滨逊的宿命，同样体现在休谟的"怀疑主义崇高"中（p. 341）。

尔以及受其影响的哥特小说沿用了有关超自然事物的宗教想象，显示了18世纪晚期英国国教内部重新燃起的神迹思想（如卫理公会的崛起所示），但同时又往往将故事场景设置于与天主教相连、与新教英国差距较大的意大利和西班牙等地，刻意与神迹思想保持一定距离，隐含以英国自由宪政传统为立足点的政治批判。正是因为恐怖者的属性不明，与超自然现象和阴郁幽闭环境对人的心理压迫都有密切关联，哥特小说也成为两者交汇之处。宗教敬畏与物质环境和社会生活产生的恐惧交汇，互为因果和影射，在哥特小说中显露无遗。进一步说，正是因为在18世纪，世俗化进程已经启动，物质中时隐时现的力量到底应该被归于神魔还是人自身的想象，处于一种不确定的状态，因此引发了普遍的恐惧。对于超自然力量的兴趣在英国和欧洲小说中源远流长，中世纪叙事中就有很多异教文化人物成为恶的源头（比如《奥赛罗》原型意大利语故事《摩尔人将领》（Un Capitano Moro，1565）中的主人公，乔叟笔下穆斯林王厄拉同的恶毒母后），魔鬼或撒旦的形象也时有出现，不过这些故事里的恶是一种可以坐实的罪恶，引发的是道德上的厌恶和谴责，而不是巨大的恐惧。18世纪不完全的世俗化反而使得弗洛伊德所说的“暗恐”现象先于该术语出现。[1]

以第一部哥特小说沃波尔的《奥特朗托城堡》（1764）为例，这里的恐惧有两个源头。首先，恶人恶行引发了许多恐慌，曼弗雷德亲王在儿子猝死之后执意与妻子离婚，以便迎娶尚未过门的儿媳，这一举动使其妻子陷入“惊吓与恐惧”。[2] 其次，在这些行为之外，小说情节中又有很多难以解释的超自然现象，暗示不可见的鬼魂或神意左右着

1　参见本书绪论中提到的卡瑟尔（Terry Castle）的著作《女性气温计：18世纪文化与“暗恐”的发明》（*Female Thermometer: Eighteeth-Century Culture and the Invention of the Uncanny*, 1987）。

2　［英］贺拉斯·瓦尔浦尔：《奥特朗托城堡》，伍厚恺译，成都：四川人民出版社，2005年，第9页。

人类个体的命运，使得恶人及其仆从都心下惶惶。《奥特朗托城堡》第一版是匿名出版的，其序言声称小说是基于在意大利发现的手稿，因此也顺理成章地借用天主教背景展示英国人同样相当热衷的超自然想象。对奥特朗托城堡内部空间的描写强烈渲染了恶之源头的不确定性，这个隐秘惊悚的建筑似乎附着了许多神秘的力量，又因其繁复幽深的物质结构而催生恐惧的想象。其中的一个段落如下，此时伊莎贝拉正在试图逃离奥特朗托城堡：

> 城堡的底层是空的，分隔成了许多组错综繁复的回廊；对于一个内心充满焦虑的人来说，要寻找到通往地下室的门不是件容易的事情。一片可怕的寂静笼罩着地面之下的整个区域，除了不时有一阵风吹起，摇撼着她所经过的门，而那些门上锈蚀的铰链则发出轧轧的声响，在那长长的黑暗的迷宫里回荡着。[1]

这里的物理空间"地下室"与"内心充满焦虑"的主观情感互相映衬，甚至可以说是互为隐喻。不过两者的关系不仅是隐喻，地下室也直接引发了焦虑和恐惧，只是伊莎贝拉难以确定此处是否有不可见神力，还是埋伏着亲王部下。这个段落中的恐惧很典型地说明18世纪英国哥特小说以物理空间为媒介，将世俗之恶与形而上之恶相互扭结的形式特征。《奥特朗托城堡》是沃波尔的消闲之作，但也使得时代风潮发生了转向，小说着重探寻英国文化和英国人情感世界幽暗的"地下室"，把对哥特文化的怀旧称颂转化为构建和传递否定性情感的媒介，可以说是一种名副其实的"情感实践"，开启了18世纪晚期弥漫的阴郁暗黑的文化氛围。

---

1 ［英］贺拉斯·瓦尔浦尔：《奥特朗托城堡》，伍厚恺译，成都：四川人民出版社，2005年，第11页。

《奥特朗托城堡》对于超自然恐怖的书写使得“恐惧”成为18世纪英国情感结构中的一个重要组成部分。18世纪中叶和晚期的感伤小说对社会性情感充分加以肯定，着重描写天然道德情感，也同样依赖对读者情感的信念，相信他们会因为美德受到玷污而悲恸，因心系虚构人物而手不释卷。但哥特小说着力于拆解道德情感，建构否定性情感——让主体无所适从的情感。也正是出于这个缘由，哥特小说的情感世界隐含着对启蒙时期理性主体观的冲击。威廉斯的“情感结构”观念指的是朦胧易变的个人情感模式的集合，即作为生活经验的流动性意识形态，哥特小说中极端情境下的极端情感似乎并不符合这个定义。[1] 然而，正如我们前面指出的那样，莫名而溢出理性的巨大情感——可以称之为情动——与情感有很多重合之处，两者不能人为分割。哥特小说中不可见的超自然界与经验世界中的恶互相渗透、互相映照，深刻地印证了一个时代性困境，即经验世界（物质世界以及物质性的社会生活）在脱离了其形而上的根基之后，成为一个不确定的谜团，也因此会从内部生发许多无序、紧张与恶，导致四处弥散的恐惧。哥特小说表征并推动了18世纪晚期英国日常情感结构从感伤到恐惧的深刻转变。

《奥特朗托城堡》中弥漫的形而上恐惧与社会政治境况制造的日常恐惧有着紧密的关联。沃波尔本人热衷于哥特风建筑和艺术，用十年工夫将自己位于伦敦郊外特威克汉姆的住所改建为哥特式宅邸，取名为“草莓山”，1762年向公众开放。沃波尔特别将哥特风格的建筑与“激情”联系在一起，他曾说，“要欣赏哥特风格，人们只需要情感”，设计哥特建筑的人们“动用了他们所有对于激情的认识”。[2] 沃波尔的

---

1 ［雷］雷蒙德·威廉斯：《马克思主义与文学》，王尔勃、周莉译，郑州：河南大学出版社，2008年，第136—143页。

2 Horace Walpole, *Anecdotes of Painting in England*, Vol. 1, London: printed by Thomas Farmer, 1762, pp. 107 - 108.

小说也是有关激情的探索。《奥特朗托城堡》源于1765年3月作者的一场梦，在梦中，他身处一座古堡，在巨大阶梯的上端栏杆上看到一只佩戴着盔甲的巨手。[1] 小说为这个恐怖场景铺陈了具体的缘由，将超自然力量的显现与历史中曾经发生的罪恶和僭越——奥特朗托城堡主人曼弗雷德亲王先辈杀害城堡的合法主人占据其财产的经历——相连，使超自然力量成为对既往之恶的追究。虚构的奥特朗托城堡中长长的走廊、地道和暗门使得所有人都感觉身处迷宫，随时可能被身后的力量捕获，城堡中的仆人们也因突然出现的巨大的肢体碎片而震惊，这似乎在告诉我们未被正视的历史性罪恶会产生近乎超自然的力量，将所有人都置于无法摆脱的恐惧之中。曼弗雷德本人并不那么可恶，"并非是那种以无故施虐为乐事的野蛮暴君"，但家族历史如哥特式建筑一样使他无所逃遁。[2] 他不仅成为恐惧的承受者，也因为想要摆脱鬼魂的惩罚保住名下财产制造了很多恐惧。小说流露的是对封建时代以降英国实行的限嗣继承制度的惊惧，保住家族财产的需求激发了偏执的暴力和欲望，使曼弗雷德和其祖辈一样异化为魔鬼，与萦绕着城堡的鬼魂无异。而他的受害者也并没有能脱离罪恶的控制，小说末尾，城堡合法主人的幽灵显现，城墙轰然倒塌，城堡的两位合法继承人虽然幸存，但已经无法摆脱往事的阴影，注定将在哥特式城堡的废墟中度过充满"忧郁"的余生。[3] 小说结尾的废墟将"恐惧"与18世纪晚期另一个具有重要地位的否定性情感——忧郁——相关联，凸显了哥特小说挥之不去的阴郁。

小说对于父权制和限嗣继承制度的批判与沃波尔本人的性别身份

---

1 Nicole Reynolds, "Gothic and the Architectural Imagination," in *The Gothic World 1740 - 1840*, edited by Glennis Byron and Dale Townshend, New York: Routledge, 2014, p. 90.

2 [英] 贺拉斯・瓦尔浦尔：《奥特朗托城堡》，伍厚恺译，成都：四川人民出版社，2005年，第18页。

3 同上书，第105页。

也有很多关联，沃波尔经常因为同性爱倾向被同时代的人诟病。沃波尔并不仅仅因为受到18世纪古史研究热潮的影响才对哥特建筑感兴趣，他也通过对哥特建筑的研究与同道进行情感交流并确立特殊的审美趣味。他在“草莓山”改建工程期间（1747—1777年）十分依赖男性好友的参谋，他们对哥特风的喜爱也是对一种特殊装饰风格的喜爱，尤其在意壁炉和小教堂之类的装饰性空间，将洛可可的繁复风格与哥特暗黑风格相结合。[1] 对沃波尔与他的男性哥特同道来说，建筑内部装饰成为一种对隐秘性别身份的表达，洛可可化的哥特风格张扬个人化审美趣味，与英国新教崇尚的质朴简约背道而驰，是沃波尔及其朋友们反世俗欲望的空间化呈现。在沃波尔同时代和19世纪初，有许多对哥特建筑趣味的诟病，将其与女性化趣味、“花花公子”（coxcomb）做派和“纨绔习气”（foppery）关联，这也正是为何桑塔格将“坎普风”（camp）——“夸饰和炫示”的艺术风格——追溯至“十七和十八世纪初”。[2] 沃波尔的宅邸和小说都是这个风格的杰出体现之一。1764年，在创作《奥特朗托城堡》的同时，沃波尔充满激情地为自己的男性密友——下议会议员康威（Henry Conway）辩护，导致政敌讥笑他过于感情用事，讥笑他属于“第三性别”。[3] 可以说，哥特建筑的繁复和装饰性不只是自由欲望的表达，也是对自由欲望的社会性压抑的征兆。

---

1 Matthew M. Reeve, “Gothic Architecture, Sexuality, and License at Horace Walpole’s Strawberry Hill,” *The Art Bulletin*, 95.3 (2013), pp. 411-439.

2 里弗（Matthew M. Reeve）指出18世纪中叶，1813年和1818年等时间节点上对哥特建筑趣味的批评。Matthew M. Reeve, “Gothic Architecture, Sexuality, and License at Horace Walpole’s Strawberry Hill,” *The Art Bulletin*, 95.3 (2013), pp. 411-414, 421-422。[美]苏珊·桑塔格：《关于“坎普”的札记》，收于《反对阐释》，程巍译，上海：上海译文出版社，2011年，第307页。

3 Nicole Reynolds, “Gothic and the Architectural Imagination,” in *The Gothic World 1740-1840*, edited by Glennis Byron and Dale Townshend, New York: Routledge, 2014, p. 91.

沃波尔“草莓山”的文学化身奥特朗托城堡就凸显了父权制下异性欲望的恐怖，也同时暗示着其中蕴藏的禁忌性欲望。[1] 小说以两位合法继承人的异性婚姻结尾，但西奥多与伊莎贝拉并不爱对方，两人的情感维系是对曼弗雷德被害的女儿玛蒂尔达的共同回忆。这里流露的对于异性婚姻的不适并非全无来由。两位合法继承人难以卸下的忧郁是恐惧的余波，父权制的历史性罪恶尚未被真正清算，恐惧和创伤仍然在延续，西奥多和伊莎贝拉没有能够建立情感连接的基础，只能依靠玛蒂尔达幽灵的中介作用营造异性婚姻的表象。

当然，不是所有读者都认为这部小说有效地渲染了恐怖氛围，的确一直有评论人认为小说虽然刻画恐惧，但由于小说中人物的肢体过于夸张又似乎在冲淡恐怖的氛围。在部分18世纪的读者看来，作品传递的只是一种讽刺和讥诮，克拉拉·里弗就在自己的哥特小说《一位老英国子爵》（*An Old English Baron*）的序言中，认为《奥特朗托城堡》对恐怖场景的描写过于落在实处，反而“引人发笑”。[2] 从这个角度来看，我们或许也可以认为小说是一部政治寓言。1763—1764年，激进的大臣威尔克斯（John Wilkes）在《北不列颠人》1763年4月23日第45期上发表反对英法和平条约的评论，国务大臣宣称这种行为涉嫌“叛国”，下达了一道总拘捕令，授意将印刷商、出版社、作者一并拘捕。从1762年到1764年，沃波尔对总拘捕令的合法性不断加以质疑，维护威尔克斯的自由。上面提到的议员康威也正是因为在这场风波中持反对政府立场而被剥夺了原有职位，沃波尔对康威的支持不仅表达了一种基于男性爱的情感同盟，也与其政治立场紧密相关。按照

1 沃波尔将自己称为“奥特朗托的主人”，也将约翰·卡特（John Carter）给《奥特朗托城堡》作的插画挂在自己的别墅中。Matthew M. Reeve，“Gothic Architecture, Sexuality, and License at Horace Walpole's Strawberry Hill,” *The Art Bulletin*, 95.3 (2013), p. 419.

2 Clara Reeve, *The Old English Baron, A Gothic Story*, London: printed for Edward and Charles Dilly, 1778, Preface, p. vii.

这个背景来看，我们也可以将小说的恐惧理性化，认为沃波尔借曼弗雷德经历也同时施加于他人的恐惧不仅是在渲染一种普遍被罪恶裹挟的无奈，也是在以中世纪家族政治为噱头表达对当代政治的不满。不过，当我们放大哥特小说对现实世界的指涉，使其成为一种影射，就很可能忽略其中弥漫的模糊性和多义性，这对哥特小说也是不公平的。

沃波尔向我们说明，哥特风爱好人士的情感世界和审美趣味是这股风潮的重要推动力，重返英国中古史和哥特式城堡是沃波尔思考情感问题的通道，是清理在同时代政治和社会生活中产生的负情感的方式，也因此将自身的情感与整个文化的情感结构相连接。《奥特朗托城堡》中的恐惧可以生发出多种阐释，正说明了恐惧的来源非常复杂，即便是恐惧这样的"基本情感"也不具有直观性，与"忧郁"一样，是形成和作用机制相当不明朗的情感，也无法用观念和意志加以控制。恐惧书写一方面通过表情和肢体动作描写直观地展现恐惧，一方面也通过空间和物象描写暗示恐惧成因的复杂维度，对恐惧做出重构，使其成为对社会现实的揭示和批评。《奥特朗托城堡》就这样开启了长长的哥特小说传统，与19世纪产生的以黑奴境遇和庄园主为背景的哥特小说一样，说明极端恐惧和日常之间不断发生着转化。

《奥特朗托城堡》开启的哥特式恐怖叙事在路易斯（Matthew Gregory Lewis）的《修道士》（1796）中达到顶峰。[1] 路易斯和沃波尔

---

1 《修道士》中出现的恐惧书写与《奥特朗托城堡》有一个重要差别，那就是更直接地描写出恐惧的现象，包括魔鬼现身和集体暴力行为，不论是小说中的虚构人物还是读者，都被实实在在的不适感缠绕。多年之后，女作家拉德克里夫（Ann Radcliffe）在《论诗歌中的超自然现象》（"On the Supernatural in Poetry"，1826）中区分了terror和horror两种恐惧，terror是恢宏与隐晦的结合，因触发想象而与崇高相连，有扩展灵魂的作用，而horror则因为过于确定而有相反的效果。拉德克里夫对路易斯哥特小说的放纵风格有强烈的抵触，在terror和horror的区分上也必有所指。在中文里区分terror和horror是不容易的，我们这里还是基本使用"恐惧"一词，当说到引发恐惧的特质时，也会切换至"恐怖"一词。有关这一点，感谢我的学生郭然的博士论文《全球贸易语境下18世纪英国小说中的异域物品与国家身份问题》的启发。

一样，都是激进辉格党忠实的拥趸，两人出于不同原因受时代诟病，路易斯在18世纪末对法国大革命和道德风尚的认同引发了诸多争议，甚而使得《修道士》成为官方图书审查的取缔对象。不过，因为作者同意出一个新的删节版，并收回之前出版的书籍，针对这部小说的法律程序被中止。[1] 更重要的是，两部小说都试图跨越和捏合日常恐惧和神圣恐惧。与《奥特朗托城堡》一样，《修道士》也影射18世纪末期的性别政治问题，小说中的男主人公安布罗斯被化身为女性的魔鬼引诱，最终与魔鬼达成协议而万劫不复。不过，后者以一种更激烈的方式对传统性秩序发出挑战，赤裸裸地张扬从法国传入的“浪荡子”(libertine) 价值观，充分展现性欲和各种激情的力量。[2] 在世俗关切之外，《修道士》也有着清晰的宗教指涉。正如《奥特朗托城堡》将情节置于十字军东征时期的意大利，《修道士》小说特意将故事背景置于宗教裁判所时期的西班牙，用天主教氛围顺理成章地引出恶魔，制造恐怖氛围，一方面利用天主教文化渲染恐惧氛围，一方面又与之拉开距离，对禁欲的教义提出批判。

《修道士》的一条主线描写了修士安布罗斯的堕落。安布罗斯在修院内受到女扮男装的马蒂尔德的诱惑，向情欲屈服，因此受到宗教裁判所处罚，为了求生，他将灵魂出卖给魔鬼，但最后魔鬼将他带出牢狱后又将其扔到岩石上，致其在愤懑中死亡。文学理论家彼得·布鲁克斯（Peter Brooks）曾分析小说中出现的魔鬼，认为在18世纪启蒙时期行至末路之时神圣观念重新抬头，并且采用了“最为原始的表现方式”，即“禁忌和戒律”的方式激发强大的惊恐之感。[3] 后世批评人提出了一个与此相关但更为融通和全面的观点：哥特小说是在一个工

---

1 Markman Ellis, *The History of Gothic Fiction*, Edinburgh: Edinburgh University Press, 2000, p. 112. 有关“浪荡子”在法国语境中的含义，参见本书第五章。

2 Ibid., p. 90.

3 Peter Brooks, “Virtue and Terror: The Monk,” *ELH*, 40.2 (1973), p. 249.

业资本主义诞生时期对中世纪宗教共同体表示向往，哥特小说中大量使用钟表时间，以分钟计时，但同时又对中世纪教区生活非常重要的由教堂钟声宣布的具体时刻情有独钟，表明了“神圣时间与世俗时间”的冲突，同时也显示了两者的融合。[1] 世俗与神圣的交织是非常重要的视角，它提示我们，小说糅合了超自然传奇叙事和写实叙事的特点，也使两种情感模式——日常恐惧与极端恐惧——得以融合。

《修道士》的时代背景为早期现代的西班牙，天主教氛围更为浓烈，超现实元素无疑更为落在实处，引发小说中人物恐惧的不是在《奥特朗托城堡》中多次出现的没有确定身份的鬼魂，而是确确实实的魔鬼撒旦，马蒂尔德正是撒旦的女性助手。安布罗斯最后在宗教法庭上接受酷刑，在晚间感到了无法抑制的恐惧，不断梦见魔鬼将他扔进各种熔炉，而被他害死的女性安东尼娅及其母亲的鬼魂也在对他大声斥责。[2] 与魔鬼同行的是各类民间传说中经常出现的鬼魂：雷蒙德侯爵想要带塞利公爵的侄女阿格尼斯私奔，约好把她打扮成传说中的幽灵“血腥修女”（bleeding nun）的样子，但没想到“血腥修女”真的出现，破坏了这个计划，也使公爵的“恐惧之情难以言表”；安东尼娅在母亲死后独自一人待在母亲住过的房间里，外面风雨交加，不知是幻觉还是真有其事，她母亲的鬼魂出现在其面前，使其“失魂落魄”地倒在地上[3]。虽然小说理性地分析了安布罗斯的心路历程，指出他的恐惧是在修道院成长的后果，但这种理性分析并没有消除小说的恐怖效应。[4] 与《奥特朗托城堡》一样，《修道士》狡黠地在借用天主教文化和对之提出批判之间摇摆。

---

1 Jesse Molesworth, “Gothic Time, Sacred Time,” *Modern Language Quarterly*, 75. 1（2014）, p. 44.

2 ［英］马修・格雷戈里・刘易斯：《修道士》，李伟昉译，上海：上海译文出版社，2011 年，第 371 页。

3 同上书，第 139、284 页。

4 同上书，第 211 页。

与此同时，虽然《修道士》中充满神圣恐怖，但它也仍然是在指涉人们现实经验中的物，尤其说明了女性身体内含的不稳定性和恐怖特征。小说中将女性与撒旦关联的叙事手法由来有自，在法国18世纪保皇派作家卡佐特（Jacques Cazotte）的故事《恋爱中的魔鬼》（Le Diable amoureux，1772）中，比昂黛塔（Biondetta）在引诱了一位年轻人后声称自己就是撒旦，这个故事承接基督教—犹太文化将夏娃和莉莉丝与魔鬼关联的厌女传统，开启了法语中“幻想故事”（le conte fantastique）的传统。《恋爱中的恶魔》于1793年首度译成英语，对浪漫主义诗人颇有影响，路易斯对此也应该有所了解。[1]《修道士》中的恐惧不仅与建筑（如修道院地窖）联系在一起，也与女性身体联系在一起，强调女性身体性能的不稳定性和破坏性。小说末尾魔鬼表示，他之所以指使手下精灵化身马蒂尔德去诱惑安布罗斯，是因为发现了安布罗斯对圣母像的“盲目崇拜”；[2] 而安布罗斯也的确因为觉得马蒂尔德的容貌酷似肖像而沉迷，“简直不敢相信，他面前的这个人，到底是来自人间，抑或来自神赐”。[3] 罪恶以神圣的面貌出现，且往往是以女性面貌出现，安布罗斯对魔鬼的恐惧折射的是他对女性身体不确定意义的恐惧。小说延续了《恋爱中的魔鬼》和诸多法国“浪荡子小说”中对欲望和身体重要性的肯定，但与之相较，也使欲望的表达呈现出更为可怕的后果。与《哲学家特丽莎》《克莱夫公主》这些小说主张女性接受性教育的故事不同，《修道士》使得女性欲望与恐惧紧密铰接在一起。这部小说是英国本土哥特小说传统对法国“浪荡子”小说传统的回应，体现了一种基于对身体和情感认知的保守态度。

---

1 Per Faxneld, *Satanic Feminism: Lucifer as the Liberator of Woman in Nineteenth-Century Culture*, Oxford: Oxford University Press, 2017, pp. 143–196.

2 ［英］马修・格雷戈里・刘易斯：《修道士》，李伟昉译，上海：上海译文出版社，2011年，第382页。

3 同上书，第71页。

小说的恐惧书写指涉的另一个现实维度是在法国大革命中显现的民众身体中蕴含的毁灭性能量。虽然路易斯对法国大革命表示支持，但主要是为了借此支持国内的激进辉格党立场，对革命本身有诸多保留。小说最令人恐惧的场景中有一个与魔鬼或鬼魂全然无关，展示的是差点害死阿格尼斯的女修道院院长在群众暴乱中被群殴致死。这里出现的与反宗教躁动相连的集体暴力明显是对法国大革命中反僧侣运动的影射，暗含对大革命后出现的暴政的否定。这部分使用的是没有情感色彩的动作描写，虽然没有出现恶魔，但呈现了18世纪小说中罕见的残忍与恐怖的场景，暴徒反复殴打女修道院院长，“一直到她变成了一堆肉，难看，变形，恶心”，使围观者“无比惊愕”。[1]《修道士》的这种政治立场与葛德温的小说《凯勒布·威廉斯》（可以认为是政治批判比较明显的哥特小说）有异曲同工之妙，后者也体现了对法国革命有保留的接受，一方面赞同革命的政治倾向，着力刻画高压政治带来的恐惧，另一方面也批评法国革命导致的社会涣散。

哥特小说中的激情——尤其是巨大的惊恐——脱离了18世纪写实性小说中用婚姻或道德平衡和约束负面情感的做法，凸显了惊恐的否定性，即其冲击和取消现代主体性的作用。这说明，18世纪进程中的“写实”小说和罗曼司之争不只是两种题材的争夺——中产阶级的日常生活抑或贵族和封建领主的领地——更是两种情感观念和主体观的冲突。指涉日常生活的“写实”小说的兴起说明虚构叙事主动承担起了建构现代主体和主权思想的重任，试图论证人的内在道德禀赋与社会理性可以制服贯穿罗曼司的巨大激情和想象。但写实小说的世界也是一种建构，并不在知识论和道德观念上具有绝对权威，18世纪晚期新兴的写实小说从未摆脱罗曼司情感观念的渗透，且很快就受到来自感

1 ［英］马修·格雷戈里·刘易斯：《修道士》，李伟昉译，上海：上海译文出版社，2011年，第315页。

伤小说和哥特小说的否定。也就是说，不论是写实小说、罗曼司还是一种混合叙事文体，都不是单纯地“描摹”情感。情感书写是重要的文化实践，始终包含阐释和构建，但也始终能触及“真实”，是语言与身体经验互相博弈、互相融合的动态过程。哥特小说不是复古叙事，它与写实性小说一样是现代人情感经验和情感秩序的集中体现，它时刻提醒人们情感世界的深度不可限量，也以自己的激情书写为现代读者提供集体免疫和情感调节。

我们提到的这两位作家尤其注重描写男性情感危机，背离了以书写重情男子和富有美德的女性为主的感伤主义小说。不过，这两种体裁在 18 世纪末也不断发生融合，催生了各式各样的变体，很难截然区分。

三、 恐惧与感伤的融合：奴隶叙事

如果我们将同情（感伤）和恐惧视为两种对立的情感，那么感伤使人触摸到“内心”的善意和道德感，建构起现代主体性，恐惧体现了物质世界和社会生活的含混与危险，与宗教体验和民间“迷信”中的超自然现象一样，会使人精神涣散乃至昏厥，丧失主体性。上节分析也是对这种思路的铺陈和阐释。不过，18 世纪晚期英国小说呈现和调动的情感十分复杂，不能一言以蔽之，往往糅合同情与恐惧，以期达到震惊读者和实现道德教育的双重效果。同情和恐惧本身就是原因不明的情感，相互交织后变得尤为复杂。这种杂糅一方面可以规避图书审查和道德审判，一方面也可以达到对读者情感最大限度的激发和形塑。到 18 世纪末，同情（感伤）与恐惧都与小说市场的扩大相关，也都因此成为在文化中占据更显性地位的集体性情感，同时显现出鲜明的社会批判作用。

感伤与恐惧何以构成有用的情感经验——能带来快感和道德收

益——当然是亚里士多德《诗学》中有关悲剧的情感效应提出的古老问题，18 世纪不断用自己的方式重新提出并回应这个问题，启蒙思想家也时而会提到亚里士多德，但已不将其视为解释小说对读者作用的主要理论资源。休谟讨论悲剧产生快感的根源，认为悲剧——主要指戏剧、悲剧、演说体裁中的悲剧——必须要融入其他情感以"减轻"其悲情，但他没有提到"宣泄"或"净化"（catharsis）；[1] 而伏尔泰评论高乃依的悲剧观时甚至对亚氏"净化"理论（伏尔泰用的是 purgation 一词）表示不屑。[2] 18 世纪偏离古典话语，缔造了全新的阅读政治和情感政治，这个过程不仅在哲学和小说评论中出现，更隐含在小说创作实践中。奴隶叙事与各色女性小说都充分体现了小说实践的理论构建作用。以下分两部分——奴隶悲剧叙事和女性情感教育——来谈感伤与恐怖的杂糅，进一步深化我们对 18 世纪末小说情感政治的理解。

奴隶受难场景是感伤小说中的常见母题，深刻地考察感伤和同情的复杂维度。英国废奴运动约始于 1787 年左右，1807 年英国国内废除奴隶制，1837 年英帝国全境废除奴隶制。废奴运动的许多政论文与小说都使用感伤主义的程式，极度渲染奴隶的悲惨境地和纯良心性，并且在叙事中安排见证人，由此思考同情的意义与价值。有些奴隶经历叙事的立场更为保守，虽然对奴隶制残酷的一面提出批评，但并不主张废奴，而是注重刻画对奴隶心生同情但只想改良奴隶制的理想化奴隶主，这些作品也借鉴感伤小说的情感机制，从 18 世纪中叶出现的感伤潮中受到启发。斯特恩的《项狄传》具有重要的开创性。在小说第九卷第六章中，托庇叔叔与下士特灵在一个小店里看到一个不愿意拍

---

1 ［英］大卫·休谟：《论道德与文学·休谟论说集卷二》，马万利、张正萍译，杭州：浙江大学出版社，2011 年，第 86 页。

2 Voltaire, "Trois Discours de P. Corneille," in *Oeuvres de P. Corneille*, Tome Dixième. Paris: Chez Janet et Cotelle, Libraires, 1822, p. 13.

苍蝇的黑人女孩的故事，可以认为是赞扬受难者道德品性的寓言。后来在《多情客游记》第二卷中，他又描写了在法国看到一只被囚禁的英国鸟儿的悲惨故事，并慨叹“奴隶制”是“一杯苦酒”。[1] 这两段话都成为反蓄奴感伤小说的渊薮，比如一部匿名小说《布兰菲尔德先生的回忆与观点》（*Memoirs and Opinions of Mr Blenfield*, 1790）。[2] 呈现奴隶经验的感伤模式也出现在其他体裁中，比如苏珊娜·罗森（Susanna Rowson）的戏剧《阿尔及尔的奴隶》（*Slaves in Algiers*, 1794）、诗人托马斯·戴（Thomas Day）的以奴隶口吻写的书信体诗《濒死的奴隶：一份诗体书简》（*The Dying Negro: A Poetical Epistle*, 1773），以及威廉·库珀（William Cowper）的《黑人的怨诉》（The Negro's Complaint，1788）等诗篇。

这些作品对奴隶苦难的书写也同时想象了见证苦难的情感后果，在《项狄传》有关黑人女孩的段落中，托庇叔叔的仆人下士特灵一方面表示那个孤零零女孩的故事会“融化即便是石头做的心”，同时又在与叔叔托庇的对话中愤然拍案，意欲对黑人女孩拔刀相助，声称“战争的机缘已经将鞭子放在我们手中”。[3] 这种幻想中的奋勇之情使特灵意气风发，说明对苦难的见证往往会带来一种审美快感。当人们读一个充满磨难的故事并流下同情的泪水，这番热泪确认了读者自身的感性和人性，同情——对他人痛苦情感的重现和承担——也由此产生了吸引力和满足感。伯尼曾说过，“不加约束的善感性”（wayward sensibility）固然能打动冷漠的心灵，但也可能使人“遗忘所有人类，

---

1 ［英］劳伦斯·斯特恩：《多情客游记》，石永礼译，上海：上海译文出版社，2012年，第128页。

2 Brycchan Carrey, "Slavery in the Novel of Sentiment," in Albert J. Rivero, ed., *The Sentimental Novel in the Eighteenth Century*, Cambridge: Cambridge University Press, 2019, pp. 149-150.

3 ［英］劳伦斯·斯特恩：《项狄传》，蒲隆译，上海：上海译文出版社，2018年，第552页。

耽于凝视自己幻想的脉动”。[1] 伯尼有关女性阅读情感效应的警示与18世纪初法国人杜博神父已经提出的批评一脉相承。[2]《多情客游记》更明显地批判同情的自利性。遇见笼中鸟的时候，叙事者深受触动，转而想到自身处境，便向“自由女神”祈求，尤其祈求其赐予健康。在随后的一章《囚徒》中，作者描写了自己想象被囚禁的痛苦的经历，在脑海中构筑了一个囚徒的肖像，最终感叹“我看到那铁链已深入他的灵魂”。[3] 斯特恩似乎在说，奴隶制所带来的创伤可以在想象中被唤起，想象他人悲伤以个人自身的痛苦和悲伤为基础，并与之相连。随后发生的事更富有寓意，作者带着鸟儿去往凡尔赛，并在回国后将它转送给A爵爷，此后这只鸟儿经过多次转手，不知所终，与奴隶遭际相似，作者也因此暗示自己也难以完全跳脱于奴隶制的罪恶之外。18世纪感伤小说充分揭示了这种同情模式在政治上的保守意义，与快乐混合的悲伤成为对读者的奖赏，使他们对自己的美德和正义感到欣慰，并进而对人类的美德与正义深信不疑。

与此同时，奴隶叙事在激发读者同情体恤之情的时候也借用了哥特小说的形式，对种植园中的血腥暴力加以描写，大量制造了令人恐惧的效果。不过，这种恐怖书写并不独立于感伤叙事模式，而恰恰与感伤融为一体，令读者的震惊憎恶被冲淡，也凸显了呼唤人道的旨趣。这种情况在18世纪末的奴隶制叙事中可以清晰地见到，其中比较典型的是苏格兰人斯泰德曼（John Gabriel Stedman）在苏里南的见闻录。这部作品虽然不是小说，但纯熟地将记录风土人情的自然史手法与小说技法相融合，并用穿插诗歌片段等手法增强文学性。斯泰德曼加入

---

1 转引自 G. J. Barker Benfield, *The Culture of Sensibility in Eighteenth-Century Britain*, Chicago: University of Chicago Press, 1992, p. 312。

2 有关杜博对于同情的自利性的论述，参见本书第二章。

3 ［英］劳伦斯·斯特恩：《多情客游记》，石永礼译，上海：上海译文出版社，2012年，第132页。

了一个志愿者军团，1771—1775 年以名誉上校（Captain by bervet）的军衔在荷属圭亚那参与平息当地的奴隶起义，随后在 1796 年出版了《五年远征叙述》（*Narrative*，*of A Five Years' Expedition*）。这部著作影响比较大，很快再版，迄今一共再版 26 次，最近一次再版是 2018 年。作者在《五年远征叙述》中描写了许多刻画奴隶遭受毒打和迫害的“恐怖场景”，与我们在《修道士》中看到的集体暴力场景相似。[1] 当他所在军团登上岸边的时候，他们在岸上游玩的兴味被一幕阴森的场景扑灭：“是一个女奴，唯一蔽体的是围绕着她腰部的布条，这根布条与她的皮肤一样，被一根鞭子划开了好几个口子。”[2] 这个段落开启了一系列更为残忍恐怖的段落，一位老黑人在遭受鞭刑的过程中抽出一把刀试图袭击行刑者，未果之后刺伤了自己，随后又因此事遭受进一步的酷刑：“被罚绑在蒸馏朗姆酒的火炉边上，整日整夜地困在酷热中，浑身铺满水泡，直到他体力不支或年迈而亡，当然后面这种可能几乎不存在。”[3] 不过，这类段落总是滑向感伤模式，导向同情奴隶境遇的道德原则，而不是我们在《奥特朗托城堡》和《修道士》中见到的忧郁和愤怒。在目睹黑人惨状的时候，旁观者经常显示出“巨大的同情”。[4]

不过，虽然这部著作意在用混杂的哥特和感伤叙事模式使读者对暴力产生憎恶，但并不简单地支持废奴，相反，它只是想要说明善待奴隶的重要性，展示奴隶的情感世界。叙述经常强调奴隶主并不都是凶恶的：“假如我不证实种植园奴隶也经常被用最为人道的方式对待……那也是不公平的。”[5] 斯泰德曼甚至表示，鉴于荷兰的奴隶主对

---

1 John Gabriel Stedman, *Narrative, of a Five Years' Expedition; Against the Revolted Negroes of Surinam: In Guiana, on the Wild Coast of South America; from the Year 1772, to 1777*, 2 volumes, London: printed for J. Johnson, 1796, vol. 1, p. 86.

2 Ibid., vol. 1, p. 15.

3 Ibid., vol. 1, p. 96.

4 Ibid., vol. 1, p. 73.

5 Ibid., vol. 1, p. 57.

待奴隶的凶残，如果在英国实行废奴，可能会使英国种植园主的奴隶流入荷兰人的掌控之中，因此提出了以下对策：

> 那就让这些人（种植园主）实行公正的规定，让黑人奴隶在24小时里劳作的时间长度和劳动强度更加合理：同时也要设立保护性法律，使他们得以不再被掠夺、折磨和随意杀害，也不会被夺走至亲至爱之人，即妻子和儿女。要设立保证他们能有充分滋养的规定，他们生病或不适的时候可以有人看护；最重要的是，让公平的正义能够被践行；他们被冒犯或被剥夺财富的时候，请给他们申诉的机会；允许他们抗议，让他们能提供受到痛苦压迫的证据。进一步说，允许他们拥有我们自己如此看重的东西：独立法官，公正的陪审团，不，这其中也要包括他们自己暗色的同胞。换言之，如果想要让他们如人一样行动，就先允许他们成为人。（Thus，would you have them work and act like *men*，first suffer them to be *such*.）[1]

这些语句用客观陈述的语句为奴隶主辩护，但处处指涉白人读者的情感模式，引导读者设身处地想象奴隶的处境，与感伤叙事模式相通。《五年远征叙述》也同时使用明显的感伤笔触描写作者对自己与女黑奴乔安娜的爱情关系，作者以自己与女黑奴的情感勾连使两者得到某种有限的平等，但并不试图突破这种限制。乔安娜是作者在苏里南遇见的一个混血黑人女子，遇见时她年方十五，是一位白人男子与一位女奴生育的五个子女中最年长的一个。作者用史诗笔触（正如菲尔丁在《汤姆·琼斯》中对苏菲亚的描写）表达她的美丽，但用感伤的

---

1 John Gabriel Stedman, *Narrative, of a Five Years' Expedition; Against the Revolted Negroes of Surinam: In Guiana, on the Wild Coast of South America; from the Year 1772, to 1777*, 2 volumes, London: printed for J. Johnson, 1796, vol. 2, p. 362.

手法描写她的身世和境遇。她的父亲曾想赎回她的自由，但遭到奴隶主拒绝，父亲也因此“在忧郁中逝去”。[1] 这也预示了作者与乔安娜故事的悲伤结局。乔安娜拒绝了作者使她获得自由的建议，因为她不想在作者回欧洲后被留在苏里南，但假如跟随作者回到欧洲，也同样找不到容身之处。作者向乔安娜的荷兰主人写信，表示为她赎买自由的愿望，但又苦于军官的薪酬微薄，筹不到 2 000 枚弗洛林（florin，荷兰货币，2 000 枚弗洛林在 18 世纪相当于 9.67 克银子）的巨款。当好心的戈德弗洛伊夫人（Mrs Godefroy）提出借钱的时候，乔安娜又一次展现了美德，拒绝平白受惠于人。与此同时，作者对乔安娜和儿子也有着真挚情感，向殖民地其他的白人充分展示了“具有男子气概的善感性”（manly sensibility）。[2] 已经有批评人指出，《五年远征叙述》最后公开出版的版本揭示了作者在隐秘情感与规训隐秘情感之间的游移，1796 年出版的《五年远征叙述》基于作者 1790 年的手稿，而后者是对自己 1773—1776 年在苏里南日记的重写。手稿与日记虽然大部分细节一致，但明显地将自己与乔安娜的情感向现代爱情和伴侣式家庭的模式靠拢，强调自己有心让乔安娜成为欧洲法律和基督教意义上的妻子。1796 年出版的版本又对手稿的不雅之处进行删减，弱化了其中对女奴的色情化描写。[3] 这些感伤段落充分展现了奴隶的人性，也同时以作者（和其在叙事中的面貌）为中介，激发白人读者的恻隐之心。《五年远征叙述》接近尾声的时候，作者向州长求情，请求其帮助自己

---

1 John Gabriel Stedman, *Narrative, of a Five Years' Expedition; Against the Revolted Negroes of Surinam: In Guiana, on the Wild Coast of South America; from the Year 1772, to 1777*, 2 volumes, London: printed for J. Johnson, 1796, vol. 1, p. 88.

2 Ibid., vol. 2, p. 82.

3 参见 John Gabriel Stedman, *Narrative, of a Five Years' Expedition; Against the Revolted Negroes of Surinam*, transcribed for the first time from the Original 1790 Manuscript, edited by Richard Price and Sally Price, Baltimore and London: Johns Hopkins University Press, 1988, “Introduction”.

与乔安娜生下的儿子强尼争取自由，即便如此，法院仍然没有准许作者的这番请求。最终乔安娜和儿子只能留在苏里南，他们与作者分离的场景涕泪滂沱，乔安娜泣不成声，作者备受感动，还将乔安娜比作斯特恩《多情客游记》中的玛利亚，致敬感伤模式，沿用斯特恩开创的姿态描写手法以期引发读者的情感：

> ——在那一刻——天呢！我如何描写自己的感情啊！——乔安娜的母亲将婴儿从她手中抱走，可敬的戈德弗洛伊夫人撑住她的人——她的兄弟姐妹们围在我身边，哭泣着大声呼喊天宇祝我安全——而不幸的乔安娜（此时她还不到19岁）注视着我，抓着我的手，眼中的神色比斯特恩的玛利亚要消沉一万倍……[1]

与此同时，作者还时常使用另一种冲淡哥特元素的手法，那就是对苏里南植被物种和自然、人文景观客观而轻快的描摹。在向苏里南航行的路途中，作者就介绍了鹦鹉和螺等生物。甫一上岸，作者与其他志愿兵发现了一番天堂般的风景：

> 我们的船员顿时情绪高涨，看到自己周围环绕着最宜人的葱茏植被，河上生机勃勃，有许多船只和驳船为了一睹我们的样子一遍遍开过我们身边，一群群赤裸的男孩女孩放荡恣肆地在水中玩耍嬉戏，就像男性和女性的美人鱼。[2]

除此之外，作者行文中所有的感伤和恐怖事件都会被打断，穿插对苏

1　John Gabriel Stedman, *Narrative, of a Five Years' Expedition; Against the Revolted Negroes of Surinam: In Guiana, on the Wild Coast of South America; from the Year 1772, to 1777*, 2 volumes, London: printed for J. Johnson, 1796, vol. 2, p. 379.

2　Ibid., vol. 1, p. 14.

里南动植物景观的描述，时而客观，时而动人，与较为阴森恐怖的种植园景象交织成一种"如画"的风格。所谓"如画"（picturesque）的审美风格，在英国艺术家吉尔平（William Gilpin）的原初定义中，主要是指崇高与秀美景物的交织，他认为这两种审美范畴不可能单独出现，"因此，当我们称一个物体崇高的时候，我们总是知道它也是秀美的"。[1] 吉尔平并没有明确阐述不同类型景物交织的情感效应，但在斯泰德曼著作中这种描写手法却有着比较明显的政治功能。奴隶受刑受虐的恐怖场景与优美愉悦的自然人文景观交融在一起，冲淡对奴隶制进行反讽批判的力度，印证了作者比较中性的政治立场。总体来说，作者在运用哥特小说元素的同时对其加以限制，我们之前看到巴保尔德指出的新奇之物在震惊之外带来愉悦，试图说明恐惧这种情感内含的杂糅性，斯泰德曼也是如此，他也同样说明恐惧与其他情感总是交织在一起，对客观新奇事物的好奇、感伤和同情，难以分割。而这些情感杂糅在一起，构成一种独特的情感教育。

作者在全书的序言中明确袒露了自己想要制造一种风格杂糅的文本："我努力组织材料，在一定程度上就像建造一座大花园，里面有甜美的花丛和荆棘，有闪烁的苍蝇和可憎的爬虫，丰润而闪耀的羽翼和最黑暗的阴影；总体上来说力求丰富多姿，以便同时提供信息和娱乐。"[2] 这一段描述使用了花园隐喻，显示了作者对于18世纪晚期景物描写和景物画传统的了解，炫耀自己将感伤、哥特和如画等各种叙事风格混合杂糅的特点。这番自述并不过分，《五年远征叙述》典型地说明感伤书写与哥特书写并不与一种具体狭窄的叙事类型对应，而是

---

1 William Gilpin, *Three Essays on Picturesque Beauty; on Picturesque Travel; and on Sketching Landscape*, London: printed for R. Blamire, 1792, p. 43.

2 John Gabriel Stedman, *Narrative, of a Five Years' Expedition; Against the Revolted Negroes of Surinam: In Guiana, on the Wild Coast of South America; from the Year 1772, to 1777*, 2 volumes, London: printed for J. Johnson, 1796, vol. 1, Preface iii.

两种呈现情感的模式，可以穿插于不同的叙事文类，也不可避免地彼此渗透交织。

四、18世纪末女性作家的情感教育

女性作家大量参与感伤小说的创作，也以感伤小说的受难情节为叙事框架进行社会干预，不过与斯特恩和麦肯锡等男性作家相比，她们笔下的重情人物反而更善于在理智和情感之间斡旋。也就是说，在感伤主义小说蓬勃发展的时候，我们已经可以看到一种对过度用情的戏仿和反拨，女性作家在其中的作用最为重要和突出。正如我们在奴隶叙事中看到了恐惧、感伤和新奇感的杂糅，我们在18世纪末的女性虚构叙事中也发现了类似的情况，说明女性书写不仅对感伤小说的情感范式提出反思和回应，也蕴含着复杂微妙的政治倾向，对18世纪末的生活世界产生了重要的影响。

晚近文学史认为，女性在"感伤小说"和"哥特小说"的创作中都是重要的参与者，也深刻地改写了这两种叙事体裁。先回顾总结一下较为标准的18世纪晚期英国图书出版史。

18世纪晚期是阅读文化发生深刻转折的时期，根据英国学者圣克莱尔（William St Clair）对浪漫主义时代阅读史的研究，1774年，书商拥有的永久版权被彻底废除，英国出现了年度书籍出版数的激增，删减本和选集成为图书市场的"主力"，精英思想向公众传播的"主要通道"也明显拓宽。[1] 与此同时，如美国学者希丝金（Clifford Siskin）

1　William St Clair, *The Reading Nation in the Romantic Period*, Cambridge: Cambridge University Press, 2004, pp. 74, 77. 1710年，安妮女王法令要求将版权从出版商迁移至作者，使无限版权转变为有期限的版权；1774年2月，有关唐纳森（Donaldson）诉贝克特（Becket）一案的裁决加固了作者的有限版权。参见金雯：《作者的诞生》，《读书》2015年2月，第94—103页。

指出，1780 年代和 1790 年代是英国人口和印刷文化“起飞”的时代，也是内生于工业化的经济周期正式显现自身的时代。[1] 1770 年，威廉·莱恩（William Lane）主持的密涅瓦出版社成立，对小说阅读公众的扩展起到了关键作用。出版社成立之初，推出了以菲尔丁和斯摩莱特小说为原型的“闲游小说”（ramble novels），不过很快开始有意识地聚焦于出版女性作家作品和吸引女性读者，出版社与《女士杂志》（*Lady's Magazine*）等媒体平台共享女性作者群体，对抗 1800 年左右兴起的“规范性文学与职业作者观念”。[2] 密涅瓦的女性作家群不仅极大地推动了感伤小说和哥特小说的热潮，也在这股热潮中注入了女性的视角和立场。

同样值得一提的是，密涅瓦出版社的全名为“密涅瓦出版社与出借图书馆”（Minerva Press and Circulating Library），它全方位地参与 18 世纪晚期的出版业。出借图书馆是 1725 年开始在英国出现的，向用户收取年费，有偿出借图书，其中部分也像密涅瓦这样出版图书，这种营利性图书馆一直到 1966 年才被公益性图书馆取代，是 18 世纪阅读文化的重要特色。出借图书馆的年费并不低廉，服务人群主要是中间阶层比较富裕的读者，这种新兴制度并没有显著扩大读者群，但仍然有力地推动了虚构叙事作品的传播。学者根据位于达灵顿的希维塞德斯出借图书馆（Heavisides Library）1790 年的藏书目录指出，18 世纪末期，地方性小型出借图书馆藏书中估计有超过 70%的藏书均为虚构叙事类（包括小说、罗曼司和混合性文体），较之世纪中叶的出借图书馆大幅提高。[3] 希维塞德斯出借图书馆成立于 1784 年，也正是密涅

---

1 Clifford Siskin, *The Work of Writing: Literature and Social Change in Britain, 1700 - 1830*, Baltimore and London: Johns Hopkins University Press, 1998, p. 13.

2 Jennie Batchelor, “Un-Romantic Authorship: The Minerva Press and the *Lady's Magazine*, 1770 - 1820,” *Romantic Textualities*, 23 (2020), pp. 11 - 20, p. 77.

3 Jacobs, E. H. “Eighteenth-century British Circulating Libraries and Cultural Book History,” *Book History*, 6.1 (2003), p. 3.

瓦开始向各出借图书馆持续供应仓库图书的时候，其藏书中虚构叙事比例的提高与此有一定相关度。

18 世纪末出借图书馆藏书中小说份额的提高与出借图书馆的出版倾向一致，都显示了对小说——尤其是女性作者创作的小说——的倚重。这个现象与密涅瓦紧密相关，但也不局限于密涅瓦的影响，体现的是 18 世纪的后三分之一部分英国出版界的总体规律。这段时间里，出借图书馆出版的虚构叙事占据的市场份额增大（占出版虚构叙事的 36%），也越来越多地以女性名义出版作品，其中匿名出版物的增长尤其迅速，女性作者的作品（包括声称是女性创作的作品）达到了男性作者的两倍。[1] 可见，18 世纪晚期出借图书馆在推动广义的“小说”发展和女性作者、读者群方面有重大贡献，也因此在女性与小说之间建立了某种特殊的文化关联。瓦特在《小说的兴起》中指出，18 世纪初文学已经变成“主要的女性消遣物”，人们认为诗与小说都更适合女性阅读。[2] 这并不是说小说的主要读者是女性，18 世纪小说有很多种类，它从来就不是一种性别单一的体裁，女性在读者和作者群中占比相对高，但并非绝对主导。不过，我们可以认为，18 世纪晚期英国文坛上的女性与 17 世纪复辟时期女性作家的迅速崛起有着异曲同工之处，都体现了女性作家崛起与图书市场和阅读公众扩张的深刻关联。在前面这个阶段，一种与当代社会生活相通的虚构叙事成为欧洲情感话语和情感文化的重要组成部分，女性作家对私人生活巧妙地书写对开启现代小说的发展历程有重要作用；18 世纪晚期，英国小说的市场迅速扩张，感伤小说、哥特小说及其各种杂交和衍生体裁大规模蔓延，以密涅瓦为首的出版商刻意从培育女性作者入手扩大读者

1　Jacobs, E. H. “Eighteenth-century British Circulating Libraries and Cultural Book History,” *Book History*, 6. 1 (2003) , p. 8.

2　［美］伊恩・P. 瓦特：《小说的兴起》，高原、董红钧译，北京：生活・读书・新知三联书店，1992 年，第 42 页。

群，对 19 世纪初浪漫主义时期英国的小说阅读和书写版图产生了深远影响。

值得强调的是，密涅瓦出版社的女作家们并不只是机械地参与小说的市场化过程，并没有一味进行程式化的写作以操纵读者情感，也正是女性作家在这两种体裁内部催生了变革。

以拉德克利夫夫人（Ann Radcliffe）为例。通常认为，她剔除了哥特小说中标志性的超自然现象，将之归咎于人为操控，她的文化重要性实则远甚于此。她不仅改写了哥特小说中常见的女性形象，也改写了哥特小说的情感基调，使之与感伤叙事模式相互交融。拉德克利夫的“感伤类哥特小说”（sentimental Gothic）成为密涅瓦出品小说的模板，催生了许多仿制著作。[1] 如果说《奥特朗托城堡》的恐惧书写隐含对父权政治和封建财产制度的不满以及对女性受害者境遇的同情，《修道士》的恐惧书写隐含对女性“撒旦化”的文化焦虑，这样，我们也就可以理解为何 18 世纪末有部分女性作家的哥特小说通过改写女性形象来改写哥特小说的情感结构，打破女性要么非常柔弱、要么非常邪恶的脸谱化倾向。拉德克利夫的许多哥特小说给予女性人物获得情感的成长和战胜罪恶的机会。在《奥多芙的神秘》（*Mysteries of Udolpho*，1794）中，女主人公艾米丽虽然经常晕倒，但在父亲的引导下自小便有“思考”和“勤奋”的习惯，能抵御“外部世界的诱惑”和“不安定的情绪”。[2] 她有强大的自尊，在面对姑妈和芒托尼公爵的阴谋时保持着一份冷静，体现出强大的“反抗压迫”的精神力量，不仅收回了自己父母曾经拥有的拉瓦里地产，也修复了与瓦朗康特之间

---

1 Carol Margaret Davison, *History of the Gothic: Gothic Literature 1764 – 1824*, Cardiff：University of Wales Press，2009，p. 108.

2 ［英］安·拉德克利夫：《奥多芙的神秘》，刘勃译，北京：中国人民大学出版社，2004 年，第 7 页。

的真挚爱情。[1] 不过她始终没有偏离温柔真诚的情感轨迹，始终展现感伤小说女主人公常见的善感性、同情力以及由此奠基的美德，经常为他人的遭遇流下热泪，乐于付出，忠于爱情。拉德克利夫暗示，善感性与理性并不冲突，都有助于驱散世俗的邪恶和艰险。这不只是对情感的肯定和对女性情感力量的肯定，偏离了《奥特朗托城堡》和《修道士》的悲观怀疑基调，更重要的是提供了全然相异的另一种哥特小说样式，使之与感伤叙事风格交汇。拉德克利夫在18世纪末的英国拥有很多忠实热情的读者，路易斯的《修道士》正是对其影响的回应，用情感软弱的安东尼娅替代了“拉德克利夫式”纯洁坚强的女主人公，并在文本中渲染弥漫于法国大革命的暴力场景，由此凸显沃波尔奠定的悲观视野。[2] 与拉德克利夫作品相仿的是爱尔兰女作家罗什（Regina Maria Roche）的《修道院的孩子们》（*The Children of the Abbey*, 1796），这部小说描写了一对兄妹失去对家族地产继承权，在伦敦、威尔士、爱尔兰、苏格兰各地颠沛流离的经历。和拉德克利夫笔下的艾米丽一样，罗什小说的女主人公阿曼达也在面对恐怖场景的时候一举识破超自然假象，揭开了祖父遗嘱的谜团，她不仅拥有纯真善感性，也具有辨别真相和伪装的智性。

《奥多芙的神秘》不只是在与18世纪女性观对话，也以革新女性教育观念为基础与18世纪晚期英国的政治问题互文。小说对男性哥特小说中的超自然元素进行了自然化处理，更为鲜明地反天主教，显示了将哥特小说与18世纪晚期英国新教国家主义捏合的倾向。拉德克利夫不仅剔除了哥特小说中常见的神秘之物，也改写了恐惧美学，刻意弱化了哥特小说对确定或不确定罪恶的描写及其情感效应。这种

---

1 ［英］安·拉德克利夫：《奥多芙的神秘》，刘勃译，北京：中国人民大学出版社，2004年，第394页。

2 James Watt, *Contesting the Gothic: Fiction, Genre and Cultural Conflict, 1764-1832*, Cambridge: Cambridge University Press, p. 87.

改写在小说对“崇高”自然景物的描写中有着最为集中的体现。小说大量借鉴“如画”风格的风景描写，将自然神论思想注入小说中的景物描写，尤其是对个人在道德共同体中作用的一种认可：“所有的生物好像都被唤醒了；圣奥伯特看到这壮丽（sublime）的景色也像得到了重生一样；他轻轻地抽泣着，心中充满了对万能的造物主的景仰。”[1] 这段和很多其他段落一样，都重新书写了“壮丽”或崇高这个审美范畴的意义。拉德克利夫笔下“崇高”的景物并不引发恐惧，人们不需要如伯克和康德所言，通过距离化解其对主体性的威胁，也不像巴保尔德设想的那样导向某种令人愉悦的新奇感。拉德克利夫另辟蹊径，从英国自然神论的理性主义神学思想——人们可以部分或完全通过理性考察自然而领悟上帝存在的观念——出发，给自然注入一种神意，使人产生敬畏和安宁相杂的复合情感。[2] 这种对神意和崇高美学的重新理解对18世纪末以降英国小说中景物描写传统的发展有很大影响，不仅在浪漫主义诗人和玛丽·雪莱的《弗兰肯斯坦》的自然书写中留下了痕迹，对狄更斯小说中自然景物的拟人化描写手法也有所影响。

与拉德克利夫差不多同时期的女作家中，有不少与她一样，同时调动感伤元素和哥特元素，激发对柔弱而拥有美德的女性的同情，也在一定程度上渲染她们所处困境的恐怖氛围。在此之外，有些女作家

---

1 ［英］安·拉德克利夫：《奥多芙的神秘》，刘勃译，北京：中国人民大学出版社，2004年，第40页。

2 自然神论的概念在本书其他章节中也有所提及，尤其参看第二章。此处补充一点：自然神论可以被认为是中世纪理性神学在17世纪和18世纪的进一步发展，强调人们可以从自然界的规律中构建对于上帝的认识，倡导理性与宗教宽容。所谓“理性神学”，主要指基督教部分教义可以通过理性推演得出的主张；在中世纪语境中，理性神学为启示神学服务，但17世纪开始出现的自然神论则试图否定启示的重要性。英国自然神论者托兰德（John Toland）就指出，基督教教义应该也可以去神秘化，完全与理性兼容，参见John Toland, *Christianity not Mysterious*, London: printed for Samuel Buckley, 1702。

使用真实的历史人物和事件为叙事前提，并在不同程度上融入虚构元素，以现代历史罗曼司的形式提出有关女性处境和历史话语规范等政治问题的见解。[1] 在很多文学史叙事中，索菲亚·李（Sophia Lee）的《隐蔽所》（*Recess*，1785）一书经常被视为哥特式历史罗曼司。这部小说虚构了苏格兰玛丽女王与诺福克伯爵秘密成婚并生育两位私生女儿的故事，将其与玛丽被伊丽莎白女王多年囚禁的真实历史嫁接在一起。两位女儿艾莉诺和玛蒂尔达从小被软禁在地下居室，直到十几岁才了解自己的身世。机缘巧合，她们分别爱上了莱斯特侯爵（Earl of Leicester）和埃塞克斯侯爵（Earl of Essex）（都是历史中的真实人物，均与伊丽莎白女王有情感瓜葛），但最终都走向悲剧结局。小说以独特的手法将哥特小说和感伤小说的情感模式结合在一起，两姐妹在走出隐蔽所之后要不断掩盖自己的面容和真实身份，因此沦为“鬼魂”（spectre，ghost）；她们也同时被鬼魂围绕，艾莉诺在母亲玛丽被处决后首度陷入疯狂，随后不断重复这个经历，看到了自己的葬礼，也产生了许多其他幻觉。两姐妹的幻想凸显了她们被历史淹没、无法成为自我的处境，让人想起《奥多芙的神秘》中城堡中出现的承载遗落历史的肖像，也让人想起被逼入绝境、神经崩溃的克拉丽莎，既引发同情，也催生恐惧。拉德克利夫的《奥多芙的神秘》虽然与英国新教国家主义共振，但对英国国家历史进程是否将女性“从压迫的野蛮绳索”中解放出来表达了一定的疑虑；[2] 《隐蔽所》与 18 世纪历史阶段论和进步史观进行了更为直接的对话，强调女性具身经验无法融入规范性历史书写的困境，通过并置与身体相连的“感伤符号”与历史书写

---

1 除了下文提到的索菲亚·李，创作历史罗曼司的还有麦肯锡（Anna Maria Mackenzie）、福斯特（E. M. Foster）、马斯格雷夫（Agnes Musgrave）等女作家。这些作家经常匿名出版，或以不同的婚后名出版。

2 JoEllen DeLucia, “From the Female Gothic to a Feminist Theory of History: Ann Radcliffe and the Scottish Enlightenment,” *The Eighteenth Century*, 50.1（2009）, p. 113.

“系统性与说教性的规训手段”凸显它们之间的断裂。[1]《隐蔽所》催生了不少基于历史人物和事件进行虚构的历史小说，包括波特（Jane Porter）的《苏格兰酋长》（*Scottish Chiefs*，1810）。《苏格兰酋长》在欧洲翻译和流布很广，在司格特出版自己的历史小说之前，就已经使得历史小说（具有较强的虚构性）成为极具商业价值和流通度的文体，为司格特的历史小说提供了启迪。[2] 值得一提的是，哥特小说风潮过后，密涅瓦出版社一直运行到1840年，出版了不少与哥特小说一样具有复古风格，但更为严肃的历史小说成为浪漫主义时期出借图书馆藏书的重要组成部分。

女性对哥特元素和感伤元素的杂糅使用也经常体现为与历史语境更为直接的对话，围绕阶级和性别问题提出鲜明的政治立场。夏洛特·特纳·史密斯（Charlotte Turner Smith）出身于富裕的乡绅家庭，但父亲因欠赌债陷入经济困境，迫使夏洛特15岁就嫁进商人家族。丈夫性喜挥霍，史密斯在结婚22年后决意离婚，婚前婚后她都不得不以写作持家。她的小说将感伤和哥特体裁的政治特性发挥得更为明显，视野也更开阔，将与女性紧密相关的婚姻、家庭问题和公共政治连接。她的小说熟谙18世纪末英国通俗虚构叙事的套路，但也有意识地回归18世纪早期和中期小说切中私人领域和公共领域的交叉之处，提供有

---

1 J. E. Lewis, “‘Every Lost Relation’: Historical Fictions and Sentimental Incidents in Sophia Lee's The Recess,” *Eighteenth-century Fiction*, 7.2 (1995), p. 168.

2 通常被认为是历史小说创始人的司格特与波特为世交，年幼时就认识两姐妹，无法否认司格特的写作与两姐妹有很多相似之处，但他没有在《威弗利》第一版的“后记”（即第二卷第43章）中提到她们的名字，在1829年为《威弗利》系列小说写的总序中也只是提到了自己的朋友埃奇沃思的爱尔兰主题写作。姐妹两人之间的通信中明确表达了不满。参见 Devoney Looser，*Sister Novelists: The Trailblazing Porter Sisters, Who Paved the Way for Austen and the Brontës*, London: Bloomsbury Publishing, 2002, Chapter 17。

关社会与主体危机的系统性思索。《乡间老宅》（*The Old Manor House*，1793）对跨越阶层的爱情做出了新的阐释，让子爵头衔继承人奥兰多与仆人的远房外孙女莫娜米亚之间产生真正的爱情。小说与斯泰德曼的《叙述》和拉德克利夫的《奥多芙的神秘》一样，穿插了许多18世纪的诗歌片段，同时交替地插入感伤与哥特式片段，主动仿效18世纪末小说主流牵动读者的同情和富有悬念的惊恐。两位主人公的爱情牵引出社会各阶层的婚姻状况、女性作家人物以及有关遗产的法律纠纷等社会政治议题。这场纠纷基于作者本人为孩子们争取丈人家族财产的痛苦经历，也成为狄更斯《荒凉山庄》（1852—1853）中遗产纠纷案的原型。小说也特意将叙事背景安排于不久前发生的美国战争时期，将小说中反复探讨的财务自由问题和奥兰多一直珍视的"独立精神"（independent spirit）与触发的战争殖民地自决问题隐晦地并置在一起，暗示了对美国大革命的支持，同时也对支持美洲殖民地的法国表达了善意[1]。作者之所以刻画良好的法国人形象，与她小说中展现的政治理想息息相关。在《乡间老宅》之前，她在书信体小说《戴斯蒙德》（*Desmond*，1792）中已经对法国革命做出了评价，借充满理想主义精神的雅各宾派英国人之口对法国革命予以肯定，对英国现存阶级制度与传统性别关系做出了抨击。这部作品中过于明显的亲法立场在《乡间老宅》中得到调整，作者选用了美国革命这个历史背景表达平等诉求，对法国的敬意也表达得比较晦涩。

在《乡间老宅》之后，史密斯在《马契芒特》（*Marchmont*，1796）中延续了一贯的飒爽风格，将跨越阶层的情感与自由平等的启蒙理想糅合在一起，使阶层政治与私人"家庭幸福"互为隐喻。[2] 阿尔西娅

1 Charlotte Smith, *The Old Manor House*, vol. 2, London: printed for J. Bell, 1793, p. 257.

2 Charlotte Smith, *Marchmont*, vol. 2, London: printed by and for Sampson Low, 1796, p. 48.

出身于一个从中间阶层进入乡绅阶层的家庭，父亲有军队背景，买下了一个准男爵领地。马契芒特也出身于乡绅人家，祖先是查尔斯一世及其子嗣的忠实拥趸，在英国内战后家道败落。这部小说与前面提到的两部相比，在英法之争中更偏向英国，作者借主人公之口描绘了法国大革命联邦派叛乱期间争夺南部城市图伦（Toulon）的战斗。1793年，雅各宾派掌握国民议会之后，旺代郡发生反雅各宾的联邦派叛乱，波及各地，图伦城内的王党武装应声而动，并得到英国、西班牙联合舰队的支持，但雅各宾派的军队包围图伦，最终挫败了叛乱。主人公马契芒特与其他在法英国人一样受到牵连，因此动摇了对卢梭共和理想的信念，这个情节弱化了小说的亲法色彩，保持了与18世纪英国国家主义的合拍。不过，这个基本立场并不妨碍史密斯在小说中抨击英国社会内部的弊端。《马契芒特》与《乡间老宅》一样，极力刻画无良律师的骄纵贪婪，对英国法律制度大加挞伐，特意抨击名为更斯通（Ralph Gunstone）的法官，似乎以此影射法学家布莱克斯通（William Blackstone），后者在《英国法释义》（*Commentaries on the Laws of England*，1765—1769）中系统阐发并肯定了普通法。[1] 主人公马契芒特代表“现金匮乏的乡绅阶层”，深受冷血律师的迫害，史密斯正是以自己的小说使得中间阶层的读者对他们被法律制度拒之门外的困境有所了解。[2] 史密斯有意识地回归18世纪晚期之前英国小说已经结出的硕果，她在前言中特地向菲尔丁致敬，表明自己展示公共领域弊端的旨趣，行文过程中也专门提到麦肯锡（Henry Mackenzie）的第三部小说《茱莉亚·德·卢比涅》（*Julia de Roubigné*，1777），这部小说触及法律问题和奴隶制问题，也同样是糅合感伤与哥特情感模式，

---

1 Charlotte Smith, *Marchmont*, vol. 4, London: printed by and for Sampson Low, 1796, p. 74.

2 Nicole Mansfield Wright, *Defending Privilege: Rights, Status, and Legal Peril in the British Novel*, Baltimore: Johns Hopkins University Press, 2020, p. 55.

并与社会整体进行勾连的先声。[1]

自此，我们已经可以看到，准确地说，18 世纪的哥特和感伤叙事对应两种不断发展的移情模式，分别以引发同情和恐惧为主；它们在世纪末女性作家的笔下不断交融，汇合成一种复杂的叙事模式，一方面揭示物质环境与社会历史因素对个人的侵害，一方面从私人情感的净化和叙事巧合入手，展现内心的独立性。在对主体性的斡旋上，有破也有立，秉承和延续了 17 世纪晚期以来由男性和女性作家共同开创的不同叙事策略。女性小说家在 18 世纪晚期英国小说进程中起到了重要作用，与同时代的男性作家有着很多交流和交锋，拉德克利夫与路易斯的交锋、索菲亚·李和波特对司格特的隐性影响、史密斯对麦肯锡的致敬等，都值得关注。

最后，我们也要补充一下，18 世纪晚期英国女性作家的成就不只是体现在感伤小说和哥特小说这两个领域，虽然这两个领域与女性作家崛起具有最为丰富的历史性关联。“世情小说”（novel of manners，也译为“风俗小说”）这个叙事范畴也经常被认为是女性的创造，可以认为是对 18 世纪中叶兴起的感伤小说的另一种改造。所谓“世情小说”，是对特定社会的礼仪、谈吐和风俗及其展示的“道德和社会意味”进行具体描绘的小说，也是对读者——尤其是女性读者——的举止谈吐问题的思索。[2] 这个体裁一般以弗朗西斯·伯尼（Frances

---

1 Charlotte Smith, *Marchmont*, vol. 3, London: printed by and for Sampson Low, 1796, p. 165. 小说没有提到的类似作品也有很多，比如斯摩莱特的《兰斯洛特·格里弗斯爵士的生平与历险》（*The Life and Adventures of Sir Launcelot Greaves*, 1760—1762）探讨受法律保护的权利适用范围，与 18 世纪中叶相关的法律讨论进行对接；葛德温的小说《凯勒布·威廉斯》(*Caleb Williams*, 1794)，对监狱制度和法律制度的不公正，但也与史密斯一样，在法国大革命的背景下，偏向思考英国政治制度的独特优势及以情感为纽带塑造英国民族共同体的可能。

2 Patricia Meyer Spacks, *Novel Beginnings, Experiments in Eighteenth-Century English Fiction*, New Haven: Yale University Press, 2008, p. 161.

Burney）的小说为起点。伯尼的小说以女性人物的成长为主线，与 18 世纪行为规范和礼仪手册（conduct books，courtesy books）的传统及其在小说中的延伸（其中最典型的就是理查逊的小说）对话，成为“礼仪敏锐的观察者和批评者”，转而强调女性的道德责任和能力。[1]

伯尼的第一部小说《伊芙琳娜》（*Evelina*，1778）以匿名形式出版，她在前言中明确表示要“从自然人性（Nature）中提炼人物，同时记录时风世情（manners of the times）”。[2] “世情小说”（novel of manners）由此而生。虽然仍然使用书信体，也仍然套用《维克菲尔德牧师》中已经出现的一女二男程式和《汤姆·琼斯》沿用的真假继承人的情节范式，但这部小说对上流阶层、城市中产和乡绅阶层在社交场合使用的口音、语言风格和行为特征的细致而精确的描摹的确是之前小说中所未见的，这些对话体现了对世风人情的最为贴近的观察，体现了公共生活与家庭空间彼此间的渗透。伊芙琳娜跟随一位乡间牧师在幽僻的环境中长大，17 岁初次来到伦敦，与城里的中间阶层和贵族人士一起去伦敦游乐，在汇聚不同阶层的通俗游乐场所，比如歌剧院、莱那拉花园（Ranelagh Gardens）、化装舞会，她时常表现得局促不安、进退失据，但也因此学会识别人性真伪，经历了成长。小说对女性的刻画大体上仍然是以强调纯真和美德为主，延续了 18 世纪中叶以来小说的感伤想象，不过叙事者调度不同人物，使其在交谈中彼此拆台、互相挑衅和戏谑，给整部小说注入了以对话为主要媒介的反讽。在这部小说之后，伯尼又尝试用全知第三人称写作了《西塞利亚》（*Cecilia*，1782）和《卡米拉》（*Camilla*，1796），这两部作品刻画出身于乡绅阶层的女主人公在伦敦社交圈或乡绅阶层交往中经历的磕碰和

---

1 Joyce Hemlow, “Fanny Burney and the Courtesy Books,” *PMLA*, 65.5（1950）, pp. 732 - 761.

2 Frances Burney, *Evelina, or a Young Lady's Entrance into the World*, 2nd edition, London: printed for T. Towndes, 1779, p. vii.

挫折，展现了对社会生活细节极为细致的观察，延续并深化了菲尔丁开创的用全知第三人称书写的讽刺叙事。伯尼作品中的女性人物也具有一定的开创性，她们一般有相当于乡绅家庭的背景，有一定家产，与平级或社会地位更高的男性结合，没有特纳小说中那种跨越种族和地位的激越和政治色彩浓厚的平等诉求，但女性人物都成长为有个性和道德自主性的成熟女性，经受了误解他人和被他人误解的考验，并能找到完满的伴侣式爱情与家庭生活。《西塞利亚》中有关"傲慢与偏见"（pride and prejudice）的发言和《卡米拉》中女主人公因其"诱人的犀利表达"（drawing archness of expression）获得青睐等细节都在后来的奥斯丁小说中留下了烙印。[1]

伯尼之后的女作家层出不穷，写作能力与之相差甚远，但在女性形象的书写上有许多相似之处。英国女作家英其巴尔德（Elizabeth Inchbald）的小说《一个简单的故事》（1791）书写了米尔纳小姐因为受情感牵引，背叛丈夫（原先是天主教牧师，后还俗以继承公爵头衔）的故事，所幸的是她的女儿马蒂尔德拥有远超其年龄的"优秀的理解力"和"安静"性情，也因此赢得了父亲的谅解和真挚的爱情。[2] 与此异曲同工的是爱尔兰女作家埃奇沃思（Maria Edgeworth）的小说《博琳达》（*Belinda*，1801），女主人公就显露出与女性魅力不同的特征："喜欢阅读，倾向于谨慎而正直的行为。"博琳达性格单纯，头脑却并不简单，能够控制自己的情感。[3] 这部作品直接对时髦虚伪的善感性

1　在《西塞利亚》中，莱斯特（Lyster）先生说男女主人公的麻烦源于身边人的"傲慢与偏见"，参见 Fanny Burney, *Cecelia, Memoirs of an Heiress*, vol. 5, 5th edition, London: printed for T. Payne and son, 1786, p. 302; Fanny Burney, *Camilla: or a Picture of Youth*, vol. 1, London: printed for T. Payne, 1796, p. 15。

2　Elizabeth Inchbald, *A Simple Story*, vol. 3, London: printed for G. G. J. and J. Robinson, 1791, p. 59.

3　Maria Edgeworth, *Belinda*, vol. 1, London: printed for Baldwin and Cradock, 1833, p. 2.

(sensibility)表示鄙夷，借男主人公赫威（Charles Hervey）之口表达了对女性的要求，既要“充满善感性”，又拥有“理性恒常的坚定性格”（firmness of rational constancy）。[1] 英其巴尔德和埃奇沃思的小说仍然以贵族生活为背景，描写了上流社会对其边缘个体的欺压。18世纪晚期的女性小说不仅描写了女性在善感之外的优点，也将善感进行了提纯，使灵魂的敏感成为抵御世俗经济考量的力量，强调爱情与灵魂吸引和友情的紧密关联。弗朗西斯·布鲁克（Frances Brooke）的《艾米莉·蒙太古传》（*History of Emily Montagu*，1769）描写在英国殖民地发生的英国人之间的爱情，作者明确表示要塑造一个真正的女性，她“拥有灵魂”，能感受到“真正爱情的鲜活印象。”[2] 小说以爱情为切入点，将理查逊在《克拉丽莎》里表述的情感进一步放大，使善感性变得完全非功利化。在18世纪晚期女性作家笔下，女性具备了纯净的感性，同时得到理性的辅助，成为18世纪情感文化的理想化结晶。这种情感想象在19世纪初产生了深刻的回响，奥斯丁小说中出现的纯真感性而理智的完美女性都是这些特质的不同组合。

总之，18世纪末，在启蒙思想中被收编被信赖的情感在商业化浪潮和私人社会发展的进程中展现出难以被约束的一面，从斯特恩小说开始出现的情感疑虑在法国大革命中发酵，引发了许多有关否定性情感的忧虑，使世纪末的英国被身体和情感的危机笼罩。哥特小说可以说是一种情感实践，呈现世纪末的危机，也对其进行剖析。此时的女性作家用自己的方式应对这场危机，她们将感伤小说中对情感加以肯定的模式重新引入哥特小说，不仅使情感成为社会难题和症结的表征，

---

1 Maria Edgeworth, *Belinda*, vol. 2, London: printed for Baldwin and Cradock, 1833, p. 183. 值得注意的是，这部小说的初版包含一名黑人仆人与白人农场女工的恋爱故事，但是后来因为18世纪对跨种族通婚的态度已经发生了负面转向，这个情节引发了很多争议，也在小说随后的版本中消失。

2 Frances Brooke, *The History of Emily Montagu*, London: printed for J. Dodsley, in Pall Mall, 1769, p. 15.

也用自己的方式重新整合身体感知、情感与理性。她们的小说与18世纪中叶和晚期的感伤小说和哥特小说一样，都将情感问题与社会批判紧密联系在一起。美国学者阿姆斯特朗曾有经典论断，认为18世纪晚期兴起的家庭小说（与感伤小说和“世情小说”相关）提高了女性的道德权威，参与缔造了成为中产阶级生活惯习的情感规范，也构成了一直延续至19世纪的性别分立。[1] 这个论断今天必须要重写。18世纪中叶英国情感小说中树立的女性道德权威依托迅速扩张的图书市场在世纪末的哥特小说、感伤小说、风俗小说等体裁中重现，但这种权威并没有将女性的社会职责局限于私人领域中的情感教育。女性作家对世纪末身体和情感危机的多重时代缘由做出分析，流露出维护国家主义和中产道德规范的保守性，也对英国社会问题提出了敏锐的观察的批判，与同时代的男性作家进行着全面的对话。她们有意识地勾连私人领域与公共领域，积极参与反思和重塑公共领域的职责，曾经被认为具有保守倾向的埃奇沃思等都概莫能外。

总体来说，18世纪晚期的小说都可以被认为是在诊断早期现代社会的物化现象，说明身体在商业社会中沦为机械，可以被随意操纵而产生情感，情感无法与认知和判断相通，相反，会撕裂正在建构中的主体性。当情感成为商品化的异己力量，不再与知性相通，那么让身体再次具有反身性和自组织性就变得十分重要。此时小说的功能就是通过日常情感书写这种社会实践来对抗人的物化。正如朗西埃所言，18世纪晚期出现了一种新的审美体制，将艺术从再现外在美学标准的要求中解放出来，康德将美与概念分开，温克尔曼将艺术的表现力与形式完美分离开来，都是这个体制的具体展开方式。这样一来，艺术

1 Nancy Armstrong, *Desire and Domestic Fiction: A Political History of the Novel*, New York and Oxford: Oxford University Press, 1987, Introduction, pp. 3-27.

不再只是画家、雕塑家应用某种美学标准的过程，也是“读者、观看者或听众”对艺术元素做出的组合，因此艺术就等同于一个时代的“感官氛围”（sensible milieu）。[1] 小说也参与推动了这个时代艺术观念的转折，小说通过与读者和观众、听众的互动缔造一种感官氛围，抵御身体和情感的异化、商品化。它们不断与物质世界对话和交织，由此呈现情感规范及其实践产物的矛盾，探索和试验矛盾得以转化的方式。这种批判不是使用某种情感理论来进行规范性指导，而是指出否定性情感及其社会机制，从而开始勾勒社会和心灵变革的方式。18世纪的小说对自身所处的时代进行着一种“内在批判”（immanent critique）。[2]

18世纪和19世纪之交的英国政治理论家葛德温（William Godwin）在小说《福利特伍德：新重情男子》（*Fleetwood*；*or the New Man of Feeling*，1805）首版前言中总结了自己创作的主旨，可以说是为18世纪英国小说中情感书写的意义做出了总结：“努力通过讨论和思考使［社会］成员的情操（sentiments）得到巨大而全面的提升。”[3] 主人公福利特伍德从小见到的人不多，在自然风光中培育起了“狂野”想象，而心绪十分“严肃”，对城市生活心怀忧惧，但对经历苦难的人有无私的关怀——“在人类痛苦的缓解和人类幸福中获得一种中立的

---

1 Jacques Ranciere, *Aisthesis, Scenes from the Aesthetic Regime of Art*, New York：Verso, 2013, pp. 11, 12.

2 “内在批判”是在黑格尔和马克思思想中发展起来的批判方法，在霍克海姆和阿多诺思想中得到了进一步阐发。所谓内在批判，就是避免“以独立于社会现实的原则”来进行社会批判，而是“将［批评原则］视为对社会现实的阐明，包括其承诺和潜能”。参见Titus Stahl, *Immanent Critique*, translated with John-Baptiste Oduor, Lanham：Rowman & Littlefield, 2013, p. 2；同时参见孙海洋：《论马克思对资本主义的内在批判及其唯物史观意蕴》，《马克思主义与现实》2022年第1期，第112—118页。

3 William Godwin, *Fleetwood: or the New Man of Feeling*, revised edition, London：Richard Bentley, 1832, p. xvi.

喜悦”，这是一个根据卢梭教育观念成就的人。[1] 葛德温想象了这样一位人物上牛津大学后在伦敦环境的熏陶下的蜕变过程，他在感性的驱使下深陷贵妇人的情感诱惑，但对上流社交圈女性玩弄情感的态度深感不满。随后他竞选成功，进入上议院。在这部分，葛德温表示了对印度殖民的不满和对美国革命的支持，目睹帝国的放纵使他再次陷入极端的孤独。在小说的后半部分，福利特伍德的绝望厌世得到缓解，在他 45 岁的时候，在大湖区附近游历时与苏格兰哲学家麦克尼尔先生结成挚友，这份友情满足了他对有“另一个我”产生深刻“同情”的需要，也使他有幸认识了麦克尼尔的女儿玛丽，随后与之结成夫妇。[2] 小说对友情和基于友情的婚姻寄予厚望，麦克尼尔将私人情感与公共情感做了类比，照顾好自己的配偶和家人意味着“将你自己置于与同胞交往的法则之下”。[3] 葛德温在这部小说中充分展示了对人际同情的追求，将每个个体的幸福寄托在人与人之间的深刻理解之上，也寄托在由敏感和美德（分别与利他和中立相连）共同铸就的精神品质之上，这种对个体的塑造与葛德温的社会理想紧密榫合在一起。也就是说，在小说中描摹的内心情致与葛德温的政治理论并没有脱节，他也特地在前言中解释说，虽然他在《政治正义》中诟病了婚姻制度，但现实的婚姻取决于每个“独处的个人”如何行动，因此婚姻制度的完善要依赖个人情感模式的转变。[4] 葛德温的夫人沃尔斯通克拉福特（两人于 1797 年成婚）在很大程度上对 18 世纪的主流情感理论持赞同态度，但也像葛德温一样看到了其中蕴藏的危机，葛德温的小说对女性处于接受教育和改造的地位并没有明显的反思，只是凸显了这种怀疑如何

1 William Godwin, *Fleetwood: or the New Man of Feeling*, revised edition, London: Richard Bentley, 1832, pp. 2, 8.

2 Ibid., pp. 177, 179.

3 Ibid., p. 202.

4 Ibid., p. xvi.

诱发男性的情感危机，这个任务就落在了其夫人的身上。[1] 沃尔斯通克拉福特在1788年就出版了小说《玛丽》，该小说沿用了卢梭的教育理念，刻画了一位在书籍和自然的陪伴下长大的女孩，充满了善感性，饥渴地寻找友情与爱情，但并没有因此沦为附庸，因为她同时也具有“察觉区别和组合观念的灵敏才思”。[2] 在她未完成的小说《玛利亚》中，沃尔斯通克拉福特明显强调女性的教育并不否定善感性的关键作用，而是要对其重新进行定义。善感性不排斥知性和才思，而是正相反，小说借受丈夫欺凌的主人公玛利亚之口呈现出这层意思：“真正的善感性”是“美德的辅助”（auxiliary of virtue）和“天赋的灵魂”（soul of genius），因此不同于娇柔姿态，更不同于感情用事或沉溺于浪漫情事，更重要的是需要在“关注自身感觉”（its own sensations）和经由想象力感他人所感之间达成平衡。[3]

1　参见 Anne Chandler, "'A Tissue of Fables': Rousseau, Gender, and Textuality in Godwin's 'Fleetwood'," *Keats-Shelley Journal*, 53（2004）, pp. 39－60; Gary Handwerk, "Mapping Misogyny: Godwin's 'Fleetwood' and the Staging of Rousseauvian Education," *Studies in Romanticism*, 41. 3（2002）, pp. 375－398。

2　Mary Wollstonecraft, *Mary: A Fiction*, London: printed for J. Johnson, 1788, p. 43.

3　Mary Wollstonecraft, *The Wrongs of Women: or, Maria*, in *The Works of Mary Wollstonecraft*, vol. 1, edited by Janet Todd and Marilyn Butler, London: Routledge, 2016, p. 163.

结 语

虽然有关18世纪欧洲思想和文化的研究层出不穷，但启蒙时期作为“情感时代”的深意还有待厘清。18世纪研究对于身体与自然理性的关系，一方面论证两者能够协调一致并赋予人同一性主体性，一方面意识到人的主体性受到媒介系统的形塑和限制，所谓情感不仅是人主体性的显现，也是人内嵌于物质环境和社会网络的重要表征。18世纪固然培育了现代主体，但也对主体性有着非常复杂的认识。后世对启蒙时期弊端的批评正是18世纪思想与文学已经意识到并反复拷问的议题，也正是这些谈论为后续西方观念史的不同支流提供了条件。启蒙时期的核心任务在于依靠反思理性构建关于“人”的普遍知识和规律，但也因此发现了反思理性的边界，开启了将人类精神与具体历史语境相关联的研究方法。福柯曾以《何为启蒙》一文回应康德在1784年写的几乎是同名的文章，提出18世纪孕育的现代性态度不能简单地理解为“寻求具有普遍价值的形式”，这只是其中的一个方面。福柯认为启蒙的精髓是“实践批判”（critique pratique），即“对使我们得以构成自身、认识到我们是自己所行、所思、所言的主体的那些事件的历史性考察”。[1] 福柯描绘的“实践批判”延续了启蒙时期对人类反思

---

1 Michel Foucault, “What is Enlightenment,” in *Foucault Reader*, edited by Paul Rabinow, New York: Pantheon Books, 1984, pp. 32 - 50. 参见法语版本：“Qu’est-ce que les Lumières?” in *Dits et Ecrits*, tome IV, Paris: Gallimard, 1984, pp. 562 - 578；中译本：《何为启蒙》，收于《福柯集》，杜小真编选，上海：上海远东出版社，1998年，第528—543页。

理性的理解，虽然每个个体都内嵌于身体经验和历史经验，但 18 世纪思想相信人们可以在反思中重构主体性观念形成的历史，并因此获得超验自身边界的主体性，但也正是因为反思的出发点总是自身的经验，反思总是情境化的，总是面对无法超越的限制。

18 世纪成为 19 世纪以降批判话语的最重要的一块试金石，不同立场从 18 世纪观念系统中拣选出有用的线索，建构自身的起点或对立面。历史研究总是书写自身批判立场的前史，对 18 世纪的考察尤其鲜明地具有当下性。本书也不例外，它进行的是一种辩证思考，试图用今天生活世界的后视之明重塑 18 世纪的文化形象，也试图用 18 世纪的主体性之问为今天生活世界的重塑找到一个新的参照，一种新的可能。今日中国以独特的方式提出了现代社会中个人情志如何与团体身份彼此协调的问题，应对这个挑战，理解主体性的吊诡及其情感表征是首要前提。

在总结之后再补充两点。第一点有关本书对 17 世纪晚期至早期浪漫主义英国文学史发展脉络的重新思考。传统英国文学史告诉我们，18 世纪上半叶属于英国文学的“新古典主义时期”，诗人蒲柏和讽刺作家斯威夫特以倚重用典和形式匀称的文体对现代人的浮夸自负提出质疑，而 18 世纪下半叶开始出现不拘泥于语言形式的现代小说，依次包括写实小说、感伤小说、哥特小说等体裁。这种叙述虽然清晰，却有割裂 18 世纪上下半期的弊端，淹没了从 17 世纪晚期一直延续至 19 世纪初期的观念史、文化史转型及其文学表征。西方现代性及其标志性难题——主体性和社会建构的难题——始终以情感为焦点。在 17 世纪中叶以降的西方观念史中，情感通常被认为是身体状态变化引发的主观感受，印证了身体与心灵的同一性，为主体性和自我意识的形成提供了保障。但身体的主动性对观念理性的控制力也产生了强大的威胁，18 世纪上半叶法国激进启蒙思想家的物质主义和感觉主义哲学与 18 世纪中叶生理学中出现的“活力论”都试图论证身体类似机器或自我生成的动力系统，会对意识产生巨大的作用而不受其摆布。从法国的杜博、英国的休谟到世纪末德国的康德，18 世纪哲学和美学思想中涌动着一股对情感表示警惕和不信任的暗流，人的道德和审美判断力因为受到情感的影响而显得可疑，文学作品尤其成为这种怀疑论最重要的发声场域。17 世纪和 18 世纪之交，我们就在贝恩、笛福等人的小说中发现了许多无法控制的情感，人物反复坠入威胁自身生存和人格稳定的举动。18 世纪上半叶和中叶的英语小说用不同的方式实现对情感的规训，使得情感转变为道德的基础和支撑主体性——身心联合——的重要条件。到了 18 世纪晚期，随着感伤小说和哥特小说的泛滥，情感重新变成一个难题，感伤小说内部分化出质疑情感与美德和主体性关联的暗黑支流，哥特小说更是加强了对情感文化功能的质疑。1790 年代之后，受拉德克利夫夫人影响出现的女性哥特小说仍然将女性刻画为受害者，但不仅着力反思女性善感性过度的弊端，也开始以家庭和婚姻为背景与世纪末的政治事件和法律习俗交锋，跨越正在形成中的私人领域和公共领域的分野。与此同时，伯尼开创了以女性成长为线索的"风俗小说"，率先开始塑造机敏练达、在社会染缸中经历成长的女性形象。19 世纪初奥斯丁的小说可以认为是对伯尼和拉德克利夫等女作家成就的延续，对 18 世纪中叶至晚期英国小说中情感泛滥的景象加以修正。

19 世纪初英国浪漫主义诗歌可以认为是对 18 世纪晚期出现的情感与精神疏离状态的修正。浪漫主义诗人并不是简单地张扬个人情感和想象，而恰恰是要说明作为自然一部分的人并不会被身体所困，并不会被焦灼沉重的情感囚禁，可以一边感受情感自然的喷涌，一边凭借想象力找到平静地表达情感的方式。诗人具有的对情感的驾驭力源于自然本身，自然固然是物质的，但也贯穿着超越物质的精神力量。英国浪漫主义文学与法语、德语中浪漫主义文学的旨趣并不一致，但也有基本的相通之处，都是对 18 世纪晚期身体、情感与观念理性之间的张力及其引发的文化忧虑的文学性回应。法国浪漫主义文学代表人物夏多布里昂不仅深入探究情感的幽微之处，不断书写孤独、忧郁之情，也试图借助基督教教义抚慰人类的情感世界，同时在这个过程中提出对基督教的人文化理解："宗教的论据是从灵魂的感性，生活中最美好的友情、孝心、夫妻之爱、母爱中得出的。"[1] 而德国早期浪漫派——耶拿浪漫派——延续接受了启蒙时期"活力论"思想认为身体具有自主性的观点，对康德将意识视为外在于物质世界的看法提出修正。诺瓦利斯的思想和文学创作都在摸索如何经由个体的身体官能、情感与反思机制呈现世界全貌，正如他在《费希特研究》（*Fichte-Studien*，1795—1796）中所说的："感官总是包含了身体与灵魂。它们的联结以感官为中介。感官并不是自我活动的（selbstthätig）——它们接受并输出所得——是［身体与灵魂］相互影响过程中的中间物（das Medium der Wechselwirkung）。"[2] 他与英国浪漫主义诗人一样，强调身体官能与精神之间的裂痕可以弥合：感官活动引动人类情感，体现人的内在性和自我意识，这种自我意识能以感官为媒介进一步延展自身，并结合反思的方式勾连起自我与世界的关联，构建总体性知识。以往的文学史叙述对 18、19 世纪之交浪漫主义文学发生机制的解释往往与 18 世纪脱节，使读者难以理解为何"理性世纪"突然转向了浪漫主义世界观和诗学，以情感为进路重新理解 18 世纪有助于我们解决这个问题。

第二点补充有关研究 18 世纪西方文学和文化中建构的横向联系。

---

1 ［法］夏多布里昂：《夏多布里昂精选集》，许钧编选，济南：山东文艺出版社，2000 年，第 161 页。

2 *Novalis Schriften, Die Werke Friedrich von Hardenbergs*, Herausgegeben von Paul Kluckhohn und Richard Samuel, Darmstadt: Wissenschaftliche Buchgesellschaft, 1965, Bd. II, p. 272. 在这一点上，感谢我在华东师范大学中文系的研究生李佳桐 2022 年完成的有关诺瓦利斯的典范性硕士论文《重构"自我"：诺瓦利斯哲学思想与小说中的媒介思想》。

此时崛起的西方现代性是对两希传统和中世纪、文艺复兴人文精神的纵向传承，同时也是全球化进程中欧洲和域外文化交流互动的产物。研究18世纪西方文化和文学必须与早期汉学和东方学等领域的研究建立互文性。本书尚未涉及启蒙现代性和主体观念的世界起源，但为将来在这一点上的深入做了必要的准备。

早期汉学、东方学与18世纪的情感观念史有着广泛而紧密的关联。启蒙时期的思想家和文人不仅强调身体与环境不可分割，也热衷于考察人类社会的发展历程，注重在具体历史语境中考察人类情感机制。他们无一例外地发现，要建立“人类科学”的工程，必须对具体人类社会所处的自然和社会语境做出细致考察。启蒙时期的欧洲思想家和文人大多深入地参与围绕这个问题的论辩，对东方产生了真实而普遍的兴趣，对东方人的身心观、情感观及其与西方的差别做出各种解读。一方面，传教士和西方学者排斥印度教和佛教思想中接近“泛灵论”的创世观和“灵魂转世”论，由此说明东方文化中有关身心关系看法的谬误和主体观念的匮乏；[1] 另一方面，欧洲人赞颂中国以君臣、父子之情维系的“永久和平”观（见于早期传教士对儒家政治思想的解读）和君主对痛苦的体认（见于传教士闵明我对刘备政治思想的解读），但也从17世纪晚期开始形成有关“东方专制”的刻板印象。[2]

在文学作品中也可以发现对东方传统褒贬相间，并同时吸纳转化的现象。伏尔泰将纪君祥的《赵氏孤儿》改写成《中国孤儿》，在前言中声称原剧有趣而晓畅，不过缺乏其他优点，如“时间和剧情的统一、

1　参见金雯：《16—18世纪世界史书写与“比较思维”的兴起》，《上海大学学报（社会科学版）》2023年第2期，第101—117页；《格莱特的〈中国故事集〉与18世纪欧亚文化交流》，《文学评论》2023年第1期，第37—46页。

2　有关早期现代欧洲人对中国和平观的使用，参见Daniel Canaris，“Peace and Reason of State in the *Confucius Sinarum philosophus*（1687），” *Theoria*，159. 66. 2（2019），pp. 91 - 116。

情感的发挥、风俗的描绘、雄辩、理性、热情”。[1] 与此同时，18 世纪欧洲作家受 18 世纪初译入法语的《一千零一夜》的影响，对东方题材叙事趋之若鹜，竞相翻译、改写东方故事并创作波谲云诡的“仿东方故事”和“仿东方小说”，拓宽了 18 世纪罗曼司体裁的边界，以异域背景为掩护深入地探索有禁忌色彩的情爱和欲望问题。[2] 总之，中国与东方对这个时期欧洲人对于身体、心灵和情感三者关系的认识有着重要的形塑作用。

这也就是说，18 世纪文学最终应该被放置于世界史的时空框架中考察。这个时期的文学写作不断指涉早期世界史写作中的域外知识，更宽泛地说，欧洲现代文学的转型与国际贸易、殖民扩张以及早期现代西方思想版图的空间拓展都有着巨大关联。启蒙身心观与东方自然观的关联、斯特恩等名家作品中的东方知识及其对主体性批判的贡献、18 世纪罗曼司复兴的东方文学源头等话题，都向我们揭示了亚洲在 18 世纪启蒙情感文化中的重要作用。遵循多元决定论的思路，可以发现 18 世纪西方社会文化转折与此时的欧洲史和世界史都有着紧密关联。[3] 有关启蒙思想和文学与东方的关联已经有不少论述，但其中有许多仍然晦暗不明的地带，需要被照亮。18 世纪已逝，但它仍然在不断延展，前景无限。

1　范希衡：《〈赵氏孤儿〉与〈中国孤儿〉》，上海：上海古籍出版社，2010 年，第 87 页。

2　参见金雯：《中西文学关系研究的新路径：18 世纪欧洲的“仿东方小说”初探》，《国际汉学》2023 年第 4 期，第 37—44 页。

3　“多元决定论”出自阿尔都塞。在《矛盾与多元决定》一文中，他提出马克思的辩证法将推动社会发展的根本矛盾从意识领域转移至物质生活领域，彻底改写了黑格尔辩证法及其核心术语。阿尔都塞特别澄清了马克思恩格斯有关历史发展动力的理论，说明“经济归根到底是决定因素”，但“上层建筑中的许多形式（从地区传统到国际环境）”会参与塑造历史进程的实质性路径。[法] 路易・阿尔都塞：《保卫马克思》，顾良译，北京：商务印书馆，1984 年，第 90 页。

引用文献

中文文献

[古希腊] 柏拉图：《柏拉图对话集》，王太庆译，北京：商务印书馆，2004 年。

[古希腊] 柏拉图：《理想国》，郭斌和、张竹明译，北京：商务印书馆，2017 年。

[古希腊] 亚里士多德：《亚里士多德全集》第六卷，苗力田主编，北京：中国人民大学出版社，2016 年。

[英] 埃德蒙·伯克：《关于我们崇高与美观念之根源的哲学探讨》，郭飞译，郑州：大象出版社，2010 年。

[英] 艾伦·麦克法兰：《英国个人主义的起源》，管可秾译，北京：商务印书馆，2020 年。

[英] 安·拉德克利夫：《奥多芙的神秘》，刘勃译，北京：中国人民大学出版社，2004 年。

[英] 安东尼·吉登斯：《现代性与自我认同：现代晚期的自我与社会》，赵旭东、方文译，王铭铭校，北京：生活·读书·新知三联书店，1998 年。

[英] 大卫·休谟：《论灵魂不朽》，收于《论道德与文学：休谟论说文集卷二》，马万利、张正萍译，杭州：浙江大学出版社，2011 年。

[英] 丹尼尔·笛福：《鲁滨逊漂流记》，金长蔚译，广州：花城出版社，2014 年。

[英] 法拉梅兹·达伯霍瓦拉：《性的起源：第一次性革命的历史》，杨朗译，南京：译林出版社，2015 年。

[英] 亨利·菲尔丁：《阿米莉亚》，吴辉译，南京：译林出版社，2004 年。

［英］亨利·菲尔丁：《大伟人江奈生·魏尔德传》，萧乾译，南京：译林出版社，1997年。

［英］亨利·菲尔丁：《汤姆·琼斯》，刘苏周译，广州：花城出版社，2014年。

［英］亨利·菲尔丁：《约瑟夫·安德鲁斯的经历》，王仲年译，上海：新文艺出版社，1957年。

［英］亨利·菲尔丁：《弃儿汤姆·琼斯的历史》，萧乾、李从弼译，西安：太白文艺出版社，2008年。

［英］霍布斯：《利维坦》，黎思复、黎廷弼译，北京：商务印书馆，1985年。

［英］杰弗雷·乔叟：《坎特伯雷故事》，方重译，北京：人民文学出版社，2006年。

［英］劳伦斯·斯特恩：《项狄传》，蒲隆译，上海：上海译文出版社，2018年。

［英］劳伦斯·斯通：《英国的家庭、性与婚姻（1500—1800）》，刁筱华译，北京：商务印书馆，2011年。

［英］罗伊·波特：《创造现代世界：英国启蒙运动钩沉》，李源、张恒杰、李上译，刘北成校，北京：商务印书馆，2022年。

［英］洛克：《人类理解论》，关文运译，北京：商务印书馆，2017年。

［英］马修·格雷戈里·刘易斯：《修道士》，李伟昉译，上海：上海译文出版社，2011年。

［英］塞缪尔·约翰逊：《拉塞拉斯——一个阿比西尼亚王子的故事》，王增澄译，沈阳：辽宁教育出版社，2000年。

［英］沙夫茨伯里：《人、风俗、意见与时代之特征——沙夫茨伯里选集》，李斯译，武汉：武汉大学出版社，2010年。

［英］苏珊·詹姆斯：《激情与行动：十七世纪哲学中的情感》，管可秾译，北京：商务印书馆，2017年。

［英］威廉·布莱克：《天堂与地狱的婚姻：布莱克诗选》，张德明译，北京：中国文联出版公司，1989年。

［英］威廉·雷迪：《感情研究指南：情感史的框架》，周娜译，上海：华东师范大学出版社，2020年。

［英］休谟：《道德原则研究》，曾晓平译，北京：商务印书馆，2012年。

[英] 休谟：《人类理解研究》，关文运译，北京：商务印书馆，2011 年。

[英] 休谟：《人性论》，关文运译，北京：商务印书馆，2014 年。

[英] 休谟：《休谟政治论文选》，张若衡译，北京：商务印书馆，2010 年。

[英] 亚当 · 斯密：《道德情操论》，蒋自强等译，北京：商务印书馆，2014 年。

[英] 亚当 · 斯密：《国富论》，郭大力、王亚南译，北京：商务印书馆，2017 年。

[英] 伊 · P. 瓦特：《小说的兴起》，高原、董红钧译，北京：生活 · 读书 · 新知三联书店，1992 年。

[英] 以赛亚 · 伯林：《反潮流：观念史论文集》，冯克利译，南京：译林出版社，2011 年。

[英] 詹姆斯 · 塔利：《论财产权：约翰 · 洛克和他的对手》，王涛译，北京：商务印书馆，2014 年。

[英] 贺拉斯 · 瓦尔浦尔：《奥特朗托城堡》，伍厚恺译，成都：四川人民出版社，2005 年。

[法] 波德莱尔：《现代生活的画家》，郭宏安译，杭州：浙江文艺出版社，2007 年。

[法] 笛卡尔：《第一哲学沉思集》，庞景仁译，北京：商务印书馆，2017 年。

[法] 弗雷德里克 · 卡拉：《书信体小说》，李俊仙译，天津：天津人民出版社，2013 年。

[法] 伏尔泰：《查第格》，傅雷译，上海：上海译文出版社，2017 年。

[法] 伏尔泰：《风俗论》，梁守锵译，北京：商务印书馆，2017 年。

[法] 伏尔泰：《哲学辞典》，王燕生译，北京：商务印书馆，2017 年。

[法] 亨利 · 伯格森：《笑与滑稽》，乐爱国译，广州：广东人民出版社，2000 年。

[法] 魁奈：《魁奈经济著作选集》，吴斐丹、张草纫译，北京：商务印书馆，2017 年。

[法] 勒内 · 笛卡尔：《论灵魂的激情》，贾江鸿译，北京：商务印书馆，2013 年。

［法］卢梭：《爱弥儿》，李平沤译，北京：商务印书馆，2017 年。

［法］卢梭：《论科学与艺术的复兴是否有助于使风俗日趋纯朴》，李平沤译，北京：商务印书馆，2016 年。

［法］卢梭：《论人类不平等的起源和基础》，高修娟译，南京：译林出版社，2015 年。

［法］卢梭：《社会契约论》，李平沤译，北京：商务印书馆，2017 年。

［法］路易・阿尔都塞：《保卫马克思》，顾良译，北京：商务印书馆，1984 年。

［法］孟德斯鸠：《波斯人信札》，梁守锵译，北京：商务印书馆，2016 年。

［法］孟德斯鸠：《论法的精神》，张雁深译，北京：商务印书馆，1995 年。

［法］米・杜夫海纳：《审美经验现象学》，韩树站译，北京：文化艺术出版社，1996 年。

［法］米歇尔・福柯：《生命政治的诞生》，莫伟民、赵伟译，上海：上海人民出版社，2011 年。

［法］米歇尔・福柯：《必须保卫社会》，钱翰译，上海：上海人民出版社，2010 年。

［法］米歇尔・福柯：《词与物：人文科学的考古学》，莫伟民译，上海：上海三联书店，2016 年。

［法］米歇尔・福柯：《疯癫与文明》，刘北成、杨远婴译，北京：生活・读书・新知三联书店，2012 年。

［法］米歇尔・福柯：《福柯集》，杜小真编选，上海：上海远东出版社，1998 年。

［法］萨特：《存在与虚无》，陈宣良等译，杜小真校，北京：生活・读书・新知三联书店，2014 年。

［法］夏多布里昂：《夏多布里昂精选集》，许钧编选，济南：山东文艺出版社，2000 年。

［美］爱德华・W. 萨义德：《东方学》，王宇根译，北京：三联书店，1999 年。

［美］安东尼・帕戈登：《启蒙运动为什么依然重要》，王丽慧，郑念，杨蕴真译，孙小淳校，上海：上海交通大学出版社，2017 年。

［美］安东尼奥・R. 达马西奥：《笛卡尔的错误：情绪、推理和人脑》，毛彩凤

译，北京：教育科学出版社，2007 年。

［美］保罗·德·曼：《阅读的寓言——卢梭、尼采、里尔克和普鲁斯特的比喻语言》，沈勇译，天津：天津人民出版社，2008 年。

［美］彼得·盖伊：《启蒙时代（下）：自由的科学》，王皖强译，上海：上海人民出版社，2016 年。

［美］波考克：《德行、商业和历史：18 世纪政治思想与历史论辑》，冯克利译，北京：生活·读书·新知三联书店，2012 年。

［美］弗雷德里克·拜泽尔：《浪漫的律令：早期德国浪漫主义观念》，黄江译，韩潮校，北京：华夏出版社，2019 年。

［美］汉娜·阿伦特：《人的境况》，王寅丽译，上海：上海人民出版社，2017 年。

［美］理查德·B. 谢尔：《启蒙与出版：苏格兰作家和 18 世纪英国、爱尔兰、美国的出版商》，启蒙编译所译，上海：复旦大学出版社，2012 年。

［美］迈克尔·麦基恩：《英国小说的起源 1600—1740》，胡振明译，上海：华东师范大学出版社，2015 年。

［美］迈克尔·L. 弗雷泽：《同情的启蒙：18 世纪与当代的正义和道德情感》，胡靖译，南京：译林出版社，2016 年。

［美］W. J. T. 米歇尔：《图像学》，陈永国译，北京：北京大学出版社，2020 年。

［美］詹姆斯·施密特：《启蒙运动与现代性：18 世纪与 20 世纪的对话》，徐向东、卢华萍译，上海：上海人民出版社，2005 年。

［德］W. 本雅明：《机械时代的复制艺术作品》，王才勇译，杭州：浙江摄影出版社，1993 年。

［德］哈贝马斯：《公共领域的结构转型》，曹卫东、王晓珏、刘北城、宋伟杰译，上海：学林出版社，1999 年。

［德］哈贝马斯：《现代性——未竟之功》，张锦忠、曾丽玲译，《中外文学》1995 年第 2 期，第 4—14 页。

［德］黑格尔：《法哲学原理》，范扬、张企泰译，北京：商务印书馆，1961 年。

［德］胡塞尔：《逻辑学与认识论导论》，郑辟瑞译，北京：商务印书馆，2016 年。

[德] 胡塞尔：《逻辑研究》第二卷，倪梁康译，北京：商务印书馆，2017 年。

[德] E. 卡西勒：《启蒙哲学》，顾伟铭等译，济南：山东人民出版社，1988 年。

[德] 康德：《康德三大批判合集（注释版）》，李秋零译注，北京：中国人民大学出版社，2016 年。

[德] 康德：《什么是启蒙》，收于李秋零主编《康德著作全集（注释本）》第 8 卷，北京：中国人民大学出版社，2010 年。

[德] 莱布尼茨：《莱布尼茨认识论文集》，段德智编译，北京：商务印书馆，2019 年。

[德] 莱布尼茨：《神义论》，朱雁冰译，北京：生活 · 读书 · 新知三联书店，2007 年。

[德] 马克思、恩格斯：《马克思、恩格斯论艺术》第二卷，曹葆华等译，北京：中国社会科学出版社，1983 年。

[德] 马克思、恩格斯：《马克思恩格斯文集》第一卷，中共中央马克思恩格斯列宁斯大林著作编译局编译，北京：人民出版社，2009 年。

[德] 马克思、恩格斯：《马克思恩格斯文集》第二卷，中共中央马克思恩格斯列宁斯大林著作编译局编译，北京：人民出版社，2009 年。

[德] 马克思、恩格斯：《马克思恩格斯文集》第五卷，中共中央马克思恩格斯列宁斯大林著作编译局编译，北京：人民出版社，2009 年。

[德] 马克斯 · 霍克海默、西奥多 · 阿道尔诺：《启蒙辩证法》，渠敬东、曹卫东译，上海：上海人民出版社，2006 年。

[德] 马克思 · 舍勒：《爱的秩序》，刘小枫编，孙周兴等译，北京：北京师范大学出版社，2014 年。

[德] 马克斯 · 韦伯：《新教伦理与资本主义精神》，李修建、张云江译，北京：中国社会科学出版社，2009 年。

[德] 舍勒：《伦理学中的形式主义与质料的价值伦理学》，倪梁康译，北京：商务印书馆，2019 年。

[加] C · B. 麦克弗森：《占有性个人主义的政治理论：从霍布斯到洛克》，张传玺译，王涛校，杭州：浙江大学出版社，2018 年。

[加] 布来恩 · 马苏米：《虚拟的寓言》，严蓓雯译，郑州：河南大学出版社，2012 年。

［加］查尔斯·泰勒：《自我的根源：现代认同的形成》，韩震等译，南京：译林出版社，2008 年。

［荷］B. 曼德维尔：《蜜蜂的寓言》，肖聿译，北京：商务印书馆，2016 年。

［荷］斯宾诺莎：《伦理学》，贺麟译，北京：商务印书馆，2014 年。

［荷］斯宾诺莎：《神学政治论》，温锡增译，北京：商务印书馆，2014 年。

［意］文森佐·费罗内：《启蒙观念史》，马涛、曾允译，北京：商务印书馆，2018 年。

范希衡：《〈赵氏孤儿〉与〈中国孤儿〉》，上海：上海古籍出版社，2010 年。

范昀：《追寻真诚：卢梭与审美现代性》，上海：上海人民出版社，2013 年。

葛桂录：《雾外的远音：英国作家与中国文化》，福州：福建教育出版社，2015 年。

葛桂录：《中英文学交流系年》，济南：山东教育出版社，2018 年。

耿立平（Li—Ping Geng）：*Sensibility and Ethics: The British Novel 1771—1817*，北京：北京大学出版社，2013 年。

韩加明：《菲尔丁研究》，北京：北京大学出版社，2010 年。

黄禄善：《境遇·范式·演进——英国哥特式小说研究》，上海：上海外语教育出版社，2012 年。

黄梅：《推敲自我：小说在 18 世纪的英国》，北京：生活·读书·新知三联书店，2003 年。

黄学胜：《马克思对启蒙的批判及其意义研究》，北京：中国社会科学出版社，2020 年。

江宁康：《西方启蒙思潮与文学经典传承》，北京：人民出版社，2015 年。

李家莲：《道德的情感之源：弗兰西斯·哈奇森道德情感思想研究》，杭州：浙江大学出版社，2012 年。

李家莲：《情感的自然化：英国古典政治经济学的哲学基础》，北京：社会科学文献出版社，2022 年。

李猛：《自然社会：自然法与现代道德世界的形成》，北京：生活·读书·新知三联书店，2015 年。

李秋零主编：《康德著作全集（注释本）》第 2 卷，北京：中国人民大学出版社，2019 年。

李秋零主编：《康德著作全集（注释本）》第 5 卷，北京：中国人民大学出版社，2006 年。

李秋零主编：《康德著作全集（注释本）》第 6 卷，北京：中国人民大学出版社，2019 年。

李秋零主编：《康德著作全集（注释本）》第 8 卷，北京：中国人民大学出版社，2010 年。

李秋零主编：《康德著作全集（注释本）》第 9 卷，北京：中国人民大学出版社，2010 年。

李泽厚：《李泽厚对话集著：中国哲学登场》，北京：中华书局，2015 年。

刘小枫：《现代性社会理论绪论》，上海：华东师范大学出版社，2018 年。

刘小枫选编：《德语美学文选》，上海：华东师范大学出版社，2006 年。

罗卫东：《情感、秩序、美德——亚当·斯密的伦理学世界》，北京：中国人民大学出版社，2006 年。

钱林森：《中外文学交流史：中国—法国卷》，济南：山东教育出版社，2015 年。

钱锺书：《钱锺书英文文集》，北京：外语教学与研究出版社，2005 年。

宋红娟：《“心上”的日子：关于西和乞巧的情感人类学研究》，北京：北京大学出版社，2016 年。

苏耕欣：《哥特小说：社会转型时期的矛盾文学》，北京：北京大学出版社，2010 年。

谭光辉：《情感的符号现象学》，北京：人民出版社，2021 年。

王爱菊：《理性与启示：英国自然神论研究》，北京：人民出版社，2012 年。

王斯秧：《司汤达的情感哲学与小说诗学》，北京：北京大学出版社，2021 年。

慵讷居士：《咫闻录》，重庆：重庆出版社，2005 年。

张祥龙：《现象学导论七讲：从原著阐发原意》（修订新版），北京：中国人民大学出版社，2011 年。

朱光潜：《朱光潜全集》第一卷，合肥：安徽教育出版社，1987 年。

陈榕:《恐怖及其观众:伯克崇高论中的情感、政治与伦理》,《外国文学》2020年第6期,第130—143页。

何畅:《“风景”的阶级编码——奥斯丁与“如画”美学》,《外国文学评论》2011年第2期,第36—46页。

黄克武:《情感史研究的一些想法》,《史学月刊》2018年第4期,第10—14页。

蒋向艳:《从〈查第格〉看伏尔泰与道家思想之关联》,《中文自学指导》2006年第6期,第39—42页。

金雯:《16—18世纪世界史书写与“比较思维”的兴起》,《上海大学学报(社会科学版)》2023年第2期,第101—117页。

金雯:《格莱特的〈中国故事集〉与18世纪欧亚文化交流》,《文学评论》2023年第1期,第37—46页。

金雯:《理查逊的〈克拉丽莎〉与18世纪英国的性别与婚姻》,《外国文学评论》2016第1期,第22—38页。

金雯:《人物与景物:菲尔丁小说的视觉性》,《欧美文学论丛》2018年第十二辑,第61—85页。

金雯:《中西文学关系研究的新路径:18世纪欧洲的“仿东方小说”初探》,《国际汉学》2023年第4期,第37—44页。

金雯:《作者的诞生》,《读书》2015年2月,第94—103页。

刘同舫:《启蒙理性及现代性:马克思的批判性重构》,《中国社会科学》2015年第2期,第4—24页。

刘召峰:《马克思的拜物教概念考辨》,《南京大学学报:哲学·人文科学·社会科学》2012年第1期,第17—23页。

倪梁康:《胡塞尔与舍勒:交互人格经验的直接性与间接性问题》,《中山大学学报(社会科学版)》2017年第3期,第117—134页。

时霄:《英格兰“古今之争”的宗教维度与斯威夫特的〈木桶的故事〉》,《外国文学评论》2017年第1期,第136—153页。

宋红娟:《西方情感人类学研究述评》,《国外社会科学》2014年第4期,第118—125页。

孙海洋:《论马克思对资本主义的内在批判及其唯物史观意蕴》,《马克思主义与现实》2022 年第 1 期，第 112—118 页。

王俊秀：《新媒体时代社会情绪和社会情感的治理》，《探索与争鸣》2016 年第 11 期，第 35—38 页。

王晴佳：《拓展历史学的新领域：情感史的兴盛及其三大特点》，《北京大学学报（哲学社会科学版）》2019 年第 4 期，第 87—95 页。

魏艳辉：《〈项狄传〉形式研究趋向及展望》，《国外文学》2013 年第 2 期，第 42—50 页。

吴增定：《胡塞尔的笛卡尔主义辨析》，《北京大学学报（哲学社会科学版）》，2013 年第 5 期，第 21—29 页。

袁光锋：《迈向“实践”的理论路径：理解公共舆论中的情感表达》，《国际新闻界》2021 年第 6 期，第 55—72 页。

张珊：《18 世纪英国医生乔治・切恩对忧郁症文化内涵的重塑》，《中国社科院研究生院学报》2021 年第 4 期，第 130—141 页。

张颖：《杜博的情感主义艺术理论及其启蒙意识》，《美育学刊》2018 年第 3 期，第 67—76 页。

张颖：《连续与断裂：在法国古典主义与启蒙美学之间》，《文艺争鸣》2019 年第 2 期，第 119—127 页。

张正萍：《“推测史”与亚当・斯密的史学贡献》，《浙江大学学报（人文社会科学版）》2018 年第 4 期，第 227—240 页。

赵涵：《当代西方情感史学的由来与理论建构》，《史学理论研究》2020 年第 3 期，第 133—148 页。

赵文：《Affectus 概念意涵锥指——浅析斯宾诺莎〈伦理学〉对该词的理解》，《文化研究》2020 年第 38 辑，第 234—247 页。

英文文献

Aikin, John, M. D. and Anna Laetitia Barbauld. *Miscellaneous Pieces in Prose*. 3rd ed. London: printed for J. Johnson in St. Paul's Church-Yard, 1792.

Ahmed, Sara. *The Cultural Politics of Emotion*. 2nd ed. Edinburgh: Edinburgh University Press, 2014.

Anderson, Hodgson, Emily. *Eighteenth-Century Authorship and the Play of Fiction: Novels and the Theatre, Haywood to Austen*. New York: Routledge, 2007.

Aravamudan, Srinivas. *Enlightenment Orientalism: Resisting the Rise of the Novel*. Chicago: University of Chicago Press, 2012.

Armstrong, Meg. " 'The Effects of Blackness': Gender, Race, and the Sublime in Aesthetic Theories of Burke and Kant." *The Journal of Aesthetics and Art Criticism*, 54. 3 (1996), pp. 213 - 236.

Armstrong, Nancy. *Desire and Domestic Fiction: A Political History of the Novel*. Oxford: Oxford University Press, 1987.

——. *Fiction in the Age of Photography: The Legacy of British Realism*. Cambridge: Harvard University Press, 1999.

Auerbach, Mimesis. *The Representation of Reality in Western Literature*. Trans. Willard R. Trask. Princeton: Princeton University Press, 2003.

Bacscheider, R. Paula and Richetti, John eds. *Popular Fiction by Women: An Anthology (1660 - 1730)*. Oxford: Clarendon Press, 1997.

Baird, Ileana and Christina Ionescu eds. *Eighteenth-Century Thing Theory in a Global Context: From Consumerism to Celebrity Culture*. Burlington VT: Ashgate, 2013.

Baines, Paul, and Pat Rogers. *Edmund Curll, Bookseller*. Oxford: Clarendon Press, 2007.

Ballaster, Ross. " 'The story of the heart': Love-Letters between a Noble-Man and his Sister." *The Cambridge Companion to Aphra Behn*. Ed. Eric Hughes and Janet Todd. Cambridge: Cambridge University Press, 2004.

Baldwin, Chauncey Edward. "The Relation of the Seventeenth Century Character to the Periodical Essay." *PMLA*, 19. 1 (1904), pp. 75 - 114.

Barbauld, Anna Laetitia. *The British Novelists: with an Essay, and Prefaces, Biographical and Critical*. 50 vols. London: Rivington, 1810.

Barclay, Katie, et. al., eds. *A Cultural History of the Emotions in the Baroque and Enlightenment Age*. Vol. 4. New York: Bloomsbury Academic, 2021.

Barker-Benfield, G. J.. *The Culture of Sensibility: Sex and Society in Eighteenth-Century Britain*. Chicago: University of Chicago Press, 1992.

Barrett, Lisa Feldman, et al. "Language as Context for the Perception of Emotion." *Trends in Cognitive Science*, 11. 8 (2007), pp. 327 - 332.

Batchelor, Jennie. "Un-Romantic Authorship: The Minerva Press and the Lady's Magazine, 1770 - 1820." *Romantic Textualities*, 23 (2020), pp. 11 - 20, p. 77.

Battestin, Martin C.. "Shaftesbury." *A Henry Fielding Companion*. Westport: Greenwood Press, 2000, pp. 131 - 132.

Baumgarten, Alexander. *Metaphysik*. Trans., and ed. Courtney D. Fugate and John Hymers. London and New York: Boomsbury, 2013.

Bedford, Ronald, Lloyd Davis, and Philippa Kelly, eds. *Early Modern Autobiography: Theories, Genres, and Practices*. Grand Rapids: University of Michigan Press, 2006.

Bender, John. *Imagining the Penitentiary: Fiction and the Architecture of Mind in Eighteenth-Century England*. Chicago: University of Chicago Press, 1987.

Bennett, Alice. *Contemporary Fictions of Attention: Reading and Distraction in the Twenty-First Century*. New York: Bloomsbury Press, 2018.

Benson, Larry D., ed. *The Riverside Chaucer*. 3rd ed. Boston: Houghton Mifflin, 1987.

Bellamy, Jane Elizabeth. "Psychoanalysis and Early Modern Culture: Is it Time to Move Beyond Charges of Anachronism." *Literature Compass*, 7.5 (2010), pp. 318 - 331.

Bergson, Henri. *Laughter: An Essay on the Meaning of the Comic*. Trans. Cloudesley Brereton and Fred Rothwell. New York: Macmillan, 1914.

Berlant, Laurent. *Cruel Optimism*. Durham: Duke University Press, 2011.

Bernasconi, Robert. "Kant as an Unfamiliar Source of Racism." *Philosophers on Race: Critical Essays*. Ed. Julie K. Ward and Tommy L. Lot. Oxford:

Blackwell, 2002, pp. 145 - 165.

Bernhard, Siegert. *Relays: Literature as an Epoch of the Postal System*. Trans. Kevin Repp. Stanford: Stanford University Press, 1999.

Black, Berlinda. *The Woman Reader*. New Haven and London: Yale University Press, 2012.

Blackley, Brian. "Reading the Genres of 'Metempsychosis'." *CEA Critic*, 68. 1/2 (2005/2006), pp. 12 - 20.

Blackmore, Richard. *A Treatise of the Spleen and Vapours: Hypocondriacal and Hysterical Affections*. London: J. Pemberton, 1725.

——. *The Nature of Man, in Three Books*. London: John Clark, 1720.

Blanning, T. C. W. *The Culture of Power and the Power of Culture: Old Regime Europe 1660 - 1789*. Oxford: Oxford University Press, 2002.

Boswell, James. *The Life of Samuel Johnson* (*revised*). Vol. 2. London: printed by H. Baldwin and son, 1799.

Bourque, Kevin. "Cultural Currency: Crystal, or the Adventures of a Guinea, and the Material Shape of Eighteenth-Century Celebrity." *Eighteenth-Century Thing Theory in a Global Context: From Consumerism to Celebrity Culture*. Ed. Ileana Baird and Christina Ionescu. Burlington: Ashgate, 2013, pp. 49 - 68.

Bouson, J. Brooks. *Quiet As It's Kept: Shame, Trauma, and Race in the Novels of Toni Morrison*. Albany: State University of New York Press, 2000.

Brightman, S. Edgar. "The Lisbon Earthquake: A Study in Religious Valuation." *The American Journal of Theology*, 23. 4 (1919), pp. 500 - 518.

Brissenden, F. R. *Virtue in Distress: Studies in the Novel of Sentiment from Richardson to Sade*. London and Basingstoke: Macmillan, 1974.

Brockliss, Laurence, and Ritchie Robertson, eds. *Isaiah Berlin and the Enlightenment*. Oxford: Oxford University Press, 2016.

Brooke, Frances. *The History of Emily Montagu*. London: printed for J. Dodsley, in Pall Mall, 1769.

Brooks, Peter. "Virtue and Terror: The Monk." *ELH*, 40. 2 (1973), pp. 249 - 263.

Brown, Carolyn. *Shakespeare and Psychoanalytic Theory*. New York: Bloomsbury, 2015.

Brown, M. Theodore. "From Mechanism to Vitalism in Eighteenth-Century English Physiology." *Journal of the History of Biology*, 7. 2 (1974), pp. 179-216.

Brown, Marshall. *The Surprising Effects of Sympathy: Marivaux, Diderot, and Mary Shelley*. Chicago: University of Chicago Press, 1988.

Brun, Le Charles. *A Method to Learn to Design the Passions*. London: J. Huggonson, 1734.

Budd, Adam. "Why Clarissa Must Die: Richardson's Tragedy and Editorial Heroism." *Eighteenth-Century Life*, 31. 3 (2007), pp. 1-28.

Buffon, Georges. *Buffon's Natural History Containing a theory of The Earth, a General History of Man, of The Brute Creation, and of Vegetables, Minerals, Etc*. Vol. 4. Transcribed by Miriam C. Meijer and translated by Barr. London: T. Gillet, 1807.

Bullitt, John and W. Jackson Bate. "Distinctions between Fancy and Imagination in Eighteenth-Century English Criticism." *Modern Language Notes*, 60. 1 (1945), pp. 8-15.

Burger, D. Glenn and Holly Crocker, eds. *Medieval Affect Feeling and Emotion*. New York: Cambridge University Press, 2019.

Burke, Peter. *Popular Culture in Early Modern Europe*. New York: Harper Torchbooks, 1978.

Burney, Fanny. *Cecelia, Memoirs of an Heiress*. 5th ed. London: printed for T. Payne and son, 1786.

Burney, Frances. *Camilla: or a Picture of Youth*. London: printed for T. Payne, 1796.

——. *Evelina, or a Young Lady's Entrance into the World*. 2nd ed. London: printed for T. Towndes, 1779.

Burton, Robert. *The Anatomy of Melancholy*. Oxford: printed by John Lichfield and James Short, for Henry Cripps, Anno Dom, 1621.

Campbell, Jill. *Natural Masques: Gender and Identity in Fielding's Plays and Novels*. Stanford: Stanford University Press, 1995.

Calhoun, Craig, ed. *Habermas and the Public Sphere*. Cambridge: MIT Press, 1993.

Canaris, Daniel. "Peace and Reason of State in the Confucius Sinarum philosophus (1687)." *Theoria*, 159. 66. 2 (2019), pp. 91 - 116.

Canovan, Margaret. "A Case of Distorted Communication: A Note on Habermas and Arendt." *Political Theory*, 11. 1 (1983), pp. 105 - 116.

Carrey, Brycchan. "Slavery in the Novel of Sentiment." Ed. Albert J. Rivero. *The Sentimental Novel in the Eighteenth Century*. Cambridge: Cambridge University Press, 2019, pp. 138 - 154.

Caruth, Cathy. *Unclaimed Experience: Trauma, Narrative and History*. Baltimore: Johns Hopkins University Press, 1996.

Castle, Terry. *The Female Thermometer, Eighteenth-Century Culture and the Invention of the Uncanny*. New York: Oxford University Press, 1995.

Chandler, Anne. " 'A Tissue of Fables': Rousseau, Gender, and Textuality in Godwin's 'Fleetwood'." *Keats-Shelley Journal*, 53 (2004), pp. 39 - 60.

Chaffee, Judith and Oliver Crick. *The Routledge Companion to Commedia dell'Arte*. London and New York: Routledge, 2015.

Charleton, Walter. *Natural History of the Passions*. Savoy: printed by T. N. for James Magnes, 1674.

Chalmers, Alexander, ed. *The Spectator, in six volumes*. New York: D. Appleton & Company, 1853.

Chartier, Roger. *Inscription and Erasure*. Trans. Arthur Goldhammer. Philadelphia: University of Pennsylvania Press, 2005.

Cheyne, George. *The English Malady, or A Treatise of Nervous Diseases of all Kinds*. London: printed for G. Strahan in Cornbill, and J. Leake at Bath, 1783.

Christine S. Lee. "The Meanings of Romance: Rethinking Early Modern Fiction." *Modern Philology*, 112. 2 (2014), pp. 287 - 311.

Clair, William St. *The Reading Nation in the Romantic Period*. Cambridge: Cambridge University Press, 2004.

Class, Monika. "The Visceral Novel Reader and Novelized Medicine in Georgian Britain." *Literature and Medicine*, 34. 2 (2016), pp. 341-369.

Colas, Gérard and Colas-Chauhan, Usha. "An 18th Century Jesuit 'Refutation of Metempsychosis' in Sanskrit." *Religions 8*, 9 (2017), pp. 192-207.

Coleridge, T. S. *Literaria Biographia*. Vol. 2. Oxford: Clarendon Press, 1909.

Collins, Siobhán. *Bodies, Politics and Transformations: John Donne's Metempsychosis*. Farnham: Ashgate, 2013.

Conway, Alison. "Fielding's Amelia and the Aesthetics of Virtue." *Eighteenth-Century Fiction*, 8. 1 (1995), pp. 35-50.

Crane, R. S.. "Suggestions toward a Genealogy of the 'Man of Feeling'." *ELH*, 1. 3 (1934), 205-230.

Csengei, Ildoko. *Sympathy, Sensibility and Literature of Feeling in the Eighteenth Century*. New York: Palgrave MacMillan, 2012.

Cumberland, Richard. *Henry*. London: C. Dilly, 1795.

Curtis, Perry Lewis, ed. *Letters of Laurence Sterne*. Oxford: Clarendon Press, 1935.

Cvetkovich, Ann. *An Archive of Feelings: Trauma, Sexuality, and Lesbian Public Cultures*. Durham: Duke University Press, 2003.

D'Alenzon. *The Bonze, the Chinese Anchorite, an Oriental Epic Novel*. Translated from the original mandarine language by Hoamchi-vam. London, 1769.

Dames, Nicholas. *Physiology of the Novel: Reading, Neural Science, and the Form of Victorian Fiction*. Oxford: Oxford University Press, 2007.

Darnton, Robert. *The Forbidden Best-Sellers of Pre-Revolutionary France*. New York and London: W. W. Norton & Company, 1996.

Darwall, Stephen. *The British Moralists and the Internal 'Ought'*. Cambridge: Cambridge University Press, 1995.

Darwin, Erasmus. *Zoonomia, or the Laws of Organic Life (1794 -1796)*. Vol. 1. Boston: printed for Thomas and Andrews, 1803.

Dascal, Marcelo trans., and ed. *The Art of Controversies*. Dordrecht: Springer, 2006.

Davidson, Jenny. *Breeding: A Partial History of the Eighteenth Century*. New York: Columbia University Press, 2008.

Davison, Carol Margaret. *History of the Gothic: Gothic Literature 1764 -1824*. Cardiff: University of Wales Press, 2009.

Davies, Paul. "Uneasiness: the Line Between Sterne's Novel and Locke's Essay." *Textual Practice*, 31. 2 (2017), pp. 247 - 264.

De Montaigne, Michel. *Essayes of Morall, Politike, and Militaire Discourses*. Trans. John Florio. London: Edward Blount, 1603.

Defoe, Daniel. *Robinson Crusoe*. Edited by Thomas Keymer. Oxford: Oxford University Press, 2007.

DeLanda, Manuel. *Intensive Science and Virtual Philosophy*. Revised ed. London and New York: Bloomsbury Academic, 2013.

Deleuze, Gills, and Felix Guattari. *A Thousand Plateaus: Capitalism and Schizophrenia*. Trans. Brian Massumi. Minneapolis and London: University of Minnesota Press, 1987.

DeLucia, JoEllen. "From the Female Gothic to a Feminist Theory of History: Ann Radcliffe and the Scottish Enlightenment." *The Eighteenth Century*, 50. 1 (2009), pp. 101 - 115.

Dennett, Daniel. *Consciousness Explained*. Boston: Little, Brown and Co, 1991.

Deporte, V. Michael. "Digressions and Madness in 'A Tale of a Tub' and 'Tristram Shandy'." *Huntington Library Quarterly*, 34. 1 (1970), pp. 43 - 57.

Derrida, Jacques. *The Animal That Therefore I Am*. Ed. Marie-Luise Mallet. New York: Fordham University Press, 2008.

——. *Of Grammatology*. Trans. Gayatri Chakravorty Spivak. Baltimore:

Johns Hopkins University Press, 1997.

Dixon, Thomas. *From Passions to Emotions: The Creation of a Secular Psychological Category*. Cambridge: Cambridge University Press, 2003.

Donovan, J. D. *Women and the Rise of the Novel, 1405 - 1726*. New York: St. Martin's Press, 1999.

Dowd, Michelle M., Julie A. Eckerle, eds. *Genre and Women's Life Writing in Early Modern England*. United Kingdom: Taylor & Francis, 2016.

Duncan Eaves, T. C. and Kimpel, D. Ben. "Richardson's Revisions of Pamela." *Studies in Bibliography*, 20 (1967), pp. 61 - 88.

Dunlop, John Colin. *The History of Fiction*. London: Reeves and Turner, 1816.

Dunne, John. *The Political Thought of John Jocke, An Historical Account of the Argument of the "Two Treatises of Government"*. Cambridge: Cambridge University Press, 1969.

Dussinger, A. John, ed. *The Cambridge Edition of The Correspondence of Samuel Richardson*. Cambridge: Cambridge University Press, 2015.

Eagleton, Terry. *The Rape of Clarissa: Writing, Sexuality, and Class Struggle in Samuel Richardson*. Minneapolis: University of Minnesota Press, 1982.

Edgeworth, Maria. *Belinda*. London: Baldwin and Cradock, 1833.

Ellis, Markman. *The History of Gothic Fiction*. Edinburgh: Edinburgh University Press, 2000, reprinted in 2005.

——. *The Politics of Sensibility: Race, Gender and Commerce in the Sentimental Novel*. Cambridge: Cambridge University Press, 1996.

Fawcett, H. Julia. *Spectacular Disappearances: Celebrity and Privacy, 1696 - 1801*. Ann Arbor: University of Michigan Press, 2016.

Faubion, James D., ed. *Aesthetics, Method, and Epistemology, Essential Words of Foucault, 1954 - 1984*. Vol. 2. Trans. Robert Hurley, et al. New York: The New Press.

Farr, Jason. "Attractive Deformity: Enabling the Shocking Monster from Sarah Scott's *Agreeable Ugliness*." *The Idea of Disability in the Eighteenth-*

Century. Ed. Chris Mounsey. Lewisburg: Bucknell University Press, pp. 182 - 184.

Fatley, Jonathan. "Reading for Mood." *Representations*, 140 (2017), pp. 137 - 158.

Faxneld, Per. *Satanic Feminism: Lucifer as the Liberator of Woman in Nineteenth-Century Culture*. Oxford: Oxford University Press, 2017.

Ferguson, Adam. *An Essay on the History of Civil Society*. Ed. Fania Oz-Salzberger. Cambridge: Cambridge University Press, 1995.

Fergus, Jan. *Provincial Readers in Eighteenth-Century England*. Oxford: Oxford University Press, 2006.

Fielding, Henry. *Joseph Andrews with Shamela and Related Writings*. Ed. Goldberg, Homer. New York: W. W. Norton, 1987.

——. *The Jacobite's Journal*. 2 (1747), p. 2.

——. *The Voyages of Mr. Job Vinegar*. *The Champion*. Ed. S. L. Sackett, Augustan Reprint Society, No. 67. LA: University of California, 1958.

Fleischacker, Samuel. "Philosophy in Moral Practice: Kant and Adam Smith." *Kant Studien*, 82. 3 (1991), pp. 249 - 269.

Fludernik, Monika. "The Fiction of the Rise of Fiction." *Poetics Today*, 39: 1 (2018), pp. 67 - 90.

Foucault, Michel. *Foucault Reader*. New York: Pantheon Books, 1984.

——. "What is Enlightenment." *Foucault Reader*. Ed. Paul Rabinow. New York: Pantheon Books, 1984, pp. 32 - 50.

Franco, Moretti ed. *The Novel*. Vol. 1. Princeton: Princeton University Press, 2006.

Freedberg, David. "From Absorption to Judgment: Empathy in Aesthetic Response." *Empathy: Epistemic Problems and Cultural-Historical Perspectives of a Cross-Disciplinary Concept*, Ed. Vanessa Lux and Sigrid Weigel. London: Palgrave McMillan, 2017, pp. 139 - 180.

French, P. David. "Swift, Temple, and a Digression on Madness." *Texas Studies in Literature and Language*, 5. 1 (1963), pp. 42 - 45, 57.

Freud, Sigmund. *Beyond the Pleasure Principle*. Trans., and ed. James Strachey. London: Norton, 1961.

——. "Mourning and Melancholy." *The Standard Edition of the Complete Psychological Works of Sigmund Freud*. Vol. 14. Trans., and ed. James Strachey. London: Hogarth Press, 1914 - 1916, pp. 243 - 258.

——. "Repression." *The Standard Edition of the Complete Psychological Works of Sigmund Freud*. Trans., and ed. James Strachey. London: Hogarth Press, reprinted 1981 (originally published in 1957), pp. 146 - 158.

——. "The Unconscious." *General Psychological Theory: Papers on Metapsychology*. Ed. Philip Rieff. New York: Collier Books, 1963, pp. 116 - 150.

Frye, Northrop. *Anatomy of Criticism: Four Essays*. New Jersey: Princeton University Press, 1957.

——. "Towards Defining an Age of Sensibility." *ELH*, 23. 2 (1956), pp. 144 - 152.

Gadd, Ian. "The Printer's Eye." *Ambient Literature*, https://research.ambientlit.com/index.php/2018/01/04/the-printers-eye/, access 2019. 1. 18.

Gallagher, Catherine. *Nobody's Story: The Vanishing Acts of Women Writers in the Marketplace*. Berkeley: University of California Press, 2004.

——. "The Rise of Fictionality." *The Novel* (2 vols), Vol. 1. Ed. Franco Moretti. Princeton: Princeton University Press, 2006, pp. 336 - 363.

Gay, Peter. *The Enlightenment: An Interpretation, vol. II: The Science of Freedom*. New York: W. W. Norton, 1977.

Gerrard, Christine. *The Cambridge Edition of the Correspondence of Samuel Richardson with Aaron Hill and the Hill Family*. Cambridge: Cambridge University Press, 2013.

Giddens, Anthony. *Modernity and Self-Identity, Self and Society in the Late Modern Age*. Stanford: Stanford University Press, 1991.

Gilpin, William. *Three Essays on Picturesque Beauty; on Picturesque Travel; and on Sketching Landscape*. London: printed for R. Blamire, 1792.

Goldsmith, Oliver. *The Citizen of the World: or, Letters from a Chinese Philosopher*. Dublin: printed for George and Alex. Ewing, 1762.

Godwin, William. *Fleetwood: or the New Man of Feeling*. Ed. Rev. London: Richard Bentley, 1832.

Gordon, David, ed. *The Turgot Collection: Writings, Speeches, and Letters of Anne Robert Jacques Turgot, Baron de Laune*. Auburn: Mises Institute, 2011.

Gowland, Angus. *The Worlds of Renaissance Melancholy: Robert Burton in Context*. New York: Cambridge University Press, 2006.

——. "The Problem of Early Modern Melancholy." *Past and Present*, 191 (2006), pp. 77-120.

Greenberg, Bernard. "Laurence Sterne and Chambers' Cyclopaedia." *Modern Language Notes*, 69. 8 (1954), pp. 560-562.

Greenberg, Stephen J. "Dating Civil War Pamphlets, 1641-1644." *Albion: A Quarterly Journal Concerned with British Studies*, 20. 3 (1988), pp. 387-401.

Greenblatt, Stephen. *Learning to Curse: Essays in Early Modern Culture*. New York: Routledge, 2007.

——. "Psychoanalysis and Renaissance Culture." *Learning to Curse: Essays in Early Modern Culture*. New York: Routledge, 2007.

Grossberg, Lawrence. *Under the Cover of Chaos: Trump and the Battle for the American Right*. London: Pluto Press, 2018.

Gueulette, Thomas-Simon. *Mogul Tales, or, the Dreams of Men Awake*. London: printed for J. Applebee, 1736.

——. *Chinese Tales: or, The Wonderful Adventures of the Mandarin Fum-Hoam*. Trans. Revd. Mr Stackhouse. London: Printed for J. Hodges, 1740.

Gutjah, C. Paul and Benton, L. Megan eds. *Illuminating Letters: Typography and Literary Interpretation*. Amherst: University of Massachusetts Press, 2001.

Habermas, Jürgen. "From Kant to Hegel and Back Again—The Move Towards Detranscendentalization." *European Journal of Philosophy*, 7. 2 (1999), pp. 129-157.

——. *Essays on Postmodern Culture*. Seattle: Bay Press, 1983.

——. "Modernity as an Incomplete Project." *The Anti-Aesthetic: Essays on Postmodern Culture*. Ed. Hal Foster. Seattle: Bay Press, 1983, pp. 3 - 15.

——. *The Structural Transformation of the Public Sphere*. Trans. Thomas Burger. Cambridg: MIT Press, 1991.

Haigh, Elizabeth. *Xavier Bichat and the Medical Theory of the Eighteenth Century* (*Medical History, Supplement No. 4*). London: Wellcome Institute for the History of Medicine, 1984.

Haller, Albrecht von. *A Dissertation on the Sensible and Irritable Parts of Animals*. Trans. M. Tissot. London: printed for J. Nourse, 1755.

Hamon, Philippe. "Rhetorical Status of the Descriptive." Trans. Patricia Baudoin. *Yale French Studies*, 61 (1981), pp. 1 - 26.

Handwerk, Gary. "Mapping Misogyny: Godwin's 'Fleetwood' and the Staging of Rousseauvian Education." *Studies in Romanticism*, 41. 3 (2002), pp. 375 - 398.

Hanley, Patrick Ryan. "The 'Wisdom of the State': Adam Smith on China and Tartary." *American Political Science Review*, 108. 2 (2014), pp. 371 - 382.

Hanson, B. Miriam. "Benjamin's Aura." *Critical Inquiry*, 34. 2 (2008), pp. 336 - 375.

Hanson, Elizabeth. *Discovering the Subject in Renaissance England*. Cambridge: Cambridge University Press, 1998.

Hartley, David. *Observations on Man, His Frame, His Duty, and His Expectations*. 6th ed. London: Thomas Tegg and Son, 1834.

Hawley, Judith. "The Anatomy of Tristram Shandy." *Literature and Medicine During the Eighteenth Century*. Ed. Marie Mulvey Roberts and Roy Porter. London: Routledge, 1993.

Hayman, G. John. "Notions on National Characters in the Eighteenth Century." *Huntington Library Quarterly*, 35. 1 (1971), pp. 1 - 17.

Heibig, Daniela and Dalia Nassar. "The Metaphor of Epigenesis: Kant, Blumenbach and Herder." *Studies in History and Philosophy of Science*, 58 (2016), pp. 98 - 107.

Hemlow, Joyce. "Fanny Burney and the Courtesy Books." PMLA, 65. 5 (1950), pp. 732 - 761.

Home Henry and Lord Kames. "Sketches of the History of Man." *Liberty Fund*. Ed. James A. Harris. http://oll. libertyfund. org/title/2032, generated 2011, vol. 1, p. 48.

Herder, Gottfried von Johann. *Philosophical Writings*. Trans., and ed. Michael N. Forster. Cambridge: Cambridge University Press, 2004.

——. *This Too a Philosophy of History for the Formation of Humanity*, in *Philosophical Writings*. Trans., and ed. Michael N. Forster. Cambridge: Cambridge University Press, 2004.

Herman, David. *The Emergence of Mind: Representations of Consciousness in Narrative Discourse in English*. Lincoln: Nebraska University Press, 2011.

Hindle, Maurice, ed. *Caleb Williams*. Harmondsworth: Penguin, 1988.

Hirschman, O. Albert. *Passions and Interests: Political Argument for Capitalism Before Its Triumph*. Princeton: Princeton University Press, 2003.

Hobbes, Thomas. *J. C. A. Gaskin (editor), Leviathan*. Oxford: Oxford University Press, 1998.

——. *On the Citizen*. Ed. Richard Tuck and Michael Silverthorne. Cambridge: Cambridge University Press, 1998.

Hogarth, William. *The Works of William Hogarth: Including the Analysis of Beauty*. Ed. T. Clerk. London: Black and Armstrong, 1837.

Hoock, Holger. *Empires of the Imagination*. London: Profile Books, 2010.

Howells, Coral Ann. *Love, Mystery and Misery: Feeling in Gothic Fiction*. London: Bloomsbury, 2014.

Howes, B. Alan, ed. *Laurence Sterne, The Critical Heritage*. London and New York: Routledge, 1971.

Hughes Eric and Janet Todd, eds. *The Cambridge Companion to Aphra Behn*. Cambridge: Cambridge University Press, 2004.

Hughes, Sard Helen. "A Precursor of 'Tristram Shandy'." *The Journal of English and Germanic Philology*, 17 (1918), pp. 227 - 228.

Hunt, Lynn, ed. *The Invention of Pornography, 1500 – 1800: Obscenity and the Origins of Modernity*. New York: Zone Books, 1993.

Hunt, Lynn. *Inventing Human Rights: A History*. New York: W. W. Norton & Company, 2008.

Hunter, J. Paul. *Before Novel: The Cultural Contexts of Eighteenth Century English Fiction*. New York: Norton, 1990.

Hurd, Richard. *Letters on Chivalry and Romance*. London: printed for Millar, 1762.

Hutcheson, Francis. *An Inquiry Into the Original of Our Ideas of Beauty and Virtue: in Two Treatises*. 3rd ed. London: J. and J. Knapton, 1729.

——. *An Essay on the Nature and Conduct of the Passions and Affections with Illustrations on the Moral Sense*. 3rd ed. Glasgow: Foulis, 1769.

Inchbald, Elizabeth. *A Simple Story*. London: printed for G. G. J. and J. Robinson, 1791.

Ingram, Allan, et al. *Melancholy Experience in Literature of the Long Eighteenth Century, Before Depression, 1660 – 1800*. New York: Palgrave McMillan, 2011.

Iser, Wolfgang. *Laurence Sterne: Tristram Shandy*. Trans. David Henry Wilson. Cambridge: Cambridge University Press, 1988.

Israel, Jonathan. *Radical Enlightenment: Philosophy and the Making of Modernity 1650 – 1750*. Oxford: Oxford University Press, 2001.

——. *Enlightenment Contested: Philosophy, Modernity, and the Emancipation of Man 1670 – 1752*. Oxford and New York: Oxford University Press, 2006.

Irwin, Robert. *The Arabian Nights: A Companion*. London: Tauris Parke Paperbacks, 2003.

Jack, Belinda. *The Woman Reader*. New Haven and London: Yale University Press, 2012.

Jacobs, E. H. "Eighteenth-century British Circulating Libraries and Cultural Book History." *Book History*, 6. 1 (2003), pp. 1 – 22.

James, William. "What is an Emotion?" *Mind*, 9. 34 (1884), pp. 189 – 190.

Johnson, Samuel. *A Dictionary of the English Language*. Vol. 1 and 2. 3rd edition. London: printed by W. Strahan, 1765.

——. *The Works of Samuel Johnson*. Eds. Arthur Murphy, et al. Oxford: Talboys and Wheeler, 1825.

K. C. Cleaver. "Adam Smith on Astronomy." *History of Science*, 27. 2 (1989), pp. 211-218.

Kahler, Erich. *The Inward Turn of Narrative*. Trans. Richard Winston & Clara Winston. Princeton: Princeton University Press, 1973.

Kamilla, Elliott. *Portraiture and British Gothic Fiction: The Rise of Picture Identification, 1764-1835*. Baltimore: Johns Hopkins University Press, 2012.

Kant, Emmanuel. *Critique of Judgment, trans. Werner Pluhar*. Indianapolis, Indiana: Hackett Publishing Company, 1987.

Kandel, Eric. *The Age of Insight*. New York: Random House, 2012.

Kareen, Sarah Tindal. "Rethinking the Real with Robinson Crusoe and David Hume." *Novel: A Forum on Fiction*, 47. 3 (2014), pp. 339-362.

Kavanagh, Thomas M.. "The Libertine Moment." *Yale French Studies*, 94 (1998), pp. 79-100.

Keen, Paul, ed. *The Age of Authors, An Anthology of Eighteenth-Century Print Culture*. Ontario: Broadview Press, 2014.

Kent, John, Wesley and Wesleyans. *Religion in Eighteenth-Century Britain*. Cambridge: Cambridge University Press, 2004.

Kelleher, Paul. "Breast: The Man within the Sympathy and Deformity in Adam Smith's The Theory of Moral Sentiments." *Studies in Eighteenth-Century Culture*, 44 (2015), pp. 41-60.

——. "Defections from Nature: The Rhetoric of Deformity in Shaftesbury's Characteristics." *The Idea of Disability in the Eighteenth-Century*. Ed. Chris Mounsey. Lewisburg: Bucknell University Press, pp. 71-90.

——. "The Man within the Breast: Sympathy and Deformity in Adam Smith's The Theory of Moral Sentiments." *Studies in Eighteenth-Century Culture*, 44 (2015), pp. 41-60.

Kerslake，Christian. *Immanence and the Vertigo of Philosophy from Kant to Deleuze*. Edinburgh：Edinburgh University Press，2009.

Keymer，Thomas，ed. *The Cambridge Companion to Laurence Stern*. Cambridge：Cambridge University Press，2009.

——. “Sterne and the ‘New Species of Writing’.” *Laurence Sterne's Tristram Shandy: A Casebook*. Ed. Thomas Keymer. Oxford：Oxford University Press，2006.

Kleingeld，Pauline. “Kant's Second Thoughts on Race.” *The Philosophical Quarterly*，57. 229（2007），pp. 573－592.

Kobi，Valérie. “Staging Life：Natural History Tableaux in Eighteenth-Century Europe.” *Journal18: a Journal of Eighteenth-Century Art and Culture*，issue 3（2017）.

Koselleck，Reinhart. *Critique and Crisis: Enlightenment and the Pathogenesis of Modern Society*. Cambridge：MIT Press，1988.

Krause，Sharon. *Civil Passions: Moral Sentiment and Democratic Deliberation*. New Jersey：Princeton University Press，2013.

Keymer，Tom. *Richardson's Clarissa and the Eighteenth-Century Reader*. Cambridge：Cambridge University Press，1992.

Lacan，Jacques. *The Seminar*. *Book III*. *The Psychoses*，*1955－56*. Trans. Russell Grigg，notes by Russell Grigg. London：Routledge，1993.

Lamb，Jonathan. “Language and Hartleian Associationism in A Sentimental Journey.” *Eighteenth-Century Studies*（1980），pp. 285－312.

——. *The Evolution of Sympathy in the Eighteenth Century*. New York：Routledge，2009.

Laplanche，J. and J. B. Pontalis. *The Language of Psychoanalysis*. Trans. Donald Nicholson-Smith. London：Hogarth Press，1993.

Laub，Felman，ed. *Crises of Witnessing in Literatur*e，*Psychoanalysis*，*and History*. New York：Routledge，1992.

Lawrence，Christopher. “The Nervous System and Society in Scottish Enlightenment.” *Natural Order: Historical Studies of Scientific Culture*. Ed.

Barry Barnes and Steven Shapin. London: Sage Publications, 1979, pp. 19 - 40.

Lee, W. Rensselaer. "Ut Pictura Poesis: The Humanistic Theory of Painting." *The Art Bulletin*, 22. 4 (1940), p. 196.

LeDoux, Joseph. *The Emotional Brain: The Mysterious Underpinnings of Emotional Life*. New York: Simon and Schuster Paperbacks, 1996.

LeDoux, Joseph, and Daniel S. Pine. "Using Neuroscience to Help Understand Fear and Anxiety: A Two-system Framework." *American Journal of Psychiatry*, 173. 11 (2016), pp. 1083 - 1093.

——. "Semantics, Surplus Meaning, and the Science of Fear." *Trends in Cognitive Science*, 21. 5 (2017), pp. 303 - 306.

Lee, Christine S. "The Meaning of Romance: Rethinking Early Modern Fiction." *Modern Philology*, 112. 2 (2014), pp. 287 - 311.

Leibniz, G. W. "Short Commentary On The Judge of Controversies." *The Art of Controversies*. Trans., and eds. Marcelo Dascal, et al. Dordrecht: Springer, 2006, pp. 8 - 24.

Leites, Edmund, ed. *Conscience and Casuistry in Early Modern Europe*. Cambridge: Cambridge University Press, 2002.

Lewalski, Barbara. *Writing Women in Jacobean England*. Cambridge: Harvard University Press, 1993.

Lewis, J. E. " 'Every Lost Relation': Historical Fictions and Sentimental Incidents in Sophia Lee's The Recess." *Eighteenth-century Fiction*, 7. 2 (1995), pp. 165 - 184.

Lewis, S. C. *The Allegory of love: A Study in Medieval Tradition*. Cambridge: Cambridge University Press, 2013.

Leys, Ruth. "The Turn to Affect: A Critique." *Critical Inquiry*, 37 (2001), pp. 433 - 472.

——. *Trauma: A Genealogy*. Chicago: University of Chicago Press, 2000.

Liftshitz, Avi. *Language and Enlightenment: The Berlin Debates of the Eighteenth Century*. Oxford: Oxford University Press, 2012.

Locke, John. *Two Treatises of Government*. Ed. Peter Laslett. Cambridge: Cambridge University Press, 1999.

Loftis, John E. "Imitation in the Novel: Fielding's *Amelia*." *Rocky Mountain Review of Language and Literature*, 31. 4 (1977): 214 - 229.

Lombardo, Nicolas E. *The Logic of Desire, Aquinas on Emotion*. Washington: Catholic University Press, 2011.

Looser, Devoney. *Sister Novelists: The Trailblazing Porter Sisters, Who Paved the Way for Austen and the Brontës*. London: Bloomsbury Publishing, 2002.

Lloyd, Martyn Henry, ed. *The Discourse of Sensibility: The Knowing Body in the Enlightenment*. Dordrecht, Netherlands: Springer, 2013.

Lukács, Georg. *The Historical Novel*. Trans. Hannah and Stanley Mitchell. London: Merlin Press, 1937.

Lund, Ann Mary. *Melancholy, Medicine, and Religion in Early Modern Europe: Reading The Anatomy of Melancholy*. New York: Cambridge University Press, 2010.

Lupton, Christina. "Contingency, Codex, the Eighteenth-Century Novel." *ELH*, 81. 4 (2014), pp. 1173 - 1192.

Lupton, Christina. *Knowing Books: The Consciousness of Mediation in Eighteenth-Century Britain*. Philadelphia: University of Pennsylvania Press, 2012.

Lutz, Tom. *Crying: The Natural and Cultural History of Tears*. New York and London: W. W. Norton, 1999.

Lux, Vanessa and Sigrid Weigel eds. *Empathy: Epistemic Problems and Cultural-Historical Perspectives of a Cross-Disciplinary Concept*. London: Palgrave McMillan, 2017.

Lynch, Deidre. "Paper Slips: Album, Archiving, Accident." *Studies in Romanticism*, 57. 1. (2018), pp. 87 - 119.

——. *The Economy of Character: Novels, Market Culture, and the Business of Inner Meaning*. Chicago: University of Chicago Press, 1998.

Mackenzie, Scott. "Stock the Parish with Beauties: Henry Fielding's Parochial

Vision." *PMLA*, 125. 3 (2010), pp. 606 - 621.

Malebranche, Nicolas. *The Search after Truth: With Elucidations of The Search after Truth*. Eds. Thomas M. Lennon and Paul J. Olscamp. Cambridge: Cambridge University Press, 1997.

Mandeville, Bernard. *The Fable of the Bees, or Private Vices, Publick Benefits*. Ed. Irwin Primer. New York: Capricorn Books, 1962.

——. *A Treatise of the Hypochondriack and Hysterick Diseases*. 2nd ed. London: J. Tonson, 1730.

Mangin, Edward. *An Essay on Light Reading, as it may be Supposed to Influence Moral Conduct on Literary Taste*. London: J. Carpenter, 1808.

Marcus, Sharon. *The Drama of Celebrity*. Princeton: Princeton University Press, 2019.

Marter, Van Shirley. "Richardson's Revisions of 'Clarissa' in the Third and Fourth Editions." *Studies in Bibliography*, 28 (1975), pp. 119 - 152.

Marušić, S. Jennifer. "Dugald Stewart on Conjectural History and Human Nature." *The Journal of Scottish Philosophy*, 15. 3 (2017), pp. 261 - 274.

Massumi, Brian. "The Autonomy of Affect." *Parables for the Virtual*. Durham: Duke University Press, 2002.

——. *Semblance and Event, Activist Philosophy and the Occurrent Arts*. Cambridge: MIT Press, 2011.

Mazzio, Carla and Douglas Trevor, eds. *Historicism, Psychoanalysis, and Early Modern Culture*. New York: Routledge, 2000.

McBurney, William Harlin. *A Checklist of English Prose Fiction 1700 - 1739*. Cambridge: Harvard University Press, 1960.

McCarthy, Bridge. *The Female Pen: Women Writers and Novelists 1621 - 1818*. New York: New York University Press, 1994.

McKeon, Michael. *The Secret History of Domesticity: Public, Private, and the Division of Knowledge*. Baltimore: Johns Hopkins University Press, 2005.

McLaverty, James. "The Contract for Pope's Translation of Homer's *Iliad*: An Introduction and Transcription." *The Library*, s6 - 15. 3 (1993), pp. 206 -

225.

McMahon, Darin. *Enemies of the Enlightenment, the French Counter-Enlightenment and the Making of Modernity*. Oxford: Oxford University Press, 2001.

——. "The Origin of the Counter-Enlightenment: Rousseau and the New Religion of Sincerity." *American Political Science Review*, 90. 2 (2014), pp. 344 - 360.

McMullen, Lorraine. "Frances Brooke's Early Fiction." *Canadian Literature*, 86 (1980), pp. 31 - 40.

McMurran, Helen Mary. *The Spread of the Novels: Translation and Prose Fiction in the Eighteenth Century*. Princeton: Princeton University Press, 2010.

McMurran, Helen Mary, and Alison Conway. *Mind, Body, Motion, Matter: Eighteen-Century British and French Literary Perspectives*. Toronto: University of Toronto Press, 2016.

McNally, David. *Political Economy and the Rise of Capitalism: A Reinterpretation*. Oakland: University of California Press, 1990.

McPherson, S. C. *The Political Theory of Possessive Individualism: Hobbes to Locke*. Ontario: Oxford University Press, 2010.

Mead, Richard. *Medical Precepts and Cautions*. London: printed for J. Brindley, 1751.

Melton, James Van Horn. *The Rise of the Public in Enlightenment Europe*. Cambridge: Cambridge University Press, 2004.

Mendelssohn, Moses. *Philosophical Writings*. Trans., and ed. Daniel O. Dahlstrom. New York: Cambridge University Press, 1997.

——. *Last Works*. Trans. Bruce Rosenstock. Chicago: University of Illinois Press, 2012.

Mitchell, W. J. T. "Image." *Critical Terms for Media Studies*. Eds. W. J. T. Mitchell and Mark Hansen. Chicago: University of Chicago Press, 2010, pp. 35 - 48.

——. *Iconology: Image, Text, Ideology*. Chicago: University of Chicago

Press, 1986.

Molesworth, Jesse. "Gothic Time, Sacred Time." *Modern Language Quarterly*, 75. 1 (2014), pp. 29 - 55.

Montagu, Lady Mary Wortley. *The Letters and Works of Lady Mary Wortley Montagu*. Eds. Lord Wharncliffe and William Moy Thomas. Cambridge: Cambridge University Press, 2011.

Morley, Henry, ed. *The Spectator: a new edition, in three volumes*. London: George Routledge and Sons, 1891.

Moore, Etheridge Robert. *Hogarth's Literary Relationships*. Minneapolis: University of Minnesota Press, 1948.

Mounsey, Chris, ed. *The Idea of Disability in the Eighteenth-Century*. Lewisburg: Bucknell University Press, 2014.

Mullan, John and Christopher Reed, eds. *Eighteenth-Century Popular Culture: A Selection*. New York: Oxford University Press, 2000.

Mullan, John. *Sentiment and Sociability: Language of Feeling in the Eighteenth Century*. Oxford: Clarendon Press, 1988.

Muthu, Sankar. *Enlightenment against Empire*. Princeton: Princeton University Press, 2013.

Nejeschleba, Tomáš. "The Theory of Sympathy and Antiepathy in Wittenberg in the 16th Century." *Acta Universitatis Palackianae Olomucensis, Philosophica*, VII (2006), pp. 81 - 91.

New, Melvyn. "Sterne's Rabelaisian Fragment: A Text from the Holograph Manuscript." *PMLA*, 87. 5 (1972), pp. 1083 - 1092.

Newcomb, Humphrey Lori. *Reading Popular Romance in Early Modern Europe*. New York: Columbia University Press, 2002.

Nixon, Cheryl, ed. *Novel Definitions, An Anthology of Commentary on the Novel, 1688 - 1815*. Ontario: Broadview Press, 2009.

Ngai, Sianne. *Ugly Feelings*. Cambridge: Harvard University Press, 2005.

Noggle, James. *Unfelt, The Language of Affect in the British Enlightenment*. Ithaka: Cornell University Press, 2020.

Novak, E. Maximillian. *Eighteenth-Century English Literature*. London: Palgrave, 1993.

Nussbaum, Martha. *Upheavals of Thought: The Intelligence of Emotion*. New York: Cambridge University Press, 2001.

O'Neal, John C. *The Authority of Experience: Sensationalist Theory in the French Enlightenment*. College Park: Pennsylvania State University Press, 1996.

Packham, Catherine. *Eighteenth-Century Vitalism: Bodies, Culture, Politics*. New York: Palgrave MacMillan, 2012.

Pagliaro, E. Harold ed. *Studies in Eighteenth-Century Culture: Proceedings of the American Society for Eighteenth-Century Studies*. Vol. 2. Cleveland: The Press of Case Western Reserve University, 1972.

Paige, Nicholas. "Examples, Samples, Signs: An Artifactual View of Fictionality in the French Novel, 1681 - 1830." *New Literary History*, 48. 3 (2017), pp. 518 - 530.

Park, Julie. *The Self and It: Novel Objects in Eighteenth-Century England*. Stanford: Stanford University Press, 2010.

Pasanek, Brad. *Metaphors of Mind: An Eighteenth-Century Dictionary*. Baltimore: Johns Hopkins University Press, 2015.

Patton, Paul. *Deleuze and the Political*, London and New York: Routledge, 2000.

Payne, C. Harry. "Elite Versus Popular Mentality in the Eighteenth Century." *Historical Reflections/Réflexions Historiques*, *2. 2* (1976), pp. 183 - 208.

Pearson, Jacqueline. *Women's Reading in Britain 1750 - 1835*. Cambridge: Cambridge University Press, 1999.

Philips, M. Natalie. *Distraction: Problems of Attention in Eighteenth-Century Literature*. New York: Cambridge University Press, 2016.

Plumb, John Harold. "The Commercialization of Leisure in Eighteenth-century England." *The Birth of a Consumer Society: The Commercialization of Eighteenth-Century England*. Eds. Neil McKendrick, John Brewer and J. H. Plumb. Bloomington: Indiana University Press, 1982, pp. 265 - 285.

Pinch, Adela. *Strange Fits of Passion: Epistemologies of Emotion, Hume to Austen*. Stanford: Stanford University Press, 1996.

Pinker, Steven. *Enlightenment Now: The Case for Reason, Science, Humanism, and Progress*. New York: Penguin Books, 2018.

Porter, Roy. *Flesh in the Age of Reason*. London: Penguin Books, 2003.

Porter, Roy, ed. *George Cheyne: The English Malady (1733)*. London: Tavistock/Routledge, 1991.

Pye, Christopher. *The Vanishing: Shakespeare, the Subject, and Early Modern Culture*. Durham: Duke University Press, 2000.

Rader, Ralph W.. "*Tom Jones*, the Form in History." *Ideology and Form in Eighteenth-Century Literature*. Ed. David H. Richter. Lubbock: Texas Tech University Press, 1999.

Ranciere, Jacques. *Aisthesis, Scenes from the Aesthetic Regime of Art*. New York: Verso, 2013.

Raven, James. *The English Novel 1770 – 1829: A Bibliographical Survey of Prose Fiction Published in British Isles*. Vol. I: 1770 – 1799. Oxford: Oxford University Press, 2000.

——. *British Fiction 1750 – 1770: A Chronological Check-List of Prose Fiction Printed in Britain and Ireland*. Newark: University of Delaware Press, 1987.

——. "The Nobble Brothers and Popular Publishing." *The library*, s6 – 12. 4 (1990), pp. 293 – 345.

Rawson, Claude, ed. *The Cambridge Companion to Henry Fielding*. Cambridge: Cambridge University Press, 2007.

Rawson, Claude. *Swift and Others*. Cambridge: Cambridge University Press, 2015.

Raymond, Joad, ed. *The Oxford History of Popular Print Culture: Cheap Print in Britain and Ireland to 1660*. New York: Oxford University Press, 2011.

Reddy, William. *Making of Romantic Love: Longing and Sexuality in Europe, South Asia, and Japan, 900 – 1200CE*. Chicago: University of Chicago Press, 2012.

——. *The Navigation of Feeling: A Framework for the History of Emotions*. Cambridge: Cambridge University Press, 2001.

Reeve, Clara. *Progress of Romance*. London: W. Keymer, 1785.

——. *The Old English Baron, A Gothic Story*. London: printed for Edward and Charles Dilly, 1778.

Reeve, Matthew M.. "Gothic Architecture, Sexuality, and License at Horace Walpole's Strawberry Hill." *The Art Bulletin*, 95. 3 (2013), pp. 411 - 439.

Reginald, Robert et al., eds. *Science Fiction and Fantasy Literature*. Vol. 1. Detroit: Borgo, 1992.

Reill, Hans Peter. *Vitalizing Nature in the Enlightenment*. Berkeley: University of California Press, 2005.

Reynolds, Nicole. "Gothic and the Architectural Imagination." *The Gothic World 1740 - 1840*. Eds. Glennis Byron and Dale Townshend. New York: Routledge, 2014, pp. 85 - 97.

Riccoboni, Marie Jeanne de Heurles Laboras de Mezières. *Letters from Juliet Lady Catesby*. 2nd ed. Trans. Frances Brooke. London: printed for R. and J. Dodsley, 1740.

Richardson, Samuel. *A Collection of the Moral and Instructive Sentiments, Maxims, Cautions, and Reflexions, Contained in the Histories of Pamela, Clarissa, and Sir Charles Grandison*. London: printed for S. Richardson, 1755.

——. *Clarissa: or the History of a Young Lady*. New York: Penguin Books, 1985.

——. *Pamela: or Virtue Rewarded*. Ed. Peter Sabor. London: Penguin Books, 1985.

——. *Pamela, or Virtue Rewarded*. Riverside Edition. Eds. T. C. Ducan Eaves and Ben D. kimpel. Boston: Houghton Mifflin, 1971.

Richter, H. David, ed. *Ideology and Form: Ideology and Form in Eighteenth-Century Literature*. Lubbock: Texas Tech University Press.

Rivers, Christopher. *Face Value: Physiognomical Thought and the Legible Body in Marivaux, Lavater, Balzac, Gautier, and Zola, Madison*. Madison: University of Wisconsin Press, 1994.

Robinson, Nicholas. "Of the Hypp." *Gentleman's Magazine*, 2.11 (1732), pp. 1062 - 1064.

Robinson. D. M. "Pleasant Conversation in the Seraglio: Lesbianism, Platonic Love, and Cavendish's Blazing World." *The Eighteenth Century*, 44. 2/3 (2003), pp. 133 - 136.

Roe, A. Shirley. "Voltaire versus Needham: Atheism, Materialism, and the Generation of Life." *Journal of the History of Ideas*, 46. 1 (1985), pp. 65 - 87.

Rogers, Pat. *Literature and Popular Culture in Eighteenth Century England*. Sussex: The Harvester Press, 1985.

Rose, Mark. "The Author in Court: Pope v. Curll (1741)." *Cultural Critique*, 21 (1992), pp. 197 - 217.

Ross, Ian. "Physiocrats and Adam Smith." *Journal for Eighteenth-Century Studies*, 7. 2 (1984), pp. 177 - 189.

Rotmans, Jan. "Vulnerable Virtue: The Enlightened Pessimism of Dutch Revolutionaries at the End of the Eighteenth Century." *Discourses of Decline: Essays on Republicanism in Honor of Wyger R. E. Velema*. Ed. Joris Oddens et al. Leiden: Brill, 2021, pp. 102 - 116.

Rousseau, G. S. *The Languages of Psyche: Mind and Body in Enlightenment Thought*. Berkeley: University of California Press, 1990.

Rothberg, Michael. *Traumatic Realism: The Demands of Holocaust Representation*. Minneapolis and London: University of Minnesota Press, 2000.

Rubin, Barbara L. " 'Anti-Husbandry' and Self-Creation: A Comparison of Restoration Rake and Baudelaire's Dandy." *Texas Studies in Literature and Language*, 14. 4 (1973), pp. 583 - 592.

Russell, James A. "Core Affect and the Psychological Construction of Emotion," *Psychological Review*, 110. 1 (2003), pp. 145 - 172.

Salter, John. "Adam Smith on Slavery." *History of Economic Ideas*, 4. 1/2 (1996), pp. 225 - 251.

Samuels, J. Warren. "The Physiocratic Theory of Economic Policy." *The Quarterly Journal of Economics*, 76. 1 (1962), pp. 145 - 162.

Santner, L. Eric. *The Royal Remains: The People's Two Bodies and the Endgame of Sovereignty*. Chicago: University of Chicago Press, 2011.

Schaffer, Simon. "States of Mind: Enlightenment and Natural Philosophy." *The Languages of Psyche*. Ed. G. S. Rousseau. Berkeley: University of California Press, 1991.

Scherer, Klaus. "What are Emotions." *Social Science Information*, 44 (2005), pp. 696 - 729.

——. "Toward a Dynamic Theory of Emotion: The Component Process Model of Affective States." *Geneva Studies in Emotion and Communication*, 1 (1987), pp. 1 - 98.

Scheer, Monique. "Are Emotions a Kind of Practice (And is That What Makes Them Have a History)? A Bourdieuian Approach to Understanding Emotion." *History and Theory*, 51 (2012), pp. 193 - 220.

Scheler, Max. *Formalism in Ethics and Non-Formal Ethics of Values*. Trans. Manfred S. Frings and Roger L. Funk. Evanston: Northwestern University Press, 1973.

Schimidt, James. "The Counter-Enlightenment: Historical Notes on a Concept Historians Should Avoid." *Eighteenth-Century Studies*, 49. 1 (2015), pp. 83 - 86.

Schürer, Norbert. "Four Catalogues of the Lowndes Circulating Library, 1755 - 66." *The Papers of the Bibliographical Society of America*, 101. 3 (2007), pp. 329 - 357.

Seager, William. *Theories of Consciousness: An Introduction and Assessment*. 2nd ed. London and New York: Rouledge, 2016.

Sebastiani, Silvia. *The Scottish Enlightenment: Race, Gender, and the Limits of Progress*. Trans. Jeremy Carden. New York: Palgrave McMillan, 2013.

Sedgwick, Eve, and Adam Frank, eds. *Shame and Its Sisters, A Silvan Tomkins Reader*. Durham and London: Duke University Press, 1995.

Siskin, Clifford. *The Work of Writing: Literature and Social Change in Britain*,

1700 – 1830. Baltimore and London: Johns Hopkins University Press, 1998.

Siskin, Clifford, and William Warner, eds. *This is Enlightenment*. Chicago: University of Chicago Press, 2010.

Shaftesbury, Third Earl of, Anthony Ashley Cooper. *Characteristics of Men, Manners, Opinions, Times*. Ed. Lawrence E. Klein. Cambridge: Cambridge University Press, 1999.

——. *An Inquiry Concerning Virtue in Two Discourses*. Ed. Ann Arbor. Michigan: Text Creation Partnership, 2011. http: //name. umdl. umich. edu/ A59472. 0001. 001. 13.

——. *The Life, Unpublished Letters, and Philosophical Regimen*. Ed. Benjamin Rand. London and New York: MacMillan Co., 1900.

——. *A Notion of the Historical Draught or Tablature of the Judgment of Hercule, According to Prodicus*. London: Baldwin, 1713.

Sheehan, Jonathan, and Dror Warhman. *Invisible Hands: Self-Organization and the Eighteenth Century*. Chicago: University of Chicago Press, 2015.

Sheridan, Chamberlain Frances. *The History of Nourjahad: By the editor of Sidney Bidulph*. London: printed for J. Dodsley, 1767.

Shesgreen, Sean. *Literary Portraits in the Novels of Henry Fielding*. Dekalb: Northern Illinois University Press, 1972.

Shklovsky, Victor. *Theory of Prose*. Trans. Benjamin Sher. Elmwood Park, IL: Dalkey Archive Press, 1990.

Silver, Sean. *The Mind is a Collection: Case Studies in Eighteenth-Century Thought*. Philadelphia: University of Pennsylvania Press, 2015.

——. "The Politics of Gothic Historiography, 1660 – 1800." Eds. Glennis Byron and Dale Townshend. *The Gothic World*. New York: Routledge, 2014, pp. 3 – 14.

Silver, Shawn. *My Mind is a Collection: Case Studies in Eighteenth-Century Thought*. Philadelphia: University of Pennsylvania Press, 2015.

Simon-Gueulette, Thomas. *Chinese Tales: or, the Wonderful Adventures of the Mandarine Fum-Hoam*. Translated from French. London: printed for J.

Brotherton and W. Meadows, 1725.

Siskin, Warner and WilliamClifford. *This is Enlightenment*. Chicago: University of Chicago Press, 2010.

Smith, Charlotte. *The Old Manor House*. London: printed for J. Bell, 1793.

——. *Marchmont*. Vol. 2. London: printed by and for Sampson Low, 1796.

Spacks, Meyer Patricia. *Novel Beginnings, Experiments in Eighteenth-Century English Fiction*. New Haven: Yale University Press, 2008.

——. *Privacy: Concealing the Eighteenth-Century Self*. Chicago and London: University of Chicago Press, 2003.

Spinoza, Barush. *A Spinoza Reader: The Ethics and Other Writings*. Trans., and ed. Edwin Curley. New Jersey: Princeton University Press, 1994.

Spufford, Margaret. *Small Books and Pleasant Histories: Popular Fiction and Its Readership in Seventeenth-Century England*. Cambridge: Cambridge University Press, 1985.

Stahl, Titus. *Immanent Critique*. Trans. John-Baptiste Oduor. Lanham: Rowman & Littlefield, 2013.

Stedman, John Gabriel. *Narrative, of a Five Years' Expedition; against the Revolted Negroes of Surinam: in Guiana, on the Wild Coast of South America; from the year 1772, to 1777*. 2 volumes. London: printed for J. Johnson, 1796.

——. *Narrative of a Five Years' Expedition against the Revolted Negroes of Surinam*. Eds. Richard Price and Sally Price. Baltimore and London: Johns Hopkins University Press, 1988.

Stephan, Achim. "Moods in Layers." *Philosophia*, 45. 4 (2017), pp. 1481 - 1495.

Sterne, Laurence. "Letter to the *Universal Magazine of Knowledge and Pleasure*." *Tristram Shandy: An Authoritative Text*. Ed. Howard Anderson. London and New York: Norton, 1980.

——. *The Life and Opinions of Tristram Shandy*. Vol. 1. Eds. Melvyn New and Joan New. Gainesville: University Press of Florida, 1978.

Stevenson, W. H., ed. *Blake: The Complete Poems*. 3rd ed. London: Routledge, 2007.

Stukeley, William. *Of the Spleen, Its Description and History*. London: printed for the author, 1723.

Tampio, Nicholas. *Deleuze's Political Vision*. New York: Rowman and Littlefield, 2015.

Taylor, Charles. "Comment on Jürgen Habermas' 'From Kant to Hegel and Back Again'." *European Journal of Philosophy*, 7. 2 (1999), pp. 158-163.

Taylor, Richard C. "James Harrison, 'The Novelist's Magazine', and the Early Canonizing of the English Novel." *Studies in English Literature, 1500-1900*, 33. 3 (1993), pp. 629-643.

Taylor, Jordan. "Emotional Sensations and the Moral Imagination in Malebranche." *The Discourse of Sensibility: The Knowing Body in the Enlightenment*. Ed. Henry Martyn Lloyd. Dordrecht: Springer International Publishing, 2013.

Taylor, S. B. Samuel. "'Vis Comica' and Comic Vices: Catharsis and Morality in Comedy." *Forum for modern Language Studies*, 24. 4 (1988), p. 326.

Terada, Rei. *Feeling in Theory: Emotion after the Death of the Subject*. Cambridge: Harvard University Press, 2001.

Theophrastus. *Characters of Theophrastus*. Eds. Rusten, Jeffrey S. Cunningham, Ian Campbell. Knox, Alfred Dillwyn. Cambridge: Harvard University Press, 1993.

Thrift, Nigel. "Intensities of Feeling: Towards a Spatial Politics of Affect." *Geografiska Annaler. Series B, Human Geography*, 86. 1 (2004), pp. 57-78.

Tissot, D. M. *An Essay on the Disorders of People of Fashion*. Translated from French by Francis Bacon Lee. London: printed for Richardson and Urquhart, 1771.

Toland, John. *Christianity not Mysterious*. London, 1702.

Townsend, Joseph. *A Dissertation on the Poor Laws*. London: Ridgways, 1817.

Traver, John C. "Inconclusive Memoirs of Miss Sidney Bidulph: Problems of Poetic Justice, Closure and Gender." *Eighteenth-Century Fiction*, 20. 1 (2007), pp. 35-60.

Tricoire, Damien. "Raynal's and Diderot's Patriotic History of the Two Indies, or the Problem of Anti-Colonialism in the Eighteenth Century." *The Eighteenth Century*, 59. 4 (2018), pp. 429-448.

Turgot, A. R. L. "On Universal History." *The Turgot Collection: Writings, Speeches, and Letters of Anne Robert Jacques Turgot, Baron de Laune*. Ed. David Gordon. Auburn: Mises Institute, 2011, pp. 347-414.

Tuveson, Ernest. "The Importance of Shaftesbury." *ELH*, 20. 4 (1953), pp. 267-299.

Tytler, Graeme. *Face Value: Physiognomical Thought and the Legible Body in Marivaux, Lavater, Balzac, Gautier, and Zola, Madison*. Madison: University of Wisconsin Press, 1994.

——. *Physiognomy in the European Novel: Faces and Fortunes*. Princeton: Princeton University Press, 1982.

Valls, Andrew, *ed*. *Race and Racism in Modern Philosophy*. Ithaca: Cornell University Press, 2005.

Velema, Wyger R. E. *Enlightenment and Conservatism in the Dutch Republic: The Political Thought of Elie Luzac (1721-1796)*. Assen: Van Gorcum, 1993.

Voogd, de Peter. *Henry Fielding and William Hogarth: Correspondence of the Arts*. Amsterdam: Rodolpi, 1981.

——. "Sterne and Visual Culture." *The Cambridge Companion to Laurence Sterne*. Ed. Thomas Keymer. Cambridge: Cambridge University Press, 2009.

Vyverberg, Henry. *Historical Pessimism in the French Enlightenment*. Cambridge: Harvard University Press, 1958.

Wall, Cynthia. *The Prose of Things: Transformations of the Eighteenth Century*. Chicago and London: University of Chicago Press, 2006.

Walpole, Horace. *Anecdotes of Painting in England*. Vol. 1. London: printed by Thomas Farmer, 1762.

——. *The Castle of Otranto, A Gothic Story*. 2nd ed. Strand: printed for William Bathoe, 1765.

Walsh, Richard. *The Rhetoric of Fictionality*. Columbus: Ohio State University Press, 2007.

Wanko, Cheyl. "Celebrity Studies in the Long Eighteenth Century: An Interdisciplinary Overview." *Literature Compass*, 8. 6 (2011), pp. 351 - 362.

Ward, K. Julie and Tommy L. Lot eds. *Philosophers on Race: Critical Essays*. Oxford: Blackwell, 2002.

Warner, Michael. *Licensing Entertainment*. Berkeley: University of California Press, 1998.

Warner, William. *Reading "Clarissa", the Struggles of Interpretation*. Baltimore: Johns Hopkins University Press, 1980.

Watt, James. *Contesting the Gothic: Fiction, Genre and Cultural Conflict, 1764 - 1832*. Cambridge: Cambridge University Press, 1999.

Wentersdorf, P. Karl. "Symbol and Meaning in Donne's Metempsychosis or The Progresse of the Soule." *Studies in English Literature, 1500 - 1900*, 22. 1 (1982), pp. 69 - 90.

Wheeler, Roxanne. *The Complexion of Race: Narratives of Polite Societies and Colored Faces in Eighteenth-Century Britain*. Philadelphia: University of Pennsylvania Press, 2000.

Whytt, Robert. *An Essay on the Vital and Other Involuntary Motions of Animals*. Edinburgh: printed by Hamilton, Balfour, and Neill, 1751.

Williams, Patricia Anne. "Description and Tableau in the Eighteenth-Century British Sentimental Novel." *Eighteenth-Century Fiction*, 8. 4 (1996), pp. 465 - 484.

Willis, Thomas. *Two Discourses Concerning the Soul of Brutes*. Ed. Samuel Pordage. London: Dring, Harper, and Leight, 1683.

Wilputte, Earla. *Passion and Language in Eighteenth-Century Literature: The Aesthetic Sublime in the Work of Eliza Haywood, Aaron Hill, and Martha Fowke*. New York: Palgrave MacMillan, 2014.

Witherell, Margerat. *Affect and Emotion: A New Social Science Understanding*. London, LA: Sage, 2012.

Wollstonecraft, Mary. *Mary: A Fiction*. London: printed for J. Johnson, 1788.

——. "Maria, or The Wrongs of Women". *The Works of Mary Wollstonecraft*. Eds. Janet Todd and Marilyn Butler. London: Routledge, 2016.

Wright, Nicole Mansfield. *Defending Privilege: Rights, Status, and Legal Peril in the British Novel*. Baltimore: Johns Hopkins University Press, 2020.

Yahav, Amit. "Sonorous Duration: Tristram Shandy and the Temporality of Novels." *PMLA*, 128. 4 (2013), pp. 872 - 887.

Yang Chi-Ming. "Virtue's Vogues: Eastern Authenticity and the Commodification of Chineseness on the 18th-Century Stage." *Comparative Literature Studies*, 39. 4 (2002), pp. 326 - 346.

Zahavi, Dan. *Subjectivity and Selfhood: Investigating the First-Person Perspective*. Cambridge: MIT Press, 2015.

Zunshine, Lisa. *Why We Read Fiction*. Columbus: Ohio State University Press, 2006.

法语、德语和拉丁文文献

德语文献:

Schriften aus dem Nachlass. I, Zur Ethik and Erkenntnislehre. 2nd ed. Rev., ed. Maria Scheler. Bern: Francke Verlag, 1957.

Baeumler, Alfred. *Das Irrationalitäts problem in der Ästhetik und Logik des 18. Jahrhunderts bis zur Kritik der Urteilskraft*. Darmstadt: Wissenschaftliche Buchgesellschaft, 1981.

Baumgarten, Alexander. *Metaphysik*, translated and edited by Courtney D. Fugate and John Hymers. London, New York: Boomsbury, 2013.

Benjamin, Walter. "Über Sprache überhaupt und über die Sprache des

Menschen." *Gesammelte Schriften*, vol. II-I. Frankfurt a. M.: Suhrkamp, 1991.

Freud. "Das Unbewusste." Hrsg. Von Anna Freud, *Gesammelte Werke*, Band X, London: Imago Publishing, 1949, SS. 264-303.

Goethe, Johann Wolfgang von. *Die Leiden des jungen Werther*. Leipzig: J. J. Weber, 1922.

——. *Die Wahlverwandtschaften: Ein Roman*. Stuttgart: Reclam, 1999.

Mendelssohn, Moses. "Ueber die Frage: was heißt aufklären? (1784)" *German Wikisource*. 12 Aug. 2020. Web. 1 Mar. 2021.

Novalis, Friedrich von Hardenbergs. *Schriften: Die Werke Friedrich von Hardenbergs*. Eds. Paul Kluckhohn und Richard Samuel. Darmstadt: Wissenschaftliche Buchgesellschaft, 1965.

Scheler, Maria. "Ordo Amoris." *Schriften aus dem Nachlass: I, Zur Ethik and Erkenntnislehre*. 2nd ed. Ed. Maria Scheler. Bern: Francke Verlag, 1957.

法语文献:

Bernier, André Marc. *Rhétorique et roman libertin dans la France des Lumières (1734 - 1751)*. Quebéc and Paris: Les Presses de l'Université Laval/L'Harmattan, 2001.

Condillac. *Essay on the Origin of Human Knowledge*. Trans., and ed. Hans Aarsleff. Cambridge: Cambridge University Press, 2001.

——. *Traité des animaux*. Paris: Librairie Philosophique J. Vrin, 2004.

——. *Traité des sensations*. Tome I. Londres: Chez de Bure l'aîné, 1754.

——. *Traité des sensations*. Tome II. Londres: Chez de Bure l'aîné, 1754.

De Montaigne, Michel. *Essais de Michel de Montaigne*. Tome 1, Nouvelle edition. Paris: H. Bossange, 1928.

Deleuze, Gilles, and Guattari, Félix. *Mille plateaux*. Paris: Minuit, 1994.

Derrida, Jacques. *De la grammatologie*. Paris: Minuit, 1967.

Des Cartes, Rene. *Les Passions de l'ame*. Paris: H. Legras, 1649.

Du Bos, Jean-Baptiste. *Critical Reflections on Poetry, Painting and Music*.

Vol. 1 and 2. Trans. Thomas Nugent. London: John Nourse, 1748.

—— *Réflexions critiques sur la poésie et sur la peinture*. Paris: J. Mariette, 1719.

Du Halde, Jean Baptiste. *Description géographique, historique, chronologique, politique et physique de l'Empire de la Chine et de la Tartarie chinoise*. Tome 3. Paris: Chez P. G. Lemercier, 1735.

Foucault, Michel. "Qu'est-ce que les Lumières?" *Dits et Ecrits*. Paris: Gallimard, 1984, pp. 562-578.

Li, Ma. "Deux Conceptions Opposes De L'empire Chinois Dans l'Histoire Des Deux Indes." *Histoire des deux Indes, Raynal et ses doubles*. Présenté par Pierino Gallo. Leiden, Boston: Brill, 2022, pp. 53-66.

Lombard, Alfred. *L'Abbé Du Bos: Un initiateur de la pensée modern (1670-1742)*. Paris: Librairie Hachette, 1913.

Rousseau, J. J. *Du Contrat social*. Paris: Ancienne Librairie Germer Baillière, 1896.

——. *Les confessions*. Paris: G. Crès, 1913.

Voltaire. "Dialogues d'Évhémère, Troisième dialogue." *French Wikisource*. 2020. 4. 13.

——. *Dictionnaire philosophique, portatif*. Londres, 1764.

——. "Trois Discours de P. Corneille." *Oeuvres de P. Corneille*. Tome Dixième. Paris: Chez Janet et Cotelle, Libraires, 1822.

——. *Oeuvres Complètes de Voltaire*. Paris: Chez E. A. Lequien, 1820.

Wolpe, Hans. *Raynal et sa Machine de Guerre: L'Histoire des deux Indes et ses perfectionnements*. Stanford: Stanford University Press, 1957.

拉丁文文献:

Philipp Melanchthon. "*Oratio de consideranda Sympathia et Antipathia in rerum natura, recitata a Jacobo Milichio, cum decerneretur gradus Doctori (Medic.)◦Vito Ortel Winshemio*." *Corpus reformatorum*, 11 (1550), pp. 924-931.